London, an einem Aprilabend 1837: in das glosende Licht einer Gaslaterne getaucht, steigt ein Fremder aus einer Kutsche – Jack Maggs, Ex-Sträfling aus Botany Bay. Wenn man ihn hier in England erkennt, dann droht ihm der Galgen, aber Jack will unbedingt seinen Ziehsohn Harry finden, den er seit neunzehn Jahren nicht mehr gesehen hat. Er verdingt sich als Diener und trifft auf Tobias Oates, den gefeierten Autor und Sensationsjournalisten. Oates, von der neuen »Wissenschaft« des Mesmerismus begeistert, hypnotisiert Jack und entringt ihm das Geheimnis der Peitschennarben auf seinem Rücken. Er will Jacks dunkle Seele als Material für seine Arbeit, aber er fürchtet auch dessen wilde Natur.
Oates verspricht, ihm bei der Suche nach Harry zu helfen: Immer in Angst vor der Polizei, führt Jacks Odyssee durch die fahl beleuchteten Viertel der Londoner Unterwelt, durch Spielhöllen und portierenverhangene Salons, zu Scharlatanen, Blendern und Neureichen. Als er endlich seinem Ziehsohn Harry gegenübersteht, richtet der eine Pistole auf ihn.

»Die viktorianische Welt wird so real, dass man voll Verwunderung und Freude Maggs durch die Strassen Londons folgt.«
Neue Zürcher Zeitung
»Das Buch ist blendend geschrieben.«
Frankfurter Allgemeine Zeitung

Peter Carey wurde 1943 in Australien geboren. Er ist einer der bekanntesten Autoren seines Landes. Seine bisher sechs Romane – darunter ›Oscar und Lucinda‹ –, Kurzgeschichten und sein Kinderbuch – ›Der große Bingobang‹ – sind international erfolgreich und wurden mehrfach (u.a. mit dem Booker-Preis) ausgezeichnet. Für ›Jack Maggs‹ erhielt er 1998 den renommierten Commonwealth Writers-Preis. Peter Carey lehrt ›Creative Writing‹ an der New York City University und lebt in New York.

Unsere Adresse im Internet: www.fischer-tb. de

Peter Carey

Die geheimen Machenschaften des Jack Maggs

Roman

Aus dem Englischen von
Regina Rawlinson

Fischer Taschenbuch Verlag

Veröffentlicht im Fischer Taschenbuch Verlag GmbH,
Frankfurt am Main, August 2001

Lizenzausgabe mit Genehmigung des
Wolfgang Krüger Verlags, Frankfurt am Main
Die englische Originalausgabe erschien 1997
unter dem Titel ›Jack Maggs‹
im Verlag Faber and Faber, London

Gesamtherstellung: Clausen & Bosse, Leck
Printed in Germany
ISBN 3-596-15061-2

Für Alison

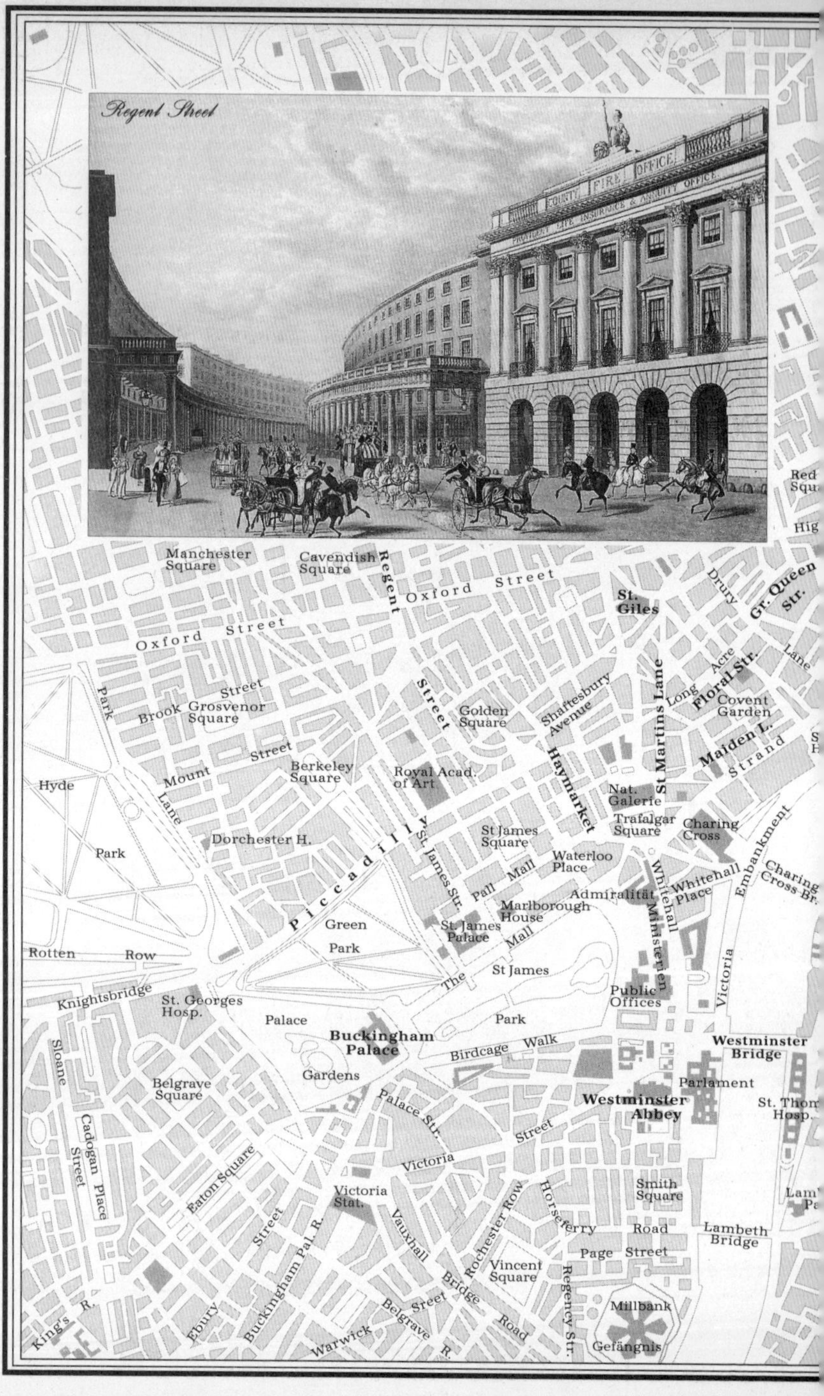
Regent Street
COUNTY FIRE OFFICE
PROVIDENT LIFE INSURANCE & ANNUITY OFFICE
Manchester Square
Cavendish Square
Regent Street
Oxford Street
Oxford Street
St. Giles
Drury Lane
Gr. Queen Str.
Long Acre
Floral Str.
Covent Garden
Maiden L.
Strand
Park Lane
Brook Street
Grosvenor Square
Golden Square
Shaftesbury Avenue
St Martins Lane
Mount Street
Berkeley Square
Royal Acad. of Art
Haymarket
Nat. Galerie
Hyde Park
Dorchester H.
Piccadilly
St James Square
Trafalgar Square
Charing Cross
Embankment
Charing Cross Br.
Waterloo Place
St. James Str.
Pall Mall
Admiralität
Whitehall
Whitehall Place
Ministerien
Marlborough House
Green Park
St. James Palace
The Mall
Rotten Row
St James Park
Knightsbridge
St. Georges Hosp.
Public Offices
Victoria
Palace
Buckingham Palace
Gardens
Birdcage Walk
Westminster Bridge
Sloane
Belgrave Square
Parlament
Westminster Abbey
St. Thom Hosp.
Cadogan Place
Street
Palace Str.
Victoria Street
Eaton Square
Victoria Stat.
Smith Square
Horseferry Road
Lambeth Bridge
Street
Buckingham Pal. R.
Vauxhall Bridge Road
Rochester Row
Page Street
Vincent Square
Regency Str.
King's R.
Ebury
Belgrave R.
Sreet
Warwick
Millbank
Gefängnis
Red Squ
Hig

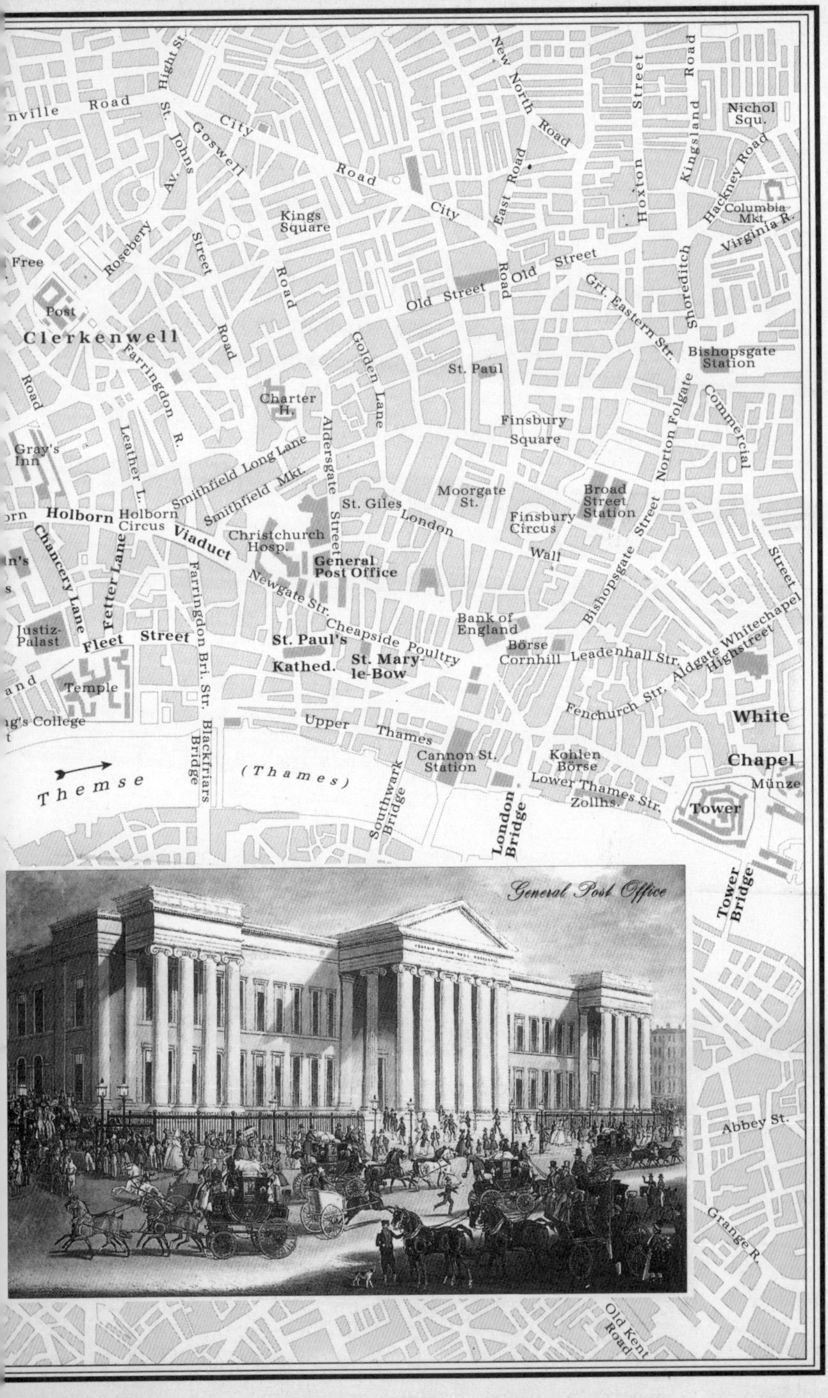
nville Road
Hight St.
St. Johns Av.
Goswell
City Road
New North Road
East Road
Hoxton Street
Kingsland Road
Nichol Squ.
Hackney Road
Columbia Mkt.
Virginia R.
Kings Square
City
Free
Rosebery
Street
Old Street
Old Street Road
Grt. Eastern Str.
Shoreditch
Post
Clerkenwell
Farringdon R.
Road
Road
Golden Lane
St. Paul
Bishopsgate Station
Road
Charter H.
Aldersgate Street
Norton Folgate
Commercial
Finsbury Square
Gray's Inn
Leather L.
Smithfield Long Lane
Smithfield Mkt.
Moorgate St.
Broad Street Station
orn
Holborn
Holborn Circus
Viaduct
St. Giles
London
Finsbury Circus
Chancery Lane
Fetter Lane
Christchurch Hosp.
Wall
Street
n's
s
Farringdon Bri. Str.
General Post Office
Bishopsgate
Street
Newgate Str.
Bank of England
Justiz-Palast
Fleet Street
St. Paul's Kathed.
Cheapside
Poultry
Börse
Cornhill
Leadenhall Str.
Aldgate
Whitechapel Highstreet
and
Temple
St. Mary-le-Bow
Fenchurch Str.
g's College
t
Blackfriars Bridge
Upper Thames
White Chapel
Cannon St. Station
Kohlen Börse
Themse
(Thames)
Southwark Bridge
Lower Thames Str.
Zollhs.
Münze
London Bridge
Tower
Tower Bridge
Abbey St.
Grange R.
Old Kent Road
General Post Office

Anmerkung des Autors

Der Autor gibt bereitwillig zu, die historischen Fakten ein-, zweimal etwas großzügig ausgelegt zu haben, um sie seinen eigenen Zwecken anzupassen.

Stellen Sie sich vor, Sie wären ein Magnet, und Ihre Arme, aber vor allem die Hände, wären die beiden Pole. Nun berühren Sie den Patienten, indem Sie ihm eine Hand auf den Rücken und die andere auf den Bauch legen. Dann stellen Sie sich vor, wie das magnetische Fluidum von der einen Hand zur anderen zirkuliert.
Frage: Darf man diese Position verändern?
Antwort: Ja, Sie können dem Patienten eine Hand auf den Kopf legen, wenn Sie die andere nicht wegnehmen, solange Sie dabei die gleiche Konzentration und den gleichen Willen, Gutes zu tun, walten lassen.
Frage: Welche Anzeichen verraten, ob ein Patient für den Somnambulismus empfänglich ist?
Antwort: Wenn man während der Magnetisierung eines Patienten bemerkt, daß er ein Gefühl der Taubheit verspürt oder leichte Krämpfe hat, die von einem nervösen Zittern begleitet werden. Schließt der Patient die Augen, sollte man ihm mit dem Daumen leicht über die Lider reiben, damit er nicht blinzelt ...
Frage: Gibt es denn unterschiedliche Grade des Somnambulismus?
Antwort: Ja. Manchmal kann man bei einem Patienten nur Schläfrigkeit hervorrufen. Manchmal bewirkt der Magnetismus, daß sich die Augen des Patienten schließen, so daß er sie nicht mehr öffnen kann; wenn er etwas von dem, was um ihn herum vor sich geht, bemerkt, ist er nicht völlig magnetisiert ...
Frage: Wie holt man einen Patienten aus dem magnetischen Zustand zurück?
Antwort: ... durch einen Willensakt weckt man ihn auf.
Frage: Sie meinen, wenn Sie ihn aufwecken wollen, brauchen Sie nur zu wollen, daß er die Augen öffnet?

Antwort: Das ist das Wichtigste. Um diese Idee mit jenem Objekte zu verbinden, kann man ihm leicht die Augen reiben, während man ihm seinen Willen aufzwingt. Die Wirkung läßt nie lange auf sich warten.

Du magnétisme animal (1820)
Armand Marie Jacques de Chastenet, Marquis de Puységur

1

Es war ein Samstagabend, als der Mann mit der roten Weste in London eintraf, genauer gesagt, der fünfzehnte April des Jahres 1837. Um Schlag sechs sah er unter schweren Lidern hervor aus dem Fenster der Kutsche, mit der er soeben aus Dover gekommen war, und erblickte im hellen Schein einer Gaslaterne einen goldenen Bullen mit einem weit aufgerissenen, riesigen Maul, der ihn zu verschlingen drohte – das Schild des Gasthofes Zum Goldenen Ochsen.

Als die *Rakete*, wie die Kutsche so treffend hieß, mit ratternden Rädern durch das Hoftor rollte, bemerkten die Mitreisenden des schweigsamen Fremden, daß er, der bereits seit der Westminster Bridge seinen Spazierstock mit dem silbernen Griff immer wieder ungeduldig auf den Boden gestoßen hatte, nun einen regelrechten Trommelwirbel damit schlug.

Er war ein hochgewachsener Mann, der die Vierzig bereits überschritten hatte, so breit in Brust und Schultern, daß sich seine Sitznachbarn durch seine bloße Gegenwart bedrängt gefühlt hatten. Allerdings hätten sie nicht sagen können, welchem Beruf er nachging oder welches Ziel ihn nach London führte. Einer vermutete einen Buchmacher in ihm, ein anderer hielt ihn für einen Gutsbesitzer, und ein dritter, dem die vortreffliche Qualität seiner Weste aufgefallen war, sah in ihm einen höhergestellten Dienstboten, der die abgelegte Kleidung seines Herrn auftrug.

Seinem Gesicht nach zu urteilen, wäre durchaus jede dieser Möglichkeiten in Betracht gekommen, und er hätte wohl in allen drei Berufen eine gute Figur abgegeben. Seine Brauen schoben sich tief über die Augen, und seine Wangen glänzten, als ob das Leben so lange an ihnen geschliffen und gescheuert hätte, bis die Knochen unter dem Fleisch blankpoliert waren. Er hatte eine große, stark gebogene Habichtsnase. In seinen dunklen Augen lag ein forschender Blick und zugleich ein derart gereizter, wenn nicht gar streitbarer Ausdruck, daß seine Mitreisenden während der langen Fahrt von Dover nach London wohlweislich die Distanz gewahrt hatten.

Kaum war das *Brr* des Kutschers verklungen, öffnete er auch schon den Schlag und stieg wortlos aus.

Der erste Reisende, der nach ihm die Kutsche verließ, konnte beobachten, wie der Fremde den Gepäckträger, ein ausnehmend freches Individuum, bei der Schulter packte. An der Miene des rothaarigen Burschen ließ sich deutlich ablesen, daß sein Griff alles andere als zimperlich war.

»Aufgepaßt, du Hundsfott.«

Der Träger wurde unsanft auf die andere Seite des Wagens eskortiert.

»Du comprenneh-wuh?« Der Fremde deutete mit dem Stock auf eine große Truhe, die auf dem Dach der Kutsche stand. »Das blaue Gepäckstück. Falls es Eure Lordschaft nicht inkommodieren würde.«

Der Träger gab zu verstehen, daß es ihm nicht die geringsten Ungelegenheiten bereiten würde. Dann wechselten einige Münzen den Besitzer, und der Mann mit der roten Weste schritt, begleitet vom Klappern seines Stockes auf den Pflastersteinen, mit hochgerecktem Kinn durch das Tor auf den Haymarket hinaus, wo sich in seinen Augen sogleich ein unirdisches Glänzen und Gleißen spiegelte.

So hell leuchtete die Stadt schon, seit die Kutsche den südlichen Stadtteil Elephant and Castle erreicht hatte: Gaslicht, lodernd und flammend wie von großen Fackeln; angestrahlte Würste, schillernder Fisch und glitzerndes Eis, Apotheken, die mit ihren in vielen Farben funkelnden Gefäßen wie Schatzhöhlen anmuteten. Die Stadt hatte sich in einen Jahrmarkt verwandelt, und

als die Kutsche in Westminster über den Fluß gefahren war, hatte der Fremde bemerkt, daß sogar die Themse-Brücken hell beleuchtet waren.
Der Haymarket glich einer großen Ballszene. Nicht nur wegen des Gaslichts, sondern auch wegen der Musik und der dichten Menschenmengen. Ein Besucher aus dem vorigen Jahrhundert hätte die Straße nicht wiedererkannt, und selbst wer nur fünfzehn Jahre nicht mehr dagewesen wäre, hätte sich kaum noch zurechtgefunden. Aus einfachen Schnapsschenken waren prächtige Wirtshäuser geworden, mit hohen, breiten Fenstern, die mit Glasschliff verziert waren: »Gin für Threepence – Edle Weine – Heißer Punsch«. Und Teufel auch, mit seinen leuchtenden Rosetten und Weintrauben aus buntem Glas rings um den Eingang sah dieses Lokal wie eine Kirche aus. Der hünenhafte Fremde bahnte sich einen Weg zum Schanktisch und bestellte einen Brandy, den er in einem Zug hinunterstürzte. Als er sich wieder umdrehte, verriet sein Gesicht einige Verwirrung.
Zwei Kinder zerrten an seinem Ärmel, doch er schien sie kaum zu bemerken, denn er verließ das Wirtshaus, ohne ihnen auch nur einen Blick zu gönnen.
Auf der Straße ging es hoch her, ein Gedränge, ein Getümmel, ein ohrenbetäubendes Getöse, der Geruch nach Pferdeäpfeln und Ruß, der alte gelbe Geruch Londons.
»Kommen Sie, mein Herr, kommen Sie mit.«
»Kommen Sie mit mir, Sir.«
Eine junge Frau mit einem Federhut hatte ihm die Hand auf den Ellenbogen gelegt: so ein hübsches Gesicht, so kurze Beine. Er machte sich los, ging ein, zwei Schritte weiter und schneuzte unter lautem Trompeten die Nase. Als er sein Taschentuch – ein hellgrünes Kingsman, das er früher um den Hals getragen hatte – sorgfältig wieder zusammenfaltete, waren für einen Augenblick die beiden Fingerstummel an seiner linken Hand zu sehen, die schon in der *Rakete* für neugierige Blicke gesorgt hatten.
Nachdem er das Kingsman sicher verwahrt hatte, ging er zu-

nächst den Strand hinunter, um es sich aber offenbar gleich wieder anders zu überlegen, denn er bog in die Agar Street ein, die ihn zur Maiden Lane führte.

In der Floral Street blieb er vor dem beleuchteten Fenster der Pastetenbäckerei McClusky stehen. Er putzte sich noch einmal die Nase, ob wegen des Rußes oder aus Rührung, ließ sich an seinen Zügen nicht ablesen, betrat den windschiefen kleinen Laden und kam mit einem Siruptörtchen wieder heraus, das über und über mit Puderzucker bestäubt war. Er verzehrte das Gebäck auf der Straße, im Gehen. Bis er in die St. Martin's Lane kam, hatte er es aufgegessen. Etwas südlich von Seven Dials machte der Fremde an einer stillen, dunklen Straßenecke halt, endlich allein und unbehelligt vom grellen Schein des Gaslichts.

Es war die Ecke zur Cecil Street, einer sehr kurzen Straße, die die Cross Street mit der St. Martin's Lane verband. Er wischte sich mit dem Taschentuch den Puderzucker aus dem Gesicht und setzte seinen Weg im Dunkeln fort. Er spähte nach den Hausnummern, doch es waren keine auszumachen.

Kurz bevor er die Cross Street erreichte, die wie ein breiter Strom dahinrauschte und in der sich Gigs und Postkutschen, Mietdroschken und Dogcarts drängten, stieß er auf einen Phaeton, der am Straßenrand angehalten hatte. Es war eine überaus prachtvolle Equipage, soviel war auch im Dunkeln zu erkennen, auf dem schwarzlackierten Schlag prangte eine goldene Adelskrone. Im Inneren der Kutsche weinte eine Frau.

Mit dem nächsten Schritt wäre er in der Cross Street gewesen. Doch da öffnete sich der Schlag der Kutsche, eine Matrone im langen Kleid stieg aus und wechselte noch ein paar Worte mit der Frau, die im Wagen zurückgeblieben war. »Gute Nacht, Ma'am.«

Beim Klang dieser Stimme blieb der Fremde wie angewurzelt stehen.

Der Phaeton fuhr weiter, und der Fremde drückte sich in einen dunklen Hauseingang, während die Matrone ein Gartentor öffnete, das direkt gegenüber zu einem hohen, schmalen Haus führte. Aus dem Oberlicht über der Eingangstür fiel ein matt gelber Schein.

Da sprach er. »Entschuldigen Sie, Missus, ist das die Hausnummer vier?«

»Wenn Sie Tabletten wollen, kommen Sie morgen wieder.«

»Mary Britten«, sagte er.

Er hörte, wie sie mit einem großen Schlüsselbund klimperte.

»Kommen Sie morgen wieder«, sagte sie.

Der Fremde trat auf die Straße hinaus.

»Hol eine Lampe, Mary Britten.«

»Wer sind Sie?«

»Einer, den du kennen müßtest, Mary Britten.«

Sie drehte ihm noch immer den Rücken zu und hantierte mit ihren Schlüsseln. »Es ist schon dunkel. Kommen Sie morgen wieder.«

»Einer, den du erkennen müßtest, auch wenn er schwarz von Ruß wäre.«

Endlich hatte sie den richtigen Schlüssel gefunden. Die Tür ging auf, und im gelblichen Schein der Öllampe, die in der Diele brannte, wurde eine hochgewachsene, gutaussehende Frau sichtbar. Sie trug ein aufwendig gearbeitetes Kleid aus blauem oder grünem Tuch, das wie Seide schimmerte. Sie war eine alte Dame von gut siebzig Jahren, doch von ihrer Haltung und ihrem Auftreten her hätte man sie auch für fünfzig halten können.

»Das ist also die Cecil Street«, sagte er. »Ich hätte es mir nobler vorgestellt.«

Sie zögerte und spähte in die Nacht hinaus, die Hand auf der Klinke. »Was machst du hier?« flüsterte sie. »Du bist ein toter Mann, wenn sie dich finden.«

»Das ist ja ein reizender Empfang.«

»Bring mir keinen Ärger ins Haus.«

»Du bist also ehrbar geworden.«

»Willst du mich erpressen?«
»Das habe ich nicht nötig«, sagte der Fremde. »Willst du mich nicht ins Haus bitten?«
Sie machte zwar keine Anstalten, ihn hereinzulassen, schlug aber einen fürsorglicheren Ton an. »Haben sie dich schlecht behandelt?«
»Ziemlich schlecht.«
»Woher wußtest du, daß ich hier bin?«
»Ich habe deine Anzeige in der Zeitung gelesen.«
»Und jetzt bist du wieder da, zu allen Schurkereien bereit, du Lump.«
»Nein, Ma. Ich habe mich zur Ruhe gesetzt. Ich bin zurückgekommen, um die Kultur zu genießen.«
Sie lachte rauh. »Die Oper?«
»O ja«, sagte der Fremde ernst. »Die Oper, das Theater. Ich habe viel nachzuholen.«
»Also, ich muß jetzt ins Bett, Jack. Ich kann dich leider nicht auf einen kleinen Plausch ins Haus bitten.«
»Vielleicht gehe ich Tom besuchen.«
»Gütiger Himmel, Jack.«
»Was denn?«
»Du Schuft«, rief sie mit echtem Gefühl. »Du weißt doch, daß er tot ist.«
»Nein! Nein, das wußte ich nicht.«
»Gott steh mir bei, Jack. Ich bin doch kein dummes Küken mehr. Ich weiß, wen du bezahlt hast. Ich weiß, wie du es angestellt hast.«
»Ich habe keinem Menschen Geld gegeben, das schwöre ich.«
»Was willst du, Jack?« fragte die alte Frau, und ihre Stimme zitterte. »Was suchst du in London?«
»Es ist meine Heimat.« Jack hatte die Stimme erhoben und ließ das hitzige Naturell aufblitzen, das der Gepäckträger vor dem Goldenen Ochsen zu spüren bekommen hatte. »Mehr will ich nicht. Meine Heimat.«

»Ich habe meinen Bilboa-Degen noch. Glaube ja nicht, daß ich ihn nicht benutzen würde.«

Der Fremde schüttelte den Kopf und lachte.

»Hast du Angst, daß ich noch ein Hühnchen mit dir rupfen will, Ma?«

»Hast du keine Angst, gehängt zu werden, Jack?« Mit diesen bitteren Worten ging sie ins Haus und zog die Tür hinter sich zu.

»Ich komme wieder, Ma.«

Statt einer Antwort war nur schweres Kettengeklirr zu hören, was den Besucher zu belustigen schien.

»Ich komme morgen abend wieder. Dann können wir uns ausgiebig unterhalten.«

Zweifellos beabsichtigte Jack Maggs, sein Versprechen zu halten, aber der kommende Tag hielt Ereignisse bereit, die er nicht vorhersehen konnte. Es sollten drei Wochen vergehen, bis er die Cecil Street wiedersah.

2

Früher einmal hatte der streitlustige Lord Herbert of Cherbury in der Great Queen Street residiert. Auch Lord Bristol hatte dort gewohnt, genau wie der Lordsiegelbewahrer Finch und die Familien Conway und Paulett. Doch als Jack Maggs an jenem feuchten Sonntagmorgen, den Spazierstock mit dem silbernen Griff unter dem Arm, aus Richtung Long Acre kommend die Great Queen Street heraufmarschierte, zeugten nur noch wenige Pilaster und anderer Zierat, der sich auf der westlichen Straßenseite an die eine oder andere Fassade klammerte, von der einstigen Pracht dieses Goldenen Zeitalters.

Inzwischen beherbergte die Great Queen Street eine Tabakwarenhandlung, eine Wäscherei und eine enge kleine Werkstatt, in der Glasaugen für Puppen und verwundete Gentlemen angefertigt wurden. In der Nummer dreißig wohnten Schauspieler zur Untermiete. Die Nummer neunundzwanzig war in den Besitz eines ehemaligen Gemischtwarenhändlers aus Clerkenwell übergegangen.

Jack Maggs schien sich besonders für das Haus mit der Nummer siebenundzwanzig zu interessieren, denn er baute sich auf der gegenüberliegenden Straßenseite auf, um es eingehend in Augenschein zu nehmen. Es war ein ansehnliches Gebäude – drei Stockwerke, ein hoher schmiedeeiserner Zaun mit schönem Tor, das zum Dienstboteneingang hinunterführte. Dazu eine hell gestrichene Tür mit Messingklopfer und Oberlicht. Bei der Betrachtung des Hauses wurde der Mann allmählich von einer derart großen Aufregung ergriffen, daß die linke Hälfte seines scharfgeschnittenen Gesichts zu zucken begann.

Plötzlich jagte in Richtung Long Acre ein Dogcart vorbei, im Stehen gelenkt von einem höchstens zwanzig Jahre alten Burschen. Der Besucher war so sehr in seine Gedanken vertieft, daß ihn erst das Knallen der Peitsche aus der Versenkung riß.

Jack Maggs fuhr geradezu aus der Haut. Er sprang auf die Straße und drohte dem Kutscher mit dem Stock, als ob er ihn verfolgen und bestrafen wollte. Als er jedoch kurz darauf vor dem Haus mit der Nummer siebenundzwanzig stand, um dort vorstellig zu werden, hatte er sich wieder in einen perfekten Gentleman verwandelt, und nur das leise Zucken seiner linken Wange verriet, wie aufgewühlt er war.

Jack Maggs Esquire nahm den Hut ab und legte die Hand auf den Messingklopfer. Er ließ ihn rasch und energisch, aber höflich niederfallen.

Als ihm nicht gleich geöffnet wurde, klopfte er noch einmal. Und eine Minute später ein drittes Mal – Poch-poch-poch.

Es konnte nicht sein, daß niemand daheim war. Der Besucher war über die Bewohner bestens informiert. Es mußte ein Butler im Haus sein, eine Wirtschafterin, eine Köchin.

Er trat bis an den Straßenrand zurück und sah zu den oberen

Fenstern hinauf. Als er mit sorgenvollem Blick feststellen mußte, daß sie dunkel und verhängt waren, ging er ein paar Schritte zur Seite und öffnete das kleine Tor zum Dienstboteneingang.
Genau in diesem Augenblick trat Mercy Larkin im Nachbarhaus an das Salonfenster. Mercy war dem Namen nach als Küchenmagd angestellt, aber da sie in diesem verwirrenden Haushalt auch das einzige Dienstmädchen war, hatte sie gerade damit begonnen, die kleine Bibliothek ihres Brotherrn so zu arrangieren, wie er sie am liebsten vorfand – auf der kleinen Zedernholzkommode mit der Wachsdecke.
Sie sah, wie der Mann, den sie schon bald als Jack Maggs kennenlernen würde, die Treppe zum Dienstboteneingang des Hauses Nummer siebenundzwanzig hinunterging. Sie glaubte, er sei gekommen, um bei Mrs. Halfstairs für die Stelle als Lakai vorzusprechen. Er mußte der Bewerber sein, das wußte sie sofort. Er hatte die richtige Größe und die richtigen Beine, aber er war an der falschen Adresse.
Da drehte Jack Maggs sich um und merkte, daß sie ihn beobachtete. Eigentlich sah er gar nicht wie ein Lakai aus, jedenfalls hatte Mercy noch nie einen Lakaien mit einem solchen Gesicht gesehen. Den Staubwedel in der Hand, stand sie am Salonfenster, und es überlief sie kalt.
Jack Maggs wußte nicht das geringste über Mercy Larkin, Mrs. Halfstairs oder den Rest von Mr. Buckles chaotischem Haushalt, doch als er das Gartentor hinter sich schloß, fiel ihm auf, daß ihn das Mädchen immer noch anstarrte. Er sah ihre blasse Haut und die hübschen Löckchen, die unter ihrer Haube hervorsahen. Hätte man ihn aber gefragt, welchen Eindruck sie auf ihn machte, hätte er die Frage nicht einmal gehört. Er wußte sich entdeckt. Er spürte das rauhe Hanfseil von Newgate um seinen Hals.
Er ging die letzten Stufen hinunter und entzog sich ihren Blikken. Nachdem er sich mit seinem breiten Rücken an die Wand

gepreßt hatte, konnte er in die Küche sehen. Sein Beruf hatte ihn gelehrt zu erkennen, wann ein Haus verlassen war, und dieses Haus glich einem Grab. Trotzdem klopfte er leise an und kratzte an der Scheibe.

»Entschuldigen Sie da unten.«

Er widerstand dem Drang, sich noch platter an die Wand zu drücken, sondern kam statt dessen ein paar Schritte vor, damit das Mädchen ihn sehen konnte.

»Keine Sorge«, sagte er. Dabei lächelte er, so daß sein gesundes, ebenmäßiges Gebiß zu sehen war. »Ich werde erwartet.«

»Es ist keiner da«, sagte das Mädchen, das ihn scharf musterte. »Niemand zu Hause, nur der Wind und die Mäuse.«

»Sie sind fort?« fragte er heiser.

»Sie wollen sich doch bestimmt um die Lakaienstellung bewerben, nicht wahr?«

Der Fremde lächelte.

»Dann suchen Sie das Haus von Mr. Buckle«, sagte sie.

»Wo sind sie denn hin? Ich werde erwartet.« Er stieg die Treppe wieder hinauf.

»Nach Calais«, sagte sie. »Oder von mir aus auch nach Südamerika. Woher soll ich das wissen? Der gnädige Herr hatte nicht die Güte, mir das Ziel seiner Reise zu nennen.«

Als der Fremde am Gartentor angekommen war, konnte Mercy erkennen, daß seine Wange zuckte. Er legte die Hand darauf.

»Manchmal schicken sie einen Dienstboten mit der Kutsche vorbei«, fuhr Mercy fort. »Aber nie für lange.«

»Dann sind sie also nicht endgültig fort?« fragte er.

»Wie ich schon sagte, sie kommen und gehen.« Sie hielt inne. »Ich dachte wirklich, Sie wären unser neuer Lakai. Mrs. Halfstairs ist sehr eigen, was die Größe des zweiten Lakaien angeht. Sie wartet schon mit dem Metermaß.«

»Lakai?«

»Weil Sie genau die richtige Größe haben und so. Ein Jammer, daß Sie kein Lakai sind. Sie sind doch keiner, oder?«

Während sie die Frage aussprach, ließ er sie nicht aus den Augen, so gebannt, wie man einem Auktionator zusieht, der den Hammer hebt, aber in Wahrheit war seine Entscheidung längst gefallen.

»Ich arbeite hier«, sagte er. »Ich bin Mr. Phipps' neuer Lakai.«

»Also doch.« Sie lächelte. »Ich wußte ja gleich, daß Sie ein Lakai sind.«

»Aber gewiß, mein Kind. Ich bin Lakai beim jungen Mr. Phipps, der meine gesamten Papiere hat«, sagte Jack. »Meine Empfehlungsschreiben und Zeugnisse liegen hier im Haus. Was soll ich jetzt bloß machen?«

»Vielleicht sind Sie zu spät dran.«

»Zu spät?« rief Jack Maggs und hieb mit dem Spazierstock auf den Bürgersteig. »Ich verspäte mich nie. Ich war Erster Lakai bei Lord Logan, der bei dem Brand in Glasgow ums Leben gekommen ist.«

»Mercy Larkin«, sagte eine Frauenstimme im Tiefparterre des Hauses Nummer neunundzwanzig. »Willst du wohl sofort herunterkommen.«

»Es ist ein Lakai«, erklärte das Mädchen. »In einer äußerst tragischen Lage.«

3

Mr. Percy Buckle war zwar der Besitzer der herrschaftlichen Residenz Great Queen Street Nummer neunundzwanzig, aber ein Gentleman war er genausowenig wie der Mann, der sich, als Lakai getarnt, soeben anschickte, sein Haus zu betreten.

Noch im Vorjahr war er ein bescheidener Gemischtwarenhändler in Clerkenwell gewesen, und davor hatte er sich in Limehouse jahrelang mit dem Verkauf von Bratfisch in Schenken und Theatern über Wasser gehalten.

Doch als Percy Buckle an einem kühlen Herbstmorgen des Jahres 1836 Besuch von einem Anwalt bekam, begann sein »großes Glück«, dem er es verdankte, daß er binnen zweier Monate zum Herrn eines stattlichen Hauses in der Great Queen Street und zum Eigentümer des Lyceum-Theaters auf dem Holborn Hill aufstieg.

Nachdem er sein ganzes Leben damit verbracht hatte, sich vom Bratfischverkäufer zum Gemischtwarenhändler hochzuarbeiten, reagierte er auf sein Erbe zunächst mit großer Bestürzung. Er bekam Fieber und Schwindelanfälle und konnte nichts Kräftigeres zu sich nehmen als das geröstete Brot und die heiße Brühe, die ihm die Tochter seiner verrückten Aufwartefrau brachte. Tagelang versuchte er zu ergründen, über welche dunklen, schlüpfrigen Äste seines Stammbaums er mit dem verstorbenen Unbekannten verbunden war. Im frisch gebügelten Nachthemd lag er in seinem frisch bezogenen Bett und sah zu, wie die Sonne als kleines Viereck über seine Schlafzimmerwand wanderte.

Am dritten Morgen aber – am Guy-Fawkes-Tag, um genau zu sein – war das Fieber verflogen. Percy Buckle sah sich in seinem kleinen Zimmer um und wußte, daß er sein Lebtag kein einziges Pfund Mehl mehr würde abwiegen müssen.

Ich kann den ganzen Tag lesen.

Schon als Kaufmann war er ein regelrechter Büchernarr gewesen, auch wenn er am Abend zu müde war, um mehr als eine halbe Seite *Ivanhoe* zu bewältigen, und obwohl er penetrant nach Sprotten und Makrelen roch, war er einer Leihbücherei beigetreten und besuchte regelmäßig die Versammlungen eines Debattierklubs.

Er setzte sich im Bett hin und strich sein adrettes Oberlippenbärtchen glatt. In seine sanften blauen Augen trat ein Leuchten, welches für gewöhnlich nur durch die Gesellschaft gelehrter Männer entfacht werden konnte, die in einem zugigen Saal über Anästhesie oder Mechanik disputierten.

Binnen einer Woche stiftete er die Bestände seines Ladens der Kirchengemeinde. Er suchte sich einen Schneider. In der Buchhandlung Fletcher in Piccadilly erwarb er eine Gesamtausgabe von Gibbons *Aufstieg und Fall des römischen Reiches*. Er zog in die Great Queen Street um und gab der Tochter seiner verrückten Aufwartefrau eine Stelle als Küchenmagd. Er hatte eine besondere Vorliebe für Mercy Larkin und hätte sie zur Wirtschafterin ernannt, wenn er in seinem neuen Haushalt nicht bereits eine Anzahl von Dienstboten vorgefunden hätte, die, da sie im letzten Quartal nicht ausbezahlt worden waren, nun darauf warteten, aus dem Erbe entlohnt zu werden.
Es dauerte ungefähr eine Woche, bis Mr. Buckle ganz begriff, daß er nicht nur ein Haus geerbt hatte, sondern auch einen trunksüchtigen, senilen Butler namens Spinks, zwei Lakaien, eine Köchin und eine Wirtschafterin, die sich zur Herrscherin über den Butler aufgeschwungen hatte. Manchmal konnte er kaum glauben, daß das Haus jemals so viele Dienstboten hatte fassen können, aber da sein Wohltäter ihnen anscheinend genauso zugetan gewesen war wie seinen Katzen, war Mr. Buckle gern bereit, sie ebenfalls in sein Herz zu schließen.
Er ließ es zu, daß die Katzen – fünf an der Zahl – durch das offene Salonfenster kamen und gingen, wie es ihnen gefiel. Er hatte nichts gegen die Tiere. Schon bald gewöhnte er sich sogar daran, daß eine rote und eine getigerte Katze es sich schnurrend auf seinem Schoß gemütlich machten.
Es störte ihn nicht, daß der rotnasige Butler schnarchend vor dem zu putzenden Silber hockte, auch wenn ihm, was an dieser Stelle deutlich gesagt werden muß, ganz einfach der Mut fehlte, dem aufgeblasenen alten Mann das Trinken zu verbieten. Auch vor seiner Wirtschafterin fürchtete er sich ein wenig, aber da sie nie mehr als einen halben Schilling für das Pfund Speck ausgab, blieb ihm immerhin der Trost, daß sie tüchtig war. Wozu, so sagte er sich, sollte man einen Hund halten, um selbst zu bellen? Womit er meinte, daß es das beste war, die Regelung seiner

hauswirtschaftlichen Angelegenheiten denen zu überlassen, die auf diesem Gebiet die größte Erfahrung hatten. Er aß Bücklinge zum Frühstück und verbrachte die Tage außer Haus, in der Bücherei, im Museum oder im Theater.

So also sah der Haushalt aus, in den Jack Maggs von Mercy Larkin eingeführt wurde. Der Neuankömmling empfand zwar den Katzengeruch zunächst als etwas störend, doch bei einem Glas Rotwein mit dem Butler dachte er schon bald nicht mehr daran. Nachdem er zusammen mit den anderen Dienstboten einen kalten Imbiß eingenommen hatte, wurde er zur Wirtschafterin gebracht.

Mrs. Halfstairs erwartete ihn in ihrem Dienstzimmer, einem seltsamen Raum, der weder zum Unter- noch zum Erdgeschoß gehörte, sondern wie der Hochsitz eines Jägers lediglich vom Keller aus mit der Leiter oder von der Küche aus über eine kleine, steile Stiege erreicht werden konnte. Hier hielt sie hof, umringt von zahlreichen Andenken an ihren Bruder, einen Hauptmann des 57sten Infanterieregiments, der in den längst vergangenen Schlachten bei Vittoria und Nive gekämpft hatte. Hier hatte sie ihr Haushaltsbuch aufgeschlagen und war bereit, den neuesten Bewerber zu befragen.

Jack Maggs war kein Lakai. Er konnte weder Empfehlungsschreiben noch Zeugnisse vorweisen. Aber er hatte die richtige Größe. Breitbeinig baute er sich vor Mrs. Halfstairs auf, die geschlossenen Hände auf dem Rücken, um die vernarbten Fingerstummel zu verbergen.

Mrs. Halfstairs schikanierte und tyrannisierte gern, was jeder zu spüren bekam, der unter ihre Fuchtel geriet. Jack Maggs durchschaute sie sofort, aber es war ihm gleichgültig. Er erklärte ihr, wie es dazu gekommen war, daß Mr. Henry Phipps seine Papiere hatte, und als er sah, wieviel ihr daran lag, ihm zu glauben, fiel alle Spannung von ihm ab und er fühlte sich sogar ein wenig schläfrig.

Zum Teil rührte seine Schläfrigkeit daher, daß er die unmittel-

bare Gefahr fürs erste abgewendet hatte, noch einschläfernder aber wirkte auf ihn ein Mittel, dem er seit seiner Kindheit verfallen war – der Geruch des Überflusses: Schinken, Äpfel, Bienenwachs und sogar Terpentin.
Mrs. Halfstairs war eine kleine Frau mit rundem Gesicht und stramm hochgesteckten grauen Haaren. Sehr korpulent war sie nicht, aber kräftig und stabil gebaut. Sie hatte breite Handgelenke und schmale, spitze Finger, mit denen sie nun eine arg strapazierte Feder ergriff.
»Größe?« fragte sie im Befehlston.
Jack Maggs riß sich aus seinem Tagtraum und antwortete, daß er knapp unter sechs Fuß messe.
Gereizt schrieb der kleine Dragoner in das Haushaltsbuch.
»Knapp darunter?« sagte sie. »Mit Verlaub, aber mehr hätte ich von einem Mann in Diensten des Mr. Phipps auch nicht erwartet. Knapp darunter!«
»Einen Zoll«, präzisierte der Bewerber.
»Also muß ich die Subtraktion selbst durchführen. Aber daß es nicht mehr als ein Zoll ist, können Sie beschwören? Es sind in Wahrheit nicht vielleicht ein und ein Viertelzoll?«
»Ich fürchte, da bin ich überfragt, Ma'am.«
»Hat Mr. Phipps' Wirtschafterin Sie nicht gemessen?«
»Nein, Ma'am.«
»Ich finde, Mr. Phipps' erster Lakai ist ein wenig zu klein geraten«, sagte sie stirnrunzelnd. »Ich verstehe nicht, was er sich dabei gedacht hat. Er wird sich doch wohl keinen Scherz erlaubt haben wollen? Ein großer und ein kleiner Lakai? Das wäre typisch für ihn, nach allem, was ich von ihm gehört habe. Für jeden Jux und jeden Ulk zu haben. Glauben Sie, daß das seine Absicht war?«
»Das kann ich nicht sagen, Ma'am.«
»Wer könnte das schon? Wer könnte sagen, was im Kopf dieses Gentleman vorgeht?«
Noch bevor Mrs. Halfstairs geläutet hatte, wußte Jack Maggs,

daß er die Stelle bekommen hatte. Sie legte die Feder weg, faltete die kleinen Hände und betrachtete mit unverhohlener Bewunderung seine stämmigen Beine.

»Maggs«, murmelte sie.

Auch als Mercy Larkin in das Zimmer kam, ließ Mrs. Halfstairs sich beim Studium der Anatomie des Bewerbers nicht stören.

»Hol Constable her.«

»Ich glaube, Constable ist immer noch unpäßlich.«

»Hol ihn«, sagte Mrs. Halfstairs. »Sofort.« Sie wandte sich wieder Jack Maggs zu und legte ihm die folgende Beurteilung dar: »Es will mir scheinen, daß Sie fünf Fuß und elfeinhalb Zoll messen, aber wenn wir Ihr Haar erst mit etwas Seife und Puder frisiert haben, kommen Sie auf genau sechs Fuß. Nichts ist schädlicher für den Eindruck, den eine Kutsche oder eine festliche Tafel macht, als zwei unterschiedlich große Lakaien. Wo bleibt der Mensch denn nur?«

Kaum hatte sie die Frage ausgesprochen, öffnete sich die untere Tür und ein Mann kam herauf, der nicht die mindeste Ähnlichkeit mit einem Lakaien besaß. Seine Haare waren zerzaust, seine Augen rot, und seine breiten, hohen Wangenknochen schienen mit Asche beschmiert zu sein. Er trug eine Kniehose mit Trägern und ein weißes Hemd, das am Hals aufgeknöpft war und dessen Schoß heraushing, was ihm ein elendes und gequältes Aussehen verlieh. Als er Jack Maggs bemerkte, warf er ihm einen brütend bösartigen Blick zu.

»Rücken an Rücken«, befahl Mrs. Halfstairs.

Dem Bewerber war nicht klar, was die kleine Frau damit meinte, aber der wilde Mann mit dem schwarzen Gesicht schien sie zu verstehen, denn er drehte sich gehorsam um und drückte die Schultern durch.

»Buchstützen«, sagte Mrs. Halfstairs. »Buchstützen, wenn ich bitten darf, Mr. Maggs.«

Allmählich begriff er, worauf sie hinauswollte: Er sollte sich Rücken an Rücken mit Constable aufstellen.

Das Ergebnis dieses erniedrigenden Akts nötigte Mrs. Halfstairs eine fast rührende Genugtuung ab.
»Ach, du meine Güte«, sagte sie, während sie die beiden Männer betrachtete. »Ach, du liebe Güte.«
Ein Lächeln zog sich über ihr rundes Gesicht, bei dem zum erstenmal ihre untere Zahnreihe zum Vorschein kam, die sehr kurz, aber bemerkenswert gleichmäßig war.
Jack hörte, daß Constable schniefte.
»Ausgezeichnet«, sagte Mrs. Halfstairs. »Ganz vorzüglich. Mr. Spinks wird hoch erfreut sein, genau wie der Hausherr.« Sie tauchte die Feder ins Tintenfaß. Nachdem sie die Zeilen sorgfältig abgelöscht hatte und mit einer Feierlichkeit, die man bei einer Einladung zum Ball erwarten würde, in einem langen, schmalen Kuvert versiegelt hatte, wies sie den Bewerber an, das Schreiben Mr. Spinks zu übergeben und den Butler daran zu erinnern, daß der neue Lakai bis zum Abendessen noch ausstaffiert werden mußte.
Jack Maggs ging über die enge kleine Stiege in die Küche hinauf. Er hatte eine Anstellung gefunden, ohne sich die Mühe machen zu müssen, ein Empfehlungsschreiben zu fälschen. Von dem Gespräch, das Mrs. Halfstairs und Mr. Constable noch führten, nachdem er sie verlassen hatte, hörte er nur den Anfang.
»Es reicht, Edward. So darf es keinen Tag mehr weitergehen.«
Dann hörte er Mr. Constable weinen.

4

An diesem Abend mußte Miss Mott für sieben Gentlemen aufkochen. Als Mr. Quentin noch Herr des Hauses gewesen war, hätte sie diese Aufgabe mühelos bewältigt. Damals brachte sie jeden Abend zehn Gänge auf den Tisch, Fasan und Perlhuhn, drei verschiedene Nachspeisen zur Wahl. Aber so zugänglich sich Mr. Buckle seinen Dienstboten gegenüber auch erwiesen hatte, so wenig war er sich seiner gesellschaftlichen Verpflichtungen bewußt. Als Junggeselle pflegte er eine seltsam zurückgezogene Lebensweise, und zum Abendessen verlangte er oft nicht mehr als eine Scheibe Käse mit Pickles. Dann zog er sich mit seinem Buch, einem Glas Porterbier und der Scheibe Cheshire in seine behagliche Lesestube im ersten Stock zurück. Ob die Wirtschafterin wirtschaftete oder der Butler wach war, schien ihn weder zu kümmern noch zu interessieren, solange er sich nur von dem frechen kleinen Hausmädchen bedienen lassen konnte.

Und nun, da endlich wieder einmal ein festliches Ereignis bevorstand, waren die Früchte seiner schlechten Haushaltsführung überall zu sehen: ein betrunkener Butler, ein Lakai, der vor Kummer wie von Sinnen war, und eine unerfahrene Küchenmagd, die den Nierentalg so langsam raspelte, daß die Köchin es nicht mit ansehen konnte.

Miss Mott arbeitete an ihrer Apfelpastete. Sie sandte ein Stoßgebet zum Himmel. Lieber Gott, treib das Mädchen zur Eile an und mach, daß Mrs. Halfstairs ihren Zollstock weglegt und den neuen Lakaien einstellt. Sie blickte nicht auf, als Jack Maggs in die Küche zurückkam, aber wie so viele kleine, schüchterne Menschen hatte auch sie die Fähigkeit, von unten nach oben zu spähen, ohne den Kopf zu heben. Da sie das ersehnte Briefkuvert nirgends entdecken konnte, weil das Objekt ihrer Neugierde längst in Jacks Weste verschwunden war, befürchtete sie sogleich das Schlimmste – eine ihrer größten Schwächen. Sie begann zu zucken, wie ein Hund, den es an einer Stelle juckt, wo er sich nicht kratzen kann.

Die Köchin war so mager und sehnig, daß sich ihr heftiges Zukken nirgendwo verbergen ließ. Es wanderte an ihrem Rückgrat hinauf, verschwand unter ihrer kleinen weißen Haube, kam, als es fast schon verloren schien, vorn wieder heraus und zerrte ihre Mundwinkel in eine Grimasse.

»Das ist mein Ende«, seufzte Peggy Mott, obwohl sie nicht damit rechnete, mit ihrer Klage auf Mitgefühl oder auch nur Interesse zu stoßen.

Sie gab dem Burschen ein Stück Shortbread-Gebäck und schenkte ihm eine Tasse Tee ein.

Jack Maggs rührte vier gehäufte Löffel Zucker in den Tee und trank einen Schluck. Obwohl es den Anschein hatte, als ob ihm die Augen zufielen, taxierte er in Wahrheit sein neues Heim. Er beobachtete, wie das Gesicht der kleinen Köchin nervös zuckte, wie sie an ihren Lippen sog, sie immer wieder spitzte und schürzte. Sie erinnerte ihn an einen traurigen Vogel, und er fragte sich, in welchem Käfig sie wohl so geworden war.

Gleichzeitig beobachtete Mercy Larkin ihrerseits Jack Maggs. Sie ahnte nicht, daß sie eine Auster vor sich hatte, die an einer Perle arbeitete, noch wußte sie, was für Aufregungen in dieser Muschel verborgen waren. Jack Maggs benahm sich ganz wie ein Mann, der es gewohnt war, gut beköstigt zu werden. Er setzte sich breitbeinig an den Tisch und legte sich die Hände locker auf den Bauch. Er gähnte.

»Sehr gut«, sagte er, mehr zu sich selbst.

Er ließ das Kinn auf die Brust sinken und schloß die Augen. Mercy wartete einige Sekunden, aber er machte sie nicht wieder auf.

»Köchin!« sagte das Mädchen, und als Miss Mott sie nicht beachtete: »Pst, sehen Sie doch mal.«

»Was gibt es denn nun schon wieder?« fragte Peggy Mott, aber sie bequemte sich immerhin, Mercy anzuschauen.

»Pst. Er schläft.«

»Diese Hasen sind nicht genügend abgehangen«, sagte Miss Mott nervös. »Längst nicht genug.«

»Kommen Sie her, sehen Sie sich das an.« Mercy schob den Nierentalg weg. Sie kniete sich neben Jack Maggs' mächtige Schenkel.

»Mercy Larkin!« rief Peggy, als sie sich vom Herd wegdrehte und

sah, daß das kecke Ding dem Fremden aus nächster Nähe ins Gesicht blickte. In der Tat: Der Mann war tief und fest eingeschlafen.
»Ich glaube, er ist überhaupt kein Lakai. Sieht er dafür nicht viel zu vornehm aus?«
Peggy musterte die harten Züge und erschauerte. »Er sieht wie ein Mörder aus.«
»Er ist bestimmt ein Butler«, sagte Mercy. »Meinen Sie, wir bekommen ihn für Mr. Spinks? Glauben Sie, deshalb wollte Mrs. Halfstairs ihn haben?«
»Pst, Mercy. Sie hat ihn ja gar nicht eingestellt.«
»Doch, Ma'am, bestimmt. Sie irren sich.«
Miss Mott widmete sich wieder dem Zerlegen der Hasen. »Mercy, du bist noch nie in Stellung gewesen. Es wird Zeit, daß man bei dir die Zügel straffer anzieht, Kind, bevor du vollends über die Stränge schlägst. Es nützt dir gar nichts, daß deine gute Mutter unserem Dienstherrn Brühe gebracht hat, als er krank war.« Sie drehte sich um. »Was machst du da? Was fällt dir ein?«
Mercy steckte dem Schlafenden vorsichtig die Hand in die Weste und zog einen langen weißen Umschlag heraus. »Pst, Ma'am. Ich erfülle Ihnen doch nur Ihren Herzenswunsch.«
Miss Mott starrte auf das Kuvert. Blinzelnd sog sie die Lippen ein.
»Ah, dem Herrn sei Dank.« Sie streckte die Hand nach dem Kuvert aus. »Dem Herrn sei Lob und Dank.« Im nächsten Augenblick schlug ihre Stimmung um. »Jetzt aber hurtig, Mercy. Bitte, bring Mr. Maggs sofort zu Mr. Spinks.«
»Zuerst müssen wir ihn aufwecken«, sagte Mercy verschmitzt.
»Dann rüttle ihn wach, Mercy. Klopf ihm auf die Schulter.«
»Ich fasse ihn nicht an, Ma'am. Das schickt sich nicht.«
Die Köchin streute eine Handvoll Mehl auf den Tisch. Sie wurde von Sekunde zu Sekunde gereizter.
»Mercy, ich habe um acht Uhr sieben Herren zu bekochen, dar-

unter Mr. Oates persönlich. Gott, steh mir bei. Sei jetzt bitte so gut, Mr. Maggs zu wecken. Bring ihn – und sein Kuvert – zu Mr. Spinks, wo auch immer du ihn finden magst.«

»Und wir wissen beide, wo das ist«, sagte Mercy.

Die Köchin seufzte. »Ja, Mercy. Das wissen wir.«

Als wäre der Preis nun endlich hoch genug, klopfte Mercy Jack Maggs auf die Schulter, und der neue Lakai öffnete die Augen.

»Wir müssen zu Mr. Spinks«, sagte Mercy. »Damit er Sie offiziell in Stellung nimmt.«

Jack begriff nicht ganz, was sie meinte, aber er spürte die Wärme, die von ihr ausging, wie von einem vorgewärmten Teller. Als er das Kuvert aus der Weste ziehen wollte, sah er, daß es das Mädchen schon in der Hand hielt.

»Das haben Sie fallenlassen«, sagte sie und gab ihm das Schreiben zurück.

Obwohl er wußte, daß er es nicht verloren hatte, nahm er das Kuvert widerspruchslos an sich und folgte ihr. Sie hatte einen sehr hübsch geschwungenen Rücken und einen weichen weißen Nacken.

5

Nachdem sie die Küche verlassen hatten, gingen sie zuerst durch einen niedrigen kleinen Gang mit einer Balkendecke, an dessen Wänden Regale mit eingemachtem Obst und Gemüse standen, dann eine Stufe hinunter, durch einen weißgekalkten Flur und einmal um die Ecke, bis sie zu einer schweren, grünen Tür kamen, die Mercy öffnete. Dahinter lag das Butlerzimmer.

Es war ein überraschend freundlicher kleiner Raum, dessen Fenster auf einen mit Blütenknospen übersäten alten Birnbaum hinausblickte, mit einem großen, altmodischen Kamin, in dessen tiefen Nischen und rußigen Winkeln Mr. Spinks seine Rotweinflaschen versteckte. An einer Wand stand eine gewaltige Eichenkommode, in der das Tafelsilber das Hauses aufbewahrt wurde. Der Butler saß davor und schlief, einen schweren Messingschürhaken auf den Knien. Der greise Kopf war nach hinten geneigt, der kleine Mund stand weit offen. Die Seiten des *Morning Chronicle* lagen neben seinen bestrumpften Füßen auf dem Boden.

Der neue Lakai nahm nicht weiter Notiz von dem Bild, das sich ihm bot, sondern richtete sein Augenmerk auf Mercy.

»Du kleine Diebin«, sagte er leise und hielt sich die zuckende Wange.

»Sir?«

»Du hattest die Hand in Jack Maggs' Westentasche. Das war sehr mutig von dir.«

Sie wußte nicht recht, ob er erfreut oder verärgert war.

»So mutig bin ich gar nicht«, sagte sie.

Als sie sich hinkniete, um die Zeitung aufzuheben, spürte sie seine Gegenwart überall um sich her. Plötzlich überkam es sie wie eine Vision, und sie sah, wie sie den Kopf an seine männliche Brust bettete. Aber als sie sich zu ihm umwandte, stellte sie fest, daß er den alten Butler musterte.

Mercy mochte Mr. Spinks nicht – er war ein hochnäsiger Tyrann –, doch wie er nun vor ihr saß, den getrockneten Speichel im Mundwinkel, tat es ihr leid, daß er zu alt geworden war, um noch auf sich zu achten. Sie faltete den *Chronicle* zusammen und legte ihn vorsichtig neben seine Füße.

»Unser Dienstherr ist ein guter Mensch«, sagte sie. »Er hat Verständnis für menschliche Schwächen.«

»Auch für Taschendiebstahl?«

»Bitte, seien Sie nicht böse mit mir. Ich wollte doch bloß, daß sich die arme Motte keine Sorgen mehr macht.«

»Ach so, dann hast du es also für sie getan? Das war aber sehr nobel von dir.«

»War es auch. Ich wußte ja, daß Sie eingestellt worden waren, weil ich das Schreiben in Ihrer Westentasche gesehen hatte. Aber Miss Mott hatte schon richtige Zustände, weil wir doch einen Lakaien zu wenig haben. Und heute abend diniert schließlich Mr. Oates bei uns, Mr. Tobias Oates.« Als sie den berühmten Namen aussprach, sah sie ihn erwartungsvoll an, aber seine Miene wurde nicht freundlicher. »Mr. Oates«, wiederholte sie. »Mr. Tobias Oates. Für Tobias Oates würden Sie auch zum Taschendieb werden, bestimmt.«

»Tut mir leid, aber ich kenne keinen Tobias Oates«, sagte er steif.

»Ach, du lieber Himmel.« Sie konnte sich das Lachen nicht verbeißen. »Wo kommen Sie denn her?«

»Ich war zuletzt bei Lord Logan beschäftigt«, sagte Jack Maggs mürrisch. »In Glasgow.«

»Sie haben doch sicher schon mal was von Captain Crumley gehört.«

»Captain Crumley? Gut möglich.«

»Oder von der armen Mrs. Morefallen?«

»Der Name kommt mir bekannt vor.«

»Das ist Mrs. Halfstairs' Leben – zu sehen, wie es mit Captain Crumley und seinem Sohn weitergeht, der im Gefängnis schmort. Und heute ist er bei uns zu Gast. Was für ein großer Tag für Mr. Buckle.«

»Ist dieser Mr. Buckle ein Freund von Captain Crumley?«

Mercy fing wieder an zu lachen, aber ein Blick ihres Gegenübers genügte, um sie verstummen zu lassen.

»Mr. Buckle ist Ihr neuer Dienstherr«, sagte sie ernst. »Er hat einen berühmten Schriftsteller zum Essen eingeladen. Deshalb ist er jetzt auch schon seit drei Tagen nicht mehr aus dem Bett aufgestanden.«

»Der Herr ist krank?«

»Das könnte er nicht ertragen, ausgerechnet jetzt krank zu werden.«

»Dann schläft er?«

»Er würde gern schlafen, aber dafür ist er viel zu aufgeregt. Nein, er bleibt im Bett, weil er nicht krank werden will. Er würde Tobias Oates um nichts in der Welt verpassen wollen.«
»Sag mal, Miss ...«
»Ich heiße Mercy Larkin.«
»Ist dein Herr vielleicht auch ein Freund von Henry Phipps?«
»Sie meinen den Gentleman von nebenan? Denken Sie nicht mehr an ihn.« Sie sah ihn sehr lange aus ihren grauen, mandelförmigen Augen an. »Sie gehören ja jetzt zu uns.«
Er hielt ihrem Blick stand. Auch als aus der Küche ein lautes Rumpeln herüberhallte, ließ er sie nicht aus den Augen.
»Damit bin ich gemeint«, sagte Mercy. Sein Blick schien ihr zornig zu sein. »Wenn ich kommen soll, läßt sie etwas fallen.«
»Dann gehst du wohl besser«, sagte er.
Mercy rührte sich nicht von der Stelle.
»Sei schön auf der Hut, Mädchen.«
»Das müssen Sie gerade sagen. Seien Sie doch lieber selber auf der Hut.«
»Was meinst du damit?«
Das wußte sie selbst nicht genau, und sie verstand auch nicht, warum sie so hitzig und gereizt war. »Wahrscheinlich werden Sie zum Staubwischen verdonnert, genau wie Ihr Vorgänger. Und das Abstauben war sein Untergang.«
»Deshalb hat er gekündigt?«
»Ja, aber mit einer Duellpistole. Er hat sich eine Kugel in den Kopf gejagt.«
»Weil er Staub wischen mußte?«
Mit einemmal kam ihr sein Gesicht gar nicht mehr so sympathisch vor. »Er konnte es nicht ertragen«, sagte sie.
Er zog die Augenbraue hoch.
»Ja, bitte?« raunzte sie.
»Wieso?«
»Verzeihung, Sir«, sagte sie. »Aber ich dachte, Sie wollten dazu eine Bemerkung machen.«

»Nein«, sagte er. »Bestimmt nicht.«
»Doch«, beharrte sie. »Bestimmt.«
Er zögerte.
»Hast du Mr. Phipps schon jemals gesehen?« fragte er schließlich. »Wie war er? Was für ein Mensch?«
Mercy befand sich in einem seltsamen Zustand der Erregung, den sie sich nicht zu erklären vermochte, und als sie sich zu Jack Maggs umdrehte, sah er ihr an, daß er sie sich aus irgendeinem Grund zur Gegnerin gemacht hatte. Er wollte nach ihrer Hand greifen, aber er war zu langsam. Sie wich ihm kichernd aus und stieß Mr. Spinks den Schürhaken vom Schoß, so daß er klirrend auf den Steinfußboden fiel.
Der Butler fuhr hoch. Vor ihm stand ein Fremder, der einen langen weißen Briefumschlag in der Hand hielt.

6

Am Samstagnachmittag um fünf Uhr war Jack Maggs ein wohlhabender Mann gewesen, der mit der *Rakete* nach London fuhr. Am Sonntagnachmittag zur gleichen Zeit betrat er eine stickige Dachkammer, die ihm bis auf weiteres als Zuhause dienen sollte. Von der knarrenden Tür bis zum rußgeschwärzten Fenster waren es keine drei Schritte. Im Nu hatte er die Stube durchmessen, das verklemmte Fenster nach oben geschoben und forschend den Kopf hinausgestreckt. Die Aussicht war nicht besonders reizvoll, das traurige Gebäude auf der anderen Seite der Great Queen Street und direkt unter ihm das Schieferdach von Mr. Buckles Nachbarhaus. Offenbar war jedoch letzteres für ihn von besonderem Interesse, denn er betrachtete es mit dem kritischen Blick eines Dachdeckermeisters, der den Auftrag hatte, sich von seinem tadellosen Zustand zu überzeugen. Die

Hälfte der Platten aus grauem Devon-Schiefer war mit einer dünnen gelblichen Moosschicht bedeckt. Im ganzen machte die Konstruktion einen durchaus stabilen Eindruck, aber Jack Maggs stellte fest, daß ein Blechbeschlag lose hing und ein Dachfenster offenstand, so daß das oberste Geschoß des Nachbarhauses den Unbilden des Wetters schutzlos ausgeliefert war.

So tief war Jack Maggs in seine Betrachtungen versunken, daß ihm erst nach und nach ein Klopfen ins Bewußtsein drang. Als er den Kopf zurückzog, hörte er, daß jemand an seine Tür hämmerte und »Aufmachen!« rief.

Er legte die Stirn in Falten. Es war längst nicht entschieden, ob er tatsächlich öffnen würde. Er ging sogar noch einmal zurück zum Fenster und blickte auf das Dach hinaus, über das er unter Umständen hätte flüchten können. Zuletzt aber befolgte er die Aufforderung doch.

Eine Gestalt mit einer steinharten, gipsweißen Frisur kam in die Kammer gestürmt, die mit ihrer gelben Samtjacke und den weichen, hirschledernen Kniehosen eine derart prächtige Erscheinung bot, daß Jack, während der ungeduldige Besucher bereits in einem großen Kleiderschrank verschwunden war, eine geschlagene Minute brauchte, um zu erkennen, daß es sich bei dieser Gestalt um denselben Wahnsinnigen mit dem wirren Haar handelte, mit dem er sich vor nicht einmal einer Stunde als Buchstütze aufgestellt hatte.

Edward Constable war von schmächtigerer Statur als Maggs. Er hatte zierliche Handgelenke und große, ausdrucksstarke Hände, die er letzthin häufig in verzweifeltem Irrsinn zu ringen pflegte. Seine hohen Wangenknochen und die wohlgeformten roten Lippen verrieten, daß er früher ein gutaussehender junger Mann gewesen war, daran änderte auch die eine Spur zu stark ausgeprägte Nase nichts. Mit Ausnahme der Tatsache, daß er sich offenbar am Cognac seines Herrn gütlich getan hatte, deutete nichts mehr auf die kürzlich an den Tag gelegte Demenz hin.

Ohne ein Wort der Erklärung holte er verschiedene Kleidungs-

stücke aus dem Schrank, die er mit leicht theatralischer Behutsamkeit auf dem kleinen Bett ausbreitete. Zunächst eine hirschlederne Kniehose, von der er ein Rußflöckchen entfernte. Dann ein weißes Hemd, dem er die gleiche Behandlung angedeihen ließ. Daneben eine seidene Krawatte, die er unbedingt einen Zoll weiter nach rechts legen mußte, damit er genug Platz bekam für eine gelbe Samtjacke, die ein Spiegelbild seiner eigenen war und von deren Aufschlag er einen langen blauen Faden zupfte. Dieses prächtige Arrangement vervollkommnete er zuletzt mit langen seidenen Strümpfen und einem Paar schwarzer Schuhe mit silbernen Schnallen.
Die beiden Männer stellten sich nebeneinander vor das Bett und betrachteten das Ensemble.
»Soll ich die Sachen anprobieren?« fragte Maggs.
»Tsk«, antwortete Constable.
»Ich nehme an, das soll ja heißen«, sagte Maggs. Unter den mißbilligenden Blicken des anderen entledigte er sich so schamhaft, wie es die Enge der Kammer zuließ, seiner Kleidung.
»Hören Sie mal«, sagte Maggs, als er in die Kniehose geschlüpft war und sich wieder einigermaßen sicher fühlte. »Ich weiß ja, daß diese Sachen Ihrem Kameraden gehört haben, daß er Ihr guter Freund war und Ihnen fehlt wie die Luft zum Atmen. Es tut mir leid …« Maggs hielt inne, um das Hemd in die Hose zu stopfen, was sein Gegenüber mit einem sarkastischen Hochziehen seiner dünnen Augenbraue bedachte. »Es tut mir leid, daß ich Sie an den guten Kameraden erinnere, den Sie verloren haben. Ich wünschte, es wäre nicht so, aber Sie müssen verstehen, daß mir nichts anderes übrigbleibt, als seine Sachen anzuziehen.«
Statt einer Antwort bekam er von dem Lakaien auf seine Erklärung hin lediglich ein Zischeln zu hören.
»Nein, mein Guter. Ich finde es wirklich nicht gerecht, daß Sie mich anzischen. Wie schon gesagt, ich kann es nun mal nicht ändern, obwohl es mir auch lieber wäre, sie würden mich zum

Schneider schicken und neu ausstaffieren lassen, wie es sich gehört. Aber das soll wohl nicht sein.« Jack Maggs zog die Jacke an. »Die Schuhe sind zu eng, aber die Jacke paßt, und bis zum Dessert werde ich sicher auch mit wunden Füßen durchhalten, wenn ich auf Ihre Hilfe zählen kann.«
»Hilfe? Fürwahr.«
»Fürwahr, mein Freund.« Maggs machte einen Schritt auf den Lakaien zu, der vor der hünenhaften Gestalt ängstlich zurückwich. »Wollen wir anfangen? Sie könnten mir bei den Haaren helfen.«
Constable holte eine Untertasse, ein Stück Seife, eine runde Schachtel und eine große Puderquaste aus der Kommode und hielt sie Maggs hin, doch der lehnte ab.
»Ich hatte mir etwas mehr Hilfe versprochen, alter Knabe«, sagte Maggs. »Der Mensch braucht mehr als eine Untertasse und eine Schachtel.«
»Braucht er das, der Mensch?«
»Jawohl, das braucht er«, beharrte Maggs.
»Sie müssen mich entschuldigen«, sagte Constable. »Die Uhr hat ein Viertel geschlagen, und bei Mrs. Halfstairs wird gegessen, wenn es Essenszeit ist, oder gar nicht.«
»Mr. Constable, ich bitte Sie um Ihre Hilfe.«
Der Lakai legte die Hand auf den hölzernen Türknauf. »Mr. Maggs, ich verweigere sie Ihnen.«
Blitzschnell hatte Maggs ihn beim Handgelenk gepackt. Während die Schuhe mit den Silberschnallen noch in den Korridor hinauswollten, wurde die obere Körperhälfte bereits wieder ins Zimmer zurückgerissen. Maggs wich den fuchtelnden Armen des Lakaien aus und verriegelte die Tür.
»Constable, oder wie Sie heißen«, sagte er. »Sie bringen uns noch beide in Teufels Küche.«
»Pah«, gab Constable mit gepreßter Stimme verächtlich zurück. Mit der freien Hand faßte er sich an den Hals. »Mir schlottern schon die Knie. Wollen Sie mich umbringen? Ist das Ihre Ab-

sicht? Bei Gott, ich glaube fast, das ist es. Der Mensch will mich umbringen.«

Ruhig Blut, dachte Jack Maggs.

»Bitte sehr, Sir. Nur zu. Nein, nein, ich bitte Sie. Es wäre mir geradezu eine Freude, von jemandem getötet zu werden, der so fein ausstaffiert ist wie Sie.«

»Guter Mann«, sagte Jack Maggs ruhig. »Sie haben mich falsch verstanden.«

»Das ist wirklich köstlich, Mr. Maggs. Sie machen sich keinen Begriff davon, wie köstlich es ist. Mein Freund Mr. Pope, mit dem ich fünfzehn Jahre gedient habe – wir haben als Jungen zusammen in Lineham Hall angefangen –, hat sich das Leben genommen. In diesem Zimmer. Hier, wo wir abends nach getaner Arbeit miteinander plauderten. Das gehässige Weib verlangt von mir, daß ich Ihnen seine Sachen gebe, und nun kommen Sie daher und sagen, daß Sie mich töten wollen. Bitte schön, Sie wissen ja gar nicht, was für eine Freude Sie mir damit machen würden.«

»Davon hat doch niemand geredet, mein Lieber.«

»Mich hat keiner lieb«, stieß Constable hervor und brach in Tränen aus.

»Dann muß ich sagen, daß es mir leid tut.«

»Es tut Ihnen leid, daß Sie mich töten wollen? Oder tut es Ihnen leid, was geschehen ist?«

»Glauben Sie nur nicht, Sie sind der einzige, der Kummer hat.«

»Meinen Sie, Sie können sich mit mir messen?«

»Ich würde Sie vernichtend schlagen«, sagte Maggs ernst.

Sie standen sich gegenüber wie zwei Pferde an einem Zaun.

»Ich bitte Sie lediglich, mir beim Frisieren zu helfen.«

»Ich soll Ihnen helfen?«

»Ich weiß nicht, wie man die Haare in die gewünschte Form bringt.«

»Ha-ha«, sagte Constable und tippte Maggs mit dem Finger auf

die Brust. »Was sind Sie denn für einer? Ein Pirat? Ein Räuberhauptmann?«
Jack Maggs hielt den langen Finger mit eiserner Faust fest und zog dessen Besitzer an sich heran. »Hören Sie mir gut zu, Sie Narr. Sie haben nicht den leisesten Schimmer, wen Sie vor sich haben.«
Die blaßblauen Augen sahen Maggs forschend an.
»Wen habe ich denn vor mir?« fragte Constable schließlich.
»Wenn Sie sehr viel Glück haben, einen Lakaien.«
»Einen Lakaien?«
»Schnell, Mann. Bevor ich es mir anders überlege.«
Ein heftiges Zucken lief über die linke Wange des Fremden.
»Ich hole das Wasser«, sagte Edward Constable. »Es muß warm sein.«
Nachdem er hinausgegangen war, ließ sich Jack Maggs auf das Bett sinken und drückte heftig auf die Stelle, wo der Tick saß. Die Zuckung riß an starken Schmerzfäden, die sich vom linken Auge bis zu den Backenzähnen zogen. Sie waren so stark, daß er sich nicht einmal bei dem Gedanken, der Lakai könne inzwischen womöglich auf dem Weg zur Polizei sein, überwinden konnte, wieder aufzustehen.
Als es ihm allmählich wieder etwas besser ging, kam Edward Constable zurück. Er stellte einen dampfenden Kupferkessel auf den Waschtisch.
»Einweichen«, sagte er.
Maggs sah ihn nur düster an.
»Die Haare«, sagte Edward Constable. »Sie müssen das Hemd ausziehen und die Haare einweichen.«
Langsam beugte sich Jack Maggs im wollenen Unterhemd über die Schüssel.
»Alles ausziehen.«
»Das Unterhemd behalte ich an.«
Constable drückte Jack Maggs' Kopf mit zwei Fingern in die Schüssel. Das Wasser war heiß. Jack Maggs schrie auf.

»Je heißer, desto besser«, sagte Constable. »Lassen Sie es genau eine Minute lang einweichen.«
Nachdem Constable »Handtuch« gerufen hatte, erteilte er Jack Maggs seine erste Lektion im Lakaiengewerbe. Er stellte sich hinter ihn, seifte seine Haare ein und trug mit der Quaste den seltsam duftenden Puder auf. Benommen verfolgte Maggs den Prozeß im Spiegel.
Constable kämmte die klebrige weiße Masse nach hinten und kratzte zuletzt wie ein Zuckerbäcker, der einen Geburtstagskuchen dekoriert, die Ränder mit einem Holzspachtel ab.
»Was für ein Anblick«, sagte er. »Da lachen ja die Hühner.«

7

Erst nach Mitternacht sollte Jack Maggs Gelegenheit finden, seinen ersten Abend als Dienstbote Revue passieren zu lassen.
Bis um sechs Uhr hatte er sich in einen korrekten Lakaien verwandelt. Dann aß er in Gesellschaft der anderen Dienstboten an einem langen Holztisch zu Abend. Um halb sieben war der Zeitpunkt gekommen, sich zum erstenmal in das Speisezimmer zu begeben. Mit einer kochend heißen Terrine Aalsuppe machte er sich an den steilen Aufstieg ins Erdgeschoß.
Seine Schuhe drückten. Die gipsharten weißen Haare auf seinem Kopf fühlten sich wie eine stählerne Zwinge an.
Ein Blick in den Dielenspiegel verriet ihm, daß ihm sein heimlicher Groll aus den Augen sah, aber als er das Speisezimmer betrat, glich sein Benehmen eher dem eines Wirtes als dem eines Lakaien, denn er trat der Tischgesellschaft mit einem fröhlichen Lächeln auf den Lippen gegenüber, das zumindest so lange anhielt, bis ihm der gepuderte Constable eine Warnung ins Ohr zischte.

»Nicht lächeln.«
Edward Constable dirigierte Maggs zum Tisch und zwang ihn mit Hilfe einiger unauffälliger Schulterstöße, bis zum Kopfende der Tafel zu gehen, wo Tobias Oates bereits den Ehrenplatz eingenommen hatte.
Constable hob den Deckel von der Terrine.
»Dableiben«, flüsterte er. Er legte den Deckel auf die Anrichte.
Jack Maggs sah sich die Gäste an. Der Ehrengast schien höchstens fünfundzwanzig Jahre alt zu sein. Er war klein von Wuchs – die anderen waren auch nicht größer –, aber Oates war außerdem schmächtig, und wäre sein schiefes Lächeln nicht gewesen, hätte man sein Gesicht durchaus als engelhaft beschreiben können.
»Höher«, zischte Constable.
»Höher?«
»Die Suppe, höher. Höher halten.«
Jack Maggs hielt die Terrine höher. Es schien ihm eine sehr merkwürdige Zusammenkunft zu sein: alte Männer mit kahlen Köpfen, rote Bärte mit grauen Strähnen, geäderte Nasen, die eine übergroße Liebe zum Branntwein verrieten, ein Gastgeber mit dem schlechten Gebiß armer Leute und schütterem Haar, unter dem die weiße Kopfhaut durchschimmerte. Alle hatten nur Augen und Ohren für Mr. Oates, einen höchst durchschnittlich wirkenden jungen Mann.
Tobias Oates schien in Jacks Augen keinerlei Anlaß für die Schwärmerei zu bieten, in die Mercy Larkin bei der bloßen Nennung seines Namens ausgebrochen war. Er war gewieft wie ein Roßtäuscher. Er trug eine hellgrüne Weste mit blauen und grünen Streifen, wie ein Hausierer oder Buchmacher. Er war nervös, fast streitlustig, seine Augen und Hände waren ständig in Bewegung, als ob er sich seiner Position in der Welt vergewissern müsse, ein Lotse, der seine Entfernung zur Wand, zum Stuhl, zum Tisch berechnete.
Der Eindruck, den dieser Mensch bei Jack Maggs hinterließ, war

so beunruhigend, daß jener sich noch in derselben Nacht niedersetzte und ihm eine Beschreibung von annähernd einhundert Wörtern widmete: *Oates sah genau zu, wie die Aalsuppe auf seinen Teller geschöpft wurde. Rückte das Besteck gerade. Starrte mich an. Starrte mich noch einmal an. Dann erzählte er eine seltsame Geschichte über einen »Diebesfänger«, der angeblich jeden Mann in England aufstöbern könne. In diesem Fall hatte er einen Einbrecher von Gloucester b. n. London verfolgt, wo er ihn unter s. heiklen Umständen festnahm.*

Jack Maggs hielt die Terrine, während Constable rings um den Tisch die Suppe austeilte. Er beobachtete alles, vor allem aber Tobias Oates. Als der Schriftsteller sich der ungeteilten Aufmerksamkeit der Tischgesellschaft wieder gewiß sein konnte, legte er seine Unruhe ab und gab mit schmeichelndem Charme seine unwahrscheinliche Geschichte zum besten, wobei er seine Zuhörer durchaus merken ließ, daß er es gewohnt war, nicht unterbrochen zu werden.

Dreimal legte Mr. Buckle den Löffel weg, um etwas zu sagen. Dreimal verließ ihn der Mut. Als er sich schließlich doch noch überwand, zog er alle Blicke auf sich.

»Was Sie noch nicht erwähnt haben ...« Mr. Buckle hielt inne, um sich bei seinen Gästen für die ihm geschenkte Beachtung mit einem kleinen Kopfnicken zu bedanken. »Nicht wahr, Mr. Oates? Was Sie noch nicht erwähnt haben, ist die interessante Methode, mit der es dem Diebesfänger gelang, die Informationen zu bekommen, die der Polizei nicht zugänglich waren. Darum geht es doch bei Ihrer Geschichte, oder sollte ich mich irren?«

»Ich bin es, der geirrt hat«, antwortete Tobias Oates. »Ich habe die Geschichte angefangen, ohne daran zu denken, daß es unhöflich wäre, sie in Gegenwart von Mr. Hawthorne zu Ende zu erzählen.«

Henry Hawthorne, ein glatzköpfiger, schwarzbärtiger Mann, war, wie Jack Maggs von Mercy Larkin erfahren hatte, der bedeutendste Schauspieler an Mr. Buckles Lyceum-Theater. Seinen ihm gewiß nicht zum Nachteil gereichenden Bemühungen war es zu verdanken, daß sich all diese Fremden um die Tafel des Theaterbesitzers versammelt hatten. Er hatte eine breite Brust und eine tiefe, sonore Stimme.

»Ach, Gott«, sagte Henry Hawthorne kopfschüttelnd, während er sich das Brot bestrich und so tat, als sei er sehr ungehalten. »Rreiten Sie etwa immer noch auf Ihrem Steckenpferrrd herum?«

»Terrine«, flüsterte Constable. »Abstellen, Anrichte.«

Maggs stellte die Terrine auf die Anrichte und nahm die Rotweinflasche entgegen, die Constable ihm in die Hand drückte. »Nichts verschütten.«

»Animalischer Magnetismus«, erklärte der Schriftsteller der gespannt lauschenden Runde. »Das ist es, was mein Freund mein Steckenpferd zu nennen beliebt.«

»Ein Pferd! ein Pferd! Dein Königreich ist ein Pferd«, rief Henry Hawthorne und hielt Jack Maggs das Weinglas hin, damit er nicht erst lange danach zu suchen brauchte.

»Der Diebesfänger«, sagte Tobias Oates, »war kein Spitzbube wie einst Jonathan Wild, sondern ein gebildeter, moderner Mann, der seine Informationen durch die Anwendung des animalischen Mesmerismus erhielt.« An dieser Stelle fuchtelte er mit den Händen vor Hawthornes Augen herum, der nicht mit der Wimper zuckte. »Mit Hilfe mesmerischer Gesten versetzte er die vier Zeugen, die von der Polizei bereits befragt worden waren, in einen Zustand, den man magnetischen Somnambulismus nennt. Mit dieser Methode bekam der Diebesfänger, der Wilfred Partridge heißt, eine genaue Beschreibung des Verdächtigen, obwohl die Zeugen glaubten, ihn nicht deutlich gesehen zu haben.«

»Ja«, sagte der Gastgeber. Er sprach sehr leise, wie mit sich selbst.

»Das Gehirn ist ein Gefäß, aus dem nichts verlorengehen kann«, fuhr Tobias Oates fort, während er seine Zuhörer der Reihe nach ansah. »Es enthält alles, es erinnert sich an alles. Und wenn Mr. Hawthorne den animalischen Magnetismus für eine Salonspielerei hält, dann nur deshalb, weil er seinen Villiers und Puységur nicht studiert hat.«

»Haben Sie im *Morning Chronicle* den Artikel über den Russen gelesen?« fragte Hawthorne. »Der aus Sewastopol angereist ist, um in London den Magnetismus zu lernen? Haben Sie das gelesen? Nein? Sie schreiben für das Blatt, aber lesen es nicht? Ein Jammer. Man plant, Ihre edle Kunst für die Verführung junger Damen zu mißbrauchen.«

»Anrichte«, flüsterte Constable. »Buchstützen.«

Jack Maggs baute sich neben der Anrichte auf, die Hände an der Hosennaht. Constable stellte sich an das andere Ende.

»Es ist inzwischen klar erwiesen«, sagte Oates, »daß kein mesmerischer Akt auf Erden einen Menschen dazu bringen kann, etwas zu tun, was gegen seine Moralvorstellungen verstößt.«

»Aber der Bericht über König Philippe«, rief Mr. Buckle plötzlich. »Also ich muß sagen, darin stand etwas anderes.«

»Studieren Sie die Arbeit der Königlichen Kommission?«

»Aber ja, auf mein Wort.«

Mr. Buckle senkte den Kopf, auf seinen blassen Wangen zeichneten sich kreisrote Flecken ab.

»Ich muß unseren Gastgeber zur Vorsicht mahnen«, sagte Henry Hawthorne, unter dessen Schnurrbart der Anflug eines Lächelns sichtbar wurde. »Mein Freund Oates ist so ein begeisterter Magnetist geworden, daß ich mit eigenen Ohren gehört habe – *ja, ich war dabei, Oates* –, wie er versucht hat, einen Kronanwalt zu überreden, Verbrecher auf der Anklagebank zu magnetisieren.«

»Aber Hawthorne, mein Bester. Sie sind noch nicht zum Kern der Sache vorgedrungen.«

»Ich will mir doch nicht die Zähne ausbeißen«, sagte Henry Hawthorne und widmete sich wieder Brot und Butter.

»Der Geist eines Verbrechers ist für den Magnetismus genauso

empfänglich wie jeder andere«, sagte Oates, in dessen blaßblauen Augen hellbraune Pünktchen flackerten.
Der neue Lakai hörte aufmerksam zu.
»Ach, kommen Sie, Oates.« Hawthornes Kinn zuckte. »Kein hartgesottener Schurke würde vor einem Gericht bereitwillig seine Geheimnisse preisgeben.«
»Selbst der schlimmste Übeltäter hat das innere Bedürfnis, die Wahrheit zu sagen«, sagte Oates. »Sehen Sie sich doch die Galgengeständnisse an, die man noch heute in Holborn kaufen kann. Die Verurteilten werden von dem getrieben, was unsere Väter ›Gewissen‹ nannten. Wir alle haben es. Auf den Verbrecher wirkt es wie ein Drang, sich in den Abgrund zu stürzen.«
Was Jack Maggs von diesen Ausführungen hielt, verrieten seine heruntergezogenen Mundwinkel, und seine Skepsis wäre wohl bald aufgefallen, wenn nicht plötzlich das leidige Zucken in seiner Wange mit Macht hervorgebrochen wäre.
Wie gewöhnlich kam der Anfall ohne jede Vorwarnung.
Der Schmerz war so heftig, als wäre ihm eine Katze mit ausgefahrenen Krallen ins Gesicht gesprungen. Ätzend wie Zitronensaft stieg er ihm in die Augen. Es war so schlimm, daß er unwillkürlich aufschrie und die Weinflasche, die er gerade zum Tisch bringen wollte, auf den Orientteppich fallen ließ.
Bezeichnenderweise war es Tobias Oates, der dem gestürzten Mann als erster zur Hilfe eilte. Während die anderen Gäste noch zögerten, kniete er schon neben Jack Maggs nieder und nahm ihm sanft, aber bestimmt die große, schwere Hand aus dem verzerrten Gesicht.
»Ich sehe es.« Er legte dem Lakaien einen kühlen Löffelgriff auf die Wange. Sobald das Metall das Fleisch berührte, verschwand der Tick, schnell wie ein Puls, unter der Haut.
»*Tic douloureux*«, sagte Toby Oates, streckte dem Hünen die tintenfleckige Hand hin und half dem Gestrauchelten wieder auf die Beine. Mit Henry Hawthornes Unterstützung gelang

es ihm, Jack Maggs auf einen Stuhl zu setzen. »Haben Sie diesen Ausdruck schon einmal gehört? *Tic douloureux*?«

Aber der neue Lakai nahm kaum etwas wahr, nur den Schmerz und die Angst, die jedesmal mit einer solchen Krise einherging. Es war eine Angst vor nichts Greifbarem, aber diese Angst war so überwältigend, daß immer einige Zeit verging, bis er wieder wußte, wo auf Erden er sich gerade befand.

»Sehen Sie mich an«, befahl Tobias Oates. »Sehen Sie mir in die Augen. Ich kann Ihnen den Schmerz nehmen.«

Maggs starrte Oates wie durch einen schweren Schleier an. Der kleine Gentleman begann die Hände zu bewegen. Er hob und senkte, hob und senkte sie.

»Sehen Sie genau hin«, sagte Tobias Oates, und dieses eine Mal tat Jack Maggs tatsächlich, wie ihm geheißen wurde.

8

Als Jack Maggs wieder zu sich kam, saß er noch immer auf dem Stuhl an der Tür. Tobias Oates hatte so dicht vor ihm Platz genommen, daß Jack Maggs die Aalsuppe roch, die der andere gegessen hatte, und spürte, daß ihn der Schriftsteller mit den Knien berührte.

»So«, sagte der junge Mann. »Wo sind Ihre Schmerzen hin, Mr. Maggs?« So fürsorglich und liebenswürdig er sich auch gab, Jack Maggs traute ihm nicht mehr über den Weg als den Galgenvögeln von Newgate.

»Ich bitte Sie, Jack.« Er tippte dem Lakaien lächelnd auf das Knie. Er hatte lange Wimpern und sanfte, gesprenkelte Augen.

Jack Maggs zog das Bein weg.

»Ich bitte Sie. Haben Sie doch die Güte, mit mir zu sprechen.«

Jemand seufzte, und der Lakai zog die Schultern hoch.
»Eben noch hält der Bursche große Reden«, sagte ein Mann hinter seinem Rücken, »und nun schweigt er wie ein Grab.«
»Na, was sagen Sie dazu, Jack?« fragte der Schriftsteller leise.
»Entschuldigen Sie, Sir, aber was für Reden habe ich gehalten?«
Tobias Oates schmunzelte und sah über Maggs' Schulter hinweg. Als der Lakai seinem Blick folgte, war es ihm, als erwache er aus einem Traum, fand er sich doch mit einemmal an einem Ort wieder, der ihm zwar bekannt vorkam, den er aber trotzdem nicht recht einordnen konnte. Das Diner war vergessen. Mit ernster Miene standen die Gäste im Halbkreis hinter ihm und sahen neugierig auf ihn hinunter, als stünde er vor Gericht.
»Sie haben geschlafen«, erklärte Tobias Oates. »Ich habe Ihnen Fragen gestellt, und Sie haben sie beantwortet.«
»Habe ich laut geantwortet?«
»Klar und deutlich«, sagte der junge Mann freundlich. »Aber kommen Sie, Jack. Sind Ihre Schmerzen nun verschwunden oder nicht? Die Herren warten gespannt auf Ihre Antwort.«
Aber Jack Maggs hatte Wichtigeres im Sinn als seine Schmerzen.
»Ich habe geschlafen?« Er stand auf. »Ich habe gesagt, daß ich Jack heiße?«
Das schiefe Lächeln im Gesicht, blieb Tobias Oates mit übereinandergeschlagenen Beinen sitzen.
»Sie haben geschlafen und doch nicht geschlafen.«
»Dann habe ich also im Schlaf gesprochen?«
»Mr. Oates hat Sie geheilt«, sagte der kurzbeinige Hausherr, während er zwischen den Mesmeristen und dessen Patienten trat. »Und nun wird es Zeit, daß Sie mithelfen, meine Gäste von ihrem Hunger zu heilen.«
Der Lakai würdigte ihn keines Blickes.
»Bitte«, fuhr Percy Buckle fort, dem es immer schwerfiel, einem Dienstboten eine klare Anweisung zu geben. »Ich muß Sie bitten, sich zumindest vorläufig auf Ihre Aufgaben zu besinnen.«

Indem er das Wort »vorläufig« benutzte, wollte er die Aufforderung abmildern und andeuten, daß der Lakai zwar noch zu arbeiten hatte, aber schon bald die verdiente Ruhe finden würde.
Jack Maggs allerdings hörte nur *vorläufig* und glaubte, seine baldige Entlassung oder noch Schlimmeres stünde bevor. Als ihm sein neuer Herr die Hand auf den Arm legte, wähnte er sich in Gefahr.
»Schnell«, zischte Constable und scheuchte ihn wie ein treuer Hütehund zur Tür. »Raus. Runter.«
Schulter an Schulter gingen die beiden Lakaien durch die Diele und anschließend die steile Stiege hinunter.
»Mann Gottes. Was habe ich gesagt?«
»Das war wirklich eine gelungene Vorstellung von Ihnen, Mr. Maggs. Die Herren waren begeistert, aber weder Gott noch der Teppich noch die Flunder werden Ihnen diesen Auftritt verzeihen.«
»Was habe ich gesagt? Raus damit, Sie Stockfisch.«
»Ach, gehen Sie doch wieder nach Borough zurück.«
Jack Maggs' Miene verfinsterte sich. »Ich habe von Borough gesprochen? Was habe ich sonst noch gesagt?«
»Hier ist er«, rief Constable fröhlich in die Küche. »Die richtige Größe, keine Frage.«
Die kleine Köchin blickte zu Maggs auf und schnalzte mit der Zunge. Kopfschüttelnd wandte sie den Blick ab. »Mercy, schöpf schnell die Haut von der Sauce und wärm sie wieder auf. Wir müssen den Fisch in der Küche zurichten.«
»Miss Mott!« protestierte Constable.
»Es bleibt uns nichts anderes übrig«, rief die rotnasige Miss Mott. »Die arme Flunder ist ausgetrocknet. Es geht nicht anders. Wir servieren sie mit der Sauce, und Sie bringen die Teller zu den Herren hinauf. Bitte, Mr. Constable, würden Sie wohl die Güte haben, das Trafalgar Doulton zu holen? Wir müssen das Geschirr mit heißem Wasser aus dem Kessel anwärmen.«

Anderenorts wäre man Jack Maggs mit respektvollem Schweigen begegnet, aber nicht in dieser dunstigen kleinen Küche, wo alles geschäftig durcheinanderhastete und niemand ahnte, wer er war. Statt dessen mußte er sogar selbst ein Stück zur Seite treten, als Constable eilig an ihm vorbeistürzte. Mercy rührte unterdessen in einer rosa Sauce.

»Was habe ich gesagt?« fragte er, als Constable endlich mit den Tellern zurückkam.

»Woher soll ich das wissen?« lautete die gleichgültige Antwort. »Ich hatte genug damit zu tun, den Fleck aus dem Teppich zu bekommen.«

»Woher wußten Sie dann, daß ich aus Borough komme?«

»Mein Gott«, sagte Constable. »Woher sollen Sie denn sonst kommen? Aus Edinburgh vielleicht?«

Maggs hatte nicht einmal mehr die Kraft, sich über diese Menschen zu ärgern. Sein ganzer Zorn galt dem Mann im Speisezimmer. Man hatte ihn beraubt und ausgeplündert. Das würde er nicht auf sich sitzen lassen.

9

Als die Lakaien die Reste der Nachspeisen in die Küche hinuntertrugen, erkundigte sich Jack Maggs, ob Mr. Oates öfter bei Mr. Buckle speise, doch scheinbar wurde seine Frage vom Klappern ihrer Absätze und vom Klirren des Geschirrs übertönt. Erst nachdem Constable seine Last auf dem Tisch abgestellt hatte, zeigte sich, daß er Jack Maggs sehr wohl verstanden hatte.

»Mr. Maggs möchte gern wissen«, sagte der livrierte Bursche, »ob Mr. Oates regelmäßig bei uns speist.«

Aus der Spülkammer drang lautes Gelächter.

»Regelmäßig?« rief Mercy Larkin und steckte den Kopf mit der

weißen Haube durch den Vorhang. »Aber nein. Normalerweise haben wir dienstags den König zu Gast.«
Jack Maggs hatte einen roten Kopf und ein wütendes Funkeln in den Augen. »Kruzitürken noch einmal«, sagte er. »Ihr redet euch noch alle um Kopf und Kragen!«
»Hüten Sie Ihre Zunge!« rief Miss Mott, aber selbst sie mußte über seine Frage schmunzeln.
»Ich bitte um Verzeihung, Ma'am.« Der Hüne hatte sich wieder beruhigt. »Ich bemühe mich lediglich, mir Klarheit zu verschaffen. Wird der Schreiberling wiederkommen?«
»Ach, wir führen ein äußerst elegantes Haus«, sagte Constable, während er sich einen Schluck herrschaftlichen Branntweins in eine Teetasse goß. »Es gibt wohl keinen Höker oder Straßenfeger, der nicht auf Mittel und Wege sinnt, bei unserem Mr. Buckle zu dinieren. Und was die schreibende Zunft angeht, so rennen uns ihre Mitglieder fast die Türe ein.«
»Nehmen Sie sich in acht«, sagte Maggs leise. Wenn er diesen Ton anschlug, blieb ihm für gewöhnlich auch beim derbsten Menschenschlag eine ernüchternde Wirkung nicht versagt.
»Mr. Maggs hat einen Sinn für das Theatralische«, sagte Constable ungerührt. »Ich habe mich nur noch nicht entschieden, ob er den Lakaien oder den Lackel spielen soll.« Dabei tätschelte er Maggs den auffrisierten Kopf.
In London lebten noch mindestens zwei Männer, die guten Grund hatten, sich daran zu erinnern, daß Jack Maggs es gar nicht gern hatte, wenn man seinen Kopf berührte, und Edward Constable hätte um ein Haar die gleiche Lektion gelernt, wenn nicht in diesem Augenblick der Herr des Hauses nach den Lakaien geläutet hätte.
Er hinkte die steile Stiege hinauf. Oben hatten sich die Gentlemen – auch Tobias Oates – vor der Haustür versammelt und klagten laut darüber, daß es inzwischen zu regnen begonnen hatte.
»Mäntel«, zischte Constable und lief in den Regen hinaus, um den Kutscher zu holen.

Obwohl Maggs sich bemühte, seiner Dienstbotenrolle gerecht zu werden, war er mit den Gedanken nicht bei der Sache, denn er fürchtete, jeden Augenblick könne ihm Tobias Oates entwischen. Nachdem er den Gästen ohne großes Zeremoniell ihre Mäntel ausgehändigt hatte, stellte er sich neben die offene Tür und wich nicht mehr von der Stelle, obwohl ihm der Regen ins Gesicht schlug.

Oates schüttelte seinem Gastgeber überschwenglich die Hand.

»Es war mir eine Ehre, Sir«, sagte Percy Buckle, auf dessen Wangen sich wieder rote Flecken abzeichneten. »Ich fasse es noch immer nicht, es ist mir schier unbegreiflich. Noch Weihnachten vor einem Jahr hätte ich mir nicht vorstellen können, daß es mir einmal vergönnt sein würde, einem derart illustren Gast die Hand zu geben.«

Oates schien geschmeichelt. »Ich wittere wohl ein Geheimnis, Mr. Buckle.«

»Ach, Sie sind sehr höflich, Sir. Aber Sie kennen meinen guten Freund Mr. Hawthorne, und daraus folgere ich, daß meine Lebensgeschichte gewiß ein offenes Buch für Sie ist. Zweifellos wissen Sie, daß ich in Clerkenwell einen kleinen Laden hatte, in der Coppice Row. Ein sehr bescheidenes Geschäft, wie Sie sicher vernommen haben, Sir. Ich habe Ihrem Freund gegenüber nie ein Geheimnis daraus gemacht. Die Schauspieler wissen alle um meine Herkunft.«

»Eine köstliche Geschichte«, sagte Oates lächelnd. »Gelehrter und Kaufmann in einer Person.«

»Ach, nun, ein sehr kümmerlicher Gelehrter.«

»Mit einer deutschen Waage auf der Ladentheke und dem Käse in einer Kuchenvitrine.«

»Ach, du liebe Güte«, sagte Percy Buckle. »Wer hat Ihnen denn das erzählt?«

»Das ist mein Geheimnis«, sagte Oates, der noch immer Percy Buckles Hand schüttelte. »Aber ich will es Ihnen verraten. Ich habe nämlich einmal bei Ihnen Käse gekauft, ohne auch nur im

entferntesten zu ahnen, daß wir uns eines Tages unter solch veränderten Umständen wiedersehen würden. Es war ein wunderbarer Abend, Mr. Buckle. Sie haben es hier wirklich sehr gut getroffen, mit Ihrem Personal und Ihrem Gibbon.«
»Ach, du liebes bißchen. Hoffentlich hat Ihnen der Käse gemundet.«
»In der Tat«, sagte Tobias Oates. Er ließ die Hand seines Gastgebers noch immer nicht los. »Er war ausgezeichnet. Ich bin gleich zum Bäcker gegenüber gegangen ...«
»Mr. Freepole.«
»Mr. Freepole heißt er?«
»Hieß er. Er ist tot«, sagte Percy Buckle.
»Tot, aha. Da habe ich mir einen kleinen Brotlaib gekauft und auf dem alten Kirchhof am Saffron Hill nur für mich allein ein Picknick veranstaltet.«
»Woran man sich nicht alles erinnert, Mr. Oates!«
»In der Tat«, sagte Tobias Oates und ließ Percy Buckles Hand los, um auf seinen Gastgeber, den grimmigen Lakaien und die offene Tür zu deuten. »Es war ein Abend, den ich so schnell nicht vergessen werde. Auch Ihnen eine gute Nacht, Master Maggs.«
»Gute Nacht, Sir«, sagte Jack. Wie ein Narr mußte er zusehen, wie der Mann, der ihn beraubt hatte, unbehelligt von dannen ging.
Nun aber durfte Jack Maggs sich endlich zur Ruhe begeben.
Er eilte hinauf in seine Dachkammer und löschte als erstes die Kerze. Dann lief er zum Fenster. Er öffnete es und streckte den Kopf in den Regen hinaus.
»Beim Zeus.« Die bekannte Stimme kam von unten. »Eines will ich Ihnen sagen, Hawthorne. Sie irren sich, Sie irren sich sehr.«
Jack Maggs schob das Fenster so weit wie möglich nach oben, und als es steckenblieb, zögerte er nicht, sich wie ein Python hindurchzuzwängen, zuerst die Füße mit den glänzenden Schnallenschuhen, dann den Bauch und schmerzhaft zuletzt die

Schultern. Endlich stand er hoch über der Straße auf dem steilen, moosigen Schieferdach.
Während er sich mit einer Hand am Fensterbrett festhielt, sah er über die dünne Traufe nach unten, um sich mit eigenen Augen davon zu überzeugen, was ihm sein Gehör längst verraten hatte – gut vierzig Fuß unter ihm stand Tobias Oates im Regen.
»Darüber, was hinter verschlossenen Türen vor sich geht, mag ich mich täuschen«, sagte Hawthorne. Er stand mit einem Fuß auf dem Tritt von Mr. Buckles Kutsche, machte aber keine Anstalten einzusteigen. »Aber was die unheilige Leidenschaft angeht, die in der Luft liegt, irre ich mich nicht.«
»Sie täuschen sich.«
»Ich habe be-obachtet«, sagte Hawthorne, »wie vernarrt die beiden Parteien ineinander sind.«
Jack Maggs ließ Mr. Buckles Fensterbrett los und tastete sich über die glatten Dachziegel langsam bis zu dem halboffenen Dachfenster von Mr. Henry Phipps vor.
Als er es gerade aufschieben wollte, hörte er ein stählernes Rumpeln auf dem Straßenpflaster. Er sah hinunter. Die Kutsche fuhr davon, Edward Constable kerzengerade auf dem hinteren Wagentritt.
Tobias Oates aber machte sich zu Fuß auf den Heimweg. Er überquerte die Great Queen Street in östlicher Richtung.
Mr. Phipps' Dachfenster gab nach und ließ sich ganz aufschieben.
Jack Maggs stieg hindurch. Er prallte gegen einen Waschtisch, von dem ein Krug zu Boden fiel. Er fluchte und trat wutentbrannt nach den Scherben. Rasch hatte er die Tür gefunden. In völliger Finsternis hastete er die Treppen hinunter, aber auf dem untersten Absatz stolperte er über eine Truhe mit Silbergeschirr. Zuckerdosen und Teekannen rollten zusammen mit dem Eindringling die Stufen hinunter und verteilten sich rings um ihn auf dem Teppich, in der dunklen Diele kaum noch auszumachen.

Als er langsam aufstand, taten ihm Rücken und Rippen weh. War das der Lohn seiner Mühen? Sich wie ein Dieb in Henrys Haus einzuschleichen? Londoner Ruß auf den hirschledernen Kniehosen?
Leise sperrte er die Haustür auf und machte sich in seinen drükkenden Schuhen hinkend an die Verfolgung von Tobias Oates.

10

»Darüber, was hinter verschlossenen Türen vor sich geht, mag ich mich täuschen«, sagte Henry Hawthorne mit dröhnender Stimme. »Aber was die unheilige Leidenschaft angeht, die in der Luft liegt, irre ich mich nicht.«
»Sie täuschen sich.«
»Ich habe be-obachtet«, sagte der Schauspieler, packte Tobias Oates bei der Schulter und drückte fest zu, »wie vernarrt die beiden Parteien ineinander sind.«
»Ich ziehe den Hut vor Ihrer Einbildungskraft, Gevatter.«
Tobias Oates konnte nicht einfach weitergehen, weil er Angst haben mußte, Hawthorne würde dann nur noch lauter werden. Ihm blieb nur die Hoffnung, daß die anderen Gäste, die schon ungeduldig auf die Abfahrt von Mr. Buckles Kutsche warteten, die »Leidenschaft« auf das soeben beendete Abendessen beziehen würden.
»Wirklich, Hawthorne, Sie sollten etwas mehr Zutrauen zu den Parteien haben.«
»Mein lieber Tobias«, sagte der Schauspieler freundlich. Er hielt sich mit einer Hand an der Kutsche fest. »Ihnen traue ich alles zu.«
»Gut.« Oates tippte sich abrupt an den Hut. »Dann sehen wir uns morgen im Klub.«

Er suchte sein Heil in der Flucht. Zumindest kam er sich wie ein Flüchtling vor, als er, den Mantel eng um sich gezogen, in die regnerische Nacht hinausschritt und eilig um die nächste Straßenecke bog. »Gütiger Gott. Grundgütiger Gott«, flüsterte er vor sich hin.

Tobias Oates war vierundzwanzig Jahre alt. Seit genau zwölf Monaten nannte er eine Familie sein eigen, die aus seiner Frau Mary, seinem Sohn John und der jüngeren Schwester seiner Frau, Elizabeth, bestand. Da ihm selbst nie ein Familienleben vergönnt gewesen war, an das er ohne Verbitterung zurückdenken konnte, hatte er seit seiner frühesten Jugend zielstrebig danach getrachtet, sich die geborgene, warme Welt selbst zu erschaffen, die ihm als Kind verwehrt worden war.

Deshalb hatte er eine Frau mit rosigen Wangen und breiten Hüften geheiratet, die der verhärmten, verhuschten Person, die ihn so mißmutig in die Welt gesetzt hatte, in nichts ähnelte. Er hatte einen knapp drei Monate alten Sohn, dem er all die Liebe schenkte, die ihm sein eigener Vater nie entgegengebracht hatte. Er trug zwar nur ein paar Shilling in der Tasche, aber er hatte es dennoch zu einem stattlichen Haus voller Bücher gebracht, in dem oft und viel gelacht wurde. Überall lagen farbenfrohe Teppiche, und an den Wänden hingen Spiegel, um die Räume hell auszuleuchten. Sein Sohn sollte nicht in Öde oder Dunkelheit heranwachsen. Er besaß eine große Tafel, an der er die Tanten und Onkel seiner Frau bewirten konnte, und der Alkoven im Wohnzimmer bot einem vier Meter hohen Weihnachtsbaum Platz. Obwohl er ein zügiges Tempo angeschlagen hatte, nahm er nicht den direkten Weg in die Lamb's Conduit Street. Er wollte noch nicht nach Hause. Das Gespräch mit dem Schauspieler hatte ihn so stark aufgewühlt, daß sein Herz raste. Er machte einen Umweg, um sich erst einmal wieder zu beruhigen.

Sein Geheimnis war offenbar worden.

Während er durch die dunklen Straßen ging, zu dem Haus, das

sein quälendes Geheimnis barg, wurde er von den unterschiedlichsten Gefühlen hin und her gerissen. Er hatte die Schultern gestrafft und schritt so zügig – oder auch grimmig – aus, als ob er bis nach Moskau marschieren wollte. Das Geheimnis, vor dem er floh, war die Liebe zu seiner Schwägerin.

Das Verhängnis war ohne seine Absicht über ihn gekommen, durch nichts weiter beflügelt als durch die gemeinsame Sorge um seine Frau, die in den letzten Monaten vor der Niederkunft ans Bett gefesselt gewesen war. Da in diese Zeit auch der Umzug in die Lamb's Conduit Street fiel, waren Tobias und Lizzie die kleinen häuslichen Pflichten auferlegt, denen sich sonst wohl die Eheleute gemeinsam gewidmet hätten, was allmählich zu einer wachsenden Vertrautheit zwischen ihnen führte. Die Schuld am letzten Akt der Tragödie trug ein schwerer Bettüberwurf. Beim Zusammenfalten – zur Hälfte, zum Viertel – waren sie einander immer nähergekommen, bis sie schließlich der Versuchung erlagen.

Niemand, nicht einmal der alte Schauspieler, der zu wissen glaubte, daß etwas in der Luft lag, ahnte, wie unstillbar Tobias' Hunger nach Liebe war. Er hatte es selbst nicht gewußt. Er kannte den Fluch oder Segen nicht, den seine Eltern ihm vererbt hatten: daß er nie genug Liebe bekommen konnte, niemals.

Er ahnte nichts davon, auch nicht, als ihm endlich der Ruhm, nach dem er sich sehnte, für eine Weile zuteil wurde und er wie ein Einmannzirkus von Stadt zu Stadt reiste, um sich am Beifall seiner Leser zu weiden. Obwohl ihm die Wahrheit ins Gesicht starrte, sah er sie nicht.

1837 hatte er noch weniger Einsicht in seinen Charakter. Sie war achtzehn Jahre alt, und er entehrte sie. *Toby, Toby.* Eine Stunde zuvor war er in der Kirche gewesen. Nun hätte er ihretwegen alle Hoffnung auf das Paradies fahrenlassen.

Als es getan war, knieten sie Seite an Seite nieder und schworen einen heiligen Eid, den sie bald wieder brachen, erst einmal, dann noch einmal und noch einmal, in dem kleinen Garten, im

Regen, in seinem Arbeitszimmer um drei Uhr morgens. Sie war ein Kind, und er war ein Narr – schlimmer noch als ein Narr. Er war ein schlechterer Mensch als sein Vater, dem er nie vergeben würde, denn nachdem er dem weinseligen Henry Hawthorne entkommen war, dauerte es nur wenige Minuten, bis er wieder an sie dachte. In Lincoln's Inn Fields gab er seine letzte Münze einem Bettler.

11

Jack Maggs war berühmt für seine Schnelligkeit, aber jetzt behinderten ihn die Schuhe eines toten Vorgängers. Verdammt, wie sie drückten. Genausogut hätten seine Zehen in einem Schraubstock stecken können. Seine Fersen waren schon ganz wund. Als er sie auszog, trat er in spitze Steine, und ihm blieb nichts anderes übrig, als stehenzubleiben und sie wieder anzuziehen. Über all diesen Ungelegenheiten hätte er beinahe Tobias Oates aus den Augen verloren, und hätte der Schriftsteller nicht angefangen, unbekümmert vor sich hin zu singen, wäre er ihm im Nebel wohl unbemerkt entwischt. Doch zum Glück erklang plötzlich kaum zehn Meter voraus sein prächtiger Tenor. *Sally in our Alley.* Ein unflätiges Lied.

Jetzt hatte er den Kerl am Wickel. Die Verfolgung war ein Kinderspiel. Er hinkte hinter ihm her, obgleich ihm die Schuhe jeden Schritt zur Qual machten. Aber es waren weiter nichts als Schmerzen. Da hatte er im Leben schon Schlimmeres durchgemacht.

Als sie die pechschwarze Carey Street erreichten, lagen keine fünfzehn Schritte mehr zwischen ihnen.

In der Chancery Lane kam ihnen auf dem Bürgersteig schlurfend ein Fackelträger entgegen, der sein Licht hoch in die Nacht reckte. Der Bursche, der mindestens fünfzig Jahre auf dem Bukkel hatte, leuchtete zwei Gentlemen den Weg, die ihrerseits eine kleine Dirne eskortierten. Alle drei waren sternhagelvoll.

Als sich Tobias Oates nach dem Fackelträger umdrehte, duckte Jack Maggs sich in den Eingang des Gerichtsgebäudes, wo eine zweite Dirne ihrem Gewerbe nachging und über die Störung nicht sehr erfreut war. Dann schlüpfte er wieder auf die Straße hinaus, um sich kühn dem kleinen Trupp unter der Führung des schnaufenden Fackelträgers anzuschließen und bis zur Theobald's Road das Licht der blakenden Fackel zu nutzen. Dort konnte er gerade noch beobachten, daß Tobias Oates um die Ecke bog und in der Dunkelheit verschwand.

Jack Maggs humpelte vor einer Mietdroschke über die Straße und hinkte die Lamb's Conduit Street hinunter. Als Lohn für seine Mühen sah er, wie Tobias Oates die Treppe eines Hauses hinaufstieg. Jack erreichte die Tür im gleichen Augenblick, als innen der schwere Riegel wieder vorgeschoben wurde.

Plötzlich teilte sich hinter ihm der Nebel, und ein helles Licht zeichnete seinen wuchtigen Schatten aufs Pflaster.

»Aha«, sagte der Mann mit der Lampe. »Was haben wir denn hier?«

Im ersten Augenblick hielt Jack Maggs den Lampenträger für einen Soldaten, aber in der bunten Uniform, die er noch nie gesehen hatte, steckte ein Bobby, ein Polizist, ein Greifer.

»Seien Sie froh, daß Sie nicht in meiner Livree stecken«, sagte er frech. »Sie geben mir Schuhe, die nicht passen. Sie schicken mich los, um meinen Herrn zu begleiten, und geben mir noch nicht mal einen Mantel.«

Der Polizist war ein großer, kräftiger Bursche mit einem Kartoffelgesicht. Sein Blick verriet, daß er gern andere Menschen quälte, solange ihm dabei selbst keine Gefahr drohte.

»Wo ist dein Herr?« fragte er streng.

»Er ist gerade ins Haus gegangen.«

»In welches Haus? Ich habe niemanden gesehen.«

Als der Polizist Jack Maggs mit der Laterne von oben bis unten anleuchtete, wurden die Schäden sichtbar, die die Kletterpartie über das Dach, der Treppensturz und die anschließende Verfolgungsjagd durch den Regen hinterlassen hatten. Der Lakai war triefnaß und über und über mit Schmutz bespritzt.

»Er ist gerade rein«, sagte Jack Maggs mit einiger Schärfe. »Hier, in dieses Haus. Mr. Tobias Oates. Der Autor von Captain Crumley.«

Der Polizist hielt Jack Maggs die heiße Laterne dicht vor das Gesicht.

»Captain Crumley?«

»Ganz genau.«

Der Polizist zögerte. »Sieh zu, daß du nach Hause kommst«, sagte er schließlich.

Jack Maggs blieb nichts anderes übrig. Er öffnete das Gartentor, ging die Treppe zum Dienstboteneingang hinunter und preßte sich an die Küchentür. Aber der Polizist war kein grüner Junge. Er hielt die Laterne hoch und spähte mißtrauisch hinter ihm her.

Aus schierer Verzweiflung drückte Jack Maggs die Klinke hinunter. Das Glück war ihm hold, die Tür gab nach. Er betrat Tobias Oates' Haus und schob den Riegel vor. Durch das Küchenfenster beobachtete er, wie der Bobby wieder zur Haustür ging.

Der Polizist war noch immer nicht zufrieden. Es sah fast so aus, als ob er Tobias Oates herausklopfen und nach seinem Lakaien ausfragen wollte. Schnell schlich Jack Maggs über die dunkle Treppe hinauf in die Diele, um beim ersten Klopfen durch die Hintertür flüchten zu können.

Er blieb stocksteif stehen, als ob er aus Holz geschnitzt wäre, und entspannte sich erst wieder, als der Polizist weitergegangen war.

Irgendwo flüsterte es leise, und nackte Füße tappten durch das Haus. Bald darauf hörte Jack Maggs die altbekannte Weise eines quietschenden Bettes.

12

Wo Jack Maggs erst kürzlich hergekommen war, gab es hauptsächlich Holzhäuser, die in den langen heißen Nächten gequält ächzten. Sie stemmten sich gegen die Nägel, zogen sich zusammen, dehnten sich und zerrten an ihren Beschlägen, als ob sie sich zerreißen wollten.

Tobias Oates' Haus in der Lamb's Conduit Street war aus Londoner Backstein. Es war frisch gestrichen und neu möbliert. Alles darin glänzte, alles war stabil, freundlich und solide. Dieses Haus würde nie im Dunkeln stöhnen, und es stank auch nicht nach Harz oder Kreosot. Es roch englisch, nach poliertem Eichenholz, Kohlenstaub und Äpfeln aus Devon. Der Eindringling stand da und atmete diese zugleich fremden und doch vertrauten Düfte ein, bis sich der Herr des Hauses endlich zu Bett begeben hatte.

Dann schlich er die Treppe hinauf. Im ersten Stock angekommen, zog er die Arme eng an die Brust, als wäre er der Teufel selbst, der sich in seinen Umhang hüllte, oder wie ein Sterblicher, der im Schutz der Dunkelheit möglichst ungesehen bleiben will. Wie auch immer, seinen Bemühungen war Erfolg beschieden, denn schon im nächsten Augenblick schlüpfte er wie ein verschwommener Schatten in ein kleines Zimmer, das von dem Korridor abging. Vor dem Bettchen, in dem Tobias Oates' Erstgeborener ruhte, verharrte er.

Maggs' Schatten legte sich tintenschwarz über das Bett. Er beugte sich hinunter, so tief, daß er das Kind hätte beißen können. Doch statt dessen näherte er sich nur mit geweiteten Nüstern der nach Seife duftenden Haut und sog, die Hände auf dem Rücken gefaltet, John Marshall Oates' Atem ein. Nachdem er dreimal an dem Jungen gerochen hatte, richtete er sich wieder auf und stopfte die Hände in die Taschen. Im Zimmer nebenan wälzte sich der Vater des Kindes im Bett auf die andere Seite und hustete, als ob er hellwach wäre. Der Eindringling

nahm die Hände aus den Taschen und schmiegte sich in den Schatten eines hohen Kleiderschranks. Seine Atemzüge wurden langsamer und tiefer.
Jack Maggs war durchaus als Hitzkopf bekannt, aber in Tobias Oates' Haus wurde er zum Faultier. Sein kräftiger Körper verschmolz mit der Dunkelheit, und während unten in der Diele die Uhr laut tickte, glitt er, langsam wie ein Mondschatten, aus dem Zimmer.
Endlich stand er vor dem Bett einer jungen Frau. Sie hatte so heftig geträumt, daß ihr die Nachthaube vom Kopf gerutscht war. Die losen Haare umflossen ihr schlafendes Gesicht wie Seetang. Ein nackter weißer Arm lag ausgestreckt auf der Bettdecke, den anderen hatte sie darunter zwischen ihre Knie geklemmt. Neben dem Bett stand eine Kommode, auf der ein Schmuckstück lag, eine Halskette. Der Eindringling nahm sie in die Hand, ließ sie durch seine drei Finger gleiten und legte sie vorsichtig wieder zurück.
Als es zwei Uhr schlug, beugte er sich in einem anderen Zimmer über Mary Oates, das strenge Gesicht mit der Habichtsnase nur wenige Fingerbreit von ihrem traurigem kleinen Mund entfernt. Er stand vor Tobias Oates, der auf dem Bauch liegend schlief, genau wie sein Sohn.
Um Viertel nach drei zog er sich widerwillig in die Küche zurück. Dort trank er etwas kaltes Wasser aus der Pumpe und wusch sich das Gesicht. Von der gespannten Erregung, die ihn bis dahin gezeichnet hatte, war ihm nichts mehr anzusehen.
Er setzte sich mit seinem Glas an den Küchentisch und ruhte seine Augen aus.
Als er aus dem Schlaf hochschreckte, stand eine Frau vor ihm, eine ältliche Matrone mit dickem Bauch, kräftigen Unterarmen und großen Händen.
Im Schein der Öllampen sah er, daß die Frau Haube und Schürze trug. »Hat er Ihnen gesagt, daß Sie warten sollen?« fragte sie.

»Jawohl, Ma'am«, sagte Jack Maggs, der automatisch lächelte und sein ebenmäßiges Gebiß blitzen ließ.

»Hat er gesagt, daß er Ihnen einen Shilling holen will? Und dafür sollten Sie ihm Ihre Geschichte erzählen?«

Er stand auf und reckte sich. »Das hat er gesagt, Ma'am.«

Die Köchin schüttelte den Kopf und machte sich an die Vorbereitungen für das Frühstück. Sie rüttelte den Feuerrost, füllte Kohlen nach und setzte den Kessel auf die schwarze Herdplatte.

»Er kann einfach nicht anders. Als er Sie gesehen hat, wird er sich gedacht haben: Aha, ein Lakai in einer schmutzigen Livree. Das würden Sie und ich uns auch denken, aber Mr. Oates kann es dabei nicht bewenden lassen. Er denkt weiter. Wie kommt der Schmierfleck auf die Schulter? Wie hat er sich die Strümpfe zerrissen? Er sieht Sie an, als ob Sie ein Schmetterling für seine Sammlung wären. Es ist nicht so, daß er kein Herz hätte. Wahrlich nicht, im Vergleich mit ihm könnte man mich kaltherzig nennen. Aber er ist ein Schriftsteller, was Sie sicher wissen, und wenn er nicht Ihre ganze Lebensgeschichte erfahren kann, würde er vor Neugier umkommen. Einmal hat er einen armen Botenjungen mit einem Porzellanauge einen halben Tag warten lassen. Miss Lizzie hat das arme Würmchen weinend vor der Tür gefunden, als sie mit der Missus einen Spaziergang machen wollte.«

»Dann mache ich mich wohl lieber wieder auf den Weg, Ma'am«, sagte Jack, dem bis dahin noch gar nicht aufgefallen war, daß er sich die Strümpfe zerrissen hatte. »Meine Herrschaft wird sich schon fragen, wo ich abgeblieben bin.«

»Jetzt haben Sie die ganze Nacht gewartet und wollen sich nicht einmal Ihren Shilling geben lassen? Nein, nein. Sie müssen nach oben gehen.«

»Ich habe noch einen weiten Weg vor mir, Ma'am, und meine Herrschaft wartet auf mich.«

»Sie können noch nicht fort. Sie gehen jetzt nach oben und melden sich bei ihm. Er ist ein feiner Mensch, ein guter Mensch. Einen besseren gibt es nicht.«

»Trotzdem«, sagte Maggs.

»So ein Unsinn. Entweder Sie gehen nach oben, Sir, oder ich hole ihn herunter.«

»Aber er schläft doch gewiß noch.«

»Der und schlafen? Der schläft nie. Es ist erst halb sechs, aber er arbeitet schon. Kommen Sie, ich zeige Ihnen sein Zimmer. Stören Sie sich nicht daran, wenn er ins Schreiben vertieft ist. Sagen Sie einfach, hier bin ich, ich heiße John, und ich wollte mir das Trinkgeld abholen, auf das ich die ganze Nacht gewartet habe.«

Jack Maggs blieb nichts anderes übrig, als ein zweitesmal die Treppe hinaufzusteigen. Im Grunde war es ihm gleich. *Wär's abgetan, so wie's getan ist, dann wär's gut, man tät' es eilig.*

13

Tobias Oates war wie besessen vom Wirken des verbrecherischen Verstandes. Indizien dafür fand er im Kleinen wie im Großen, in den Wülsten am Schädel eines Taschendiebes genauso wie in der *Théorie analytique*, in der La Place nachwies, daß die Mordrate in Paris von einem Jahr zum anderen unverändert blieb.

In Whitechapel gab es einen kleinen Laden, der einem gewissen Mr. Nevus gehörte. Dort pflegte Tobias das zu kaufen, was er als »Beweise« bezeichnete. So hatte er dort vor kurzem für eine stattliche Summe Geldes die Hand eines Diebes erworben. Mit Ausnahme des kleinen Fingers, der verräterisch mißgebildet war, waren die übrigen lang, schmal und feingliedrig, ein trauriger Kontrast zu dem Hautzipfel, der von dem brutal abgesäbelten

Handgelenk herunterhing. Diese Hand schwamm nun in einem bauchigen Glas mit einem braunen, verfärbten Etikett, auf dem eine Zeile in arabischer Schrift stand, deren Bedeutung er noch nicht ergründet hatte.
Tobias hütete in seiner Studierstube viele solcher Geheimnisse. In der Ablage unter »L« stapelten sich zum Beispiel die Aufzeichnungen, die er sich bei seinem Besuch in der Pariser Leichenhalle gemacht hatte. Auf dem obersten Regalbrett lag ein in Seidenpapier eingeschlagenes und mit schwarzem Zwirn zugebundenes Päckchen – die Totenmaske von John Shepherd, der 1724 in Tyburn gehenkt worden war.
Tobias Oates war ein Mann der Wissenschaft. In der Studierstube mit dem runden Fenster und den sauber lackierten Regalen und Bücherschränken herrschte pedantische Ordnung, wie in einem Laboratorium. Nirgendwo lagen Zettel herum, keine Nachtigallfeder, kein loser Bogen Papier. Jedes Teil hatte seinen Platz, war mit Bändern verschnürt oder in einem beschrifteten Umschlag versiegelt. In dieser Stube bewahrte Tobias Oates nicht nur seine Beweise auf, sondern auch Experimente, Skizzen, Notizen und Entwürfe für Figuren, mit denen er sich eines Tages, wie er hoffte, nicht nur als Autor komischer Abenteuer, sondern als Romanschriftsteller einen Namen machen würde, der selbst einen Thackeray in den Schatten stellen würde. Es war dieser Ehrgeiz, der stets hell in ihm brannte, der ihn an dem Morgen, als Jack Maggs an seine Türe pochte, schon vor Tagesanbruch an den Schreibtisch getrieben hatte.
Der scharfe, fordernde Klang des Klopfens kündigte einen Besucher an, der mit den Gepflogenheiten des Hauses nicht vertraut war. Rasch schob Tobias das Glas mit der Hand in die hinterste Ecke seines Schreibtischs. Er lehnte eine aufgeschlagene Enzyklopädie dagegen, griff zur Feder und klappte seine Kladde auf. Als er den Kopf zur Tür drehte, sah er fast so aus wie auf dem Porträt, das Samuel Laurence 1838 von ihm malen sollte. Er machte ein Gesicht, als ob er den Gerichtsvollzieher erwartete

oder jemand anderen, der die Macht hatte, ihn vom hohen Roß hinunterzustoßen.
»Herein.«
Die Tür flog auf. Vor ihm stand Percy Buckles Lakai.
Tobias Oates bemerkte sogleich die schlammbespritzten Strümpfe, die rußigen Knie und die derangierte Frisur.
»Eine schlechte Nachricht?« fragte er.
Aus den dunklen Augen traf ihn ein stierer Blick.
Der Schriftsteller lockerte die goldene Kordel, die seinen Hausmantel zusammenhielt, und schnürte sie wieder stramm.
»Die Schmerzen sind zurückgekommen?« Er konnte nur raten, was seinen Besucher zu dieser Stunde hergeführt haben mochte.
Der Bursche machte einen halben Schritt in die Stube hinein.
»Was haben Sie mit Ihren Strümpfen gemacht?«
»Ich bin gestürzt.« Der Lakai blinzelte und sah sich forschend um.
»Herrgott, Mann. Es ist fünf Uhr früh.«
»Die Zeiten sind hart, Sir.«
»Man hat Sie aus dem Bett gerissen? Bringt es dieser sanftmütige Mensch tatsächlich fertig, seine Dienstboten um diese Zeit vor die Tür zu schicken?«
Der Besucher antwortete nicht, er ballte die Hände zu Fäusten und streckte sie seltsam von sich. Diese unerwartete Geste drückte eine größere Macht aus, als sie einem Dienstboten zustand. Tobias bekam es mit der Angst zu tun.
»Man hat Ihnen ein Unrecht angetan?«
»Ich habe die ganze Nacht auf Sie gewartet, seit Sie mit dem Dessert fertig waren.«
Der Lakai kam näher. Toby griff nach seinem Briefbeschwerer, der einzigen Waffe, die sich ihm zu seiner Verteidigung bot. Es war ein Zwei-Pfund-Gewicht, das zur Küchenwaage gehörte.
»Wo denn, um Gottes willen? Die ganze Nacht, sagen Sie?«
»Auf der Straße.« Jack Maggs schloß die Tür.

»Auf der Straße? Vor meinem Haus?«
»Zuletzt hatte ich es etwas bequemer. Da saß ich in Ihrer Küche.«
»Mann, Sie zittern ja.«
»Ich weiß.«
Ohne den Briefbeschwerer aus der Hand zu legen, bot Tobias dem Lakaien seinen Stuhl an. »Was ist denn nun Ihr Begehr, guter Mann?«
Jack Maggs, der sich hingesetzt hatte, sprang wieder auf und verschränkte die mächtigen Arme vor der Brust. »Was haben Sie gestern abend beim Essen mit mir gemacht? Das will mir nicht mehr aus dem Sinn, Sir.«
»Ach so, das ist es. Die Schmerzen sind zurückgekommen!«
»Sagen Sie mir, was Sie mit mir gemacht haben.«
Tobias antwortete nicht, sondern legte dem Dienstboten die Hand auf die Wange, aber Jack Maggs riß den Kopf zurück und fletschte die Zähne.
»Sie haben meine Geheimnisse ausgeforscht.«
»Nein.«
»Darum haben mich die anderen Herren so komisch angesehen, als ich wieder zu mir kam.«
»Sie haben eine Erklärung verdient«, sagte Tobias vorsichtig. »Aber Sie werden sie nur bekommen, wenn Sie aufhören, mich so finster anzusehen. Ich nehme jetzt diesen Hocker, und Sie können sich wieder auf meinen Stuhl setzen. Niemand will Ihnen schaden, mein Wort darauf. Was Ihnen ›komisch‹ erschien, war Ausdruck menschlichen Mitgefühls. Es sind Herren, vielleicht, und Sie sind Lakai, trotzdem wurden sie von Ihnen angerührt. Sie stecken voller Phantome, Master Maggs. Es sind diese Phantome, die Ihnen solche Qualen bereiten. Wußten Sie das? Wußten Sie, welche Kobolde in Ihnen hausen wie Käfer im Stamm eines umgestürzten Baumes?«
»Aber wie haben Sie mich zum Sprechen gebracht?« rief der Besucher, der auf seinem Stuhl nach vorn rutschte und die Hände

auf die dreckbespritzten Knie legte. »In meinem ganzen Leben habe ich noch nicht im Schlaf gesprochen, noch nie.«
»Letzte Nacht waren Sie ein Somnambulist.«
»Nennen Sie es, wie Sie wollen, Sir. Aber es ist eine schreckliche Sache, wenn das Innerste eines Menschen den Blicken anderer ausgeliefert wird, eintausendmal schlimmer, als mit zerrissenen Strümpfen vor Sie zu treten.«
»Würden Sie die Schmerzen lieber behalten?«
»Ich würde sie zehnmal schlimmer zurücknehmen, wenn ich mit ihnen zusammen meine Geheimnisse wiederbekäme.«
Ein langes Schweigen machte sich breit.
»Können Sie lesen?« fragte Tobias schließlich.
»Ich bin kein ungebildeter Mensch, wenn Sie das meinen.«
»Dann dürfte Sie die Kladde dort interessieren. Da vorn, die meine ich. Schlagen Sie die drittletzte Seite auf. Das Datum ist der sechzehnte April. Da können Sie nachlesen, welche Geheimnisse Sie mir verraten haben.«
Jack Maggs starrte auf das Heft, aber er rührte es nicht an. »Ach, Sir«, sagte er leise. »Ich weiß wirklich nicht, ob das sehr klug von Ihnen war.«
»Schlagen Sie die Kladde auf. Lesen Sie.«
Der Lakai zitterte so heftig, daß Tobias Oates sich an Pharaoh, das Rennpferd seines Vaters, erinnert fühlte, dessen gesprenkelte Flanken beim Auflegen des Sattels ebenso gebebt hatten. Während Jack Maggs langsam die beiden von Hand geschriebenen Seiten durchlas, schmiedete Tobias Oates einen Plan.
»Das ist alles? Sonst habe ich nichts gesagt?«
»Das ist alles.«
»Dann muß ich betütert gewesen sein, wenn Sie den Ausdruck entschuldigen wollen.«
»Aber das Phantom steckt wahrhaftig in Ihnen«, sagte Oates ernst. »Sie haben ein Wesen in sich, das Ihnen schaden will, das in Ihnen lebt, wie ein Wurm im Bauch eines Schweins. Es ist das Phantom, das Ihnen die Schmerzen zufügt.«

»Ich weiß nichts von einem Phantom, Sir. Ich habe noch nie davon gehört.«
»Ich bin mir sicher, daß ich Ihnen die Schmerzen für immer nehmen kann.«
»Ach, ich habe sie nun schon so viele Jahre, Sir. Wir sind alte Freunde.«
»War es etwa freundlich, daß die Schmerzen vor aller Augen über Sie hergefallen sind?«
Jack Maggs schlug die Kladde zu und legte sie vorsichtig zurück auf den Schreibtisch. »Ich bin es zufrieden, Sir.«
»Aber wenn ich doch die Dämonen, die Sie quälen, aus Ihrem Herzen vertreiben könnte? Ich könnte sie auf Papier bannen und die Seiten hier in diese Schachtel legen. Wenn das Werk vollbracht ist, könnten wir zusammen vor diesen Kamin treten und sie dem Feuer überantworten.«
»Aber was kümmern Sie meine Schmerzen, Sir? Schließlich bin ich es, der darunter leidet.«
»Ich bin Naturforscher.«
»Ich dachte, Sie wären Schriftsteller.«
»Ja, Schriftsteller. Ich möchte die Bestie in Ihnen beschreiben. Wenn Sie sich für dieses Experiment zur Verfügung stellen würden, würde ich nicht nur versuchen, Sie zu heilen, sondern ich würde Sie auch noch dafür entlohnen.«
»Ich will kein Geld, Sir.«
Tobias Oates lachte bitter. »Gut. Womit kann ich Sie sonst lokken? Nicht mit der Heilung von Ihren Schmerzen? Sie mögen Ihre Schmerzen.«
»Ich brauche nichts.«
»Eine Empfehlung?«
Der Lakai zögerte. Oates spürte seine Unentschlossenheit. Es war wie das leise Zappeln eines Aals an der Angelschnur.
»Was meinen Sie damit?«
»Ich dachte an eine Empfehlung, die Ihnen die Tür zu einem vornehmeren Hause öffnet.«

Jack Maggs tat diesen Vorschlag mit einer verächtlichen Handbewegung ab.

»Hatten Sie eine andere Art von Empfehlung im Sinn? Sprechen Sie.«

»Eigentlich wollte ich Sie fragen, wenn Sie das nächste Mal bei uns dinieren, Sir. Es geht um etwas, worüber Sie sprachen.«

»Nur heraus damit.«

»Wenn ich Sie richtig verstanden habe, gibt es immer noch Diebesfänger«, begann der Lakai.

»Man hat Sie bestohlen?«

»Sie haben beim Essen einen Diebesfänger erwähnt. Partridge. Der jeden Mann in England aufstöbern kann.«

»Möchten Sie jemanden finden?«

»Es geht um eine Familienangelegenheit, Sir.«

»So könnte also unser kleiner Handel aussehen?« Tobias Oates beugte sich auf dem Schemel vor und streckte dem Lakaien die Hand hin, um die Übereinkunft zu besiegeln.

»Ich habe nicht gesagt, daß ich einverstanden bin.« Jack Maggs verschränkte die Arme vor der Brust. Er hielt inne. »Wie schnell könnten Sie Ihren Teil der Abmachung erfüllen?«

»Sofort.«

»Heute?«

»Nein, nein. Wo denken Sie hin? Ich möchte schließlich auch etwas davon haben. In drei, vier Wochen.«

»Nein, nein.« Der Lakai stand auf, schüttelte den Kopf und rieb die Fingerknöchel aneinander. »Ich könnte keine vier Wochen warten.«

»Drei.« Tobias Oates erhob sich ebenfalls.

»Zwei«, sagte Jack Maggs. »Zwei, oder aus dem Handel wird nichts.«

»Gut, also zwei. Das ist gerecht.«

Tobias Oates hatte den Eindruck, im festen Händedruck des Lakaien eine Begeisterung für die Abmachung zu verspüren, die sich mit seiner eigenen messen konnte.

14

»Wir werden folgendermaßen vorgehen«, sagte Tobias Oates, der seinem Probanden den Rücken zugekehrt hatte, um seine große Aufregung zu verbergen. »Als erstes schreibe ich Ihrem Mr. Buckle einen Brief, in dem ich ihm den Sachverhalt erkläre.«

»Er wird mir den Laufpaß geben.«

»Auf mein Wort, das wird er nicht.«

»Doch.«

»Bei Gott!« Tobias drehte sich um. »Mr. Buckle wird sich in allem meinen Wünschen fügen.«

»Wenn er mich entläßt, sitze ich auf der Straße.«

»Ihr Herr ist ein Anhänger des Mesmerismus. Es wird ihm eine Freude sein, Sie in den Dienst der Wissenschaft zu stellen.«

Jack Maggs kniff die Augen zusammen, seine Züge wurden hart und glänzten. Genau wie ein Bauer, der ein Schwein zu verkaufen hat, dachte Tobias.

»Ich habe nie gesagt, daß ich der Wissenschaft dienen will.«

»Unsinn. Wir haben eine Abmachung getroffen.«

»Nein. Sie werden mich zu dem Diebesfänger bringen. Das war die Abmachung.«

»Ja, ich habe Ihnen versprochen, Sie mit Mr. Partridge bekannt zu machen und alles in meiner Macht Stehende zu tun, um Ihnen bei Ihrem Vorhaben zu helfen. Dafür werden Sie tun, was ich von Ihnen verlange.«

Der Bursche starrte störrisch auf seine Hände.

»Von der Wissenschaft war nicht die Rede.«

»Guter Mann, ich bitte Sie!« rief Tobias Oates gereizt.

»Schreien Sie mich nicht an, Mr. Oates. Ich weiß genau, was ich gehört habe.«

»Wieso kommen Ihnen jetzt Bedenken?«

Jack Maggs öffnete die Hände, so daß die Stümpfe seiner Finger zu sehen waren. »Ich will nicht, daß Sie etwas aufschreiben.«

Tobias hatte Sorge, seinen Probanden zu verlieren. Er hätte sich nicht in die Karten blicken lassen dürfen. Der Mann hatte erkannt, wie sehr er ihn brauchte.

»Das ist ein Jammer, Mr. Maggs, denn unsere Abmachung ist nun einmal getroffen und hätte auch vor jedem Gericht Bestand. Achten Sie auf die Bewegungen meiner Hände«, fuhr er so ernst und streng wie ein Friedensrichter fort. »Man nennt das Bestreichung.«

»Nein.«

»Sehen Sie mir in die Augen«, befahl Tobias Oates. Er begann die Hände vor den böse funkelnden Augen hin und her zu bewegen.

»Achten Sie auf meine Hände, Bursche.«

Jack Maggs tat nun doch, wie ihm geheißen wurde. Ein wenig seitlich auf dem Stuhl sitzend behielt er die weißen Hände so argwöhnisch im Auge, als ob sie ihm einen Schaden zufügen wollten. Doch als es in dem dunstigen kleinen Garten schließlich Morgen geworden war, ruhte sein unrasiertes Kinn auf seiner Brust.

»Können Sie mich hören?« fragte Tobias Oates.

»Ja, ich kann Sie hören.«

Tobias spitzte die roten Lippen und stieß erleichtert den angehaltenen Atem aus. Er nahm Kladde und Feder vom Schreibtisch.

»Sitzen Sie bequem?«

Der Lakai rutschte ungeduldig auf dem Stuhl herum. »Ja, bequem.«

»Haben Sie Schmerzen?«

»Lassen Sie mich in Ruhe.«

»Sie und ich, Jack, wir werden uns jetzt einen Ort vorstellen, wo es keine Schmerzen gibt. Können Sie einen solchen Ort finden?«

»Lassen Sie mich in Ruhe. Die Schmerzen sind immer da.«

»Dann machen wir uns ein Bild, wie in einem Märchen. Wir

wollen uns eine Tür vorstellen, die so stabil ist, daß die Schmerzen nicht hindurchgelangen können. Hohe Mauern aus dickem Stein.«

»Ein Gefängnis ...«

»Gut, ein prächtiges Gefängnis mit zwanzig Fuß dicken Mauern und ...«

Der Somnambulist drosch mit den Armen um sich. »Nein!« schrie er. »Nein, verflucht!«

»Ruhig«, zischte Tobias. »Hören Sie mich? Ruhig. Wenn Sie kein Gefängnis wollen, können Sie auch eine vermaledeite Festung haben. Eine Burg mit Zinnen und wehenden Fahnen. Es kann auch ein Haus sein. Es tut nichts zur Sache.«

»Ein Haus.«

»Ja. Ein gutes, solides Haus mit doppelten Wänden aus Londoner Backstein und Fensterläden aus Eichenholz.«

»Gebrüder Morrison an den Türen.«

»Gut. Sehr gut. Die Schlösser und Riegel sind von den Gebrüdern Morrison. Wir stehen jetzt auf der Schwelle des Hauses. Wo sind die Schmerzen?«

»Zum Teufel mit ihnen! Sie verfolgen mich überallhin.«

»Haben sie eine Gestalt? Ist es immer die gleiche Gestalt? Wie ein Mann? Wie ein Tier?«

»Ich versuche es. Ich versuche es.«

»Gut. Braver Mann.«

»Wenn ich sie ansehe, verändern sie die Form. Jetzt sind sie zu zweit.«

»Ein Mann und ein Tier.«

»Nein, nein. Aufhören. Lassen Sie mich in Ruhe. Lassen Sie mich in Frieden.«

»Wie Sie meinen. Sind die Schmerzen da?«

»Ja, natürlich. Das habe ich doch schon gesagt. Sie sind immer da. Aufhören. Ich kann nicht mehr.«

»Es wird aufhören, wenn wir ins Haus gehen, uns einschließen und die Schmerzen vor der Tür lassen.«

»Muß ich?«
»Ja, Sie müssen.«
Eine Pause.
»Wo sind Sie jetzt?«
»Gott steh mir bei, ich habe es so gemacht, wie Sie wollten. Ich bin hineingegangen.«
»Wo ist das Phantom?«
»Sie kennen die Antwort.«
»Ist es drinnen oder draußen?«
Der Somnambulist hielt sich die Ohren zu.
»Drinnen oder draußen?«
»Wie soll ich es sehen können, wenn Sie die ganze Zeit auf mich einreden? Lassen Sie mich gefälligst in Ruhe.« Der Lakai hielt inne, dann runzelte er die Stirn. »Überall sind Leute. Ich kann es nicht sehen.«
»Es sind Menschen in dem Haus?«
»Furchtbar viele.«
»Wer sind sie?«
»Ich kenne sie nicht.«
»Was für Menschen?«
»Feine Herren ... und Damen.«
»Was machen sie?«
»Sie gehen herum, spionieren alles aus. Sie machen die Schränke und Schubladen auf.«
»Und das Phantom?«
»Sieht durchs Fenster herein. Es ist sehr wütend.«
»Weil es nicht hereinkann?«
»Ja, weil es ausgesperrt ist.«
»Und die Schmerzen sind weg?«
»Nein, die Schmerzen sind schlimm. Die haben hier nichts zu suchen. Es ist mein Haus, nicht ihres.«
»Ja, es ist Ihr Haus. Ihres ganz allein.«
»Sie wollen nicht, daß es mir gehört. Sie wollen es mir wegnehmen.«

»Nein, es gehört Ihnen, Jack Maggs. Sie wissen, daß es Ihnen gehört. Sie müssen alles hinauswerfen, was Sie in Aufregung versetzt.«
»Sie hören nicht auf mich, Sir. Sie sagen, ich bin kein Gentleman.«
»Haben Sie es denn versucht?«
»Ja, ja«, rief Jack Maggs leidenschaftlich. »Mehr als hundertmal habe ich es ihnen gesagt, aber sie hören nicht auf mich, und ich muß tun, was sie wollen.«
»Was sollen wir machen? Wie können wir sie dazu bringen, was meinen Sie?«
»Ach, Sir, dieses Gelichter ... es sollte die doppelte Katze zu spüren bekommen.«
»Die doppelte Katze?«
»Die doppelte Katze. Die Katze für Diebe. Sie hat einen doppelten Riemen.«
»Sie meinen die neunschwänzige Katze.«
»Die doppelte Katze ist schwerer.«
Tobias Oates, der bis dahin mit übereinandergeschlagenen Beinen dagesessen und sich in der Kurzschrift, die er als Gerichtsreporter benutzte, eifrig Notizen gemacht hatte, blickte bei dieser Bemerkung gespannt auf. »Vielleicht könnten wir einfach die Tür öffnen und sie bitten zu gehen.«
»Das soll wohl ein Witz sein.« Der Schlafende verzog den Mund. »Ein sehr guter Witz, fürwahr.«
»Wenn Ihnen der Sinn nach einem Spaß steht, sollten Sie mal sehen, was ich jetzt mit ihnen mache.«
»Ich kann nichts sehen.« Jack Maggs krümmte sich auf seinem Stuhl. »Ich kann nicht sehen, was Sie machen.«
»Doch, das können Sie. Sie sehen es genau. Ich lasse sie einschlafen. Können Sie das nicht sehen?«
»Ich weiß nicht.«
»Natürlich können Sie es sehen. Sehen Sie nicht, wie ihnen die Augen zufallen? Sie wissen, daß ich so etwas vermag, nicht wahr?«

»Ich glaube, sie sterben.«
»Manche sinken hin, aber nur, weil sie schlafen. Sie schlafen ein.«
»Was soll ich jetzt mit ihnen machen?«
»Wir sagen Ihrem Phantom, es soll sie hinaustragen.«
»Das macht es nie.«
»Doch, wenn ich es ihm sage. Ich befehle ihm, diese Leute aus Ihrem Haus zu entfernen. Sehen Sie es sich an. Wie geht es ihm heute?«
»Es sieht böse aus, Sir. Es starrt mich an.«
»Ja, aber es wird mir gehorchen, und es ist stark genug, die Schlafenden hinauszubringen. Manche von ihnen sind sehr schwer, nicht wahr? Sehen Sie die Frau mit dem Doppelkinn?«
»Nein, ich glaube nicht.«
»Die Frau in dem schwarzen Kleid, die sehr viel Schmuck trägt.«
»Ich glaube, jetzt sehe ich sie.«
»Schleift das Phantom sie hinaus?«
»Nein, es hat sie hochgehoben. Es hebt sie hoch und trägt sie aus meinem Haus.«
»Jetzt geht es Ihnen gewiß schon viel besser.«
»Ja, das stimmt.«
»Haben Sie Schmerzen?«
»Alles ist besser. Viel besser, danke, Sir. Bleibt es jetzt draußen vor der Tür, Sir?«
»Wenn es alle hinausgetragen hat.«
»Das hat es. Es ist stark wie ein Ochse, nicht wahr?«
»Es hat sie schon weggebracht?«
»Es ist ein richtiger Derwisch, Sir.«
»Und es ist draußen?«
»Ja, draußen.«
»Dann sperre ich die Tür ab. Sie sind in Ihrem Haus, Sie sind ganz allein. Niemand kann Ihnen etwas tun. Sie gehen jetzt zum Fenster. Sehen Sie aus dem Fenster?«

»Ja, ich sehe aus dem Fenster.«
»Was sehen Sie? Hausnummern? Geschäfte?«
»Nichts, Sir.«
»Sie können gar nichts sehen?«
»Es ist stockdunkel, Sir.«
»Da, Jack Maggs, da kommt ein Lampenanzünder. Sehen Sie noch einmal hinaus – es ist taghell geworden.«
Der Somnambulist geriet in höchste Aufregung, er rollte mit den Augen und schlug sich auf die Brust.
»Ich darf es Ihnen nicht sagen.«
»Sie müssen.«
»Nein«, rief der Lakai, warf mit den Armen um sich und traf Tobias Oates schmerzhaft an der Schläfe.
»Aus!« befahl Toby. »Beruhigen Sie sich!«
Aber Jack Maggs stöhnte und schaukelte heftig hin und her.
»Sachte, sachte. So ist es brav. Schluß jetzt.« Tobias redete besänftigend auf seinen Probanden ein, so leise, als hätte er es mit einem verängstigten Tier zu tun.
Als sich Jack Maggs endlich wieder beruhigt hatte, stand Tobias Oates auf und blickte auf den Lakaien hinunter. Wie ein Archäologe würde er dieses Geheimnis zutage fördern, wie ein Wundarzt würde er diese Seele heilen.
Sein jungenhaftes Gesicht war gerötet, und die Sprenkel in seinen blaßblauen Augen leuchteten so hell wie Glimmer. Er rückte den Schemel an den Schreibtisch, obwohl er zum Schreiben eigentlich zu niedrig war, hockte sich wieder darauf und setzte einen Brief auf.
»Verehrter Mr. Buckle«, begann er. »Manchmal kann man hören, daß ein Dienstbote von seiner Herrschaft als ›Perle‹ bezeichnet wird.«
Den flüsternden Atem seines Gefangenen im Ohr, überarbeitete er den Entwurf noch zweimal, bis er schließlich mit dem Ton zufrieden war.

15

Es war Edward Constable, der Mrs. Halfstairs davon in Kenntnis setzte, daß der neue Lakai verschwunden war. Montag morgen um sechs Uhr begab er sich triumphierend zu ihr. *Eins, zwei, eins, zwei* klopfte er auf die ihm eigentümliche unverschämte Weise bei ihr an.
Sie bat ihn herein.
»Ja, Constable?«
»Ihr Neuer, Ma'am. Er ist durchgegangen.«
Ihr Magen krampfte sich zusammen. Sie legte ihre Feder auf das Löschpapier.
»*Mein Neuer,* Mr. Constable? Wenn Sie Mr. Maggs meinen, so erledigt er vermutlich gerade einen Botengang. Haben Sie den Herrn gefragt?«
»Ich glaube, daß Mr. Maggs noch nie in seinem Leben Dienstbote war, Ma'am. Er kommt mir eher wie ein Schurke vor.«
»Sie sind kein Pfarrer«, sagte Mrs. Halfstairs. »Sie werden nicht für Ihren Glauben bezahlt. Waren Sie schon bei Mr. Buckle?«
»Denken Sie, er hat ihm etwas angetan?«
Mrs. Halfstairs, die bis dahin nichts Derartiges gedacht hatte, kamen sogleich die schlimmsten Befürchtungen. Sie sah wieder den schrecklichen Tod des letzten Lakaien vor sich, den aufgerissenen Schädel, die Hirnmasse auf der Eichenkommode.
»Ich bin zuerst zu Ihnen gekommen, Ma'am«, sagte der Lakai. »Ich wollte den Herrn nicht wecken.«
»Dann seien Sie jetzt bitte so gut, Mr. Constable, und sehen Sie nach dem Tafelsilber.«
»Nach dem Silber, Ma'am?«
Sie fing seinen scharfen Blick.
»Nicht nach dem Herrn, Ma'am? Nach dem Silber?«
»Tun Sie, was ich Ihnen aufgetragen habe«, sagte Mrs. Halfstairs. »Und bitte beunruhigen Sie Mr. Spinks mit dieser Nachricht erst, wenn ich es Ihnen gestattet habe.«

Während sie beklommen die Treppe hinaufstieg, wünschte sie sich die gute alte Zeit zurück, als Mr. Spinks im Haus noch das Zepter geführt hatte. Dann hätte Constable sich nicht so unverschämt aufgeführt. Pope hätte es nicht gewagt, sich das Leben zu nehmen. Schnaufend schleppte sie sich nach oben. Sie war inzwischen fest überzeugt, daß dem Herrn etwas zugestoßen war. Als sie durch Mr. Buckles halboffene Tür spähte und ihn heil und unversehrt in seinem riesigen Bett schnarchen sah, fiel ihr ein Stein vom Herzen.

Kaum war sie die Treppe wieder hinuntergestiegen, da klopfte es an der Haustür. Sie öffnete selbst. Es war ein Bote von Mr. Oates.

Als Constable zurückkam, um ihr mitzuteilen, daß das Silber nicht gestohlen worden war, hatte sie Tobias Oates' Brief bereits gründlich studiert und wußte so, daß Jack Maggs dem Haushalt keine Schande machen, sondern Ehre bringen würde.

Sie gab dem Lakaien das Schreiben und wies ihn an, es Mr. Buckle nach oben zu bringen.

»Hat es an der Tür geläutet, Ma'am?«

»Jawohl, Mr. Constable. Dieser Brief wurde abgegeben.«

»Dürfte ich vielleicht daran erinnern, daß es eigentlich meine Pflicht ist, die Tür zu öffnen?«

»Ich freue mich immer, wenn Sie Ihre Pflicht tun, Mr. Constable. Und der Herr wird sich freuen, den Brief von Ihnen ausgehändigt zu bekommen.«

Das gab ihm einen Augenblick lang zu denken. Aber dann ging er von einer anderen Seite auf sie los.

»Und als Sie die Tür öffneten, Mrs. Halfstairs, ist Ihnen da vielleicht aufgefallen, daß die Dienstboten von nebenan wieder zurück sind?«

»Nein, Mr. Constable. Das habe ich nicht bemerkt.«

»Ich habe nämlich ebenfalls geöffnet, Ma'am.«

»Das wäre wirklich nicht nötig gewesen, Mr. Constable.«

»Da sah ich sie auf der Straße.«

»Ich habe sie nicht bemerkt, Mr. Constable.«
»Ist Ihnen noch nicht der Gedanke gekommen, daß Mr. Maggs mit ihnen davongelaufen sein könnte?«
»Mit ihnen davongelaufen, Constable?«
»Hatte er nicht großes Interesse an ihnen? Schließlich hat er behauptet, bei Mr. Phipps in Stellung zu sein, was ich stark bezweifle. Außerdem hat er uns andauernd nach Mr. Phipps ausgefragt. Nachdem ich das geschäftige Treiben nebenan beobachtet hatte, Ma'am, machte ich natürlich Mr. Spinks darauf aufmerksam, der meinte, das könnte die Erklärung für das Verschwinden des Neuen sein.«
»Mr. Constable, hatte ich Sie nicht gebeten, Mr. Spinks noch nicht zu beunruhigen?«
»Aber Ma'am, Sie haben doch selbst immer wieder gesagt, daß es sich für einen Lakaien nicht ziemt, Geheimnisse vor dem Butler zu haben.«
Mrs. Halfstairs atmete tief durch. »Bringen Sie Mr. Buckle den Brief hinauf«, sagte sie schließlich. »Anschließend melden Sie sich wieder bei mir.«
Damit machte sie sich auf die Suche nach Mr. Spinks, um zu versuchen, etwas Ordnung in seinen armen, alten, verwirrten Verstand zu bringen.

16

Um halb zehn kam der vermißte Lakai durch die Küchentür gehinkt. Sein Blick war wild, seine Augen rot, seine Haare verklebt, und seine schöne gelbe Livree wurde durch einen großen schwarzen Flecken verunziert. Trotz allen Hinkens und Humpelns drückte sein Auftreten keinerlei Bedauern aus.
»Kann der Mensch hier etwas zu trinken bekommen?« fragte er herausfordernd, setzte sich an den langen Holztisch und fun-

kelte Mercy Larkin an, die damit beschäftigt war, die Kartoffeln für den Tag von angefaulten Stellen zu befreien.

»Ja, Sir«, sagte sie, aber sie hatte kaum das Messer weggelegt, als Mrs. Halfstairs, die bei jedem Knarren der Küchentür die Ohren spitzte, auf schweren Absätzen hereingeklappert kam, um Jack Maggs, ohne ein Wort über sein Aussehen zu verlieren, schnurstracks zu Mr. Buckle zu eskortieren.

»Kann der Mensch hier was zu trinken kriegen?« Constable äffte Jack Maggs' heisere Stimme nach. »Der Mensch kriegt gleich seinen Marschbefehl.«

»So etwas hat es noch nie gegeben«, sagte Miss Mott. »Es ist Aufgabe des Butlers, ihn zu entlassen. Ich verstehe nicht, was Mrs. Halfstairs sich dabei denkt, ihn zu Mr. Buckle zu bringen.«

»In Lineham Hall«, sagte Constable, während er sich selbstgefällig den dritten Löffel Zucker in den Tee rührte, »hätte man ihm schon am Tor die Livree ausgezogen und ihn im Unterhemd auf den Weg geschickt.«

»Mr. Constable!« rief Miss Mott.

»Oder noch schlimmer«, sagte Constable, der sich gern einen Spaß daraus machte, die Köchin zu schockieren. »Einmal habe ich erlebt, wie ein Page im Winter ohne einen Faden am Leib davongejagt wurde. Mit nichts als einem Paar Stiefel an den Füßen.« Dann fuhr er fort, in allen Einzelheiten zu schildern, wie grausam seine frühere Herrschaft auch sonst mit entlassenen Dienstboten umzuspringen pflegte.

Constable besaß ein großes Repertoire solcher Geschichten, aber diesmal kam er nur bis zum ersten Kapitel. Die Rückkehr von Mrs. Halfstairs und Jack Maggs sowie das Erscheinen des Butlers brachten seinen Erzählfluß zum Versiegen. Mr. Spinks hielt einen langen Schürhaken in der Hand, den er wohl aus Gedankenlosigkeit aus Mr. Buckles Stube entführt hatte. Als er sich leicht schwankend mit dem Rücken vor die Anrichte gestellt hatte, schien er schon fast vergessen zu haben, warum er in die Küche gekommen war. Constable konnte den Anblick seiner

Verwirrtheit nicht ertragen und wandte seine ganze Aufmerksamkeit dem Ausreißer zu.
»Hallo, Maggs«, sagte er im Plauderton. »Wenn Sie letzte Nacht zu Hause geschlafen hätten, hätten Sie heute morgen Ihre Freunde von nebenan kommen und gehen sehen.«
Jack Maggs drehte sich mit einem Ruck zu ihm um.
»Ein Fremder hätte sie für Diebe gehalten«, fuhr Constable fort. Er tat so, als merke er nicht, was für eine Wirkung diese Eröffnung auf sein Gegenüber hatte. »Zuckertöpfe. Teekannen. Sie hätten den Plunder sehen sollen, den sie weggeschafft haben.«
»Mr. Phipps ist zurückgekehrt?« fragte Maggs und fixierte Constable mit einem Blick, der zugleich böse und gierig war.
»Wenn Sie eine halbe Stunde früher zurückgekommen wären, hätten Sie vielleicht Ihre alte Stelle wiederbekommen können.«
»Der Haushalt nebenan interessiert uns nicht, Mr. Constable«, sagte Mrs. Halfstairs.
»Der junge Mr. Phipps war da?« fragte Maggs, doch er bekam keine Antwort. Mrs. Halfstairs sah Constable tadelnd an, so daß Maggs sich mit seiner Frage an Mercy wandte, die ihm freundlich antwortete.
»Nicht Mr. Phipps. Nur seine Kutsche und zwei seiner Dienstboten.«
»Heißt das, daß er wieder zurück ist?«
»Nein, Mr. Maggs. Ich fürchte, er ist noch nicht wieder da.«
Mr. Spinks klopfte mit dem Schürhaken auf den Boden. »Setzen!«
»Setzen!« wiederholte Mrs. Halfstairs. »Was denken Sie sich eigentlich?«
Jack Maggs setzte sich nicht. »Ich denke, wenn Mr. Phipps wieder zu Hause ist, wird es Zeit für mich, Ihnen adieu zu sagen, Mrs. Halfstairs.«
Mr. Spinks räusperte sich.
»Hat Sie Mr. Buckle nicht soeben mit offenen Armen wieder

aufgenommen?« sagte Mrs. Halfstairs und wandte sich ungläubig an Mr. Spinks. »Haben Sie jemals eine derart großmütige und christliche Ansprache gehört? Nein, nein, Mr. Maggs. Mr. Buckle ist jetzt Ihr Dienstherr.«

»Dann hat er ihn nicht auf die Straße gesetzt?« rief Constable empört.

»Sie bewegen sich auf sehr unsicherem Boden«, zischte Mrs. Halfstairs ihm zu. Sie richtete sich wieder an den Butler. »Es stimmt, daß sich Mr. Maggs sehr ungehörig benommen hat, aber dafür hat Mr. Oates an ihm Gefallen gefunden. So ist es doch, nicht wahr, Mr. Spinks?«

»Oates hat einen Narren an ihm gefressen?« fragte Constable. »Oates interessiert sich für ihn? Oates kommt zu Besuch? Dieser Hinkefuß ist eine Zierde der Gesellschaft geworden? Verstehe ich das richtig?«

»Jeder Straßenfeger würde einsehen«, sagte Mrs. Halfstairs, »daß es eine große Auszeichnung für unser Haus wäre, näheren Umgang mit einem vielversprechenden jungen Herrn wie Mr. Oates zu pflegen.«

»Aber dieser Schurke hatte noch nie etwas von Captain Crumley gehört«, rief Constable.

Mercy sah, daß diese Information bei Mrs. Halfstairs ihre Wirkung nicht verfehlte. Die Wirtschafterin blinzelte. »Trotzdem werden wir ihn nicht zu Mr. Phipps gehen lassen, Mr. Constable«, sagte sie schließlich.

Constable wandte sich hilfesuchend an den Butler. »Er konnte nicht mal allein seine Haare machen. Ich mußte ihm helfen.«

»Mr. Maggs hat sich für ein wissenschaftliches Experiment zur Verfügung gestellt, nicht wahr, Mr. Spinks? Ist es Ihre Stirn?« fragte sie Jack Maggs. »Will Mr. Oates Ihre Stirn vermessen?«

»Sicher, Ma'am«, höhnte Constable. »Sie haben ihn ja auch bereits vermessen.«

»Sie stellen meine Geduld auf eine harte Probe, Mr. Constable.«

»Wem sagen Sie das, Ma'am?«
»Die Sache«, begann Spinks. »Die Sache ist die, Sir ...«
»Die Sache, um die es geht, sind Mr. Constables Dienste«, sagte Mrs. Halfstairs. »Und ich kann mir nicht vorstellen, daß seine Dienste in diesem Haus noch länger benötigt werden.«
Tiefes Schweigen erfüllte die Küche.
»So soll es sein«, sagte Spinks endlich. Er richtete seinen starren Blick streng auf den Lakaien. »So ist es. Nicht benötigt.«
Diese Wendung der Ereignisse kam für Constable offensichtlich völlig unerwartet. Den Teelöffel noch in der Hand, erhob er sich langsam von seinem Stuhl. Sein Gesicht war aschfahl geworden.
»Mr. Spinks ... Sir? Mr. Spinks, wissen Sie, wer ich bin?«
Mr. Spinks klopfte mit dem Schürhaken auf den Boden. »Ich kenne Sie, Sir.«
Obwohl Constable sich kerzengerade hielt, entging Mercy – und den anderen – nicht, wie hohl seine Wangen waren und wie verzweifelt sein Blick.
»Sir ... Sie wollen mich entlassen?« Seine stolze Haltung stand im Gegensatz zu seiner bebenden Stimme. »Mr. Spinks, haben Sie vergessen? Darf ich Sie an die Schwierigkeiten mit meinen Zeugnissen erinnern?«
Jack Maggs, der während der Auseinandersetzung ganz mit seinen eigenen Gedanken beschäftigt gewesen schien, trat nun zwei Schritte vor und stellte sich neben Edward Constable.
»Mr. Constable und ich«, sagte er. »Wir gehören zusammen.«
Zu Mercy Larkins großer Überraschung lächelte er plötzlich Mrs. Halfstairs an.
»Wir sind Buchstützen, nicht wahr, Mrs. Halfstairs? Davon braucht man immer ein Paar.«

17

Auf dem Wagentritt eines Phaetons zu fahren, ist eine Kunst. Wie eine Statue aus Meißner Porzellan zu posieren und wie ein Engel über Unrat und Gestank hinweg durch die Londoner Straßen zu schweben will gelernt sein.

Doch als sich die beiden Lakaien am folgenden Tag – Dienstag, den achtzehnten April – zu den Pferdeställen begaben, verzichtete Jack Maggs auf jede Anleitung. Er hatte es nicht nötig, sich zeigen zu lassen, daß man in den Knien locker bleiben, das Kinn hochhalten und abspringen mußte, noch bevor die Kutsche ganz zum Stehen gekommen war. Selbst Edward Constable, der für gewöhnlich an allem etwas auszusetzen fand, war beeindruckt, wie gut er die Aufgabe bewältigte.

Die erste Fahrt ging in die Chancery Lane, zur Bibliothek des Patentamts, und obwohl keine dringenderen Geschäfte anlagen als der Wunsch ihres Brotherrn, sich die Baupläne der neuesten Motoren anzusehen, näherten sie sich ihrem Ziel mit halsbrecherischer Geschwindigkeit. So rücksichtslos und arrogant schnitten sie Ponykarren und Mietdroschken den Weg ab, daß selbst die streitlustigsten Londoner Kutscher – also die große Mehrheit – dem hübschen blauen Phaeton mit dem goldenen Löwen an der Tür Platz machten. Nachdem Edward Constable beobachtet hatte, wie Maggs die wilde Fahrt meisterte, war ihm klar, daß sein Wohltäter das reinste Naturtalent war.

Am Patentamt angekommen, öffnete Constable den Schlag, geleitete seinen Herrn um eine Pfütze herum und blickte ihm nach, als er die Treppe hinauflief. Normalerweise hätte allein der Anblick von Mr. Percy Buckles eingesunkenen Wangen und seinem krummbeinigen Entengang genügt, ihn in eine gereizte Stimmung zu versetzen, war es doch für ihn eine ständige Prüfung, einem Herrn von derart niedrigem Stand dienen zu müssen, aber an diesem Morgen hatte Edward Constable anderes im Sinn als Mr. Buckle. Es war der neue Lakai, der ihn beschäftigte.

Dabei galt sein Interesse nur zu einem sehr geringen Teil Maggs' Geschicklichkeit auf dem Wagentritt.
Nebeneinander standen die beiden Dienstboten auf dem Bürgersteig in der Chancery Lane. Obwohl sie nur durch wenige Zoll getrennt waren, wahrte Maggs die Distanz zu Constable, auf dem Schuldgefühle und Dankbarkeit so schwer lasteten, daß er es bald nicht mehr ertragen konnte.
»Sie sind mir ein Rätsel«, begann er.
Maggs wandte ihm ein ausdrucksloses Gesicht zu.
»Wenn ich unfreundlich zu Ihnen war ...«, fuhr Constable beharrlich fort. »Aber von einem Wenn kann gar nicht die Rede sein, denn ich war tatsächlich unfreundlich ...«
»Es ist vorbei, Kamerad. Denken Sie nicht mehr daran.«
»Mein Freund ist tot. Das hat mich verbittert, und wenn ich verbittert bin, sage ich Sachen, die mir hinterher leid tun.«
»Dann sagen Sie nichts mehr.«
»Aber ich muß«, rief Constable. »Also helfen Sie mir, Mr. Maggs. Ich muß etwas für Sie tun. Ich bin ein Mann, der immer seine Schulden begleicht.«
»Die Alte hat Sie getriezt, und es war mir ein Vergnügen, ihr die Suppe zu versalzen. Aber wenn Sie mir danken wollen ... Sie kennen doch sicher den Kutscher, nicht wahr?«
»Foster?«
»Kennen Sie ihn länger?«
»Er war schon bei Mr. Quentin, als wir noch in Bath waren.«
»Sie haben ihm doch bestimmt mal einen Gefallen getan.«
»Wir kennen uns gut, Mr. Maggs. Woran denken Sie? Sie brauchen es bloß auszusprechen.«
»Sagen Sie ihm, Jack Maggs würde sich gern einen Schluck von seinem Fusel hinter die Binde gießen.«
»Mr. Maggs, ich möchte mich wirklich erkenntlich zeigen.«
»Dann haben Sie hier die Lösung. Fragen Sie ihn.«
»Aber Mr. Maggs. Was Sie da von mir verlangen, ist der einzige Gefallen, den ich Ihnen nicht tun kann.«

»Ist vielleicht Ihr Holzbein zerbrochen? Gehen Sie hin und sagen Sie dem dösigen alten Bauern, daß sein Bruder der Lakai mit seiner Schwester der Schnapsflasche ein Tänzchen wagen will.«

»Ich bin selbst kein Kostverächter, Mr. Maggs, aber es ist ganz undenkbar, daß ein livrierter Lakai in der Öffentlichkeit Schnaps trinkt.«

»Sie haben es selbst gesagt: Ich bin ein Schurke, kein Lakai. Lakaien haben vielleicht keinen Durst, aber Schurken ... Kommen Sie, Mr. Dingstable, ich habe wieder Schmerzen im Gesicht. Wäre es Ihnen lieber, ich würde dort drüben in den Schnapsladen gehen? Zweifellos würde man mein Geld gern annehmen. Seltsame Sache mit diesen Schnapsläden, sie haben eine große Vorliebe für Schurken wie unsereins. Wir sind ihre besten Kunden.«

»Ich spreche mit Foster, Mr. Maggs.«

Der schmächtige Kutscher, der aus dem West Country stammte, blieb mit seiner Decke über den Knien auf dem Bock sitzen. Von diesem hohen Thron herab verwickelte er Constable in lange, zähe Verhandlungen. Nachdem sie sich endlich geeinigt hatten, reichte er seinen »Seelentröster« herunter.

»Sie mußten ihn dafür bezahlen?« fragte Maggs.

»Es war mir ein Vergnügen.« Constable blickte nach rechts und links die Straße hinunter, auf der in diesem Augenblick keine Dienstboten zu sehen waren. »Hier, schnell. Trinken Sie.«

Im selben Moment, als Maggs die Flasche an die Lippen nahm, kam Percy Buckle die Treppe des Patentamts heruntergehüpft.

»Wohin jetzt, Sir?« rief der Kutscher, aber Percy Buckle hatte längst gesehen, was er nicht sehen sollte. Er runzelte die Stirn und schlug die behandschuhten Hände zusammen. »Also wissen Sie«, sagte er, während er den Blick blitzschnell von Maggs zu Foster huschen ließ. »Also wissen Sie, heute möchte ich einmal etwas ganz Neues ausprobieren.«

»Ein neues Patent?« fragte Foster beflissen, wohl aus Angst, seine silberne Schnapsflasche zum letzten Mal gesehen zu haben.
»Eine neue Buchhandlung«, sagte Percy Buckle. »Die größte in London.«
Constable hielt seinem Herrn den Schlag auf. »Also zu Bowes & Bowes, Sir?« sagte er nervös.
»Da irren Sie sich, guter Mann«, sagte Mr. Buckle, während er ein adressiertes Briefkuvert aus der Jackentasche zog. »Wir fahren zu Lackingtons Musentempel.«
»Davon habe ich noch nie etwas gehört«, sagte Constable.
»Sie kennen sich in London eben nicht so gut aus wie ich«, sagte Percy Buckle. »Es ist am Finsbury Square.«
»Auf dem Holborn Hill?« Der Kutscher stöhnte.
»Leider ja«, sagte Percy Buckle. »Leider liegt die Buchhandlung ganz oben auf dem guten alten Holborn Hill.«
Am Fuß des Hügels mußten Maggs und Constable absteigen und zu Fuß neben der Kutsche herlaufen, während der Kutscher den Pferden die Peitsche gab. Maggs war erhitzt und erschöpft, als er Percy Buckle schließlich am Finsbury Square aus der Kutsche half.
»Her damit«, sagte sein Dienstherr.
»Wie bitte, Sir?«
»Her mit der Flasche.« Rote Flecken traten auf Percy Buckles Wangen.
Constable ließ Maggs nicht aus den Augen. Der starrte seinen Herrn so grimmig an, daß Percy Buckle sich unter seinem Blick vor Unbehagen wand. Aber dann holte Jack Maggs zu Constables großer Erleichterung die Flasche des Kutschers aus der Hosentasche und übergab sie seinem Herrn.

18

Ein Lakai, der sich auf offener Straße beim Trinken ertappen ließ, konnte sich glücklich schätzen, wenn er seine Anstellung behalten durfte, aber Jack Maggs, der kein Lakai war, schoß bei der Konfiszierung von Fosters Flasche das Blut ins Gesicht, so aufgebracht war er.

Wieder in der Great Queen Street angekommen, war er noch immer so außer sich vor Zorn, daß er seine ganze Beherrschung zusammennehmen mußte, um sich, als Mrs. Halfstairs ihm Putzlappen und Bienenwachs aushändigte, in sein Schicksal zu fügen. Er wurde in eine dunkle kleine Kammer auf der Rückseite des Hauses verbannt. Dort mußte er, ohne Blick auf die Straße, die Einbände von Mr. Buckles Büchern polieren. *Himmeldonnerwetter!* Er war nicht nach London gekommen, um sich erniedrigen zu lassen. *Verdammt und zugenäht!* Er war gekommen, um sich mit Mr. Phipps zu treffen. Dieser Gentleman konnte jeden Augenblick eintreffen, ohne daß er es bemerkt hätte.

Beim Abendessen suchte er sich einen günstigen Platz am Fenster aus und behielt die Straße ständig im Auge. Er trank sein Bier, bevor das Tischgebet gesprochen worden war. Er wehrte Mrs. Halfstairs' Fragen über Mr. Oates' Experiment ab, schlang hastig die Hackfleischpastete hinunter, verzichtete auf die Nachspeise und stürmte, ohne sich zu entschuldigen oder seiner Pflichten entbunden worden zu sein, die düstere Treppe hinauf. Fast verängstigt blieben die anderen Dienstboten schweigend in der Küche zurück.

Er verriegelte die Tür seiner kleinen Kammer, zog die Livree aus und legte das dunklere, derbere Zeug an, das er bei seiner Ankunft getragen hatte.

In der vergangenen Nacht hatte er kaum Schlaf gefunden, seine Augen lagen tief in den rot umränderten Höhlen, und obwohl sein Haar mit Londoner Ruß gesprenkelt war, hatte er jetzt anderes im Sinn als die Puderquaste. Er stemmte das Fenster auf, lehnte sich hinaus und blickte hinunter. Er seufzte ein-, zweimal und wäre einmal fast hinausgestiegen, verharrte dann aber doch in seiner beengten, unbequemen Stellung und horchte lange auf das Rattern der Kutschen und die Stimmen von der Straße. Erst nachdem mehr als eine Stunde vergangen war, zwängte er seinen schweren Körper durch die Öffnung.

Wie eine Spinne hing er am Dach, mit einer Hand noch am Fensterbrett, ein Bein bereits tastend in die Richtung von Henry Phipps' Haus vorgestreckt, als plötzlich über die Straßengeräusche hinweg ein alarmierender, vertrauter Laut an sein Ohr drang: »Pst.«

Unter dem mondlosen Himmel zog er sich unmerklich langsam wieder dahin zurück, woher er gekommen war.

»Pst.«

Erst als er mit beiden Händen wieder festen Halt gefunden hatte, wagte er es, sich umzudrehen und den Blick suchend über das Dach gleiten zu lassen. Am dritten Dachfenster von Mr. Buckles Haus zeichnete sich undeutlich ein schwarzer Schatten ab.

»Constable?«

Der Schatten antwortete nicht, sondern begann zu Jack Maggs' großem Entsetzen, aus dem Fenster zu quellen und in seine Richtung zu gleiten.

Er sah die Haare, er sah den Rock. Es war die Küchenmagd.

»Zurück mit dir, um Himmels willen.«

Sie schrie überrascht auf und geriet ins Rutschen. Er beugte sich hinüber, aber das dumme Ding schlitterte bereits auf die Regenrinne zu. Der Rock bauschte sich wie ein Tintenklecks, die blassen Hände zappelten wie Fische.

Zwar gelang es Jack Maggs nicht, sie zu retten, aber sie hatte Glück im Unglück, denn sie überstand die Rutschpartie und kletterte wieder zu ihm herauf.

»Verschwinde«, zischte er. »Geh zurück.«

»Hoppla«, sagte sie. »Diese Dachziegel sind ja glatt wie Schmierseife.«
Er hielt sie am Ärmel fest, weil sie noch immer nicht auf ihre Sicherheit achtete. Sie steckte eine Hand in seinen Gürtel. »Was machen Sie hier?« fragte sie. »Wieso kraxelt ein Lakai mitten in der Nacht auf dem Dach herum?«
»Das geht dich nichts an, du kleine Hexe.«
»Ich heiße Mercy, Mr. Maggs. Das wissen Sie genau.« Sie schob ihr Gesicht bis auf wenige Zoll an seines heran. Sie war nicht betrunken, wie er geglaubt hatte. Ihr Atem roch süß nach gezukkertem Tee.
»Willst du wohl machen, daß du wieder ins Haus kommst?«
»Vielleicht«, sagte sie. »Vielleicht aber auch nicht.«
»Wenn du jetzt nicht gehst, passiert etwas, du kleine Hexe. Also hurtig, und vergiß, daß du mich hier gesehen hast.«
Sie ließ sich seine Drohung durch den Kopf gehen. »Darf ich dann bitte durch Ihr Fenster steigen?«
»Nein.«
»Es ist so furchtbar weit bis zu meinem Zimmer. Ich habe Angst, daß ich runterfalle.«
»Herrgott noch mal!«
»Sie sind aber nicht sehr höflich, Sie.«
»Ich zeige dir gleich, wie höflich ich sein kann.« Er half ihr in sein Zimmer, kletterte hinterher, ließ sie hinaus und sperrte die Tür wieder zu. Sein Herz klopfte so laut, daß es ihm in den Ohren dröhnte, als er auf das Dach zurückkehrte. Eine Minute später war er durch das unversperrte Dachfenster in Henry Phipps' Haus eingedrungen.
Allmählich beruhigte er sich. Vorsichtig schlich er die Treppe hinunter. Dabei suchte er sich unterwegs in den Schlafzimmern einige Decken zusammen. Nachdem er den dunklen Salon betreten und die Decken auf eine Sitzbank geworfen hatte, leerte er auf einem Schreibtisch aus blaßgelbem Nußbaumholz seine Taschen aus – ein Bündel Papiere, Zwirn, ein Klappmesser mit

einem beinernen Griff, ein dickes weißes Talglicht, eine lange gelbe Schreibfeder und ein kleines Apothekerfläschchen, das, wie sich bald zeigen sollte, eine seltsame Tinte enthielt. Zuletzt nahm er ein kleines Emailporträt mit silbernem Rahmen aus der Hosentasche. Erst wollte er es ebenfalls auf den Schreibtisch legen, doch dann überlegte er es sich anders und steckte die Miniatur wieder ein.

Alsdann zog er den Tisch quer durch das Zimmer, bis er unter dem Fenster stand. Er zog die Schuhe aus. Er holte eine Decke und stieg auf den Tisch. Bei seiner Größe war es ihm ein leichtes, die Decken vor den Vorhängen anzubringen. Mit dem Messer schnitt er den Zwirn, mit dem Zwirn band er die Decken an der Vorhangstange fest. Er arbeitete zügig, aber gründlich, und als er fertig war, haftete der Konstruktion, so behelfsmäßig sie auch war, etwas handwerklich Symmetrisches an.

Er stieg vom Tisch, stellte ihn wieder an seinen angestammten Platz zurück und zündete das Talglicht an, das nach einigem Zögern immer kräftiger brannte, bis es überall im Raum funkelte und glänzte. Stühle, Spiegel, Bilderrahmen, selbst die Deckenfriese: Alles war vergoldet.

Inmitten dieses Schmuckkästchens nahm dieser Bär von einem Mann am Schreibtisch Platz und legte sich sorgsam Feder und Papier zurecht. Er wollte gerade den gläsernen Stöpsel aus dem blauen Apothekerfläschchen ziehen, als er auf der Treppe Schritte hörte.

Er löschte die Kerze und stand reglos im dunklen Rauch. Sein Herz schlug sehr langsam. Er wußte, daß es der Mann war, den er suchte. Er wußte es, ohne ihn zu sehen, ohne von seiner Rückkehr erfahren zu haben, und als die Schritte die Diele erreichten, hüstelte er leise, um sich bemerkbar zu machen.

»Ich bin es«, sagte er. »Jack Maggs.«

»Das weiß ich doch«, sagte Mercy. »Wer sollte es denn sonst sein?«

19

Mercy Larkins Vater hatte in einer Konservenfabrik gearbeitet und gut für seine Familie gesorgt. Mercys Mutter hatte im Sommer Spitzen geklöppelt, und Mercy war eine Zeitlang bei Mrs. McFarlane in die Schule gegangen, wo sie sich – wenn man einmal Kleckse und Schmiereien außer acht ließ – recht achtbar schlug.
Doch als Mercy mit dreizehn Jahren an einem linden Abend im Mai auf der Treppe vor dem Haus saß und die fauligen Stellen von den Kartoffeln schnitt, bemerkte sie eine seltsame Prozession, die die steile, schmale Straße herunterkam. Rechts und links neben einem Karren, der von zwei unruhigen braunen Stuten gezogen wurde, liefen laut rufende Männer her. Mercy schien es so, als hätten sie Angst, daß die Pferde ausrutschen und stürzen würden. Zuerst hielt sie die Männer für fahrende Schauspieler, doch als der Zug schweigend vor ihr anhielt, sah sie, daß in dem Karren ihr Vater mit bleichem Gesicht auf eine Schütte Stroh gebettet war. Ein Arm lag blutig und notdürftig verbunden auf seiner Brust. Es konnte niemand etwas dafür, sagten die Männer. Horace hätte herumgealbert und wäre rückwärts in die Maschine gefallen. Es war nur ein gebrochener Knochen, aber der Arm hing wie ein leerer Socken herab, als der Vorarbeiter Horace Larkin hochhob und ins Haus trug. Nur ein gebrochener Knochen, aber welchen Kummer er mit sich brachte, und wie schnell es ging: Wundbrand und Tod, Armut und Vertreibung. An einem heißen Tag im Mai 1829, als die Witwe und ihre Tochter das kleine Häuschen in Finsbury für immer verlassen mußten, erschien nur ein einziger Arbeitskollege, um ihnen beim Auszug zu helfen. Sie brachen so früh am Morgen auf, daß niemand sonst Zeuge dieser Schande werden konnte. Erst gingen sie zu Fuß über die gepflasterten Straßen, dann fuhren sie mit einem Dogcart zu ihrer neuen Unterkunft, einem feuchten Zimmer in einem heruntergekommenen Haus hinter der Fetter Lane. Dort versuchten Mercy und ihre Mutter,

sich mit dem Straßenverkauf selbstgebackener Rosinenpasteten ihren Lebensunterhalt zu verdienen.
Die Arbeit war anstrengend und brachte nicht viel ein. Es geschah nicht selten, daß die Mutter, wenn sie am Abend wieder nach Hause kam, an Kleidung oder Körper Schaden genommen hatte. Marjorie Larkin war schon immer eine stille Frau gewesen, dafür war ihr Mann um so lauter. Ihre Ruhe hob sich wohltuend von seiner übermächtigen Lebhaftigkeit ab oder blieb zumindest unbemerkt. Seit sie aber verwitwet war, wirkte ihre Verschlossenheit düsterer, tiefer und beunruhigender als zuvor. Für ihre Tochter, die weinend mit ansah, wie sie ihr schwarzes Haar mit demselben Messer, mit dem sie sonst den Teig für die Rosinenpasteten in Portionen für einen halben Penny abteilte, eigentümlich kurz schnitt, hatte sie nur Schweigen übrig.
Tagsüber sperrte sie Mercy in das von Backdünsten erfüllte kleine Zimmer, in dem sich auch noch der Bratfischgeruch aus dem Hof fing, der in der heißen Luft nach oben stieg. Sie sagte ihrer Tochter nie, wohin sie ging, was sie vorhatte oder wieviel Geld sie besaß. Ihre Augen schienen immer tiefer in den Höhlen zu versinken, bis niemand mehr vermutet hätte, daß sie eigentlich noch eine junge Frau war, die einmal schön gewesen war.
Nach einiger Zeit begann sie, die Pasteten auch am Abend zu verkaufen. Sie packte sie in ihren Weidenkorb, deckte sie mit einem Tuch zu und versperrte die Tür mit einem schweren Vorhängeschloß an eisernen Ketten. Manchmal kam sie schnell wieder zurück, manchmal aber blieb sie so lange fort, daß Mercy ihre Mutter bereits tot glaubte und Angst hatte, sie selbst würde sterben, bevor sie jemand befreien konnte.
Es waren traurige Tage und Nächte über dem nach Gin stinkenden kleinen Hof. Mercy, die von Natur aus ein fleißiges Mädchen war, würde diesen Sommer der erzwungenen Untätigkeit nie vergessen. Stunde um Stunde ging sie in der armseligen kleinen Kammer auf und ab und betete zu Gott, sie doch bitte daran zu hindern, von dem kostbaren Pastetenmehl zu naschen.

Doch dann setzte sich ihre Mutter eines Sonntags ohne eine Erklärung hin und nähte Mercy ein hübsches Kleid mit blauen Bändern für das Mieder und aufgesetzten Streifen Crêpe de Chine an der Taille. Es war ungemein farbenfroh, aber auch sehr altmodisch, was Mercy bedauerte, aber dafür empfand sie es als tröstlich, daß es wenigstens nicht schwarz war. Auch ohne zu fragen, begriff sie, daß die Trauerzeit zu Ende war.
An diesem langen Tag wurden keine Rosinenpasteten gebacken, und in ihrem Zimmer war es nicht so heiß und dunstig wie sonst. Als die Glocken zum Abendgottesdienst läuteten, machten sich Mutter und Tochter auf den Weg. Weil sie den ganzen Tag noch keinen Bissen zu sich genommen hatten, fühlte Mercy sich ein wenig schwindelig, aber sie war viel zu aufgeregt, um ans Essen zu denken.
Die Mutter im strengen Schwarz, die Tochter bunt wie ein Paradiesvogel gingen sie in die Fleet Street. Mit hoch erhobenem Kopf flanierten sie zwischen den vornehmen Herrschaften durch die belebten Straßen, bis sie um genau neun Uhr den Haymarket erreichten, wo fröhliches Treiben herrschte. Neben dem Kaffeestand eines großväterlichen Mannes, der einen zerbeulten Zylinderhut trug, blieben sie stehen, umgeben vom stechenden Rauch der Holzkohle und von den leckeren Düften nach Kaffee und Zichorie.
Das Kleid des jungen Mädchens zog alle Augen auf sich, doch zu Mercys Erleichterung schien sich niemand daran zu stören, daß es ein wenig aus der Mode war. Es war die heißeste Zeit des Sommers, und überall herrschte dichtes Gedränge.
Sie hatten noch keine Minute neben dem Kaffeestand gestanden, als ein hochgewachsener Gentleman mit einem roten Backenbart vor Mercys Mutter den Hut zog und sie so vertraulich ansprach, daß Mercy glaubte, den Besitzer der Fabrik vor sich zu haben, in der ihr Vater gearbeitet hatte. Als die Mutter sie wenig später mit der Aufforderung »Geh mit« auf den Mann zuschob, schloß sie sich ihm bereitwillig an.

Das war der Augenblick, da das Gewitter losbrach, nicht in der stickigen, schwülen Straße, die ihr Ziel war, sondern in Mercys Gedanken. Noch Jahre später wirbelten ihre Erinnerungen wie Staub und Ruß durch diese Straße, immer höher hinauf, bis in den Abendhimmel.

In ihrer Unschuld hatte sie vermutet, der Fremde wolle sie zu einem Eis oder einer Tasse Tee einladen, und als sie an einem Speisehaus vorbeikamen, begann ihr Magen höchst undamenhaft zu knurren. Doch ihr Begleiter führte sie hinter ein Kasino und blieb neben einer Tür stehen, durch die lautes Besteckklappern und Zwiebeldunst herausdrang.

Der Gentleman hatte bis dahin kaum ein Wort mit Mercy gesprochen, und als er nun ihren Arm ergriff, dachte sie immer noch, er sei vielleicht ein wenig schüchtern. Er nannte sie Lettie oder Lassie. Er sprach sehr undeutlich, und erst später wurde ihr klar, daß er wahrscheinlich getrunken hatte. Als er sie vor sich in den Eingang schob, wollte sie die Klinke hinunterdrücken, doch die Tür war versperrt. Sie konnte sich nicht einmal mehr umdrehen, bevor der Fremde ihr auch schon die Arme um die Taille geschlungen und sich mit seinem ganzen Gewicht an sie gepreßt hatte. Während er sie umklammerte und unablässig auf sie einredete, hob er ihr Kleid hoch.

Sie spürte die Luft auf der Haut. Sie wußte nicht, was sie tun sollte.

Es geschah, was geschehen mußte. Nur Bruchstücke blieben zurück, wie die Scherben eines zersprungenen Tellers, die in der Dunkelheit verlorengingen – die Schmerzen, die gedünsteten Zwiebeln, der Pfeifenrauch in seinem Backenbart, die Nässe an ihren Beinen.

Als der Mann ihr Geld gab, fielen ihr die Münzen aus der Hand und rollten in die Gasse hinaus. Mit hochrotem Kopf lief er hinterher, sammelte sie ein, brachte sie ihr zurück und zog den Hut.

»Danke, Miss.« Er sah aus, als ob er weinen wollte.

»Danke, Sir«, sagte sie.
Er zögerte kurz, dann machte er sich in Richtung des Kaffeestandes davon. Sie trat aus dem Eingang und ging in die entgegengesetzte Richtung. Sie drückte sich in die dunkelsten Winkel der Gasse, damit man das Nasse, das sie noch immer fühlte, nicht sehen konnte.
Sie wanderte zwischen den ausgelassenen Menschen hindurch. Manchmal wurde sie von Männern angesprochen. Sie wußte nicht, wie lange sie schon ging oder wohin sie wollte. Eine große, strenge Frau mit stechendem Blick gab ihr einen weißen Zettel: BEREUET, DENN DAS HIMMELREICH IST NAHE. Als sie den Kaffeestand schließlich wiederfand, hielt sie den Zettel noch in der Hand. Ihre Mutter gab Mercy eine Ohrfeige und fing an zu weinen.
Als sie von dem kleinen Bratfischverkäufer angesprochen wurde, trocknete Marjorie Larkin ihre Tränen und richtete ihren ganzen Zorn gegen den Fremden. Sie schimpfte ihn einen gemeinen, rohen Menschen, der ihre Lage völlig falsch verstehe.
»Erkennen Sie mich nicht, Ma'am?« fragte Percy Buckle, der aus dem Getümmel des Haymarket neben ihnen aufgetaucht war und einen starken Fischgeruch um sich verbreitete. Er war alles andere als ein gemeiner Mensch, im Gegenteil. In seinem engsitzenden braunen Überzieher, den er bis zum schwarzen Arbeitskittel zugeknöpft hatte, stellte er eine durchaus achtbare Erscheinung dar. Der Bauchladen mit dem Fisch hing an ledernen Riemen von seinem mageren Hals herunter.
»Verschwinde. Mach dich davon«, schrie Marjorie Larkin so laut, daß sich sogleich eine Traube Schaulustiger um sie versammelte und der Besitzer des Kaffeestandes sie vertreiben wollte.
»Ich bin Ihr Nachbar, Ma'am«, sagte der ernste kleine Mann. »Ich bin auch der Nachbar dieses Mädchens, und mit Ihrer Erlaubnis werde ich sie jetzt nach Hause bringen.«
Aber die Mutter verstand sein Angebot falsch. Sie befürchtete,

daß er genau das gleiche Geschäft im Sinn hatte, das sie soeben vermittelt hatte. Mit einem gehetzten Blick in den dunklen Augen wandte sich das arme Geschöpf an den Besitzer des Kaffeestandes und bat ihn, den Fischverkäufer wegzujagen.
»Ich bin dein Nachbar«, sagte Percy Buckle leise zu dem Mädchen.
»Sie sind der Teufel«, schrie Marjorie Larkin.
Der Fischverkäufer ignorierte die johlende Menge und wiederholte: »Ich bin Ihr Nachbar.«
Erst als er seine fettige Geldbörse aufmachte und Mercys Mutter einen Silberflorin in die Hand drückte, nahm sie wirklich Notiz von ihm. Dann folgte sie ihm, wie er es ihr mit einer Geste bedeutete, denn er rührte sie nicht an.
Vom Haymarket aus ging es zurück bis zur Fleet Street und weiter bis in die Fetter Lane. Nachdem die kleine Gesellschaft den namenlosen Hof erreicht hatte, stellten die Larkins fest, daß ihr Wohltäter für den üblen Fischgeruch verantwortlich war, der ihre kleine Kammer jeden Tag erfüllte. Er wohnte nämlich genau unter ihnen.
An diesem Abend kochte ihnen der ernste kleine Mann eine Fischsuppe mit Kartoffeln, nötigte ihnen das Versprechen ab, das Zimmer nicht zu verlassen, bis er wieder zurückgekommen war, und brachte ihnen am nächsten Morgen frisch gebratenen Fisch zum Frühstück.
So begann Mercys lange Freundschaft mit Percy Buckle, der sich, auch nachdem er selbst zehn Fischbrater beschäftigte, immer die Zeit nahm, sich an das Bett des Mädchens zu setzen und ihm eine Gutenachtgeschichte vorzulesen.
Für Mercy war er der freundlichste, anständigste Mensch auf der ganzen Welt, und sie hätte sich, wie sie später Jack Maggs erzählte, lieber einen Arm abgehackt, als sich seine gute Meinung zu verscherzen.

20

»Das weiß ich doch«, sagte Mercy Larkin, als sie aus dem Dunkel der Treppe auftauchte. Ihre glänzenden Augen spiegelten in einem stecknadelgroßen Punkt das Licht der Kerze. »Wer sollte es denn sonst sein?«

Das dunkelblaue Apothekerfläschchen in der Hand und eine karierte Decke um die breiten Schultern fand Jack Maggs sich bei seinem geheimen Werk entdeckt.

»Du kleine Hexe, weißt du eigentlich, daß du mit dem Feuer spielst?«

Jeder Narr hätte gewußt, daß es klüger gewesen wäre, sich keine Neugier anmerken zu lassen, und doch stand sie jetzt da und sah sich alle Teile des Rätsels, die sich ihr darboten, genau an: die Feder, das Papier, die Decken, die er so ordentlich vor die Fenster gehängt hatte.

Eigentlich wollte Jack Maggs das Fläschchen schnell in der Jakkentasche verschwinden lassen, doch wozu?

»Hast du keine Angst vor mir?«

Sie zog spöttisch die Augenbrauen hoch. »Ach, Sie würden mir schon nichts tun.«

Er schnaubte. »So ein Würmchen wie du sollte längst im Bett liegen und sich von seiner Ma ein Märchen vorlesen lassen.«

»Meine Ma ist wahnsinnig.«

Jack Maggs tat so, als ob ihn ihre Antwort nicht erschüttert hätte, denn er sprach einfach weiter, als ob er sie nicht gehört hätte.

»Am liebsten würde ich dir eins auf die Kokosnuß geben«, sagte er. »Geh wieder ins Bett, und wir vergessen die Sache.«

»Wenn Sie wirklich so ein böser Schurke sind«, sagte sie, »wieso haben Sie dann Eddie gerettet?«

»Ich kenne keinen Eddie.«

»Mr. Constable, der Lakai. Der, den Sie in seinem Bett ermorden wollten.«

Matt ließ er sich auf einen der vergoldeten Stühle sinken, die in der Mitte des prächtigen Zimmers im Kreis aufgestellt waren. Er rieb sich das Gesicht und schmierte sich Ruß zwischen seine Stoppeln.

»Ich bin ein alter Köter, dem man im Leben übel mitgespielt und alle möglichen Kunststücke beigebracht hat, von denen er besser nie etwas erfahren hätte«, sagte er. »Du bist eine junge Frau und hast dein ganzes Leben noch vor dir, du kleine Hexe.«

»Mercy«, beharrte sie.

»Gut, dann also Mercy.«

Sie sagte: »Ich bin auch ein alter Köter.«

»Mercy, ich bin viel zu alt für dich.«

Sie schlug die Hand vor den Mund, aber sie mußte trotzdem laut lachen. »Sie und ich, Mr. Maggs? Ich bitte Sie.«

Wütend verschränkte er die Arme vor der Brust. Er schwieg.

»Was haben Sie vor?« fragte sie ihn.

»Was ich vorhabe?«

»Ja, was wollen Sie in Mr. Phipps' Haus?«

»Du naseweises Frauenzimmer.« Er ging zum Schreibtisch und begann, seine Papiere zu ordnen. »Ich will meine Zeugnisse und Empfehlungen suchen, die hier zurückgeblieben sind.«

»Aber Sie haben doch überhaupt keine Zeugnisse. Eddie schwört, daß Sie keine haben.«

»Tatsächlich?«

»Er mußte Ihnen sogar zeigen, wie man die Haare macht.«

Als Jack Maggs ihr antworten wollte, hob sie warnend die Hand. »Pst. Hören Sie doch.«

Da vernahm er es ebenfalls: eine Kutsche. Sein erster und einziger Gedanke galt Henry Phipps. Er hinkte zum Fenster und spähte vorsichtig zwischen den schweren Decken hindurch.

»Es ist bloß Buckle«, sagte er. »Er kommt von seiner Korrespondenzgesellschaft.«

»Ach, du lieber Himmel.« Mercy sprang auf. »Großer Gott, so früh schon zurück.«

»Um diese Uhrzeit wird er dich doch bestimmt nicht mehr brauchen.«
»Nein, nein, ich muß gehen. Gott steh mir bei.«
Sie drehte sich um und lief die Treppe hinauf.
Maggs folgte ihr, aber in einem etwas geruhsameren Tempo. Als er das Dachfenster erreichte, war sie längst hindurchgestiegen und rutschte und glitt in ihren Strümpfen über die moosigen Ziegel. Er bezweifelte nicht, daß ihre Ma wahnsinnig gewesen war.

21

In den frühen Morgenstunden, im Schein von vier hell brennenden Kerzen, tauchte Jack Maggs endlich die große Albatrosfeder in das Apothekerfläschchen.
Mit violetter Tinte schrieb er: *Lieber Henry Phipps*.
Er brachte diese Worte nicht von links nach rechts aufs Papier, sondern so: Lieber Henry Phipps. Das Schreiben ging ihm leicht von der Hand, als wäre er in dieser verdächtigen Kunst schon lange bewandert.
Er hielt inne und blickte zur Decke, während die Tinte zu einem hellen Fliederton verblaßte. Dann fuhr er fort:
Als ich hier am angekündigten Tag eintraf, mußte ich feststellen, daß Du abgereist warst.
Er sah zu, wie auch die neuen Zeilen erst fliederfarben und dann weiß wurden, bis sie schließlich ganz verschwanden.
Er schrieb weiter:
Ich hatte gehofft, Du würdest vielleicht heute nacht zurückkommen, falls Du meine hastig aufs Papier geworfene 23 mit einer 28 verwechselt hättest, doch nun habe ich viele lange Stunden auf der Sitzbank und an Deinem schönen Nußbaumschreibtisch vergeblich gewartet.

Es macht einen melancholisch, ganz allein in diesem Haus zu sein, an dem so viele meiner Hoffnungen hängen, aber ich vertraue darauf, daß meine Enttäuschung nicht von langer Dauer sein wird. Ich habe einen Boten, der Dich bald zu mir bringen wird. Wenn Du diesen Brief liest, mußt Du ihn bereits getroffen haben, denn der Diebesfänger wird Dir erklärt haben, wie man diese Zeilen wieder sichtbar macht. Ich hoffe, er hat daran gedacht, Dir zu sagen, daß Du ALLES VERBRENNEN mußt, sobald Du es gelesen hast. Vieles von dem, was ich Dir erzählen möchte, ist vor langer Zeit geschehen, aber ich fürchte, meine Feinde könnten es noch heute gegen mich verwenden.
Der Diebesfänger hat Dir den Spiegel übergeben. Wenn es ein billiger Spiegel ist, weißt Du, daß es nicht derselbe ist, den ich ihm ausgehändigt habe, denn ich bin ein wohlhabender Mann, und es war mir eine Freude, Dir den besten Spiegel zu schicken, der in London zu kaufen war. Wenn Dir die Punzen der Goldschmiedeinnung vertraut sind, kannst Du auf der Rückseite des Griffs lesen, von welch edler Herkunft er ist.
Im Glas des Spiegels aber, Henry Phipps, wirst Du eine andere Geschichte lesen – meine eigene.
Du wirst es mir verzeihen, wenn ich in meinem letzten Brief zu sehr mit der Tür ins Haus gefallen bin. Er wurde in großer Eile in einem Gasthaus in Dover abgefaßt. Ich fürchte, ich habe meine Worte nicht so sorgsam gewählt, wie es wünschenswert gewesen wäre, und möglicherweise durch meine Andeutungen in Dir die Befürchtung geweckt, ein Verbrecher sei hinter Dir her, der Dir etwas antun wolle.
Henry Phipps, Du wurdest dazu erzogen, ein zartfühlender Mensch zu sein und das Gesetz zu achten. Das konnte ich Deinen liebevollen Briefen immer entnehmen. Deshalb wäre es nicht verwunderlich, wenn Du es mit der Angst zu tun bekommen hättest, als Du erfuhrst, daß Jack Maggs sich aufgemacht hatte, in Dein feines, gebildetes Leben zu treten.
Obwohl ich viele Jahre Zeit hatte, Dich auf diesen Moment vor-

zubereiten, tat ich es nicht. Doch was geschehen ist, ist geschehen, und nun läßt Du mir keine andere Wahl, als mein ganzes Leben in einem Zug vor Dir auszubreiten und Dir Informationen anzuvertrauen, die mich, wenn sie in die falschen Hände gerieten, an den Galgen bringen könnten.

Du weißt schon seit vielen Jahren, daß ich Jack Maggs heiße, obwohl Maggs nicht der Name meines Vater war, sondern mir von meiner Pflegemutter gegeben wurde. Wie mein Vater hieß, weiß ich nicht, denn ich war erst drei Tage alt, als ich unter der London Bridge ausgesetzt wurde.

Schlammgräber haben mich gefunden. Ich erinnere mich nicht daran, aber man hat mir so oft von meinem großen Glück erzählt, daß ich sie jahrelang in meinen Träumen vor mir sah: aus dem stinkenden Schlamm der Themse aufsteigende Geistergestalten. Diese halb verhungerten Spitzbuben kämpften mit solcher Leidenschaft um mein Tuch und meine Haube, daß es, wie mein Wohltäter Silas Smith später zu sagen pflegte, ein wahres Wunder gewesen sei, daß sie mich nicht entzweigerissen hätten, wie das Kind, das König Salomon teilen lassen wollte.

Achte genau darauf, was ich Dir von Silas Smith erzählen werde, denn er wird in dieser Geschichte noch eine wichtige Rolle spielen. Dieser hagere Dieb mit dem langen Gesicht und der Rotweinnase, der Sohn eines Pfarrers, kaufte mich den Schlammgräbern für je einen halben Penny ab und bot ihnen noch einmal einen halben Penny an, wenn sie mich in ein Haus bringen würden, wo man mir den stinkenden Schlamm abwaschen konnte.

Er fragte die Habenichtse, ob ihnen vielleicht eine Hebamme bekannt sei, aber sie waren so töricht, daß sie nicht verstanden, wen er damit meinte. Also fragte Silas sie nach einer Frau, die bei der Geburt eines Kindes Hilfe leistete. Aber die Schlammgräber hatten noch nie in einem Haus gewohnt und auch noch nie gesehen, wie ein Kind zur Welt kam. Sie wußten nicht, wie sie sich das Geld verdienen sollten, bis dem ältesten von ihnen

einfiel, daß die Beschreibung wohl auf Mary Britten zutreffen könne.
– Dann bringt mich zu ihr, sagte Silas.
Er folgte den bibbernden Flußratten die Pepper Alley-Treppe hinauf und durch eine stinkende, mit Abfall übersäte Straße, die es anscheinend heute nicht mehr gibt, wie man mir erzählt hat. Nachdem er sich unter einem verrotteten Gatter hindurchgeduckt hatte, kam er in einen Hinterhof, in dem auf längs und quer gespannten Leinen Wäsche zum Trocknen hing und dessen Rinnsteine die Wäschelauge nicht mehr fassen konnten. Er ist immer ein Mensch gewesen, der auf seinen Vorteil bedacht war, aber auch er hätte wohl nie vermutet, daß ihm aus diesem Abenteuer eines Tages Wohlstand erwachsen würde.
Als die kleine Gesellschaft in den Hof kam, schrie das Neugeborene, und die Schlammgräber hatten Angst weiterzugehen. Der Mann, der mich trug, deutete mit dem Kopf auf eine Öffnung in der hintersten Mauer, aber Silas wollte den halben Penny nicht aus der Hand geben, bis seine Führer vor ihm in die dunkle Gasse gegangen waren.
Er hielt die Münze. Der Schlammgräber hielt das Kind. Am Ende der Gasse war eine Tür. Silas klopfte mit seinem Stock an, bis ihm von einer grobknochigen Frau mit wirrem rotem Haar geöffnet wurde. Sie hatte nackte Schultern, und ihre Haut schimmerte weiß in dem trüben Licht.
– Madam, sagte Silas Smith.
Mary Britten bemerkte die leuchtend rote Nase nicht. Mehr als einmal hat sie mir später erzählt, daß sie nur mich sah und daß sie mich nicht haben wollte. Sie hörte das klägliche Schreien des hungrigen Säuglings & roch die kalte, ungewaschene Haut. Sie drohte, mit den Backsteinen zu werfen, die sie immer griffbereit neben der Tür liegen hatte, um die Ratten zu vertreiben.
– Laden Sie Ihren Müll woanders ab, sagte sie. Schaffen Sie ihn ins Findelhaus. Sie hielt Silas Smith für einen Geistlichen.

Doch da tat Silas etwas, was für ihn höchst ungewöhnlich war – er öffnete seine Geldbörse.
War es sein Herz, das er öffnete? Ich kann es nicht mit Sicherheit sagen, ich weiß nur, daß er ein Dieb und ein Hehler war, ein Galgenstrick, der für gewöhnlich sehr geizig war.
– Es soll nicht Ihr Schaden sein, sagte er zu Mary Britten.
Damit reichte er ihr seine Visitenkarte, einen Sovereign. Mary Britten machte einen Knicks und legte den Backstein wieder auf den Boden.
Sagte sie: – Sie müssen meine Ruppigkeit schon entschuldigen, Sir. Aber was soll man machen? Das Leben ist hart, hier am Tor zur Hölle. Überall nur Halunken und Räuberbanden, etc. etc.
Silas warf den Burschen den versprochenen halben Penny zu und nahm seinen hohen schwarzen Hut ab.
Mary riß die Tür auf. So traten Silas und ich in ihr Leben.
Ich wuchs mit diesen Geschichten auf, aber ich habe sie nie gern gehört, auch nicht als Kind. Hundertmal mußte ich mir erzählen lassen, wie verhungert ich war, wie dünn und runzlig etcetera, wie sie mich gewaschen, in einen Fetzen von einer sauberen grauen Decke gewickelt und mich dazu gebracht hat, etwas Gerstenschleim zu trinken.
Und Fleisch, immer wurde über Fleisch geredet. Mary Britten konnte keine Geschichte erzählen, ohne daß darin wenigstens ein bißchen Fleisch vorkam.
– Er wird Fleisch brauchen, sagte sie. Wenn sie nicht genug Fleisch zu essen kriegen, verkümmern sie. Aber wir haben Glück, sagte sie. Mein Ältester, Tom Britten, ist Fledderer auf dem Fleischmarkt in Smithfield. In meinem Haus hat es schon immer Fleisch gegeben, sagte sie.
– Sie sind eine arme Frau, sagte Silas Smith, aber Ihr gutes Herz wird Sie reich machen.
Dann gab er ihr den Sovereign. Dieser Mann, der mehr finstere Pläne im Kopf hatte als ein Falschspieler Buben in seinem Kartenspiel, schenkte einer armen Frau einen Sovereign.

Es war der erste Sovereign, den Mary jemals in der Hand gehalten hatte.
– Fleisch wird er brauchen, sagte sie. Schweinenacken, Brustkern und Bauchfleisch – das hat er nötig.
Hier endet der erste Teil des Briefes.

22

Am folgenden Morgen um dreiviertel acht klopfte ein Junge an die Tür in der Great Queen Street. Er überbrachte einen langen Brief von Tobias Oates, worin dieser sich für die frühe Störung entschuldigte und Percy Buckle einlud, bei einem Ereignis Gevatter zu stehen, das seinen humanistischen Neigungen und seinem Forscherdrang entgegenkommen werde.
Da Percy Buckle sich beim Frühstück aus einer exzentrischen Gepflogenheit heraus nicht von den Lakaien, sondern allein von seiner Küchenmagd bedienen ließ, mußte er erst nach Jack Maggs läuten, um ihm den Brief vorlesen zu können, in dem der Schriftsteller ihn zu Zwecken magnetischer Experimente um seine Anwesenheit bat. Jack Maggs hörte kaum hin, zu sehr war er in seinen Gedanken mit Mercy Larkin beschäftigt, deren schläfriger Blick ihm nichts Gutes zu verheißen schien.
»Wir sollen sofort kommen«, rief Percy Buckle und schob sein geröstetes Weißbrot zur Seite.
»Ich kann jetzt nicht weg, Sir.«
»Und ob Sie können, Sir«, sagte Mr. Buckle augenzwinkernd. »Das möchte ich mir auf gar keinen Fall entgehen lassen.«
»Sie wollen mich begleiten, Sir?«
Mr. Buckle stand auf und stürzte seinen Tee hinunter. »Keine zehn Pferde könnten mich daran hindern«, sagte er. Mercy Larkin machte ein Handzeichen, das Jack Maggs nicht verstand.

»Ihre Bücklinge sind fertig, Sir«, sagte er.
Aber es war keine Zeit mehr für Bücklinge. Es war auch keine Zeit, die Kutsche anspannen zu lassen. Buckle war bereits in die Diele hinausgestürmt, seinen verwirrten Lakaien im Schlepptau. An der Türschwelle blieb der Hausherr stehen, um mit feierlicher Stimme die folgenden Anweisungen kundzutun:
»Nun denn, Maggs. Gewiß sind Sie schon länger Lakai, als ich ein Herr bin, aber da Sie so lange Beine haben und ich – nennen wir das Kind ruhig beim Namen – O-Beine habe, möchte ich Sie bitten, darauf zu achten, sich immer einige Schritte hinter mir zu halten und mir nicht zu dicht auf den Leib zu rücken. Wenn sich irgendwelche Rüpel zu Unflätigkeiten hinreißen lassen, was zu erwarten steht, stellen Sie sich taub und fühlen Sie sich nicht bemüßigt, meine Ehre zu verteidigen. Zweifellos liegt es noch immer an meiner Garderobe, deren Unzulänglichkeiten in Bälde behoben werden sollen. Doch nun wollen wir aufbrechen, mein Bester. Drei Schritt hinter mir, wenn ich bitten darf.«
So trat Percy Buckle, der im Privatleben ein glühender Chartist war, zum echten Tory gewandelt auf die Straße hinaus. Er trug einen Zylinder auf dem Kopf und eine Pelerine um die Schultern, die fast bis aufs Pflaster reichte, so daß er sie hin und wieder hochheben mußte, um sie nicht durch den Schlamm zu ziehen. Drei Schritte dahinter folgte sein Lakai, frisiert, gepudert, behandschuht, in hellgelber Livree und hirschledernen Kniehosen.
Wer vermöchte genau zu sagen, was es war, das den Vorübergehenden bei ihrem Anblick ein Lächeln abnötigte? War es der leicht wiegende Gang des Mietlings, das eilige Trippeln seines kleinen Gebieters? Oder waren es die hundert kleinen Indizien, vom Verstand aufgenommen, aber nur schwer zu benennen, die verrieten, daß sie eigentlich nur ein Schauspiel aufführten?
In der Lamb's Conduit Street wurde ihnen vom Hausherrn persönlich geöffnet. Als er sich der Tür näherte, hörten sie die Vorfreude in seinen Schritten. Dann stand Tobias Oates vor ihnen – fesch wie ein Gaukler, in einer erbsengrünen Weste.

»Prächtig! Kapital!« rief der Schriftsteller. Er streckte die knochigen kleinen Hände nach Jack Maggs aus und tippte ihm mit den Fingerspitzen auf die Schultern. »Hereinspaziert, hereinspaziert. Wir haben schon tüchtig eingeheizt.«

So betrat Jack Maggs Tobias Oates' Haus zum zweitenmal. Er wurde in die gute Stube geführt, wo tatsächlich ein munteres Feuer im Kamin knisterte. Die Möbel waren wie für einen Vortrag arrangiert, die Schale mit den Äpfeln war entfernt und die große rote Chaiselongue an die Wand gerückt worden. Mitten im Zimmer stand ein mit grünem Samt gepolsterter Stuhl, davor vier oder fünf Eßzimmerstühle, wie Bauern vor einem belagerten König.

Jack Maggs mußte auf dem Polsterstuhl Platz nehmen, während Buckle und Oates noch in der Diele miteinander tuschelten. Ihm war beklommen zumute, und seine Befürchtungen wuchsen noch, als er vor der Tür Frauenstimmen hörte. Er hockte auf dem Stuhl, als hätte man ihn zum Richtplatz geführt.

Endlich kam Mr. Buckle herein, gefolgt von Oates, dem schlauen Fuchs, und zwei jungen Frauen.

Mrs. Oates war eine dickliche, nicht sonderlich hübsche Frau mit einem leicht mißgestimmten Zug um den Mund. Vielleicht hatte sie auch nur die Pflege des Säuglings, den sie auf dem Arm trug, zu stark ermüdet. Ihre Schwester erwies sich als eine weitaus frischere Blüte, nicht nur, weil sie gut fünf Jahre jünger war, sondern vor allem, weil sie sich um einiges weniger ausgelaugt gab. Große Schönheiten waren beide nicht, aber die Jüngere, die, wie Maggs gehört hatte, Lizzie gerufen wurde, hatte einen hungrigen Zug um den Mund und große neugierige Augen.

Während Mrs. Oates noch unentschlossen in der Tür stand, steuerte das Mädchen zielsicher den Stuhl an, der Jack Maggs am nächsten war.

Wollen die mich etwa alle ausspionieren?

Oates begann nicht sofort mit dem Magnetismus, sondern machte sich erst noch am Kamingitter zu schaffen, das er auf die gleiche seltsame Weise antippte wie zuvor Jacks Schultern. Er war so sehr in dieses Tun vertieft, daß den drei anderen nicht viel anderes übrigblieb, als das Opfer auf dem Stuhl anzustarren.

Maggs ertrug sein Los zunächst mit Geduld, doch als die neugierigen Blicke überhaupt nicht mehr aufhören wollten, konnte er es nicht länger aushalten. Es war nicht seine Absicht, impertinent zu erscheinen, aber er hatte wohl keine andere Wahl.

»Sir«, rief er Tobias Oates zu. »Soll ich etwa ein Publikum haben? Bin ich hier vielleicht Komödiant in einem Schmierentheater?«

»Eines dürfen Sie mir glauben, Jack Maggs«, sagte Oates, der noch immer vor dem Kamingitter stand. »Es hat noch nie ein Schmierentheater von größerer Bedeutung gegeben.« Plötzlich fuhr er herum, und aller Augen richteten sich auf ihn. »Sehen Sie, was wir hier haben.«

Tobias Oates warf zwei glänzende Metallscheiben in die Höhe und fing sie hinter seinem Rücken wieder auf.

»Was ist das?« rief Jack, der es nun wirklich mit der Angst zu tun bekam. »Von solchen Sachen war nie die Rede.«

»Ein Zaubertrick«, rief Percy Buckle. »Vortrefflich, Sir.«

»Magnete«, sagte Oates und hielt Mr. Buckle die offenen Hände hin, damit er sich die Scheiben ansehen konnte. »Damit werden wir die Dämonen aus Mr. Maggs herauszerren.«

»Vor allen Leuten?« protestierte Jack Maggs. »Es war nie die Rede davon, daß Sie es vor fremden Leuten machen wollen, Sir.«

»Alter Knabe.« Oates sah ihn mit weit geöffneten Augen an. »Tun Sie mir das nicht an.«

Bei dem stechenden Blick unter den hübschen Wimpern hervor überlief Maggs ein kalter Schauer.

»Sie bekommen das Empfehlungsschreiben für den Diebesfänger ...«

»Ich muß mit ihm sprechen, Sir.«

»Ja, wir werden mit ihm sprechen. Wie wir es vereinbart haben. In dreizehn Tagen. Es will mir scheinen, Mr. Maggs, als seien Sie der einzige, der einen Vorteil aus diesem Handel zieht.«
»Es sollte aber nicht vor fremden Leuten passieren.«
»Es sind doch keine Fremden. Dies ist meine Frau, dort ihre Schwester Miss Warriner und hier mein kleiner Sohn, der die Verschwiegenheit in Person ist, wie ich Ihnen versichern kann. Nun denn, wollen wir beginnen? Oder sollen wir unsere Abmachung vergessen? Die Entscheidung liegt bei Ihnen, aber sie ist engültig. Ja oder nein?«
»Fangen wir an.«
»Braver Bursche.«
Oates zog einen Klavierhocker heran und setzte sich, nachdem er ihn auf die passende Höhe geschraubt hatte, dicht vor seinen Probanden. Dann begann er, die zerfurchte Stirn seines Gegenübers mit den Magneten zu bestreichen.
»Mit diesen kleinen Magneten werden wir Sie heilen. Sehen Sie.«
Er zeigte Maggs, daß er zwischen allen Fingern einen Magneten hielt. »Sehen Sie genau her.«
Er führte die Hände langsam vor dem harten, verstockten Gesicht hin und her.
Maggs kam sich vor wie ein Affe in einem Matrosenkäfig. Er sah die junge Dame an, die rasch den Blick abwandte.
»Behalten Sie mich im Auge, Sir.«
Er folgte den langsamen Handbewegungen. Er sah das Silber zwischen den Fingern blitzen.
Er hatte sich gegen die Wirkung der Magnete unempfänglich gemacht – glaubte er zumindest. Als Oates ihn fragte: »Wie steht es heute um Ihre Schmerzen?«, meinte er, hellwach zu sein.

23

Toby hatte schon immer eine große Vorliebe für Originale gehabt, überlegte Lizzie Warriner: Straßenfeger, Gaukler, Höker, Taschendiebe. Er dachte sich nichts dabei, die furchterregendsten Gestalten auf der Straße anzusprechen, um ihre Lebensgeschichte in seine Kladde zu schreiben. Auch der Proband des bevorstehenden mesmerischen Experiments würde sich wahrscheinlich, obgleich er nichts davon ahnte, in stark veränderter Form in Tobys nächstem Roman wiederfinden, als Jack Muck oder Jock Crestfallen, ein Lakai mit der Stimme eines Straßenhändlers und dem Brustkorb eines Zirkusartisten.

Da der Morgen für Lizzie bisher höchst unglücklich verlaufen war, nahm sie in der Hoffnung Platz, all die schlimmen Vorahnungen vergessen zu können, die sie seit einigen Tagen heimsuchten.

Mary war bei dem Experiment ebenfalls zugegen, obwohl ihre Schwester ihr ansah, daß sie lieber nicht gekommen wäre. Die arme Mary nahm nur ihrem Gatten zuliebe teil, ein weiterer Beweis dafür, wie wenig sie zueinander paßten. Genau wie Lizzie war sie in einem Haus voller Bücher aufgewachsen, für die sie sich aber, anders als ihre Schwester, nie im mindesten interessiert hatte. Mary nähte lieber, als daß sie las, und es war schon des öfteren auf peinliche Weise deutlich geworden, daß sie *Captain Crumley* bis heute nicht verstanden hatte.

Wie sie nun mit dem quengelnden Kind auf dem Schoß dasaß, merkte man ihr an, wie gering sie sowohl die Wissenschaft als auch die Literatur achtete. Sie nannte das Experiment »eine Belustigung« und erkundigte sich rundheraus, ob dabei Lärm zu befürchten sei und wie lange die Sache wohl dauern werde. Falls sie überhaupt eine Ahnung von der Genialität ihres Gatten hatte, gab sie offen zu erkennen, daß diese Eigenschaft keine war, die sie besonders hoch schätzte.

Während ihre ältere Schwester sich ausschließlich mit dem

Säugling beschäftigte, musterte Lizzie verstohlen das Objekt der Demonstration. Der Mann lehnte sich auf seinem Stuhl zurück und klopfte sich auf die bestrumpften Beine. Man hätte meinen können, er sei ein Cockney-König, der es sich bequem machte, um einen Tanz anzusehen.
Dann fing er ihren Blick auf, und sie bekam eine Ahnung von den dunklen, feindseligen Gedanken, die ihn erfüllten. Sie wandte sich rasch ab, und schon trat ihr wundervoller Toby vor, um den Burschen anzusprechen.
»Sehen Sie genau hin«, befahl Toby.
Als er die Hände hob, fuhr es Lizzie eiskalt durch den Schoß. Wie sollte er mit diesen empfindsamen Instrumenten ein solches Tier bändigen können?
Der Lakai aber schien erkannt zu haben, daß er sich einer größeren Macht zu beugen hatte, denn als er auf die Hände des Schriftstellers sah, legte sich seine Stirn in tiefe, einander überschneidende Falten. Er riß scharf den Kopf weg und stierte mit wildem Blick Mary und das Kind an.
»Achten Sie nur auf mich, Sir«, sagte Toby.
Doch der Lakai heftete seine glühenden Augen auf Lizzie Warriner, die es schauderte.
Toby ergriff erneut das Wort: »Jack Maggs, ich befehle es Ihnen.«
Unwillig lenkte der Bursche den Blick auf den Schriftsteller. Er schloß kurz die Augen und öffnete sie wieder. Über kurz oder lang jedoch senkte sich sein Kopf immer tiefer auf seine Brust. Als der Widerstand des Fremden endlich erlahmte, geriet Lizzie Warriners Blut in Wallung.
»Können Sie Ihr Phantom sehen, Mr. Maggs?«
Die Antwort fiel klar und deutlich aus. »Es bleibt meistens hinter mir.«
Er hob den Kopf. Seine Augen waren geöffnet. Wenn Lizzie nicht gewußt hätte, daß der Lakai mesmerisiert war, hätte sie ihn für hellwach gehalten.

»Wir werden es vertreiben. Was meinen Sie, wovor hat es Angst?«
»Ich glaube nicht, daß mein Phantom Angst hat, Sir.«
Toby zauberte eine kurze Reitpeitsche aus seiner Jacke hervor, die er die ganze Zeit verborgen am Körper getragen hatte. Er hielt sie hoch und ließ sie wenige Zoll über dem Kopf des Somnambulisten in der Luft baumeln. Es war sehr gut gemacht, fand Lizzie, ausgesprochen gut sogar. Toby war ein exzellenter Schauspieler. Er hatte im Lyceum-Theater den Sir Spencer Spence gespielt und liebte es, Bekannte und Verwandte mit kleinen Sketchen über den aufgeblasenen alten Knochenflicker zu unterhalten. Überhaupt besaß er eine große Begabung für Dialekte und Stimmen, Zauberkunststücke, Kartentricks und Pantomime.
Während er die Peitsche hob, tätschelte Lizzie beruhigend den Arm ihrer Schwester, die wie immer ängstlich die Augen zusammenkniff und den armen Säugling fest an sich preßte.
»Glauben Sie, daß Ihr Phantom die doppelte Katze fürchten würde?«
»Nein, Sir.«
Da schwang Toby die Peitsche. Sie streifte die Decke und klatschte auf das Sofa. Er holte erneut aus und ließ sie noch einmal niedersausen. Ein Kerzenhalter aus Messing sprang vom Kaminsims und rollte zum Fenster.
Das Kind wachte weinend auf. Mary erhob sich und legte ihm schützend die Hand auf das weiche Köpfchen. Nun stand auch der Lakai auf. Er hievte sich langsam von seinem Stuhl, als ob er mit schweren Ketten daran gefesselt wäre. Sein Gesicht verzog sich zu einer gequälten Grimasse.
»Nein, nein, peitschen Sie ihn nicht«, rief er. »Das dürfen Sie nicht, Sir.«
»Toby, mein Lieber …«, flüsterte Mary furchtsam.
»Bleiben Sie sitzen, Sir«, sagte Toby. Mit schiebenden Handbewegungen bedeutete er seiner Frau, das Zimmer zu verlassen.

Als sich die knarrende Tür hinter dem schreienden Kind geschlossen hatte, lenkte Toby die Aufmerksamkeit der übrigen Anwesenden schweigend auf die Qual des Lakaien, auf die fahrigen Bewegungen seiner Glieder und den verzerrten Mund.
»Ja, sollen wir vielleicht das Phantom auspeitschen?« fragte er laut.
»Um Gottes willen, nein, bitte nicht …«
»Denken Sie, daß es ihm gefallen würde?«
»Nein. Lassen Sie mich aufwachen.«
Für sein Publikum bildete Toby mit den Lippen das Wort *Achtung*. Dann wandte er sich in vergnügtem, freundlichen Ton wieder an seinen Probanden. »Warum regen Sie sich so auf, Jack? Niemand will Ihnen etwas antun. Wir wollen es heute mit Ihrem Feind aufnehmen, der Ihnen Schmerzen bereitet. Sehen Sie den Ort, wo wir ihn ins Gebet nehmen können?«
»Ich bin die Schmerzen gewöhnt, Sir. Wir sind alte Freunde.«
»Ich habe Sie etwas anderes gefragt. Haben Sie es nicht gehört?«
Jack Maggs fing an, sich mit den Fäusten auf die Brust zu trommeln. Er glich wahrhaftig einem wilden Tier und Toby einem erfahrenen Bändiger.
»Sehen Sie den Ort, wo wir ihn ins Gebet nehmen können?«
»Lassen Sie ihn in Ruhe, ich flehe Sie an.«
»Sie sind Ihrem Peiniger zugetan, Mr. Maggs. Sehen Sie den Ort?«
Die letzte Frage unterstrich er mit einem Peitschenknall.
»Ja, ja«, sagte Maggs, sichtlich eingeschüchtert. »Ich sehe ihn.«
Mr. Buckle stand auf und hob die Arme, als ob er einschreiten wolle.
»Bitte, bleiben Sie ruhig«, sagte Toby. »Master Maggs, wir müssen den Ort sehen, an den er verbracht werden soll.«
»Bitte, Sir. Ich kann es nicht ertragen, eine Auspeitschung zu sehen.«
»Was würden Sie lieber sehen?«

»Das Meer, den Fluß.«
Toby trat dicht an seinen Probanden heran und legte ihm die Hände an den Mund, als ob er den Dämon des armen Mannes mit gespreizten Fingern herauszerren wollte. »Sie werden es mir jetzt erzählen. Wie sieht der Fluß aus? Kennen Sie Vögel, Jack? Können Sie Vögel sehen?«
»O ja, Sir. Unmengen von Vögeln.«
»Sicher sind es Pelikane.«
»Pelikane, Sir. O ja.«
»Können Sie mir einen Pelikan zeigen? Guter, alter Jack.«
»Das kann ich, Sir. Der da ist ein richtiger Prachtbursche.«
»Malen Sie ihn für mich, Jack. Malen Sie mir ein Bild.«
»Also, er ist sehr groß.«
»Malen Sie ihn aus.«
»Er hat eine breite Brust und einen großen Schnabel. Wie ein Kriegsschiff kommt er angesegelt. Ach, er ist ein schönes Tier, Sir, der Pelikan.«
»Sind da noch andere Vögel?«
»Soll das Phantom ausgepeitscht werden, Sir?«
»Erzählen Sie mir von den Vögeln. Gibt es dort Papageien?«
»Ich kann keine Papageien suchen. Wie soll ich nach Papageien suchen, wenn Sie den Bock zum Auspeitschen schon aufgestellt haben?«
»Erzählen Sie mir von den Papageien, Mann.«
»Verflucht, ich sehe mir das nicht an. Ich will nicht zusehen. Sie können mich nicht zwingen. Sie wissen nicht, mit wem Sie es zu tun haben.«
»Sind die Schmerzen noch da?«
»Ja, ja, zum Teufel mit Ihnen. Die Schmerzen sind immer da. Verdammt und zugenäht.«
»Sie werden sich jetzt beruhigen, Jack, und Ihre Zunge hüten. Es sind Damen anwesend.«
»Dann soll Sie der Teufel holen, daß Sie sie an so einen verfluchten Ort mitbringen mußten.«

»Mein Guter, so beruhigen Sie sich doch. Heute wird niemand ausgepeitscht.«
»Keiner?«
»Nein.«
»O Gott, Sir. Danke, Sir. Ich hätte es nicht ertragen können.«
»Weinen Sie nicht, mein Bester. Es ist so ein wunderschöner Tag. Spüren Sie nicht die herrliche Sonne im Gesicht?«
»Diese Sonne kann töten, mein Wort darauf.«
»Tatsächlich, Jack. Es ist schrecklich heiß.«
»Kochend heiß, Sir.«
Percy Buckle beugte sich vor und tippte Lizzie Warriner auf den Ellenbogen. Er zeigte zum Fenster. Draußen fiel kalter Regen.
»Ich bin so durstig, Sir.«
»Ziehen Sie die Jacke aus, wenn Sie möchten. Auch das Hemd.«
»Aber die Damen …«
»Die Damen sind fort.«
Lizzie empfand es als höchst peinlich, einem Mann gegenüberzusitzen, der im Begriff war, sich zu entkleiden. Sie stand auf. Aber als ihr Schwager heftig den Kopf schüttelte, setzte sie sich wieder und wandte den Blick ab.
»Ich kann mein Hemd nicht ausziehen, Sir.«
»Sie müssen.«
»Captain Logan hat es verboten.«
»Hier gibt es keine Vorschriften«, sagte Tobias.
Jack Maggs legte die Jacke, den seidenen Halskragen und das Hemd ab. Zuletzt zog er auch noch das grobwollene Unterhemd aus und stand mit nacktem Oberkörper da.
Lizzie Warriner hielt die Augen gesenkt.
»Drehen Sie sich um«, sagte Tobias.
Der Lakai drehte sich um. Lizzie Warriner hob den Blick und stöhnte laut, als sie das Meer der Schmerzen sah, das sich auf dem Rücken des Mannes ausbreitete, ein düsteres Meer von Narben, von zerfetzter, gequälter Haut.

»Sie bleiben jetzt hier stehen«, sagte Tobias. »Sie werden sich nicht vom Fleck rühren. Sie werden nirgendwo hingehen. Haben Sie mich verstanden?«
»Aber es ist zu heiß.«
»Hier ist es schattig«, sagte Oates. »Es ist angenehm.«
Dann geleitete er Lizzie Warriner und Mr. Buckle eilig hinaus.

24

Tobias Oates schloß die Wohnzimmertür ab. Dann blickte er mit einem seltsamen Lächeln um den Mund von Miss Warriner zu Mr. Buckle.
»Jetzt habe ich den Halunken.«
»Lieber Bruder, was sollen wir tun?«
Tobias Oates winkte Miss Warriner und Mr. Buckle zur Treppe, wie eine alte Frau, die Hühner in den Stall scheucht. Er führte sie nach oben, in eine kleine Stube, die, wie Percy Buckle vermutete, wohl das Allerheiligste sein mußte. Der kleine Gemischtwarenhändler konnte nicht anders, er mußte einfach den Schreibtisch berühren und neugierig über das lackierte Holz eines Ablagefachs streichen. Hier entstanden also die Romane dieses Wunderknaben. Hier war die Geburtsstätte von Captain Crumley und Mrs. Morefallen.
»Mr. Buckle, Sie hätten in Ihrem Bett ermordet werden können.«
Mr. Buckle zog sofort die Hand vom Schreibtisch. Tobias wandte sich seiner Schwägerin zu.
»Bist du nicht beeindruckt von meiner Intuition, Lizzie? Ich dachte mir gleich, daß er ein entflohener Sträfling aus Neusüdwales ist.«
Miss Warriner faßte ihn am Ärmel. »Lieber Bruder, was wird er

mit uns machen, wenn er merkt, daß wir ihn entlarvt haben? Er ist ein ungemein starker, kräftiger Mann, Tobias, und er wird gewiß sehr zornig werden.«

»Er ist mesmerisiert«, sagte Tobias ungeduldig. »Ich glaube kaum, daß er sich an irgend etwas erinnern wird.«

Die junge Frau schlang sich ihr Tuch fest um die Schultern.

»Als er die Pelikane beschrieben hat, wußte ich Bescheid, Lizzie. Das war der Beweis für meine Theorie. Siehst du nicht, was ich an ihm habe? Siehst du nicht, was für ein Geschenk er ist?«

»Ich sehe, daß du uns einen sehr gefährlichen Menschen ins Haus geholt hast, Toby.«

»Er wird erst aufwachen, wenn ich ihn wecke, Lizzie. Verstehst du denn nicht, was ich an ihm besitze? Ein Gedächtnis, das mir jederzeit offensteht, das ich nach Belieben betreten und wieder verlassen kann. Allmächtiger Gott, was für ein Glück! Er ist eine richtige Schatzkammer, nicht wahr, Buckle? Die Gaunersprache klingt durch, wenn er erzählt. Er trägt eine Livree, aber auf der Haut trägt er den Stempel Australiens.«

»Du darfst ihn nicht hierbehalten«, rief Lizzie. »Er ist keine greuliche Hand, die du in einem Glas aufbewahren kannst.«

»Ich werde ihn im Gefängnis besuchen.«

»Mit Verlaub, junger Sir«, sagte Percy Buckle.

»Ja, Mr. Buckle?«

»Ich weiß sehr wohl, welch großes Privileg Sie mir heute gewährt haben …«

»Ich bitte Sie.«

»Ich möchte Sie nicht in Verlegenheit bringen, Sir, und ich bin dankbar, daß ich einem solch ungewöhnlichen Experiment beiwohnen durfte.«

»Mr. Buckle …«

»Aber ich bin der Ansicht, Sir, auch wenn ich mich darin von Ihnen unterscheide …«

»Bitte, fahren Sie fort.«

»Ich denke, es ist nicht an uns, den Mann zu verurteilen.«

Oates schnaubte. »Haben Sie seinen Rücken nicht gesehen? Er ist ein Schurke.«

»Gewiß, doch das ist nur die eine Seite«, sagte der kleine Kaufmann störrisch. »Er mag Schlimmes verbrochen haben, doch jeder Mensch, der nicht aus Stein ist, kann sehen, daß er teuer dafür bezahlt hat. Ich könnte ihn nicht zurückschicken und ihn noch mehr büßen lassen.«

»Aber Sie wollen ihn doch gewiß nicht wieder mit nach Hause nehmen?«

Mr. Buckle schwieg.

»Damit er Sie ausraubt? Oder gar in Ihrem Bett ermordet?«

Percy Buckles sanfter Blick traf den seines jungen Gastgebers. »Noch hat er mir nichts Böses getan.«

»Mr. Buckle.« Tobias Oates legte dem anderen die knochige Hand auf die schmale Schulter. »Ich denke mir, daß ein Kaufmann, der tagein, tagaus damit beschäftigt ist, ehrbare Bürger zu bedienen, die Welt mit anderen Augen sieht als ein Journalist.«

»Mit Verlaub, Sir, aber Sie vergessen, wo ich herkomme.«

»Ich vergesse nie etwas«, sagte Tobias stolz. »Ich kann Ihnen heute noch die Blumen nennen, die ich an meinem fünften Geburtstag am Wegesrand blühen sah.«

»Ich war einer von den armen Teufeln, die in Seven Dials Bratfisch verkaufen. Dort habe ich manches gesehen, Sir. Sie und ich, wir könnten uns mit der Schilderung von Grausamkeiten wahrscheinlich gegenseitig überbieten, aber wir sollten doch wenigstens so rücksichtsvoll sein, Miss Warriner nicht mit Dingen zu ängstigen, die wir selbst lieber vergessen würden.«

»Kein Mensch kann vergessen. Was einmal im Gehirn verankert ist, bleibt für immer erhalten, Buckle. Ihr Australier bewahrt sein ganzes Leben in seinem Zerebrum auf. Es ist alles noch da, Pelikane und Papageien, Fische und Phantome, die der königliche Botaniker mit Gold aufwiegen würde. Als er die doppelte Katze erwähnte ...«

»Herrgott, Sir. Allein dieser Name.«
»Als er bei unserer letzten Begegnung die doppelte Katze erwähnte, war sein Geheimnis verraten. Diese Strafe wurde in Neusüdwales erdacht.«
»Haben Sie sich nicht einmal in seine Lage versetzt? Ich konnte das verdammte Ding spüren. Entschuldigen Sie meine Ausdrucksweise, Miss Warriner, aber ›verdammt‹ ist das richtige Wort dafür.«
»Buckle, mein lieber Buckle. Es ist mein Beruf, mich in alles und jeden hineinzuversetzen.«
Percy Buckle schürzte die Lippen, seine Wangen waren blaß und eingesunken. Er musterte Tobias Oates mit ernstem Blick, bevor er antwortete.
»In der Tat, Sir? Ich will es gern glauben. Aber ich für mein Teil hatte selbst eine ältere Schwester, die ebenfalls an diesen Ort des Schreckens verbannt wurde. Ich hatte die Ehre, in Newgate zugegen zu sein, als der Richter das Urteil verkündete. Ich stützte meine gute alte Mutter, als ihr die Sinne schwanden. Entschuldigen Sie meine Tränen, Sir. Meine Schwester war ebenfalls kein Engel. Weiß Gott, was aus ihr geworden sein mag.«
»Sicherlich haben Sie inzwischen erfahren, wie es ihr ergangen ist.«
»Wie denn?« gab Percy Buckle knapp zurück. »Sie konnte nicht schreiben. Wie hätte ich es erfahren können? Versetzen Sie sich in ihre Lage. Wie sollte sie denen, die sie liebte, eine Nachricht zukommen lassen? Sie war ein tapferes Ding, unsere Irene. Für sie war ich nur ein trauriger Tropf mit meinem Bratfisch, aber, so wahr mir Gott helfe, ich werde nie den Tag vergessen, an dem Mutter England ihr Kind verstieß.«
»Für mich sind Sie ein feiner Mensch, Mr. Buckle. Und ein Christ.«
»Es tut mir leid, Ihnen widersprechen zu müssen.« Percy Buckle blickte zu Boden und fuhr so leise fort, daß er kaum zu verstehen war. »Ich glaube nicht an Gott.«

»Trotzdem können Sie diesen Burschen doch unmöglich wieder bei sich aufnehmen wollen.«
»Mir bleibt wohl keine andere Wahl.«
»Aber denken Sie denn gar nicht an Ihre Sicherheit? Oder an die Sicherheit Ihrer anderen Dienstboten?«
»Selbstredend würde ich lieber anders entscheiden können, aber ich glaube nicht, daß ich eine Wahl habe. Ich finde auch, wir sollten nicht länger hier herumstehen. Während wir uns unterhalten, sitzt er dort unten und durchlebt weiß Gott welches Grauen. Wahrscheinlich glaubt er sich noch immer ganz allein an jenem Ort des Schreckens.«
Tobias Oates lächelte. »Sie sind ein mutiger Mann, daß Sie einen solchen Löwen bei sich aufnehmen wollen.«
»Ich bin kein Held. Da können Sie jeden fragen. Ich bin so ängstlich wie eine Stubenmaus. Wäre ich wirklich mutig, ließe sich diese Angelegenheit einfacher lösen.«
Tobias Oates schätzte die Entfernung zur Wand ab. Er fuhr sich mit der Hand durch das Haar. Er zückte einen Perlmuttkamm und strich rasch hindurch. »Dann will ich mich der Sache auch weiterhin annehmen«, verkündete er. »Ich werde den Mann nicht fallenlassen.«
Percy Buckle legte den Kopf auf die Seite. »Sie wollten ihn doch gerade in die Hände des Gesetzes fallen lassen.«
»Ja, aber wenn Sie darauf bestehen wollen, daß wir ihn behalten ...«
»Daß *ich* ihn behalte«, verbesserte ihn Percy Buckle.
»Aber, Toby«, sagte Lizzie. »Wir können ihn doch nicht davonkommen lassen.«
Tobias beachtete sie nicht. »Wenn es Nacht wird, Mr. Buckle, streife ich durch die Stadt. Ich wandere an Ihrem alten Laden in Clerkenwell vorbei, bis hinunter nach Limehouse und durch das berüchtigte Seven Dials wieder zurück. Ich kenne jede verruchte Kaschemme. Wally Duke. Zur hüpfenden Kröte. Zur goldenen Gerste. Alles, was ich sehe, hüte ich in meinem Cranium. Doch

Sie haben mir nun in Form dieses armen Teufels eine Welt eröffnet, deren Reichtümer sich mit den Schätzen Londons messen können. Was für Rätsel verbergen sich in den dunklen Gassen dieser Seele, wieviel geraubtes Gold ruht in ihren tiefen Gewölben!«
»Ich kann Ihnen nicht ganz folgen, Sir.«
»Es ist der verbrecherische Verstand«, sagte Tobias Oates. »Der verbrecherische Verstand, der seines ersten Kartographen harrt.«

25

Wenn es Nacht wurde, wanderte Jack Maggs hinter den doppelten Vorhängen wie ein Getriebener durch Henry Phipps' Haus. Flink durchstöberte er Schubladen und Kommoden und ließ Damast und Spitzen durch seine Finger gleiten. Manchmal versuchte er, auf der Ruhebank Schlaf zu finden, doch er schreckte bei jedem Geräusch hoch, das ihm die Rückkehr des Mannes anzukündigen schien, den er so sehnlich erwartete. In der übrigen Zeit schrieb er weiter an dem Brief, den er dem Diebesfänger für den ausgeflogenen Hausherrn mitgeben wollte.
Wenn der Tag graute, stahl er sich wieder in Mr. Buckles Haus, um sich, sobald die Turmuhr von St. George zum Morgengebet läutete, übernächtigt bei Tobias Oates einzufinden. Nachdem ihn die schweigsame Wirtschafterin eingelassen hatte, begab er sich mit einer Tasse Tee nach oben in die Studierstube, wo ihn Mr. Oates um Punkt acht Uhr fünfzehn magnetisierte.
Er verstand den Vorgang so, daß er der Wirkung verschiedener Magnete ausgesetzt wurde, die an seinem mesmerischen Fluidum zogen, einer Substanz in seiner Seele, die er nicht sehen konnte. Unter dem Einfluß der Magnete vermochte er dann die Dämonen und Phantome, die in dieser Flüssigkeit schwammen

und Behemoth, Dabareiel, Azazel und Samsaweel hießen, so genau zu beschreiben, daß Tobias Oates nicht nur mit ihnen kämpfen, sondern sie auch in seinem Heft wie ein Botaniker in allen Einzelheiten festhalten konnte.

Anfangs staunte der Sträfling noch über Dabareiels blumige Sprache – er konnte nicht glauben, daß ein dermaßen gebildetes Wesen in ihm leben sollte –, doch schon bald gewöhnte er sich daran, und Tobias Oates kam ihm mit so vielen verschiedenen Erklärungen, daß er nie argwöhnte, die Niederschriften könnten vom Verfasser selbst ersonnen worden sein, um die wahre Natur seiner Explorationen zu verschleiern.

Wie jeder zwielichtige Geschäftsmann führte auch Tobias Oates zwei Bücher, und hätte Jack Maggs das zweite Heft je zu Gesicht bekommen, wären ihm darin vielleicht einige Szenen (oder Bruchstücke darin) bekannter vorgekommen: ein Haus an der London Bridge, ein zertrampelter Körper in einer Strafkolonie. Doch selbst diese Stellen waren nicht sehr klar. Denn während der Schriftsteller sich unsicher durch die dunkle Vergangenheit des Sträflings vorwärtstastete und in den Schatten nach Brauchbarem haschte, beschrieb er oftmals nur das Spiegelbild seiner eigenen aufgewühlten und furchtsamen Seele.

Die heimlichen Notizen hielt Tobias Oates in einem in rotes Leder gebundenen Buch fest. Darin fanden sich viele Entwürfe für Romane und Essays sowie Rohfassungen von Artikeln für den *Morning Chronicle*. Doch vom einundzwanzigsten April 1837 an, dem sechsten Tag nach Jack Maggs' Eintreffen in London, war es fast ausschließlich Maggs' geheimen Machenschaften gewidmet.

Als sich Henry Hawthorne am dreiundzwanzigsten April mit dem Schriftsteller zum Mittagessen im Sergeant's Inn traf, fand er seinen Freund zwar etwas blaß, dafür aber ausgesprochen lebhaft und gesprächig. Er polierte mit der Serviette Messer und Gabel und stürzte drei Gläser Wein hinunter, noch bevor sie mit der Suppe fertig waren. Er erkundigte sich nicht nach Hawthornes *Lear*, der am Vorabend Premiere gehabt und bösartige

Kritiken bekommen hatte. Statt dessen verglich er sich ungeniert mit dem großen Thackeray. Er sagte, er komme sich vor wie ein Archäologe in einem Pharaonengrab. Er lud Henry Hawthorne ein, heimlich an einer Sitzung teilzunehmen und anzusehen, wie er in die düsteren Gänge des verbrecherischen Verstandes vordrang.

Die Manie seines jungen Freundes beunruhigte Hawthorne so stark, daß er ihm am nächsten Tag tatsächlich einen Besuch abstattete. Er erschrak, als er sah, wie der Lakai in voller Livree auf seinem Stuhl saß und tobte. Vielleicht war es die Rolle des Lear, die ihm diesen Gedanken eingab, Hawthorne war jedenfalls überzeugt, daß der Mann den Verstand verloren haben würde, wenn er wieder zu sich kam. Nachdem der Schauspieler sich verabschiedet hatte, verließ er deshalb nicht gleich das Haus, sondern versteckte sich, mit einem Schürhaken bewaffnet, im Kinderzimmer. Erst als der Verbrecher schließlich gegangen war, gab er sich seinem erstaunten Freund zu erkennen.

26

Nachdem Jack Maggs in der Nacht des fünfundzwanzigsten April, eines Dienstags, wie so oft aus unruhigem Schlaf hochgefahren war, schlich er ein weiteres Mal an den Nußbaumschreibtisch in Henry Phipps' Wohnzimmer, tauchte die Feder in das Apothekerfläschchen und brachte folgende Zeilen zu Papier:

Hör zu, Henry, ob es Dir gefällt oder nicht, lies bitte, was ich Dir zu sagen habe, und stelle Dir einmal vor, Du wärest nicht von einem Ring goldener Stühle umgeben aufgewachsen, sondern Dir wäre mein Leben beschieden gewesen.

Komme und lerne *meinen* großen Wohltäter und Gönner kennen: Silas Smith. Er hat eine lange rote Nase und einen altmodi-

schen Stehkragen. So kommt er in den düsteren Hof, wo ich mir mit kindlichem Würfelspiel die Zeit vertreibe.
– So, Jack, sagt er. Es wird Zeit, daß du etwas lernst.
Da sind auch Mary Britten, die ich Mutter nannte, und ihr Sohn Tom, ein ungeschlachter Bursche mit kräftigem Kiefer und traurigen kleinen Augen. Tom hatte sehr große Hände, doch sie haben niemals einen Stift gehalten. Wenn Silas Smith an die Tür klopfte, um mich zum Unterricht abzuholen, kam er meinetwegen und nicht wegen Tom.
Tom spürte das sehr deutlich. Das Gesicht auf den knochigen Knien, hockte er in der Ecke auf dem Boden und schmollte. Ich für mein Teil hätte gern auf meine Lektionen verzichtet, wenn ich nur Mary Britten dazu hätte bringen können, mich zu lieben und Sohn zu nennen.
Mary war zu jener Zeit eine junge, hübsche Frau. Sie hatte Tom als junges Mädchen bekommen und war wohl höchstens dreiundzwanzig Jahre alt gewesen, als sie mich bei sich aufnahm. Sie war ein richtiger Derwisch, sie fand immer etwas zu schrubben und zu putzen. Sie konnte sehr schnell wütend werden, setzte sich nie hin und gönnte sich nie eine ruhige Minute. Aber wenn ich die Wahl gehabt hätte, hätte ich mir keine andere als Mutter gewünscht. Sie war eine Naturgewalt, diese Ma – lange Arme, wildes Haar und Haut, die nach Schlangenwurz und Wurmkraut roch. Sie war nicht zu unterschätzen. Sie ließ sich nicht unterkriegen. Sie war die Königin von England in ihrem kleinen Reich, in dem weiß getünchten Raum, wo sie die Frauen aus der Nachbarschaft entband, Suppe austeilte und auf dem wackeligen Holztisch Knochen und Eingeweide begutachtete.
Auch wenn sie grob mit mir umsprang, auch wenn sie mir eine Ohrfeige verpaßte, sobald ich ihr unter die Augen trat, so erfüllte sie mir gegenüber doch ihre Pflicht. Sie zog mich auf.
Mit vier Jahren ging ich, an ihre wehenden Röcke geschmiegt, mit ihr über die London Bridge zum Fleischmarkt in Smithfield, wo der neunjährige Tom als Fledderer arbeitete, ein etwas vor-

nehmerer Ausdruck für Dieb. Es war ein Weg von einer Stunde, auf dem sie mich nicht ein einziges Mal auf den Arm nahm. Flink wie eine Ratte, wie eine Katze flitzte Tom auf den dreckigen, glitschigen Böden durch das Sägemehl, um hier ein Brustbein und da ein Stück Kotelettfett zu ergattern oder für seine Mühen auch nur mit einem Tritt in den Hintern belohnt zu werden. Erst wenn er abends kalt abgeschrubbt worden war, konnte man erkennen, welches Blut von ihm selbst und welches von den toten Tieren stammte.
Für Ma war Fleisch das höchste der Gefühle. Hättest Du sie am Markttag gesehen, wenn sie aus Smithfield zurückkam, ihre blassen Jungen eng um sich geschart, hättest Du wahrscheinlich niemals erraten, wie wichtig ihr die Beute war, die sie auf dem Rükken nach Hause schleppte. Für sie bedeutete das gestohlene Fleisch unsere Zukunft. Sie glaubte, die anderen Kinder in der Pepper Alley seien nur deshalb so stumpfsinnig und träge, weil sie nicht genug Fleisch bekämen. Oft zeigte sie mit dem Finger auf die Jungen, als ob sie Fremde für uns wären – Billy Hagen, Scrapper Jones –, wenn sie an der mit Grünspan überzogenen Mauer saßen und mit ihren Würfeln spielten. Sie wußten nicht einmal, wie das Land hieß, in dem sie lebten, kannten nur die Namen der Hagens und Smiths.
Ich vermute allerdings, daß auch Tom ein wenig zurückgeblieben war. Aber Ma sagte dazu nur, daß das nicht zur Debatte stehe.
An jedem Markttag trug Ma Britten den Sack mit den Knochen in unser kleines Heim. Das war nicht so einfach, wie es klingt, da die ärmlichen Straßen, durch die wir kamen, unter verschiedenen Sippen aufgeteilt waren. Auf unserer Seite der Brücke herrschten die Hagens, auf der anderen Seite die Smiths. Sie hatten Freunde und Verbündete und führten ständig Krieg gegeneinander. Zu keiner von beiden Gruppen zu gehören konnte gefährlich werden.
Aber Mary Britten war ihr eigener Herr. Sie hatte immer einen großen Degen bei sich, den sie vor den Augen des Gesetzes mit

alten Zeitungen und Hutband tarnte, und sie zögerte nicht, ihn auch zu benutzen. An einem Sommerabend schlitzte sie einmal mitten auf der London Bridge einem jungen Mann den Arm auf, so daß in der vom Ellenbogen bis zum Handgelenk klaffenden Wunde der bläulich weiß schimmernde Knochen zu sehen war.

Sie hatte es gern, wenn ich mich nützlich machte, deshalb bemühte ich mich nach Kräften, sie nicht zu enttäuschen. Mit fünf Jahren klaubte ich Kohlen auf, die am Ufer angespült wurden. Manchmal wurden sie mir mit Gewalt wieder abgenommen, aber wenn es mir gelang, die Kohlen nach Hause zu bringen, hob sie mich hoch und drückte mich. Ich war so verrückt nach ihren großen, starken Armen und dem grasigen Kräutergeruch, der sie umgab, daß ich alles für sie getan hätte.

Mit fünf Jahren konnte ich Fußböden genausogut schrubben wie jede Putzfrau. Mit sechs verstand ich mich darauf, die Knochen und Fleischabfälle zu waschen und so auf den Tisch zu legen, wie sie sie am liebsten vorfand. Für jemanden mit Deinem empfindsamen Gemüt gewiß ein schauriger Anblick, aber mir machte es nichts aus, die Därme und Bäuche der Tiere so zu ordnen, wie es für sie am nützlichsten war. Ich glaube fast, ich konnte mich mit jedem Schlachter messen, wenn es darum ging, die Organe toter Tiere an ihren absonderlichen Formen und Farben zu bestimmen. Aus manchen Teilen kochte sie Suppe, manche verhökerte sie, und wieder andere verarbeitete sie, mit Wurmkraut, Sadebaumöl und Schlangenwurz vermischt, zu ihren »Bauchwehwürsten«, die sie an die Decke hängte und für zehn Pence das Stück an schwangere Frauen verkaufte. Ich war noch zu jung, um zu wissen, welche umwälzende Wirkung sie im Schoß der Kundinnen auslösten.

Zwar war ich, wie bereits gesagt, nicht ihr Liebling, aber weil ich der Jüngste war, nahm sie mich im Sommer mit, als sie nach Kent fuhr, um bei der Hopfenernte zu helfen. Tom mußte zu Hause bleiben. Auch als er weinte und sie anflehte, ihn nicht zurückzulassen, blieb sie hart. Tom nahm sich solche Dinge sehr zu

Herzen, und als wir Ende August zurückkamen, rannte er brüllend durch die Küche und schlug mit dem Besenstiel die Fensterscheiben entzwei.
Nicht lange nach diesem Abenteuer tauchte Silas zum ersten Mal auf, um mich zum Unterricht abzuholen. Mit diesem Besuch begann ein neuer Abschnitt in seinen Beziehungen zu unserem Haushalt, die er bis dahin nur sporadisch gepflegt hatte.
Er brachte mir ein paar Kleidungsstücke mit, die ich anziehen mußte, während Ma und er mir zusahen. Die Sachen waren so schmutzig, daß sie wie Sirup an mir klebten, und sie rochen so gräßlich, als ob ich mich darin im Uferschlamm der Themse gewälzt hätte.
– Sehr schön, sagte Silas. Vortrefflich.
Reinlichkeit war für Ma das höchste Gut, und ich hätte nie gedacht, daß sie mir erlauben würde, solch dreckige Lumpen anzuziehen. Aber sie nickte nur mit dem Kopf und wandte sich wieder dem Herd zu. Als sie den Deckel abnahm, stieg in dem verbeulten schwarzen Topf langsam eine Schweineschnauze nach oben.
Sagte sie – Du bringst ihn mir wieder.
Sagte Silas – Keine Bange. Wir haben es nicht weit.
Daß dem nicht so war, merkte ich schon bald, denn wir steuerten als erstes auf die London Bridge zu.
In der Mitte des mächtigen Bauwerks angekommen, sieht Silas mich an und sagt: Hör zu, du junger Spund. Du darfst nicht neben mir gehen. Ich nehme den Gehsteig, du nimmst die Straße. Halte dich hinter mir, und laß dich nicht überfahren. Und paß auf, daß du mich nicht aus den Augen verlierst, wir werden nämlich ein zügiges Tempo anschlagen. Wenn dich ein Polizist anhält, sagst du, daß du einen Botengang für den Kaminkehrer Mr. Parkes erledigen mußt.
Sagte ich – Ich kenne keinen Mr. Parkes.
Sagte er – Und ob du ihn kennst. Dabei drehte er mir das Ohr herum, um mir auf die Sprünge zu helfen. Sagte er – Mr. Charley

Parkes aus der Ludgate Street, dem du in Kensington bei der Arbeit helfen sollst.
Ich fragte ihn, ob es ein weiter Weg dahin sei.
– Nicht sehr weit, sagte er. Du folgst mir, bis du siehst, daß ich in eine Stallung gehe. Gleich daneben ist ein Durchgang mit einer Tür, und davor wartest du, bis dein Onkel Silas kommt und dich hereinläßt.
Ich fragte ihn, was dann geschehen würde.
– Dann fängt dein Unterricht an.
So glaubte ich, während ich ihm durch die belebten Straßen folgte und den Hufen der Pferde und den Rädern der großen Fuhrwerke auswich, daß ich in die Schule kommen würde.
Silas hatte mir nämlich von der Schule erzählt. Er war ein gebildeter Mann und hatte angeblich sogar einmal mit Mr. Coleridge einen Spaziergang am Meer gemacht. Zumindest konnte er ganze Shakespeare-Szenen aufsagen, was er in unserem Zimmer an der Pepper Alley-Treppe auch schon des öfteren getan hatte.
Es war zwar inzwischen September, aber noch warm, und der Himmel war blau. Auf der Brücke herrschte ein Verkehr, daß einem angst und bange werden konnte. Vierspännige Kutschen, große Omnibusse mit eleganten Kondukteuren, die »Kensington! Chelsea! Bank! Bank! Bank!« riefen. Zwischen den alten Kleppern der Mietdroschken trottend, versuchte ich Silas im Auge zu behalten, der unter den Leuten von Rang und Namen auf dem Gehsteig zügig voranschritt, immer weiter fort von dem London, das ich kannte.
Ich bildete mir ein, diese fremde Welt sei ein Vorgeschmack auf meine Zukunft, und mir gefiel, was ich sah.
Auf den Gehsteigen drängten sich vornehm gekleidete Damen und Herren. Fast alle Häuser waren prächtig anzusehen. Lakaien in samtenen Kniehosen und sauberen weißen Strümpfen fuhren in Kutschen vorbei, Männer in vornehmen Livreen standen vor großen Türen mit Klopfern aus glänzendem Messing. Ich fragte mich, warum Silas mich in die schmutzige Kleidung gesteckt

und das Lügenmärchen über den Kaminkehrer mit mir einstudiert hatte.
Trotzdem erinnere ich mich, daß ich guter Dinge war und ihm bereitwillig folgte. Aber als wir in die Mall einbogen, kam ich mir mit einemmal so klein vor, daß mich fast der Mut verließ. Eine weite, offene Straße und ganz am Ende ein Tor, an dem Petrus selbst hätte Wache stehen können, so hell leuchtete es. Doch nicht einmal vor dem Buckingham-Palast verlangte irgend jemand eine Erklärung von mir, was ich dort verloren hatte. Jeder sah in mir nur einen ›Kletterburschen‹ und verstand – besser als ich selbst –, welches Gewerbe ich betrieb.
Ich ging an der südlichen Mauer des königlichen Palastes vorbei. Niemand hielt mich an. Während ich die Hand über die Backsteine gleiten ließ, malte ich mir die Schule, die Silas für mich ausgesucht hatte, in den leuchtendsten Farben aus. Ich fragte mich, ob ich dort wohl auch übernachten konnte oder ob ich jeden Tag so weit würde laufen müssen.
Der Abend dämmerte schon, als wir unser Ziel endlich erreichten, eine Straße mit prachtvollen weißen Häusern. Wir kamen durch eine Gasse, wo glänzend schwarze Kutschen und Wagen standen und wo sich Männer an Geschirren und Zügeln zu schaffen machten. Hier befand sich die Stallung, von der Silas gesprochen hatte. Ohne zu zögern, aber mit vorsichtigen Schritten, um seine blankpolierten Schuhe zu schonen, ging er hinein, während ich in meinen Lumpen weiterlief, bis ich auf einen seltsam riechenden engen Durchgang stieß. Ich wagte mich hinein und fand schon bald eine schwarz lackierte Tür, die über und über mit silbernen Hufeisen bedeckt war.
Die Tür schwang auf, und ich trat ein.
Ich war schon sehr gespannt auf mein Pult, denn Silas hatte mir oft die Schule in der Westminster Abtei beschrieben, wo er Latein gelernt hatte, aber es waren keine Pulte zu sehen. Vor mir lag ein hoher, düsterer Raum, der nach Leder und Leinöl roch und an dessen Wänden viele verschiedene Pferdegeschirre hingen.

In der Ecke stand eine Leiter, die in eine Art Dachkammer führte. Flink wie eine Spinne kletterte Silas nach oben.
Ich folgte ihm. Er stand an einem Fenster und blickte in die Dunkelheit hinaus. Seine Jacke hatte er ausgezogen, und sobald ich ihn eingeholt hatte, stieg er durch das Fenster auf das Dach des Nachbarhauses.
Er streckte mir die Arme hin. Sagte er – Sei vorsichtig, und bleib schön in Deckung.
Erst jetzt, bei unserer Kletterpartie über die Dächer, wurde mir allmählich klar, daß ich nicht in die Schule kommen würde. Doch auch als er mir einen Schornstein zeigte, begriff ich noch immer nicht ganz, was er von mir wollte.
Silas nahm vorsichtig den Aufsatz ab und stellte ihn auf das Dach. Sagte er – So, du junger Spund, und nun runter mit dir.
Sagte ich – Wozu?
– Wozu? Er zog überrascht die Augenbrauen hoch. Wozu? Hat sie es dir denn nicht erzählt?
– Meinen Sie Ma? fragte ich. Nein, sie hat mir nichts erzählt.
– Wie vergeßlich von ihr, sagte er. Aber das macht nichts, es ist eine einfache Aufgabe. Du kletterst durch den Schornstein, und wenn du unten bist, sperrst du die Hintertür auf. Das wäre schon alles.
Ich fragte, was dann passieren würde.
Sagte er – Dann komme ich ins Haus.
Ich sagte, daß ich wahrscheinlich abstürzen und mir die Knochen brechen würde.
– Unsinn, sagte Silas. Steig hinein.
Ich sagte, ich hätte zuviel Angst.
– Du brauchst doch keine Angst zu haben, sagte Silas, schnitt eine Grimasse und hob mich hoch. Es ist ein Kinderspiel. Du wirst schon sehen, wie leicht es ist. Als würdest du eine Treppe hinuntergehen.
Mit diesen Worten stopfte er mich ohne langes Federlesen in den Kamin, wie eine Kugel in ein Kanonenrohr.

27

Ich hatte allen Grund zu bezweifeln, daß Silas jemals einen Schornstein von innen gesehen hatte. Oben war es so eng wie in einer Pfeife. An den Wänden hatte sich eine dicke Rußschicht abgesetzt, so daß ich weder vor noch zurück konnte, und wäre nicht plötzlich mein Kopf kräftig nach unten gedrückt worden, hätte ich überhaupt nicht hineingepaßt. So aber steckte ich, wenige Fuß von der Öffnung entfernt, wie ein Korken in einer Schnapsflasche, hustend, schluchzend und halb erstickt vor Angst.

Ich bekam einen zweiten Stoß, diesmal auf die Schulter – wahrscheinlich von einem Stiefel – und wurde noch ein Stück tiefer hinuntergeschoben, bis ich in völliger Dunkelheit festhing. Ich fürchtete mich sehr und glaubte, ich sei des Todes.

Als sich der Tod denn doch nicht einstellen wollte, begann ich mit den Füßen zu strampeln, ich verdrehte die Schultern und versuchte zum Himmel hinaufzuklettern. Aber dabei rutschte ich nur noch weiter in den schwarzen Schlund.

Wieder blieb ich stecken, wie tief, weiß ich nicht. Aber es kam mir wie eine Ewigkeit vor.

Plötzlich gab der Ruß nach, ein großer Klumpen geriet ins Rutschen und riß mich mit sich. Der Kamin weitete sich. Schreiend vor Angst wollte ich mich in die Wände krallen, doch dadurch wirbelte ich nur noch mehr Staub auf, der mir das Atmen erschwerte. Ich hustete. Ich würgte. Wahrscheinlich wäre ich auf den Feuerrost hinuntergestürzt, wenn ich nicht wie ein kleines Kind mit Armen und Beinen gezappelt hätte, bis ich zu meinem Glück ein vorstehendes Stück Mauerwerk ergreifen konnte, das mir festen Halt bot. Wahrscheinlich hatte Silas solche Vorsprünge im Sinn gehabt, als er sagte, in dem Schornstein sei es wie auf einer Treppe.

Inzwischen hatte ich wohl die Hälfte des Abstiegs hinter mir, und obwohl ich darüber staunte, daß ich überhaupt noch lebte,

hatte ich auch große Angst, denn es war sehr finster. Ich röchelte in dem nachrieselnden Ruß und japste nach Luft. Sicher konnte es nicht mehr lange dauern, bis der Kamin zu breit wurde, um mich auf die beschriebene Weise festhalten zu können.
Ich sah nach oben, aber es war nichts zu erkennen, nur die blasse Farbe des Nachthimmels. Ich dachte, Silas würde zu mir herunterblicken, aber als ich nach ihm rief, bekam ich keine Antwort. Rußflocken schwebten langsam und stetig herab.
Da fing ich an zu weinen. So lange ließ ich meinen Tränen freien Lauf, daß Silas an der Hintertür gewiß schon ungeduldig wurde. Als ich schließlich weiterkletterte, war ich so vorsichtig, daß der Abstieg gut und gern eine ganze Stunde gedauert hätte, wenn ich nicht zuletzt den Halt verloren hätte und abgestürzt wäre.
Ich landete auf dem Feuerrost und lag japsend wie eine an Land gezogene Meeräsche auf dem kalten, harten Gitter.
Als ich wieder zu Atem gekommen war, stellte ich zu meinem Erstaunen fest, daß ich nicht tot war. Obwohl mir die Beine weh taten und ich eine dicke Beule am Kopf hatte, konnte ich halbwegs unversehrt aus dem hohen Kamin treten und mich verstohlen in dem Raum umblicken, in den ich geplumpst war. Da sich meine Augen inzwischen an die Dunkelheit gewöhnt hatten, konnte ich mehr erkennen, als Du vielleicht glauben würdest.
Es war, als hätte es mich in eine völlig andere Welt verschlagen.
Als erstes fielen mir die Düfte auf, nach Äpfeln, Orangen und etwas Süßem, Fremdländischem, was wohl Zimt gewesen sein muß. Weil es außerdem überhaupt nicht nach Abwässern stank, erschienen mir die anderen Gerüche um so köstlicher und vermittelten mir ein überwältigendes Wohlgefühl.
Es war ein großer Saal mit einer Flügeltür aus Glas in der Mitte. Wenn sie geschlossen war, entstanden zwei voneinander abgetrennte Räume, war sie jedoch offen, wie am Abend meiner unsanften Landung, hätte Mary Brittens feuchtes, niedriges Quartier, wo wir uns zu dritt ein Bett und zwei Stühle teilen

mußten, leicht zur Gänze hineingepaßt. Die Polstermöbel hätten ausgereicht, um der halben Bevölkerung unseres kleinen Hinterhofes Platz zu bieten. Überall standen Fauteuils, Chaiselongues und Tête-à-têtes, Möbelstücke, von denen ich keines mit Namen hätte benennen können, da ich ihresgleichen noch nie gesehen hatte. Ich war so verzaubert, daß ich jedes einzelne von ihnen ausprobierte, und erst wenn ich heute, so viele Jahre später, darüber nachsinne, wird mir klar, wieviel Ruß ich darauf hinterlassen haben muß.

Aber die Tür – Silas wartete ja an der Tür auf mich.

Sperr die Hintertür auf, das sagte sich so leicht, aber leider hatte Silas mir nicht verraten, wo ich sie suchen sollte. Natürlich wußte er es selbst nicht, er kannte das Haus nicht von innen. Ich fand sie schließlich hinter der Küche, wohin man über eine lange, schmale Treppe gelangte, die von einem rückwärtig gelegenen Korridor abging.

Silas' nervöses Pfeifen wies mir den Weg durch die Dunkelheit. Aber auch mit dem Auffinden der Tür war meine Arbeit noch längst nicht getan. Ich war ein sechsjähriger Junge und kein Schlosser, und so dauerte es wohl fünf Minuten, bis ich, lediglich durch den wütend fluchenden Silas angeleitet, endlich die letzte Kette gelöst hatte. Die Tür flog auf, die Klinke traf mich an der Stirn, und mir wurde schwarz vor den Augen.

Als ich wieder zu mir kam, gab Silas mir Ohrfeigen, zog mir die Ohren lang und fragte, ob ich ihn vielleicht nach Amerika bringen wolle. Ich antwortete, das hätte ich nicht vor, ich hätte mein Bestes gegeben und wäre in dem Schornstein fast gestorben. So groß war meine Bestürzung, daß er wieder freundlicher wurde und mir sogar ein Taschentuch gab, damit ich mir die Tränen trocknen konnte. Er zündete ein gezogenes Licht an, das er in der Tasche bei sich trug, und befahl mir, ihm zu folgen. Hier könne ich etwas lernen, wofür ich ihm eines Tages danken würde.

Während meiner Ohnmacht hatten sich einige seiner Kumpane eingefunden, die sich inzwischen im Haus zu schaffen machten.

Silas führte mich in ein prächtiges Zimmer neben der Küche, das, wie er sagte, dem Butler gehörte, hob die Kerze in die Höhe und pfiff durch die Zähne.
Das erste, was ich in dem flackernden Licht sah, war sein breites Grinsen, dann erst erkannte ich den Grund dafür: drei große Schränke, wuchtig wie Galeonen, die bis zum Bersten mit silbernem Tafelgeschirr angefüllt waren: Terrinen, Präsentierteller, Kerzenleuchter, Tabletts, die so groß waren wie Schilde. Sie leuchteten und glänzten wie Monde hinter den verschlossenen Glastüren.
– So, so, sagte Silas zärtlich. Da bist du ja, mein kleiner Schatz.
Ich dachte zuerst, er spräche mit mir, und es dauerte einen Augenblick, bis ich begriff, daß er das Silber meinte.
Sagte er – Mein schöner, kalter Schatz.
Er näherte sich dem Silber so ehrfürchtig wie ein Mann, der vor den Altar tritt.
– Ich bin es, der gute Onkel Silas. Komm, wir wollen tanzen gehen.
Unendlich liebevoll redete er weiter, während er ein langes Brecheisen aus Stahl herauszog, das er wohl auf dem ganzen Weg im Ärmel verborgen gehabt hatte.
– Mein herzallerliebster Augenstern, sagte er. Mit diesen Worten rückte er auf brutale Weise einem Geschirrschrank zu Leibe. Zwischen den schiefen Zähnen Flüche hervorstoßend, stemmte und hebelte er so lange daran herum, bis das Schloß aus dem Eichenholz sprang und der Schrank unter schrecklichem Kreischen seine Schätze preisgab.
– Halte das Licht, sagte er zu mir. Schön hoch halten.
Das Licht war nur ein kleines, in Talg getauchtes Stück Docht, an dem ich mir die Finger verbrannte. Heiß tropfte mir der Wachs auf den Arm. Vorsichtig hielt ich es hoch, während Silas die Tür des Geschirrschranks aufriß.
Über uns, in einem anderen Zimmer, fiel klirrend Glas zu Boden.

– Halte es hierher, genau hierher.
Ich hielt ihm das Licht, während er einen großen Präsentierteller herausnahm.
Als ich mich das nächste Mal zu ihm umwandte, schnappte ich erstaunt nach Luft. Er hatte sich ein Monokel in das linke Auge geklemmt, durch das er mich wie ein Fisch verschwommen anglotzte.
Er lachte über mein verdutztes Gesicht.
Sagte Silas – Sieh her, du Kohlengesicht. Ich zeige dir jetzt ein paar Silberpunzen, an die du dich noch erinnern wirst, wenn du selbst ein alter Mann bist und Kinder hast. *Selvit Arbus est*, sagte er, *Servus et Cuccina erbe wit*. So hörte es sich zumindest an.
Natürlich trat ich näher, um mir dieses wundersame Ding anzusehen, aber Silas hatte das Silber bereits in einen Lumpen gewikkelt und in den Sack gelegt, den ich von der London Bridge bis hierher geschleppt hatte.
Dieser Sack enthielt, wie ich nun erfuhr, nichts Wertvolleres als Ruß. In diese beißend riechende Substanz packte er behutsam die Teile des silbernen Geschirrs, die ihm besonders zusagten. Viele schöne Stücke ließ er liegen, dafür nahm er mehr als einen Gegenstand mit – einen schlichten Gewürzständer zum Beispiel –, den ich mit meinem kindlichen Blick für wertlos erachtet hätte.
Nach und nach füllte sich der Sack, und nachdem Silas sich die langen weißen Arme gewaschen hatte und noch rasch den Inhalt der Schubladen überprüft hatte, hob er mir die schwere Last auf die knochigen Schultern und hieß mich, ihm hinaus in die Sommernacht zu folgen.
So kehrten wir auf dem gleichen Weg zurück, den wir gekommen waren, ich zwischen Pferdeäpfeln und Kutschenrädern auf der Straße, Silas zwischen den vornehmen Leuten auf dem Gehsteig.
Der Sack schnitt mir in die Schulter. Manchmal wurden die Schmerzen so schlimm, daß ich stehenbleiben mußte, um die

Last zu verlagern, obwohl ich nicht weit zurückbleiben durfte, weil ich Silas auf keinen Fall verlieren wollte.
Natürlich ließ sich der alte Schlawiner nichts anmerken, aber ich bin mir gewiß, daß er die kostbare Beute die ganze Zeit scharf beobachtete. Als wir ins West End kamen, kostete es mich große Mühen, seine grüne Jacke in dem Gewühl im Auge zu behalten. Und obwohl ich heute »West End« sage, hatte ich damals nicht die leiseste Ahnung, wo ich mich befand, und ich fürchtete, Mary Britten und den armen Tom, die für mich plötzlich die liebsten Menschen auf Erden waren, nie wiederzusehen.
Es war um so schwerer für mich, als ich nicht wußte, wohin der Weg führte und wie weit es dahin war. Als wir schließlich – es muß wohl in Wapping gewesen sein – neben einer Netzmacherwerkstatt in eine enge Gasse einbogen, in der es von Katzen wimmelte, und Silas mir den schweren Sack abnahm, war ich mir noch immer nicht sicher, daß ich endgültig von der Last befreit war.
Ich folgte ihm über eine wackelige Holztreppe nach oben, obwohl ich lieber unten geblieben wäre, da sie so lose am Mauerwerk verankert war wie eine Bohnenranke an einer Bohnenstange. Oben angekommen, bückte Silas sich, um einige schwere Schlösser aufzuschließen. Dann betraten wir eine kleine, niedrige Kammer, die, wie mir meine Nase verriet, vor nicht allzu langer Zeit zum Trocknen von Fisch gedient hatte.
Dies war die Wohnung meines Gönners, wo er nach getaner Arbeit ausruhte. Ich staunte nicht schlecht, daß sein Zuhause bescheidener als mein eigenes war.
Er stellte den rußigen Sack ab, und nachdem er eine seiner kleinen Stummelkerzen angezündet hatte, bemerkte ich, daß sich unter einem Haufen Lumpen in der Ecke etwas bewegte. Zuerst glaubte ich, es seien Ratten, doch dann sah ich ein dünnes weißes Ärmchen und zwei große dunkle Augen, die uns verschlafen musterten. Es war ein Mädchen, etwa in meinem Alter.
– Papa.

Als sie aus ihrem dunklen Nest einen Arm nach ihm ausstreckte, kniete sich Silas, der sich zu meiner Verblüffung offenbar angesprochen fühlte, neben sie und streichelte ihr den Kopf.
Ich erinnere mich noch gut, wie sehr mich diese Liebkosung überraschte. Derselbe Mann, der mir eine schier unmenschliche Last aufgebürdet hatte, stöberte in dem Lumpenhaufen herum und förderte eine Stoffpuppe zutage, die genauso lange dunkle Haare hatte wie das Mädchen.
Das Mädchen aber achtete nicht auf die Puppe, sondern sah mich an.
– Ist das Jack?
Silas sagte ja.
– Armer Jack.
Sie hielt mir die Hand hin, und nachdem ich mich vergewissert hatte, daß Silas es mir erlaubte, gab ich ihr meine rußige Pfote. Ohne meine Hand loszulassen, schlief sie wieder ein.
Silas begab sich unterdessen mit der Kerze in eine andere Ecke der Kammer und hob die Dielenbretter hoch.
– Komm her, Jungchen.
Ich löste die kleine Hand aus meiner Pfote und ging zu Silas, der im Schein der flackernden Kerze vor einem Loch im Fußboden kniete. Ich erwartete, daß er mir einen geheimen Schatz zeigen wollte, und ich wurde nicht enttäuscht. Es war ein kleines schwarzes Büchlein mit aufgeprägten silbernen Buchstaben. Silas überreichte es mir mit solcher Ehrfurcht, daß ich dachte, es müsse von diesem Shakespeare sein, den er so oft zitierte. Aber als ich ihn fragte, ob es Gedichte seien, lachte er nur. Er sagte, irgendwie hätte ich schon recht damit. Wenn ich mir ein paar Zeilen merken könne, wäre es von Vorteil für meine Zukunft. Damit ließ er mich allein. Als ich hörte, wie er flinken Schrittes die Holztreppe hinunterlief, versuchte ich nicht lange daran zu denken, an welch sonderbaren Ort es mich verschlagen hatte, und richtete meine Aufmerksamkeit statt dessen ganz auf das Buch.

Ich sah sogleich, daß es keine Gedichte waren, sondern eine seltsame Sammlung merkwürdiger Zeichen, die fast alle mit handschriftlichen Anmerkungen versehen waren. So:

Viele Seiten waren mit solchen Symbolen bedeckt, Zeile um Zeile reihten sie sich aneinander: Gevierte, Schilde und Kleeblätter, in denen wiederum Löwen, Kelche und Kronen abgebildet waren, und einmal auch ein Mann, in dem ich einen König vermutete. Ich vertiefte mich in diese rätselhaften Zeichen und versuchte zu ergründen, was sie wohl zu bedeuten hatten. Als ich Silas' Schritte auf der Treppe hörte, glaubte ich, meine Aufnahme in eine wichtige Bruderschaft stehe unmittelbar bevor.
Doch Silas schien jedes Interesse an meinem Unterricht verloren zu haben. Statt mir die Symbole zu erklären, nahm er mir das Buch weg und legte es in das Versteck zurück. Obwohl er mir nicht verriet, warum er hinausgegangen war, konnte ich es mir denken, denn mir stieg Bratfischgeruch in die Nase, und ich sah, daß seine Jackentasche ausgebeult war.
Falls er vorhatte, den Fisch zu teilen, dann nicht mit mir. Aber er holte ein hübsches Silberlöffelchen aus seiner Tasche und trug mir auf, es meiner Mutter zu geben. – Sag ihr, daß ich morgen komme. Sie soll mir schon mal eine Wurst heiß machen.
Ich hatte zuviel Angst, ihn nach dem Heimweg zu fragen. Ich lief durch die holprigen dunklen Straßen und versuchte mich so gut wie möglich zurechtzufinden, indem ich mich nach Möglichkeit rechts von der stinkenden Themse hielt, aber ich verirrte mich immer wieder und fürchtete mich sehr. Einmal lief mir ein Betrunkener nach, der mir das Ohr abschneiden wollte, um es aufzuessen, einmal freundete ich mich aber auch mit einem Matrosen an, der mich bis zur London Bridge begleitete und mir zum Abschied einen Penny schenkte.

Wie ich mich freute, wieder daheim zu sein! Mary Britten, die trotz ihres Temperaments für gewöhnlich eine eher unnahbare Mutter war, stürzte auf mich zu und nahm mich in den Arm, ohne sich darum zu kümmern, wie rußig ich war. Als ich ihr den Penny und den Silberlöffel gab, leuchteten ihre grünen Augen, sie nahm mich bei der Hand, brachte mich zum Tisch und setzte mir eine große Schüssel Suppe vor. Tom saß unterdessen auf dem Bett und schnitzte mit seinem Taschenmesser einen hölzernen Angelhaken.
– Er stinkt, sagte er.
Ma Britten drehte das Löffelchen in ihren Händen.
– Er hat sich nützlich gemacht, sagte sie. Ich finde, es ist ein nützlicher Geruch.
Hungrig machte ich mich über die Suppe her. Ma Britten hatte die Kelle tiefer in den Topf getaucht als sonst, so daß ich eine gute Portion Fleisch und Graupen abbekommen hatte, was auch Tom nicht entging, der an den Tisch gekommen war, um mir beim Essen zuzusehen.
– Er sieht aus wie ein Nigger.
– Ja, schwarz wie ein Nigger, aber mit des Königs Silber im Gepäck.
Sie hatte den silbernen Löffel auf den Tisch gelegt und spielte damit wie eine Katze, die ein altes Knöchelchen gefunden hat.
– Hat er dir sein Buch gezeigt? fragte sie.
Sie legte den hübschen Kopf auf die Seite und blickte versonnen auf den Löffel hinunter.
Ich sagte ja.
– Hat er dir die Zeichen erklärt?
– Nein, Ma'am.
Die bringt er dir schon noch bei. Sie drehte den Löffel um neunzig Grad. Sagte sie – Wirst sehen, bald kannst du eine Teekanne besser lesen als ein Vikar seine Bibel. Dann bist du ein gemachter Mann.
Tom beugte sich über den Tisch, um nach dem Löffel zu greifen,

aber Mary ertappte ihn auf frischer Tat. Bei dem sich anschließenden Gerangel flog das kostbare Stück quer durch die Stube und landete klappernd neben dem Bett.
Mary Britten sprang kreischend auf.
– Er hat es nicht böse gemeint, rief ich. Tom duckte sich und barg seinen Kopf in den Händen.
Mary sagte, es sei egal, ob er es böse gemeint hätte oder nicht. Sie gab ihm einen Tritt in den Hintern. Es reicht, daß er es gemacht hat, sagte sie.
Inzwischen hatte sie den armen Kerl beim Ohr gepackt und zerrte ihn zum Bett. – Wo ist der Löffel? Wo ist der Löffel?
– Da ist er, da ist er.
Mary Britten hob den Löffel auf und polierte ihn mit einem Schürzenzipfel.
– Wieso kann ich nicht auch die Zeichen lernen? rief Tom. Ich will auch ein gemachter Mann sein. Das gehört sich so. Ich bin schließlich keine Schlammratte. Ich bin der Sohn.
Sein langes, blasses Gesicht war rot angelaufen, und zu meinem großen Erstaunen wurde mir klar, daß er weinte. Seine Mutter war wohl ebenfalls überrascht, denn sie wurde so sanft, wie ich sie selten erlebt habe. Sie drückte den schluchzenden Jungen an ihre Brust und streichelte ihm über das Haar.
– Du bist der Mann, sagte sie. Du bist der Mann. Du kriegst das Fleisch.
Die Tränen versiegten. Aus der Umarmung starrte Tom mich böse an.
– Ich hasse ihn, sagte er.
Sein Blick verriet mir, daß er nicht nur eifersüchtig war, sondern daß er auch Angst hatte. Als sich seine Mutter von ihm losmachte, wollte er sie nicht gehen lassen.
– Ich bringe ihn um, sagte Tom. Ich ersäufe ihn.
Mary Britten versuchte nicht, ihren Sohn zu besänftigen. Sie war auf einen Stuhl geklettert, um den gestohlenen Teelöffel über einem Dachsparren zu verstecken.

Er haßt dich wirklich, sagte sie zu mir. Das ist wahr, und irgendwie ist es auch ganz natürlich, genau wie deine Angst vor ihm. Aber eines müßt ihr mir glauben. Ein jeder von euch ist ohne den anderen verloren.

Nun wandte sie sich an Tom: – Du kannst ihn umbringen, aber genausogut könntest du dir auch einen Arm abhacken. Dieser rußige Geselle ist es nämlich, der dich eines Tages aus diesem Loch herausholen wird. Dafür habe ich ihn hochgepäppelt. Dafür hast du das Fleisch für ihn nach Hause getragen.

Erst heute, da ich diese Zeilen niederschreibe, wird in mir das Gefühl übermächtig, das mich schon zu jener Zeit, vor all den Jahren, gequält haben muß. Damals war es wie ein Dröhnen oder wie ein Schmerz, aber ich war müde und satt, und als ich sah, daß ich nicht ermordet werden sollte, wollte ich nur noch schlafen.

Erst heute flammt in mir die Wut darüber auf, daß dieses Weib einen kleinen Jungen offen spüren ließ, daß er nur für einen bestimmten Zweck großgezogen worden war, wie ein Schwein oder Huhn.

28

Die Turmuhr von St. Giles hatte längst Mitternacht geschlagen, aber Jack Maggs saß noch immer mit gesenkten Lidern an seinem Nußbaumschreibtisch und versuchte, sich die weißgetünchte Kammer in der Pepper Alley nach all den Jahren deutlich vor Augen zu führen. Er war so tief in Gedanken versunken, daß er bei dem Klang von Schritten über ihm sogleich an Ma Britten dachte, wenn auch nur für den Bruchteil einer Sekunde.

Als sich die Schritte jedoch mit schnellem Getrippel die Treppe hinunterbewegten, wußte er, daß es wieder einmal die Tochter der Wahnsinnigen war.

Er runzelte die Stirn und legte die Feder beiseite.
Seit Mercys erster Kletterpartie über das glitschige Dach waren vier Tage vergangen. Mittlerweile hatte er sich daran gewöhnt, daß sie ihn jedesmal neugierig anstarrte, sobald sie sich unbeobachtet glaubte. Anfangs war sie nur ein hübsches kleines Ding für ihn gewesen, aber inzwischen konnte sie ihm mit ihrer Spioniererei gefährlich werden. Sie war eine Plaudertasche, ein Klatschweib. Sie und Constable, dieser warme Bruder, hatten immer etwas miteinander zu tuscheln und zu tratschen.
Jetzt kam sie auch schon in sein Wohnzimmer gelaufen, so eifrig wie eine Heldin auf die Bühne. Sie trug weder Schuhe noch Häubchen. Die dunklen Locken ergossen sich über ihre Schultern.
»Mr. Maggs«, sagte sie. »Ihr Geheimnis ist entdeckt.«
Er ließ sich nicht anmerken, wie sehr ihm diese Eröffnung in die Knochen fuhr. Er tauchte die Feder in die Tinte und fing einen neuen Satz an. Die Besucherin, die sich durch seine kalte Gleichgültigkeit nicht im mindesten entmutigen ließ, stellte sich dreist neben ihn, um zu lesen, was er geschrieben hatte. Doch obwohl er sie dabei ertappte, war bei ihr, wie bei einer Katze, die Essensreste vom Tisch stibitzt, der Appetit größer als die Scham. Sie las, bis auch die letzten Zeilen des Briefes von Violett in Weiß übergegangen waren.
»Das ist ja raffiniert«, sagte sie.
Jack Maggs schlug einen besonders leisen Ton an, wie immer, wenn ihn seine Gefühle zu übermannen drohten. »Ich freue mich, daß es dir gefällt, Fräuleinchen.«
»Aber wenn Sie glauben, daß Sie damit Ihr Geheimnis bewahren, können Sie sich die Mühe sparen.«
»Dann hat jemand mit Mr. Phipps gesprochen? Wo hat man ihn gesehen?«
»Wie kommen Sie denn darauf?« Sie klang, als redete sie mit einem kleinen Kind. »Wie kommen Sie auf Mr. Phipps? Ich habe doch bloß gesagt, daß Ihr Geheimnis entdeckt ist.«

Jack Maggs begriff nicht, worauf das Mädchen hinauswollte. Er stand auf und ordnete seine Papiere. Den zusammengerollten Brief steckte er in seine Jacke. Kurz gesagt, er machte sich bereit zur Flucht.

»Du bist ein mutiges Mädchen«, sagte er ernst. »Und hübsch bist du auch, aber das weißt du wohl selber. Ich glaube gern, daß sich die jungen Gockel deine Neckereien gefallen lassen, aber ich bin zu alt für solche Spielchen, compreneh wu? Es gehört sich nicht, daß du so mit einem Lakaien redest.«

»Es gehört sich nicht?« rief sie wütend. »Ich habe ein großes Risiko auf mich genommen, um Ihnen diese Nachricht zu überbringen.«

»Dann überbring sie mir endlich.«

»Mein Herr, Mr. Oates und seine Frau kennen Ihr Geheimnis.«

»Daß ich in dieses Haus komme?«

»Das nicht.«

Er wollte ihren Arm packen, aber sie verstand ihn falsch und gab ihm die Hand. Er umklammerte sie mit fast grausam festem Griff.

»Du hast gehört, daß in meiner Seele Geister und Kobolde hausen?«

»Ja.«

Er schnaubte und ließ sie los. »Sollen sie ruhig ihren Spaß an mir haben. In sechs Tagen ist es damit sowieso vorbei.«

»Sie erzählen aber auch«, sagte sie und zog ihr Schultertuch um sich, »daß Sie ein Sträfling aus Neu-Südwales sind.«

»Verdammt!«

»Sie behaupten, daß Sie es ihnen erzählt haben.«

»Wann?«

»Ich selbst habe es erst in dieser Stunde erfahren, aber wie lange er es schon weiß, kann ich nicht sagen.«

»Er?«

»Der Herr. Er liest mir abends immer vor. Hätte ich nicht gesagt, daß ich krank bin und ins Bett will, würde er mir jetzt noch vor-

lesen. Wenn er merkt, daß ich weggelaufen bin, habe ich bei ihm verspielt.«
Jack Maggs holte seine Stiefel, die er neben den Kamin gestellt hatte. Es waren nicht die Schuhe des Toten, sondern seine eigenen, die er bei einem buckligen alten Schuster in Paramatta gekauft hatte.
»Wollen Sie fliehen?«
Sie war wirklich eine neugierige Person. Er zurrte die Schnürsenkel aus ungegerbtem Leder fest und band einen doppelten Knoten hinein. Dann wandte er sich ab, um heimlich den Dolch in die Scheide am rechten Fuß zu schieben.
»Laufen Sie nicht weg«, sagte sie. »Bei uns sind Sie am sichersten.«
Jack Maggs faßte nach ihrem Kinn. Mit Daumen und Zeigefinger umklammerte er ihren Kieferknochen. »Sie haben dich hergeschickt, damit du mich aufhältst, während sie die Polizei holen.«
Endlich erkannte sie, was für ein gefährlicher Mann er war. Sie wußte sich in seiner Gewalt, und ihre Augen flehten um Gnade.
»Überlegen Sie doch, Sir. Wozu soll ich Sie aufhalten, wenn ich doch weiß, daß Sie sowieso die ganze Nacht hier auf diesem Stuhl sitzen?«
Widerstrebend ließ er sie los. Er verschloß das Tintenfläschchen und ließ es in seine Tasche gleiten, hob die Feder auf und warf sie wieder hin. Er war sich keineswegs schlüssig, wie er weiter verfahren sollte.
»Mr. Buckle hatte eine Schwester, die er sehr geliebt hat«, sagte Mercy. »Sie wurde nach Botany Bay deportiert.«
Plötzlich war er ganz Ohr. Mercy fuhr eilig fort. »Er hat geweint, als er Ihre Wunden sah. Und er hat geweint, als er mir davon erzählte. Er konnte mir nichts mehr aus seinem *Ivanhoe* vorlesen. So tief hat es ihn bewegt, was Sie erlitten haben.«
Jack Maggs setzte sich wieder an den Schreibtisch, und Mercy

Larkin nahm auf einem goldenen Stuhl Platz, dessen Sitz mit einer Jagdszene bestickt war.
»Wir haben beide geweint«, sagte sie.
»Wirklich, Kindchen?«
»Ihr Geheimnis ist bei uns sicher«, beharrte sie.
»Aber natürlich. Schließlich kennen es nur der Hausherr und das Personal«, sagte er bitter.
»Ich gehöre nicht zum Personal. Sicher, ich arbeite hier als Küchenmagd, aber meine wahre Stellung in diesem Haus ist eine andere. Ich habe Mr. Buckle schon als Kind gekannt. Er liest mir seit Jahren vor.«
»Du zitterst ja.«
»Es ist nicht recht, daß Sie mir Angst einjagen.«
»Ich tu dir ja nichts.« Er reichte ihr die graue Decke, unter der er manchmal schlief. »Aber du mußt mir die Wahrheit sagen. Was haben die Herren über mich geredet?«
»Mr. Oates hat Sie magnetisiert«, sagte sie. »Mit seinen kleinen Magneten, die nicht größer sind als ein Penny.«
»Das weiß ich schon.«
»Die Magnete legen sich auf Ihre Seele. Wie ein warmer Umschlag.«
»Ich weiß.«
»Mit den Magneten hat er Ihre Seele bis ans andere Ende der Welt gezerrt, bis Sie geglaubt haben, daß es Sommer war, und dann haben Sie in Anwesenheit einer Dame Ihr Hemd ausgezogen und laut geschrien, weil ein Bursche ausgepeitscht werden sollte. Sie haben einen fremdländischen Vogel beschrieben. Sie waren zornig und haben Gott verflucht. Nun wissen die, daß Sie ein entflohener Sträfling aus Neu-Südwales sind.«
»Der falsche Hund.«
»Sie haben unrecht. Einen anständigeren Herren findet man nicht.«
»Nicht er, der andere. Der verlogene Hund hat mir kein Wort davon gesagt.«

»Sie haben es nicht gewagt, es Ihnen zu sagen«, rief Mercy. »Sie hatten Angst, Sie würden sie im Bett ermorden. Mr. Oates hat Frau und Kind, und wenn Sie wirklich ein entflohener Sträfling sind, haben sie sich strafbar gemacht, indem sie Ihnen Obacht gewährt haben.«

»Obdach.«

»Ja, Obdach. Es ist ein sehr düsteres Geheimnis. Mr. Buckle könnte dafür ebenfalls ins Gefängnis gesteckt werden.«

Sie schien zu ahnen, daß er nicht wußte, was er mit ihr machen sollte, denn als sie weitersprach, beugte sie sich vor und legte ihm leicht die Hand auf den Arm.

»Sie können uns blind vertrauen«, sagte sie. »Wir sind Ihre Freunde.«

Obwohl es ihm in der Seele weh tat, ließ er sie gehen, ohne ihr etwas anzutun oder ihr zu drohen. Er brachte sie die Treppe hinauf und sperrte das Dachfenster hinter ihr zu.

29

Draußen wütete ein Sturm. In einer dunklen Ecke des Salons, von dem Jack Maggs träumte, saß ein uniformierter Mann.

Bist du es?

Ich bin es, antwortete das Phantom.

Maggs wickelte sich fest in seine karierte Decke, während er im Traum versuchte, das Regimentsabzeichen des Burschen auszumachen. Als ob das Phantom seine Absicht spürte, zündete es ein Gaslicht an, das so hell aufflammte, daß der Schlafende sich schützend die Hand vor die Augen hielt.

Die Uniform gehörte zur Leibgarde des Königs. Die Jacke war ultramarinblau, die Hose schwarz. Unter dem Arm hielt das Phantom einen glockenförmigen Tschako.

Ich bin von den 15ten Huren, sagte das Phantom.
Husaren, sagte Jack.
Huren, beharrte das Phantom und schlug den Mantel auf. Ein nackter weiblicher Körper kam zum Vorschein, ein weiches Haarbüschel und süße kleine Brüste mit rosigen Brustwarzen.
Sehr witzig, sagte Jack und lächelte im Schlaf. Er wußte, daß es ein Traum war. Wenn er die Hand nach den Brüsten ausstreckte, würden sie verschwinden, nur wenn er sich nicht bewegte, würden sie ihm vielleicht noch erhalten bleiben. Es war angenehm warm. Das helle Licht der Gasflamme wärmte seine Wange.
Dieses Gas ist das reinste Wunder.
Hier gibt es kein Gas, sagte das Phantom.
Jack sah sich die Lampe an. Sie brannte noch immer hell. Dahinter lagen Tabletts mit Fischen, deren Schuppen im künstlichen Licht glitzerten.
Ich dachte, es wäre Gas.
Hier gibt es kein Gas.
Plötzlich wurde es sehr dunkel. Etwas strich leicht über Jacks Gesicht hinweg. Er konnte das Leder riechen. Er wußte, was es war: das Zaumzeug eines Pferdes.
Möchtest du reiten, Jack?
Das Zaumzeug strich noch einmal über sein Gesicht.
Ja, Sir.
Ich breche bald zum Mount Irwin auf. Du kannst doch mit einem Theodoliten umgehen?
Sind Sie Captain Logan?
In seinem Traum sah Jack Maggs sich noch immer lächeln. Er trat vor, um dem Phantom ins Gesicht zu sehen. Es war das genaue Ebenbild Captain Logans.
Ich dachte, Sie wären tot.
Ich doch nicht, sagte das Phantom, das nun nicht mehr wie Logan aussah. Es hatte blonde Haare. Es war viel jünger. Aber seine Uniform war die des 57sten Infanterieregiments, und das Zaumzeug war kein Zaumzeug.

Wollen wir das Land vermessen, Sir?
Aber Jack fuhr die kalte Angst in die Gedärme. Sie würden nichts vermessen. Es war kein Zaumzeug.
Einhundert Schläge, schrie Captain Logan. Aber kräftig, bis auf die Knochen.
Maggs stürzte zu Boden. Er konnte es nicht ertragen, so gesehen zu werden. Er ging an Parkers Hütte vorbei. Vor ihm, am Durchgang zu den Gefangenenbaracken, wo das verfluchte Dreieck stand, hatte sich Rudder, der Auspeitscher, aufgebaut.
Weinend flehte Jack Maggs das Phantom an, Gnade walten zu lassen. Doch das Phantom wandte sich ab und führte das Pferd am Zaumzeug weg. Jack hob einen großen runden Stein auf und ließ ihn auf den Kopf des Phantoms niedersausen. Das Phantom fiel um, der Träumende stemmte den Stein in die Höhe und ließ ihn auf den Kopf fallen, der wie eine faule Frucht aufplatzte. Dies wiederholte er ein ums andere Mal.
In London rüttelte der Wind an den Fensterrahmen.

30

Percy Buckle wäre es fürwahr lieber gewesen, er hätte sich nicht vor die Entscheidung gestellt gesehen, einem Sträfling Obdach zu gewähren. Damit soll nicht gesagt sein, daß er in seinem Entschluß, Maggs zu verbergen, wankend geworden wäre, aber er hatte einen hohen Preis dafür bezahlt, seinen Seelenfrieden, der ihm mit seinem Erbe zugefallen war.
Doch nun fand Mr. Buckle keinen Schlaf mehr. Noch in der Stunde nach Mitternacht konnte er nicht auf die Gesellschaft des weiblichen Wesens verzichten, das er »meine gute Gefährtin« nannte.
Mercy, die noch ihre Schürze umgebunden hatte, aber kein

Häubchen mehr trug, saß zu Füßen ihres Herrn. Er war unruhig und mit den Gedanken nicht bei der Sache. Immer wieder legte er ein Buch aus der Hand, um nach einem anderen zu greifen. Zuerst hatte er ihr aus *Ivanhoe* vorgelesen, dann eine lange Passage aus *Liber amoris* von Hazlitt, das bei seinem Erscheinen für einen Skandal gesorgt hatte, und zuletzt, weil Mercy immer ungeduldiger wurde, aus dem Roman *Imogen* von Madame Valli. Als er endlich den französischen Roman in Angriff genommen hatte und sich der ungeteilten Aufmerksamkeit seiner guten Gefährtin sicher sein konnte, schien es ihm plötzlich, als hörte er auf der Treppe Schritte.

»Horch!« Percy Buckle sprang auf und legte lauschend eine Hand hinter das Ohr.

»Da war nichts«, sagte Mercy. »Lesen Sie weiter.«

»Das ist er«, antwortete er.

»Herrgott«, rief Mercy. »Meinen Sie, er schleicht die ganze Nacht durchs Haus und heckt Mordpläne gegen uns aus? Das wäre ziemlich dumm von ihm, denn schließlich hatte er schon eine ganze Woche Zeit dazu, und bis jetzt hat er noch keinem von uns ein Haar gekrümmt.«

»Pst, da geht er.«

»Sie sind ja noch schlimmer als dieser Hasluck.«

»Hazlitt!« sagte Percy Buckle. Er legte das hübsche blaue Buch weg und schnallte sich den kurzen Degen um, den er zusammen mit all den vielen anderen nutzlosen und nützlichen Dingen geerbt hatte.

Mercy starrte hilflos auf den aufgeschlagenen Roman. Nach einiger Zeit gelang es ihr, das Wort *Ballsaal* zu entziffern.

»Es ist der Wind«, sagte sie.

»Es ist nicht der Wind«, sagte der kleine Kaufmann, zurrte den Gürtel seiner Hausjacke stramm und zückte den Degen. »Lösch die Kerze.«

Mercy gehorchte, obwohl es ihr widerstrebte.

Nachdem Percy Buckle langsam die Schlafzimmertür geöffnet

hatte, blieb er erst einmal reglos stehen, um die Geräusche im Haus zu ergründen.

Er war ein kleiner Mann, nicht größer als fünf Fuß und zwei Zoll. Obwohl er etwas schwach auf der Brust war und Arthritis in den Händen hatte, war ihm, als er noch Bratfisch verkauft hatte, oft nichts anderes übriggeblieben, als sich tatkräftig gegen Räuber, Diebe und sonstige Halunken, die ihm das Leben schwermachten, zur Wehr zu setzen. Sein Herz schlug so laut, daß es ihm in den Ohren dröhnte, als er mit gezogenem Degen die Treppe hinunterhuschte.

»Wer da?« rief er.

Keine Antwort.

Das nächtliche Dunkel war nicht undurchdringlich. Hin und wieder trat der Mond zwischen den über London hinwegziehenden Wolken hervor und tauchte die Diele in dämmriges Licht. Mr. Buckle tastete sich bis zur steilen Küchenstiege vor.

Obwohl es auf den Stufen immer finsterer um ihn wurde, spürte er schon bald, daß er nicht allein war.

»Wer da?« rief er.

Er hörte ein leises Geräusch. Es war nicht der Wind und auch nicht das Fenster. Vor seinem inneren Auge entstand das Bild eines Dolches, der gegen eine Kommode stieß.

Er spähte in die Küche hinunter. An einer Stelle ballte sich die Dunkelheit besonders dicht zusammen, so schwarz wie Tinte auf Tinte. Während er noch hinsah, bewegte sich der Fleck.

»Ich sehe Sie«, sagte Mr. Buckle. »Verteidigen Sie sich. Ich trage eine blanke Klinge.«

»Entschuldigen Sie«, antwortete eine vertraute Stimme.

»Maggs?«

»Ja, Mr. Buckle. Ich bin es.«

Diese Antwort beruhigte Mr. Buckle nicht im geringsten. Seine Nackenhaare sträubten sich, und es lief ihm wie Nadelstiche das Rückgrat hinunter. »Maggs, was machen Sie in meiner Küche?«

»Ich esse ein Käsebrot«, sagte die Stimme. »Ich bin sehr hungrig, weil ich das Abendessen verpaßt habe. Ich wollte Sie wirklich nicht erschrecken. Mrs. Halfstairs hatte mich gebeten, Mr. Hawthorne ein Päckchen von Ihnen ins Adelphi-Theater zu bringen. Ich mußte eine ganze Stunde auf ihn warten, und als ich wieder zurückkam, waren die anderen mit dem Essen fertig.«

»Aber natürlich sollen Sie zu essen bekommen, guter Mann«, rief Percy Buckle. »Wir wollen Sie doch nicht verhungern lassen. Aber es gefällt uns nicht, wenn Sie wie ein Dieb durchs Haus schleichen.«

»Wie ein Dieb, ja?«

»Warum haben Sie keine Kerze angezündet?«

»Ich kann im Dunkeln sehen.«

Mr. Buckle schwieg.

»Weil ich ein Dieb war. Wußten Sie das?«

»Nein, Maggs. Das wußte ich nicht.«

»Bestimmt nicht?« fragte der andere so leise, daß Mr. Buckle eine Gänsehaut bekam.

»Nein, bestimmt nicht. Ich schwöre.«

»Aber bei Ihnen hätte ich ja sowieso nicht eingebrochen, Mr. Buckle.«

»Danke, Maggs. Sehr anständig von Ihnen.«

»Und zwar deshalb nicht, weil es nicht der Mühe wert gewesen wäre.«

»Aha, verstehe«, sagte Mr. Buckle rasch. »Aber das könnte ein Dieb von der Straße nicht wissen.«

»Ein Blick durch Ihr Küchenfenster würde reichen.«

»Durch mein Küchenfenster? Und was würde er da sehen?«

»Das Trafalgar Doulton.«

»Das Trafalgar Doulton?«

»Das Porzellan im Geschirrschrank. Ich zumindest wüßte, daß sich kein kostbares Tafelsilber und Trafalgar Doulton unter einem Dach finden. Aber ich sehe, daß ich Ihnen angst gemacht habe. Das tut mir leid. Ich könnte jetzt Licht machen. Wollen Sie das?«

»Das alles würde Ihnen das Doulton verraten?«

»Ja, Sir. Es wäre die Regel.«

»Dann gibt es in diesem ... Gewerbe Regeln?«

»Soll ich eine Kerze suchen?«

»Ich habe bei den vornehmsten und wohlhabendsten Herrschaften gespeist«, sagte Percy Buckle. »Aber auf das Trafalgar Doulton läßt in diesen Kreisen kein Mensch etwas kommen.«

»Vielleicht ist während meiner Abwesenheit einiges anders geworden. Ich war nämlich in Übersee, wie Sie bereits gehört haben mögen. Sir.«

Lange Zeit blieb alles still.

»Man könnte durchaus vermuten, daß Sie im Ausland gewesen sind, Maggs.« Percy Buckle starrte ins Dunkel. An der schwärzesten Stelle bewegte es sich. »Was machen Sie da?« rief er.

»Ich stelle den Käse weg.«

»Gut, fein«, sagte Percy Buckle. »Wir können uns ein andermal über Ihre Reisen unterhalten. Aber nun machen Sie, daß Sie ins Bett kommen, Maggs. Morgen werden Ihre Kräfte wieder gebraucht.«

Damit eilte er wieder hinauf in sein Schlafzimmer und riegelte die Tür hinter sich zu.

Es war dunkel im Zimmer. Er tastete sich zum Bett vor und flüchtete sich in die Arme seiner guten Gefährtin.

»War er es?«

»Pst, du mußt flüstern. Ja, er war es.«

»Er hat Sie nicht ermordet?«

»Ein Mörder ist er vielleicht nicht, aber er gibt zu, ein Dieb zu sein. Das hat er mir dreist eröffnet. Er sagte, ich bin ein Dieb, der sein Handwerk versteht. Er hat mir von seinem Gewerbe erzählt, was Diebe stehlen und was nicht.«

»Dann ist er ein ehrlicher Mensch.«

»Er war betrunken. Ich habe ihm zuviel durchgehen lassen.«

»Und bei was für einem schlimmen Verbrechen haben Sie ihn ertappt?«
»Pst, Mercy. Er hat sich ein Käsebrot gemacht.«
»Möchten Sie auch eine Schnitte?«
»Du bist ein Schatz.« Percy Buckle schwieg eine Weile, dann seufzte er leise.
»Und?« sagte sie.
»Dreh dich um«, sagte er.
»Es heißt, dreh dich um, mein hübsches Kind.«
»Ja«, sagte Percy Buckle und vergrub sein Gesicht in ihren rabenschwarzen Haaren. »Dreh dich um, mein hübsches Kind, und lüfte dein süßes weißes Hinterteil.«
So gelang es dem Hausherrn schließlich doch noch, sich abzulenken und eine Zeitlang nicht mehr an das Trafalgar Doulton zu denken. Auch die Frage, ob es tatsächlich möglich war, daß ein Mensch wie eine Katze im Dunkeln sehen konnte, beschäftigte ihn fürs erste nicht weiter.

31

Mary Oates sagte: »Dein Vater behauptet, du schneidest deine alten Freunde in der Fleet Street.«
Ihr Mann war baß erstaunt über diese Aussage, nicht zuletzt deshalb, weil er, als er in das dunkle Schlafzimmer schlich, überzeugt war, sie sei endlich eingeschlafen.
»Er behauptet, die Presse sei heutzutage unter deiner Würde.«
»Mary«, flüsterte er. »Es ist schon nach Mitternacht.«
»Er behauptet, du antwortest nicht, wenn dir der *Chronicle* eine Depesche schickt.«
»Herrgott noch mal. Mein Vater ist ein Narr.«
»Das sagst du immer, mein Liebster.«
Toby trat an das klappernde Fenster und sah auf die Lamb's Con-

duit Street hinunter. Der Wind war umgesprungen. Er wehte nicht mehr aus Osten wie noch am frühen Abend, sondern aus nördlicher Richtung und trieb eine leere Tonne die Straße hinunter.

»Wann hast du mit meinem Vater geredet?«

»Heute nachmittag, als er das Bild abgeholt hat.«

»Welches Bild?«

»Den Maclise.«

»Um Gottes willen«, rief er.

»Pst. Sonst weckst du John auf.«

»Mary, du hast doch nicht etwa zugelassen, daß mein Vater unser Gemälde stiehlt?«

»Nein, nein«, sagte sie und setzte sich im Bett auf. »Er möchte es in Whitechapel reinigen lassen. Weil es doch in Furnival's Inn über dem rauchigen Kamin hing. Er hat es mit dir besprochen.«

»O nein.«

»Toby, ich bitte dich. Er bringt es bestimmt wieder zurück, das weiß ich.«

»Dann weißt du mehr als ich«, gab Toby gereizt zurück. Er hatte selbst damit spekuliert, es irgendwann zu verkaufen. »Um an Geld zu kommen, würde mein Vater jede Unwahrheit erzählen.«

»Aber es ist doch wahr, daß der *Chronicle* nach dir verlangt hat, Toby.«

Es gefiel Tobias ganz und gar nicht, daß sie den *Chronicle* erwähnte. Als Mary sich in den ersten Wochen ihrer Ehe zweimal zu seinen geschäftlichen Angelegenheiten geäußert hatte, hatte er sich entschieden dagegen verwahrt. Seine Geschäfte gingen nur ihn allein etwas an.

»Beim *Chronicle* wäre man hoch erfreut, wenn du wieder einmal einen Artikel schreiben würdest.«

»Den Gefallen kann ich ihnen leider nicht tun. Ich bin viel zu beschäftigt.«

Es wurde still. Er spürte, wie sie sich gegen ihn verhärtete. Diese Feindseligkeit legte sie seit kurzem immer öfter an den Tag. Als sie sich im Bett wütend auf die andere Seite wälzte, wurde ihm klar, daß es an der Zeit war, seine Meinung von ihrem mütterlichen Wesen, das er so gut zu kennen geglaubt hatte, zu revidieren.
»Weil du würfeln mußt«, murmelte sie.
»Meine Liebste«, begann er. Obwohl er seine Gereiztheit kaum verbergen konnte, legte Tobias ihr sanft die Hand auf die dralle Schulter. »Meine Beste, ich habe nicht gewürfelt. Dachtest du das? Daß ich mit Jack Maggs Würfel spiele?«
»Das hast du mir doch selbst gesagt.«
»Dann hast du mich mißverstanden, meine Liebe. Das Würfelspiel, um das es ging, wurde im letzten Jahrhundert in der Pepper Alley ausgetragen. Ich habe es im Gedächtnis meines Somnambulisten ausgegraben. Er kann noch heute beschreiben, wie der Fußboden aussah, auf dem er gespielt hat. Ich habe alles in meiner Kladde notiert. Es wird uns gutes Geld einbringen, das mußt du mir glauben. Entwhistle wird mir für diesen Fortsetzungsroman eine schöne Summe bezahlen.«
Sie ließ sich noch immer nicht erweichen. »Aber du hast selbst gesagt, daß es keine Geschichte ergibt.«
»Das ist wahr, Mary, aber sie wird schon noch kommen.«
Da nahm sie seine Hand. »Früher hast du keine Magnete dazu gebraucht. Feder und Tinte reichten dir. Du hast dir die Geschichten ausgedacht, Toby. Sieh dir doch nur die Menschen an, die du erschaffen hast. Mrs. Morefallen zum Beispiel. Brauchtest du Magnete, um sie dir einfallen zu lassen?«
»Habe ich nicht immer genug Geld ins Haus gebracht, Mary? Habe ich nicht gut für dich gesorgt? Gefällt dir dein neues Heim nicht?«
»Lizzie gefällt es.«
»Und dir?«
»Ich wage nicht, es zu mögen.«

»Warum nicht?«
»Weil ich weiß, daß wir es nicht werden halten können.«
»Was für ein Unsinn, mein Schatz. Sag so etwas nicht. Wenn wir es verlassen, dann nur, um in ein noch schöneres Haus zu ziehen.«
»Aber was soll ich machen, wenn uns der Metzger nicht einmal mehr Kutteln geben will, bis wir die Rechnung beglichen haben?«
»Bitte, Liebste, es ist schon weit nach Mitternacht.«
»Und der Lebensmittelhändler läßt mich gar nicht mehr in seinen Laden. Bitte, Toby, fährst du nach Brighton?«
»Brighton?«
»Ja, für den *Chronicle*.«
»Gott steh mir bei. Woher wußte mein Vater davon?«
»Es sind fünf Pfund plus Spesen, und es dauert nur einen Tag. Bitte, Toby. Du könntest doch in der Kutsche schreiben, so wie damals, auf der Rückfahrt aus Leeds.«
»Mary, du hast mein Telegramm gelesen.«
»Es lag offen auf deinem Schreibtisch. Ich weiß nicht mehr ein noch aus. Du kannst doch wohl deine Magnete für einen Tag einmal liegenlassen.«
»Meinst du, mir bedeutet Geld gar nichts?«
»Nein, mein Liebster. Ich weiß genau, was es für dich bedeutet. Du kannst auch sehr klug damit umgehen. Nur haben wir leider keines.«
Tobias gefiel es gar nicht, daß seine Frau so mit ihm redete, und noch weniger behagte es ihm, daß sie recht hatte. Deshalb brachte er es nicht über sich, ihr zu sagen, daß er tun würde, was sie von ihm verlangte. Als er in seine Studierstube ging, um die gelbe Reisetasche für die Fahrt nach Brighton zu packen, konnte sie nicht ahnen, daß er längst kapituliert hatte. Mit offenen Augen blieb die junge Frau in dem dunklen Schlafzimmer zurück und zermarterte sich den Kopf darüber, was für ein Gericht man wohl mit Sago und Kartoffeln zubereiten konnte.

32

Als Jack Maggs die Augen öffnete, fiel sein Blick wie an jedem Morgen zuerst auf die Spuren der sterblichen Überreste, die der vorherige Bewohner an den tristen Wänden der Dachkammer hinterlassen hatte.
Die Unterkunft des verstorbenen Mr. Pope war ein Loch, in dem man Beklemmungen bekommen konnte, nicht zu vergleichen mit dem Herrenhaus, das Jack in Snail's Bay zurückgelassen hatte. Ob dieses Umstandes wurde er, noch bevor er richtig wach war, von tiefem Zorn und einem Gefühl der Kränkung erfüllt.
Er wälzte seinen massigen Körper noch einmal auf die andere Seite. Als er schließlich die mit dicken Strümpfen bekleideten Beine unter der Bettdecke hervorschwang, landete eine leere Schnapsflasche mit dumpfem Poltern auf dem Fußboden. BLACK SEAL SPECIAL SCOTCH WHISKY, eine kleine Aufmerksamkeit aus Mr. Buckles Keller. Er verbarg den Kopf in den Händen und sah zu, wie die Flasche unter den Waschtisch rollte.
Als er in der vergangenen Nacht Nachschub holen wollte, war er vom Herrn des Hauses auf frischer Tat ertappt worden. In seinem Rausch hatte er das Trafalgar Doulton seines Gastgebers beleidigt. In seiner Wut hatte er sich als Verbrecher entlarvt.
Während er sich von der Bettkante erhob, erkannte er deutlich, daß seine Sicherheit in hohem Maße von Mr. Buckles Wohlwollen abhing. Dieser Gedanke spornte ihn an, sich trotz aller Müdigkeit wieder in einen Lakaien zu verwandeln. Er rasierte sich kalt, mit Wasser aus einer angeschlagenen Puddingschüssel. Mit einem feuchten Tuch reinigte er seine Livree, so gut er konnte: also nicht besonders gut.
Er machte seine Haare naß und versuchte sie wieder in Form zu bringen, doch selbst Unmengen von Puder halfen wenig, den Schaden an der einst kunstvoll gestalteten Frisur zu beheben. Er mußte sich unbedingt mit seinem Wohltäter aussöhnen

und nahm sich fest vor, sich von seiner besten Seite zu zeigen.

Als er die Hintertreppe hinuntergehinkt kam, verließ Mercy Larkin gerade das Speisezimmer. Leise näherte er sich der Tür, doch dann blieb er zögernd stehen.

»Jack Maggs? Sind Sie das, Jack Maggs?«

Mr Buckle rief aus dem Speisezimmer nach ihm.

»Ja, Sir«, antwortete er. »Komme schon, Sir.« Zu seiner Bestürzung fiel der Empfang durch seinen Dienstherrn ausgesprochen frostig aus.

»Stellen Sie sich dahin«, befahl Percy Buckle. »An die Wand.«

Obwohl für ihn so viel auf dem Spiel stand, war Jack Maggs nicht der Mann, der sich unwidersprochen herumkommandieren ließ.

»Ich war auf dem Weg in die Küche.«

»Das glaube ich gern. An die Wand.«

Jack Maggs ging zurück, aber nicht ganz bis zur Wand – das brachte er nicht über sich.

»Sonst noch etwas, Sir?«

Percy Buckle zog es vor, seine Aufsässigkeit nicht weiter zu beachten. »Wie Sie sehen, esse ich gerade«, sagte er. Er sprach Maggs nicht direkt an, und wenn er die dünne Stimme nicht ein wenig erhoben hätte, hätte man den Eindruck haben können, er führe Selbstgespräche. »Wie Sie sehen, esse ich meinen Bückling von dem guten alten Trafalgar Doulton.«

Das gekränkte Schweigen Mr. Buckles zog sich in die Länge. Eigentlich hätte er sich gar nicht beklagen dürfen, fand Jack, denn das Tafelsilber entsprach genau den Vermutungen, die er in der letzten Nacht geäußert hatte. Es lohnte keinen Diebstahl. Doch Percy Buckle schien von seiner Qualität noch immer fest überzeugt zu sein. Er nippte milchigen Tee und gab der orangeroten Katze, die maunzend um seine Beine strich, hin und wieder ein Häppchen Fisch ab.

Nach einer langen Pause verkündete er schließlich: »Sie werden Mr. Oates heute morgen nicht aufsuchen.«

»Aha. Und warum nicht, Sir?«
»Das geht Sie nichts an, Jack Maggs.«
Jack Maggs wollte keinen Streit, denn ihm war sehr daran gelegen, sich möglichst freundlich und zuvorkommend zu geben. Aber die Nachricht, daß die Sitzung nicht stattfinden sollte, versetzte ihm einen Schock. Er konnte es sich nicht leisten, auch nur einen Tag zu verlieren.
»Bei allem Respekt, Sir«, begann er.
»Respekt, Jack Maggs. Sie sprechen ein großes Wort gelassen aus.«
»Da haben Sie recht, Sir. Es ist wahrhaftig ein großes Wort.« Wenn sein Lächeln seltsam wirkte, war es keine Absicht. Er wollte nur seinen guten Willen unter Beweis stellen. »Aber ich habe eine Abmachung mit Mr. Oates, und ich hatte gehofft, er würde mir den Respekt erweisen, sie einzuhalten. Ich für mein Teil bin bereit. Ich warte auf ihn.«
»Ein Mann der Muße.«
»Ach, ich weiß, daß ich kein Gentleman bin, Sir. Ich bin ein Dienstbote und habe kein Recht auf Muße, aber ich habe ihm zwei Wochen meines Lebens geopfert, Sir. Das war mein Teil der Abmachung. Wenn Mr. Oates meine Dienste für zwei Tage entbehren will, geschieht es auf seine Kosten. Ich werde sie als abgegolten berechnen.«
»Haben wir nicht auch eine Abmachung?«
»Ich habe keinen Streit mit Ihnen, Sir. Sie sind der beste Herr, den man sich wünschen kann. Die Übereinkunft galt nur für Mr. Tobias Oates.«
Umständlich gab Percy Buckle Zucker in seinen Tee, rührte gründlich um und legte mit ernster Miene den Löffel auf die Untertasse.
»Jack Maggs, Sie tragen meine Livree.«
»Jawohl, Sir. Und ich bin stolz darauf, Sir. Das können Sie mir glauben.«
Percy Buckle tupfte mit der Serviette an seinem Schnurrbart

herum. »Dann verlange ich Ihnen den Respekt ab, den ein Mann in Ihrer Lage jemandem in meiner Position schuldet.«
»Schön gesagt, Sir, aber was genau meinen Sie damit?«
»Ein Mann in Ihrer Lage ...«, begann der kleine Kaufmann.
»Das ist es ja eben«, fiel Jack Maggs ihm ins Wort. »Worauf wollen Sie hinaus? Nennen wir das Kind doch beim Namen, Sir. Sprechen wir es offen aus: Sie haben meinen Rücken gesehen.«
Aber Mr. Buckle konnte es nicht zugeben. Er konnte überhaupt nichts mehr sagen. Statt dessen begann er, abgeschnittene Brotkrusten mit Butter zu bestreichen, eine Aufgabe, die seiner ganzen Aufmerksamkeit bedurfte und der er sich mit solcher Hingabe widmete, als müsse er nassen Mörtel auf einen Ziegelstein streichen. Schließlich ergriff er doch wieder das Wort: »Unsere Abmachung sieht vor, daß Sie mein Lakai sind. Und ich für mein Teil fordere Respekt von Ihnen, Jack Maggs.«
»Sehr wohl, Sir.«
»Sind Sie damit zufrieden?«
»O ja, Sir.«
»Da Sie heute offenbar über sehr viel freie Zeit verfügen, möchte ich Sie bitten, mein Silber zu putzen.«
»Jawohl, Sir.«
»Die nötigen Tücher finden Sie in Mr. Spinks Butlerzimmer. Mrs. Halfstairs wird Ihnen alles Weitere erklären.«
»Und in der Zwischenzeit werden Sie mein kleines Geheimnis hüten, Sir?«
Doch Mr. Buckle ging auf die Frage nicht ein.
»Alles bleibt, wie es ist, Maggs. Sie haben nichts zu befürchten.«
»Was meinen Sie damit?«
Percy Buckle hob den Kopf, um zum ersten Mal während des Gesprächs den Blick seines Lakaien zu suchen.
»Sie haben nichts zu befürchten«, sagte er.
Mit dieser vagen Zusicherung mußte Jack Maggs sich fürs erste begnügen.

Als Constable ihn zwei Stunden später im Wohnzimmer vor dem angelaufenen Silber aufstöberte, hatte er noch nicht ein einziges Teil geputzt.
»Guten Tag«, sagte Constable und setzte sich zu ihm.
Jack Maggs nickte nur und rieb mürrisch etwas Politur auf eine bauchige georgianische Teekanne.
Constable schob vertraulich seine spitzen Ellenbogen auf den Tisch.
»Sie sind kein Dienstbote, Mr. Maggs«, sagte er. »Sie machen sich nur selbst das Leben schwer, wenn Sie vorgeben, einer von uns zu sein.«
Jack Maggs hörte aufmerksam zu.
»Sie sind nur wegen Henry Phipps in die Great Queen Street gekommen. Als Sie ihn nicht antrafen, beschlossen Sie, zu bleiben und auf ihn zu warten.«
Jack Maggs schwieg noch immer.
»Ich kann ihn finden, wenn Sie wollen.«
»Sie können Henry Phipps finden?«
»Mein lieber Mr. Maggs, ich würde dringend davon abraten.«
Obwohl er diese Empfehlung so behutsam und rücksichtsvoll wie irgend möglich aussprach, erzielte er damit offenbar nur den Effekt, Jack Maggs zu kränken.
Constable sagte: »Dürfte ich vielleicht wissen, welcher Natur Ihre Beziehung zu diesem Herrn ist?«
»Persönlicher Natur«, antwortete der andere kühl.
»Dann würde ich die Beziehung abbrechen.«
»Ach ja, Freundchen? Würden Sie das?«
Constable unterdrückte einen Seufzer. Er ließ die Schultern sinken und verfiel in ein fast melancholisches Schweigen, das nicht ohne Wirkung blieb.
»Sie kennen ihn gut?« fragte Maggs schließlich.
»Ich habe Freunde, mit denen er verkehrt.«
»Sie können mich zu ihm bringen?«
»Bei diesem Herrn schneit man nicht einfach herein.«

»Sie können ihm einen Brief von mir übergeben?«
»Durchaus möglich.«
»Ihre Freunde würden mir Mr. Phipps' Antwort überbringen oder mich zu ihm führen?«
»Wenn meine Freunde ihn finden, werden sie ihm Ihren Brief aushändigen. Mehr kann ich Ihnen nicht versprechen.«
»Es ist ein langes Schreiben. Ihre Freunde sollen ihm ausrichten, daß Jack auf ihn wartet, egal wie lange es dauert, bis er wieder zurückkommt. Nein, lieber nicht. Sie sollen ihm nur sagen, daß sie Papiere für ihn haben – ich werde sie ihnen vorher übergeben – und daß sie warten werden, bis er sie gelesen hat. Könnten Ihre Bekannten wohl eine Stunde erübrigen? Ich würde sie gut dafür bezahlen.«
Constable lächelte leise. »Meine Freunde sind Freunde. Sie werden keine Bezahlung verlangen, Mr. Maggs.«
»Sie könnten sich sofort mit ihnen in Verbindung setzen?«
»Ich treffe sie am Montag.« Der Lakai erhob sich langsam. »An meinem freien Tag.«
Aber bis zum Montag waren es noch drei volle Tage. Jack Maggs konnte unmöglich so lange bleiben.

33

Mercy war es gelungen, einen großen Teil des Gesprächs zwischen Mr. Buckle und Jack Maggs zu belauschen, und obwohl sie das Speisezimmer erst wieder betrat, nachdem letzterer so abrupt zum Silberputzen abkommandiert worden war, wußte sie, daß Jack Maggs aus Unachtsamkeit eine Information weitergegeben hatte, die nur sie ihm zugetragen haben konnte, nämlich, daß die Narben auf seinem Rücken gesehen worden waren. Beklommen stellte sie eine frische Kanne Tee auf den unordent-

lichen Frühstückstisch. Mr. Buckle konnte sich gewiß denken, aus welcher Quelle die Indiskretion stammte. Bei aller Großzügigkeit konnte er durchaus gehässig werden, wenn er sich hintergangen fühlte, und als sie ihm die leere Tasse aus der Hand nahm, hatte sie Angst, aus dem Haus gejagt zu werden.
Sie war eine stolze junge Frau und ausgesprochen wählerisch, wenn es darum ging, wem sie diente und warum. Doch um sich das Wohlwollen ihres Gönners zu erhalten, war sie bereit, ihre Selbstachtung über Bord zu werfen.
Ihr blieb nur zu hoffen, daß Mr. Buckle seiner Wut freien Lauf lassen und ihr rundheraus Vorhaltungen machen würde. Dann könnte sie ihn zumindest um Verzeihung bitten. Sie würde ihm mit Wonne die Stiefel lecken. Sie würde sich in einen Wurm verwandeln und in sein Ohr kriechen. Sie würde sich durch seine Adern schlängeln und in sein wütendes kleines Herz schleichen. Aber als sie ihm die Tasse Tee hinstellte, musterte er sie nur mit einem seltsam kalten Katzenblick, und sie erkannte, daß er nicht aus der Haut fahren würde. Er würde ihr Vergehen nicht einmal erwähnen.
Er sagte, es sei ein schöner Tag.
Es war überhaupt kein schöner Tag. Es war grau und nieselte.
Er sagte, er habe genug gegessen. Er schob seinen Stuhl zurück, sah sie mit dünnlippigem Lächeln an und verließ das Zimmer. Der erbärmliche Zustand des Bücklings auf seinem Teller war ein weiterer Beweis dafür, wie tief seine Verstimmung ging.
Mercy hatte das Speisezimmer mit dem großen runden Tisch und den bernsteinfarbenen und violetten Buntglasscheiben schon immer geliebt. Wenn sie Mr. Buckle aufwartete, stellte sie sich manchmal vor, es sei endlich der Tag gekommen, da sie sich Mrs. Buckle nennen durfte. Wenn es draußen sehr naß oder windig war, machte es ihr besonders viel Freude, mit den Händen auf dem Rücken hinter ihrem kerzengerade dasitzenden Gebieter zu stehen und mit den Fingern einen Kreis um die Stelle zu bilden, wo vielleicht irgendwann ihr Ehering sitzen würde.

Während sie Besteck und Geschirr abräumte, erinnerte sie sich an das Armeleuteviertel, wo sie früher gewohnt hatte. Bei dem Gedanken, in dieses Leben zurückgestoßen zu werden, wurde ihr flau im Magen. Lieber wäre sie gestorben. Sie konnte zwar ihre Indiskretion leider nicht wiedergutmachen, aber sie mußte Jack Maggs möglichst bald ihre Lage erklären. Er durfte sie nie wieder so in Gefahr bringen.

Als Mercy in die Küche kam, schnitt Miss Mott gerade ein Stück Leber in Scheiben, aber das Mädchen bemerkte sie kaum. Sie begann abzuwaschen, doch dann ließ sie das schmutzige Geschirr einfach stehen. Sie mußte unbedingt zu Jack Maggs, um sich seines Stillschweigens zu versichern. Wenn er ihre Kletterpartien über das Dach verriet, war sie verloren.

Sie wollte zu ihm laufen, doch als sie um eine dunkle Ecke bog, stieß sie auf die Wirtschafterin, die in dem Durchgang damit beschäftigt war, die Einweckgläser zu zählen.

»Ja, Mercy?«

»Ich brauche Zitronenschalen. Für das Messing im Speisezimmer, Ma'am.«

Mrs. Halfstairs gab ihr zwei verschimmelte Zitronenhälften. Für Mercy gab es nun kein Zurück mehr, sie war das Opfer ihrer eigenen Lüge geworden. Ihr blieb nichts anderes übrig, als wieder hinaufzulaufen und das Messing zu putzen.

Im Speisezimmer hatte sich unterdessen Mr. Makepeace eingefunden, der Advokat, der Mr. Buckle die Nachricht von dessen »großem Glück« überbracht hatte und für den sich die Bekanntschaft mit dem kleinen Kaufmann ebenfalls als großes Glück zu erweisen schien, wenn man danach gehen konnte, wie oft seine Rechnungen in der Great Queen Street durch den Briefschlitz geflattert kamen. Er war ein junger Mann von nicht einmal dreißig Jahren. Sein Aussehen war schwer zu beschreiben, da seine Gesichtszüge in einem Meer aus Körperfett regelrecht ertranken. Selbst seine Stimme wirkte gekünstelt, entfloh doch der Schwerkraft dieses Körpers lediglich ein erschöpftes, hohes Wis-

pern, das man kaum verstehen konnte. Mercy legte die Zitronenschalen weg und schob sich näher an die ins Gespräch vertieften Männer heran.
»Glück oder Zufall«, sagte Mr. Makepeace. »Wie auch immer, es sieht so aus, als hätte ich Ihren Verbrecher schon im allerersten Band gefunden.«
Unter dem Tisch lagen Krümel. Mercy, die weder Schaufel noch Feger mitgebracht hatte, kehrte sie mit den bloßen Händen zusammen.
»Maggs mit zwei G«, wisperte Mr. Makepeace. »Es gibt noch einen Mags mit einem G, aber der ist ein Fälscher aus Sheffield.«
Großer Gott, dachte Mercy.
»Wie er sich schreibt, weiß ich nicht«, sagte Mr. Buckle. »Aber er kommt ohne Zweifel aus London.«
»Dann habe ich Ihren Halunken«, sagte Mr. Makepeace.
Mercy lugte über die Tischplatte. Der Advokat schlug ein großes, in Leder gebundenes Buch auf.
Es kam Mercy höchst gefährlich vor, Jack Maggs mit einem Rechtsverdreher zu erörtern. Für sie war ein Advokat das gleiche wie ein Richter, ein Richter das gleiche wie ein Polizist und ein Polizist das gleiche wie Harold Hoban, der Henker im Newgate-Gefängnis. Sie war so aufgewühlt, daß sie sich rasch in die Diele zurückziehen mußte. Dort staubte sie die Stiche an den Wänden ab und rückte sie gerade, bis das Gespräch beendet war und sich der Besucher verabschiedet hatte.
Als Mr. Makepeace gegangen war und Mr. Buckle sie nicht hereinrief, sah sie ihre schlimmsten Befürchtungen bestätigt. Er war sehr wütend auf sie.
Geschäftig gab sie sich den Anschein, durch ihre Pflichten dazu gezwungen zu sein, ihm wieder unter die Augen zu treten. Sie hatte sich bereits bis zur Tür vorgearbeitet und angefangen die Messingklinken zu polieren, als der Grund für ihren Kummer die Treppe heraufgepoltert kam und ins Speisezimmer stürmte.

»Das ist nicht richtig!« rief Jack Maggs und schwenkte die Büchse mit der Silberpolitur.
Erst jetzt erkannte Mercy wirklich, zu was für einer großen Gefahr er geworden war. Mr. Buckle nahm dem Lakaien die Büchse ab und studierte das Etikett.
»Wenn es Silber ist ...«, begann Percy Buckle.
»Wen kümmert Ihr verdammtes Silber? Sie waren nicht ehrlich mit mir.«
Der Hausherr lächelte eisig. »Ich? Nicht ehrlich mit *Ihnen*?«
»Gerade mußte ich erfahren, daß Mr. Constable meine Geschichte ebenfalls kennt.«
Du lieber Himmel, jetzt ging der Ärger erst richtig los.
»Darf er etwa auch zusehen, wenn ich nackt bin? Und die da?« Er zeigte auf Mercy, die mit hochrotem Kopf an der Klinke herumpolierte, obwohl das Messing längst glänzte und leuchtete.
»Darf sie auch Zeuge meiner Schande sein?«
»Setzen Sie sich, Maggs.«
»Ob ich sitze oder stehe, Sie lassen mich ja doch aufknüpfen.«
»Aufknüpfen? Da irren Sie sich, Sir.«
Jack setzte sich, aber nicht auf den Stuhl, den Mr. Buckle ihm anbot, sondern auf den Tisch. Er rieb sich mit beiden Händen das Gesicht.
Der kleine Kaufmann ließ ihm diese Unbotmäßigkeit schweigend durchgehen und nahm selbst auf einem Stuhl Platz. Dann schlug er das schwere Buch auf, das Mr. Makepeace ihm mitgebracht hatte. »Ich habe mir erlaubt, meinen Freund, den Advokaten Mr. Makepeace, in Ihrer Angelegenheit zu konsultieren.«
O Gott, es wurde immer schlimmer.
Mr. Buckle setzte bedächtig seine Lesebrille auf und beschäftigte sich eingehend mit dem Buch. »Wir haben heute morgen das gegen Sie verhängte Urteil besprochen, nachdem Mr. Makepeace sich über die in Ihrem Fall geltende Gesetzeslage kundig gemacht hatte.«

»Mein Fall geht nur mich etwas an.«
»Wir hätten hier einen Jack Maggs aus London, der 1813 zu lebenslänglicher Verbannung verurteilt wurde. Meinen Sie, das könnte Sie etwas angehen, Sir?«
Es war herzzerreißend, welche Wirkung Mr. Buckles Eröffnung auf dieses Bild von einem Mann hatte. Jack Maggs ließ die Schultern sinken. Er schüttelte langsam den Kopf.
»Ich bin ein Lump, nicht wahr?« Er deutete auf das Buch.
»Ein Lump?«
Er stand vom Tisch auf, sein Blick war trüb. »Steht das vielleicht nicht da?«
»Nein, das steht da nicht.«
»Ich bin eine Kakerlake, nicht wahr? Man hat mir sehr deutlich zu verstehen gegeben, was mit mir geschehen würde, sollte ich je wieder einen Fuß auf englischen Boden setzen. Ich wurde bis ans Ende meiner Tage verbannt. Waren das nicht die Worte? Will Eure Lordschaft mich nicht unter seinem Absatz zertreten?«
»Hier gibt es keine Kakerlaken«, sagte Percy Buckle hastig. »Aber hier steht, daß ein gewisser Jack Maggs im Jahre 1820 in Morton Bay unter Vorbehalt begnadigt wurde. Daraus haben wir den Schluß gezogen, daß Ihnen, wenn Sie sich nur wieder nach Neusüdwales begeben würden, nichts passieren würde. Niemand würde Sie hängen wollen.«
»Ich weiß, verdammt. Das weiß ich doch, Sir. Aber ich bin nun mal Engländer, und ich habe englische Angelegenheiten zu erledigen. Ich will mein Leben nicht unter Ungeziefer beschließen. Ich gehöre nach London.«
»Ein bißchen mehr Respekt, wenn ich bitten darf«, sagte Percy Buckle, der allmählich in Rage geriet.
Jack Maggs hielt inne.
»Erweisen Sie mir Respekt, Jack Maggs, dann erweise ich Ihnen ebenfalls Respekt. Schließlich habe ich Ihnen das Leben gerettet. Und jetzt erkläre ich mich sogar dazu bereit, in Ihrem Auftrag Ihren Besitz zu verkaufen.«

»Was wissen Sie über meinen Besitz?«
Gütiger Himmel, wie er mich anstarrt.
»Ich habe gestern entdeckt, daß ein gewisser Jack Maggs der Besitzer eines Hauses ist«, sagte Percy Buckle.
»Wie kamen Sie auf die Idee, danach zu forschen?«
Wieder funkelte er Mercy an.
»Ich kann es nicht gewesen sein«, rief sie. »Sie haben mir doch gar nichts erzählt.« Und an ihren Herrn gewandt: »Er hat mir nichts erzählt, Sir. Das schwöre ich.«
»Ich werde Sie verstecken, Jack Maggs, und dann werde ich dafür sorgen, daß Sie an einen Ort gebracht werden, wo Sie in Sicherheit sind.«
»Aber Mr. Buckle, ich bin doch gerade erst angekommen. Meine Reise war bis ins kleinste geplant. Ich hatte in Dover einen Mann bestochen, der ein Auge zugedrückt hat, als ich ihm meine Papiere zeigte. Alles verlief genau nach Plan. Alles klappte prächtig, bis ich in dieses Haus voller Wichtigtuer geriet, die sich in mein Leben einmischen wollen.«
»Was mußten Sie sich auch bei uns einschleichen?« fragte der kleine Kaufmann.
Jack Maggs schüttelte langsam den Kopf. Der Mann hatte recht. So gesehen, konnte er ihnen keine Vorwürfe machen. Mit unendlich trauriger Miene ließ er den Blick von Mercy zu Buckle wandern.
»Was soll ich bloß mit euch machen?« sagte er. »Das ist die Frage.«

34

Mary Oates war sehr überrascht, als sie die Schritte ihres Mannes auf der Treppe hörte und erfuhr, daß er die Absicht hatte, nach Brighton aufzubrechen, um einen Artikel über den letzten

Brand zu schreiben. Doch eigentlich hätte es für sie keine Überraschung sein dürfen. Geld war ein Thema, das ihn immer beschäftigte. Davon legen seine Manuskripte, deren Ränder mit Subtraktionen und Additionen vollgekritzelt sind, beredtes Zeugnis ab.
Tobias Oates wußte genau, wie teuer Schweinefleisch und Speck waren. Er wußte, wieviel er dem Metzger, dem Kaufmann und dem Schneider schuldete. Als er in die Postkutsche stieg, hatte er seine Gewinne und Verluste so genau im Kopf wie ein Fabrikbesitzer. Deshalb wollte er auch auf der Rückfahrt bei Kerzenschein die Nacht durchschreiben, und deshalb war er auch, als die Kutsche mit ratternden Rädern aus London hinausrollte, der einzige Passagier, der oben auf dem Bock Platz genommen hatte. So war das Billett um die Hälfte billiger.
In Clapham Common fing es leise an zu nieseln. Toby wickelte sich in seinen warmen Mantel, schlug den Samtkragen hoch und starrte in die Dunkelheit hinaus. Er addierte und subtrahierte, multiplizierte und dividierte. Die Pferdehufe klapperten durch die Nacht. Das Geschirr klirrte. Er zählte die unbezahlten Rechnungen des Klempners, Stiefelmachers und Schreibwarenhändlers zusammen. Als er einen Eindruck von dem erschreckenden Ausmaß seiner Schulden bekam, bezog er, um sich selbst zu täuschen, einige größere Summen erst gar nicht mehr mit ein oder rechnete sie gegen den einen oder anderen Geldsegen, der ihm möglicherweise noch ins Haus stand, auf.
Der Wert des Gemäldes, das ihm sein Vater gestohlen hatte, kam auf die Habenseite: zehn Guineen. Hinzu kam ein Betrag von fünfzig Pfund, den er als Honorar für das noch ungeschriebene Werk über Jack Maggs zu erzielen hoffte.
Gewiß, er hatte noch nie eine derart hohe Summe für ein einzelnes Manuskript bekommen, und ihm war auch noch keine dramatische Geschichte für den Sträfling eingefallen, doch der stechende Schmerz hinter seinen Augen spornte ihn an, sich zu den kühnsten Hoffnungen zu versteigen. Diesen Schmerz kannte er

in einer kleinen Sackgasse zu einer schweren Tür, deren Schloß sich nach einigem Hin und Her mit dem Messingschlüssel aufsperren ließ. Sie stiegen einige ausgetretene, schlecht beleuchtete Stufen hinunter. Die Luft war feucht und erdig.
Von einem Vorraum aus ging es weiter in ein großes Gewölbe. Es war der Keller des Rathauses, aber Tobias kam es so vor, als hätte er eine Katakombe betreten. Ausgelöst wurde dieser Eindruck durch das, was er sah – mehrere kleine Särge, die in regelmäßigen Abständen auf dem unebenen Ziegelboden standen.
Mr. Hawke beugte sich über den ersten Sarg. »Bitte«, sagte er, mehr nicht, aber als er sich wieder umdrehte, konnte ihm der Schriftsteller die Ergiffenheit ansehen.
Tobias kniete sich neben den Sarg. Ein kleines Mädchen lag darin, nicht älter als acht, mit einem Strauß Glockenblumen in den gefalteten Händen.
»Erstickt«, sagte der Bestatter.
Ihre Augen waren geschlossen, aber es war Mr. Hawke gelungen, der Toten ein waches und sehr erwachsenes Aussehen zu verleihen.
»Sie würden sie nicht wiedererkennen«, sagte er wütend. »Sie hätten sie sehen müssen, als wir sie hereinbekommen haben.«
Im Bericht des Leichenbeschauers stand, daß sie Mavis Crofts hieß, ein Waisenkind. In dem kleinen Sarg wirkte sie so ernst wie eine Matrone an der Kommunionbank. Tobias' Augen brannten. Als er sich innerlich wappnete, um das entschlossene kleine Gesicht beschreiben zu können, brach sich die unterschwellige Erregung, die ihn auf der Reise nach Brighton begleitet hatte, plötzlich Bahn.
»Das ist Mord«, verkündete er.
Mr. Hawke nickte heftig und wandte sich einem Sarg zu, der als einziger mit einem weißen Tuch zugedeckt war.
»Es wäre vielleicht besser, Thomas Griff zu übergehen, Sir.«
Tobias starrte auf den Musselin, den gleichen Stoff, aus dem Lizzies Nachthemd war.

»Bei ihm war es nicht nur der Rauch, Sir.«
»Nehmen Sie das Tuch weg, Mr. Hawke.«
»Sie können es sich ersparen, Mr. Oates.« Mr. Hawke faltete die Hände auf der Brust.
Tobias streckte die Hand nach dem Tuch aus. Es fühlte sich genauso an wie der Stoff, der den jungen Körper seiner Schwägerin umhüllte. Er zog das Tuch weg. Der Anblick, der sich seinem Auge bot, war so grausig, daß er im ersten Augenblick gar nicht begriff, was er da sah. Doch es war ein Mensch, naß und aufgequollen, wie gekochtes Fleisch. Blauweiße Knochen brachen durch die verkohlte, mit Blasen übersäte Haut.
»Gott im Himmel!« Er wandte sich entsetzt ab und schlug die Hand vor den Mund.
»Thomas Griff«, sagte Mr. Hawke. »Schreinerlehrling. Er hat wie ein Vater für seinen jüngeren Bruder gesorgt.«
»Gütiger Gott«, ächzte Tobias Oates. Er preßte seine Stirn an die kalte, feuchte Backsteinwand. »Möge der Herr ihnen vergeben.«
Mr. Hawke breitete das Musselintuch wieder über den Sarg. Er ging an dem Schriftsteller vorbei und öffnete die Tür.
»Die Korrespondenz im Rathaus könnte Sie interessieren«, sagte er, als Tobias in der Gasse zu ihm aufgeschlossen hatte.
»Welche Korrespondenz?«
»Die Oberschwester hat sich oft über das Gas beschwert. Vielleicht sehen Sie sich mal ihren Brief vom zweiten Januar an.«
Während Tobias *2. Januar 1837* notierte, er hatte noch immer das Bild des armen Thomas Griff vor Augen – die schwarze Haut, die schrecklich schimmernden Knochen. Er verabschiedete sich von dem Bestatter und eilte an den Ort des Feuers. In der nächsten Stunde ließ er sich von einem jungen Constable den Verlauf der Gasleitung zeigen. Danach begab er sich ins Rathaus, um die Briefe der Oberschwester zu studieren. Um drei Uhr kehrte er zur Brandstelle zurück, diesmal in Begleitung des Bauherrn, der für die defekte Gasleitung verantwortlich war.

Während der ganzen Zeit sah er Thomas Griffs Leiche vor sich. Er befragte den Mann in der qualmenden Ruine, bis ihre Schuhe zu schmoren anfingen.

Als nächstes sprach er mit den erschöpften Krankenschwestern, die rot umränderte Augen hatten. Er sammelte Geschichten über die verstorbenen Kinder. Den Überlebenden, die in den Gemeindesaal der Kirche St. Stephen evakuiert worden waren, schenkte er Süßigkeiten. Er ließ hinter ihren Ohren Pennies zum Vorschein kommen und zauberte aus der Armschlinge eines Patienten ein buntes Halstuch hervor. Er war ein guter Zauberkünstler und hätte sicher noch mehr Kunststücke vorgeführt, wenn er nicht von einem ermüdeten jungen Arzt angesprochen worden wäre, der offensichtlich auf ihn wartete. Er hieß Dr. McAlpine und war Schotte. Er sollte den Schriftsteller einladen, den Krankenhausärzten beim Abendessen Gesellschaft zu leisten.

Tobias hörte kein Wort von dem, was er sagte. Er starrte den bekümmerten jungen Arzt an, doch was er sah, war Thomas Griffs Gesicht.

Bei Gott, das war es! So und nicht anders würde Jack Maggs enden. Er wußte nicht, wie ihm geschah, aber dieses Bild des Schreckens kam wie eine Eingebung über ihn und ließ ihn nicht mehr los.

»Es war sicher auch für Sie ein schwerer Tag«, sagte der Arzt. Als er Thomas tröstend die Hand auf die Schulter legte, loderte vor dem inneren Auge des Schriftstellers ein Feuer auf. »Oder haben Sie vielleicht bereits eine anderweitige Verpflichtung?«

Obwohl Thomas den Blick des jungen Arztes suchte, sah er ihn nicht, er sah nur seine Vision: Jack Maggs, gefangen in seinem lichterloh brennenden Haus.

»Nein, nein«, stammelte er. »Durchaus nicht.«

Er wandte sich ab. Er sah aufgeschreckte Käfer und Spinnen, die über einen brennenden Fußboden huschten. Er hatte den Schluß seines Buches gesehen.

35

Der Leser von Tobias Oates' Romanen wird sehr wohl damit vertraut sein, welch bedeutende Rolle Ärzte in seinem Werk spielen. Ein ums andere Mal betrügen sie seine Helden oder lassen sie im Stich, und arme Patienten behandeln sie launisch oder von oben herab. Um so unvorbereiteter trifft es uns, daß Tobias, nachdem er schließlich doch noch begriffen hatte, daß ihn die Krankenhausärzte, vornehme Herren, die nicht nur seinen Namen kannten, sondern ausgesprochene Bewunderer seines Werkes waren, zum Abendessen einladen wollten, auf der Stelle zu dem Schluß kam, zu müde zu sein, um noch am selben Abend nach London zurückfahren zu können.
Dieser Entschluß bedeutete natürlich, daß ihm gut vier Stunden Arbeitszeit verlorengehen würden, ein Gedanke, der für ihn noch am Vormittag unvorstellbar gewesen wäre, jetzt aber anscheinend ohne Belang war. Er würde die erste Postkutsche am nächsten Morgen nehmen. Er mietete sich im Gasthof Zum Schiff ein und rieb selbst mit einem feuchten Tuch seinen Hemdkragen sauber, um das Trinkgeld für die Hausdienerin zu sparen.
Es war Frühling, ein schöner, klarer Abend. Statt sich an der Strandpromenade die gesunde Seeluft um die Nase wehen zu lassen, hockte er untätig auf seinem Zimmer und legte die Hände in den Schoß. Versonnen blickte er aus dem Fenster und gab sich angenehmen Tagträumen hin, in denen ihm der Erfolg gewiß war.
Mit fünfminütiger Verspätung klopfte er an das imposante Tor des hippokratischen Instituts. Er wurde von einem Butler hereingebeten, der ihn der Obhut eines Lakaien anvertraute. Während er hinter dem schmucken Burschen eine breite Marmortreppe hinaufging, erhaschte er einen Blick auf sein Spiegelbild, und er fragte sich, ob es wohl ein Fehler gewesen war, die Einladung anzunehmen, denn er sah zwar manierlich, aber doch auch

einigermaßen mitgenommen aus. Außerdem zog das schwere Notizbuch in seiner linken Tasche seine Jacke zipfelig nach unten.

Eine Tür ging auf, und er trat in einen Saal, dessen hohe Bogenfenster den Blick auf das seidengrau schimmernde Meer freigaben. Acht elegant gekleidete Gentlemen erwarteten ihn. Diejenigen unter ihnen, die in den Ritterstand erhoben worden waren, trugen die Insignien ihres Ranges.

Alle waren höher gewachsen als er. Alle hatten sie in Oxford oder Cambridge studiert und waren mit Griechisch und Latein aufgewachsen, mit Plato und Aristoteles. Offenbar fiel es ihnen schwer zu glauben, daß ihr Gast derselbe Mann war, dessen Roman sie bewunderten und der auf den Saiten der Sprache wie auf einer Lyra spielte. Tobias merkte ihnen die Enttäuschung an, als er ihnen die Hand gab.

In seinen Lebenserinnerungen hat Sir Stephen Wall diesen Abend später anschaulich geschildert, vor allem, wie sich »der rotlippige Cockney« an den Tisch setzte und das Besteck mit der Serviette putzte. Sir Stephen beschreibt, wie Tobias Wein- und Wasserglas zurechtrückte und die Besteckstücke immer wieder neu ordnete, wie er sich kurzum »der versammelten Ärzteschaft als ein an krankhafter Nervosität Leidender präsentierte«.

Tobias hatte zwar das Gefühl, ein wenig ins Hintertreffen geraten zu sein, aber einschüchtern ließ er sich nicht. Feierlich blickte er die Chirurgen der Reihe nach an, als ob er dazu berufen worden wäre, über sie zu Gericht zu sitzen. Nachdem sich die gespannte Stimmung der ersten Minuten ein wenig gelegt hatte, begann er ohne lange Vorrede eine Anekdote über eine zufällige Begegnung mit Mr. Thackeray zum besten zu geben. Da er in dieser Geschichte selbst nicht allzugut abschnitt, brach die Tischgesellschaft schon bald in fröhliches Gelächter aus.

Als nächstes stellte er den Herren Percy Buckle vor, mitsamt dem Bratfisch, seinem »großen Glück«, den miauenden Katzen, die den Gästen um die Beine strichen, und den beiden Lakaien in ihrer gelben Livree. Im Grunde war es bereits die Rohfassung jenes Textes, der später in zahlreiche Anthologien aufgenommen werden sollte: »Ein Kaufmann in der Great Queen Street«.

Inzwischen tat auch der Wein seine Wirkung, und es dauerte nicht lange, da war die Gesellschaft so ausgelassener Stimmung wie Studenten am letzten Semestertag. Tobias lobte das blutige Roastbeef, das ihm serviert wurde. Es sei sehr lecker, sagte er. Nicht »schmackhaft« oder »köstlich«, sondern »lecker«. Er fürchtete, mit diesem Wort zuviel von seiner ärmlichen Herkunft verraten zu haben, aber als er sah, daß seine Gastgeber völlig hingerissen waren, sonnte er sich in ihrem Wohlwollen.

Als die Nachspeise aufgetragen wurde, verriet Dr. McAlpine der Tischgesellschaft, daß er Tobias Oates im vergangenen Winter im Londoner Orpheum in der Rolle des albernen Knochenbrechers Sir Spencer Spence gesehen hatte. Er vermochte ihn sogar noch zu zitieren.

Dabei suchte er sich ausgerechnet die einzigen Zeilen aus, die Toby nicht selbst geschrieben hatte. Aber es war ohnehin keine richtige Literatur, nur ein Sketch, mit dem er den ehemaligen Modearzt Sir Herbert Catswaler parodiert hatte.

Doch am Ende dieses langen und beschwerlichen Tages in Brighton nahm er noch einmal seine letzten Kräfte zusammen und spielte der versammelten Ärzteschaft die ganze Szene vor.

Erst ahmte er nur die Stimme nach, wobei ihm ein Dessertlöffel und ein Glas Portwein als Requisiten genügten, doch schon bald entwickelte der aufgeblasene alte Windbeutel ein Eigenleben. Er watschelte im Saal auf und ab, fragte die Chirurgen aus und titulierte sie als »elende Kreaturen« und »Holzköpfe«.

Er gab eine derart gute Vorstellung, daß es seine Zuschauer vor Lachen kaum mehr auf ihren Stühlen hielt, und selbst der Korrekteste unter ihnen, ein hochgewachsener, bläßlicher Gentleman mit dem Namen Pepperidge, lachte so heftig, daß ihm die Tränen in den Bart liefen.

Drei Stunden lang schwelgte Tobias in dem Gefühl, ein wohlhabender, weiser und gefeierter Mann zu sein. Doch als die Ärzte kurz nach Mitternacht in die Nacht davonritten, war seine Hochstimmung mit einem Schlag verflogen.
Auf dem Gehsteig vor dem Hippokratischen Institut erkannte er plötzlich, daß er sich nicht wie ein gebildeter Gentleman, sondern wie ein Jahrmarktsgaukler aufgeführt hatte. Hätte Thackeray sich jemals so benommen? Niemals. *Niemals.* Aber er? Wie einer von den Spitzbuben war er aufgetreten, die den Lakaien in der Blackfriars Road das Geld ablisteten. Er war Tobias Oates, Sohn von John Oates, dem stadtbekannten Halunken.
Nachdem er noch ein wenig an der Strandpromenade spazierengegangen war und sich an der reinen Salzluft gelabt hatte, kehrte er wieder in den Gasthof Zum Schiff zurück, wo er im Kamin seines kleinen Zimmers ein für die Jahreszeit viel zu großes Feuer anzünden ließ. Dann ging er in sich und faßte den Vorsatz, endlich der Mensch zu werden, der er sein wollte. Er schloß die Augen und verzog das Gesicht. Er war nicht gewöhnlich, er war kein Narr.
Er tauchte seine Feder ins Tintenfaß.

36

Tobias stand sehr deutlich vor Augen, wie sich der Vormittag in der Lamb's Conduit Street nach seiner Rückkehr gestalten würde. Wie an jedem Samstag war seine Frau mit dem Kind sicher längst zu ihrer Mutter gefahren, wo sie so lange bleiben würden, bis der kleine John seinen Mittagsschlaf gehalten hatte. Mrs. Jones würde ihn bereits mit einem großen Kessel heißen Wassers erwarten, so daß er binnen zehn Minuten nach Betreten des Hauses den ganzen Schmutz und Ruß der Reise abgewaschen hätte. Um halb elf würde er sich abtrocknen. Um Viertel vor elf würde er Freiübungen machen. Dann würde er den langen, seidenen Hausmantel anziehen und, wenn die Dielenuhr elf schlug, vom Fenster des Wohnzimmers aus zusehen, wie Mrs. Jones mit dem Marktkorb unter dem Arm die Treppe heraufkam. Gleich darauf würde er die Hintertreppe hinunterlaufen, um den Dienstboteneingang zu verriegeln, und wieder nach oben kommen, um die Haustür abzusperren. Danach wäre das Haus menschenleer, bis auf ihn selbst und Lizzie Warriner.

Als er den Schlüssel in das Schloß des Hauses Lamb's Conduit Street Nummer vierundvierzig steckte und herumdrehte, kreisten seine Gedanken um seine Schwägerin und vor allem um den kleinen Verschluß, den er erst würde öffnen müssen, um ihr die kostbare Halskette abnehmen zu können.

Man stelle sich also seinen Verdruß vor, als er von der Diele aus den ehemaligen Gemischtwarenhändler erblickte, den er am Abend zuvor so amüsant beschrieben hatte. Kerzengerade saß Mr. Buckle auf dem roten Wohnzimmersofa am Kamin.

Der Reisende stellte seine Tasche neben den Dielentisch und griff nach der Post, die sich während seiner kurzen Abwesenheit angesammelt hatte. Während er auf den Besucher zuging, blätterte er in den Briefen, um seine Gereiztheit zu verbergen, doch er erzielte damit genau die gegenteilige Wirkung.

»Entschuldigen Sie die Störung, Sir.« Percy Buckle stand auf. »Aber ich wollte es Ihnen unbedingt sagen, bevor ich etwas unternehme.«

»Was gibt es, Mr. Buckle?«

»Gewiß ist es einzig und allein mein Fehler, Sir.«

»Mr. Buckle, was ist vorgefallen, um Himmels willen?«

»Es geht um Jack Maggs«, sagte Mr. Buckle, auf dessen Wangen sich münzgroße rote Flecken abzeichneten, die das Ausmaß seiner Erregung verrieten. »Ich will nicht lange um den heißen Brei herumreden. Der Mann hat den Verstand verloren.«

»Setzen Sie sich, Mr. Buckle. Wenn er den Verstand verloren hat, war es bestimmt nicht Ihre Schuld.«
»Er weiß alles.«
»Setzen Sie sich. So, ich setze mich auch. Aber Sie müssen mich entschuldigen, Mr. Buckle. Ich habe eine wichtige Verabredung, die nicht warten kann. Leider werde ich mich nicht lange mit Ihrem Problem aufhalten können.«
»Soll ich anfangen, Sir?«
»Bitte.«
Mr. Buckle sprach so leise, daß Tobias Oates ihn bei dem Geratter eines draußen vorbeirollenden Fuhrwerks kaum verstehen konnte. »Er weiß, daß wir seine Narben gesehen haben.«
»So, so«, sagte Tobias Oates. »Das ist doch nicht weiter schlimm.«
»Aber er ist tatsächlich ein entflohener Sträfling, Sir. Deshalb ist es für ihn sehr schlimm. Er sieht sein Leben in Gefahr.«
»Er kann sich auf mein Wort verlassen: Ich werde schweigen. Richten Sie ihm das aus.«
»Ja, Sir«, antwortete Percy Buckle und zupfte nervös an der Krempe des Hutes aus Seehundfell herum, der auf seinen Knien lag.
»So«, sagte Tobias munter. »Damit hätten wir die Angelegenheit wohl erledigt.«
»Nicht ganz, Sir. Da wäre noch die Küchenmagd. Sie ist ebenfalls in sein Geheimnis eingeweiht.«
»Das Mädchen weiß, daß er ein entflohener Sträfling ist?«
Percy Buckle rang die Hände.
»Sie haben mit ihr darüber gesprochen?«
»Nicht viel, Mr. Oates.«
»Und sie hat es ihm hinterbracht.« Tobias erhob die Stimme. »Jetzt weiß er, daß wir ihn mit nacktem Oberkörper gesehen haben?«
»Sie hat sich nichts Böses dabei gedacht«, flüsterte Percy Buckle.

»Nun gut«, sagte Tobias Oates. »Jack Maggs ist also beunruhigt...«

»Beunruhigt würde ich es nicht nennen«, unterbrach ihn Mr. Buckle.

»Wie dann?«

»Ich würde sagen, er rast vor Wut.«

»Meinetwegen? Ich habe Sie doch richtig verstanden?«

»Er hat die Küchenmagd als Geisel genommen, Sir.«

»Die Küchenmagd?«

»Er hat sie in meiner Stube eingesperrt. Angeblich, damit sie bei den anderen Dienstboten keine Klatschgeschichten über ihn verbreitet, aber weiß Gott, welche Verruchtheiten er in der Zwischenzeit mit ihr anstellt.«

Als Tobias Oates den Kopf hob, sah er seine Schwägerin, die in einem langen weißen Musselinkleid in der Tür stand. Sie lächelte ihn an.

»Sie sind wieder daheim, Mr. Oates?«

»Gottlob, Miss Warriner.« Er erhob sich halb.

»Sie werden sich um die Uhr kümmern?«

»Gewiß, gewiß. Sehr bald.«

Lächelnd zog sie sich zurück.

»Also, Mr. Buckle?«

»Er hat mir meinen Degen abgenommen«, sagte Percy Buckle. »Er hat ihn mir an die Kehle gehalten.« Er zog seinen Hemdkragen herunter und zeigte dem Schriftsteller einen roten Kratzer an seiner Hühnergurgel.

Tobias Oates konnte den Anblick des kleinen Kaufmanns nicht länger ertragen, er verachtete ihn wegen seiner schlechten Zähne und seines anzüglichen Lächelns. »Mr. Buckle.« Er stand auf. »Wir sollten die Angelegenheit heute nachmittag ausführlich erörtern.«

»Er glaubt, die Küchenmagd hätte mit den anderen Dienstboten über ihn getratscht – mit Mr. Spinks, Mrs. Halfstairs, Miss Mott. Er wollte, daß ich ihnen verbiete, das Haus zu verlassen.«

Tobias setzte sich wieder hin. »Und haben Sie es ihnen verboten?«
»Mrs. Halfstairs wollte morgen ihren Bruder besuchen, und es würde großes Aufsehen erregen, wenn ich es ihr nicht gestatten würde. Ich habe versucht, es Mr. Maggs klarzumachen. Ich kann sie schließlich nicht einsperren. Aber er wollte nichts davon wissen. Er bekam einen Wutanfall, und dabei hat er mich dann an der Kehle verletzt. Die Küchenmagd läßt er überhaupt nicht mehr aus den Augen. Sie sitzt als Gefangene in meiner Stube, von morgens bis ...« Er hielt inne und wandte sich ab.
»Um Gottes willen, guter Mann. Bitte weinen Sie nicht.«
»Es tut mir leid, Sir. Ich hatte nicht die Absicht, Sie mit meinem Problem zu belästigen, aber ich wollte Ihnen wenigstens Bescheid geben, bevor ich in die Bow Street gehe.«
»In die Bow Street? Aber Sie haben einem entflohenen Sträfling Unterschlupf gewährt. Sie können nicht zur Polizei gehen. Haben Sie den Verstand verloren?«
»Sie wollten doch selbst die Behörden verständigen.«
»Nein, nein, Mr. Buckle. Dafür ist es jetzt zu spät.«
Der kleine Kaufmann schüttelte den Kopf, wie ein Pferd, das sich gegen das Zaumzeug wehrt.
»Dann müssen Sie ihn mir abnehmen«, rief er. »Bitte kommen Sie, und holen Sie ihn ab. Nehmen Sie ihn bei sich auf.«
»Sie wollten ihn doch unbedingt haben«, sagte Tobias streng.
»Sie können mich nicht zwingen«, gab Percy Buckle zurück.
»Hat Ihnen eigentlich schon einmal jemand ein Buch gewidmet?« fragte Toby lächelnd.
»Was hat denn das damit zu tun?«
»Mr. Buckle, bitte beruhigen Sie sich. Kehren Sie zu Mr. Maggs zurück und sagen Sie ihm, daß ich persönlich dafür sorgen werde, daß sein Geheimnis unter uns bleibt.«
»Das glaubt er mir nie.«
»Ich stelle den gesamten Haushalt unter Quarantäne. Keine Menschenseele wird das Haus verlassen oder betreten. Meinen Sie nicht, daß ihm diese Zusicherung genügen wird?«

»Sie wollen meine Wirtschafterin einsperren? Meinen Butler? Mit Verlaub, Sir, aber damit machen Sie alles nur noch schlimmer.«

Tobias hatte keine Ahnung, wie er seine Ankündigung wahrmachen sollte, aber er vertraute felsenfest darauf, daß ihm schon noch eine Lösung einfallen würde.

»Wenn Sie ihm diese Nachricht überbringen, wird Ihr Name eines Tages das Buch zieren, das ich gerade schreibe.«

Mr. Buckle überlegte. »Mein Name wird darin stehen?«

»Ja.«

»Wo?«

»Wo?« rief Tobias ungläubig. »Sie wollen doch wohl nicht mit mir feilschen, Sir?«

»Warum nicht?« sagte der kleine Kaufmann unter Tränen. »Schließlich bin ich Ihretwegen zum Gesetzesbrecher geworden.«

»Ihr Name stünde ganz vorn im Buch, noch vor dem Titel«, sagte Tobias Oates ein wenig ruhiger. »Es würde heißen: *Für meinen Freund Percy Buckle, Mann der Wissenschaft und Förderer der Künste, ohne den dieses Werk nie hätte entstehen können.* Wie wäre das? Klingt das nicht schön?«

»Ich bin auf den Namen Percival getauft.«

»Ja, ja, Percival.« Tobias legte dem Kaufmann eine Hand unter den spitzen Ellenbogen. »Ich komme heute abend zu Ihnen. Richten Sie Maggs das aus. Die Widmung werde ich Ihnen aufschreiben. Den genauen Wortlaut können wir später noch erörtern.«

Percy Buckle ließ sich zur Tür bringen und mit sanfter Gewalt aus dem Haus geleiten.

Tobias Oates schob leise den Riegel vor. Er lief in die Küche, um sich zu überzeugen, daß Mrs. Jones zum Markt gegangen war, versperrte den Dienstbotenausgang und eilte die Treppe hinauf seiner Lizzie entgegen.

37

Mr. Buckle war eine typische Krämerseele. Das heißt, er gab sich für gewöhnlich furchtsam, ja fast unterwürfig, aber als er feststellen mußte, daß Jack Maggs nicht nur seine gute Gefährtin gefangenhielt, sondern auch noch seinen Schreibtisch in Besitz genommen hatte, überkam ihn ein Zorn, der um so heftiger war, als er seinem Ärger nicht Luft machen konnte.
Er blickte forschend auf Mercy hinunter, um sich von ihrer Unversehrtheit zu überzeugen, doch auch nachdem die Prüfung keinen Grund zur Besorgnis ergeben hatte, war er nicht besänftigt.
»Möchten Sie sich setzen?« fragte sie.
»Ich stehe lieber, vielen Dank.«
Sie legte ihr Strickzeug zur Seite. »Ich bin nicht müde.«
»Bleib sitzen«, befahl Mr. Buckle.
Dann lehnte er sich, die Hände vor dem Bauch gefaltet, an die Wand und wartete auf den versprochenen Besuch von Tobias Oates.
Gottlob dauerte es nicht lange, bis es an der Tür läutete. Stimmengemurmel war zu hören, gefolgt von Constables Schritten auf der Treppe. Als der Lakai vor der Stube stehenblieb, wollte Percy Buckle ungeduldig zur Tür laufen, aber Jack Maggs kam ihm zuvor. Er stieß ihn mit Gewalt zur Seite und machte sich daran, Constable zu befragen, während dem Herrn des Hauses nur die Sicht auf den schweißnassen Rücken seines Bedrohers blieb.
Als Maggs erfuhr, daß es sich bei dem Besucher um einen Arzt handelte, stieß er einen Fluch aus, stampfte zum Schreibtisch und hieb mit den bloßen Fäusten auf das zierliche Möbelstück ein.
Mr. Buckle hielt es für das beste, so zu tun, als hätte diese Attacke niemals stattgefunden.
»Ist es Dr. Krone?« fragte er den Lakaien.

»Nein, Sir«, sagte Constable. Es sprach für seine Berufsauffassung, daß er sich keinerlei Überraschung über die explosive Situation in der Stube anmerken ließ. »Es ist nicht Dr. Krone. Leider konnte ich den Namen des Gentleman nicht richtig verstehen.«
»Dann bin ich für ihn nicht zu sprechen.«
»Empfangen Sie ihn«, sagte Jack Maggs. »Wir wollen doch nicht, daß jemand Verdacht schöpft.«
»Ich soll ihn empfangen?« rief Mr. Buckle mit sich überschlagender Stimme. »Sie wollen uns doch mit niemandem reden lassen. Wie kann ich ihn dann empfangen?«
Der Sträfling ignorierte den kleinen Kaufmann und wandte sich statt dessen an Constable. »Sie gehen mit. Passen Sie auf, daß nichts durchsickert.«
Mr. Buckle sagte: »Constable soll hier bei Mercy bleiben.«
»Sie begleiten Ihren Herrn«, fuhr Maggs fort. »Achten Sie darauf, daß Jack Maggs mit keinem Wort erwähnt wird.«
Mercy Larkin gab vor, nichts von diesem Wortwechsel mitzubekommen. Mr. Buckle aber durchschaute seine gute Gefährtin. Als er sah, wie sehr sie sich auf ihre Strickarbeit konzentrierte, begriff er, daß sie sich für ihn schämte. Wütend und gedemütigt ließ er von Constable hinausführen.
Sein Besucher war ein merkwürdiger Mensch, ein korpulenter Herr in einem altmodischen Gehrock, der breitbeinig vor dem Kamin stand und eine große Ledertasche an seine Brust drückte. Der Hausherr ging mit ausgestreckter Hand auf ihn zu. »Percy Buckle Esquire, zu Ihren Diensten.«
»Schicken Sie ihn hinaus.«
»Wie bitte, Sir?«
»Den Diener. Hinaus mit ihm.«
»Dürfte ich vielleicht ...«
»Hinaus, hinaus«, rief der Arzt und fuchtelte mit den Händen, während Constable wie ein langbeiniger Sumpfvogel gemessenen Schrittes vor ihm zurückwich.

»Ich muß doch sehr bitten«, rief Percy Buckle, der es mittlerweile müde war, sich von anderen herumstoßen zu lassen. »Was erlauben Sie sich?«
»Was ich mir erlaube?« Der Arzt bohrte ihm einen spitzen Finger in die Rippen. »Eine ausgezeichnete Frage, Sir. In der Great Queen Street ist eine Seuche ausgebrochen, und ich bin zu Ihnen gekommen, um dafür zu sorgen, daß Sie schnellstmöglich die nötigen Vorkehrungen treffen, damit eine Katastrophe für alle Beteiligten abgewendet werden kann.«

38

Wenig später wurde Edward Constable ins Wohnzimmer zurückgerufen. Von den vorher sechs Kerzen brannten nur noch zwei. Da sie im hinteren Teil des Raumes vor dem verhängten Fenster standen, konnte der Lakai den Besucher kaum noch erkennen. Plötzlich wurde er aus der dunklen Tiefe des Ohrensessels seines Herrn von einer unbekannten Stimme angesprochen.
»Da sind Sie ja wieder, Bursche. Bringen Sie mir ein schönes Stück Cheshire-Käse und ein Glas Portwein.«
»Ich weiß nicht genau, ob wir Cheshire im Haus haben, Sir.« Die Haut des seltsamen Besuchers schimmerte so weißlich glatt wie die einer Wachsfigur. »Aber wir haben einen ausgezeichneten Gloucester.«
»Ist dieser Bursche Ihr einziger Lakai, Mr. Pickle?«
»Buckle, Sir.« Der Herr des Hauses erhob sich aus einem anderen Sessel.
Bitte, Sir, stehen Sie seinetwegen nicht auf.
»Mr. Buckle, ist das Ihr einziger Lakai?«
Setzen Sie sich. Setzen Sich, Mr. Buckle.

»Nein, ich habe zwei.«
»Dann schicken Sie mir den anderen«, rief der Arzt. »Dieser gefällt mir ganz und gar nicht.«
»Aber nein. Wir wollen es doch nicht übertreiben.«
»Schicken Sie ihn her. Früher oder später muß ich sowieso alle Bewohner des Hauses sehen.«
Constable hatte in der letzten Viertelstunde vergeblich das Ohr an die Wohnzimmertür gepreßt. Als er nun losging, um Mr. Maggs herunterzurufen, wußte er noch immer nicht, in welcher Angelegenheit der Arzt eigentlich ins Haus gekommen war.
»Das klingt verdächtig«, sagte Mercy. »Wozu braucht er Mr. Maggs, wenn er Sie hat?«
»Er ist wohl ein sogenannter Exzentriker. Das heißt, er ist reich und hat keine Manieren.«
Maggs wandte sich Constable zu. »Sehen Sie auf der Straße nach.«
»Wonach soll ich denn suchen?«
»Sehen Sie verdammt noch mal nach, ob draußen jemand lauert.«
»Wäre es zuviel verlangt, wenn Sie bitte sagen würden?« fragte Constable, dem vor Nervosität fast die Stimme versagte.
Der Sträfling musterte ihn eindringlich.
»Bitte«, sagte er.
Nachdem Constable sich davon überzeugt hatte, daß keine Spur von Spott in Maggs' Blick lag, ging er hinaus in den Regen, wo er nichts weiter entdeckte als eine Dirne mit einem Weidenkörbchen und einen Jungen mit einer Laterne, der ein Pferd führte. Er kehrte ins Haus zurück, schlich leise am Wohnzimmer vorbei und lief die Treppe hinauf. Dort stieß er auf Jack Maggs, der gerade einen gefährlich aussehenden Dolch in seinem Stiefel versteckte.
Mit unbewegter Miene und düsterem Blick hörte sich der Sträfling aufmerksam an, was Constable ihm von der Lage auf der Straße berichtete.

»Gut«, sagte er schließlich. Er ging wieder in die Stube, nahm ein Bündel Papiere vom Schreibtisch seines Brotherrn, rollte es zusammen, verschnürte es mit einem Band und steckte es in seine Jacke.

»Wär's abgetan, so wie's getan ist, dann wär's gut, man tät' es eilig«, zitierte er.

Mercy flehte ihn an, sie nicht wieder einzuschließen. Sie legte die Hand aufs Herz und schwor bei ihrem Leben, ihn nicht zu verraten.

Die beiden Lakaien ließen Mercy Larkin in der unversperrten Stube allein zurück und liefen, zwei Stufen auf einmal nehmend, die Treppe wieder hinunter. Als sie das dunkle Wohnzimmer betraten, hämmerte Constable das Herz in der Brust. Eine schattenhafte Gestalt erhob sich aus dem Ohrensessel. Der Arzt streckte Jack Maggs die Hand hin. Etwas blitzte silbrig auf.

»Kommen Sie, guter Mann. Lassen Sie mich Ihre Zunge sehen.«

»Wozu, Sir?«

Der Arzt hielt ein silbernes Instrument in die Höhe. »Weil Sie die Seuche im Haus haben«, rief er.

Jack Maggs packte seine Hand, und plötzlich gellte ein schriller Schmerzensschrei. Der Arzt ließ das Instrument los, das klappernd zu Boden fiel.

»Jack Maggs«, rief Buckle, der nervös um die beiden Männer herumtänzelte. »Jack Maggs, das ist ein Befehl!«

Wie der Befehl allerdings lautete, verriet er in seiner Aufregung nicht. Jack Maggs zog den Arzt, der sich wie ein dickbäuchiger Falter gegen diese Behandlung wehrte, in die hinterste Ecke des Wohnzimmers.

»Gott steh mir bei!« rief der Besucher.

Jack Maggs umfaßte beide Hände des Arztes mit seiner Linken, so daß er die Rechte frei hatte, um eine brennende Kerze hochheben zu können. Dann zwang er den Besucher zu Boden.

»Du verdammte Kanaille! Ich reiße dir die Kehle raus!«

»Aufhören, sofort aufhören!« jammerte Percy Buckle. »Das ist Mr. Oates.«
Constable drehte sich erwartungsvoll zur Tür, doch zu seinem Erstaunen war dort niemand zu sehen.
Maggs hielt dem Besucher die Kerze dicht vor das Gesicht. Theaterschminke und Puder. Kein Zweifel, es war Tobias Oates, der vor ihm kniete und mit weit aufgerissenen Augen ins Licht starrte. »Ich kenne den Hund«, knurrte er.
»Hören Sie mir jetzt zu, Mensch«, rief Percy Buckle beschwörend.
Während der hünenhafte Sträfling den vor Angst schlotternden Besucher noch immer festhielt, flüsterte ihm sein Herr etwas ins Ohr.

39

Jack Maggs folgte dem falschen Arzt, als dieser in die Küche ging, um die Bewohner des Hauses im korrekten Händewaschen zu unterweisen. Zu dieser Lektion ließ Sir Spencer Spence zunächst die Dienstboten und zuletzt den Hausherrn selbst antreten. Bei niemandem wurde eine Ausnahme gemacht. Als Mr. Spinks versuchte sich der Belehrung zu entziehen, wies der Arzt den alten Mann mit derart scharfen Worten zurecht, daß der erzitterte.
Nachdem sich schließlich auch der Butler die Hände gewaschen und abgetrocknet hatte, stellte der Arzt eine große schwarze Tasche auf den Küchentisch. Er holte einen langen Gegenstand heraus, der in Samt eingeschlagen war. Ausgewickelt entpuppte er sich als ein gezacktes Sägemesser.
»Ach, du liebes bißchen«, sagte Miss Mott.
Nun entnahm der Arzt der Tasche noch ein zweites Instrument, ein Gerät mit einem spiraligen Ende, das an einen Korkenzieher

erinnerte. Während er damit herumspielte, begann er einen Vortrag über das »Sekretionsorgan«, das seine Farbe ändere, wenn es von der Seuche befallen sei. Das Organ, so sagte er, blähe sich immer weiter auf, bis es zuletzt wie ein großer blauer Ballon aussehe. Er stach mit dem Korkenzieher in die Luft, als ob er die Anwesenden im nächsten Moment damit anbohren wollte. Schließlich aber packte er die beiden Geräte zur Erleichterung aller wieder weg.

Aber damit war für die Beteiligten das Martyrium noch lange nicht vorbei. Als nächstes verkündete der Arzt nämlich, daß er die Mitglieder des Haushaltes einzeln untersuchen wolle, und zwar in der Spülküche.

Obwohl der Vorhang zugezogen war, konnte man in der Küche jedes Scharren und Rascheln dahinter vernehmen. Mrs. Halfstairs war als erste an der Reihe. Nach ihr kam Mr. Spinks. Ein Opfer nach dem anderen hustete, würgte und spie in eine silberne Schale. Mit heißen Wangen und niedergeschlagenem Blick kamen sie wieder aus der Spülküche hervor.

Jack Maggs trat als letzter in die kleine Nische. Ihm schwante bereits, daß Tobias Oates über größere Fähigkeiten verfügte, als er bis dahin vermutet hatte. Der Arzt mit dem verzerrten Mund und dem stechenden Blick war eine unglaubwürdige, lächerliche Gestalt, aber er existierte, durch magische Kräfte im Herzen seines Schöpfers zum Leben erweckt. Der nervöse kleine Schriftsteller war verschwunden. Ein wütender Dämon war an seine Stelle getreten. Diese Erscheinung packte Jack nun fest unter dem Kinn und machte Anstalten, ihm einen Metallspatel in den Hals zu rammen.

Als Jack Maggs die trockene Hand des Arztes festhielt, gab er nicht nach. Im Gegenteil, er zog die kohlschwarzen Augenbrauen hoch und näherte sich mit weichen Lippen seinem Ohr.

»Möchten Sie lieber hängen?« flüsterte er spöttisch.

Als Jack Maggs um den Vorhang lugte, sah er, was er sehen sollte:

eine Gruppe von Klatschbasen, die ihm gefährlich werden konnten.

»Sputum«, rief der Arzt und traktierte ihn mit dem Spatel.

Fünf Minuten später stand das Haus unter Quarantäne. Um den Preis einer wunden Kehle hatte Jack Maggs seinen Willen durchgesetzt: Es konnte nichts mehr nach außen sickern, die Klatschbasen saßen fest. Doch als sich der Sträfling daranmachte, seine Stellung noch weiter abzusichern, befiel ihn eine neue Angst. Tief in seinen Eingeweiden regte sich das dumpfe Gefühl, daß er sich auf Gedeih und Verderb einem Mann ausgeliefert hatte, der über unbegreifliche Kräfte verfügte.

40

Nachdem Sir Spencer Spence das Haus verlassen hatte, lief Jack Maggs als erstes in den Keller, um einen rostigen Hammer und eine Tüte mit Nägeln zu holen.

Zwei Zoll über dem Schloß der Haustür schlug er den ersten Nagel ein. Er spürte, wie er tief ins Eichenholz drang. Mit jedem Schlag wurde es ihm leichter ums Herz.

»Mein Haus!« rief Mr. Buckle, der plötzlich hinter ihm aufgetaucht war.

Maggs trieb den zweiten Nagel ins Holz, drei Zoll unter dem Schloß. »Ich befolge nur die Anweisung des Arztes.«

»Davon hat er kein Wort gesagt. Hören Sie auf! Ich befehle es Ihnen. Sie dürfen mein Haus nicht beschädigen.«

Maggs stellte sich auf die Zehenspitzen, um einen dritten Nagel oben in die Tür zu schlagen.

»Das nenne ich Quarantäne.«

»Sehen Sie doch nur, was Sie angerichtet haben. Sehen Sie, wie es splittert. Bitte, hören Sie auf damit, sofort. Ich befehle es

Ihnen. Das ist keine Quarantäne. Das hat Mr. Oates nicht gemeint.«
Maggs war längst ins Wohnzimmer gestürmt. Er raffte den schweren rötlichbraunen Vorhang zur Seite und hämmerte, für kurze Zeit den Blicken der dunklen Straße ausgesetzt, mit raschen Schlägen neun weitere Nägel in den Rahmen.
»Sie haben das Wort falsch verstanden«, sagte der Herr des Hauses. »Ich hole das Lexikon. Vergehen Sie sich ja nicht mehr an meinen Fenstern, bis ich wieder zurück bin. Das ist ein Befehl!«
Aber Jack Maggs ließ sich nichts mehr befehlen. Er holte einen Stuhl aus dem Eßzimmer, steckte sich einen Fächer von sechzehn Nägeln in den Mund und nahm sich die letzten drei Fenster vor.
»Sehen Sie.« Percy Buckle kam mit dem aufgeschlagenen Lexikon ins Wohnzimmer zurück. »Unter Quarantäne steht kein Wort davon, daß man Fenster und Türen zunageln muß.«
Er kam zu spät. Die Vorhänge waren wieder zugezogen, die Fenster oben und unten gesichert. Maggs brachte den Stuhl zurück und zündete die Kerzen an.
Percy Buckle legte das schwere Buch auf den Eßtisch. »Das ist mein Haus«, sagte er.
Aber Jack Maggs war bereits unterwegs ins nächste Stockwerk.

41

Als alle Fenster und Türen gesichert waren, brachte Jack Maggs Hammer und Nägel wieder in den Keller. Da dieser Raum nicht mehr zu Mrs. Halfstairs Reich gehörte, glich er einem muffigen Labyrinth, dessen Gänge von aufgestapelten Seilrollen, ausgemusterten Requisiten und Kostümen gebildet wurden, die vermutlich noch aus den Theatertagen des verstorbenen Mr. Quentin stammten. Jack war kaum hinuntergestiegen, als sich über ihm die Kellertür öffnete und eine flackernde Kerzenflamme die Treppe herunterkam. Leise rief die Stimme der Küchenmagd seinen Namen.

»Hier«, antwortete er barsch und hob seine Öllampe hoch.

Nach einigem Hin und Her fanden sie sich, in einem Korridor aus altertümlichen Ballkleidern mit Rüschenärmeln, an denen der Mehltau heraufkroch.

»Sie haben mein Fenster zugenagelt«, sagte sie mit schwerer, verschlafener Stimme.

Er gab zu, ihr Zimmer unter Quarantäne gestellt zu haben.

»Und warum dann nicht auch bei Mrs. Halfstairs?«

Hatte sie geweint? Es wollte ihm fast so scheinen, als ob ihre Oberlippe leicht geschwollen wäre.

»Meinst du vielleicht, sie würde aufs Dach klettern?« fragte er sarkastisch.

»Aber sie hat doch die Seuche.«

Das war Jack neu. Er war verwirrt. Dunkelheit und Schmutz waren schon immer dazu geeignet gewesen, leidenschaftliche Gefühle in ihm zu erwecken, und bei den feuchten Kellergerüchen erging es ihm nicht anders.

»Natürlich ist es gar keine Seuche«, fuhr Mercy fort. »Ganz gleich, was der Doktor sagt, es ist die metzmerische Flüssigkeit. Aber das wissen Sie ja selbst. Jetzt hat die arme Alte diese Flüssigkeit auf der Brust.«

Maggs zog eine Augenbraue hoch.

»Sie halten mich wohl für ungebildet, was?« sagte sie.

»Nein.«

»Nur damit Sie Bescheid wissen, Sir, an Weihnachten war ich mit Constable in der Great Windmill Street in einem metzmerischen Konzert. Das war vielleicht lehrreich. Eine Frau wurde zum Singen und zum Tanzen gebracht, und hinterher hat sie am ganzen Leib gezittert. Das kam von den Magneten, mit denen ihre Flüssigkeit in Wallung gebracht wurde. Genauso wie er es bei Ihnen macht, mit seinem Gefuchtel. Es war haargenau dasselbe. Damit schafft er es, daß Ihnen das Gesicht nicht mehr weh tut. Meinen Sie, ich weiß nicht, was los ist?«

»Was hat denn das mit Mrs. Halfstairs zu tun?«

»Glauben Sie, ich wüßte nicht, daß der Arzt nicht echt war? Es war Mr. Oates mit Puder auf dem Kopf.«

Leise fragte er: »Haben die anderen ihn auch durchschaut?«

Sie löschte die Kerze und steckte sie in ihre Schürzentasche. »Ach was, die haben die Weisheit auch nicht gerade mit Löffeln gefressen.«

»Aber du hast es ihnen verraten?«

»Bis jetzt noch nicht, nein.«

»Dann komm mal mit«, sagte Jack und nahm ihren Arm.

»Nein! Lassen Sie mich in Ruhe!« Sie riß sich los.

»Verdammt!« fluchte er und faßte sie so unvermittelt um die Taille, daß sie ihre Haube verlor. Ihr Haar strich ihm über das Gesicht, es roch leicht nach Ruß.

»Ich lasse mich nicht einsperren.«

»Und ob!«

Sie war schnell und wendig, aber er hielt sie fest, hob sie hoch und trug sie, obwohl sie heftig mit den Füßen strampelte, die steinerne Treppe hinauf. Dabei hätte sich die alte Öllampe, die sie in der anderen Hand hielt, fast in ihren Röcken verfangen. Um diese Uhrzeit hielt sich niemand mehr im Erdgeschoß auf. Nachdem der Sträfling Mercy abgesetzt hatte, standen sie schwer atmend voreinander und maßen sich mit Blicken.

»Dann sperren Sie mich eben ein«, brach es aus ihr heraus. »Es ist mir egal.«

»Ja.«

Sie warf ihre Haare zurück und strich sie sich aus den Augen. »Es ist mir gleich.«

»Gut.«

»Sperren Sie mich die ganze Nacht ein.«

In schweigendem Einvernehmen gingen sie nach oben. Unter Mr. Buckles Tür hervor fiel Licht in den Korridor. Sie nahmen die Hintertreppe und stiegen ins Dachgeschoß hinauf. Dreimal streiften Mercys schwarze Röcke Jacks Knie. Er spürte es so deutlich, daß er das Gefühl hatte, auch sie müsse sein Knie durch den Stoff hindurch fühlen können. Als sie ihre Kammer betrat, hielt er sich dicht hinter ihr.

Sie hatte sich ihr kleines Heim sehr gemütlich eingerichtet. Überall lagen bestickte Kissen herum, und an der Wand hing das gerahmte Bildnis eines jungen Mädchens, das mit einer Stoffpuppe auf dem Schoß unter einer Windmühle saß.

»Wie alt bist du?«

»Eine Dame verrät ihr Alter nicht.«

Er gab ihr die Lampe. Sie stellte sich auf die Zehenspitzen und hängte sie an einen Deckenhaken. Während sie noch abgelenkt war, zog er den Schlüssel aus dem Schloß. Als sie ein metallisches Knirschen hörte, fuhr sie herum.

»Nein!«

Aber er hatte die Kammer bereits verlassen.

»Gute Nacht«, sagte er und schloß sie schnell ein, bevor er es sich wieder anders überlegen konnte.

Eine Minute später war er auf dem Dach. All seine widerstreitenden Emotionen nahm er mit in das leerstehende Nachbarhaus hinüber. Dort schrieb er Seite um Seite voll und ließ seinen Gefühlen freien Lauf. Er schlief zwei Stunden auf der Sitzbank und machte sich dann erneut ans Werk: … Mein lieber Junge

Um sechs Uhr kletterte er über das rutschige Dach wieder zurück. Als er die Tür des Mädchens aufschloß, hatte Mercy sich bereits angezogen und erwartete ihn.

42

Mercy Larkin schminkte sich mit Dienstmädchenrouge, das heißt, sie kniff sich ein paarmal fest in die Wangen. Es tat so weh, daß sie Grimassen schnitt und leise *uh* und *autsch* rief. Diesen kosmetischen Trick kannte sie noch von ihrer Mutter, die ihn ausgiebig bei ihr angewandt hatte, bevor sie ihre Tochter auf den Haymarket brachte, um sie zu verkaufen.

Als nächstes widmete Mercy sich ihren Lippen. Sie besaß keinen Spiegel, mit dessen Hilfe sie ihre Fortschritte hätte verfolgen können, aber als ihre Lippen und Wangen angenehm kribbelten, setzte sie sich zufrieden auf ihren dreibeinigen Schemel und legte die Hände in den Schoß. Auf ihrem leicht verschwollenen Gesicht lag jener hilflose Ausdruck, der bei Mr. Buckle immer solch amouröse Gefühle zu erwecken vermochte.

Während sie auf Jack Maggs wartete, dachte sie darüber nach, wie leichtsinnig ihr Benehmen war. Sie hatte nicht vergessen, wie gern Mr. Buckle ihr aus *Pamela* vorlas, und auch sie selbst hatte eine besondere Schwäche für den Roman. Obwohl weder die Dienerin noch ihr Gebieter ihre Vorliebe für dieses Werk jemals in Worte gefaßt hatten, war es für Mercy sonnenklar, daß auch sie es, genau wie Pamela, mit ein wenig Glück bis zur Herrin über den Haushalt bringen konnte, in dem sie bis dahin gedient hatte.

Eigentlich hätte sie zurückschrecken müssen, als die Tür endlich aufschwang und Jack Maggs mit rotgeränderten Augen, unrasiertem Gesicht und verfilztem Haar vor ihr stand.

»Bringen Sie mich zu Mr. Buckle?« fragte sie.

Er antwortete nicht, sondern hielt ihr nur die Tür auf. Als sie an der angelehnten Stubentür vorbeikamen, fingen Mercys Lippen plötzlich zu jucken an – ein Vorzeichen, daß sie bald jemand küssen würde.

In der Küche wurde Mercy von Mrs. Halfstairs einer kritischen Musterung unterzogen. Ob sie sich wohl zu fest in die Wangen gezwickt hatte? Die Wirtschafterin machte Anstalten, etwas zu ihr zu sagen, doch dann seufzte sie bloß und verbarg den Kopf in den Händen.

In der plötzlich eintretenden Stille band Mercy sich rasch die Schürze um, nahm Miss Mott die Pfanne mit den Bücklingen aus der Hand und wandte ihr Gesicht ab, damit die Köchin ihre Lippen nicht sehen konnte.

Im nächsten Augenblick setzte sich Miss Mott an den Tisch. Dies war höchst ungewöhnlich: Miss Mott setzte sich nie hin, nicht einmal, um eine Tasse Tee zu trinken. Es dauerte eine ganze Weile, bis Mercy begriff, daß sich die anderen Dienstboten nicht im mindesten für ihr Liebesleben interessierten. Sie waren krank: Miss Mott, Mrs. Halfstairs und Mr. Spinks.

Der Butler hustete, als Mercy ihnen den Toast mit Butter bestrich. Zäh gurgelte die magnetische Flüssigkeit in seiner Brust. Er hatte die Seuche, keine Frage.

Sie aß schnell ihr Brot und lief dann, wie jeden Tag, ins Speisezimmer, um für Mr. Buckle den Frühstückstisch zu decken.

Bald darauf erschien Jack Maggs in der Tür; sie spürte seinen Blick auf dem Rücken. Da der Herr des Hauses jeden Augenblick herunterkommen konnte, hoffte sie inständig, daß der Sträfling ihr nicht ausgerechnet jetzt Avancen machen würde. Sie deckte in aller Eile zu Ende und ließ sich dann von Jack Maggs wieder in das Zimmer bringen, wo sie gestern den ganzen Tag zusammen verbracht hatten.

In der Stube angekommen, drehte sie sich erwartungsvoll zu ihm um. Ihr Mund war trocken, ihr Herz pochte laut.

Mercy sah das Zögern in seinen dunklen Augen, doch er lächelte sie nicht an, sondern ging an ihr vorbei zum Schreibtisch. Enttäuscht beobachtete sie, wie er einen neuen Gänsekiel aus der Schublade nahm.

»Das wird Mr. Buckle aber gar nicht gefallen«, sagte sie.

Jack Maggs zwinkerte ihr zu. Er stutzte die Feder, säuberte den Kiel und kerbte ihn an sechs Stellen ein. Als das neue Schreibgerät fertig war, machte er sich sogleich wieder ans Werk.

»Das ist bestimmt ungeheuer wichtig.«
»Ja.«
»Ist es für einen guten Freund?«
»Das hoffe ich sehr.«
Dann beachtete er sie nicht weiter. Ihr blieb nichts anderes übrig, als auf der Ottomane zu sitzen, zu stricken und sich in Geduld zu fassen. Von Zeit zu Zeit frischte sie heimlich ihren Teint auf, aber ohne sich noch große Hoffnungen zu machen.
Den ganzen Morgen über kam kein weiteres Gespräch zustande. Mercy vertrieb sich die Zeit damit, darüber zu rätseln, welche Leidenschaft ihm wohl die Hand führen mochte. Erst am frühen Nachmittag hörte Jack Maggs plötzlich auf zu schreiben. Im Korridor knarrte ein Dielenbrett. Er hielt sich den Finger an die Lippen und legte die Feder weg. Leise huschte er zur Tür.
Er hatte einen Dolch! Mercy hatte noch nie einen Mann mit einem Dolch gesehen. Die häßliche schwarze Klinge mit der krummen Spitze rief in ihr ein Gefühl wach, das ungewohnt und vertraut zugleich war. So abstoßend der Anblick eigentlich auf sie hätte wirken müssen, so fasziniert sah sie zu, wie Jack Maggs sich geschmeidig an die Tür heranpirschte.
Aus dem Korridor war ein gedämpftes Stöhnen zu vernehmen, gefolgt von einem lauten Poltern. Jack riß die Tür auf. Mercy sprang auf und lief neugierig hinüber.
»Kruzitürken«, rief Jack Maggs und stieß sie grob wieder in die Stube zurück. Aber er war nicht schnell genug. Sie hatte längst gesehen, daß Mr. Spinks ausgestreckt am Boden lag.
Der Schlüssel drehte sich im Schloß, und Mercy blieb allein zurück. Jack Maggs ging mit schweren Schritten die Dienstbotentreppe hinauf.
Erst jetzt fiel ihr auf, daß sein geheimer Brief offen auf dem Schreibtisch lag.

43

Silas und Ma Britten – schrieb Jack – hatten das originelle Ziel, eine Reihe raffinierter Einbrüche zu begehen, ohne sich selbst die Finger schmutzig zu machen. Nachdem sie Sophina und mich erst gründlich in diese Kunst eingewiesen hatten, war es, wie Silas sagte, als ob man abgerichtete Frettchen besäße, nur mit dem Vorteil, daß er keine Käfige herumschleppen mußte.
Von seiner Warte aus betrachtet, war es ein feiner Plan. Zuerst mußte meine Wenigkeit durch den Kamin klettern, was mir auch nicht schwerer fiel, als morgens aus dem Bett aufzustehen, und wenn ich mein Talglicht angezündet hatte, untersuchte ich die Schlösser an Kommoden und Schränken. Falls nötig, entriegelte ich die Küchentür und pfiff nach dem Stemmbruder, einem starken Faustkämpfer, der Wexall hieß und wohl den einen oder anderen Schlag zuviel auf den Kopf bekommen hatte. Wexall brauchte bloß die Schlösser aufzubrechen, dann durfte er sich wieder davonmachen, eine Dienstleistung, für die er mit einem silbernen Sixpencestück abgespeist wurde. Als nächste kam Sophina in das Haus. Sie hatte immer ein Sträußlein Blumen dabei – wozu, weiß ich auch nicht – und trug ihren besten Hut. Ihr oblag es, die besten Stücke des silbernen Tafelgeschirrs auszuwählen, die ich, ihr schwarzgesichtiger Gefährte, in dem Sack mit dem Ruß verstaute. Wir verrichteten unsere Arbeit so fröhlich, wie es nur achtjährige Kinder können, und schwatzten ohne Unterlaß.
In der Zwischenzeit ließ Silas die Säcke, die ich vor die Tür gestellt hatte, von einem alten Müllmann, der Mr. Figgs hieß, abholen. Angeblich glaubte Mr. Figgs tatsächlich, daß sie nichts weiter als Staub und Asche enthielten, das behauptete Silas zumindest. Für einen Penny pro Sack sei er gern bereit, sie nach Wapping zu schleppen und auf seinem Dachboden unterzustellen. Das war vermutlich gelogen, aber damals glaubte ich ihm.
Im Sommer 1801 erledigten wir mehr als zwanzig solcher »Auf-

träge«. Wir verdienten so gut, daß wir, noch bevor die Schornsteine in London wieder heiß wurden, den schäbigen Hinterhof an der London Bridge verlassen und zusammen mit Silas und Sophina nach Islington ziehen konnten. Über einem Tabakladen in der Upper Street mieteten wir eine ganze Etage, wo Ma Britten, fleißig wie immer, Würste machen und ihre Patientinnen behandeln konnte. Nachdem sie die Frauen vorher in einer Ecke neben dem Ofen, die mit einem Vorhang abgetrennt war, empfangen hatte, stand ihr dafür nun ein kleines Zimmer über dem Hinterhof zur Verfügung.

Es war eine ausgesprochen ehrbare Gegend, wo wir nun wohnten, so kam es uns zumindest vor. An allen Fenstern hingen Spitzengardinen, und die Männer trugen Anzüge zum Kirchgang. Wir waren glücklich und zufrieden, daß wir es in der Welt so weit gebracht hatten.

Tom wurde in die Lehre gegeben. Er flehte und bettelte, weil er sein altes Gewerbe nicht aufgeben wollte. Er hätte gern auch weiterhin den langen Weg zum Fleischmarkt in Smithfield auf sich genommen, aber seine Mutter bestand darauf, daß er das Zimmermannshandwerk erlernte. Sein Meister wohnte zwar in Notting Hill, aber Tom durfte uns jeden Sonntag besuchen.

Es mußte niemand mehr nach Smithfield gehen. Ma Britten schickte mich mit einem Zettel und einer halben Krone in einen richtigen Metzgerladen, wo mir rotgesichtige Männer, die allesamt Mr. Ayres hießen, ein paar Lammkoteletts oder ein Stück Leber einpackten.

Auf einen Schlag war mein Leben erträglicher geworden. Tom war kaum noch da, um mir den Arm umzudrehen oder mich sonstwie zu quälen. Ich bekam große Portionen Braten und Röstkartoffeln aufgetischt. Und wenn es uns auch nicht erlaubt war, mit den Kindern der anständigen Leute zu spielen, so hatte ich Sophina zur Gesellschaft und Sophina hatte mich. Außerdem nahm Silas uns oft mit in den Park, wo wir Versteck, Nachlaufen oder Blindekuh spielten.

Für Tom, der großes Heimweh hatte, war das Leben leider nicht so lustig. Jeden Sonntag verließ er noch im Dunkeln das Haus seines Lehrherrn, um in Islington anzukommen, bevor die Kirchenglocken läuteten. Vom Gepolter seiner schweren Stiefel auf der Treppe wachte ich auf. Er lief als erstes in das Zimmer seiner Mutter, stieg zu ihr ins Bett und weinte sich aus.
Tom mochte Silas und Sophina nicht, was zu meinem Vorteil war, da von seiner alten Abneigung gegen mich nicht mehr viel zu spüren war. Im Gegenteil, er sah in mir einen Verbündeten, und wenn er sonntags zu Besuch kam, wollte er mit mir spazierengehen, um mich an seinen Hoffnungen und Plänen teilhaben zu lassen.
An einem Morgen im September, als es noch nicht richtig kalt geworden war, ging er mit mir den weiten Weg bis zum St. James Park. An einem Stand mit Kühen kaufte er mir ein Glas Milch. Obwohl dort viele Dienstmädchen standen, die ebenfalls Milch tranken, weil sie angeblich gut für den Teint war, achtete Tom nicht auf sie.
Er hatte nur Augen für mich und beobachtete mich mit wachsamer, fast ärgerlicher Miene.
– Kauft Silas dir auch Milch?
Er hatte uns sogar schon öfter ein Glas ausgegeben, aber ich war klug genug zu antworten, er hätte es noch niemals getan.
– Die Kanaille hält euch doch alle an der Kandare, sagte Tom. Der Kerl nutzt euch aus. Er nimmt das ganze Geld und kauft dir noch nicht mal Milch.
Ich erwiderte zaghaft, daß Silas mir sehr viel beigebracht hatte.
– Wir haben es nicht nötig, daß Fremde bei uns wohnen, sagte Tom.
Ich dachte zuerst, er meinte eine Patientin von Ma Britten, die kürzlich unter Stöhnen und Erbrechen die Nacht in unserem kleinen Hinterzimmer zugebracht hatte. Ich stimmte ihm zu, daß es mir auch nicht gefiel.

– Wir sollten ihn mit einem Fußtritt die Treppe hinunterbefördern, sagte Tom. Und sein Latein kann er gleich mitnehmen.
– Wer?
– Silas, du Holzkopf, was dachtest du denn?
Ich erinnerte Tom daran, daß wir Silas unser Glück zu verdanken hatten, weil wir ohne ihn noch immer in der Pepper Alley hausen würden.
– Da waren wir glücklich, sagte Tom. Bevor er aufgetaucht ist und seinen Riechkolben in unsere Angelegenheiten gesteckt hat. Du und ich und Ma, wir hatten es doch schön. Wir brauchten keinen schnarchenden Eber im Haus.
– Aber trotzdem, Tom ...
– Trotzdem müssen wir ihn loswerden.
– Sophina ist meine Freundin.
– Gegen sie habe ich auch gar nichts, sagte Tom. Wenn du meine Meinung wissen willst, ist sie eine blöde Ziege, aber ich kann mich mit ihr abfinden. Er ist derjenige, den wir uns vom Hals schaffen müssen.
– Aber wie sollen wir das anstellen, Tom?
– Davon rede ich doch noch gar nicht. Ich wollte bloß mal klarstellen, wie ich die Sache sehe. Eines sage ich dir ... Er kam mit seinem geröteten Gesicht ganz nah auf mich zu. Silas ist ein Betrüger, und er gehört nicht zu unserer Familie.
An dem Tag hatte ich Angst vor Tom. Während wir den Haymarket hinaufgingen, kam mir der Gedanke, daß ich ihn lieber gehabt hatte, als wir noch Feinde gewesen waren.
Er hielt sich dicht neben mir. Andauernd rempelte er mich an und flüsterte mir etwas ins Ohr. Er sagte, wir könnten uns viel Geld besorgen und nach Bristol ausreißen. Er sagte, sein Lehrherr hätte einen Stahlschrank voller Goldbarren. Ich sollte mit ihm kommen, durch den Schornstein ins Haus steigen und ihm die Tür aufsperren.
Während ich diese Zeilen niederschreibe, erkenne ich, was ich schon damals hätte sehen müssen: Tom war nicht ganz richtig

im Kopf. Vielleicht war er schon immer so gewesen. Vielleicht lag es aber auch daran, daß ihm die ständige Fürsorge seiner Mutter fehlte. Auf jeden Fall wurde ich an jenem Tag nicht schlau aus ihm, und ich glaubte, es sei meine eigene Schuld. Womöglich war ich tatsächlich so begriffsstutzig und dumm, wie er immer behauptete. Als ich ihn darauf hinwies, daß er ja bereits selbst im Hause seines Lehrherrn war und es gar nicht nötig hatte, mich durch den Kamin einsteigen zu lassen, bekam er einen Wutanfall und beruhigte sich erst wieder, als ich eingewilligt hatte, mit ihm nach Bristol zu gehen. Zum Glück vergaß er aber gleich wieder, daß ich ihm dieses Versprechen gegeben hatte.

Mitten unter der Woche tauchte er plötzlich wieder auf. Ich weiß nicht, wie er ins Haus kam, ich weiß nur, daß er mich aus dem Schlaf rüttelte. Er befahl mir, mich schnell anzuziehen und keinen Lärm zu machen. Wieder kam er mir ganz nahe mit seinem großen, übelriechenden Mund.

Nachdem ich aus dem Bett geschlüpft war, das ich mir mit meiner Spielkameradin teilte, brachte er mich in den Hinterhof. Unter einem dunklen Birnbaum blieben wir stehen. Mit festem Griff hielt er mein Handgelenk umklammert. Er zitterte und sagte kein Wort.

Ich fragte ihn, worauf wir warteten.

Statt mir zu antworten, verpaßte er mir eine Ohrfeige, dann legte er warnend den Finger auf die Lippen. Nach einer guten halben Stunde hörte ich ein lautes Klopfen und Geschrei. Männer mit Laternen und Kerzen liefen im Haus am Fenster vorbei. Es war die Polizei.

– Das soll dem eingebildeten Schmierenschwätzer eine Lehre sein, sagte Tom.

Als wir in die Wohnung zurückkehrten, war Silas verschwunden. Ma Britten war blaß und schweigsam. Sie sah Tom nachdenklich an und fragte ihn, was er zu dieser frühen Stunde bei ihr im Haus zu suchen habe.

Ich ging in mein Zimmer und tröstete die arme Sophina, die herzzerreißend schluchzte.
– Jack, Jack, sagte sie. Jack, sie haben meinen Dad mitgenommen. Wer soll jetzt für mich sorgen, wenn mein Dad nicht mehr da ist?

44

Es war heiß und stickig in Mr. Buckles Stube, und wenn Jack Maggs sich bewegte, dünstete er herben Männergeruch aus, wie warme Bettwäsche am frühen Morgen.
Manchmal hatte Mercy das Gefühl, es keinen Augenblick länger aushalten zu können, mit ihm auf engstem Raum zusammengepfercht zu sein.
Er für seinen Teil schien sie kaum zu bemerken, obwohl ihr an anderen Tagen sein starkes Interesse an ihr nicht entgangen war. Sie hatte gespürt, wie sein Blick auf ihr ruhte, wenn er sich unbeobachtet fühlte.
Wenn er sie nun nicht mehr anziehend fand, hatte er wahrscheinlich auf den Küchenklatsch gehört. Er wußte, daß sie zweite Wahl war, eine angeschlagene Tasse in der Kommode eines reichen Mannes. So wie jedem anderen, der ihr in die Augen sah, war auch ihm klar, daß sie nicht mehr unberührt war.
Dabei war er selbst auch nicht mehr taufrisch, aber das machte ihn für sie nicht weniger interessant. Im Gegenteil, es war gerade das Wissen darum, wie übel man ihm mitgespielt hatte, was ihr Herz rührte. Warum konnte er mit ihr nicht ebenfalls Nachsicht haben?
Sie malte sich seine Narben in den düstersten Farben aus. Besonders deutlich sah sie seinen Rücken vor sich, den sie ihm liebend gern mit Salbe eingerieben hätte. Aber er hatte nur Gedanken für seinen Liebesbrief. Er machte sich nichts aus ihr.

Der Schreibtisch hatte für Mr. Buckle genau die richtige Größe, aber er war nicht für Jack Maggs gemacht. Seine kräftigen Oberschenkel klemmten unter dem zierlichen Tischchen, und wenn die Gefühle mit ihm durchgingen, hob er das gesamte Möbelstück an, so daß sich die ganze Zedernholzplatte nach hinten neigte wie das Deck eines Schiffes auf hoher See. Trotz dieser Turbulenzen schrieb er immer weiter, und zwar rückwärts, wie ein Chinese. Mercy hatte fast den Eindruck, als ob sein Hals und seine Schultern glühten. Während er schrieb, bewegte er die vollen Lippen und hielt die Augen fast ganz geschlossen.
Erst als er sie am zweiten langen Tag allein ließ, um Mr. Spinks ins Bett zu tragen, hatte sie die Gelegenheit, einen Blick auf den Brief zu werfen. *Tom mochte Silas und Sophina nicht,* aber da verschwand auch schon die ganze Seite, und obwohl sie den Briefbogen genau musterte und ans Licht hielt, ließ er sich keine weiteren Geheimnisse mehr entlocken. Bei den anderen Blättern hatte sie auch nicht mehr Glück.
Als sie Jack Maggs auf der Treppe hörte, setzte sie sich rasch wieder auf die Ottomane.
Er kam herein, ohne sie eines Blickes zu würdigen. Dafür starrte er so lange auf seine Papiere, daß sie es schon mit der Angst bekam, sie hätte sich womöglich auf irgendeine Weise verraten. Er brachte einige Sachen mit in die Stube, aber Mercy konnte erst erkennen, was es war, als er sie hinlegte: drei Zitronen, ein Stück Zwirn, braunes Packpapier und einen wunderschönen silbernen Spiegel.
»Wie geht es Mr. Spinks?« Sie bemühte sich um einen unbefangenen Ton, aber ihre Stimme bebte.
Er musterte sie streng.
»Schlecht.« Er hielt ihr den Spiegel hin. Sie dachte, er wolle ihn ihr schenken, und nahm ihn mit zitternder Hand entgegen.
»Der ist aber hübsch«, sagte sie.
»Er wurde von einem sehr geschickten Kerl gemacht. Aber der ist lange tot.«

Als er die Hand nach dem Spiegel ausstreckte, begriff sie, daß sie ihn zurückgeben sollte. Jack Maggs begann, ihn in braunes Packpapier zu wickeln.
»Warten Sie, lassen Sie mich das machen. Wenn Sie ihn so unordentlich verpacken, wird sie noch denken, Sie wollten ihr eine Flunder schenken.«
Sie strich das Papier glatt und wickelte den Spiegel vorsichtig ein. Sie spürte, wie er sie beobachtete, und hatte das Gefühl, daß sein Atem ihren Nacken streichelte.
»Soll ich die Zitronen auch einpacken?« fragte sie leichthin.
Ohne zu lächeln, legte er ihr die Früchte hin.
Während sie die Zitronen zu einem schönen Päckchen verschnürte, stand er so dicht neben ihr, daß sie sein Interesse an ihr fühlen konnte. Als nächstes schlug sie die Briefe ein. Als sie die drei Pakete zuletzt mit einem Klacks Siegellack verschlossen hatte, stapelte Mercy sie übereinander auf den Tisch. Sie hatte am ganzen Körper eine Gänsehaut. Sie mußte etwas sagen, ganz gleich, was er von ihr denken würde.
»Es macht mir nichts aus, wenn Sie mich einsperren.«
Ein seltsam bewegter Schimmer trat in seine Augen.
»Ich habe keiner Menschenseele etwas über Sie erzählt«, sagte sie.
Da beugte er sich zu ihr hinunter und küßte sie. Auf die Stirn, wie ein Bischof oder Onkel.
»Wie hat dich der alte Buckle bloß eingefangen? So ein Paar wie ihr zwei, das ist doch nicht möglich.«
»Das ist schon möglich.«
»Hast du deinen Vater verloren?«
»Was?«
»Hast du deinen Vater verloren?«
Aus seinen braunen Augen war alle Härte verschwunden, genau wie gestern abend im Keller. Sie sah ihn an und versuchte zu ergründen, was in ihm vorging. Er hob seine arme, verstümmelte Hand und streichelte ihr über das Haar.

»Hast du deinen Papa verloren?« fragte er mit rauher Stimme. »Das arme Ding hat seinen Papa verloren.«
Und dann weinte sie in sein verschwitztes Hemd und fühlte, wie leid sie ihm tat. Er nahm sie nicht in die Arme, aber er strich ihr weiter sanft über das Haar. Sie wäre am liebsten für immer so stehengebleiben, wenn es nicht schon viel zu bald an der Tür geklopft hätte.
Er löste sich von ihr.
»Das ist Constable«, sagte er. »Er will die Päckchen holen.«
Doch es war nicht nur Constable, sondern leider auch der Herr des Hauses. Letzterer kam ins Zimmer gestürmt und musterte Mercy streng unter hochgezogenen Augenbrauen. Der Degen, den der verängstigte Mann um den Hausmantel gegürtet hatte, schlug klirrend gegen den Türpfosten.
»Alles wohlbehalten?« fragte er, mit Blick auf Mercy.
Jack Maggs schien ihn nicht zu bemerken. »Also gut, Eddie. Sie meinen also, Ihre Freunde können Henry Phipps aufstöbern.« Damit drückte er Constable die Päckchen in die Hand.
Mercy dachte: *keine Liebesbriefe*.
»Erklären Sie ihnen, daß Mr. Phipps die Zitronen auspressen und das Papier mit dem Saft einstreichen muß. Lesen kann er den Brief dann mit Hilfe des Spiegels. Es ist ein gutes, teures Stück, das ich auf den ersten Seiten beschrieben habe. Ihre Freunde sollen ihm ausrichten, daß das noch nicht die ganze Geschichte ist. Er soll herkommen, damit ich ihm den Rest selbst erzählen kann. Und zwar bald, denn ich darf nicht mehr viel länger in diesem Haus bleiben. Können Sie sich das merken?«
Mercy putzte sich die Nase.
»Zitronen, einstreichen, Spiegel«, sagte Constable. »Nicht die ganze Geschichte.«
»Er soll einen Ort bestimmen, wo wir uns ungestört treffen können. Er kann mir eine Nachricht schreiben.« Maggs wandte sich an Mr. Buckle. »Dann sind Sie mich für immer los. Ich werde wieder aus Ihrem Leben verschwinden.«

»Nicht doch, nicht doch«, sagte Mr. Buckle beschwichtigend. Aber die Erleichterung stand ihm so deutlich in sein kleines Frettchengesicht geschrieben, daß Mercy ihn plötzlich mit ganz anderen Augen sah. Es war traurig, aber wahr. Ihr Retter verwandelte sich allmählich in eine Jammergestalt.

45

In der übelriechenden Floral Street stieg Edward Constable aus einer Droschke und begab sich mit den drei Päckchen zur Tür von *Mafooz & Son, Dattel- und Kaffeeimport*. Über dem unansehnlichen Laden brannte eine kleine Laterne, die wohl aus Nachlässigkeit, wie es schien, die ganze Nacht nicht gelöscht worden war.

Obwohl der Tag gerade erst angebrochen war, als der Lakai an der Klingelschnur zog, öffnete sich das Guckloch in der Tür weitaus schneller, als man es zu dieser frühen Stunde eigentlich erwartet hätte.

Nachdem Constable auf die Frage, was sein Begehr sei, zufriedenstellend geantwortet hatte, wurde ihm Einlaß gewährt. In einem düsteren, rußgeschwärzten Korridor nahm ihm ein bleiches Individuum mit rot geschminkten Wangen und dicken Tränensäcken unter den Augen Hut und Handschuhe ab.

Dieser Mann war Magnus, der für einen bestimmten Londoner Menschenschlag ebenso ein Wahrzeichen darstellte wie die neue Säule auf dem Trafalgar Square. Um Magnus rankten sich zahlreiche Anekdoten, die hauptsächlich davon handelten, was für eine prächtige Erscheinung er zu Beginn der Regentschaft George III. abgegeben hatte. Die Perücke, die er trug, stammte mit Sicherheit auch noch aus jener Zeit.

Der Club war eine Institution in Covent Garden. Unter den

Straßenhändlern war es weithin bekannt, daß in den Räumen über Mafooz' Geschäft eine ganz bestimmte Sorte von Gentlemen verkehrte, sogenannte »Männerfreunde«. Nach der Polizeistunde und einigen Gläsern Brandy fanden sich auch die Höker selbst gern dort ein. Dann wurde bis in die frühen Morgenstunden gefeiert und getanzt, vor allem an Samstagen. Oft gingen die Ausschweifungen bis in den Sonntagvormittag hinein weiter. Manchmal amüsierte man sich sogar noch zu der Stunde, als Constable eintraf, um sich nach Mr. Henry Phipps zu erkundigen.

Magnus verriet weder durch Worte noch durch Gesten, ob sich Mr. Phipps zur Zeit im Club aufhielt oder nicht. Er führte Constable in einen kleinen Salon, an dessen Tür in großen Lettern der Name Lord Stolzfuß stand. Es war ein ausgesprochen maskuliner Raum, Flaggen und Wimpel an den Wänden, Sessel aus Moroccoleder.

Constable nahm Platz, legte die Päckchen auf seinen Schoß und faßte sich in Geduld. Er zeigte keinerlei Interesse an den Bücherschränken mit den gebundenen Stichen, obwohl ihn die Darstellungen in glücklicheren Tagen in einen Taumel verbotener Begierde hätten versetzen können. Nachdem er eine halbe Stunde gewartet hatte, öffnete sich hinter ihm die Tür. Er stand auf.

Es war offensichtlich, daß Henry Phipps betrunken war. Er ließ sich schwer in einen Sessel sinken und streckte breit die langen Beine von sich, so daß sich seine Männlichkeit unschicklich unter seiner hirschledernen Hose abzeichnete.

Er war ein hochgewachsener, kräftig gebauter Mann von durchschnittlich attraktivem Aussehen. Er hatte glattes blondes Haar, buschige Koteletten, eine gerade Nase und klare blaue Augen. Der Mund aber war das Ausdrucksvollste an seiner Physiognomie: eben noch von einem charmanten Lächeln umspielt, im nächsten Augenblick arrogant gekräuselt.

Er blickte zu Constable auf. »Sind Sie nicht der Bursche aus der Great Queen Street?«

»Ich glaube, Sie kennen mich gut genug, Sir.«
»Das Rennpferd, hm?«
Edward Constable kniff den Mund zusammen.
Henry Phipps war nicht zu berauscht, um diese Reaktion zu übersehen.
»Ach Gott.« Er schloß die Augen. »Spiel mir bitte nicht den Lakaien vor.«
»Ich bin ein Lakai, Sir, woran Sie sich gewiß unschwer erinnern können.«
Henry Phipps öffnete die Augen einen Spalt und musterte Constable.
»Ich heiße Edward Constable. Ich bin derjenige, dessen Freund gestorben ist.«
Phipps beugte sich vor und senkte die Stimme. »Wie ich Ihnen schon oft genug gesagt habe, will ich über diese Affäre nicht mehr debattieren.« Er erhob sich halb aus dem Sessel.
»Bleiben Sie, Sir. Ich komme in einer anderen Angelegenheit.«
Mr. Phipps seufzte. »Wollen Sie mich vielleicht für den Regen letzte Nacht zur Rechenschaft ziehen? Schließlich bin ich ein großer Kerl. Womöglich habe ich ihn tatsächlich verursacht.«
»Das ist nicht meine Absicht.«
»Wen der Himmel liebt, auf den regnet er herab.« Er warf sich wieder in den Sessel. »Vielleicht war es wirklich meine Schuld.«
»Mr. Phipps, es geht um etwas anderes.«
»Nicht darum, daß ich angeblich in Ihrer Schuld stehe?«
»Nein, Sir, um eine andere Sache.«
»Ach, Sie langweilen mich.«
»Ich bin hier, um Ihnen eine Nachricht von Jack Maggs zu überbringen.«
»Zum Teufel, nein!«
»Doch, Sir.«
Henry Phipps war nicht wiederzuerkennen. Er setzte sich auf die

Armlehne des Sessels, faltete die Hände im Schoß und widmete Constable seine ganze Aufmerksamkeit.
»Und wie geht es ihm? Wie geht es Jack Maggs?«
»Ich würde sagen, er hat Sehnsucht nach Ihnen, Sir.«
»Er hat Sehnsucht nach mir? Wie seltsam. Aber setzen Sie sich doch, Edward. Sagen Sie mir, was ist er für ein Mensch? Ein Grobian, möchte ich wetten.«
»Er ist sehr wohlgestaltet, Sir.«
»Ach, tatsächlich? Ein Rennpferd?«
»Zuweilen ein wenig grimmig, aber die Damen sind sehr angetan von ihm.«
»Die Damen?«
»Sein Auftreten verrät seine Vergangenheit, und doch würde man die Qualen, die er durchgemacht hat, nicht ahnen, wenn man seine Narben nicht gesehen hat.«
»Er hat Narben?«
»Er wurde ausgepeitscht, Sir. Doch wie Sie sehen werden, tritt er für einen Mann, der so geschunden wurde, sehr wohlerzogen auf.«
»Leider glaube ich kaum, Eddie, alter Freund, daß ich Gelegenheit haben werde, mir selbst ein Bild von ihm zu machen. Ich habe auswärtige Verpflichtungen.«
»Sie waren doch schon einmal verreist, nicht wahr, Sir? Mr. Maggs glaubt, daß Ihre Abreise durch seine bevorstehende Ankunft beschleunigt wurde.«
»Nun rufen mich die Geschäfte schon wieder.«
»Ins Ausland?«
»Das geht Sie nichts an.«
»Er hat mich gebeten, Ihnen diese Sachen zu übergeben.«
Constable hielt Henry Phipps die drei Päckchen hin.
Dieser aber griff nicht zu, sondern musterte sie mißtrauisch.
»Was ist das?«
»Soweit ich weiß, handelt es sich bei einem der Gegenstände um einen Spiegel.«

»Ein Spiegel? Will er mich verhöhnen? Was in drei Teufels Namen denkt er sich dabei, mir einen Spiegel zu schicken?«
»In dem obersten Paket sind drei Zitronen.«
»Zitronen?«
»Und wenn ich es richtig verstanden habe, enthält das größte Paket ein Schriftstück, das Sie bitte lesen möchten.«
Constable hielt ihm die Päckchen noch einmal hin.
»Ein juristisches Schriftstück?« fragte Henry Phipps, der seine wachsende Bestürzung nicht länger verbergen konnte.
»Nein, ich glaube nicht.«
»Die Besitzurkunde für ein Haus vielleicht?«
»Ich vermute eher, daß es ein Brief ist.«
»Ein Brief?« rief Henry Phipps wütend. »Meinen Sie, ich würde mit einem solchen Menschen korrespondieren? Haben Sie nicht bedacht, in welch zweifelhaftes Licht Sie auch sich selbst mit dieser Sache rücken? Sie verstoßen gegen das Gesetz, wenn Sie wissen, wo er sich aufhält, und es nicht melden. Er ist ein gefährlicher Mensch, Mr. Rennpferd, ein Mann, der zu lebenslänglicher Verbannung verurteilt wurde. Ich schwöre Ihnen, wenn Sie ihm verraten, wo ich bin, werden Sie sich wünschen, nie geboren zu sein.«
»Sir, er sitzt offenbar jede Nacht wach, um sich Ihnen zu erklären.«
»Das hat er gesagt?«
»Bitte, Sir. Er denkt immer nur an Sie. Falls er Ihnen jemals etwas Böses angetan hat, hat er es inzwischen sicher längst bereut.«
Zum dritten Mal versuchte Constable, ihm Jack Maggs' Geschenke zu überreichen.
»Er sagt, Sie sollen den Zitronensaft auf die Seiten pressen. Dann können Sie den Brief im Spiegel lesen.« Er hielt inne. »Er ist Ihnen sehr zugetan.«
»Aber ich bin ihm nicht zugetan. Sagen Sie ihm, daß mir schon allein der Gedanke an ihn zuwider ist.«
»Kann ich ihm gar keine Hoffnung machen?«

»Doch: Sie dürfen ihm ausrichten, daß ich mir der Verpflichtung, die er mir auferlegt hat, sehr wohl bewußt bin, weshalb er vorläufig auf mein Stillschweigen zählen kann.«
Damit war das Gespräch beendet, und Henry Phipps verließ den Salon.

46

Nachdem Constable das ganze Haus nach Jack Maggs abgesucht hatte, fand er ihn schließlich in Mr. Spinks' Zimmer. Er blieb einen Augenblick auf der Schwelle stehen, ohne sich bemerkbar zu machen.
Der Australier saß mit dem Rücken zur Tür am Krankenbett des Butlers und hielt dem alten Mann einen Löffel Suppe hin.
»Man darf einem Puka nie in die Augen sehen. Das Auge ist die Stärke dieser Zauberer.«
Er schob den Löffel ein Stück näher.
Der Butler drehte den Kopf weg. Maggs zog den Löffel wieder zurück.
»Jedes Wesen hat seine Stärke«, sagte der Hüne. »Bei einem Puka sind es die Augen. Ohne ihre Augen wären sie so hilflos wie ein frisch geschlüpftes Küken.«
Mr. Spinks stieß den Löffel zur Seite, so daß ein paar Tropfen Suppe auf die Bettdecke fielen.
Geduldig stellte Jack Maggs den Teller mit dem Löffel auf den Nachttisch. Der fiebernde Butler wich soweit wie möglich vor ihm zurück, bis er aufrecht im Bett saß, viel zu sehr mit sich selbst beschäftigt, um den Lakaien in der Tür zu bemerken.
»Sehen Sie mich nicht so an, alter Knabe«, sagte Jack Maggs. »Ich bin nicht der Puka, der Sie verhext hat.«
Mr. Spinks verschränkte die Arme vor der Brust.
»Der Puka heißt Oates.«

»Puka!« krähte Mr. Spinks höhnisch.
»Sie kriegen ja doch das Maul auf.«
Er hielt ihm erneut einen Löffel Suppe hin, aber der Butler preßte die Lippen zusammen.
»Wie Sie wollen.« Jack Maggs legte Daumen und Mittelfinger um das unrasierte Kinn des alten Mannes und drückte fest zu. »So mache ich es in Neusüdwales mit meinen Schafen.«
»Mmmph«, rief Spinks.
Während er sich gegen die Suppe wehrte, fiel der trübe Blick des Butlers auf Constable. Der Lakai lächelte ihm aufmunternd zu. Spinks wollte etwas sagen, aber als er den Mund öffnete, glitt der Löffel hinein und Maggs hielt ihm mit seiner schwieligen Hand Mund und Nase zu. Ihm blieb nichts anderes übrig, als zu schlucken.
»Flüssigkeiten muß man mit Flüssigkeiten bekämpfen.«
In seiner Not zeigte Mr. Spinks zur Tür.
Als Jack Maggs Constable erblickte, stellte er sofort den Teller weg. »Hat er die Zitronen ausgedrückt? Hat er den Spiegel benutzt?«
Während Mr. Spinks wieder unter die Bettdecke kroch, hob Mr. Constable die Pakete hoch. Maggs untersuchte sie und überprüfte jeden einzelnen ungeöffneten Knoten.
»Es scheint ihn niemand zu kennen.«
Mr. Spinks fing an zu schnarchen. Umständlich breitete Jack Maggs die Decke über die hageren Beine des alten Mannes. Als er sich schließlich wieder umdrehte, war sein Gesicht völlig ausdruckslos.
»Wenn er nicht gefunden werden will, wird er auch nicht gefunden«, sagte Constable mitfühlend. »Wenn man sich verstecken will, gibt es keinen besseren Ort dafür als London.«
Jack Maggs schien sich für das Thema nicht mehr zu interessieren.
»Mercy kümmert sich um die Frauen«, sagte er. »Ich habe mich angeboten, den Bischof zu pflegen.«

»Wie wäre es mit frischer Wäsche?« fragte Constable. »Wenn Sie Mr. Spinks hochheben, beziehe ich schnell das Bett.«
Constable zog die Jacke aus und hängte sie ordentlich über einen Stuhl. Während Jack Maggs den Butler hielt, zog er das Bett ab und breitete ein kühles, sauberes Laken über die abgewetzte Matratze des alten Mannes. Er ging dabei so tatkräftig zur Sache wie ein Gardist, aber als er sah, wie behutsam der Sträfling den ausgemergelten Alten in den Armen hielt, war es ihm, als wehte ein frischer Wind durch den Raum. Vor seinem inneren Auge entstanden Bilder der Nächstenliebe, wie sie auf den Buntglasfenstern des Kirchleins St. Mary Le Bow dargestellt waren. Visionen von Jack Maggs' zernarbtem Körper und seiner ungeheuren Kraft rissen ihn wie in einem Strudel mit sich, bis ihn ein unbändiges Sehnen erfüllte, sich an Stelle des alten Tyrannen selbst umsorgen zu lassen, den Kopf in Jack Maggs' Schoß zu legen und von seiner verstümmelten Hand gestreichelt zu werden.
Ihn überkam der gefährliche Drang, ihm zu gestehen, daß er Henry Phipps doch entdeckt und diesem Mann, der dem Sträfling übelwollte, durch seinen törichten Besuch Jack Maggs' Versteck verraten hatte.
Obwohl es nicht klug gewesen wäre, hätte er sich brennend gern alles von der Seele geredet und dem Australier anvertraut, daß er Henry Phipps ebenfalls kannte, und zwar im biblischen Sinne des Wortes. Er hatte sich von ihm umgarnen und auf Abwege führen lassen.
Er war in das Haus nebenan gegangen, um Mr. Buckles Einladung zum Tee zu überbringen. Dort hatte ihn der junge Herr in ein Gespräch über die Schönheiten Westenglands verwickelt und ihn anschließend nach oben geführt, um ihm ein Ölgemälde zu zeigen, ein Seestück, das aber an einer ganz anderen Stelle hing, als sein Besitzer behauptet hatte. Constable ließ sich überreden, noch zu bleiben, um dem jungen Herrn die Haare zu waschen und zu trocknen. Er zog seinen Kopf an seine Brust. Er ließ

sich leise Versprechungen einflüstern und »Engel« nennen. Er nahm seine Männlichkeit tief in sich auf.
Er war sich – verflucht sei die Wahrheit – wie eine Prinzessin vorgekommen.
Im Jahre 1836 hatte Edward Constable sich zwei Wochen lang an Henry Phipps berauscht, von Henry Phipps geträumt, sich von Henry Phipps pfählen, besteigen und hernehmen lassen, bis er kaum noch gerade zum Tisch gehen konnte. Als Mr. Phipps ihn einlud, ihn auf eine Reise nach Italien zu begleiten, hatte er dem lieben Albert Pope, der ihm in fünfzehn gemeinsamen Dienstjahren stets ein ehrlicher Freund und guter Gefährte gewesen war, gestanden, welchen Umständen er dieses Angebot zu verdanken hatte.
Am nächsten Tag hatte Albert sich mit der schrecklichen kleinen Pistole eine Kugel in den Kopf geschossen.
Er hätte Jack Maggs erzählen können, wie schäbig Henry Phipps sich nach Alberts Tod benommen hatte, aber er hütete seine Geheimnisse wie einen Schatz.
Als er Spinks zudecken wollte, wehrte sich der alte Mann, schlug um sich und strampelte die Bettdecke weg. Er zerrte am Kragen seines frischen Nachthemds, als ob er es sich vom Leib reißen wollte.
Constable hob die gebrauchte Wäsche auf und verknotete sie zu einem Bündel, das er sich, obwohl er noch immer seinen Sonntagsstaat trug, auf die Schulter schwang und aus dem Zimmer brachte. Es überraschte ihn, daß Jack Maggs ihm in den Korridor folgte und nicht von seiner Seite zu weichen gedachte.

47

Steil fielen die hellen Strahlen der Maisonne auf die Wäsche, die blubbernd im Kupferkessel des Waschhauses aufwallte.
Edward Constable, dem für den Augenblick keine andere Arbeit zugeteilt worden war, hatte sich eigentlich darauf gefreut, die Sonne zu genießen, bis ihm auffiel, daß Jack Maggs offenbar seine Nähe suchte. Gleich kam ihm das dunkle, dampfige Waschhaus viel einladender vor als der Sonnenschein.
Während sein Begleiter lässig an der Wand lehnte und eine Maiskolbenpfeife schmauchte, deren süßer Rauch auf den Lakaien wie ein starkes Tonikum wirkte, schwenkte Constable die Laken und Kissenbezüge im Kessel und atmete tief die unvergleichliche Mischung aus seifigem Dampf und dunklem Tabak ein.
»Die Birnen blühen«, sagte er.
»Ja. Die Birnen.«
Danach sagte erst einmal niemand mehr ein Wort. Constable spürte ein leichtes Kribbeln im Nacken und eine alles andere als unangenehme Spannung, wie sie ihn in Gegenwart eines Burschen, den er noch nicht kannte, oft befiel.
»Ich habe lange Zeit mit Geheimnissen gelebt«, sagte Jack Maggs schließlich.
Dem Lakaien hämmerte das Herz in der Brust.
Jack Maggs fragte: »Sie wissen, woher ich komme?«
»Nein.«
»Bestimmt hat es Ihnen unsere kleine Miss längst erzählt.« Maggs paffte etwas heftiger an seiner Pfeife. »Ich komme aus Neusüdwales. So. Jetzt ist es raus.«
Constable blickte in den wirbelnden Dampf.
»Warum erzählen Sie mir das, Mr. Maggs?«
»Drei Jahre dieser langen Zeit habe ich in der Hölle auf Erden gelebt, einem Ort namens Morton Bay. Dort lief man Gefahr, getötet zu werden, wenn man das Geheimnis eines anderen Mannes erfahren hatte.«

»Getötet?« Constable dachte an die Männer, die das gleiche Geheimnis gehabt hatten wie er selbst: Fähnrich John Hepburn, der Trommler Thomas White, all die anderen munteren Burschen, die vor Gericht gestellt und dazu verurteilt worden waren, »vor den Gefängnismauern von Newgate in die Ewigkeit einzugehen.« »Sie meinen gehängt?«

»Nein, nein«, sagte Maggs ungeduldig. »Ich erkläre es Ihnen. Wenn Sie in Morton Bay etwas ebenso Gefährliches über mich in Erfahrung gebracht hätten wie das Geheimnis, das ich Ihnen gerade anvertraut habe, wären Sie ein Risiko für mich gewesen.«

»Sie können ganz offen sein, Jack.«

»Ich versuche es, Eddie. Passen Sie auf. In Morton Bay hat jeder dem anderen hinterherspioniert. So konnten sie uns am besten an der Kandare halten. Da unten hätten Sie mir ein Geheimnis von sich anvertrauen müssen, wenn Sie zufällig über eines von meinen gestolpert wären. Dann wären wir wieder pari gewesen.«

»Jack, wollen Sie mir etwas beichten?«

»Nein, ich will Ihnen einen Handel vorschlagen. Ich werde Ihnen ein Geheimnis verraten.«

»Aber Sie haben mir doch schon eines verraten.«

»Ich brauche ein Geheimnis von Ihnen. Ich bezahle doppelt.«

»Ich habe keine Geheimnisse«, sagte Constable vorsichtig. »Wie kommen Sie darauf?«

»Es stand Ihnen ins Gesicht geschrieben, als Sie in Mr. Spinks' Zimmer kamen.«

»Sie glauben, Sie hätten mir mein Geheimnis angesehen?«

»Ja.«

»An meinem Auftreten? An meiner Stimme?«

»Am Gesicht.«

»So deutlich?«

»So deutlich.«

»Aber was wollen Sie mir denn noch anvertrauen?«

»Daß Henry Phipps mein Sohn ist.«

»Ihr Sohn?« Constable zögerte. »Meinen Sie *Sohn*? Oder so etwas Ähnliches wie ein Sohn?«

»Das Wort sagt alles.«

»Aber ist er Ihr *petit fils*? Oder meinen Sie, daß Sie als älterer Mann wie ein Vater zu ihm sind? Auf die eine oder andere Weise?«

»Wie immer man es ausdrücken will, die Bedeutung ist klar genug«, sagte Maggs und zwang Constable, seinem erregten Blick standzuhalten.

»Henry hat Angst vor mir, habe ich nicht recht?« fragte Maggs. »Ihre Freunde haben ihn gefunden, nicht wahr?«

Constable zögerte.

»Dann muß er erfahren, daß er von Jack nichts zu befürchten hat. Ich bin sein Vater. Ich würde eher sterben, als ihm etwas anzutun.«

»Und seine Mutter?« fragte Constable vorsichtig. »Wo ist seine Mutter?«

»Wir haben uns nie kennengelernt.«

»Dann ist er also doch nicht Ihr Sohn.«

»Seien Sie nicht so ein Holzkopf«, erwiderte Jack Maggs. »Ich habe es klar und deutlich gesagt. Und nun raus damit, her mit Ihrem Geheimnis, Bürschlein.«

Eine verlegene Stille trat ein. Völlig verwirrt hob Constable das erste Laken aus dem Kessel und trug es zur Mangel.

»Mein Geheimnis gefällt Ihnen vielleicht nicht«, sagte er schließlich.

»Egal, ob es mir gefällt oder nicht.« Maggs begann langsam, die Kurbel der Wringe zu drehen. Die Männer sahen versonnen zu, wie sich das Bettuch dampfend zwischen den Walzen hindurchschob und in einen steinernen Trog fiel.

»Mein Geheimnis?«

»Ja.«

»Ich habe Sie gern«, sagte Constable.

Die Walzen blieben stehen.

»Sie haben mich gern?« fragte Maggs verdutzt.
»Ja, ich habe Sie gern.«
»Das war es, woran Sie dachten, als Sie in Spinks' Zimmer kamen? Daß Sie mich gern haben?«
»Ja.«
An dieser heiklen Stelle wurden sie plötzlich durch verzweifelte Rufe aus ihrer Unterhaltung gerissen. Die beiden Männer liefen in den Hof hinaus. Mercy Larkin stand oben an Mr. Spinks' Fenster.
»Um Gottes willen«, rief sie. »Kommen Sie, kommen Sie schnell. Mr. Spinks geht es schlechter.«
Jack packte Constable bei der Schulter. »Sagen Sie es mir – Ihre Freunde haben meinen Henry gesehen? Er wollte nichts von mir wissen? War das Ihr Geheimnis?«
Constable war kein geborener Lügner, und er wünschte sich nichts sehnlicher, als die Wahrheit sagen zu können. Aber er befürchtete, daß Jack Maggs verloren wäre, wenn Henry Phipps gefunden würde.
Deshalb log er.
»Nein«, sagte er und sah ihm in die Augen. »Ich schwöre. Sie konnten ihn nirgendwo finden.«

48

Als Jack Maggs den kleinen Kaufmann an diesem ersten Nachmittag im Mai in dessen Schlafzimmer aufsuchte, hatte dieser sich vor der Frühlingssonne verkrochen. Ein kleines Feuer qualmte im Kamin, die Vorhänge waren zugezogen, die Kerzen brannten. Mr. Buckle, der einen bestickten seidenen Hausrock trug, war in ein Buch vertieft. Ein penetranter Käsegeruch hing in der Luft, der, wie Jack Maggs sogleich erkannte, von einem gelben Stück Stilton herrührte. Als Mr. Buckle seine Anwesenheit endlich bemerkte, sprang er so plötzlich auf, daß er um ein Haar das Tablett mit dem Käse und dem Glas Wein umgestoßen hätte.

»Immer mit der Ruhe«, rief der Lakai.

Auf Mr. Buckles überstürzter Flucht zum Kamin blitzten seine Pantoffeln unter den Hosenaufschlägen hervor, wie der Bug eines orientalischen Bootes. Dieser Anblick war so seltsam, daß Jack Maggs fast nicht mehr auf den Schürhaken geachtet hätte, mit dem Percy Buckle sich bewaffnet hatte und den er hinter seinem Bein verbarg.

»Keine Angst, Sir.«

»Angst, pah!« gab Mr. Buckle zurück und lehnte sich mit dem Rücken an den Kaminsims.

»Bitte setzen Sie sich, Eure Lordschaft.«

Mr. Buckle holte den Schürhaken hervor und stocherte damit im Feuer herum.

»Setzen.«

Mr. Buckle setzte sich. »Ja?«

»Es ist wegen Mr. Spinks' Gerassel, Sir.«

»Gerassel?«

Maggs sah zu seinem Erstaunen, daß der furchtsame Blick seines Gegenübers distanzierter und kälter wurde. »Sie meinen seinen Husten?«

»Sie können es ausdrücken, wie Sie wollen. Auf jeden Fall müssen wir so schnell wie möglich einen Arzt kommen lassen.«

»Hat er noch etwas anderes oder nur Husten?«

Mr. Buckle neigte den Kopf ein wenig auf die Seite und faltete die Hände im Schoß, während Jack Maggs ihm die Symptome beschrieb. Obwohl er sich sehr besorgt gab, war ihm anzumerken, daß er sich nach dem Schrecken, den er soeben ausgestanden hatte, kaum für Mr. Spinks interessierte.

Auch als Jack Maggs ihm damit drohte, ihn gewaltsam an das Bett des Butlers zu schleifen, damit er sich selbst vom Zustand

des Patienten überzeugen könne, drückte sich Mr. Buckle nur tiefer in seinen Sessel.
»Aber was ist mit Mr. Oates?« rief er. »Wir müssen auch an ihn denken.«
»Wieso?«
»Es wäre sehr töricht von mir, ohne Mr. Oates' Einverständnis zum Arzt zu laufen.«
»Warum denn?«
»Mr. Oates soll den Arzt rufen«, fuhr Mr. Buckle fort. »Er ist schließlich für diese vermaledeite Geschichte verantwortlich.«
»Weil er ihn verhext hat?«
»Genau, er hat ihn verhext.«
»Na schön«, sagte Jack Maggs. »Dann erlauben Sie mir, ihm eine Nachricht zu überbringen.«
»Es war doch nur ein Streich«, sagte Percy Buckle und rammte den Schürhaken in die Glut. »Das ist der springende Punkt. Überlegen Sie doch mal. Was soll Oates denken, wenn ich ihm sage, daß mein Bediensteter wegen seines Streiches im Sterben liegt? Er wird denken, daß ich ihm zu Unrecht etwas vorwerfen will, woran er keine Schuld trägt. Sie werden das vielleicht nicht wissen, aber ich studiere die Jurisprudenz. Oates könnte mich wegen übler Nachrede verklagen. Und er könnte es nicht nur, er würde es auch. Wie man sich erzählt, verteidigt er seinen guten Ruf mit Zähnen und Klauen.«
»Sagen Sie ihm, daß Mr. Spinks die mesmerische Flüssigkeit auf der Lunge hat und daß er daran sterben wird, wenn Mr. Oates nicht die Güte hat, sie wieder zu entfernen.«
»Nein, nein.«
»Verdammt! Dann muß ich ihn eben selbst holen!«
»Vielleicht ist er gar nicht zu Hause«, rief Percy Buckle.
Aber Jack Maggs kramte schon einen Schilling für die Droschke aus seiner Uhrtasche. »Eines noch, Eure Lordschaft.«
»Ich höre«, sagte Mr. Buckle und streichelte seinen Schnurrbart.

»Ich werde gleich die Nägel aus der Tür ziehen.«
»Bitte sehr, Master Maggs.«
»Aber ich würde jeden Menschen töten müssen, der Ihr Haus verläßt.«
»Ja, ja«, sagte Percy Buckle so geistesabwesend, daß Jack Maggs sich später fragen sollte, ob er ihn überhaupt gehört hatte.
Mr. Buckle aber hatte ihn sehr gut verstanden, und als der Verbrecher die Treppe hinunterlief, starrte er ins Feuer, wo Ziegen und Dämonen über der Glut in den Flammen tanzten.

49

Mr. Buckle liebte sein Haus, und er feierte das große Glück, das ihm zuteil geworden war, nicht nur am vierzehnten Tag jeden Monats, wenn er sich auf seine Stube zurückzog, um das Testament noch einmal zu lesen, sondern ergötzte sich fast jede wache Minute daran.
Oft konnte man ihn dabei beobachten, wie er ins Leere starrte, was seine Dienstboten als eine Art von Verzückung deuteten. Miss Mott meinte, es sei, als ob der Herr einen Engel in der Diele sehen könnte, aber Mr. Buckle sah keine Engel, was er anbetete, war sein Haus, das Wunder, daß alles ihm gehörte, die dunkelgrüne Tapete, das Oberlicht mit den Buntglasscheiben, die schimmernde Politur auf den Eichendielen.
Man hätte ihm ranzigen Speck vorsetzen können, er hätte sich nicht beklagt. Man hätte ungestraft zwei Wochen lang seine Bettwäsche nicht wechseln können. Aber wenn die Böden nicht gebohnert waren oder das Kaminsims nicht jeden Tag abgestaubt wurde, konnte er ungemütlich werden. Sein Erbe sollte strahlen. Deshalb ging ihm der Anblick der frischen Wunden, die Jack Maggs der Haustür bei seinem Abgang zugefügt hatte, mehr zu

Herzen, als er es selbst vermutet hätte, nachdem er doch schon mit angesehen hatte, wie sich die rostigen Nägel in die glänzend schwarze Oberfläche bohrten.
Er kniete vor der Tür, als ob er einen Schlag in den Magen bekommen hätte und keine Luft mehr bekäme. Die Nägel waren brutal herausgerissen worden. Das Holz hatte klaffende Wunden davongetragen: Schrammen, Risse, Absplitterungen. Behutsam legte er die Späne zurück in die Wunden, doch die Verletzungen gingen zu tief. Seine Heilungsversuche waren vergeblich.
Er lief ins Wohnzimmer und läutete nach Constable. Als dieser sich nicht blicken ließ, ging er wieder zur Haustür und sammelte selbst die schrecklichen Nägel auf. Er steckte sie in die Tasche und eilte die steile Stiege zur Küche hinunter. Dort war das Feuer erloschen, und auf dem Tisch knabberte eine rosa-graue Maus an einer Brotkruste. Die drei dünnen Furchen zwischen Mr. Buckles Augenbrauen vertieften sich. Zuerst sah es fast so aus, als ob er nach der Maus schlagen wollte, doch dann entlud sich seine ganze Energie nur in einem heftigen Schaudern. Schnell stieg er wieder ins Erdgeschoß hinauf und nahm die Hintertreppe in Angriff.
In seiner Stube entdeckte er sie endlich, Mercy und Constable, die Seite an Seite auf der Ottomane saßen und gemütlich plauderten, wie zwei vornehme Witwen auf einem Ball.
Er sprach sie höflich an. Sie antworteten patzig und ohne Ehrerbietung.
Er forderte sie auf, nach unten zu kommen, um die Nägel und Splitter zusammenzukehren. Ohne abzuwarten, wie seine Anweisung aufgenommen wurde, begab er sich wieder in den Salon, wo er sich in ein Pamphlet der Arbeitervereinigung vertiefte, aber jedes andere Schriftstück hätte es auch getan. Obwohl er die Rolle des Lesenden sehr überzeugend spielte, war er viel zu aufgeregt, um irgend etwas aufnehmen zu können. Seine ganze Aufmerksamkeit galt seinen Dienstboten, die freundschaftlich schwatzend die Treppe herunterkamen.

Nachdem sie den Staub und die Späne zusammengefegt hatten, besaßen sie die Unverfrorenheit, unaufgefordert den Salon zu betreten.
Mercy setzte sich auf die Fensterbank. Constable blieb stehen. Offenbar erwarteten sie den Verbrecher schon bald zurück.
»Ich muß es ihm sagen«, flüsterte Constable. »Ich darf dieses Geheimnis nicht für mich behalten.«
»Seien Sie nicht so streng mit sich, Eddie. Es ist nicht richtig, daß Sie die Entscheidung treffen sollen.«
Mr. Buckle wußte nicht, um welches Geheimnis es ging, aber es war ihm gleichgültig. Er blätterte weiter.
»Wer soll es denn sonst entscheiden?« fragte Constable. »Ich bin schließlich der einzige, der davon weiß.«
So blutleer das Gesicht ihres Herrn hinter dem Pamphlet leuchtete, so tiefrot glühten ihre Gesichter. Mercy flüsterte etwas. Mr. Buckle konnte es nicht verstehen. Constable antwortete mit für ihn völlig untypischer Heftigkeit: »Was immer Henry Phipps geschworen hat, es ist einen Dreck wert.«
Mr. Buckle legte das Pamphlet weg.
»Mr. Constable«, sagte er. »Ich lasse es nicht zu, daß Sie in einem solchen Ton über einen Gentleman reden.«
Mercy zog die Augenbraue hoch.
»Was nimmst du dir heraus, Fräuleinchen?«
»Ich war nur überrascht, Sir«, sagte sie genauso dreist, als ob es Mitternacht und sie mit ihm hinter verschlossenen Türen wäre.
»Warum solltest du überrascht sein?«
»Nur so, Sir.«
»Antworte!« schrie er. Da erst erkannte sie, wie aufgebracht er war. Sie schlug einen ernsteren Ton an.
»Ich dachte bloß, daß Sie auch nicht viel von unserem Nachbarn halten.«
»Liegt dir etwas an deiner Stellung, Mädchen?« zischte Percy Buckle.

Sie stellte sich gerade hin und legte die Hände auf den Rücken. »Es tut mir leid, Sir.«

Eine Zeitlang blieb alles still.

»Ich bitte Sie um Verzeihung«, sagte Mercy.

»Ich bitte ebenfalls um Verzeihung, Mr. Buckle«, sagte Constable. »Ich vergaß mich.«

Percy Buckle musterte das Hausmädchen aus zusammengekniffenen Augen. Endlich stand ihr die Angst ins Gesicht geschrieben. Er streichelte seinen Schnurrbart und faltete umständlich die blassen, trockenen Hände in seinem Schoß. »Hast du mein Badezimmer schon geputzt?« fragte er.

»Ja, Sir. Gleich als erstes heute morgen.«

Auf der Straße rief jemand: »Brr!«

»Ist er das?«

»Nein, Sir.«

»Was verbirgst du in deiner Schürze, Mercy? Womit spielst du da herum?«

»Es ist nichts, Sir.«

»Dann bring dein ›Nichts‹ hierher.«

Als das Mädchen einen Schritt näherkam, griff Percy Buckle plötzlich nach ihrer Hand und riß sie zu sich herüber.

»Ach«, sagte er, nachdem er ihre Hand gewaltsam geöffnet hatte. »Eine Kinderlocke.«

»Zwei Locken.«

»Zwei Locken«, stimmte er ihr zu. Die Wollfäden, die die Haare zusammenhielten, waren alt und verblichen.

»Sie waren in seiner Jackentasche, Sir.«

»Dann scheint dein Sträfling ein Familienvater zu sein«, sagte er und sah in ihre gequälten Augen. »Wie kommst du an einen solchen Schatz, mein Mädchen?«

»Ach«, sagte sie schnell. »Sie glauben gar nicht, wie raffiniert ich war. Er hatte die Jacke ausgezogen, um die Briefe zu schreiben. Dann wurde Mr. Spinks krank. Mr. Maggs ist hinausgegangen, um ihm zu helfen. Die Locken waren in einem kleinen Briefumschlag, in seiner Brusttasche. Es sind Kinderhaare, nicht wahr, Sir?«

»Vielleicht sind es Mr. Phipps' Haare«, sagte Constable.

»Seien Sie nicht albern«, sagte Mercy. »Wie könnten sie von Phipps sein? Diese beiden Kinderchen haben doch dunkles Haar.«

Der Lakai verließ seinen Posten am Fenster und bat darum, die Kinderlocken berühren zu dürfen.

Mr. Buckle konnte sich nicht entscheiden, ob er diese Bitte als impertinent auffassen sollte oder nicht. Er blieb in seinem Sessel sitzen und sah beklommen zu, wie Constable die Locken in seinen flinken Fingern hielt. Die kleine Gruppe war noch um diese traurigen Überreste geschart, als es plötzlich an der Haustür klopfte.

50

Pflichtbewußt machte Tobias sich daran, seinen Artikel für den *Morning Chronicle* zu schreiben. Er warf eine Schlagzeile aufs Papier: »Brand in Brighton«. Er unterstrich sie zweimal und setzte noch einen charakteristischen kleinen Schnörkel darunter.

Die Tinte war noch nicht getrocknet, als er zum erstenmal bei der Arbeit unterbrochen wurde. Die Störung erschien in Gestalt eines redseligen Gerichtsvollziehers mit schlammigen Stiefeln und drei Schuldscheinen, die John Oates, auf den guten Namen seines Sohnes bauend, unterzeichnet hatte.

Toby tauschte die drei Scheine gegen einen mit seiner eigenen Unterschrift ein, in dem er sich verpflichtete, binnen zwanzig Tagen die Summe von achtundsiebzig Pfund zu zahlen.

Anschließend nahm er ein frisches Blatt Papier und verfaßte einen unangenehmen Brief an seinen Vater, in dem er ihm mitteilte, daß er nicht länger für seine Schulden aufkommen könne.

Dafür brauchte er keine fünf Minuten, doch dann hielt er sich fast eine halbe Stunde damit auf, noch einmal eine etwas zurückhaltender formulierte öffentliche Verlautbarung des gleichen Inhalts zu entwerfen. Da er beabsichtigte, diese Erklärung an verschiedene Zeitungen zu geben, wenn er seinen Artikel beim *Chronicle* einreichte, fertigte er drei Abschriften davon an, kuvertierte sie und adressierte die Umschläge an die *Times*, den *Observer* und den *Morning Chronicle*. Die unerwarteten Kosten für diese Anzeigen veranlaßten ihn dazu, auf einem neuen Bogen eine überarbeitete Rechnung der vorhersehbaren Einkünfte und Ausgaben für das kommende Quartal zu erstellen. Da das Ergebnis wahrlich düster ausfiel, ließ er die Arbeit an dem Artikel über den Brand in Brighton erst einmal ruhen, um eine kleine Studie für den *Observer* zu schreiben, für die er von der Zeitung fünf Pfund bekommen würde. Bald stand er auf seinem Stuhl und suchte nach den Notizen über die »Kanarienfrau aus Islington«, den »alten Tom Wicks aus Camden Town« und andere *Typen* und *Originale*, die er für diesen Zweck gesammelt hatte. Nachdem er sich schließlich für einen Straßenkehrer entschieden hatte, setzte er sich wieder an seinen Schreibtisch und begann auf einem weiteren frischen Blatt Papier zu schreiben:

Jeder Leser, der schon einmal das Speisehaus McKenzie in der Fetter Lane besucht hat, wird auch die Bekanntschaft mit dem Besen von Titchy Tate gemacht haben, ohne zu ahnen, daß sich der Knabe, der dieses Instrument mit solcher Inbrunst schwingt, für den größten Glückspilz in London hält.

Er hätte sowohl »Titchy Tate« als auch den »Brand in Brighton« bis zum Mittagessen fertig bekommen, wenn er sich nicht heimlich mit Lizzie zu einer Unterredung hätte treffen müssen. Warum sie unbedingt mit ihm reden wollte, wurde ihm nicht ganz klar, da sie schon wieder aus dem Zimmer geflohen war, bevor das Gespräch richtig angefangen hatte.

Als nächstes stürzte seine Frau herein, völlig aufgelöst, weil sich auf der Brust des Jungen eine flammend rote Pustel gebildet hatte. Toby war selbst aufs höchste beunruhigt, doch als er Mary vorschlug, die Entzündung doch einfach in Salzwasser zu baden, schien sie dies für einen ausgemacht klugen Rat zu halten. Er zog sich erneut in seine Studierstube zurück und griff zur Feder.

Dann stand auch schon Jack Maggs in der Tür und verlangte nach einem Arzt für einen kranken Butler. Tobias legte »Titchy Tate« beiseite und holte einen frischen Bogen Papier heraus. Er schrieb einen Brief an Dr. Grieves in der Gray's Inn Road, in dem er anfragte, ob er bitte so freundlich sein könne, im Hause Great Queen Street Nummer neunundzwanzig nach einem Butler zu sehen. Er übergab ihn Mrs. Jones, riet der robusten alten Dame, einen Schal umzulegen, und bat sie, das Schreiben in ein Gasthaus in der Chancery Lane zu bringen, wo der Arzt für gewöhnlich zu Mittag aß.

Er bezweifelte, daß der Zustand des Butlers ernst war, aber er war ein vorsichtiger Mensch, und nach dem kleinen Streich mit der Quarantäne hielt er es für besser, sich selbst in die Great Queen Street zu begeben, um Arzt und Patienten miteinander bekannt zu machen. Während er sich ankleidete, verfolgten ihn die vorwurfsvollen Schritte des Lakaien, der unten in der Diele auf und ab stapfte.

Als er Jack Maggs einige Minuten später durch den Nieselregen nach Holborn folgte, kam ihm der Gedanke, daß ihm der Mann eigentlich fünf Pfund gestohlen hatte. Den Schaden sollte ihm der Bursche wiedergutmachen.

Wie du mir, so ich dir, dachte er. Er prägte sich ein, wie sich Jack Maggs' Gesichtshaut glänzend über den Knochen spannte. Er würde diese Knochen verwerten, vielleicht morgen schon. Übermorgen würde er sich die tieferliegenden, schmerzhafteren Punkte vornehmen, die noch aus dem weicheren Gewebe von Jack Maggs' Erinnerung herauszutrennen waren.

Mit jeder Stunde, die verging, wurden die Ambitionen, die er für seinen Roman hegte, schwindelerregender. *Captain Crumley* war eine Komödie gewesen, eine Burleske, breite Striche, laute

Späße, eine derbe Geschichte über das alte London, deren Fortsetzung von Mr. Davidson, dem Metzger, mit fieberhafter Spannung erwartet wurde. Aber in der gesamten englischen Literatur gab es nichts, was sich mit der dunklen Reise in den Verstand eines Verbrechers vergleichen ließ, die er zu unternehmen gedachte. Im Gehen begann er, am Handlungsfaden zu stricken. In abstrakten, fast algebraischen Begriffen zeichnete er den Verlauf. Von der Geburt bis zum Tode, vom Licht ins Dunkel, vom Wasser ins Feuer. Er war regelrecht gereizt, als sie am Ziel angekommen waren und er seine Überlegungen zugunsten der Erfordernisse der realen Welt erst einmal zurückstellen mußte.

Der Arzt war ebenfalls bereits eingetroffen. Mit dem Rücken zum Kamin stand er in Percy Buckles Salon. Dr. Grieves war ein gepflegter, gut gekleideter Mann und trotz seiner bald fünfzig Jahre außergewöhnlich athletisch. Tobias hatte ihn immer als sehr ruhig und fast übertrieben höflich in seinem Auftreten erlebt. Als er die ernste Miene und die zusammengepreßten Lippen des Arztes sah, begann er auf der Stelle damit, sich dafür zu entschuldigen, daß er ihn vom Mittagstisch hatte wegholen lassen.

»Es wäre besser gewesen, Sie hätten mich vom Frühstückstisch wegholen lassen.«

»Der Patient ist sehr krank?«

»Sehr tot. Um es ohne Umschweife zu sagen.«

In der Stille, die auf diese Eröffnung folgte, konnte Oates das Wehklagen im oberen Stockwerk hören.

»Ach, Gott«, sagte Tobias.

Keine Antwort von Dr. Grieves.

Tobias wagte sich weiter vor. »So ein netter alter Knabe.«

Mr. Buckle nickte einige Male zustimmend mit dem Kopf.

»Ist es sehr schnell gegangen?« fragte Tobias Percy Buckle.

Bevor der Hausherr antworten konnte, bat ihn der Arzt um eine Unterredung unter vier Augen mit Mr. Oates.

Nachdem Mr. Buckle hinausgegangen war, setzte sich der Arzt in

den Ohrensessel neben dem Kamin. Er legte die Hände auf die Knie und starrte lange auf die schwarzen, rauchenden Scheite.
»Ihr Hemd hängt heraus, Sir.«
Tobias folgte mit den Augen der Kopfbewegung des Arztes. Tatsächlich, das hellgrüne Hemd quoll ihm gut drei Zoll weit aus dem Hosenschlitz. Er wurde puterrot. Während der Schriftsteller noch seine Kleidung ordnete, ergriff Dr. Grieves erneut das Wort.
»Und was die andere Angelegenheit angeht, weiß ich wirklich nicht, was ich dazu sagen soll.«
»Wen sollte ich sonst verständigen, wenn nicht meinen eigenen Arzt?«
»Herrgott, Mr. Oates, Sie können doch nicht einfach durch die Gegend laufen und Leute umbringen.«
»Ich versichere Ihnen ...«
»Es geht nicht an, Sir, daß Sie in dieses Haus kommen und sich als Mitglied der Ärztekammer ausgeben. Stellen Sie sich doch einmal vor, Sie würden deswegen angeklagt. Was würde wohl der Richter sagen, wenn er erführe, daß Sie dem Verstorbenen weisgemacht haben, Sie seien Arzt?«
»Es war ein Streich, ein Scherz.«
»Mr. Oates, der alte Herr ist tot.«
»Aber das lag bestimmt nicht an meinem Streich.«
»Mr. Oates, tun Sie bitte nicht so, als wären Sie ein Erstsemester in Oxford ...«
In Tobias' Ohren klang es so, als ob der Arzt sagen wollte, er wäre kein Gentleman.
»Und weil ich nicht studiert habe, bin ich ein Mörder?« Er lächelte bitter.
»Ich werde Lungenentzündung auf den Totenschein schreiben, aber wenn Sie meine ehrliche Meinung hören wollen, haben Sie ihn verhext.«
»Sir, Sie sind ein Mann der Wissenschaft.«
»An ihren Taten sollt ihr sie erkennen. Sie haben ihn verhext, Sir.

Genau wie die Haushälterin und die Köchin, nach deren Befinden Sie sich noch mit keinem Wort erkundigt haben. Der Tod ihres Freundes hat sie zwar erschüttert, aber eine unmittelbare Gefahr für Leib und Leben besteht für sie nicht.«
»Aber er war ein alter Mann. Er hätte auch ohne mich eine Lungenentzündung bekommen können.«
»Sparen Sie sich Ihre Belehrungen, Mr. Oates. Es war mir eine Freude, Sie als Gast unter meinem Dach zu haben. Wir haben manch einen vergnüglichen Abend miteinander verbracht.«
»Danke.«
»Aber ich kann nicht darüber hinwegsehen, daß Sie mich zwingen, auf dem Totenschein einen Meineid zu leisten.«
»Vielleicht ist es gar kein Meineid, Dr. Grieves. Ich möchte mich nicht herausreden, aber …«
»Ein Meineid. Das kann ich Ihnen nicht verzeihen.«
Tobias vergrub den Kopf in den Händen.
»Ich bitte Sie um Vergebung«, sagte er schließlich. Als er wieder aufblickte, stand ihm tiefe Trauer ins Gesicht geschrieben.
»Bitten Sie Ihren Gott um Vergebung«, sagte der Arzt streng. »Sie müssen die Sache mit ihm ausmachen. Ich dürste nicht danach, Sie zu ruinieren.«
Der letzte Satz blieb nicht ohne Wirkung.
Das lockige Haar zerwühlt, die Augen naß von Tränen sah der junge Mann den Arzt an. »Ich würde alles tun, um es ungeschehen zu machen.«
Dr. Grieves stand auf. »Dann müssen Sie beten. Denken Sie daran, daß dieser Totenschein Ihren guten Ruf schützt und den meinen in Gefahr bringt. Sie werden gewiß verstehen, daß ich Ihrer Familie nicht mehr zu Diensten sein kann.«
»Aber was soll ich machen, wenn mein Kind krank wird?«
»Dann bringen Sie es zu einem Arzt, der Arzt wird es heilen, und Sie haben noch einmal Glück gehabt.«
»Aber ich kenne keinen anderen Arzt. Erst heute morgen hatte er eine Pustel …«

»Mr. Oates, London ist eine große Stadt ...«

»Ich kenne London, Sir. Ich kenne es vielleicht besser als Sie. Es ist eine außerordentlich große Stadt, und wenn mein Kind krank wird ...«

»Eine große Stadt, in der Sie viele ausgezeichnete Ärzte finden können.«

»Sie werden mir eine Empfehlung geben?«

»Ich bitte Sie, Mr. Oates. Wie könnte ich das? Ich habe meinen guten Namen bereits einmal zu oft aufs Spiel gesetzt.«

»Sie lassen mich fallen?«

Der Arzt läutete nach einem Lakaien. Er antwortete nicht.

»An wen kann ich mich sonst wenden?«

Der Verbrecher trat ein. Trotz seiner Erregung bemerkte Toby, wie erstaunt der Arzt diese schludrige, zerzauste Erscheinung musterte, als er ihn bat, ihm Mantel und Tasche zu holen.

»Wenn meine Frau krank ist, wen soll ich holen?«

Der Arzt verbeugte sich förmlich und ging in die Diele, wo Jack Maggs bereits mit seinem Mantel wartete. Er zog ihn langsam an, knöpfte ihn zu und verließ grußlos das Haus.

Der Verbrecher schloß die Tür und baute sich davor auf.

»Vielen Dank«, sagte Toby. Damit meinte er, daß er nun ebenfalls gehen wollte, aber der Verbrecher rührte sich nicht vom Fleck. Er stand unnatürlich gerade, den Blick stur geradeaus gerichtet.

»Mr. Oates«, sagte er. »Ich muß mit Ihnen reden.«

»Dafür habe ich im Moment keine Zeit«, antwortete Tobias Oates.

Der Verbrecher trat so nah auf ihn zu, daß Tobias seinen rumgeschwängerten Atem riechen konnte. Im nächsten Augenblick wurde der Schriftsteller in die Luft gehoben und so kräftig durchgeschüttelt, daß seine Zähne klapperten.

Nachdem er wieder festen Boden unter den Füßen hatte, wurde er immer noch mit starker Hand an den Schultern festgehalten. Der Alkoholgeruch um ihn war überwältigend. Tobias konnte

die Poren auf der Nase seines Peinigers sehen, die drahtigen Koteletten, das Zucken in seiner Wange, die schwarze Wut in seinen Augen.
Tobias Oates sah, wie ihm sein Leben unter den Händen zerrann.

51

Tobias hatte sein viertes Lebensjahr unter furchtbaren Bedingungen in einem Waisenhaus für Knaben in Shropshire verbracht, wo er ständig schikaniert worden war. Danach lebte er ein Jahr bei seiner Mutter in Devon, die ihm lautstark zu verstehen gab, wie lästig er ihr war. Im zarten Alter von fünf Jahren wurde er nach London gebracht und in die Obhut seines Vaters gegeben, wenn man von Obhut überhaupt sprechen konnte, war er doch mehr oder weniger gezwungen, sich allein in der großen Stadt zurechtzufinden, die ihn am liebsten in den Schlamm getreten hätte.
Man hatte ihn seinem Schicksal überlassen, aber er war entschlossen, nicht zu stranden.
Obwohl ihm eine richtige Schulausbildung verwehrt geblieben war, hatte er lesen und schreiben gelernt und sich aus eigener Willenskraft zum Hexenmeister über den Moloch London aufgeschwungen.
Nun war es Tobias Oates, der täglich im *Morning Chronicle* und alle vierzehn Tage im *Observer* die Stadt »neu erfand«. Mit einer Leidenschaft, die er selbst kaum verstand, benannte und vermaß er sie. Er verbreiterte die prächtigen Straßen, verengte die düsteren Gassen und paßte die Szenen in den melancholischen Rahmen seiner eigenen Kindheit ein. So erschuf er sich ein ehrbares Leben mit allem, was dazugehörte: Frau, Kind, eigener Hausstand. Als Verfasser komischer Erzählungen hatte er sich einen Namen gemacht. Auf dem Weg zum Erfolg hatte er einen klei-

nen Bauch angesetzt und sich mit einer adeligen Dame, einem gefeierten Schauspieler, einem Ritter und dem Hauslehrer der jungen Prinzessin Viktoria befreundet. Er wagte es nicht mehr, nach unten zu blicken, so weit hatte er es gebracht.
Bis zu diesem Morgen, als er mit seinen Streichen und Späßen einen Mann getötet hatte.
Erst hatte der Arzt ihn fallengelassen, und nun nahm sich dieser Verbrecher, dieser Ausgestoßene, die Frechheit heraus, ihn wie ein Kaninchen hochzuheben und durchzuschütteln.
»Ich rate Ihnen, sich nicht aufzuregen«, sagte er zu Jack Maggs, obwohl es plötzlich den Anschein hatte, als ob er, Tobias Oates, zum Verbrecher geworden wäre. »Reißen Sie sich am Riemen, wenn Sie wollen, daß diese Sache ein gutes Ende nimmt.«
Er machte sich frei und suchte nach einem Knopf, den er bei dem Handgemenge verloren hatte.
»Hier ist der Knopf, Sir. Geben Sie mir Ihren Mantel. Das Mädchen näht ihn wieder an.«
»Schweigen Sie«, sagte Tobias.
»Ja, Sir. Ich schweige.«
Der Schurke blieb tatsächlich still, doch dafür musterte er den Schriftsteller verächtlich.
»Sie haben mir den Knopf abgerissen«, sagte Tobias ungläubig. »Sind Sie nicht ein Lakai, Jack Maggs? Sind Sie nicht ein Dienstbote?«
Statt zu antworten, setzte Jack Maggs sich frech in den Ohrensessel des Hausherrn und schlug die kräftigen Beine übereinander.
»Ich stecke hier fest«, sagte er. »Seit zwei Wochen stecke ich hier fest und komme keinen Schritt weiter.« Er rieb sich die zuckende Wange. »Sie und ich, wir sitzen beide in der Patsche. Und mit jedem Tag, der vergeht, wird es für alle Beteiligten noch ein bißchen schwieriger. Nur meinetwegen haben Sie sich die Geschichte mit der Seuche ausgedacht. Sie konnten ja nicht wissen, daß es tödlich enden würde.«

»Ich kann wohl kaum für eine Lungenentzündung verantwortlich gemacht werden!«
»Wie ich schon sagte, Sie konnten es nicht wissen.«
Eine Tobias Oates bedrohlich erscheinende Stille trat ein.
Der Sträfling fuhr fort: »Mir ist sehr daran gelegen, meine Zelte hier abzubrechen, aber ich kann erst weg, wenn ich Mr. Henry Phipps gefunden habe. Wenn ich ihn habe, gehe ich. So hatte ich es nicht geplant, aber so ist nun einmal das Leben.« Er hielt inne. »Und was Sie mit Mr. Spinks' magnetischer Flüssigkeit angestellt haben …«
Tobias Oates sah dem Sträfling ins Gesicht. Die buschigen schwarzen Brauen, die trockenen, aufgesprungenen Lippen – ein widerwärtiger Anblick.
»Haben Sie etwa vor, mich zu erpressen?«
»Ich will nur das, was Sie mir schulden – den Namen des Diebesfängers.«
»Zum Teufel mit Ihnen, Sie Schacherer.«
Der Tick wurde heftiger, was Tobias nicht entging.
»Sie haben mir Ihr Wort gegeben!«
Als Tobias dem herausfordernden Blick seines Widersachers begegnete, wußte er, daß er es sich nicht leisten konnte, den Mann zu verlieren. »Sie haben mir vierzehn Tage verkauft, Jack Maggs. Bis jetzt habe ich davon nicht mehr als elf aufgebraucht.«
»Aber es ist zwei Wochen her, daß wir die Abmachung getroffen haben.«
»Trotzdem haben Sie mir nur an elf Tagen gesessen.«
Der Verbrecher hob die verstümmelte Hand und preßte sie fest auf die Wange.
»Zwei Tage war ich in Brighton«, erläuterte Tobias.
Maggs konnte nicht betteln. Er konnte sich nicht verbiegen. Er mußte aufrecht stehen und den Kopf hoch tragen. Doch nun stand er kurz vor einem Zusammenbruch. Tobias konnte es sich nicht erklären.
»Ich habe Geld.« Der Sträfling rang sich ein Lächeln ab, doch es

wurde von einem Zucken verzerrt. »Zwanzig Guineen. Was sagen Sie dazu? Ich kaufe Ihnen die Adresse des Diebesfängers ab. Falls Sie Unkosten hatten, komme ich auch dafür auf.«
Der Betrag war so hoch, daß es Tobias die Sprache verschlug. Er lachte schrill.
»Nennen Sie mir eine Summe.« Jack Maggs war im Sessel weit nach vorn gerutscht. Die Krämpfe ließen seine Haut seltsam bleich erscheinen, sie wirkte wie Krepp. »Wenn es sein muß, gebe ich Ihnen dreißig. Dann sind Sie mich für immer los.«
»Es tut mir leid, alter Knabe«, antwortete Toby frostig. »Aber ich bestehe auf den drei Tagen, die Sie mir noch schulden.«
»Ich bitte Sie, seien Sie gnädig. Ich kann keine drei Tage mehr warten. Ich ertrage es nicht mehr.«
»Ob Sie Geld haben oder nicht, Sie sind immer noch mein Proband.«
Aber Maggs hörte ihn kaum noch. Seine Augen hatten sich nach innen gerollt. Stöhnend hielt er sich mit beiden Händen das Gesicht.
Tobias Oates beobachtete, wie sich sein Widersacher langsam in die Polster des Ohrensessels zurücksinken ließ. Er wandte sich an die Küchenmagd, die plötzlich aus einer dunklen Ecke herbeigeeilt kam.
»Schicken Sie ihn gleich morgen vormittag um neun Uhr in mein Haus. Dann werde ich ihn behandeln.«

52

Als Tobias Oates nach Hause kam, war es bereits dunkel. Der gesamte Haushalt hatte sich in der Küche versammelt – seine Frau, seine Schwägerin und die Wirtschafterin. Sie badeten das weinende Kind in einer Zinkwanne.

»Was gibt es? Was ist passiert?«
Die Frauen drehten sich nicht um, und sein Puls begann zu rasen.
»Was ist los?« rief er und drängte sich in ihren Kreis. Sein Sohn war leichenblaß, die kleine Brust hochrot entzündet. Was am Morgen noch eine Pustel gewesen war, sah nun eher aus wie eine Wucherung. Als Tobias die rote, harte Stelle mit dem Finger berührte, stieß das Kerlchen einen dünnen, schwachen Schmerzensschrei aus.
»Was hat er, um Gottes willen? Was ist mit ihm?«
»Es ist Hexenmilch«, sagte die Wirtschafterin, während sie vorsichtig die breiten Fingerspitzen auf die Schwellung legte. »Steinhart geronnen.«
»Er hat Fieber«, sagte seine Frau. »Ich habe den Kaufmannsgehilfen nach Dr. Grieves geschickt, aber der Bursche muß ihn wohl irgendwie verärgert haben, denn er kam ohne eine Antwort wieder zurück.«
»Verfluchter Grieves«, rief Oates. Die drei Frauen musterten ihn mit solcher Bestürzung, daß er sogleich beruhigend lächelte und in die Hände klatschte.
»Grieves … ach, Grieves«, sagte er. »Der arme, alte Grieves.«
»Wieso, was hat denn Dr. Grieves?«
Da ihm darauf keine Antwort einfiel, sagte er bloß, er wolle selbst einen Arzt holen. Damit flüchtete er in die Lamb's Conduit Street, wo gerade eine Mietdroschke vorbeirollte. Er hielt sie an, ohne recht zu wissen, was er damit wollte.
Den dicken Mantel fest um sich geschlungen, blickte der sture Kutscher vom Bock aus finster auf ihn herunter. Mit seinen dichten Brauen und großen, gelben Zähnen, die an Grabsteine erinnerten, wirkte er alles anderes als vertrauenerweckend.
»Wo soll's denn hingehen, Sir?«
»Ich brauche einen Arzt, der in der Nähe wohnt. Kennen Sie vielleicht einen?«
»Zum Arzt, Sir. Jawohl, Sir. Wird gemacht.«

Schon ging die Fahrt los, die Lamb's Conduit Street hinauf, durch die Gray's Inn Road und den Saffron Hill hinunter. Unterwegs kamen sie an so manchem Haus vorbei, das sich durch eine brennende Laterne als Arztpraxis zu erkennen gab.
»Hören Sie, guter Mann ...«
»Ja, Sir.«
»Ich habe höchstens einen Schilling bei mir. Wohin bringen Sie mich?«
»Na, in die Merton Street, zu Dr. Hardwick.«
»Was für ein Arzt ist er?«
»Keine Ahnung«, rief der Kutscher. »Ich weiß bloß, daß er Arzt ist und einen guten Ruf hat.«
Tobias Oates hätte gern gewußt, bei welchen Menschen dieser Arzt einen guten Ruf genoß und aus welchem Grund. Aber er hatte keine andere Wahl. »Gut«, sagte er. »Zu Dr. Hardwick.«
Bald darauf bog die Droschke in Clerkenwell in eine triste Straße ein. Der Kutscher hielt vor einem hohen, schmalen Haus an, das durch eine schwach glimmende, rauchgeschwärzte Laterne neben der Tür gekennzeichnet war. Ohne diese Funzel hätte Tobias geglaubt, das Haus stünde leer.
»Wenn Sie bloß den einen Schilling haben, beeilen Sie sich lieber«, sagte der Kutscher.
»Gut, gut«, sagte Tobias. Er stieg aus und ging beklommen auf das düstere Gemäuer zu. Das Gartentor hing schief in den Angeln, und die Steintreppe, die von der Straße zur Haustür führte, roch, als ob dort ein ganzes Rudel Katzen gelagert hätte.
Er klopfte einmal, er klopfte zweimal.
Es dauerte nicht lange, bis er schlurfende Schritte hörte. »Wer da?« rief es hinter der Tür.
»Mein Kind ist krank. Ich brauche einen Arzt.«
Eine Männerstimme antwortete, es war nur ein einziges Wort, aber Tobias konnte es nicht verstehen. Er klopfte lauter. »Ich brauche einen Arzt.«

Unter lautem Rasseln fielen Ketten zu Boden. Die schmale Tür öffnete sich einen Spaltbreit. In dem Haus schien nicht einmal eine Kerze zu brennen, und in der dunklen Diele konnte Tobias das schattenhafte Gesicht eines alten Mannes ausmachen. Zumindest hielt er ihn für einen Greis, denn seine Stimme klang uralt.

»Wer sind Sie?«

»Entschuldigen Sie die Störung. Sind Sie Dr. Hardwick?«

»Der bin ich, Sir, der war ich, und der werde ich auch noch ein gutes Weilchen bleiben. Dürfte ich vielleicht erfahren, wer mich herausklopft, während ich mit meinen Räucherheringen Klausur halte?«

»Mein Name ist Oates, und mein Kind ist krank.«

»Wie alt ist es?«

»Drei Monate.«

»Dann müßten Sie es inzwischen wissen – Kinder sind immer krank. Das liegt in ihrer Natur. Was hat es denn?«

»Mein Sohn hat Fieber. Und auf der Brust hat er ein großes rotes Geschwür.«

»Wollen Sie für den einen Schilling wieder zurück?« rief der Kutscher von der Straße. »Ich habe nämlich keine Zeit zu warten, bis Sie einen Friedensvertrag ausgehandelt haben.«

»Wer ist das?« fragte der Arzt.

»Der Droschkenkutscher, Sir.«

»Sind Sie ihm Geld schuldig?«

»Werden Sie mitkommen, Sir?«

»Können Sie mich bezahlen?« fragte der Arzt zurück. »Eine stets lohnende Frage.«

»Ja, ja, ich kann Sie bezahlen«, sagte Tobias Oates.

»Mein Honorar beträgt fünf Schilling, schon seit der Schlacht von Waterloo.«

»Bitte, Sir ...«

»Aber es soll auch schon vorgekommen sein, daß ich statt dessen Porzellan genommen habe. Delfter Fayencen. Kennen Sie Delf-

ter Fayencen? Nichts für ungut, aber das wollte ich Ihnen nur gesagt haben.«
»Ich danke Ihnen«, sagte Tobias Oates, der weder Delfter Fayencen noch genug Geld besaß, um die Rechnung zu bezahlen.
»Ich wollte es Ihnen gesagt haben.«
»Und ich bin Ihnen dankbar, daß Sie bereit sind, mir diese Möglichkeit einzuräumen.« Mit dieser Beteuerung gelang es dem besorgten Vater, ohne über seine finanzielle Lage dreist lügen zu müssen, den Arzt zu überreden, in die Droschke zu steigen.
Während der Fahrt fiel kaum ein Wort. Tobias sollte sich später lediglich an den starken Fischgeruch erinnern, der vermutlich von dem Hering stammte, dem sich der Arzt anscheinend genüßlich gewidmet hatte. Erst als sie das Haus in der Lamb's Conduit Street betraten, hatte er die Gelegenheit, sich seinen Begleiter genauer anzusehen. Im Licht der Kerze, mit der seine Frau sie an der Tür empfing, sah er, daß Dr. Hardwick ein Mann von vielleicht sechzig Jahren war, dessen rotes, grau gesträhntes Haar sich nur auf dem Scheitel ein wenig lichtete. Die rotbraunen Brauen über den trüben Augen waren besonders kräftig ausgeprägt. Seine Kleidung war alt, sein weiter Umhang sogar am Saum und an den Ärmeln eingerissen. Mary Oates, die all dies im selben Augenblick verzeichnete wie ihr Mann, wurde so weiß wie das Wachs ihrer Kerze.
»Das ist Dr. Hardwick, Liebste«, sagte Toby.
Seine Frau brach in Tränen aus und stürzte hinunter in die Küche, um den wimmernden Säugling verzweifelt an ihre Brust zu drücken.
Der zerlumpte Arzt betrat die Küche, als ob es seine eigene wäre, stellte seinen abgewetzten Ranzen auf den Tisch und verlangte Wasser, um sich zu waschen.
Nachdem er sich die sommersprossigen Hände geschrubbt hatte, wandte er sich Mrs. Oates zu, die in die Spülküche ge-

flüchtet war. Sie wiegte ihr Kind im Arm und flüsterte ihm tröstende Worte zu.

»Bitte Ma'am«, sagte er. »Überlassen Sie mir den Patienten.«

Mary Oates sah ihren Mann an, der die Bitte des Arztes mit einiger Sorge wiederholte. Als der junge Schriftsteller sah, wie sein Sohn dem alten Mann übergeben wurde, fiel ihm der Fall eines Arztes aus Wapping ein, der drei seiner unverheirateten Patientinnen getötet und ihre sterblichen Überreste seinem Foxterrier zum Fraß vorgeworfen hatte. Am liebsten hätte er geschrien: Aufhören! Genug! Aber er sah zu, wie der Fremde seinen Augenstern aus den Windeln wickelte und ihm mit seinen knotigen Händen auf den Bauch drückte.

»Halten Sie ihn. Nicht Sie, Ma'am. Sie, Sir.«

Tobias Oates gehorchte. Er hielt seinen Sohn auf dem Tisch fest, während der Arzt eine kleine Spirituslampe aus seiner Tasche nahm und anzündete. Toby wandte den Blick ab. Als er wieder hinsah, fuhr der Alte mit einem Skalpell durch die hellblaue Flamme.

»Halten Sie ihn fest, Sir. Ma'am, sehen Sie nicht hin.«

Tobias Oates blickte sich nach den drei Frauen um, die sich, mit seiner Frau in der Mitte, vor der Spülküche eng aneinanderdrängten. Die beiden Schwestern trugen den gleichen Ausdruck im Gesicht, die Augen weit aufgerissen, die Lippen einen Spalt geöffnet.

Tobias Oates drehte sich wieder weg.

»Papa ist da«, sagte er. Dabei kam er sich wie ein Lügner und Narr vor. »Papa ist ja da, mein Schatz.«

Aber als sich das Messer der Brust des Kindes näherte, stiegen dem Vater Tränen in die Augen, und als die Klinge über die rote Schwellung glitt, als das Gesicht des Kindes sich verzerrte und der kleine Bursche laut schrie, als sich der Eiter in einem breiten Schwall aus dem aufgestochenen Geschwür ergoß, weinte Tobias Oates, ohne sich seiner Tränen zu schämen. So wirkte es zumindest auf alle, die dabei Zeuge waren. In Wahrheit aber saß die

Scham sehr tief, und als er sah, wie das Gift der Entzündung aus dem unschuldigen Körper seines Sohnes strömte, hatte er das Gefühl, er selbst hätte ihn vergiftet.

53

Nachdem die Wunde genäht worden war und der alte Arzt die Brust des kleinen John über und über mit einer violetten Tinktur eingepinselt hatte, als die Schreie des Patienten allmählich schwächer geworden waren und die Frauen ihn auf sein Zimmer gebracht hatten, packte der Arzt Messer und Lampe weg und knipste seine große Tasche zu. Dann richtete er die wäßrigen Augen unter den tabakfarbenen Brauen auf Tobias Oates.

»Und nun …«, begann er.

Mehr brauchte er nicht zu sagen. Tobias wußte genau, was als nächstes kommen würde. Er ging geschmeidig zum Angriff über.

»Ich erwarte Ihre Rechnung.«

Bei dieser Eröffnung verlor der Arzt jede Spur der Fürsorglichkeit, die ihm bis dahin die alten Finger gelenkig gemacht und ihn den Stahl so behutsam über die Geschwulst des Kindes hatte führen lassen. Der alte Mann nahm den Kopf zwischen die Schultern, die er bis zu den Ohren hochzog, so daß sich die Haut um seinen Hals in Falten legte.

Dr. Hardwick verschränkte die Arme über seiner hellen, verfärbten Weste. Die breiten, haarigen Augenbrauen senkten sich über seine Augen.

»Bei mir kann man nicht anschreiben lassen«, sagte er kalt. »Ich bin kein Wirt. Ich brauche die fünf Schilling, Sir. Das habe ich Ihnen deutlich genug zu verstehen gegeben, als Sie mich von meinem Abendessen wegschleppten.«

»Bitte bringen Sie mich nicht in Verlegenheit«, begann der junge Mann.
»Bitte bringen Sie mich nicht in Rage«, gab der Arzt in gefährlich ruhigem Ton zurück.
Er warf sich seinen zerrissenen Umhang über die Schultern und griff nach seiner Tasche. Tobias, der die peinliche Szene damit für ausgestanden hielt, folgte ihm erleichtert hinauf in die Diele. Doch dort mußte er feststellen, daß der Fremde keineswegs die Absicht hatte zu gehen. Im Gegenteil, er wollte noch tiefer in das Leben der Familie eindringen.
Dr. Harwick nahm eine Kerze aus dem Wandleuchter und ging ins Wohnzimmer, um die Ornamente an den Wänden und auf den Tischen einer gründlichen Inspektion zu unterziehen. »Sind Sie gerade erst eingezogen?« fragte er in einem Ton, der eher an einen Kunden auf einer Auktion als an einen Gast in einem Privathaushalt erinnerte.
Tobias war wenig geneigt, eine derart impertinente Frage zu beantworten, aber seine finanzielle Notlage ließ ihm keine andere Wahl. »Vor einigen Monaten«, antwortete er.
»Was für einen Beruf üben Sie aus, Sir?«
»Ich schreibe, Sir.«
Der Arzt nahm eine kleine Porzellanfigur vom Kaminsims, drehte sie um und stellte sie verächtlich wieder hin.
»Es wäre klüger gewesen, mit der Heirat noch zu warten, bis Sie etwas mehr Kapital erworben hätten.«
Tobias lachte gequält. »Was wissen Sie denn von meinem Kapital?«
Der Arzt hielt inzwischen den Bluebell-Teller in der Hand, den Mary stolz in die Mitte des Simses gestellt hatte. »Nur, was ich sehe. Aber die Indizien deuten alle in dieselbe Richtung.«
Erst nachdem der Arzt sein Haus wieder verlassen hatte, konnte Tobias Oates sich eingestehen, wie rüpelhaft und unmanierlich Dr. Hardwick gewesen war, aber während er sich seine dreisten Beleidigungen gefallen lassen mußte, kam er sich wie ein Mann

vor, der aus einiger Entfernung beobachtete, wie eine menschliche Gestalt von der Waterloo-Bridge fiel. Er konnte kaum glauben, daß es geschah. Der Arzt hatte seine Inventur gerade beendet, als Lizzie die Treppe herunterkam, um ihm mitzuteilen, daß der Junge endlich eingeschlafen war. In Tobys Auftreten deutete nichts darauf hin, daß etwas Ungehöriges vor sich ging. Im Gegenteil, er bemühte sich, ihr den Eindruck zu vermitteln, daß alles in schönster Ordnung war.

»Ich habe Dr. Hardwick gerade erzählt, daß wir erst vor kurzem in die Lamb's Conduit Street gezogen sind«, sagte er.

»O ja«, sagte sie munter. »Vorher haben wir in Furnival's Inn gewohnt.«

Der Arzt hielt die blakende Kerze höher. »Haben Sie Ihre Halskette auch in Furnival's Inn geschenkt bekommen?«

»Ach.« Lizzie faßte sich an die Kette, ein altmodisches Schmuckstück aus Silber mit kleinen blauen Steinen. »Ja, tatsächlich, das war noch in Furnival's Inn. Doch ich bekam sie aus einem traurigen Anlaß, denn sie wurde mir von meiner Großmutter vererbt, einer reizenden alten Dame, die ich von Herzen liebte.«

»Geben Sie sie mir«, sagte der Arzt.

Lizzie zögerte.

»Du brauchst sie nicht abzunehmen«, sagte Tobias rasch und streckte die Hand nach der Kerze aus. »Ich halte das Licht, damit Dr. Hardwick sie sich ansehen kann.«

»Nein, nein.« Der Arzt heftete den Blick auf die junge Frau. »Seien Sie so gut, sie abzunehmen.«

»Nein«, rief Tobias. »Das darfst du nicht.«

Er wußte genau, was der Arzt im Schilde führte, aber als Lizzie ihm einen vorwurfsvollen Blick zuwarf und die lieben Hände hob, um den Verschluß zu öffnen, brachte er es nicht über sich, es ihr noch einmal zu verbieten. Bestürzt sah er mit an, wie sie die kostbare Kette, den Schmuck, der ihr auf der ganzen Welt am meisten bedeutete, in die sommersprossigen Hände des Fremden legte.

Dr. Hardwick blickte versonnen auf seinen Schatz hinunter. Mit seinem leicht zur Seite geneigten Kopf erinnerte er Tobias an eine Krähe. Als er wieder aufsah, schienen seine Augen heller zu leuchten.
»Ein sehr schönes Stück«, sagte er.
»Danke.« Lizzie bekam vor Freude einen roten Kopf. »Ich glaube, mein Schwager hat die Kette noch nie richtig zur Kenntnis genommen.«
»Lizzie!«
»Sie ist sehr viel mehr wert als fünf Schilling«, sagte der Arzt.
»Und ob«, sagte Lizzie. »Ein Jude in High Holborn hat mir zwei Guineen dafür geboten, obwohl ich ihn gar nicht um eine Schätzung gebeten hatte.«
»Dann ist sie vier Guineen wert«, sagte der Arzt. »Würden Sie sie mir für ein, zwei Tage leihen, wenn ich Ihnen verspreche, sehr gut auf sie aufzupassen?«
Lizzie sah den zerlumpten alten Mann verwirrt an. Er lächelte, sie wurde rot und wandte sich fragend an ihren Schwager, der ihr, wie sie später beklagte, keinerlei Hilfe angedeihen ließ.
»Ich bin mir sicher, daß ich sie der jungen Dame bis spätestens Mittwoch zurückgeben könnte. Meinen Sie nicht, Mr. Oates?«
»Tobias ...«
Der alte Mann fuhr fort: »Sie werden meine Dienste ohnehin noch einmal in Anspruch nehmen müssen. Spätestens am Mittwoch würde ich sagen. Oder am Dienstag, wenn das Fieber nicht zurückgegangen ist. Auf jeden Fall werden Sie froh sein, mich zu sehen. Davon bin ich überzeugt.«
»Sie geben uns natürlich eine Quittung«, sagte der Schriftsteller.
»Wenn Sie Papier und Feder hätten«, sagte der Arzt zu Lizzie. »Und wenn Sie so freundlich wären, das Schmuckstück genau zu beschreiben, unterzeichne ich gern.«
»Ich würde es nur als Halskette meiner Großmutter beschreiben, Sir. Darf ich fragen, was Sie damit wollen?«

»Ich will sie studieren«, sagte der alte Mann und versenkte die Halskette in einer tiefen Tasche seines schmutzigen Umhangs. »Ich studiere den menschlichen Körper, die menschliche Natur und alle nur erdenklichen Kunstgegenstände.«
»Tobias?« sagte seine Schwägerin fragend.
Aber Tobias tat wieder so, als ob er nichts hörte. Er beugte sich über einen kleinen Tisch, der am Fenster stand, und konzentrierte sich auf die minuziöse Beschreibung der Halskette und ihres Verschlusses. Währenddessen kreisten seine Gedanken wieder einmal um die Geldfrage. Er mußte unbedingt zu Geld kommen, und zwar schnell, damit er das Schmuckstück auslösen konnte.

54

Als ihr Schwager den merkwürdigen alten Mann zur Haustür begleitete, stand Elizabeth Warriner hinter der Spitzengardine und spähte auf die im hellen Mondlicht liegende Straße hinaus.
Zwar hatte sie der Verlust ihrer Halskette verstört, doch war dieses Gefühl nur ein kleiner Regentropfen verglichen mit dem Sturm an Emotionen, der in ihrer schlanken Gestalt wütete. Nachdem der Schatten des Arztes am Fenster vorbeigegangen war, drehte sie sich um, und da stand er, dem jeder ihrer wachen Gedanken galt, das liebe Gesicht im Schein des Mondes deutlich sichtbar.
»Am besten zünden wir eine Kerze an«, flüsterte er.
»Sie ist schon im Bett.«
»Aber Mrs. Jones ist noch da. Es würde ihr sehr seltsam vorkommen, wenn sie uns hier im Dunkeln vorfände.«
»Mrs. Jones schläft bei John im Kinderzimmer.« Lizzie nahm Toby die unangezündete Kerze aus der Hand und wartete darauf, daß er sie in den Arm nahm. »Sie schläft«, beharrte sie.

Sein Mund bebte, sein Kinn zitterte. »Es tut mir so leid«, sagte er.
Sie legte ihm einen Finger auf die Lippen.
»Ach, Toby. Du Dummer.«
Sie umarmte ihn, doch er blieb steif und unnachgiebig, und als über ihnen ein Dielenbrett knarrte, sprang er mit einem Satz von ihr weg.
»Wir müssen eine Kerze anzünden«, beharrte er.
Sie nahm seine Hand, er preßte die ihre.
»Es tut mir so leid um die Halskette«, sagte er. »Du bekommst sie morgen zurück.«
»Tobias, ich gebe keinen Deut um die dumme Kette.«
»Meine liebe, süße Elizabeth.« Nun nahm er sie doch noch in den Arm, faßte sie leidenschaftlich um die Taille und drückte sie fest an sich, so fest, daß er beinahe hätte fühlen müssen, was ihr das Herz so schwer machte.
»Meine liebe, süße Elizabeth, es ist dein einziges Schmuckstück. Was hast du letztens zu Closters Frau über die Steine gesagt? Daß es dich schon glücklich macht, sie nur anzusehen, wenn sie in ihrer Schatulle liegen?«
»Das ist jetzt nicht mehr so wichtig.«
»Es ist nicht mehr so wichtig, weil ich so dumm war, sie dir stehlen zu lassen?«
»Toby, sie ist doch gar nicht gestohlen.«
»Du bekommst sie bis morgen mittag zurück. Das verspreche ich dir.«
»Auch wenn sie gestohlen worden wäre, wäre es mir gleichgültig. Es ist etwas geschehen, was mich die Dinge mit anderen Augen sehen läßt.«
»Ja, anscheinend wird John bald wieder ganz gesund sein.«
Sie sah ihm an, daß er nicht die leiseste Ahnung von den Gefühlen hatte, die sie aufwühlten. »Er war sehr tapfer, der kleine Mann«, sagte sie vorsichtig. »Über dieses Thema wollte ich mit dir sprechen, mein lieber Toby.«

Er blickte sie ernst an.
»Sag es.«
»Was soll ich sagen, lieber Bruder?«
»Sag es.«
»Gatte«, sagte sie. Als er das verbotene Wort hörte, umarmte er sie noch einmal und bedeckte sie mit Küssen.
»Liebst du mich, Gatte?«
»Das weißt du doch. Du weißt, daß ich dich liebe.«
»Und du liebst alles an mir?«
»Sogar deine abgeschnittenen Fingernägel.«
»Und ...«
»Hier, ich gebe dir einen Kuß für deine Gedanken.«
Sie löste sich aus seiner Umarmung. »Ich fürchte, meine Gedanken würden dir nicht gefallen, mein Liebster.«
»Ach, Lizzie«, schimpfte er. »Wie kannst du so etwas sagen?«
»Denn meine Gedanken gelten unserem Kind ...«
»Mein Liebes, das darf nicht sein.«
»Doch, Toby, es darf und es wird.«
Er wich zurück.
»Mein Gott, Lizzie, was sagst du da?«
»Ich wußte, daß dir meine Gedanken nicht gefallen würden. Du hättest mich nicht danach fragen sollen.«
»Lizzie, treibe keine Spiele mit mir.«
»Ich spiele nicht mit dir, Gatte.«
»Was sind das nur für Ideen?«
»Ideen?« Sie erhob die Stimme. »Es sind keine Ideen, im Gegenteil. Zumindest ist es nichts, woran du an dem Tag, als du mir geholfen hast die Bettdecke zusammenzufalten, nicht selbst hättest denken können.«
Während sie noch leise und erregt aufeinander einredeten, bemerkten sie plötzlich, daß ein flackerndes Licht die Treppe herunterkam. Wie ein Geist huschte es über den Boden, und dann stand auch schon eine rundliche Gestalt im weißen Nachthemd in der Tür.

Im Schein ihrer Kerze entdeckte Mary ihre Schwester, die im Dunkeln am Fenster stand. Tobias lehnte am Kaminsims, aber als seine Frau ins Zimmer kam, entzündete er an ihrer Flamme ebenfalls eine Kerze.

»Tobias? Du streitest doch nicht etwa mit Lizzie?«

»Es ist nichts, meine Liebe.«

»Aber Lizzie, du weinst ja.«

Und tatsächlich, als Lizzie ihre brave, langweilige Schwester näherkommen sah, das kleine Gesicht in tiefe Sorgenfalten gelegt, konnte sie der Flut ihrer Gefühle nicht länger Einhalt gebieten. Große, heiße Tränen liefen ihr über die Wangen.

Mary legte ihr den Arm um die Schultern. »Was hast du denn, meine liebe Kleine?«

»Meine Kette«, rief Lizzie.

»Was ist mit ihrer Kette, Thomas?«

»Er hat zugelassen, daß der zerlumpte Arzt sie mir gestohlen hat. Der schmutzige alte Mann hat sie eingesteckt. Er hat ihn nicht aufgehalten. Es war ihm egal.«

»Es war mir nicht egal«, sagte Tobias hitzig. »Es war mir alles andere als egal.«

»Es war ihm wohl egal«, rief Lizzie. »Er denkt nur an sich und an sein Vergnügen.«

Die letzte Bemerkung rief eine lange Stille hervor. »Tobias, ist das wahr?« fragte Mary schließlich.

»Der Arzt hat die Halskette mitgenommen, aber nur als Sicherheit für sein Honorar.«

»So ein gräßlicher Mensch«, sagte Mary. »Wenn ich Grieves das nächste Mal sehe, werde ich mich bei ihm beklagen, daß wir unseren Sohn in die Hände eines solchen … *Pfandleihers* geben mußten. Tobias, du mußt dafür sorgen, daß Lizzie ihre Kette zurückbekommt.«

Lizzie blickte Tobias an, der sich mit dem Ellenbogen ziemlich unbequem auf den Kaminsims stützte. Er war ihr immer als entschlossener, väterlicher Mann erschienen, doch nun sah sie, daß der Sims zu hoch für ihn war und er sich recken mußte, um heranzukommen. Es war ein zutiefst entmutigender Anblick, und sie wünschte bei Gott, er wäre ihr erspart geblieben.

55

Als Tobias Oates fünf Jahre alt gewesen war, wurde sein Vater angeklagt, bei einer Kneipenschlägerei in der Wardour Street einen Mann namens Judd getötet zu haben. John Oates wurde im Old Bailey der Prozeß gemacht, und man verurteilte ihn zum Tode durch den Strang.

Tobys früheste Erinnerungen an London reichten bis in die stinkende Todeszelle zurück, wo sein Vater Tag und Nacht Gnadengesuche schrieb.

Da »John, der Kampfhahn« bei den Wärtern des Newgate-Gefängnisses beliebt war, versorgten sie ihn reichlich mit Essen und Bier, so daß Toby, wenn er ihn besuchen durfte, seinen Vater oftmals in aufgelöster Verfassung vorfand. Manchmal war er aufgekratzter, manchmal kleinmütiger Stimmung. Wenn er niedergeschlagen war, wandte er sich verzweifelt an seine Frau und seinen Sohn und schluchzte, daß er nicht sterben wolle.

All dies hinterließ bei dem Jungen natürlich einen bleibenden Eindruck.

Schließlich wurde sein Vater begnadigt, was, wie seine Frau sagte, »nicht gut für seinen Charakter« war. Danach ließ er sich in Soho nieder, wo er es unter den Jockeys und Buchmachern der Stadt zu einiger Berühmtheit brachte.

Später wuchs in Toby die Überzeugung, daß sein Vater für den Mord an Judd höchstwahrscheinlich doch verantwortlich gewesen war. In den Zeitungen war ausführlich darüber berichtet worden, wie groß und kräftig das Opfer und wie klein und

schmächtig der Täter gewesen sei. Toby wußte nur zu gut, daß dieses Ungleichgewicht nur dazu angetan gewesen wäre, seinen Vater zum Äußersten zu reizen.
John Oates lebte nach der Überzeugung, daß man sich dem stellen mußte, was einem angst machte. War es eine dunkle Gasse, wagte man sich hinein. War es ein bockendes Pferd, bestieg man es. War es ein Gewitter, lief man mitten hindurch. Tobias, der auch nicht viel größer als sein Vater war, hatte von ihm die Lebensregel geerbt, sich mit dem zu konfrontieren, was ihn ängstigte.
Da er die Armut fürchtete, schrieb er in seinen Artikeln leidenschaftlich dagegen an. Da er Alptäume vom Galgen hatte, begab er sich zu Hinrichtungen und schilderte sie im sachlichen Ton eines Schiedsmannes. Und an dem furchtbaren Tag, als Mr. Spinks starb und er erfuhr, daß das schöne Kind, in das er vernarrt war, selbst ein Kind erwartete, als am friedlichen Horizont seines Lebens dunkle Wolken aufzogen, überkam ihn der unwiderstehliche Drang, den Ort des Schreckens aufzusuchen, an den ihn das sich zusammenbrauende Unwetter zu verschlagen drohte.
Er übernachtete in einer Pension in Fox Court, unweit seines Hauses. Er war schon früher einmal dort gewesen, um für den *Chronicle* über die heruntergekommene Absteige zu berichten, aber er hatte noch nie auf einem der stinkenden Strohsäcke gelegen. Mit den großen Schlafsälen und den zahllosen kleineren Zimmern, die sich um einen Innenhof gruppierten, auf dessen glitschigen Pflastersteinen das Abwasser stand, erinnerte das Etablissement an einen Kaninchenbau. Ein alter Mann mit Reibeisenstimme, der eine Schürze umgebunden hatte, verlangte im voraus einen Penny von ihm und führte Tobias dann in eine fensterlose Kammer, die eher einem großen Schrank glich und wo bereits zwei Burschen abgestiegen waren, die nach Ale und Zwiebeln stanken.
Der Autor von *Captain Crumley* tat so, als ob er schliefe, während seine Zimmergenossen seine Kleidung nach Wertgegen-

ständen abtasteten. Es waren rohe, ungeschlachte Kerle mit buschigen Augenbrauen und breiten Nasen, doch ihre Finger glitten erstaunlich leicht über seinen Körper, unter das Kopfkissen und die dünne Decke. Wie Ratten huschten sie über ihn hinweg.

Nachdem sie endlich von ihm abgelassen hatten, tuschelten sie miteinander und widmeten sich dann, wie er zu seinem Entsetzen feststellen mußte, einer widernatürlichen Handlung, die von lautem Stöhnen und Fluchen begleitet wurde.

Als sie schließlich eingeschlafen waren, schlich Tobias sich aus der Kammer. Diese Episode beziehungsweise der Ort des Geschehens sollte später nicht nur in *Der Tod des Jack Maggs* und *Michael Adams* auftauchen, sondern in fast allen seinen Werken. Immer gibt es einen Hof mit *glitschig grünem Moder*, immer eine kleine Kammer, *eng wie ein Schrank, in der es nach vergossenem Ale und rohen Zwiebeln roch*. In all seinen Fortsetzungsromanen finden sich die abgelöste Tapete und das mit Ei bekleckerte Unterhemd des Portiers. Diese Szenen waren aber auch das einzige, was ihm dieses Abenteuer einbrachte. Denn als Tobias Oates auf den High Holborn hinaustrat, waren seine Ängste nicht schwächer, sondern stärker geworden, und er war fest entschlossen, eher ins Wasser gehen, als seine Familie in ein solches Fegefeuer mit hinunterzuziehen.

Doch wenn es sich erst einmal herumgesprochen hatte, daß er seine Frau hintergangen und ihre jüngere Schwester ins Unglück gestürzt hatte, wer würde dann noch ein Buch in die Hand nehmen wollen, das auf dem Rücken seinen Namen trug? Während er erst hinunter zur Themse und dann durch Borough wanderte, war er in seiner Vorstellung bereits die geschmähte Kreatur, die nie wieder stolz den Kopf erheben konnte; er würde arm und verhaßt sein. Seine Schritte hallten über das Pflaster, und er dachte an Geld, genau wie der berühmte Geizhals, den er eines Tages in *French Street* erschaffen sollte. Diese Figur hat mehr Ähnlichkeit mit ihrem Schöpfer, als die Leser jemals ahnten.

Gewiß, Toby war nicht so wohlhabend wie Scotty Meggitt, aber er streifte durch dieselben Straßen, durch die Scotty Meggitt im ersten Kapitel von *French Street* geht, addierend und subtrahierend, addierend und subtrahierend, *so wie ein anderer Mann seine Gebete gesprochen hätte*.

Aber Toby konnte rechnen, soviel er wollte, es kam nie mehr dabei heraus als acht Pfund und Sixpence. Es war nicht genug. Bei weitem nicht genug.

Bei Tagesanbruch war er immer noch unterwegs. Er ging über die neue London Bridge, und als sich das erste Morgenrot in das giftige Tintengrün mischte, erkannte er, daß die Brücke genau über dem Labyrinth verwinkelter Gassen erbaut worden war, wo der Schlafwandler seine frühesten Lebensjahre verbracht hatte.

Die Pepper Alley gab es nicht mehr. Die übriggebliebenen Dächer schimmerten grau und rosa im morgendlichen Nieselregen. Genau unter seinen Füßen hausten die bösen Kreaturen aus Jack Maggs' Erinnerungen. Hier hatte Tom blutige Fleischstücke die graue Treppe hinaufgetragen, die in den unterirdischen Gängen des verbrecherischen Verstandes noch immer existierte. Bei dieser Vision dämmerte ihm zum erstenmal die Bedeutung seines Romans. Das heißt, ihn überkam eine Ahnung von der wahren Größe des Werkes, das er eines Tages schreiben würde. Und wie bewertete er dieses Omen? Genau wie ein Pfandleiher. Er legte seinen großen Roman auf die Goldwaage. Mit ein wenig Glück konnte es ihm vielleicht gelingen, die Rechte an dem Buch noch heute zu verkaufen, ohne ein einziges Wort zu Papier gebracht zu haben.

Es war noch nicht einmal sechs Uhr, zu früh, um mit einem Verleger über Geschäftliches zu reden, aber bei der Aussicht auf eine solche Transaktion kehrte wieder etwas Farbe in sein Gesicht zurück. Er schritt zügig aus. Er würde sich jedes Pfund holen, das er herausschlagen konnte. Als er die London Bridge in entgegengesetzter Richtung erneut überquerte, fuhren die Schleppkähne der Gemüsehändler gegen die Flut nach Covent

Garden hinauf. Ja, es war zu früh, um Cheery Entwhistle einen Besuch abzustatten, aber spät genug, den Mann aufzusuchen, der ihm gestern für die Adresse eines Diebesfängers ein Vermögen geboten hatte.

Wie der alte Geizhals Meggitt wußte auch Toby noch nicht, auf welche Weise das Geld ihn würde retten können, wohin er fliehen sollte oder was für ein Bollwerk er gegen das heraufziehende Unwetter errichten konnte, aber um sieben Uhr klopfte er an die Tür von Mr. Buckles Haus, fest entschlossen, mit Jack Maggs ins Geschäft zu kommen.

Er wurde von der Küchenmagd empfangen, die wegen des Trauerfalls ganz in Schwarz gekleidet war.

»Da sind Sie ja, Sir«, rief sie in einem unangenehm vertraulichen Ton. »Ich wollte Sie gerade holen.«

Sie führte ihn nicht in den Salon, sondern ohne jede Erklärung eine leere, düstere Treppe hinauf, die in jedem anderen Haushalt mit einer anständigen Lampe beleuchtet gewesen wäre.

»Hier entlang, Sir. Es steht schlimm, sehr schlimm.« Offenbar war ihm die kleine Magd schon ein ganzes Stockwerk voraus.

Verwirrt eilte Tobias Oates hinter ihr her. Er mußte sich am Geländer festhalten, um auf den holperigen Stufen nicht auszugleiten.

Das Haus wirkte seltsam verlassen und leblos. Es war größer, als er gedacht hatte, doch dafür hatte es weniger Fenster. Den Lakaien, der auf dem zweiten Treppenabsatz auf ihn wartete, bemerkte er erst, als dieser ihm einen Zettel in die Hand drückte. Tobias fuhr zusammen und stieß einen Schreckensschrei aus.

»Entschuldigen Sie«, flüsterte Edward Constable. »Aber ich weiß nicht, was ich Mr. Maggs sagen soll. Ich weiß nicht, was richtig ist.«

Toby spähte auf den Zettel, konnte ihn aber bei dem schwachen Licht nicht entziffern.

»Hier oben, Sir«, rief das Mädchen.

Tobias wollte sich nach dem Lakaien umdrehen, doch der war

bereits wieder verschwunden. Er steckte das Papier ein und stieg in den obersten Stock hinauf. Daß er oben angekommen war, merkte er daran, daß er sich an der ungewöhnlich niedrigen Decke den Kopf stieß. Als er vor sich ein Flüstern vernahm, ging er dem Geräusch bedrückt nach.

Großer Gott, noch ein toter Dienstbote!

Eine Tür ging auf, schwaches, graues Tageslicht fiel in den Korridor hinaus. Nachdem er einen Hindernisparcours von einigen Objekten, die wie zusammengerollte Teppiche aussahen, überwunden hatte, betrat er eine stickige kleine Dachkammer.

Er hatte befürchtet, Mrs. Halfstairs oder Miss Mott im Bett liegend vorzufinden, doch es war der große, schwere Körper des Mannes, von dem er sich die fünfzig Pfund abholen wollte. Sogleich fiel Tobias der wächserne Schimmer auf seiner Wange auf. Es war der verdammte *Tic douloureux*.

Langsam schlug er die graue Decke zurück. Seines einzigen Schutzes beraubt, wimmerte Jack Maggs wie ein Kind.

»Guten Morgen, Jack Maggs.«

Als Maggs seine Stimme hörte, versuchte er sich aufzurichten. Anscheinend war er vollständig bekleidet, und er hatte sogar Stiefel an den Füßen, aber er war sehr krank. Er sah seinen Besucher aus verschwollenen Augen an.

»Sind Sie es, Sir?«

»Ich bin es. Mr. Oates.«

»Dann werden Sie Henry Phipps also doch für mich suchen?« fragte er kläglich. »Mehr brauche ich nicht. Dann verschwinde ich.«

»Wir hatten doch fünfzig Pfund ausgemacht, ja? Ich bringe Sie zu dem Diebesfänger.«

»Das ist der Mann.« Er klammerte sich an Tobys Ärmel. »Dann sind Sie mich los. Ich werde Ihnen keine Schwierigkeiten mehr machen. Ich bezahle Sie bar und lasse Sie in Ruhe. Gott, wie weh es tut. Es ist das verdammte Phantom, von dem Sie immer reden.«

»Können Sie mir die fünfzig Pfund heute noch besorgen?«
Der Kranke versuchte erneut, sich hochzustemmen, doch auch diesmal gelang es ihm nicht. Er ließ sich wieder auf die Matratze sinken und hielt die Hand vor die Augen. »Einen Augenblick, einen Augenblick.«
»Gut. Dann wollen wir erst einmal das Phantom austreiben.«
Obwohl Tobias selbst sehr müde war, beugte er sich über das Bett und machte sich an die langwierige Prozedur, den Patienten zu magnetisieren. Es war unbequem, einen liegenden Probanden vor sich zu haben, aber dafür brachten sie beide einige Erfahrung mit. Nachdem Tobias die Hand ein paarmal vor Jack Maggs' Augen hin und her geführt hatte, sank dessen Kopf schon bald in das Kissen.
Tobias hockte sich auf einen dreibeinigen Schemel, den er sich herangezogen hatte, und zog die Knie an, wie ein Passagier in einem Ruderboot. Sein Magen knurrte. Er atmete tief ein und schloß die Augen. Als er sprach, war seine Stimme ausdruckslos, ohne jede Begeisterung.
»Was können Sie sehen?«
»Nichts. Dunkelheit.«
»Sie können das Phantom sehen.«
»Ich kann doch nicht durch eine Mauer gucken.«
Tobias gönnte sich ein müdes Lächeln. Bei Jack Maggs gab es immer irgendein Hindernis – eine Mauer, einen Wassergraben, eine Brücke –, irgendeine Hürde, die überwunden werden mußte, bevor man in die Festung des verbrecherischen Verstandes eindringen konnte.
»Dann nehmen wir einen Stein heraus, Jack. Wir kratzen den Mörtel weg und probieren, ob wir etwas sehen können.«
»Das lohnt nicht, Kumpel. Mein Wort darauf.«
»Lügen Sie mich nicht an, Mann. Sie wissen genau, wo es ist. Sie wissen, was auf der einen und was auf der anderen Seite ist.«
Jack Maggs kräuselte die Lippen, aber er antwortete nicht.
»Nehmen Sie den Stein heraus.«

»Auf mein Wort, Sir, es geht nicht.«
»Jack Maggs, ich befehle es Ihnen. Nehmen Sie den Stein heraus.«
»Verdammt«, schrie der Kranke und wand sich auf der Matratze. »Zwingen Sie mich nicht, es mir anzusehen.«
Tobias beugte sich auf seinem Schemel vor. »Zeigen Sie es mir«, befahl er.
Keine Antwort. Dann, plötzlich: »Sophina. Sie ist todunglücklich.«
Der Magnetiseur hatte eigentlich etwas anderes erwartet. Er hatte bereits weit mehr als vierzig Seiten zu Papier gebracht, die allein von Jack Maggs' Liebe zu Sophina Smith handelten. Jetzt, da er schmutzig und müde war und auf seine fünfzig Pfund wartete, wollte er nicht noch mehr davon hören.
»Dann wird Sophina den Stein aus der Mauer nehmen.«
»Es gibt keine Mauer.«
»Direkt hinter Sophina steht eine Backsteinmauer. Nehmen Sie den Stein heraus.«
Aber so leicht ließ sich der Somnambulist nicht vom einmal eingeschlagenen Weg abbringen.
»Jetzt nimmt sie Toms Hand. Jetzt tut er so, als ob er sie trösten wollte.«
»Jack, das Phantom lauert auf der anderen Seite der Mauer.«
»Ich will es nicht sehen. Ich kann es nicht ertragen.«
»Da ist Tom. Er hat einen Meißel, er kratzt den Mörtel weg.«
»Er will mich zwingen, es mir anzusehen, der Schweinekerl. Ich mache die Augen zu.«
»Der Stein ist heraus.«
Wimmernd schlug der Hüne im Bett die Hände vor das Gesicht.
»Halten Sie sich nicht die Augen zu. Ist das nicht das Phantom?«
Widerwillig nahm Jack tatsächlich die Hände weg, öffnete die Augen und starrte angestrengt auf das trübe, regenfleckige Fen-

ster der Dachkammer. Was er dort erblickte, sagte er nicht, aber er stieß einen Schrei aus, der so lang und furchtbar war, daß der Schriftsteller den Kopf senkte und die Augen zusammenkniff.

56

Sich aufbäumend kämpfte der Sträfling gegen seine magnetischen Ketten an. Weit vorgebeugt saß er im Bett, und seine dunklen Augen blitzten und funkelten wie Gin. Tobias, der die Behandlung nur angefangen hatte, um an seine fünfzig Pfund zu kommen, verschwendete keinen Gedanken mehr an Geld.

»Ruhig«, rief er und baute sich mutig vor Jack Maggs auf, die Beine breit, die eine Hand wie zur Abwehr oder wie zum Segen ausgestreckt.

Obwohl Jack Maggs ihn anzusehen schien, hätte niemand sagen können, welche Welt er mit seinem wilden Blick wirklich erfaßte.

»Ruhig, Jack. Ruhig.« Mit den offenen Handflächen machte der Schriftsteller eine schiebende Bewegung. Als die Hände immer näher auf Jack Maggs zukamen, ließ der sich wieder halb auf die Matratze sinken. Um sich der Herrschaft über seinen Patienten völlig zu versichern, trat Tobias vorsichtig einen kleinen Schritt näher. Doch Jack Maggs gab sich noch nicht ganz geschlagen, er stützte sich auf seinen Ellenbogen, gespannt wie eine Spiralfeder. Er konnte nicht weg, er war magnetisiert, aber Tobias fehlte das rechte Vertrauen in die Wirksamkeit seines Instruments.

Im nächsten Augenblick mußte er fürchten, daß der Kampf verloren war. Jack Maggs riß den Mund auf und schrie, nicht vor Schmerz, sondern aus Angst vor etwas Unsichtbarem. Ein lautes *Nein!* entrang sich seiner Brust, und er kam auf die Beine, nicht schnell, sondern so, wie Gulliver sich erhoben hätte, wenn er sich den Stricken der Liliputaner hätte widersetzen können. Als er aufrecht stand, berührte seine hohe Stirn die Decke. Er war, als füllte er die ganze Kammer aus und ließe kein Licht mehr herein. Tobias mußte seinen ganzen Mut zusammennehmen, um nicht vor ihm zurückzuweichen.

»Hinlegen!« schrie Tobias Oates. »Ich befehle es Ihnen.«

Er fürchtete, gegen die Naturgesetze gefrevelt, Dämonen, die die Grenzen seines Wissens überstiegen, entfesselt und in ein dunkles Vipernnest gestochen zu haben. Ohne seinen Probanden aus den Augen zu lassen, versuchte er zu erkennen, ob in der Kammer irgendwo ein Stock oder Schürhaken herumlag, den er als Waffe benutzen konnte.

»Im Namen Jesu Christi befehle ich Ihnen, zu schweigen.«

Jack Maggs hielt inne. Er blinzelte.

»Still«, rief Tobias. »Sie werden still bleiben.«

Der Patient schwankte, beugte sich vor und rieb sich die unrasierte Wange.

»Legen Sie sich auf Ihr Bett. Sie werden erst wieder aufstehen, wenn es Ihnen meine Stimme befiehlt.«

Jack Maggs setzte sich auf die Bettkante. Er zog seine Stiefel aus und ließ sie schwer auf den Boden fallen.

»Jesses«, rief er und legte sich hin. Er rieb sich noch immer das Gesicht.

Tobias überlegte, wie er das Phantom zur letzten Ruhe betten sollte. Inzwischen hatte er längst vergessen, daß dieser Geist seine eigene Erfindung war, eine Personifizierung des Schmerzes, die er dem Sträfling eingepflanzt hatte. Er befahl dem Somnambulisten, ihm die Gestalt zu schildern, die ihn quälte und verfolgte. Natürlich hätte er die eisblauen Augen, die scharfe, gerade Nase und die maisgelben Haare selbst am besten beschreiben können, aber er wollte, daß sich sein Proband auf das Phantom konzentrierte, um es dann in einem Gewaltakt, den er sich erst noch ausdenken mußte, für immer ins Meer zu werfen, wie die biblischen Säue.

Er zeigte auf einen Flecken an der Wand der Dachkammer. »Da ist es, Jack. Da ist es.«
Jack Maggs aber widersetzte sich. Er warf den Kopf hin und her und kniff die Augen zusammen. Er zerrte an seiner Wange und stach mit den Fingern hinein, als ob seine Hand ein Pflug und sein Fleisch Erde wäre.
»Ist es dunkel, Jack?« fragte Tobias, um ihn aus der Reserve zu locken, da er wußte, wie streitlustig Jack Maggs war. »Ist es ein schwarzer Mann?«
»Nein«, seufzte der Sträfling. »Es ist hellhäutig. Und blond.«
»Seine Haut ist weiß?«
»Er hat mein Kind.«
Obwohl Tobias so erschöpft war, daß er sich am liebsten selbst hingelegt hätte, fuhr er ruhig fort, das letzte Hindernis zu überwinden.
»Dann nehmen Sie ihm das Kind ab«, sagte er. »Gehen Sie auf das Phantom zu. Strecken Sie die Hände aus. Das Phantom will Ihr Kind nicht. Es wird Ihnen das Kind zurückgeben.«
»Es ist auf der andern Seite der Mauer.«
Tobias glaubte, sein Proband spräche noch immer von dem Phantom. »Einen Stein haben Sie bereits herausgenommen«, sagte er gereizt. »Sie werden nun einen zweiten herausnehmen. Wenn es sein muß, werden Sie die ganze Mauer einreißen, um zu ihm zu gelangen.«
Während der Sträfling erneut eine Phase kindischen Kopfschüttelns und Wangenreißens durchmachte, faltete Tobias geduldig die Hände im Schoß. Als Jack Maggs sich wieder beruhigt hatte, fragte er: »Haben Sie den Stein jetzt herausgenommen?«
Der andere Mann machte ein trauriges Gesicht. »Sie haben es in eine Sickergrube geschmissen.«
»Das Phantom ist vertrieben?«
»Mein Kind. Mein Kind ist tot.«
»Wo ist Ihr Phantom, Jack? Sagen Sie es mir noch einmal: Wie sieht es aus?«

»Es trägt die Uniform des Königs«, sagte der Sträfling bitter. »Er ist ein verdammter Soldat, aber mein armer kleiner Junge liegt in der Grube.« Zu Tobias Oates' großer Bestürzung begann sein Proband hemmungslos zu weinen. »Ach, Gott, ach Gott. Sein süßes Gesichtchen ist aufgeschnitten.«

Schluchzend zog Jack Maggs die kräftigen Beine bis ans Kinn, als ob er selbst ein kleines Kind wäre.

»Ich will es nicht sehen. Zwingen Sie mich nicht dazu«, schrie er, faßte sich an die Wange und zerrte mit den Fingern daran herum. »Ach, Gott, ich wünschte, ich wäre tot. Das ist die Wahrheit.«

»Passen Sie auf, Sir.«

»Lassen Sie mich, lassen Sie mich in Ruhe.«

»Ich kann Ihren Sohn wiederherstellen.«

»Das können Sie nicht. Er ist tot.«

»Wir werden seine Wunde verschließen. Bitte.«

»Lassen Sie ihn in Frieden, Sie verdammter Quälgeist.«

Aber Tobias Oates hatte plötzlich eine Eingebung bekommen. »Sehen Sie, Jack. Sehen Sie, die Wunde ist verheilt. Wenn seine Wunde verheilt ist, wird auch die Ihre verheilen. Es ist die gleiche Wunde.«

»Ich will sie behalten.«

»Nein, sehen Sie hin, die Wunde ist verheilt. Ihre Schmerzen sind weg.«

»Ich will sie behalten«, rief Jack Maggs, stemmte sich mit einem Ellenbogen hoch und starrte Tobias Oates so hellwach an, daß man kaum glauben konnte, daß er noch immer mesmerisiert war.

»Ich will sie behalten, Sie Dummkopf. Sie sind das einzige, was mir von ihm noch geblieben ist.«

57

Der *Tic douloureux* war zwar noch nicht besiegt, aber immerhin hatten die Magnete Jack Maggs soviel Linderung verschafft, daß er in der Lage war, aufzustehen und unter die Matratze zu greifen, wo er, wie sich nun zeigte, einen Großteil seines Schatzes verborgen hatte.

Dabei wandte er Toby den Rücken zu und zog die Schultern hoch, damit der Schriftsteller nicht erkennen konnte, wieviel Geld er besaß.

»Als Vertrauensbeweis gebe ich Ihnen zehn Pfund im voraus«, rief er.

Als er sich umdrehte, lag noch immer ein wächserner Schimmer auf seiner Haut, aber aus seinen Augen blitzte schon wieder der alte Schurke hervor. »Mit Ihnen ist wirklich nicht leicht handeln«, sagte er rauh.

Doch dann ergriff er Tobys Hand. »Aber hol's der Henker, Sie werden sehen, daß ich mein Wort halte, alter Freund.«

Er zog den verdutzten Schriftsteller an sich, so nah, daß Tobias sich seinem übelriechenden Atem nicht entziehen konnte. Toby machte eine Faust, aber Jack Maggs zwang seine Finger mit der verstümmelten Hand auseinander.

»Morgen werden wir dem Herrn einen Besuch abstatten«, sagte er.

»Er wohnt in Gloucester.«

»Dann fahren wir eben nach Gloucester, Kamerad. Und wenn ich ihn habe, sollen Sie noch einmal vierzig goldene Talerchen bekommen.«

Damit zählte er Tobias Oates feierlich zehn warme Sovereigns in die offene Hand.

Als der Schriftsteller wenig später in einer Mietdroschke die Great Queen Street hinunterfuhr, klimperte er mit den Münzen in seiner Tasche. Er malte sich aus, auf welchen Weg sie wohl zu ihm gefunden hatten. Wie immer waren die Szenen, die seine

Phantasie vor seinem inneren Auge erstehen ließ, für ihn ebenso real wie die Straße, durch die er fuhr. Er sah ein Holzhaus im Mondschein, einen gezückten Dolch, eine umgestürzte Laterne, ein plötzlich in der antipodischen Dunkelheit aufloderndes Feuer. Diese Bilder führten ihn nach und nach wieder zu seinem Romanprojekt zurück. Er überlegte sich schon einmal, wie er dem alten Cheery Entwhistle *Jack Maggs* schmackhaft machen sollte.

Schon bald hatte er sich in die Umstände von Jack Maggs' Geburt vertieft. Mit Hilfe seiner Magnete hatte er erfahren, daß Maggs als neugeborenes Kind von der London Bridge geworfen worden war. Nun begann er mit der Idee zu spielen, daß der Sträfling, genau wie der Dichter Richard Savage, der uneheliche Sohn adliger Eltern sein könnte. Genau an diesem Punkt würde er bei Cheery Entwhistle mit seiner Schilderung beginnen. Er sah sich schon in dem behaglichen Büro des Verlegers auf und ab schreiten, während der alte Mann die Hände auf dem Bauch gefaltet hatte und ihm zufrieden zuhörte.

Plötzlich schreckte er aus seinem Tagtraum hoch. Die Droschke hatte sich schon längere Zeit nicht mehr vom Fleck bewegt. Er sah aus dem Fenster. Sein Kutscher und der Fahrer eines Omnibusses standen sich mit erhobenen Fäusten mitten auf der Straße gegenüber.

Sogleich sah er eine Gelegenheit, zwei Guineen zu verdienen. Er konnte den Artikel in einer Stunde fertig haben: »Zwischenfall in High Holborn«.

Dazu der Straßenkehrerjunge (zwei Guineen).

Dazu die Kanarienfrau (zwei Guineen).

Wenn er die Rechnung des Kaufmanns und des Metzgers nicht bezahlte, konnte er vielleicht vierhundert Pfund anhäufen, bevor das Unwetter losbrach.

Die Droschke fuhr wieder an, es ging in schnellem Tempo weiter. Tobias holte seine Kladde heraus und begann zu schreiben. Bis er sie in der Merton Street wieder zuklappte, hatte er zweihundert Wörter geschafft. Er befahl dem Kutscher zu warten und lief die nach Katze riechende Treppe zu Dr. Hardwicks Haus hinauf.

Mit einer unappetitlich grauen Serviette in der Hand öffnete der Arzt die Tür.

»Dr. Hardwick«, sagte Tobias. »Ich bringe Ihnen Ihr Honorar, wie versprochen.«

Der Arzt schien nicht gleich zu wissen, was er mit dieser Information anfangen sollte.

»Ich bin Tobias Oates.«

»Ach ja?« sagte Dr. Hardwick und ging zurück ins Haus. Die Tür lehnte er nur an. Da er Tobias nicht hereingebeten hatte, blieb diesem nichts anderes übrig, als im Eingang zu warten. Was war das nur für ein Arzt, der seine Besucher selbst an der Tür empfing? Anscheinend hatte sich der alte Mann ins Wohnzimmer begeben, sein hin und her huschender Schatten deutete darauf hin, daß er etwas suchte.

Erst nach etwa zehn Minuten kam er mit leeren Händen wieder zurück. Von der Halskette war nichts zu sehen.

»Hier haben Sie einen Sovereign«, sagte Tobias hastig. »Ich glaube, ich schulde Ihnen fünf Schilling.«

Dr. Hardwick machte ein erstauntes Gesicht, als er die Goldmünze sah. »Wie geht es meinem Patienten?«

»Dem Kind geht es gut. Ich hoffe, Sie können mir herausgeben, Sir.«

So bereitwillig ihm der Arzt das Wechselgeld überreichte, so wenige Anstalten machte er, ihm das Schmuckstück auszuhändigen.

»Sie haben etwas in Ihrem Besitz, was mir gehört«, sagte Tobias schließlich.

Dr. Hardwick runzelte die Stirn. »Ihnen?«

»Nun gut, der Schwester meiner Frau.«

»Ach so, Sie wollen die Halskette des Mädchens.« Der alte Mann kramte in seiner Jackentasche.

»Sie ist doch hoffentlich nicht verlorengegangen?«
Langsam zog der Arzt die Kette aus der Uhrtasche seiner Weste.
»Sie geben zuviel von sich preis«, sagte er, während er die Kette vor Tobias Oates baumeln ließ.
»Sir?« Tobias bekam einen roten Kopf.
Dr. Hardwick ließ die Kette in Tobias' offene Hand fallen.
»Ich hoffe, Sie achten genausogut auf Ihre Schwägerin wie ich auf deren Kette«, sagte er.
Tobias traute seinen Ohren nicht, aber der Fremde starrte ihn aus seinen gelblichen Augen dreist an. Unter dem verfärbten Schnurrbart des Mannes schien ein gutmütiges Lächeln um seine Lippen zu spielen. Für einen kurzen Augenblick war Tobias versucht, sich all seinen Kummer von der Seele zu reden und den Arzt um eine medizinische Lösung für die Krise zu bitten, die seine Welt schon so bald zu zerstören drohte.
Doch dann sah er die verächtlich heruntergezogenen Mundwinkel und seinen stählernen Blick. Er machte auf dem Absatz kehrt und lief zu seiner Droschke.

58

Lieber Henry, ich stelle mir vor, daß Du mich beobachtest. Ich bilde mir ein, daß Du hinter der Tür stehst oder von der Straße aus durch den Vorhangspalt ins Haus spähst. Ich stelle mir vor, daß Du erst mal sehen willst, was für ein Mensch Dein Dad ist. Du bist vorsichtig.
Ich war auch ein vorsichtiger Junge. Besonders war ich vor Tom auf der Hut, und Du wirst sehen, wie recht ich daran tat. Mit achtzehn Jahren war Tom zu einem hochgewachsenen, beinahe gutaussehenden Burschen herangewachsen. Sein wirres, lockiges

Haar verbarg seine häßlichen Ohren. Er hatte einen Zug um die vollen roten Lippen, der Reizbarkeit und Begierde zugleich ausdrückte. Einerseits war er ein Junge, der gern küßte, andererseits umgab ihn aber auch etwas Verschwörerisches, und sein Blick war hart und grimmig.

– Wir sind Brüder, Jack, sagte er oft zu mir und beugte sich im Doppelköpfigen Schwan weit über den berühmten geschnitzten Eichenholztisch. Wir brauchen keine Fremden, die die Arbeit für uns machen.

Mit dem Fremden war Silas gemeint, der, obwohl er noch immer im Gefängnis einsaß, die meisten unserer Raubzüge kontrollierte und, wenn man Tom glauben konnte, den Löwenanteil unserer Gewinne einstrich. Da Mary Britten ihm nicht erlaubte, ihr damit in den Ohren zu liegen, machte er seiner Verbitterung mir gegenüber Luft. Er packte mich am Handgelenk und hielt mich fest.

– Du bist zwar kein Blutsverwandter, aber du gehörst zur Familie. Ich würde für dich sterben, Jack. Und so weiter und so fort.

Seine Besessenheit war mir unbehaglich, auch wenn ich mich bemühte, es ihm darin gleichzutun, weil er sehr empfindlich war und meine Unterstützung brauchte. Aber in Wahrheit tat er mir leid. Da ich auf ihn hinunterblickte, behielt ich ihn nicht so scharf im Auge, wie es ratsam gewesen wäre.

Wenn ich mich mit Sophina über ihn lustig machen wollte, tadelte sie mich mit strengen Worten. – Du solltest dich schämen, sagte sie. Du hast einen Bruder, der sein Leben für dich geben würde, und du ziehst ihn in den Dreck.

Daß sie in Tom nur das sah, was sie sehen wollte, sollte sie eines Tages noch bitter bereuen. Sie begriff nicht, wie stark der Groll war, den er gegen ihren Vater hegte.

Tom war einerseits ein großer Heimlichtuer und andererseits überaus geschickt im Umgang mit seinem Werkzeug, eine glückliche Kombination von Eigenschaften, die ihn zum Einbrecher geradezu prädestinierte. Seit er sich in seine Lehre gefügt hatte, war er zum Liebling seines Meisters aufgestiegen. Der Lehrherr ahnte nicht, daß Tom Britten ein Dieb war. Im Gegenteil, er prahlte damit, daß es im ganzen Westen Londons niemanden gebe, der eine Schwalbenschwanzverbindung so akkurat und schnell anfertigen könne wie sein Lehrling. Ich habe keinen Grund, an dieser Aussage zu zweifeln. Tom hat mir einmal erzählt, daß das Holz unter seinen Händen so gefügig sei wie ein kirre gemachtes Tier. Bei ihm klang es, als ob es etwas Schmutziges wäre.

Tom hätte es im Leben durchaus auch mit ehrlicher Arbeit zu etwas bringen können, aber er war der Sohn seiner Mutter. Die beiden hatten andere Ziele.

1806 kamen bei uns nur noch beste Bruststücke, Koteletts und Rollbraten aus einer Metzgerei in der Upper Street auf den Tisch, und Mrs. Britten hatte zwei Häuser erworben. Sie behandelte nur noch Damen aus den besseren Kreisen, die sich wohl nur mit einiger Beklommenheit nach Islington wagten, dabei aber sicher froh waren, dort keine Bekannten zu treffen.

Ma empfing die Patientinnen in einer eigentümlichen Tracht, die sie selbst ersonnen hatte, ganz in Weiß und mit einem seltsamen Häubchen auf dem Kopf. Sie verkaufte keine Bauchwehwürste mehr. Statt dessen vertrieb sie Dr. Brittens Hahnenspornpillen gegen Frauenleiden. Diese Pillen stellte sie aus Mutterkorn her, einer Substanz, die die Hände nach Fisch riechen ließ. Sophina und ich brachten manchen Vormittag damit zu, die groben, lila Klumpen in kleine braune Flaschen zu füllen.

Mit meinen vierzehn Jahren paßte ich nicht mehr durch einen Schornstein, aber dafür hatten Sophina und ich uns große Kenntnisse über altes Silber angeeignet. Zusammen mit Tom, auf dessen handwerkliches Geschick wir zählen konnten, hatten wir uns im Diebesgewerbe zu Höhen aufgeschwungen, von denen jemand wie Silas nie zu träumen gewagt hätte.

Manchmal brach Tom das Schloß auf, doch meistens genügte ein Schnitt mit der Laubsäge, und der Schlüssel wurde unter seinen Fingern zum Hahnrei. Obwohl Sophina und ich uns fernhielten, wenn er die Tür öffnete, kann ich mir gut vorstellen, wie Tom sich das Schloß mit Hilfe von geteertem Bindfaden, Dietrichen und Sägeblättern, die so fein wie Menschenhaar waren, gefügig machte. Er richtete dabei weniger Schaden an als ein Holzwurm, und wenn er mit seiner Arbeit fertig war, ließ sich die Tür so leicht öffnen wie ein Buch.

An einem vorher vereinbarten Treffpunkt erklärte er uns mit hochrotem Kopf, wie wir in das jeweilige Haus eindringen sollten. Seine Gesten waren flink, aber geschmeidig. Er wirkte aufgeregt und scheu zugleich. Mir entging nicht, wie er Sophina unter den langen Wimpern hervor musterte, während er uns das Aufbrechen des Schlosses als besonders riskant darstellte. Er wollte sich als toller Hecht aufspielen. Obwohl er nie mit Sophina redete und auch nie über sie sprach, war ich nicht blind für die starken Gefühle, die er für sie hegte.

Wenn er uns in Islington besuchte, ignorierte er uns beide. Abends blieb er lange auf und beriet sich mit meiner Mutter. Stundenlang saßen sie, über ihre »Papiere« gebeugt, im Speisezimmer. Worum es sich bei diesen Papieren genau handelte, kann ich nicht sagen, ich vermute aber, daß eine eidesstattliche Erklärung darunter war, in der Silas' Unschuld festgehalten wurde, sowie die Besitzurkunden der beiden Häuser – wenngleich ich das andere Haus, das Ma als »weitläufige Residenz in Notting Hill« beschrieb, nie zu sehen bekam.

Sonntags nachmittags tranken sie Wein aus gelben venezianischen Gläsern, während sie lange Zahlenkolonnen addierten und geheimnisvoll miteinander tuschelten. Was für Geheimnisse sie vor uns hatten, weiß ich bis heute nicht. Ich kann Dir nicht sagen, ob Ma Britten wußte, daß Tom Silas verraten hatte, oder ob sie die ganze Sache vielleicht sogar selbst eingefädelt hatte. Diesem sauberen Pärchen war alles zuzutrauen.

Manchmal, wenn es eine kleine Meinungsverschiedenheit gegeben hatte, blieb Tom nicht lange, aber meistens war er noch da, wenn Sophina und ich längst zu Bett gegangen waren.

Wir waren oft müde, und das lag nicht allein daran, daß wir an mehreren Abenden in der Woche durch halb London laufen mußten. Unsere Erschöpfung rührte vor allem daher, daß wir dazu vergattert waren, das Haus zu putzen. Es hat gewiß noch nie ein Hausmädchen gegeben, das härter rangenommen wurde als wir.

Am anstrengendsten waren für uns nicht so sehr die Räume im ersten Stock, sondern die Reinigung des Erdgeschosses, das ausschließlich Ma Brittens »Damen« vorbehalten war. Diese Räume, in denen man weder essen noch schlafen durfte und wo einem ein mitgebrachtes Schmalzbrot eine Tracht Prügel einbrachte, hatte sie so dekoriert, wie sie sich einen Damensalon vorstellte.

Obwohl Mary Britten keine gebildete Frau war und von ihrer großen, derben Gestalt eine rohe Kraft ausging, die wohl eher an einen Straßenhändler als an eine Pflegerin erinnerte, trieb sie das heftige Verlangen, vornehm zu sein, im St. James Park zu flanieren und anstandslos in Vergnügungsstätten wie Ranelagh eingelassen zu werden. Sie verwandelte das Wohnzimmer in einen Altar ihrer Aspirationen und füllte es mit teuren Volants und Rüschen, mit Blumenbänken, Zierdeckchen und Statuen dunkler Jungfrauen, die eine angezündete Kerze in der ausgestreckten Hand halten konnten. Es ist seltsam, daß es mir, der ich in meinem Leben mit Sicherheit weitaus mehr vornehme Häuser von innen gesehen hatte als sie, nie eingefallen wäre, ihr Wissen oder ihren Geschmack zu kritisieren.

Sophina und ich hatten oft genug die Gelegenheit, uns über ihren ausgefallenen Geschmack zu ergehen, da es unsere Aufgabe war, die beiden Räume im Erdgeschoß zu putzen, sowohl den »schönen« als auch den »häßlichen«, wie wir sie nannten.

Der schöne Raum war ein Alptraum. Der Eichenholzboden wollte gebohnert, die schweren Teppiche geklopft werden. Wenn wir vergaßen, die Fußleisten zu polieren, wenn wir den Kaminsims nicht gründlich abstaubten, wenn auf der silbernen

Vase, die ich bei einem Bauern in Hampstead gestohlen hatte, ein Rest Politur zurückblieb, war die Hölle los.

Die Arbeit in dem häßlichen Raum fiel uns leichter und schwerer zugleich. Leichter, weil es dort keine Volants und schnörkeligen Verzierungen gab, und schwerer, weil wir dort manchmal solche Unmengen von Blut vorfanden, daß es jedes Kind in Angst und Schrecken versetzt hätte. In zugedeckten Schüsseln entdeckten wir Dinge, deren Anblick ich bis heute nicht vergessen habe. Über das häßliche Zimmer redeten wir nicht miteinander, stumm leerten wir die Becken in die Sickergrube hinten im Garten. Wir beeilten uns mit dem Putzen und hielten, während wir mit Seife und Scheuerbürste ans Werk gingen, den Atem an.

Wenn wir wieder nach oben kamen, war es so, als träte man in einem Theater hinter die Kulissen. Hier wohnten wir, und zwar wesentlich besser als früher. Es gab einen großen Wandschrank – in Wahrheit eine kleine Kammer mit Fenster –, wo Ma das Mutterkorn mahlte und die Pillen herstellte, eine langwierige Arbeit, da sie jede einzelne von Hand drehte. Wenn sie herauskam, war sie immer müde und schlecht gelaunt. Wir hatten eine kleine Küche mit einem heißen schwarzen Herd, an dem wir uns oft die Finger verbrannten. Ma hatte ein eigenes Zimmer, wo sie schlief und in großen Kisten all die seltsamen Sachen aufbewahrte, die vor Silas' Verhaftung auf dem Dachboden des Netzmachers in Wapping gelagert worden waren.

In dem kleinen Speisezimmer, das Ma gleichzeitig als Büro diente, verwahrte sie in einer Blechdose die Besitzurkunden und die anderen rätselhaften Papiere, die sie ständig herausholte und überprüfte.

Sophina und ich mußten sie »Ma« nennen, was wir auch taten, obwohl wir oft genug zu spüren bekamen, daß wir nicht ihre Kinder waren. Wenn Tom uns besuchte, verbündeteten sie sich gegen uns, und wenn sie wieder einmal über den Papieren brüteten, wären wir nie auf die Idee gekommen, daß auch wir eini-

ges zum Lebensunterhalt beitrugen. Wir glaubten vielmehr, daß wir es allein ihrer Menschenfreundlichkeit zu verdanken hatten, daß wir überhaupt ein Dach über dem Kopf hatten.
Tom sah Silas' Tochter nie offen an. Und doch spürte ich schon damals, daß es ihn große Selbstbeherrschung kostete.
Du würdest es nicht für möglich halten, daß ich, obwohl ich ihn so gut kannte, meinen hübschen Schatz jemals unbeschützt zurückgelassen hätte. Wenn ich es fürweilen trotzdem tat, mein lieber Junge, dann nur deshalb, weil ich längst Silas' Schwiegersohn geworden war. Natürlich waren Sophina und ich nicht in der Kirche getraut worden, obwohl wir oft davon träumten und den Tag herbeisehnten, an dem wir endlich davon würden sprechen können, ohne uns dafür eine Tracht Prügel einzuhandeln.

Amo, amas, amat,
wie hold ist es und zart,
das Mädchen, das ich liebe.

Soweit ich mich erinnere, waren wir damals vierzehn Jahre alt. Wenn wir nachts in den Armen des anderen eingeschlafen waren, fühlten wir uns unter unserer Bettdecke geborgen. Zumindest waren wir uns der Gefühle sicher, die wir füreinander hegten.

59

Henry, wenn Du gehört hättest, wie der ahnungslose Richter Denman den Geschworenen meine verbrecherische Ader beschrieb und wie der alte Hermelinträger meine Vergehen aufzählte, hättest Du glauben müssen, ich sei dem Diebeshandwerk so verfallen gewesen, daß mir zwischen dem ersten Hahnenschrei und Mitternacht keine einzige freie Minute mehr blieb.

Sophina und ich mußten schwer arbeiten, das ist wahr, aber öfter als Putzfrauen denn als Einbrecher. Wenn die Fußböden geschrubbt und die Geländer poliert waren, wurde uns die Zeit oft lang. So manchen schönen Sommertag mußten wir oben in der Wohnung verbringen, wo wir uns zur Zerstreuung mit einem Wasserglas am Ohr auf die nackten Dielenbretter legten, um die traurigen kleinen Szenen zu belauschen, die sich in dem häßlichen Raum unter der Küche abspielten.

Silas genoß im Zuchthaus mehr Freiheiten als wir. Er durfte in seiner perfekt geschnittenen grauen Jacke an der offenen Gefängnistür stehen, eine Zigarre paffen und sich mit jedem, der vorbeikam, die Zeit vertreiben. Sophina und ich durften noch nicht einmal in die kleine Gasse, die an unserem Haus vorbeilief. Es war uns sogar verboten, Himmel und Hölle zu spielen.

Kein Wunder also, daß wir uns auf die Diebeszüge eher freuten, als uns vor den Folgen zu fürchten. Es lag nicht daran, daß wir eine verbrecherische Ader hatten, sondern an dem normalen menschlichen Wunsch nach etwas Abwechslung von der Langeweile, die uns das Eingesperrtsein so schwer machte. Während die Stimmen im Erdgeschoß murmelten, der Schmied von gegenüber sein stetiges Pling, Pling, Pling erklingen ließ und eine Stubenfliege brummend gegen das grüne Fensterglas flog, bis sie tot herunterfiel, warteten wir immer nur darauf, zu einem gefährlichen Auftrag gerufen zu werden.

Wenn es an der Tür läutete, waren es meistens Damen, die zu Ma wollten. Unsere Aufträge bekamen wir fast immer nach dem Abendessen, während wir die Küchentische schrubbten.

– Kommt, meine Lieben.

Wenn wir von der grauen Seife und den harten Bürsten hochsahen, wartete schon ein Droschkenkutscher vor der Küchentür.

– Ich bin Onkel Dick. Ich wollte euch zu einem kleinen Ausflug abholen.

Drei Minuten später waren wir ausgehfertig und polterten auch schon die Treppe hinunter. Die Schüssel mit der Seifenlauge lie-

ßen wir stehen. Wenn es ums Geschäft ging, hätte Ma uns nie aufgehalten.
Wie jedermann weiß, fühlt sich in der Bruderschaft der Droschkenkutscher manch einer zum Verbrecher berufen, aber jeder Onkel Dick und Striezel Mick, der uns abholte, war – zumindest in unserer Gegenwart – so unschuldig wie ein Lamm. Ob Silas selbst sie angeheuert hatte, ob sie am nächsten Morgen wieder Betrüger oder Drückeberger waren, spielte keine Rolle. An jenen lauen Sommerabenden hatten sie nichts Kriminelleres zu tun, als uns zu einem Wirtshaus zu fahren.
Sie waren, wie Silas es ausdrückte, die unedlen Glieder einer goldenen Kette.
So war es auch, wenn Tom ein Türschloß aufbrach, das Haus aber nie selbst betrat. So war es, wenn mein lieber Schatz und ich das Silber aussuchten und verpackten, die Säcke aber nie weiter als bis zur Küchentür brachten.
– Ihr seid keine Gesetzesbrecher, sagte Silas zu uns. Ihr habt kein Schloß geknackt, und ihr habt auch nichts aus dem Haus geschafft.
Es war ein ausgeklügelter Plan, der mit dem damit verbundenen Element der Arbeitsteilung sicher die Zustimmung Adam Smiths gefunden hätte, wobei Silas den Ökonomen meines Wissens nie erwähnt hat, obwohl er ein belesener Mann war und lange Passagen aus der Bibel oder von Shakespeare zitieren konnte.
Er hatte seine Bücher sogar ins Zuchthaus mitgenommen, und er beklagte sich oft, daß er in der Zelle nicht alle seine Lieblinge unterbringen konnte. Leider beanspruchten Portwein und Rotwein, ohne die er ebenfalls nicht leben konnte, zuviel Platz. Silas mangelte es nicht an Annehmlichkeiten. Er hatte immer einen Schinken und zwei oder drei Pasteten vorrätig, die ordentlich in Musselin eingeschlagen waren, um die Fliegen fernzuhalten. Tom konnte sich sehr darüber aufregen, aber ich glaube, ich kam nie auf die Idee, daß Silas das schöne Leben mit den Früchten

meiner Arbeit finanzierte. Im Gegenteil, für mich war die Arbeit ein Vergnügen. Und wenn die Droschke, was meistens der Fall war, nach Westen rollte, wo noch das Abendrot am Himmel stand, klopfte mir das Herz heftig in der Brust. Meine Hand wanderte über den Sitz und suchte die meiner Liebsten. Während sich rings um uns die Fahrer der Kutschen, Fuhrwerke, Dogcarts und Phaetons laut rufend ein rasendes Rennen lieferten, waren wir zwei wie Insekten, die ein Sommergewitter für kurze Zeit zum Leben erweckt hatte.
Sophina war ebenfalls gewachsen, und wenn wir uns im letzten Licht des Londoner Tages gegenübersaßen, waren unsere Augen auf gleicher Höhe. Sie konnten genausowenig voneinander lassen wie unsere ineinander verflochtenen Hände. In der Dämmerung suchte ich Sophinas Blick. Was für eine berauschende Mischung aus Klugheit und Leichtsinn ich in ihren grauen Augen fand.
Und Schmerz, auch das. Man hätte nie vermutet, wieviel Schmerz auf ihren schmalen Schultern lastete, es sei denn, man hätte sie, wie ich, oft des Nachts leise weinen hören. Da sie, wo es um ihre Gefühle ging, sehr zurückhaltend war, mußte man ihre Zuneigung stets aufs neue für sich gewinnen, auch wenn man längst glaubte, sie wäre einem sicher.
Ich habe Dir erzählt, daß sie eine Schönheit war, und das will ich Dir nun beweisen: Sophina hatte üppige, dunkle Locken und ein ovales Gesicht mit weisen, sanften grauen Augen und einem breiten, wohlgeformten Mund, um den zwar für gewöhnlich ein ernster Zug lag, der aber auch immer für ein strahlendes Lächeln gut war. Ihre Lippen waren weich – so weich, daß ich im Schreiben innehalten muß, um die Augen zu schließen und sie zu betrauern. Und wenn wir uns mit Tom im Wirtshaus trafen, konnte ich es kaum erwarten, in das ausbaldowerte Haus zu kommen, um sie endlich küssen zu können.
Ob es gefährlich war? Meistens nicht. Es spricht sehr für Silas, daß wir nur selten in ein Haus beordert wurden, wo das Risiko

einer Entdeckung groß war. Natürlich war es nicht allein die reine Menschenliebe, die ihn dabei leitete. Wenn man sich ihn als einen Besitzer von zwei tüchtigen Kampfhähnen vorstellt, der seine Vögel nicht sinnlos opfern will, versteht man besser, warum er beim Auskundschaften des Terrains so große Sorgfalt walten ließ.

Zweimal gab es Schwierigkeiten. Einmal saß der Herr des Hauses am Kamin, obwohl wir die Räumlichkeiten verlassen glaubten. Ein andermal kam eine Hausgesellschaft unerwartet früh aus Sussex zurück. Aber generell war es unser Glück, daß diese vornehmen Häuser von ihren Besitzern immer wieder für einige Zeit zugesperrt wurden, so daß wir in der Regel ungestört unsere »Einkäufe« besorgen konnten.

Hätten Sophina und ich eine solche Residenz besessen, hätten wir niemals woanders übernachtet. Wir stellten uns vor, daß die Häuser, in denen wir unserem Handwerk nachgingen, uns gehörten. Während wir das zu stehlende Silber auswählten, benahmen wir uns ganz wie eine Lady und ein Gentleman, die sich nicht recht entscheiden konnten, welche Stücke sie auf ihren Landsitz schicken sollten.

Wir waren flink, flinker jedenfalls als die vermuteten, die auf uns angewiesen waren. Wenn wir den Sack gefüllt hatten und ich ihn vorsichtig neben die Küchentür gestellt hatte, lief ich rasch die Treppe hinauf und suchte in dem großen Haus nach meiner »Frau«, die schon vorausgegangen war.

Natürlich lag sie bereits im Bett und erwartete mich.

Mein lieber Junge, ich hoffe, ich schockiere Dich nicht mit dieser Geschichte und Du wirst uns deshalb nicht für wilde Tiere halten. Du mußt mir glauben, wenn ich dir sage, daß wir im Grunde unschuldige Kinder waren. Sophina gehörte nicht zu den Mädchen, die plötzlich zur Frau erblühen. Sie reifte langsam im Londoner Nebel heran, und wenn ich sie umarmte, war ich ein Junge, der ein Mädchen in den Arm nahm.

Aber ich war auch ein Mann, denn der Mann, der diese Zeilen

schreibt, umarmt sie noch heute, dreißig Jahre später, und er sehnt sich nach ihrer glatten, weißen Haut und der Geborgenheit des großen Hauses.
Es war für mich damals das Köstlichste im Leben, mit Sophina einbrechen zu gehen und hinterher mit ihr den Schlaf herauszufordern, der sich wie ein gefährliches Spinnennetz auf uns senken und uns umfangen wollte.

60

Am achtundzwanzigsten Juli des Jahres 1807 bekamen wir den Auftrag, in eine Residenz am Montpelier Square einzubrechen, ein leichtes Ziel, weil gleich hinter dem Gebäude die Zufahrt zu den Stallungen verlief. Wir trafen uns mit Tom in der Goldenen Garbe, einem Wirtshaus in einer der kleinen Seitenstraßen, die auf den Platz mündeten.
Tom schlug sich mit kaltem Rindfleisch und eingelegten Walnüssen den Bauch voll. Nachdem er alles mit Ale hinuntergespült hatte, zeigte er aus dem offenen Fenster auf das Haus, das für uns ausgesucht worden war. Es war schmal, drei Stockwerke hoch und so stolz und prächtig anzusehen wie ein Gardesoldat. Der schmiedeeiserne Zaun war schwarz lackiert, die Messingverzierungen glänzten golden im gedämpft grünen Sommerlicht.
Wir warteten, bis es dunkel wurde, dann gingen wir los. Tom blieb zurück, genehmigte sich einen zweiten Krug Bier und spielte Solitär.
Ungefähr eine halbe Stunde nachdem wir aufgebrochen waren, hörte Tom vom Platz her aufgeregtes Lärmen. Als er sich auf die Bank kniete und den Kopf aus dem Fenster steckte, sah er einige Polizisten, die unter lautem Geschrei über den Platz »galoppier-

ten«. Er hatte den Eindruck, daß sie die Zufahrt zu den Stallungen anvisierten.
Zuerst war er beunruhigt, doch als er das Haus eine Weile beobachtet hatte und die Fenster dunkel geblieben waren, widmete er sich wieder seinem Spiel. Er hatte schon so oft Wache gestanden, daß es ihn nicht mehr überraschte, wie lange wir brauchten, um die Sore auszusuchen. Als aber die Uhr Mitternacht schlug und der Wirt wissen wollte, ob er ein Zimmer für die Nacht brauche, bezahlte Tom und ging in die Nacht hinaus.
In einem nahe gelegenen Wirtshaus wartete ein Mr. Steelshank darauf, daß Tom, wenn der Sack zum Abtransport bereitstand, hereinkommen und ihm ein Zeichen geben würde. Doch Tom kam nun plötzlich der Gedanke, daß uns die Polizisten womöglich in der Küche oder im Butlerzimmer erwischt hatten, wobei natürlich kein Licht zur Straße herausgedrungen wäre. Wenn das der Fall war, lagen sie womöglich noch immer auf der Lauer, und er konnte Steelshank nicht hinschicken. Er wußte nicht, was er tun sollte, er wanderte ein paarmal unschlüssig um den Platz herum, bis er einem Nachtwächter auffiel, der ihn fragte, ob er etwas verloren habe. Der Mann hob seine Laterne, doch da rollte zum Glück eine Droschke vorbei, die Tom sogleich heranwinkte. Er fuhr nicht zu Steelshank, sondern nach Islington, um Ma Britten aus dem Bett zu holen – ein durchaus nicht ungefährliches Ansinnen.
Mary Britten war eine nervöse Frau, die oft ein, zwei Schnäpschen brauchte, um einschlafen zu können. Wenn sie erst einmal im Land der Träume angekommen war, verließ sie es nur sehr ungern wieder. Als es Tom endlich gelungen war, sie mit seiner Laterne aus den tiefsten Tiefen des Schlafes ans Licht heraufzuholen, dankte sie es ihm mit wüsten Beschimpfungen und gereizter Stimmung.
Gottlob war ich bei diesem Vorfall nicht zugegen, aber ich habe genug Jahre mit diesem sauberen Pärchen verbracht, um getreu beschreiben zu können, was sich nun abspielte.

– Wehe, du hast die kleinen Ratten verloren, sagte sie. Mein Gott, Silas hetzt dir die Bande auf den Hals.
– Ich habe nichts verloren, Ma, sagte er. Ich habe bloß meine Arbeit gemacht, und dann sind die Polizisten ins Haus gelaufen, und jetzt sind sie verschwunden.
– Du Memme, sagte sie.
– Sag das nicht, Ma. Ich bin kein Feigling.
– Verdammte Memme, brüllte sie.
Sie kränkte ihn gern, egal mit welchen Ausdrücken, Hauptsache, er bekam einen roten Kopf und buhlte noch mehr um ihre Zuneigung. Obwohl er ein großer Kerl war, immer schnell mit seinen Fäusten, war er, als sie in die Nacht hinausgingen, nicht mehr als ein jammerndes Balg, das an ihren schwarzen Rockzipfeln hing.
– Wenn du die dummen Bälger verloren hast, sagte sie, schneide ich dir die verdammten Ohren ab, etc. etc.
Sie mochte uns als Ratten und Bälger beschimpfte, aber in Wahrheit hatte sie nur Angst, ihre Goldenen Gänse zu verlieren, und obwohl sie normalerweise jeden Penny zweimal umdrehte, zögerte sie nicht, eine Droschke zu nehmen, um möglichst schnell zum Montpelier Square zu kommen.
In der Zufahrt zu den Ställen wollte Tom nicht weiter, weil er überzeugt war, daß die Polizisten ihm eine Falle gestellt hatten, und gab seiner Mutter damit noch einmal die Gelegenheit, ihn als Memme zu titulieren. Sie drängte sich an ihm vorbei und ging ins Haus.
Ohne sich von Tom aufhalten zu lassen, zündete Ma Britten eine Kerze an und suchte die Küche, wo sie den Sack mit dem Silber entdeckte, den Sophina und ich so sorgsam gepackt hatten. Da die wertvolle Sore noch an Ort und Stelle war, sah sie es als erwiesen an, daß die Rotwesten nicht im Haus gewesen waren. Triumphierend verpaßte sie Tom ein paar Ohrfeigen, und nachdem sie sich dadurch ein wenig beruhigt hatte, machte sie sich auf, das Haus zu durchsuchen.
Tom aber hatte furchtbare Angst, deportiert zu werden. Er ver-

suchte zurückzubleiben, so daß Ma Britten sich genötigt sah, ihn beim Ohr die Treppe hinaufzuzerren. Sie ließ ihn erst wieder los, als sie, im ersten Stock angekommen, meine Wenigkeit schnarchen hörte.

Weiß Gott, wofür Tom das Geräusch hielt, auf jeden Fall versetzte es ihn in große Panik.

Ma Britten befahl – Mach die Vorhänge zu! Aber er verdrückte sich in eine dunkle Ecke, woran sie ihn später noch des öfteren erinnern sollte. Ihr blieb nichts anderes übrig, als selbst das Risiko einzugehen, sich an einem öffentlichen Platz vor ein offenes Fenster zu stellen und die Vorhänge zuzuziehen. Dann hielt sie die Kerze hoch.

– Ihr dummen Bälger, rief sie.

Ich wachte auf und sah sie vor mir stehen, die Haare offen, als wäre sie schon im Bett gewesen, aber vollständig angezogen. Sie hatte die dunklen Röcke an, die sie bis auf den heutigen Tag am liebsten trägt. Als sie die Kerze neigte, fiel mir ein heißer Tropfen Wachs auf den nackten Bauch, der nächste landete auf der armen Sophina, die erschrocken aus dem Bett sprang, in die Ecke lief und versuchte ihre Blöße zu bedecken.

– Hinaus! befahl Ma ihrem Sohn, der bereits in der Tür stand und unsere nackten Körper anglotzte.

– Hinaus mit dir! kommandierte sie. Tom war längst verschwunden, und ich tat so, als ob ich nicht wüßte, wen sie meinte.

– Hinaus, du Idiot! rief sie noch einmal, ohne Sophina auch nur eine Sekunde aus den Augen zu lassen.

Es wird mir ewig zur Schande gereichen, daß ich Sophina im Stich ließ. Wie ein zitterndes Kind stand ich draußen vor der Tür. Tom, der mich kopfschüttelnd musterte, wurde wohl nur dadurch daran gehindert, sogleich über mich herzufallen, daß er viel zu neugierig war, was im Zimmer gesprochen wurde.

– Hinstellen! hörten wir Ma Britten sagen. Die Hände an die Seite.

Doch dann senkte sie die Stimme, und was sich danach hinter

der geschlossenen Tür abspielte, hörte sich an wie die Gespräche, die wir so oft durch den Küchenfußboden belauschten. Die Fragen, die Antworten, die Tränen. Nur das Ende war anders. Es zeigte, daß Ma Britten zu der Person, die sie diesmal ins Verhör genommen hatte, anders stand als zu ihren Patientinnen.
– Fünf Monate! rief sie. Du dummes kleines Miststück.
Sie hatte entdeckt, wie lange wir schon Mann und Frau waren. So deutete ich zumindest ihren Ausruf.

61

Toby war einen Tag und eine Nacht unterwegs gewesen. Er hatte in einer Absteige übernachtet, einen Verbrecher magnetisiert, eine Halskette wiederbeschafft und mit Cheery Entwhistle erst Wein und dann Brandy getrunken.
Er hatte *Jack Maggs* verkauft. Er hatte einen Vertrag über sechzig Pfund unterschrieben. Als er in der Lamb's Conduit Street eintraf, klebte ihm der Schmutz Londons auf der Haut, und er schmeckte den Schwefel auf der Zunge.
Es nieselte leicht, der Regen war kaum stärker als ein Dunst, und die Tropfen sammelten sich auf seinem welligen Haar wie Tau auf einem Spinnennetz. Die Spuren, die sie auf seinen ungewaschenen Wangen hinterließen, verliehen ihm zusammen mit dem geschwollenen Mund und den schwarz umränderten Augen ein sowohl dämonisches als auch mitleiderregendes Aussehen. Eine Weile hielt er sich im Schatten und beobachtete sein eigenes Haus mit einem Gefühl, das an Grauen grenzte.
Vom Gartenweg aus konnte er in die Küche hinuntersehen, wo Mrs. Jones eifrig den Tisch schrubbte, um für den nächsten Tag gerüstet zu sein. Wie sehr er die alte Frau um ihre immer gleiche, langweilige Routine beneidete.

Als er leise die Haustür aufschloß, wurde er bereits von dem Mädchen erwartet, dem er eigentlich aus dem Weg hatte gehen wollen.
Sie saß auf der Bank neben dem Hutständer. Obwohl sie nur Morgenrock und Pantoffeln trug und das Haar ihr offen auf die Schultern herabfiel, stürzte sie leichtsinnig auf ihn zu, umarmte ihn und schmiegte sich mit ihren dunkelsten, weiblichsten Körperpartien heftig an ihn.
»Wo ist meine Frau?«
Er zog sie in den dunklen Salon und setzte sich mit ihr an einen kleinen Kartentisch. Um den Anstand zu wahren, zündete er eine Kerze an.
»Ich habe auf dich gewartet, mein Liebster.«
»Wo ist Mary?«
»Im Kinderzimmer. Aber jetzt höre dir erst einmal an, was deine Lizzie dir schon den ganzen Tag über sagen wollte.«
Sie streckte die Hand aus und berührte sein Gesicht. Ohne es zu wollen, schrak er vor ihr zurück.
»Lizzie«, sagte er abwehrend. »Mein Gesicht ist schmutzig.«
Sie beugte sich über den Tisch und küßte ihn. Unverkennbar wölbte sich ihm ihr Busen entgegen.
»Tobias, ich habe einen Plan. Ich will allein nach Frankreich gehen.«
»Um Himmels willen, knöpf deinen Morgenrock zu.«
Sie tat ihm den Gefallen, aber auf eine neckische Weise, die ihrer mißlichen Lage nicht im mindesten angemessen war.
Sie fuhr fort: »Mein Französisch ist wirklich ganz ordentlich. Das weißt du doch.«
Nach Frankreich? Er hätte selbst nicht gewußt, wie er ein solches Abenteuer hätte bewerkstelligen sollen. Sie war erst achtzehn Jahre alt und hätte kaum den Weg zur Royal Academy gefunden.
»Mit wem hast du geredet?«
»Ich wäre nur ein halbes Jahr fort.«

Im ersten Stock knarrten die Dielenbretter.

»Ich würde in Paris in einem anständigen protestantischen Haus wohnen.«

»In was für einem Haus?« flüsterte er. »Wie willst du ein solches Haus finden? Wer würde dich begleiten?«

»Weihnachten könnte ich mit dem Kind wieder zurück sein.«

»Nein!«

»Ach, du dummer, lieber Tobias. Ich würde natürlich niemandem verraten, daß es von dir ist.«

Er sah sie dermaßen bestürzt an, daß sie in ihrem Wahnsinn zu lachen begann. »Ich habe Mary bereits erzählt, daß ich ein Findelkind adoptieren möchte.«

»Das darfst du nicht, hast du mich verstanden? Meine Frau ist hundertmal klüger, als du denkst.«

»Nein, armer Toby, sie ist hundertmal weniger klug, als du denkst. Auf jeden Fall habe ich ihr heute morgen erzählt, daß ich mich damit abgefunden habe, eine alte Jungfer zu werden, und deshalb ein Kind adoptieren möchte.«

»Du begibst dich aufs Glatteis, mein Kind.«

»Behandle mich nicht so kühl, Toby.«

»Ich bin nicht kühl. Ich bin schockiert, daß du dieses Problem mit anderen besprichst. Was hat meine Frau dazu gesagt?«

»Nun, du kannst dir die Szene gewiß leicht ausmalen. Zuerst muß sie ihren Tee trinken. Dann muß sie ewig überlegen, als ob es ein kniffliges Rätsel wäre. Auch diesmal hat sie erst lange geschwiegen, aber schließlich hat sie dann gemeint, sie sei überzeugt, daß die englischen Findelhäuser ihre Schützlinge bestimmt keiner unverheirateten Frau anvertrauen würden.«

»Da hat sie recht.«

»Natürlich hat sie recht, mein Liebster. Sie hatte ja auch gründlich genug darüber nachgedacht. Deshalb überlegt sie immer so lange. Weil sie Angst hat, einen Fehler zu machen, vor allem, wenn du dabei bist. Dann habe ich sie gefragt, ob sie glaubt, daß diese Regelung auch für französische Findelhäuser gilt, und da hat sie gesagt, das wisse sie nicht, aber diesen Ausländern sei alles zuzutrauen.«

»Liebste Lizzie, ich kann nicht von dir lassen.«

Lizzie runzelte die Stirn. »Natürlich nicht. Wir werden nicht voneinander lassen.«

»Mary würde sofort merken, daß es dein eigenes Fleisch und Blut ist. Kannst du nicht sehen, daß wir damit das Fundament ihres Lebens erschüttern würden?«

Er wußte nicht recht, ob Lizzie ihn überhaupt verstanden hatte. Fest stand bloß, daß er sie auf irgendeine Weise verärgert haben mußte, denn sie starrte ihn mit einemmal so böse an, daß er es für angeraten hielt, ihr rasch die Halskette zurückzugeben. Er legte sie auf den Tisch, als Beweis.

»Ich habe etwas für dich getan«, sagte er.

»Für mich?«

Sie zog eine Augenbraue hoch, dann legte sie sich die Kette um das Handgelenk. Einen Augenblick lang drehte sie das Schmuckstück versonnen hin und her, anscheinend völlig in das Funkeln der Steine im Kerzenlicht vertieft.

»Also, was soll ich nur tun, Tobias?«

»Es ist eine dunkle Stunde.«

Lizzie schwieg.

»Ist das der einzige Trost, den du mir geben kannst?« Sie legte die Halskette wieder auf den Tisch. »Es ist eine dunkle Stunde?«

»Nein«, sagte Toby. »Das ist nicht alles. Ich habe einen Plan, aber zuerst muß ich mit Mary sprechen.«

»Du kannst es nicht mit mir besprechen?« rief sie. Ihre Augen blitzten.

»Bitte, Elizabeth. Nicht so laut.«

»Und wann werden Sie die Zeit erübrigen können, Sir, die Mutter Ihres Kindes in Ihre Gedanken einzuweihen?«

Natürlich hatte er keinen Plan. Er hatte einhundertachtzehn Pfund und Sixpence zusammengetragen, aber einen genauen Plan hatte er nicht.

»Ich habe eine Frau«, sagte er flehentlich. »Und morgen muß ich mir das Geld für die Kette verdienen, indem ich für den Sträfling den Lakaien spiele.«
»Aber wann willst du mich in deinen Plan einweihen?« fragte sie ihn unvorsichtig laut. »Wie lange gedenkst du mich noch mit den Gedanken allein zu lassen, die sich wie ein Mühlrad in meinem Kopf drehen?«
Als Tobias aufstand, blieb Lizzie gramgebeugt sitzen.
»Ich werde die Angelegenheit regeln«, sagte er. »Du kannst dich auf mich verlassen.«
Damit drehte er sich um und ging die Treppe hinauf. Oben stand seine Frau im Korridor, einen seltsamen Ausdruck im Gesicht.
»Ich fahre nach Gloucester«, sagte er.

62

Tobias nahm nach Gloucester keine frische Wäsche mit. Statt dessen packte er Rasiermesser, Zahnbürste, eine Schreibfeder, seine Kladde und eine Flasche Tinte in den gelben Handkoffer, seinen treuen Reisegefährten. Noch bevor die Kutsche das Gewühl an der Mautschranke hinter sich gelassen hatte, lag er, zu einem improvisierten Reisepult aufgeklappt, auf seinen Knien.
Er entkorkte das Tintenfläschchen, stellte es in die dafür gedachte Vertiefung und nahm noch im »großen Mittelmeer« der Oxford Street, wie es de Quincey nannte, das erste Kapitel von *Jack Maggs* in Angriff. Er schrieb schnörkelig, aber fließend, kein Zittern verriet, daß er in einer Kutsche saß, kein Fleck oder Klecks deutete darauf hin, daß er in höchster Not war und das Gefühl hatte, von der losbrechenden Flut der Schande fast eingeholt worden zu sein.
Es entging ihm nicht, daß ihn der Protagonist seiner Erzählung

unentwegt anstarrte. Obwohl Jack Maggs mit dem Rücken zu den Pferden in der ihm am weitesten entfernten rechten Ecke saß, war der *Wahre Brite*, wie die Kutsche hieß, auch nicht größer als jede andere Postkutsche. Das heißt, sie war genauso gebaut, wie es das Postamt vorschrieb, nicht mehr als drei Fuß und vier Zoll vom Sitz bis zur Decke, sechs Fuß und sechs Zoll in der horizontalen Diagonalen.

Tobias schrieb »Erstes Kapitel« und setzte zwei Unterstreichungen darunter. Dann begann er:

An einem trüben Januarnachmittag des Jahres 1818 hob sich der gelbe Nebel, der seit dem frühen Morgen dicht über dem Boden lag, doch nur, um sich alsbald erneut herniederzusenken, als ob das trostlose alte Gemäuer, das er den Blicken enthüllte, ein unerträglich melancholischer Anblick wäre. Wie ein Leichentuch deckte er das Zuchthaus Newgate wieder zu.

»Wie machen Sie das nur, Sir?«

Die Frage wurde ihm von einem Geistlichen gestellt, der rechts neben ihm saß. Tobias lächelte und tauchte die Feder ein.

»Bei diesem Gerüttel könnte ich nicht einmal lesen«, sagte der Geistliche. »Aber dabei auch noch zu schreiben, ist wahrhaftig eine Leistung, Sir.«

Die dicken Mauern aus walisischem Blaustein, der dem Steinbruch nur unter großen Mühen hatte abgerungen werden können …

»Auf der Kirmes in Amersham habe ich mal ein Mädchen gesehen, das einen Schal gestrickt hat, während es im Trab auf einem Pony um die Wiese geritten ist.«

Diese Bemerkung kam von einem Bauern, der sich schräg gegenüber von Tobias auf den letzten freien Platz gezwängt hatte. Er war ein kräftiger Bursche mit einem Quadratschädel, der seine Knie nirgendwo unterbringen konnte, ohne einen anderen Passagier zu berühren, und der deshalb bis zu diesem Moment ziemlich gereizt gewirkt hatte. »Das war vielleicht ein Anblick«, bekräftigte er, an Jack Maggs gerichtet. Dessen einzige Reaktion bestand darin, die Arme vor der roten Weste zu verschränken.

Nun wandte sich der Bauer an den Geistlichen. »Die war ihren Penny wert, die Kleine.«
»Das will ich gern glauben«, antwortete der Geistliche. »Aber was unser Reisegenosse dort erschafft, ist noch wesentlich erbaulicher, Sir.«
»Doch, es war eine grandiose Vorstellung«, sagte der Bauer. »Das Mädchen war erst zehn Jahre alt.«
... schienen undurchdringlich, und doch war es dem Nebel gelungen, sich langsam und beharrlich einen Weg in das dunkle, unmenschliche Herz des Steins zu bahnen ...
»Das bezweifle ich gar nicht«, sagte der Geistliche. »Aber ich denke doch, daß man die Leistung der jungen Dame noch übertreffen könnte.«
»Das müssen Sie mir erst mal beweisen, Hochwürden.«
Der Geistliche, der über keine breitgefächerte Gefühlspalette zu verfügen schien, preßte plötzlich aufgeregt die Lippen zusammen und bekam einen roten Kopf. »Die Geschichte von Captain Crumley und Mrs. Morefallen zu erzählen, das nenne ich eine Meisterleistung.«
Zwischen dem Bauern und Jack Maggs saß eine alte Dame, die einen weißen Umhang und eine verblichene rote Haube trug und bis dahin nur schweigend gerösteten Buchweizen aus einem Töpfchen geklaubt hatte. Als sie nun den Namen Mrs. Morefallen vernahm, blickte sie gespannt auf.
»Mr. Oates?« sagte sie. »Doch nicht Mr. Tobias Oates?«
Das ließ den Bauern auf einen Schlag verstummen.
So etwas passierte Tobias öfter, und obwohl er sich nicht erklären konnte, woran man ihn erkannt hatte, war er ungemein erfreut, bei diesen Menschen so hohe Wertschätzung zu genießen. Doch so unerschütterlich war seine Überzeugung, schon bald in Ungnade zu fallen, daß er sich nicht in ihrer Zuneigung sonnen konnte, ohne gleichzeitig zu überlegen, wie rasch und wie brutal sie ihm wieder entrissen werden würde. Deshalb verneigte er sich nicht und ließ sich auch in kein Gespräch ziehen, wodurch

er seinen Mitreisenden den Eindruck vermittelte, ein kalter und arroganter junger Mann zu sein.

Bald schon wurde das Interesse der anderen Passagiere von den Frühlingsboten in der Landschaft abgelenkt – blaue Sternhyazinthen, ein blühender Pflaumenbaum neben der Kirche in Hammersmith, ein Haken schlagender Hase auf der Landstraße. Doch vor Tobys innerem Auge zogen düsterere Bilder vorbei.

In jenem Jahr saßen zahlreiche Frauen in Newgate ein. Aus den hintersten Winkeln der Britischen Inseln waren sie nach London gebracht worden. Kleine Diebinnen, Mörderinnen und allerlei lasterhafte Weibsbilder waren in dem finsteren Gemäuer in der Newgate Street zusammengepfercht.

Er befand sich in Gedanken noch immer im Zuchthaus, als die Kutsche an Lord Dingleys weitläufigem Park vorbeikam. Hier gerieten der Geistliche und der Bauer über die Vorzüge der Tanne in Streit, eine Frage, die sich weder leicht noch schnell klären ließ. Bald brüllte der Bauer, und der Geistliche begann schrill und unangenehm zu lachen. Obwohl Tobias kaum etwas davon hörte, fühlte er sich plötzlich durch etwas anderes gestört. Es war Jack Maggs' Blick, der auf ihm ruhte.

Er schrieb emsig weiter, obgleich er sich beobachtet fühlte. Es war wie ein Strahl aus einer Lupe, zunächst noch warm, doch schon bald unangenehm heiß. Schließlich blickte er den Sträfling seinerseits streng an.

Die Zeit verging. Eine Minute, zwei Minuten. Es war ein stummes Ringen, doch der Kampf wurde so verbissen geführt, daß die Gespräche ihrer Mitreisenden erstarben. Erst als sich deren Aufmerksamkeit auf den Sträfling richtete, gab dieser endlich nach.

Im nächsten Augenblick hätte man meinen können, es wäre nichts geschehen. Tobias wandte sich wieder seiner Arbeit zu, Jack Maggs sah aus dem Fenster. Als die Kutsche bald darauf in Hounslow eintraf, blieben die beiden Männer allein zurück.

»Was schreiben Sie da über mich?«

Tobias stieg das Blut in den Kopf. »Diese Notizen betreffen Sie nicht, Jack.«
»Ich weiß doch, daß Sie etwas über mich geschrieben haben.« Der Sträfling streckte die Hand nach der Kladde aus.
»Mein guter Mann, das geht Sie gar nichts an.«
»Her damit.«
»Nein, Sir.«
»Rücken Sie es raus.«
Tobias zögerte kurz, dann las er verzweifelt eine Stelle vor, die er am gestrigen Abend geschrieben hatte.
In Camden Town hat es früher viele berühmte Originale gegeben, doch in letzter Zeit hat es den Anschein, als hätten sich alle unbemerkt davongemacht, während wir schliefen. Die Einheimischen erzählen sich, daß es sogar Jack, den kreglen Küfer, nach Schweden gezogen habe, wo er nun die Familie des Königs und der Königin unterhalte. Trotzdem gelang es dem Berichterstatter durch seine Nachforschungen, in der Shaky Row eine Exzentrikerin ausfindig zu machen, die in der Gegend unter dem Namen ›Kanarienfrau‹ bekannt ist.
»Her damit!« beharrte Jack Maggs. Tobias blieb nichts anderes übrig, als ihm die Kladde zu übergeben. Die Stelle, die er vorgelesen hatte, markierte er mit einem Finger.
Mit klopfendem Herzen sah er zu, wie Jack sich die Seiten vor das knochige Gesicht hielt.
»Sehen Sie?« sagte Tobias. »Genau, wie ich gesagt habe.« Aber Jack Maggs las sich den gesamten Artikel von oben bis unten durch.
»Das ist ja über eine alte Frau.« Weder schmunzelte er, wie es der Schriftsteller gehofft hatte, noch gab er die Kladde zurück. Er behielt sie störrisch auf dem Schoß.
»Wie ich gesagt habe, es geht nicht um Sie.«
»Sie machen sich ganz schön lustig über das alte Muttchen, das muß ich schon sagen.« Der Sträfling schlug das Heft an einer anderen Stelle auf.

»Sie ist eine komische Figur, Jack.«
»Ich dachte, die komische Figur wäre ich.« Er blätterte langsam weiter, dann hielt er inne. Er starrte auf den mit Anmerkungen versehenen Grundriß der Zelle in Newgate, in der Tobias Sophina unterzubringen gedachte. Auf der rechten Seite stand der Anfang des Kapitels, das er soeben erst verfaßt hatte. »Kommen Sie, Jack Maggs. Meine Kladde, wenn ich bitten darf.«
Jack Maggs runzelte die Stirn, als ob er bereits eine Ahnung von dem traurigen Los hätte, das auf der Seite angedeutet wurde. Dann schob er sich die langen schwarzen Haare wie eine Spinnenwebe aus der Stirn, klappte das Heft zu und gab es seinem erleichterten Besitzer zurück.
»Für die Götter sind wir alle komische Figuren«, sagte Tobias. »Was Fliegen sind den müß'gen Knaben, das sind wir den Göttern / Sie töten uns zum Spaß.«
Tobys Herz schlug wie rasend, als er die roten Lederdeckel der Kladde wieder zusammenschnürte. »Wenn Sie mein Leben von oben betrachten könnten, würden Sie sich totlachen, so ein furchtbares Durcheinander habe ich darin angerichtet.«
Er verstaute das Heft in dem dafür vorgesehenen Fach seines Handkoffers. Er verkorkte das Tintenfläschchen, wischte das Schreibgerät sauber und legte es ebenfalls hinein. Nachdem er das eine mit einem Stoffband und das andere mit einem Lederriemen festgezurrt hatte, klappte er den Koffer zu.
»Sie sind ein Mann der Planung«, sagte Jack.
»Inwiefern denn?« fragte Toby, obwohl er sich ein wenig davor fürchtete, welche neue Wendung das Gespräch nun wohl nehmen würde.
»Sie haben ein eigenes Fach für die Feder und eines für Ihre Tinte. Ich hätte meine ganze Unternehmung auch besser planen müssen«, sagte Jack. »In der Kolonie war ich berühmt für meine Planungen.«
Es war das erste Mal, daß er außerhalb einer Trance dem Schriftsteller gegenüber seine Vergangenheit erwähnte.

»Selbst vor meiner Begnadigung war ich dafür bekannt, daß ich gut planen konnte. Ich habe die gesamte Ausrüstung für Forschungsexpeditionen organisiert. Ich konnte eine zwanzig Seiten lange Liste zusammenstellen, ohne ein einziges Teil zu vergessen. Deshalb war es auch ein Kinderspiel für mich, das Haus in der Great Queen Street vom anderen Ende der Welt aus einzurichten.«

»Welches Haus, Sir?«

»Tun Sie doch nicht so. Sie wußten doch, daß das Haus mir gehört.«

»Buckles Haus?«

»Er hat es Ihnen nicht erzählt? Ich bin Buckles Nachbar oder müßte es von Rechts wegen sein.«

»Sie haben es gepachtet?«

»Ich habe es gekauft, mein Freund.«

Wollte man Tobias' Reaktion auf diese Eröffnung als Schock bezeichnen, wäre es eine Untertreibung. Nicht zu fassen, daß dieser Sträfling ein Haus besaß, während er gezwungen war, seine Zeit mit banalen Burlesken und Bränden in Brighton zu vergeuden!

»Wie ich schon sagte, habe ich es aus der Ferne eingerichtet. Ich hatte einen Bakkalaureus, einen Advokaten aus Gray's Inn damit beauftragt. Er hat mir einhundert verschiedene Tapetenmuster geschickt, bis ich eines gefunden hatte, das mir gefiel.«

»Und dieses Haus haben Sie an Henry Phipps vermietet? Der Mensch, den wir suchen, ist demnach Ihr Mieter?«

Jack Maggs runzelte die Stirn. »Was ich sagen wollte, ist, daß ich mich lieber genausogut um Mr. Phipps hätte kümmern sollen wie um sein Haus. Aber ich habe es immer wieder aufgeschoben. Ich war ein vielbeschäftigter Mann in Sydney, tagein, tagaus konnte ich nur an meine Ziegelei denken.«

»Sie haben Ziegel gebrannt?«

»Als ich bedingt begnadigt wurde, bekam ich eine Parzelle Land zugeteilt, damit ich mir auf ehrliche Weise meinen Lebensunterhalt verdienen konnte. Es war ein sehr karges Stück Land, etwa zwanzig Ar mit Schlingpflanzen und giftigem Gesträuch bedeckter Lehmboden.«

»Es taugte nichts?«

»Da wuchs kein Kohlkopf, aber wenn einer den richtigen Riecher hatte ...« Er tippte sich an seine große Nase. »Wer den richtigen Riecher hatte, konnte Ziegel brennen, die genausogut waren wie die, die es in London gibt. Mit dem Lehm habe ich mein Glück gemacht, Mr. Oates. Ihm verdanke ich mein Herrenhaus in Sydney. Ihm verdanke ich die Residenz in der Great Queen Street, die ich, wie ich schon sagte, selbst habe einrichten lassen. Alles habe ich gekauft, die Tapeten, das Porzellan, die feinsten Perserteppiche.«

»Was für ein Glück, einen solchen Vermieter zu haben!«

»Mr. Phipps hat mir sehr offenherzige, anständige Briefe geschrieben. Nun bedauere ich es, daß ich mir nie die Zeit genommen habe, ihm ebenso ehrlich zu antworten.«

»Warum nicht?«

»Weil ich es nicht hätte ertragen können, daß er mich für einen gewöhnlichen Verbrecher hält.«

Er wandte sich ab und sah aus dem Fenster. Toby wunderte sich, daß sich ein harter Mann wie Jack Maggs auch nur einen Deut um die gute Meinung seines Mieters scherte.

»Ich bin nicht Ihre komische Figur, Mr. Oates.«

»Wie meinen Sie das?«

»Das alte Muttchen mit den Kanarienvögeln – haben Sie eine Blechbüchse für sie?«

»Eine Blechbüchse, Jack?«

»Sie haben doch auch eine für mich. Die Blechbüchse, in die Sie die Dämonen eingesperrt haben, die Sie mit Ihren Magneten aus mir herausgelockt haben.«

»Ich habe Behemoth und Dabareiel sicher unter Verschluß. Ich trage sie nicht auf der Landstraße mit mir herum.«

»Aber haben Sie nun eine Blechbüchse für Ihre Kanarienfrau

oder nicht? Das war meine Frage. Wenn ja, müssen Sie mehr Büchsen haben als ein Pfandleiher.«
»Die Kanarienvögel bewahre ich hier auf.« Toby tippte sich an die Stirn und lächelte. »In dieser Blechbüchse.«
Maggs blickte auf die Felder hinaus, die sich nach Norden hin erstreckten. Nach einer Weile verengte sich die Landstraße, sie war nicht mehr viel breiter als eine Gasse, und die Hecken zu beiden Seiten rückten immer näher an dic Kutsche heran.
»Das alles«, sagte Maggs schließlich, »hebe ich in *meiner* Blechbüchse auf.«
»Das Land, Jack?«
»Ja«, sagte der andere traurig. Er rutschte er auf dem Sitz herum und seufzte.
Der Sträfling wandte sich immer mehr dem Fenster zu.
»Wenn Sie ›Land‹ sagen, meinen Sie damit Buckinghamshire?«
»Sehen Sie doch, wie der Schwarzdorn wächst«, rief der andere, als die ungestutzten Zweige der Hecke die Kutsche peitschten.
»Ich dachte, Sie wären Londoner Urgestein.«
»Das bin ich auch, aber sehen Sie nur: Heckenwinde, Gundelrebe. Riechen Sie das?«
»Sind das Veilchen?«
»Aber da liegt auch noch etwas anderes in der Luft, was nicht so gut riecht.«
»Ist das Robertskraut?«
Der Sträfling gönnte dem Schriftsteller ein offenes Lächeln. »Meine Ma nannte es Jack-in-der-Hecke.«
»Den üblen Geruch?«
Er zuckte die Achseln. »Sie war eine sonderbare Frau, meine Ma.«
Mit Hilfe der Magnete hatte Toby bereits einen ersten Blick auf Jack Maggs' Ziehmutter erhascht. Er kannte das Muster ihres Degens, doch ihre Adleraugen, die schönen roten Haare oder ihre weißen Schultern hätte er noch nicht zeichnen können. Sie war Schatten, Leidenschaft, Verletzung, sie war das tinten-

schwarze Böse in Jack Maggs' Träumen. Er versuchte, den Sträfling noch etwas weiter aus der Reserve zu locken. »Das klingt aber nicht sehr nett, eine Mutter zu haben, die einen üblen Geruch nach einem benennt.«

Als Maggs sich erneut zu ihm drehte, leuchteten seine Augen, und es war nicht schwer, das Kind in ihm zu sehen und sich vorzustellen, wie sehr sich der Waisenjunge nach Zuneigung gesehnt hatte.

»Ich glaube nicht, daß sie irgendwas nach mir benannt hat. Sie stammte aus Buckinghamshire, und das Robertskraut heißt in dieser Gegend nun mal so. Aber selbst wenn es so gewesen wäre, Sir, wäre ich, ehrlich gesagt, lieber ein übler Geruch in England als eine verdammte Rose in Neusüdwales.«

Danach blieb er schweigsam und verschlossen, bis die Kutsche durch die Gassen von Maidenhead rollte.

63

In Maidenhead füllte sich der *Wahre Brite* mit einer Familie Harris, die zum Jahrmarkt in Abingdon wollte. Insgesamt waren es fünf Personen, der älteste von ihnen ein stattlicher Greis mit weißem Bart und einer silbernen Taschenuhr, mit der die Kinder ihren Spaß hatten. Außerdem gab es eine sehr wohlgestaltete Mrs. Harris, die kerzengerade dasaß und mit der ältesten Tochter Kirchenlieder und Balladen sang. Zuletzt war da noch ihr Mann, Mr. Harris, dessen Bart, der sich mit dem seines Vaters durchaus messen konnte, den größten Teil seiner breiten Brust bedeckte.

Von Zeit zu Zeit unterhielt Mr. Harris seine Kinder damit, daß er seinen Ledergürtel abschnallte und sich den Bart damit auf den Bauch band. Aus einem für Tobias unerfindlichen Grund wurde dies von allen Harris' als großer Spaß angesehen, denn sie bettelten den Vater immer wieder an, das Kunststück zu wiederholen.

Wie die Familie auf Jack Maggs wirkte, war nicht zu erkennen, da er dicht an das Fenster gerückt war und mit dem Rücken zu der Reisegesellschaft entweder schlief oder auf die vorbeiziehende Landschaft hinausblickte. Aber für Tobias, der den Hang hatte, Menschen, die er nicht kannte, zu hoch einzuschätzen, waren die Harris' in ihrer christlichen Gewöhnlichkeit ein wandelnder Vorwurf.

Was würden sie von ihm denken, wenn sie wüßten, welche Schande er über seine Familie gebracht hatte?

In seinem Elend wandte er sich ebenfalls dem Fenster zu. Die Kutsche, die sich eine lange Anhöhe hinaufquälte, rollte gerade durch einen alten Lindenwald. Hinter den Bäumen entdeckte er eine bemooste normannische Kirche, das Pfarrhaus, einen Garten und den Pfarrer, der in der Mitte seines Weizenfeldes stand. Es ging ein leichter Wind, der die Halme neigte und die Blüten von den Holzapfelbäumen wehte.

Er klappte seine Kladde auf und strich das gesamte erste Kapitel aus. Er schrieb:

Viele Leidensgenossen von M– konnten sich nicht in das Los der Verbannung fügen und verloren schon auf der Überfahrt den Verstand. Sünder waren sie wohl gewesen, aber durch und durch englische Sünder. Gleichgültig, ob man sie aus einem Dorf oder aus dem schwärenden Herzen Londons herausgerissen hatte, sie ertrugen den Gedanken nicht, ihr geliebtes Vaterland nie wiedersehen zu dürfen.

M– sollte den Verstand nicht verlieren, aber nur, weil er in sich die tiefe Überzeugung trug, daß er, ganz gleich, wie das Urteil auch lauten mochte, das Richter Denman über ihn verhängt hatte, eines Tages wieder »in Englands freundlich grünem Land« wandeln würde.

Inzwischen zweifelte Tobias nicht mehr daran, daß dies der

letzte Roman war, den er je veröffentlichen würde. Er schrieb in rasender Eile und kümmerte sich nicht mehr darum, daß sich Jack Maggs jeden Augenblick umdrehen konnte, um ihm das Heft erneut zu entreißen.

An der Kreuzung in Wallingford brachte er die berühmten Zeilen zu Papier, mit denen *Der Tod des Jack Maggs* dreißig Jahre später beginnen sollte: *Manchen Vögeln gleich, die sich ihrer Auserwählten erklären, kehrte der Mörder zurück, um sein geliebtes England zu umwerben, frech wie ein Rotkehlchen in seiner grellroten Weste.*

Dann begann er, einen Sturm auf hoher See zu beschreiben, der, wie er damals dachte, das Herzstück des zweiten Kapitels bilden sollte. Kurz vor der eigenen Bloßstellung stehend, schilderte er seinen streitlustigen Helden mit einer Anteilnahme, die er später nie wieder würde aufbringen können. Hier auf den dunklen Wogen, im kalten, stickigen Schiffsbauch entstand ein Ort, an den nicht einmal die Hand Gottes hinreichte. Hier wurde M– auf das Deck niedergerungen, hier wurde ihm das linke Handgelenk gebrochen. Neben ihm lag ein Mann namens Harris, dem der nasse, graue Bart auf der kalten, leblosen Brust klebte.

Die Kutsche hielt in Abingdon, einem hübschen Städtchen, von dem er kaum etwas wahrnahm. Als die Familie Harris ausgestiegen war, als die Schatten länger wurden und der *Wahre Brite* den Anstieg nach Farringdon in Angriff genommen hatte, sah er zum erstenmal wieder von seiner Arbeit auf, um sogleich festzustellen, daß Jack Maggs ihn erneut argwöhnisch ins Visier genommen hatte.

»Woran denken Sie gerade, Maggs?«

»Meine Gedanken haben Sie doch schon, Freundchen«, flüsterte der Sträfling und warf einen forschenden Blick auf ihren einzigen Mitreisenden, einen strohblonden jungen Gentleman, der stark nach Schenke und Stall roch. Nachdem Maggs sich davon überzeugt hatte, daß sein Banknachbar fest schlief, sprach er

zwar in normaler Lautstärke weiter, aber um einiges weniger respektvoll als zuvor.
»Woran ich gerade denke?« sagte er. »Sie trauen sich was.«
Ohne jede Vorwarnung packte er Toby beim Kopf und hielt ihn fest. Er zog ihn langsam an sich heran, als ob er ihn küssen wollte.
»Wie soll ich meine Gedanken wieder aus Ihnen herauskriegen?«
Es ist nicht leicht, eine Unterhaltung zu führen, wenn einem fast der Kopf abgerissen wird. Toby rutschte auf dem Sitz ein Stück nach vorn, um die Schmerzen zu lindern. »Ich wußte nicht, daß sie Ihnen so viel bedeuten, Jack Maggs. Sie haben sich nie die Zeit genommen, die Protokolle unserer Sitzungen zu lesen. Aber wenn wir wieder in London sind, gebe ich Ihnen die Blechbüchse und meine gesamten Aufzeichnungen. Und nun lassen Sie mich bitte los. Mein Ohr tut weh.«
Jack Maggs hielt ihn fest. »Ihre Aufzeichnungen sind Lügen, Freundchen. In Ihren Aufzeichnungen steht nichts darüber, daß ich mein Hemd ausgezogen habe. Die Wahrheit ist die: Sie haben mich dazu gebracht, Ihnen im Schlaf meine Geheimnisse anzuvertrauen.«
»Sie bekommen Ihre Geheimnisse wieder zurück. Bitte, lassen Sie mich los.«
»Maul halten.«
Plötzlich begriff Tobias, daß sein Leben am seidenen Faden hing.
»Als ich gelesen habe, wie Sie sich über die Kanarienfrau lustig machen, ist es mir wie Schuppen von den Augen gefallen«, sagte Jack Maggs leise und mit einem gefährlichen Funkeln in den dunklen Augen. »Sie würden mit mir genau dasselbe machen. Sie würden meine Geheimnisse auch in der ganzen Welt verbreiten.«
Toby wußte nicht, was er ihm darauf antworten sollte.
»Wieviel kriegen Sie für so eine spaßige Geschichte? Ein Pfund?

Zwei? Wieviel mußte man Ihnen zahlen, daß Sie die Geheimnisse des alten Muttchens in die Gosse schmeißen?«
»Ich habe keines ihrer Geheimnisse verraten, Jack.«
Maggs packte seinen Kopf noch fester. »Da stecken meine Geheimnisse drin«, flüsterte er. »In diesem Kasten. In Ihrem Gehirnkasten. Wir müssen ihn aufbrechen.«
Wer weiß, was als nächstes geschehen wäre, wenn nicht in diesem Augenblick der Postschaffner ins Horn gestoßen und der schlafende Gentleman sich bewegt hätte. Schon bogen sie in den Hof eines Dorfgasthauses ein, wo der Kutscher von den stämmigen Knechten lautstark begrüßt wurde. Jack Maggs setzte sich wieder in seine Ecke und verschränkte die Arme vor der roten Brust, wie ein Ringkämpfer zwischen zwei Runden.
Als sie aus der Kutsche stiegen, klopfte Tobys Herz schneller. Er wollte in die Hauptstraße hinausgehen, mußte aber feststellen, daß Jack Maggs nicht von seiner Seite wich. Wohin er sich auch drehte und wendete, Jack blieb immer neben ihm. Nachdem sie fünf Minuten auf und ab gegangen waren, blieb ihm nichts anderes übrig, als wieder einzusteigen und darauf zu hoffen, einen anderen ehrbaren Bürger in dem Wagen vorzufinden. Doch es sollte nicht sein. Der schnarchende Gentleman war verschwunden. Sein Platz blieb leer.
Die Kutsche rollte auf die Landstraße zurück. Maggs legte seine Hände friedlich auf die Knie, doch er hörte nicht auf, seinen Begleiter anzustarren. So ging es Meile um Meile, bis Tobias es nicht mehr ertragen konnte.
»Verdammt noch mal, es tut mir sehr leid, daß ich Ihr verflixtes Geheimnis habe, Jack Maggs. Ich habe keine Verwendung dafür. Von mir aus hätten Sie es gern behalten können.«
»Wenn Sie Ihrerseits ein schlimmes Geheimnis hätten, wären Sie nicht mehr in Gefahr«, sagte Jack Maggs.
»Jetzt drohen Sie mir auch noch.«
»Ja.«
»Halten Sie das für klug?«

»Ich bin nicht klug. Ich bin ein Schurke.«

»Ich habe keine ›schlimmen‹ Geheimnisse, Jack Maggs.«

»Pech für Sie.«

»Meinen Sie etwa, ich würde Ihnen ein Mittel an die Hand geben, mit dem Sie mich erpressen können?«

»Ja, genau das will ich«, rief Jack, in einem wesentlich leichteren Ton. »Bei Gott, wenn Sie ein solches Geheimnis hätten, wären Sie bei mir bis Gloucester so sicher wie in Abrahams Schoß.«

Tobias glaubte nicht recht an eine Gefahr für seine Person, da er Jack Maggs schließlich zu dem Diebesfänger bringen wollte. Andererseits konnte er sich kaum darauf verlassen, daß sein Reisegefährte rational handeln würde. Aus den magnetischen Sitzungen wußte er nur zu gut, welche Qualen der Sträfling litt und wie leicht er in Wut geraten konnte. Er konnte sich leicht vorstellen, wie Jack Maggs ihn erwürgte und aus der Kutsche warf. Als die Dunkelheit hereinbrach, sah er sich erstochen, erschlagen, erstickt im Straßengraben liegen, blutend und mit zerschmetterten Gliedern. Er sah seine Arbeit zerfetzt und zerrissen am Wegesrand vermodern. Wie Prophezeiungen zeichneten sich diese Bilder vor seinem geistigen Auge ab.

Die Straße lief über eine Steinbrücke und verschwand in einem finsteren Wald.

»Sie halten mich wahrscheinlich für einen Ehrenmann.«

»Ich weiß überhaupt nichts über Sie, mein Freund. Ich habe mir noch keine Meinung gebildet.«

»Dann will ich Ihnen sagen, Jack Maggs, daß ich ein Geheimnis habe, das zwanzigmal schlimmer ist als Ihres.« Mit laut pochendem Herzen vertraute er sich seinem Begleiter an.

Es war eine ungeheure Erleichterung, sich alles von der Seele reden zu können.

64

»Lizzie«, sagte Mary Oates, »könntest du mir kurz mit dem Jäckchen helfen?«

Lizzie Warriner blickte von ihrem Roman *Castle Rackrent* auf und sah, daß ihre Schwester Schwierigkeiten hatte, ihr Kind anzuziehen. Mary hatte einfach kein Gespür für Kleidung, nicht einmal für ihre eigene. Daß sie keinen Sinn für Farben hatte, war ihr immerhin selbst soweit bewußt, so daß sie sich ganz auf Grau-, Weiß- und Schwarztöne beschränkte, um die schlimmsten Entgleisungen zu verhindern. Aber es gelang der armen Mary bei aller Mühe nicht, sich der Welt jemals ohne Falten oder Knitter zu präsentieren. Bei ihrem Kind hatte sie auch nicht mehr Glück. Sie hatte Klein John neben sich auf das Sofa gelegt und versuchte ihm ein schön besticktes Jäckchen anzuziehen, während sie mit der anderen Hand ungeschickt seinen Kopf hielt. Lizzie konnte kaum hinschauen, ohne gereizt zu werden. Dies sollte die »gute Mary«, die »brave Mary« sein, die jeder liebte?

»Meinst du nicht, daß es ihm noch zu groß ist?« fragte sie schließlich.

»Es ist ein Geschenk von Tante Bet«, antwortete ihre Schwester bloß.

»Aber was soll Tante Bet dazu sagen, wenn sie sieht, daß die Ärmel viel zu weit sind und daß dem armen Kerlchen der Kragen bis auf die Schultern fällt?«

»Tante Bet hat mit einem kleinen Schreibergehalt zehn Kinder großgezogen. Sie wird sich gewiß freuen, wie lange wir für ihr liebes Geschenk noch Verwendung haben werden.«

»Tante Bet kann doch gewiß noch warten, bis John drei Monate älter ist. Dann wird ihm das Jäckchen ausgezeichnet passen.«

»Lizzie«, sagte Mary ärgerlich. »Bist du vielleicht zu beschäftigt?«

Lizzie legte das Buch weg und ging zu ihrer Schwester. Sie legte ihr den Arm um die Schultern. »Mary, liebe, gute Mary, es tut

mir leid. Was weiß ich schon von Kindern und ihrer Kleidung? Wie konnte ich nur so garstig sein?«
»Du bist überhaupt nicht garstig, Lizzie. Aber du machst mir heute schon den ganzen Tag einen sehr traurigen Eindruck.«
Mary nestelte noch ein wenig an dem bestickten Jäckchen herum, dann hielt sie ihren Sohn hoch, damit Lizzie ihn bewundern konnte. »Da, Schätzchen. Das ist deine liebe Tante Lizzie. Du machst Tante Lizzie wieder froh, nicht wahr? Nichts macht einen Menschen glücklicher als ein Kind, Lizzie. Wenn ich oft schlecht gelaunt bin oder mir Sorgen mache, brauche ich bloß Klein John auf den Arm zu nehmen und zu drücken. Ich schwöre ... Es gibt nichts Schöneres auf der Welt.«
Lizzie nahm ihrer Schwester das Kind ab, legte ihm die Nase an den flaumweichen Hals und atmete seinen Duft nach Milch und Seife ein.
Mary faltete die Hände in ihrem breiten Schoß. »Warum bist du so traurig, liebe Lizzie?«
»Traurig?« Lizzie strich dem kleinen Kerlchen über das kurze blonde Haar. »Ich bin nicht traurig, Mary.«
»Doch«, beharrte ihre Schwester. »Ich glaube, daß du traurig bist. Zuerst dachte ich, es wäre, weil der Arzt deine Halskette mitgenommen hatte und dann, weil du mit Toby gestritten hast. Hat er mit dir über Geld geredet? Du weißt, daß sein Vater wieder mit ungedeckten Schecks bezahlt hat?«
»Wo ist er hingefahren, Mary? Ich habe gehört, daß er schon sehr früh aus dem Haus gegangen ist.«
»Du darfst dir nicht so zu Herzen nehmen, was er sagt. Er ist mit dem Sträfling nach Gloucester gefahren.«
»Er hat London mit ihm verlassen?« fragte Lizzie höchst erstaunt.
»Du weißt doch, wie gern er in der Weltgeschichte herumreist.«
»Aber wie lange bleibt er fort?«
»Nur zwei Tage.«

»Zwei Tage!«
»Lizzie, das klingt ja fast, als wäre es ein ganzes Leben.«
»Mag sein«, lautete Lizzies rätselhafte Antwort.
»Was meinst du bloß?«
»Er ist dein Mann, Mary.«
»Und was soll das nun wieder bedeuten?«
»Wenn er der Vater meines Kindes wäre, würde ich ihm nicht erlauben, mit einem Mörder zu reisen. Stell dir vor, es passiert etwas, der arme kleine John.«
»Es wird schon nichts passieren, Lizzie. Er arbeitet an einem neuen Buch, das er verkaufen will. Wir dürfen ihm nicht böse sein. Lizzie, du weinst ja.«
»Ich weine, weil ich an den armen kleinen John denken muß«, sagte Lizzie. »Ich weine, weil euch sein Glück so gleichgültig ist.«
Mary schwieg einen Augenblick. Lizzie sah der begriffsstutzigen armen Seele an, daß sie gründlich überlegte.
»Denkst du vielleicht an unseren eigenen Papa, Lizzie?«
Nein, Lizzie hatte nicht an ihren Vater gedacht. Ihr Vater hatte sich nie um sie gekümmert. Es war Mary, der die ganze Liebe ihres Vaters gegolten hatte.
»Nein«, sagte sie und ging ein paar Schritte auf und ab, während Klein John an ihrem Hals nuckelte. »Nein, ich denke an Toby.«
Sie war sehr aufgebracht. Sie stellte sich an das Fenster und sah auf den wunderschönen Frühlingstag hinaus und auf die Stallburschen, die mitten auf der Straße Kricket spielten.
»Es wäre für jeden Menschen schlimm, den Vater zu verlieren«, sagte Mary. »Oder auch den Gatten.«
Lizzie drehte sich um und fing Marys sentimentalen Blick auf.
»Ich bin traurig, Mary. Ich gebe es zu. Ich denke wirklich, ich sollte ein Kind adoptieren. Das würde mir sicher sehr guttun. In London wäre es bestimmt nicht leicht, aber warum soll ich es nicht anderswo probieren? Ich könnte meine Halskette verkaufen, Mary.«

»Hast du diese Idee aus deinem Buch? Weißt du noch, wie Mama dir das Lesen verboten hat, weil du davon solche Flausen im Kopf hattest? Du wirst schon noch einen Ehemann finden.«
»Kannst du meine Zukunft sehen?« fragte Lizzie.
»O ja«, sagte Mary munter. »Du wirst eine ganze Schar Kinder haben und einen gutaussehenden Ehemann und ein prächtiges Haus. Ihr werdet neben uns wohnen, unsere Kinder werden Freunde sein, wir werden Weihnachten zusammen feiern und Toby wird uns Zauberkunststücke vorführen.«
»Und mein Mann?«
»Vielleicht kann er auch zaubern. Bis jetzt wissen wir ja noch nicht, wer er ist.«
»Ich mag ihn nicht«, sagte Lizzie. »Ich sehe wirklich nicht ein, warum ich kein Kind adoptieren soll.«
Mary runzelte die Stirn. »Liebe Lizzie.« Sie klopfte auf das Sofa. »Komm her, bring John mit und setz dich zu mir, dann kannst du mir erzählen, worum es in deinem Roman geht.«
Lizzie kam tatsächlich. Die nächste Stunde verlief sehr friedlich und fast ausgelassen, denn sie machte sich einen Spaß daraus, ihre ganz eigene Version von *Castle Rackrent* zum besten zu geben.
Doch als die Stunde vorüber war, ging es ihr nicht besser als zuvor. Sie hatte keinen Menschen, der ihr sagen konnte, was sie tun sollte.

65

Lieber Henry,
ich schreibe diese Zeilen mit einer Feder, die mir Tobias Oates, der Autor von *Captain Crumley*, geliehen hat. Das Papier in dem gelben Umschlag enthält Informationen, die der genannten Person sehr schaden könnten.
Henry, auch wenn Du mich zur Zeit verabscheust, erinnere Dich

daran, was Du mir verdankst. Ich bitte Dich, mir meine Großzügigkeit zu vergelten, indem Du folgendes tust: Sollte ich auf Grund der Aussage dieses Mannes verhaftet und vor Gericht gestellt werden, fertigst Du von dem Schreiben eine Kopie an, die Du seiner Frau in die Lamb's Conduit Street bringst, gleich nördlich der Advokateninnungen. Ich weiß nicht, wo sein Vater wohnt, aber ich glaube, er hat den Spitznamen *Gockel-John* oder *John, der Kampfhahn*. Ihn sollst Du ebenfalls aufsuchen und alle anderen Mitglieder seiner Familie oder Bekannten, die Du finden kannst. Dann gehst Du in die Fleet Street und suchst Dir die Schenke, in der die Zeitungsschreiber verkehren. Spendiere diesen Herren, was sie wollen. Mr. John Plasse aus dem Rechtskollegium im Temple wird Dir Deine Unkosten tausendfach erstatten.

Wenn ich nicht verhaftet werde, soll die Gerechtigkeit ihren Lauf nehmen. Dann verbrennst Du das Schreiben.

Ich bin mit diesem Oates auf dem Weg nach Gloucester, aber wo wir uns zur Zeit genau befinden, kann ich nicht sagen. Auf jeden Fall heißt es: Holzauge, sei wachsam. Die Nacht ist dunkel und die Kutsche so hart wie ein alter Karren, und in meinen Träumen sucht mich ein Phantom heim, das mich anstarrt und mir droht. Dieses Wesen, das durch Zauberkunst herbeigerufen wurde, stört meinen Schlaf erst seit kurzem. Vielleicht weißt Du, bei Deiner Bildung, wie man es wieder loswerden kann.

Bei Tagesanbruch sollen wir in Gloucester eintreffen. Dort wollen wir den berühmten Diebesfänger suchen, der jeden Vermißten zwischen London und Cardiff aufstöbern kann – und alles Deinetwegen. Ich mache mir Vorwürfe, weil ich Dir meine wahre Lebensgeschichte verschwiegen habe. Statt dessen bin ich für Dich nicht mehr als eine leere Landkarte, auf der Du zweifellos Deine schlimmsten Phantasien eingezeichnet hast.

Diesen Brief werde ich dem Diebesfänger anvertrauen, und Du wirst darin das Ende der Geschichte finden, soweit sie Sophina und mich betrifft. Ich hoffe, die Wahrheit wird eine große Erleichterung für Dich sein. Wenn Du diese Seiten weglegst, kannst Du Dir sagen – Ach, soll das vielleicht das Ungeheuer sein, vor dem ich solche Angst hatte?

Weiter oben habe ich Dir bereits geschildert, wie Sophina und ich von Ma Britten entdeckt wurden, nachdem wir eingeschlafen waren. Obwohl sie so viel Aufhebens um die *fünf Monate* machte, ahnte ich nicht, daß Sophina in anderen Umständen war. Das habe ich aber doch bereits geschrieben? Ich glaube schon.

Sophina und ich wurden in aller Eile aus dem Haus gebracht, als ob wir unter Arrest stünden. Tom wollte unbedingt den großen Sack mit dem Silber auf dem Rücken heimtragen. Seine Mutter befahl ihm, ihn stehenzulassen, aber er war ein guter Sohn und ein törichter Dieb, und so schleppte er ihn immer weiter durch die dunklen Straßen, bis es uns in Piccadilly gelang, den Kutscher einer einsamen Droschke aufzuwecken. Kaum hatten wir uns zu viert mit der Sore hineingezwängt, spie Ma auch schon Gift und Galle.

Sie ließ es sich nicht nehmen, mir die Bestrafung, die mich erwartete, schon einmal im voraus zu schildern. Es war eine neue Strafe, und sie beschrieb sie mir in allen Einzelheiten: Tom würde meine Arme durch die Sprossen einer Leiter ziehen und mich festhalten, während sie mich mit dem Gürtel verprügelte.

Eine Stunde vor Tagesanbruch kamen wir in Islington an. Obwohl es noch dunkel war, hörte ich die Hähne krähen.

Ma zwang mich, Silas' schwere Leiter aus der Diele nach oben zu tragen. Tom half mit, sie schräg an die Wand unseres Zimmers zu lehnen. Dann mußte ich mich davorstellen, während der große, starke Kerl, der sich pflichtbewußt an den Fuß der Leiter gesetzt hatte, meine Arme mit solcher Kraft nach hinten riß, daß ich Angst hatte, er würde sie mir aus den Schultern reißen. Ich dachte, ich sollte dafür bestraft werden, daß ich mich wie ein sittenloser Strolch benommen hatte. Niemand sagte mir, daß ich

geprügelt wurde, weil ich der Vater eines ungeborenen Kindes war.
Heute erkenne ich, daß es Ma Britten eher um das Geschäft ging als um unsere Moral. Sie wollte ihre kleine Diebin nicht mit einem Kind und mich nicht mit Sophina teilen. Sie brauchte uns noch für ihre Zwecke. Deshalb nahm sie mich besonders hart her.
Als sie mich vor sich hatte, schürzte sie ihre Röcke, so daß ihre strammen weißen Waden zum Vorschein kamen. Dann ging sie in die Küche, nahm Anlauf, stürzte sich mit einem häßlichen Knurren auf mich und bearbeitete mich mit dem Gürtel. Das wiederholte sie zwanzigmal, und obwohl sie am Ende japste und keuchte, ließ sie keinen Schlag vorbeigehen, ohne Sophina zu befehlen, meine Erniedrigung mit anzusehen oder die Hände von den Ohren zu nehmen, um meine feigen Schreie zu hören.
Endlich war es vorbei, und Tom ließ meine Arme los. So sehr war ich in meine Schmach vertieft, daß ich nicht bemerkte, daß Ma Sophina aus dem Zimmer brachte. Auch hatte ich keine Ahnung, was für ein Schicksal ihr bevorstand. Aber sobald ich sie *Jack, Jack* rufen hörte, sprang ich von der Folterbank, um ihr zur Hilfe zu eilen.
Mein ganzes Leben lang habe ich diesen Augenblick immer wieder durchgespielt, und in meinen Tagträumen habe ich oft gesehen, wie ich meine Liebste auf der Treppe einholte, und mir vorgestellt, wie ich Ma Britten einen Fausthieb verpaßte. Ja, bei Gott, einen richtigen Kinnhaken. Manchmal steche ich auch auf sie ein oder attackiere sie mit ihrem Degen. Immer wieder habe ich geträumt, was für ein großes Glück es war, Sophina zu retten und mit ihr in den Morgen hinauszulaufen, daß unser Kind noch lebte und unser junges Leben erst begann.
Doch im Dämmerlicht des Morgengrauens kam ich nur ein paar Schritte weit, bevor Tom sich auf mich stürzte. Er warf mich zu Boden, drückte mich nieder und drehte mir den Arm auf den

Rücken. Ich war noch ein Junge, erst fünfzehn Jahre alt, und er war zwanzig. Er setzte sich auf mein blutendes Hinterteil und scherte sich keinen Deut darum, wie weh es mir tat.
– Du kleines Dreckschwein, sagte er zu mir. Du Lumpenhund, etcetera. Er drückte meinen Kopf so fest auf die Küchendielen, daß ich bis heute, bis zu diesem Tag die Splitter in meinem Gesicht fühle und Sophinas weinende Stimme in dem verhaßten Raum unter mir hörte. Von der Strafpredigt, die Ma ihr hielt, verstand ich nur wenig, nur das folgende:
Muß ich erst Tom holen, damit er dich festhält?
Soll ich Dir etwas verraten? Du wirst es mir sicher kaum glauben können. Aber ich dachte tatsächlich, Sophina bekäme ebenfalls eine Tracht Prügel, genau wie ich.
Willst du, daß Tom dich so sieht?
Ich sah meine Liebste erst wieder, als es heller Tag geworden war. Nachdem Tom mich schließlich doch noch losgelassen hatte, saß ich am Tisch und trank Tee, als plötzlich Sophina in der offenen Küchentür stand. Ich blickte zu ihr auf.
Ihr Gesicht war bleich. Eine Hand klammerte sich in ihre Schürze. Als sie meinen Blick auffing, wandte sie sich ab und ging in unser Zimmer.
Ich sprang auf, aber Tom legte mir die Hand auf die Schulter.
– Laß sie in Ruhe, du kleine Sau.
Ich wäre ihr trotzdem gefolgt, wenn er mich nicht am Arm gepackt und mit seinen Bärenkräften festgehalten hätte.
– Du kommst mit mir, du Schlammfresser, sagte Tom. Er zerrte mich hinter sich her, zuerst nach unten, durch den häßlichen Raum, und hinten aus dem Haus hinaus. Er schleifte mich am Abtritt vorbei, bis zu den Disteln an der Ziegelmauer, einen kleinen Lehmpfad entlang, über einen halb eingesunkenen Abwassergraben hinweg und um die Ecke der Mauer herum. Sogleich begann es übel zu stinken – nach Exkrementen und Verwesung.
Tom zwang mich, mich zu bücken und neben die Sickergrube

zu knien, die unter dem Käseladen hervorkam. Er hielt mich fest und verdrehte mir einige Male den Arm, damit ich nicht vergaß, wie weh er mir tun konnte. Dabei stocherte er die ganze Zeit mit einem Stock in dem Unrat herum.
– Guck mal, sagte er.
Weil ich Angst hatte, daß er mich in die Grube stoßen wollte, war ich nicht im mindesten auf das gefaßt, was er eigentlich im Schilde führte.
Deshalb sah ich hin.
– Siehst du? sagte Tom. Es sieht wie eine Kröte aus.
Vor mir lag unser Sohn, das arme tote Würmchen. Er war so winzig, daß ich ihn in einer Hand hätte halten können. Auf seinem seltsam vertrauten Gesicht zeichnete sich ein grausamer Schnitt ab.
Ich kann jetzt nicht mehr weiterschreiben.

P. S. War eingeschlafen. Als ich aufwachte, legte Oates mir vertraulich die Hand auf das Knie. Er fragte: Haben Sie geträumt, Jack Maggs?
Ich sagte, nein, ich hätte nicht geträumt.
Es war eine Lüge – das oben erwähnte Phantom war mir erschienen. Es saß mir gegenüber in der Kutsche. Blonde Haare, lange Koteletten, blauer Rock mit goldenen Knöpfen.
Ich fragte: Bist du es?
Es antwortete, ja. Dann legte es mir die Hand auf den Kopf, und die Hand war so kalt, daß sie mich verbrannte. Ich schrie und wachte auf. Die Kutsche war voller Fremder.
Wir preschen durch die endlose Nacht, elf Meilen in der Stunde. Die Kerzen flackern.

66

Die Sonne war noch nicht ganz aufgegangen, als sie den Gipfel des Burlip Hill erreichten. Vor ihnen lag Gloucester, das sich in der tiefen Talsenke aus dem Dunst erhob. Nachdem die Kutsche angehalten hatte, besprachen sich der Postschaffner und der Kutscher eine Zeitlang mit ernster Miene, bis sie zuletzt vorschlugen, daß die Damen und Herren einen kleinen Spaziergang unternehmen sollten. Wer den Burlip Hill schon einmal mit eigenen Augen gesehen hat, wird gut verstehen können, daß Jack, Tobias und ihre Reisegefährten an einem Frühlingsmorgen um halb fünf Uhr die Behaglichkeit der Kutsche aufgaben, um im knöcheltiefen Schlamm zu Fuß den Berg hinunterzugehen, während der *Wahre Brite* mit quietschenden Bremsen zu Tal rollte.
Obwohl die Straße so rutschig war, daß sich mancher Reisende einen lehmigen Hosenboden einhandelte, stürmte Jack Maggs ungestüm vorneweg, voller Ungeduld, dem Diebesfänger endlich gegenüberzutreten. Die englische Landschaft zeigte sich von ihrer schönsten Seite, Felder und Obstwiesen mit Hecken dazwischen, in der Ferne die Kathedrale und am Horizont die walisischen Morvan Mountains. Für diesen Anblick wäre der Sträfling auch »bis zu den Knien im Schlamm« gewatet.
Jack Maggs war ohne Zweifel aufgeregt. Seine leuchtenden Augen wanderten unstet umher. Zweimal nieste er laut, und als er sich die Nase schneuzte, hallte es wie eine Trompete im Morgengrauen. Während er in großen Sätzen die steile Straße hinuntersprang, hielt er die drei Pakete mit dem Spiegel, den Zitronen und den Papieren in der Hand, als ob der Diebesfänger sie gleich am Fuße des Berges in Empfang nehmen würde.
Der Schriftsteller, der wieder einmal über die ihm drohende Schande nachdachte, war um einiges düsterer gestimmt. Er kannte nämlich den Diebesfänger überhaupt nicht. Er kannte nicht einmal seine Adresse, sondern mußte sich ganz auf Dr. Eliotsons Zusicherung verlassen, daß ihn eine Nachricht, die man

im Gasthof Zum Bullen für ihn hinterlegte, erreichen würde. Eliotson war zwar ein durchaus ehrbarer Mann, hatte aber einen Hang zu Vagheit und Naivität. Tobias Oates hatte sich selbst in eine törichte und gefährliche Lage gebracht.

Als die Kutsche in der Southgate Street ankam, war es Jack, der herausfand, wo das Wirtshaus Zum Bullen zu finden war. Sogleich lief er los, seine Pakete vor sich hertragend. Tobias, der für seinen zügigen, forschen Schritt bekannt war, gelang es kaum, mit ihm Schritt zu halten.

Maggs' offener Wettermantel, den er seinen Josephsrock nannte, wehte wie ein Umhang hinter ihm her, als er durch die Straßen von Gloucester schritt, vorbei an Mercer's Entry und in die Bull Lane hinein, wo sie das ordentliche kleine Wirtshaus fanden, in dem es, wie ein Schild verkündete, Verpflegung für Roß und Reiter gab. So früh am Morgen war die Schenke noch leer, die Stühle standen auf den Tischen, und der Duft nach Seife kämpfte gegen kalten Pfeifenrauch und Brandygeruch an. Ein Plätschern hinter der Theke verriet den Wirt, der dahinter auf einem dreibeinigen Schemel hockte und aus einem Faß Flaschen abfüllte.

Er war ein schmaler Mann in den besten Jahren mit einem langen, harten Gesicht und einem kleinen, schmalen Mund, der von seinem Bart nicht verdeckt wurde. Man hatte den Eindruck, als wäre er dem Schnaps, den er verkaufte, durchaus auch selbst zugetan. Als er Jack Maggs' ansichtig wurde, riß er erstaunt die blutunterlaufenen, gelblich trüben Augen auf.

»Alle Wetter!« rief er.

»Na, wenn das keine Überraschung ist!« sagte Maggs jovial.

»Ich schulde dir nichts, Maggs.«

»Habe ich auch nie behauptet, George Conklin.«

Mißtrauisch warf George Conklin Tobias einen scharfen Blick zu, dann richtete er seine Aufmerksamkeit wieder auf Jack Maggs. »Ich heiße Herbert Holt.« Er zögerte. »In der alten Sache sind wir quitt. Ich schulde dir nichts mehr.«

»Ja, wir sind quitt, Kamerad.« Maggs wandte ihm den Rücken zu und sah sich in der Schenke um. Der Raum, der mit allen möglichen Messingbeschlägen und verschnörkelten Bierkrügen dekoriert war, vermittelte einen ordentlichen, wohlhabenden Eindruck. Tobias konnte sich gut vorstellen, daß sich hier Advokaten und Kaufleute trafen, um über geschäftliche Angelegenheiten zu sprechen. Nicht einmal der Anblick eines Richters in Perücke und Robe, der mit einem Glas Rotwein und einem Stück Käse vor dem Kamin saß, hätte ihn hier überrascht.
»Was willst du dann von mir, wenn wir quitt sind?«
»Ich will überhaupt nichts von dir.«
Der Wirt, der diese Anwort mit offenkundiger Skepsis aufnahm, lenkte den Blick auf Jacks Pakete. »Falls du wieder ins Silbergeschäft eingestiegen bist, ich habe mich zur Ruhe gesetzt. Tut mir leid, Jack. Nimm es mir nicht krumm. Ich mache nur noch ehrliche Geschäfte.«
»Dann sind wir anscheinend beide ehrbar geworden, George.«
»Herbert«, verbesserte der Wirt.
Die Männer schwiegen eine Weile, wobei der Wirt unverhohlen die Kleidung seines Gastes musterte. »An deiner Stelle würde ich keine rote Weste anziehen, Jack«, sagte er schließlich. »Eine rote Weste ist zu auffällig. Das ist in der Natur auch so, daß alles, was gefährlich oder giftig ist, einen roten Streifen hat.«
»Blödsinn, George.«
»Herbert.«
»Herbert, kennst du einen gewissen Partridge?«
Der Mann mit dem langen Gesicht kniff den Mund zusammen. Er schwieg.
»Kennst du ihn?«
»Sicher. Wilf Partridge. Der den verschwundenen Herzog aufgestöbert hat. Ich kannte ihn schon in Kent, als er noch ein Wegelagerer war.«
»Es heißt, wenn er will, kann er jeden Gesuchten in England finden.«

»Heißt es das?« Der Wirt zuckte die Achseln. »Es heißt auch, daß er hexen kann oder zumindest mit einer Hexe verheiratet ist.«
»Aber Sie kennen ihn?« fragte Tobias. »Er ist in der Nähe?«
Herbert Holt warf Tobias Oates einen kurzen Blick zu. Er bückte sich und verkorkte schweigend ein halbes Dutzend Schnapsflaschen. »Ich gebe euch ein Nebenzimmer, Jack«, sagte er schließlich. »Aber ihr könnt nicht im Haus übernachten, und ihr nehmt den Hinterausgang, wenn ihr geht. Nein, du brauchst nichts zu bezahlen.«
»Sehr großzügig, Herbert.«
»Jetzt hört mir mal zu, ihr zwei«, sagte Herbert. »Eigentlich habe ich das Nebenzimmer einem Wanderverein vermietet, aber das spielt heute morgen keine Rolle. Nur werden die Leutchen nicht sonderlich erfreut sein, wenn sie am Mittag kommen und ihr immer noch da seid. Sie wären nicht sehr begeistert, wenn sie erführen, daß ich ihren Raum einem Burschen mit einer roten Weste überlassen habe. Am besten schließt ihr die Tür von innen ab und laßt keinen herein. Wenn Partridge kommt, gebe ich ihm einen Schlüssel.«
»Es wird mich schon keiner erkennen, Herbert.«
»Ich habe dich schließlich auch erkannt, Jack, und es ist wirklich schön, dich zu sehen. Aber mehr kann ich nicht für dich tun. Ihr bleibt in dem Zimmer und kommt nicht wieder raus, ganz egal was passiert. Ich schicke den Burschen nach Partridge, und du kannst nur beten, daß er nicht wieder in Bristol ist, denn wenn er bis zum Abend nicht auftaucht, mußt du verschwinden, Jack. Und da hilft dir auch dein Messer nicht. Nichts für ungut.«
»Wer mich nicht aufs Kreuz legt, braucht mein Messer nicht zu fürchten, Herbert.«
»Ich habe Freunde, die gleich um die Ecke wohnen.«
»Du würdest mich doch nicht verpfeifen, George?«
»So ein ehrenwerter Mensch bin ich denn nun doch nicht geworden, wenn du verstehst, was ich meine, Jack. Außerdem braucht schließlich keiner zu wissen, daß wir uns kennen.«

Der dürre Wirt führte seine ungebetenen Gäste nach hinten durch die Schenke, eine halbe Treppe hinunter und durch einen Korridor bis zu einem Zimmer, das sich trotz der goldenen Aufschrift an der Tür als ein reizloses Loch entpuppte. Die Fenster waren klein und ohne Vorhänge, die Wände kahl und fleckig. Die Einrichtung bestand lediglich aus einem langen Tisch und zwei schmutzigen Bänken, die so aussahen, als wären sie nach einer langen Zeit der Verbannung aus einer Scheune hergeschafft worden.

Obwohl Tobias das Zimmer ein Greuel war, setzte er sich auf eine wackelige Bank und krümelte langsam den getrockneten Lehm von Stiefeln und Hose. Jack Maggs blieb am Fenster stehen und spähte in den trostlosen Hof hinaus, wo vermutlich die »Rösser« verpflegt wurden.

Die Zeit kroch dahin. Es fing an zu regnen. Der Schriftsteller öffnete seinen Handkoffer, aber seine Finger waren so unangenehm trocken von dem Lehm des Burlip Hill, daß er sich nicht überwinden konnte, das Tintenfläschchen zu entkorken. Durch das Fenster sah er, wie ein alter Mann einem Hahn den Kopf abhackte, und wie der Alte und ein Stallbursche lachend dabeistanden, als der kopflose Vogel flügelschlagend durch den Hof lief. Der Sträfling beobachtete die Szene ebenfalls. Bald füllte seine breite, kräftige Gestalt den ganzen Fensterrahmen aus, so daß kein Licht mehr hereinfiel, was für Tobias eine höchst symbolische Bedeutung hatte. Wie tief war er schon gesunken. Eine Sünde hatte ihn zur nächsten geführt. Aus jeder Gefahr war ein noch größeres Risiko erwachsen, und nun saß er mit dem Mann in einem Zimmer fest, den er betrogen hatte. Er klappte den Handkoffer wieder zu und schloß ihn ab. Er hatte sich weit von seinem Gott entfernt.

Als es Mittag wurde und jemand an der Türklinke rüttelte, blickten die beiden Männer erwartungsvoll hoch.

»Verflixt«, hörten sie eine Frauenstimme sagen. »Das ist aber gar nicht schön. Ganz und gar nicht schön.«

Im Laufe der nächsten Stunden sorgten zehn verschiedene Besucher dafür, daß die Hoffnungen der beiden Männer immer wieder aufs neue zerstört wurden. Man zog an der Tür, man drückte die Klinke nieder, aber niemand kam herein, nicht einmal ein Diener mit Viktualien, die Jack als kleine Aufmerksamkeit seines »alten Bekannten« fest erwartet hatte. Als der Schlüssel schließlich doch noch ins Schloß geschoben wurde, saßen sie mit laut knurrenden Mägen da, und Tobias hätte kaum noch zu sagen gewußt, was er sich dringender herbeiwünschte, den Diebesfänger oder etwas zu essen.

Er wurde in jeder Hinsicht enttäuscht. Die Tür ging auf, und ein Geistlicher stand davor, ein schwarz gekleideter Mann mit buschigen, tief in die Augen hängenden Brauen.

»Verzeihung«, sagte Tobias und stand auf. »Das Zimmer ist besetzt.«

Doch offenbar war sich der Besucher seiner Sache so sicher, daß er die Tür trotz dieser Warnung hinter sich schloß. Er trug ein dickes Kattunbündel unter dem einen und einen schwarzen, knorrigen Wanderstab unter dem anderen Arm.

»Sie haben das falsche Zimmer«, sagte Jack und stürmte so wütend auf den Eindringling zu, daß Tobias plötzlich die Idee kam, es müsse ein Streit um ein Nebenzimmer gewesen sein, der seinen Vater wegen Mordes ins Gefängnis gebracht hatte. Besänftigend legte er Jack die Hand auf die Schulter.

»Das ist unser Zimmer«, rief Jack. Er schüttelte Tobys Hand ab und packte den Fremden beim Ellenbogen.

Der Geistliche zog die Augenbrauen hoch.

»Mr. Maggs?«

»Wer sagt das?« fragte Jack.

»Sie sagen es selbst, Sir«, antwortete der Geistliche und machte sich los. »Wenn Sie nicht Mr. Maggs wären, bräuchten Sie es bloß zu sagen und die Sache wäre erledigt. Aber wenn Sie wissen wollen, wer so etwas sagt, haben Sie sich bereits verraten. Quot erat demonstrandum.«

Tobias sah, daß die Wange des Sträflings zu zucken begann.
»Sind Sie vielleicht ein Wanderer, Sir?« fragte Tobias.
Die Frage wurde ihm von einem weiteren Eindringling beantwortet, einer Frau, die sich schnurstracks an den Tisch setzte.
»Sind wir nicht«, sagte sie.

67

»Sie sind Jack Maggs«, sagte der Geistliche mit einer Stimme, der man anmerkte, daß er ein rauheres Gewerbe betrieb, als sein Kragen vermuten ließ. »Und ich bin der, dessen Bekanntschaft Sie so dringend zu machen suchen.«
»Sie sind der Diebesfänger?« fragte Tobias, dem ein Stein vom Herzen fiel.
»Wenn Ihnen an seiner Gesellschaft liegt«, sagte die Frau, »nennen Sie ihn nie wieder so.«
Sie war eine unscheinbare, dralle Person mit glatten grauen, über der Stirn zum Pony abgesäbelten Haaren. In ihrer hitzigen Empörung dünstete sie starke Kellergerüche aus: Erde, Zwiebeln und noch Schlimmeres. »Dieses Wort benutzen nur Unwissende.«
Es gefiel Toby gar nicht, sich von einer derart gewöhnlichen Person in einem solchen Ton anreden zu lassen. »In der Tat, Madam?« Er wandte sich ihrem Mann zu, mußte aber zu seinem Erstaunen feststellen, daß Wilfred Partridge tatsächlich eine Entschuldigung dafür erwartete, daß er ihn einen Diebesfänger genannt hatte.
So wurde Tobias schon in den ersten Augenblicken ihrer Bekanntschaft klar, daß die Partridges Tyrannen waren. *Gott steh mir bei, wenn ich je unter ihren Einfluß geriete. Sie würden mich zwingen, Sägemehl zu essen und noch vor dem Frühstück Türschlösser aufzubrechen.*

Jack Maggs jedoch schien für Partridges Charakter blind zu sein.
»Wir entschuldigen uns«, sagte er. Toby war schockiert, daß sich dieser kampflustige Mann so bereitwillig verbiegen ließ. »Es lag nicht in unserer Absicht, Eure Lordschaft zu beleidigen.« Er griff in seinen Jutesack, holte die Päckchen mit den Papieren, dem Spiegel und den Zitronen heraus und stapelte sie auf den Tisch.
Ohne seine beleidigte Pose aufzugeben, legte Mr. Partridge nun ebenfalls sein Bündel auf den Tisch. Es war rechteckig und in etwa so groß wie die *Times*, aber drei oder vier Zoll dick.
»Ich bin kein Lord«, verbesserte er Maggs.
»Wenn Sie wirklich jeden Mann in England finden können«, sagte Jack, »nenne ich Sie auch Herzog oder Baron.«
»Ein schlichtes Mister würde mir genügen.« Wilfred Partridge löste einen Knoten und wickelte sich die Schnur um die mit Leberflecken übersäte Hand. Nachdem er das Knäuel mit einer Schlaufe gesichert hatte, legte er es auf die Bank. Sodann entfernte er mehrere Lagen Verpackungsmaterial, zuerst Kattun, dann zwei Schichten grobes braunes Packpapier und zuletzt gelbes Seidenpapier, wie es von Putzmacherinnen benutzt wurde. Nachdem er Jack Maggs mit seiner langsamen Art gehörig auf die Folter gespannt hatte, förderte er zuletzt ein sehr gelehrt aussehendes, in Leder gebundenes Buch zutage, mit viel Goldfiligran auf dem Deckel und einem kunstvoll eingeschnittenen Wappen auf dem Rücken. Der Anblick dieses Bandes erinnerte Toby an die gelehrte Gesellschaft, in der er den Namen Wilfred Partridge zum erstenmal vernommen hatte, und er wurde etwas milder gestimmt.
»Ich glaube, wir haben einen gemeinsamen Bekannten«, sagte er.
Wilfred Partridge sah Tobias Oates gleichgültig an.
»Meinen Freund Dr. Eliotson.«
»Es gibt viele Männer der Wissenschaft«, sagte Mrs. Partridge frostig, »die die Kräfte meines Mannes studiert haben.«

»Mr. Partridge ist ein Kenner des Animalischen Magnetismus. Sie haben bei Monsieur Labatte studiert«, wandte Tobias sich direkt an ihren Mann. »Dr. Eliotson hat eine Arbeit über Ihre magnetischen Techniken geschrieben. Besonders begeistert hat er sich über einen ganz bestimmten Fall geäußert. Wie war es noch gleich? Sie haben die Zeugen magnetisch befragt und dann die Verhaftung selbst vorgenommen?«

»Eliotson?« antwortete der andere mürrisch. »Ich entsinne mich nicht.«

»Der Aufsatz ist im *Zoist* erschienen.«

»Man schreibt überall über mich«, sagte Wilfred Partridge und öffnete sein Buch. Auf der ersten Seite, in der Mitte des großen weißen Blattes war ein gelber Zeitungsausschnitt eingeklebt.

»Habe ich nicht Emily Tudbull gefunden«, knurrte Partridge ärgerlich unter seinen dichten Brauen hervor, »die ihrer Mutter entrissen wurde?«

»Das hat er«, rief seine Frau und tippte auf auf eine lange, leimfleckige Zeitungsspalte:

EMILY TUDBALL GEFUNDEN.

»Habe ich nicht die Leiche Lord Thompsons gefunden, obwohl jeder sagte, er mache eine Reise durch die Pyrenäen?«

»Das hat er«, verkündete seine Frau und zeigte mit einem abgebissenen Fingernagel auf die entsprechende Stelle.

LORD THOMPSON TOT.

Obwohl es geschlagene fünf Minuten dauerte, bis sie ihre lange Litanei abwechselnd heruntergebetet hatten, wich Mrs. Partridge während der ganzen Zeit nicht mit einem einzigen Wort von ihrer einstudierten Antwort ab.

»Dürfte ich vielleicht wissen, wie Sie Ihre Kunst ausüben, Sir?« fragte Toby, als die Aufzählungen endlich beendet waren. »Wie stehen Sie zu der Frage des magnetischen Fluidums?«

»Kein Magnetiseur kann an dem Fluidum zweifeln«, sagte Wilfred Partridge und deutete auf die in Leder gebundene Geschichte seines Erfolges. »Aber wenn es dem Probanden an gutem Glauben mangelt, bleibt die Flüssigkeit in ihrer Pfütze.«

»Guter Glaube?« rief Maggs. »Bei Gott. Wir kommen extra aus London her. Wenn das nicht genug guter Glaube ist, um die magnetischen Flüssigkeiten nur so strömen zu lassen.«

»Mr. Partridge braucht etwas Persönliches«, sagte die Frau des Diebesfängers.

»Er hat mich. Persönlicher geht es wohl kaum.«

Mr. Partridge klappte sein Buch zu. »Wenn meine Frau ›persönlich‹ sagt, meint sie damit zwei sehr persönliche Punkte.«

»Geld«, sagte sie.

»Wieviel Geld?« fragte Tobias.

»Fünfzehn, bar auf den Tisch.«

»Schilling?«

»Pfund.«

Toby schnappte nach Luft, aber die Partridges behielten Jack Maggs im Auge, der sich noch immer von einer ungewohnt freundlichen Seite zeigte. »Und zweitens?« fragte er.

»Zweitens bräuchte ich einen Gegenstand«, sagte Wilfred Partridge, der sich daranmachte, sein Paket wieder einzuwickeln, »zu dem der von Ihnen Gesuchte eine persönliche Beziehung hatte. Es ist völlig egal, was oder wie klein es ist.«

»Wie persönlich?« fragte Jack.

»Er sollte es in der Hand gehalten haben, Mr. Maggs. Es müßte etwas sein, was er mit der Haut berührt hat. Ein Spielzeug, eine Haarbürste.«

Jack Maggs griff tief in seinen Josephsrock und förderte eine erlesen gerahmte Emailminiatur zutage, die er bis dahin die meiste Zeit in der Hosentasche verwahrt hatte. Die Abbildung zeigte einen außerordentlich vornehmen jungen Mann, der eine blaue Jacke und eine weiße Krawatte trug. Er kam Toby sehr bekannt vor, doch er wußte nicht zu sagen, woher. Der junge Mann wirkte hochmütig und umgänglich zugleich, und obwohl er die hellblauen Augen abwandte, wirkte seine Miene höchst leben-

dig. Der ovale Silberrahmen war exotisch mit Sternen dekoriert.
»Mein Sohn«, sagte Jack Maggs stolz. »Henry Phipps, Esquire.«
Erst jetzt wurde Toby schlagartig klar, welcher Art die Beziehung war, die Jack Maggs mit dem Mieter aus der Great Queen Street verband. Trotz seiner Überraschung entging ihm der leuchtend stolze Vaterblick nicht, mit dem der Sträfling Wilfred Partridge das Emailporträt hinhielt.
Er erwartet, daß man seinen Jungen bewundert, dachte Toby.
Partridge tat ihm den Gefallen nicht. Er sah sich das Bildnis überhaupt nicht an, sondern reichte es, nachdem er die Punzen auf dem herrlichen Rahmen genau studiert hatte, an seine Frau weiter.
»Es bleibt immer etwas zurück«, sagte sie. Toby fiel auf, daß auch die Frau sich die Stempel gründlich ansah. »Wenn sie es berühren, bleibt immer etwas von ihnen zurück.«
»Es sieht ihm sehr ähnlich.«
»Die Frage ist die, Mr. Maggs. Hat er es vor kurzem noch berührt? War es in seinem Besitz?«
»Die Sache ist die, Ma'am. Ich suche meinen Sohn.«
Mrs. Partridge schob das kleine Porträt von sich. »Wenn er es nicht berührt hat, nützt es Mr. Partridge gar nichts. Wir wollen nicht wissen, wie er aussieht. Wir wollen wissen, wo er ist.«
Der Sträfling machte einen derart niedergeschmetterten Eindruck auf Toby, daß dieser sich gezwungen sah, eine Lanze für ihn zu brechen und ihm gegen seine Peiniger beizustehen. »Madam, was Sie da sagen, ergibt sehr wenig Sinn.«
Zum Dank wendete sich sein Begleiter gegen ihn. »Mischen Sie sich nicht ein«, befahl Jack Maggs.
»Warten Sie«, sagte die Frau. »Ich kann fühlen, daß Sie etwas bei sich haben, was wir benutzen können.« Wie aus dem Nichts zauberte sie zwei Locken Kinderhaar hervor. »Seine Haare!« verkündete Mrs. Partridge, deren Gesicht einen rötlichen Schimmer bekommen hatte.

»Bleiben Sie mir aus den Taschen!« rief Jack Maggs und entriß ihr die Haare. »Das ist privat.«

»Das sind die Haare des Jungen«, beharrte die Frau. »Das ist unser Mann, Wilf. Das sind die Haare von seinem Sohn. Keine Widerrede.«

All dies stieß sie heftig und bestimmt hervor. Toby staunte, daß Maggs sich davon einschüchtern ließ. Als der Sträfling erneut das Wort ergriff, lag etwas Beschämtes, Verstohlenes in seinem Blick.

»Verdammt. Den will ich nicht.«

Tobias hatte keine Zeit, sich über diese Aussage zu wundern, denn nun erhob sich der Geistliche wie ein Krieger von der Bank.

»Sie werden meine Frau nicht verdammen, Sir«, sagte er.

Der Sträfling zögerte. Dann seufzte er, setzte sich langsam hin und stützte den Kopf in die Hände. »Die Haare gehören nicht Henry Phipps«, sagte er.

Der Geistliche nahm das Porträt vom Tisch und musterte es so gründlich wie ein Juwelier. Dann reichte er es seiner Frau, die es sich wie eine Muschel ans Ohr hielt.

Tobias sah, was jedem vernünftigen Kind klargewesen wäre, nämlich daß die Partridges Scharlatane waren, aber als die kleine Taschendiebin mit der stumpfen Nase das Porträt wieder vom Ohr nahm, wartete Jack Maggs ergeben auf ihr Urteil. Tobias war unwillkürlich gerührt, als er sah, wie begierig sich der Sträfling zu der Frau hinüberbeugte. Was für eine traurige Figur er doch abgab.

Als die beiden Partridges darum baten, sich zurückziehen zu dürfen, um die Angelegenheit unter vier Augen zu besprechen, schlug Jack Maggs vor, mit Tobias Oates den Raum zu verlassen.

68

Toby zog seinen Begleiter an das dunkle Ende des Ganges, wo einige hölzerne Sattelrahmen vergessen vor sich hin moderten.

»Also, Master Maggs«, sagte er. »Was halten Sie von den beiden?«

Die Miene des Sträflings war wie erstarrt, aber seine Augen blitzten vor Aufregung.

»Sie wissen, wovon sie reden, soviel steht fest. Mir macht bloß eines Sorgen – mein Henry hat das Porträt nie in der Hand gehalten.«

»Haben Sie bemerkt, wie sie es sich angesehen haben?«

»Sie hatten etwas anderes erwartet.«

»Beide haben sich zuerst die Punzen angesehen. Ist der Rahmen wertvoll?«

»Für sein Porträt würde ich auf keinen Fall irgendwelchen billigen Plunder nehmen, darauf können Sie Gift nehmen.«

»Jack, wir sind Betrügern aufgesessen.«

»Ist er etwa nicht Partridge?«

»Doch, er ist Partridge.«

»Wieso soll er dann ein Betrüger sein? Nein, das kaufe ich Ihnen nicht ab. Verlassen Sie sich auf mich, ich kenne das Spiel.«

»Glauben Sie mir, Master Maggs. Es ist der reine Mumpitz. Man kann einen Menschen nicht finden, indem man sich einen silbernen Rahmen ans Ohr hält.«

»Das geht nicht?«

»Unmöglich.«

Jack faßte Tobias Oates scharf ins Auge. »Aber Sie haben mir den Mann schließlich selbst empfohlen.«

»Nein, Jack, so ist das nicht. Er wurde mir von Dr. Eliotson empfohlen. Und ich bin überzeugt, daß er das Kunststück, von dem mein Freund mir erzählte, tatsächlich vollbracht hat.«

Maggs schnitt eine Grimasse. Ein langes, häßliches Zucken lief ihm vom Auge bis hinunter zum Mund. »Sie haben mir versprochen, daß ich meinen Sohn finden würde«, sagte er eisig. Er runzelte die Stirn. »So lautete unsere Abmachung. Dafür habe ich meine kostbare Zeit verplempert. Dafür habe ich den Lakaien gespielt. Meinen Sie, ich hätte sonst vor diesem häßlichen Wicht von einem Kaufmann gebuckelt?«

Toby hatte Angst, aber er wich nicht von der Stelle und hielt dem Blick des Sträflings stand.

»Es tut mir leid, Jack, aufrichtig leid. Ich habe selbst einen Sohn. Ich kann leicht nachfühlen, was Sie empfinden.«

Doch so schnell ließ Jack Maggs sich nicht besänftigen. Im Gegenteil, Tobias' tröstlich gemeinte Worte hatten den entgegengesetzten Effekt. Der Sträfling klopfte ungeduldig mit dem Fuß auf die Dielenbretter. Der Schriftsteller wich einen halben Schritt zurück.

»Sie verstehen überhaupt nichts«, rief Jack Maggs, der sich brutal an ihm vorbeidrängte. »Sie können mich dazu bringen, mein Hemd auszuziehen, aber Sie haben nicht den Rattenfurz einer Ahnung von mir.« Jack Maggs war das Blut in den Kopf geschossen. »Sie stehlen mir meine Flüssigkeit, aber Sie haben keinen Schimmer, wer ich bin, Sie Waschlappen. Was war das für ein Geräusch?«

»Ich glaube, sie haben uns ausgesperrt«, sagte Toby mit klopfendem Herzen.

Der Sträfling stieß einen Fluch aus und fuhr auf dem Absatz herum. Mit zwei Schritten hatte er die Tür erreicht und ihr einen derart kräftigen Fußtritt versetzt, daß sie kreischend aus den Angeln brach. Es war, als hätte er plötzlich einen Theatervorhang in die Höhe gezogen und die beiden Schauspieler in einer äußerst peinlichen Lage überrascht.

Die Partridges hatten das Fenster geöffnet. Mrs. Partridge war bereits mit einem Bein im Hof, während das andere noch blau geädert ins Zimmer ragte. Mr. Partridge stand neben ihr, den breitkrempigen Hut wieder auf dem Kopf, das halb verpackte Porträt in der Hand.

Jacks Päckchen lagen noch auf dem Tisch, aber das Bündel des Diebesfängers war nirgendwo zu sehen.
Jack Maggs stürmte in das düstere Zimmer und durchmaß es mit kraftvoller Eleganz, die man ihm bei seiner Statur nicht zugetraut hätte. Seine Schritte waren so geschmeidig wie die eines Akrobaten oder Tänzers. Dabei bewegte er sich seltsam gebückt, da er im Vorwärtsstürmen ein Messer aus dem Stiefel zog, ohne deshalb das Tempo zu verringern.
Plötzlich krachte es laut. Tobias wußte zuerst nicht, woher der Knall gekommen war, doch dann sah er eine Pistole zu Boden fallen und roch das unverkennbare Schwarzpulver. Aber auch nachdem er die Waffe entdeckt hatte, begriff er noch immer nicht gleich, daß Wilfred Partridge damit auf Jack Maggs geschossen hatte.
Mr. Partridge hockte auf der Fensterbank. Als Maggs einen Schritt zurücktrat, sah Toby das Blut auf dem Hemd des Diebesfängers und glaubte, er wäre mit der Pistole verletzt worden. Doch dann erkannte er, daß Wilfred Partridge die Kehle durchgeschnitten worden war. Der Mann preßte eine Hand auf die Wunde. Rot floß ihm das Blut durch die Finger, am Arm hinunter und über das Gesicht der Miniatur, die Jack Maggs ihm nun mit Gewalt entwand.
Wilfred Partridge kippte ins Zimmer. Schwer schlug er mit dem Kopf auf dem Fußboden auf.
Der Sträfling drehte sich um, das blutige Porträt in der einen, die tödliche schwarze Klinge in der anderen Hand. Drohend baute er sich vor Tobias Oates auf. So standen sie sich gegenüber, schwer atmend der eine und mit der Macht, dem anderen, der kaum Luft zu holen wagte, das Leben zu nehmen.
Toby dachte: Jetzt bin ich ein toter Mann.
Sein vermeintlich unausweichliches Schicksal in den dunkelbraunen Augen des Sträflings lesend, sprach er die Worte: »Kommen Sie, Jack. Schnell. Wir müssen hier weg.«

69

Jack Maggs hatte sich aus dem Staub gemacht, und sie wußte nicht, wohin. Er war gegangen, wie er gekommen war – in normaler Straßenkleidung. Er hatte kein Wort gesagt, nicht einmal gewinkt. Sie hatte ihm durch das Küchenfenster nachgesehen, als er mit seinem Seesack über der Schulter die Great Queen Street hinaufgegangen war. Nach Mitternacht war sie noch einmal über das Dach geklettert, aber das Haus war leer und unheimlich. Da wußte sie, er war für immer fort.

Wenn der Hausherr wußte, wo er abgeblieben war, ließ er jedenfalls nichts davon verlauten. Im Gegenteil, es schien so, als ob Jack Maggs' Abreise dazu geführt hätte, daß sich Percy Buckles aufgestaute Gefühle in einer dumpfen Wut Bahn brachen. Mercy wußte, welches Vergehen sie sich hatte zuschulden kommen lassen, aber sie konnte nicht darüber reden.

Im Schatten von Jack Maggs war ihr der Herr wie ein unscheinbares Männchen vorgekommen, aber in der Stille, die nach dem Verschwinden des Sträflings einsetzte, erkannte sie, wie falsch ihr Eindruck gewesen war. Mr. Buckle war ihr Leben, ihre Sicherheit. Vor lauter Schwärmerei war sie blind dafür gewesen, wie tief sich der Herr durch ihre Nähe zu Jack Maggs erniedrigt fühlte.

Nun erlaubte er ihr nicht einmal mehr, ihm den Tee einzugießen. Dreimal ging sie ungebeten zu ihm, dreimal schickte er sie wieder in die Küche zurück.

Sie war krank. Sie konnte nichts essen. Sie ging Miss Mott zur Hand, wie es ihre Aufgabe war, aber sie stellte sich mit dem Rücken zum Licht, damit die Köchin nicht sah, wie ihre heißen Tränen auf die Leber fielen, die sie für das Abendessen zubereitete.

»Ganz egal, wo er hin ist, Kindchen«, sagte Miss Mott. »Für dich ist es besser so.«

»Ich weiß wirklich nicht, was Sie meinen.«

»An deiner Stelle würde ich nach oben laufen und dem Herrn einen Teller Zimttoast bringen, den er so gern ißt.«

»Er will heute nichts mit mir zu schaffen haben.«

»Mach, daß du nach oben kommst, und sieh zu, daß du die Gunst des Herrn wieder für dich gewinnst. Weiß Gott, sonst wirst du deines Lebens nicht mehr froh.«

Mercy wußte selbst, was für ein Leben sie erwartete. Sie sah die stickige kleine Kammer in der Fetter Lane. Sie sah den Haymarket, das häßliche Kleid mit den bunten Bändern.

»Nun, geh schon.« Miss Mott zog dem schniefenden Mädchen den dreibeinigen Schemel weg. Sie nahm Mercy das Messer aus der Hand. »Der andere ist ein harter Mann. Das sieht man ihm an der Nasenspitze an. Er ist nichts für dich, Kind. Geh und wasch dir die Hände. Röste dem Herrn seinen Toast, sei ein braves Kind.«

Miss Mott rückte sich ein wenig die Nickelbrille zurecht, um die Adern in der Leber besser erkennen zu können. »Tu, was ich dir sage. Dann habe ich vielleicht eines Tages die Freude, dich ›Madam‹ nennen zu können. Hol mir mal das Mehl, Kind, sei so gut.«

Mercy ging langsam hinunter in die Speisekammer. Sie hatte weiche Knie und ein flaues Gefühl im Magen. Sie holte Miss Mott eine Tasse Mehl und sah zu, wie die Köchin es auf dem Tisch verteilte und die Leberscheiben darin wälzte.

»Reich mir mal das Brot, Mercy. Ich schneide es schön dünn auf, so, wie er die Scheiben am liebsten hat.«

Schließlich begab Mercy sich ein viertes Mal zu Mr. Buckle. Sie klopfte zögernd an die Tür seiner Stube und trat ein. Er saß an seinem geliebten Schreibtisch, eine Feder in der Hand. Sogleich fielen ihr seine Augen auf. Der Blick war so ungeschützt, daß sie nicht mehr übersehen konnte, wie gekränkt er war.

»Ich bringe Ihnen einen kleinen Imbiß«, sagte sie leise. Es kostete sie einigen Mut, ihn so anzusprechen, da sie derartiges sonst nur in vertraulicheren Augenblicken wagte. Aber da er sie nicht zurechtwies, legte sie vorsichtig ein Spitzendeckchen neben sein Tintenfaß und stellte ihm den Teller hin.

»Soll ich Ihnen ein schönes Kännchen Orange Pekoe aufbrühen, Sir?«

Percy Buckle starrte stumm auf den Toast. Die vier Scheiben, die von Butter troffen und mit gemahlenem Zimt bestäubt waren, lagen, in appetitliche kleine Streifen geschnitten, ordentlich aufgeschichtet übereinander.

»Ist er endgültig weg?« knurrte er ärgerlich.

»Ich weiß es nicht, Sir. Er hat nichts gesagt, Sir.«

Sie sah zu, wie er vorsichtig an seinem Toast knabberte. Da gab sie ihm ihren Schatz. Sie hatte keine andere Wahl. Sie besaß nichts, was sie ihm sonst hätte anbieten können.

»Aber falls er doch wieder zurückkommt, Sir, weiß ich, wie wir ihn für immer loswerden können. Ich habe herausbekommen, wo Mr. Phipps sich versteckt.«

Mr. Buckle aß den Streifen Toast auf und nahm sich einen zweiten. Offenbar kehrte sein Appetit zurück.

»Du hast ihm nicht gesagt, daß du über diese Information verfügst?«

»O nein, Sir. Das hätte ich nie getan, Sir.«

»Aber woher hast du dieses Geheimnis, Mercy?«

»Offenbar hat Mr. Constable Mr. Phipps im Herrenclub aufgesucht. Dabei hat er festgestellt, daß Mr. Phipps kein Freund von Jack Maggs ist. Deshalb hat er Jack Maggs nicht verraten, daß er Mr. Phipps gefunden hat. Er wollte ihn nicht wütend machen, Sir.«

»Und du hast es Jack Maggs ganz bestimmt nicht erzählt?«

»O nein, Sir. Gewiß nicht. Ich würde ihn auch nicht gern wütend machen, schließlich ist er ein Sträfling, da weiß man ja nie. Er wäre sehr aufgebracht, wenn er wüßte, daß sein Sohn ihn haßt.«

»Sein Sohn!«

»Er hat Mr. Constable erzählt, daß Mr. Phipps sein Sohn ist.«

»Aber Mr. Phipps ist ein Gentleman!«
Mr. Buckles Erstaunen war so groß, daß er seinen Groll fürs erste vergessen zu haben schien.
»Alle Wetter«, sagte er. »Und er haßt ihn? Das wundert mich gar nicht. Ein Sohn, der ihn haßt. Gehaßt von seinem eigenen Sohn. Sohn? Es ist nicht zu glauben. Das Haus nebenan gehört dem Sträfling? Spielt meinen Lakaien und besitzt ein Haus? So, Mr. Phipps ... sein Sohn. Ich würde sein ganzes Vermögen darauf verwetten, daß er sein ganzes Geld von Jack Maggs hat. Es ist Sträflingsgold, sonst nichts.«
»Dazu kann ich nichts sagen, Sir.«
»Und dieser Mr. Phipps mag Jack Maggs nicht?«
»Nein, Sir. Er versteckt sich vor ihm.«
»Wer könnte das diesem Gentleman verdenken? Es ist schmutziges Geld. Diebstahl. Mord. Natürlich versteckt er sich. Er will nicht, daß Jack Maggs durch sein Leben trampelt. Aber was, wenn der Schurke ihm die Mittel streicht? Wenn er ihn enterbt? Die Gefahr besteht, Mercy. Die Gefahr besteht durchaus.«
»Auf jeden Fall hat Henry Phipps gehofft, daß Mr. Constable ihm die Besitzurkunde für das Haus bringen würde.«
»Da hast du es«, sagte Mr. Buckle. »Genau, wie ich es mir dachte. Das ist seine große Sorge. Eine ausgesprochen große Sorge für einen Gentleman. Enterbung. Er hat Angst, sein Haus zu verlieren, der arme Teufel.«
Mr. Buckle machte sich gierig über den Toast her.
»Dieser Mr. Phipps«, sagte er, »könnte unserem Master Maggs noch sehr gefährlich werden.«
Damit lächelte er Mercy an. Sie stand wieder in seiner Gunst. Sie war gerettet. Sie würde nie wieder so töricht sein.

70

Tobias hätte es ernsthaft nie für möglich gehalten, mit dem Mörder von Wilfred Partridge zu fliehen. Doch nachdem die beiden Männer in der Bull Lane an einem Polizisten vorbeigekommen waren, hatte sich ihm keine Chance mehr geboten, sich halbwegs ohne Schaden aus der Affäre zu ziehen, und er lief weiter neben Jack Maggs her, immer in die Richtung, die ihm der andere mit dem Ellenbogen vorgab. Sie wechselten kein Wort miteinander.

Tobias sah seinen Begleiter nicht an. Trotzdem war er sich dessen Kraft und Erregung fast körperlich bewußt, und er spürte das Potential für weitere Gewalttaten, das in ihm schlummerte.

Als sie an die Stelle kamen, wo die Westgate Street auf den Kai stößt, gerieten sie plötzlich in einen nach Rum stinkenden Haufen ausländischer Seeleute, die sich dicht um einen sitzenden Offizier scharten. Tobias ergriff die Gelegenheit beim Schopf, drängte sich durch die Matrosen und hielt auf zwei Bobbys zu.

Doch kaum war er dem Sträfling entkommen, erkannte er, daß ihm die Polizei nichts nützen würde. Es war in seinem eigenen Interesse, daß Jack Maggs ein freier Mann blieb. Wenn Jack des Mordes schuldig war, war er der Beihilfe schuldig. Wenn Jack ein entflohener Sträfling war, war Tobias der Mann, der ihm gesetzwidrigerweise Unterschlupf gewährt hatte. Gewiß, er war Schriftsteller, aber er hatte selbst als Fleet-Street-Reporter gearbeitet und wußte, daß ihn die Presse nicht verschonen würde, wenn er erst vor Gericht stand. Auch wagte er kaum daran zu denken, mit welchen brisanten Geheimnissen Jack Maggs das Feuer noch zusätzlich würde anfachen können.

Er drehte den Bobbys den Rücken zu und gesellte sich rasch wieder zu Jack Maggs. Gemessenen Schrittes gingen sie zum Severn. Sie beugten sich lässig über das Geländer und sahen auf den unter Nebelschleiern verborgenen Fluß hinunter.

»Die Strömung«, sagte sein Mitverschwörer fast beiläufig. »Ablaufendes Wasser.« Er zeigte auf einen Weidenast, der langsam nach Süden trieb.

Während Tobias den hellgrünen Blättern nachblickte, überkam ihn plötzlich das seltsame Gefühl, als ob ihm kühles Wasser über den Rücken liefe. Jack Maggs zwinkerte ihm zu. Als der Weidenast vom Nebel verschluckt wurde, kam Tobias die Idee, daß es ihm vielleicht doch noch gelingen konnte, seine Freiheit wiederzuerlangen, und zwar eine größere Freiheit, als er sich an dem Morgen, da er auf der London Bridge verzweifelt sein Geld zählte, erträumt hatte.

Er würde fliehen!

Er würde fliehen, wohin Jack Maggs floh. Es war nicht seine Schuld, daß er fliehen mußte. Es blieb ihm nichts anderes übrig. Er würde verdammt noch mal fliehen, wohin er wollte. Er konnte als Simon Winchester auf Jamaika, als Cecil Gunnerson in Kapstadt oder als Phineas O'Brien in Boston ein neues Leben anfangen.

Kaum hatte er diese Möglichkeit einer Rettung erblickt, da erwachte in seiner Brust das wilde Tier der Verantwortungslosigkeit. Seine Wangen leuchteten, seine Lippen röteten sich. »Können wir uns hier in Gloucester einschiffen? Wenn Sie mir die Überfahrt bezahlen, zahle ich es Ihnen später zurück. Sie haben mein Wort – ich kann mir das Geld verdienen.«

Der Sträfling musterte den aufgeregten jungen Mann scharf. Doch er schwang sich nur schweigend seinen Seesack über die Schulter und ging langsam bis zum Ende des Kais, wo auf einem schmalen Streifen Land zwischen dem Becken und dem Fluß ein Schleusenwärterhaus stand. Ohne eine Erklärung kletterte er über den Gartenzaun.

Salatpflanzen und Karottengrün blieben unter Maggs' schwerem Schritt zertreten liegen. Während Tobias seinen Spuren folgte, klimperte er in der Hosentasche mit seinen losen Münzen. Durch ein Tor, auf dem *Betreten verboten* stand, gelangten sie auf einen hübschen, gepflasterten Weg, der an diesem fünften Tag

im Monat Mai von Schlüsselblumen gesäumt war und der sie zuletzt bis zu einer steilen Treppe führte, die zum Fluß hinunterführte.
Von dieser hohen Warte aus entdeckte Tobias einen armseligen kleinen Stakkahn, der am Steg vertäut war. Das war nicht die Art von Schiff, die er im Sinn gehabt hatte. Als er über die seidig schimmernde Oberfläche des Severn hinwegblickte, erinnerte er sich daran, wie gefährlich der Fluß war, berüchtigt für seine Gezeitenströmungen und die Severn Bore, eine fast zwei Meter hohe Flutwelle, die sich vom Meer aus flußaufwärts bewegte.
Er blieb stehen.
Der Sträfling, der bereits unten am Ufer stand, stieß einen leisen Pfiff aus, wie von einer Drossel.
Es lag nun eine beträchtliche Entfernung zwischen den beiden Männern, dreißig Stufen. Jack Maggs kam an den Fuß der Mauer und wandte sein von Erschöpfung gezeichnetes Gesicht nach oben. Sein Blick glich dem eines Mannes, der zum Galgen aufblickt. Aber Tobias dachte längst nicht mehr daran, ihn zu verraten, und auch der wackelige kleine Kahn konnte ihn nicht mehr schrecken. Rasch lief er die moosigen Stufen hinunter. Auf dem Steg band er das Tau los und ging an Bord.
»Setzen Sie sich auf die mittlere Bank«, sagte Jack Maggs.
Gnädig nahm der Nebel sie auf. Langsam und unaufhaltsam zog die Strömung sie in Richtung Meer.

71

Anfangs kamen sie auf dem übelriechenden Gewässer nur langsam vorwärts. Der gelbe Nebel stank nach der Gerberei, aber dafür war er so dicht, daß er ihnen die unbeobachtete Flucht ermöglichte. Es waren jedoch noch keine zehn Minuten vergangen, als sie bemerkten, daß sie schneller wurden, und schon bald schoß der kleine Stakkahn mit einer Geschwindigkeit durch das Wasser, die sein Erbauer nie für möglich gehalten hätte. Das gedrungene, breite Boot lag so gut auf dem Wasser, daß Jack schon bald die Stange weglegen und sich nach hinten setzen konnte. Er zwinkerte seinem Mitreisenden zu. Diese Ruhepause dauerte kaum eine Minute, dann war der Hüne wieder auf den Beinen und spähte flußabwärts in den Nebel.

»Was ist das?« fragte er.

»Ein Schiff?«

»Hören Sie?«

Allmählich vernahm auch Toby ein fernes Tosen.

»Vielleicht gibt es am Ufer Fabriken.«

»Das ist keine Fabrik.« Maggs beugte sich vor, nahm seinen Seesack und klemmte ihn sich fest zwischen die Knie.

»Aber es gibt hier Gerbereien. Daher kommt auch der Geruch.«

»Los, nach hinten. Schnell, Mann, nicht so lahmarschig.«

Zögernd kam Toby der Aufforderung nach. Er setzte sich neben Jack Maggs auf die hintere Bank. Das Geräusch, das inzwischen deutlich als Wasserrauschen auszumachen war, dröhnte ihm in den Ohren. Er folgte Maggs' Beispiel, nahm seinen gelben Handkoffer zwischen die Beine und hielt ihn mit den Absätzen fest.

»Um Gottes willen! Ist das die Severn Bore?«

»Festhalten, Freundchen.«

Es war nicht die Flutwelle, sondern das Wehr, und sie waren schon halb darüber hinweg, bevor sie die Gefahr richtig erkannten. Dann tat der Sträfling etwas, was im nachhinein Tobias' Herz anrühren sollte. Er legte dem Schriftsteller den starken Arm um die Schultern und zog ihn an sich.

Der Kahn wurde in die Luft geschleudert.

Maggs schrie: »Gott schütze uns!«

Als Tobias diesen Bären von einem Mann so jämmerlich schreien hörte, war er überzeugt, daß sein letztes Stündlein geschlagen hatte.

Er schrie ebenfalls: »Gott schütze uns!«

Sie stürzten fast einen Meter tief. Klatschend tauchte der kleine Kahn mit dem Bug voraus in den schäumenden Fluß und wurde völlig überspült.

»Schwimmen Sie!« rief Toby.

Aber der Sträfling hielt ihn fest, bis der Kahn wieder aus den Fluten tauchte. Er ragte kaum noch drei Zoll aus dem Wasser.

»Wir sinken.«

»Schöpfen! Geben Sie mir das!« Jack Maggs griff nach dem gelben Koffer. »Sonst haben wir nichts, womit wir schöpfen können.«

In der reißenden Strömung schien das tief liegende Boot mit jeder Sekunde noch mehr Wasser aufnehmen zu wollen. Tobias blieb nichts anderes übrig, als seinen schönen Koffer zu öffnen, die nasse Kladde herauszunehmen und Feder und Tintenfläschchen traurig den Fluten zu überantworten. Dann hielt er Jack Maggs das Gepäckstück hin.

»Sie wollen, daß ich schöpfe?« Die brennende Wut in den Augen des anderen ließ Tobias zurückprallen. »Ich bin nicht Ihr Lakai, Freundchen.«

Schweigend steckte Tobias die Kladde ein und machte sich ans Schöpfen.

So ging die Fahrt weiter: Maggs lenkte den Kahn mit der Stange um Sandbänke herum und hielt ihn vom Ufer fern, während Tobias seinen teuren Handkoffer mit Flußwasser ruinierte.

Der Nebel lag noch immer tief über dem Fluß, aber bald verrieten ihnen ihre Nasen, daß sie die sumpfigen Wiesen hinter sich gelassen hatten und zwischen frisch gemähten Feldern dahintrieben. Tobias, der mit eifrigem Schöpfen dafür gesorgt hatte, daß sie nur noch knöcheltief im Wasser standen, ließ seine verkrampfte Hand durch das angenehm kühle Wasser gleiten.

Maggs legte die Stange weg und sah zufrieden zu, wie der Kahn in der Flußmitte von der Strömung vorangetragen wurde. Als er sich davon überzeugt hatte, daß das Boot den Weg von selbst finden würde, holte er die Emailminiatur heraus, die den Diebesfänger das Leben gekostet hatte. Er legte sie auf die hintere Sitzbank, während er vorsichtig seinen Wettermantel auszog und die blutgetränkte Tasche nach außen stülpte. Mit dem Dolch schnitt er die Tasche heraus und schleuderte sie in den Severn, als ob es sich um Innereien handelte. Nachdem er die dunkle Klinge des Dolches gründlich gereinigt hatte, hielt er das Porträt ins Wasser, um es ebenfalls zu waschen

Nach einiger Zeit trieben sie näher ans Ufer, wo ein Mädchen mit seiner Mutter Aale fing. Als sie durch den Nebel auf den stillen Kahn blickten, hob Tobias die Hand und rief: »Guten Abend.« Das Mädchen winkte zurück, aber als die Frau etwas zu ihr sagte, ließ sie abrupt die Hand sinken.

Bald waren sie wieder allein. Nachdem Maggs sein kostbares Porträt noch ein letztes Mal in den Severn getaucht hatte, reichte er es Toby.

»Meine Börse hätte ich ihm gern überlassen, aber nicht meinen Jungen.«

Der Rahmen war noch naß vom Flußwasser, und es fiel dem Schriftsteller schwer, nicht an das Blut zu denken, das erst vor wenigen Stunden darübergelaufen war. Das Licht war schwach, doch als sich Tobias die Emailarbeit dicht vor die Augen hielt, fiel ihm etwas auf, was er im Bullen nicht bemerkt hatte. Plötzlich wußte er, warum ihm das Bild so bekannt vorgekommen war. Es war ein Porträt George IV., der als Bürger gekleidet war. Der Hosenbandorden fehlte, und er trug nicht die Uniform der Leichten Dragoner des Prince of Wales, sondern eine schlichte blaue Jacke. Aber es gab nichts daran zu deuteln, daß es sich bei der Miniatur um eine Kopie des Porträts von Richard Cosway handelte, das Tobias erst im letzten Jahr in der Royal Academy gesehen hatte.

»Hätte er mir meine goldene Uhr gestohlen, wäre es ihm nicht so

schlimm ergangen«, sagte Maggs. Er stand wieder auf, nahm die Stange und stieß sie kräftig ins Wasser. »Aber es war dumm von ihm, mir meinen Sohn zu stehlen.«
Gleichmäßig und geschmeidig stakte er den Kahn vorwärts.
»Sie haben Ihren Sohn schon lange nicht mehr gesehen?« fragte Tobias vorsichtig.
»Sohn hin, Sohn her«, sagte Maggs, schob das Kinn vor und musterte Tobias. »Ich habe nie bei seiner Mutter gelegen, aber in jeder anderen Hinsicht ist er mein Sohn.«
Sie trieben auf eine scharfe Biegung zu, auf der ein Haus stand, und Maggs hatte alle Hände voll damit zu tun, sie heil herumzulenken, doch auch als sie wieder ein gerades Stück Fluß vor sich hatten, machte er keine Anstalten, das Gespräch fortzusetzen, und Toby hielt es bei aller Neugier für klüger zu schweigen. Ohnehin erschien es ihm freundlicher, den Betrug nicht aufzudecken.
»Es war ein regnerischer Herbsttag«, sagte Maggs schließlich. »Ein kalter, scheußlicher Tag, ein eisiger Wind pfiff über die Marschen, als das rechte Führungspferd der Kutsche ein Hufeisen verlor. So habe ich Henry kennengelernt. Er hatte in der Schmiede Schutz vor dem Regen und ein bißchen Wärme gesucht. Als die Kutsche anhielt, sah ich ihn. Er war gerade vier Jahre alt.«
Obwohl es inzwischen fast dunkel geworden war, konnte Tobias noch immer die Umrisse der kleineren Ulmen am Ufer ausmachen. Falls sich dort jemand aufhielt, der sich für die Flüchtlinge interessierte, achtete er gut darauf, sich nicht entdecken zu lassen.
»Es war eine ganz gewöhnliche, anständige Kutsche mit ganz gewöhnlichen, ehrlichen Bürgern darin, aber zwei arme, mit Ketten gefesselte Kreaturen mußten draußen auf dem Bock sitzen. Der eine war ein Fälscher aus Hull, der sich selbst die Zähne in die Arme schlug. Der andere war ich. Wir zwei, der Verrückte und ich, wurden von zwei Soldaten bewacht, die abwechselnd

bei uns auf dem Kutschbock saßen. Sie hatten das Verpflegungsgeld in Ale angelegt und nichts mehr übrig, um sich selbst oder uns etwas zu essen zu kaufen.
Mein Henry hielt ein Schweinepfötchen in der Hand. Deshalb ist er mir aufgefallen. Ach, wie habe ich mich nach diesem Pfötchen gesehnt. So sehr, wie Sie sich nach Ihrer Lizzie sehnen. Ich habe ihn angestarrt, wild und furchteinflößend, wie ich meine. Und was hat er gemacht? Zuerst ist er davongelaufen. Aber schon zwei Sekunden später tauchte sein kleiner Kopf zwischen dem Gepäck auf der Kutsche auf, und er wollte mir das schenken, was ich ihm am liebsten gestohlen hätte. Als er meine Ketten sah, half er mir beim Essen, und er hielt mir das Pfötchen hin, damit ich den Knochen bis auf die letzte Faser abnagen konnte.«
»Sehr lieb«, sagte Toby.
»Ich bin ganz Ihrer Meinung«, stimmte der Sträfling ihm zu. »Und mutig war es auch. Denn während er mir zu essen gab, knirschte der arme Verrückte aus Hull mit den Zähnen und stöhnte so laut, daß der Soldat nervös wurde. Henry hat ihn aufmerksam beobachtet, aber er hat mich weiter gefüttert.
Als ich fertiggegessen hatte, fragte ich den kleinen Burschen, wo sein Vater wohnte, weil ich mich bei ihm bedanken wollte. Da zeigte Henry zu dem kleinen Kirchhof auf der andern Straßenseite und gab mir zu verstehen, daß ich seine Ma und seinen Pa dort finden könne.«
»Sie waren tot?«
»Verstorben.«
»Ach, Gott«, sagte Toby. »Das arme kleine Würmchen.«
»›Ich bin ein Waise, Sir‹, sagte er. So sprach er es aus: *ein Waise*. ›Und ab morgen wohne ich in der Nähe von Harrismith bei den anderen Waisern.‹
Ich war in einer erbärmlichen Verfassung, Toby. Im Monat zuvor war ich von meinem Bruder Tom verraten worden. Ich hatte miterlebt, wie meine Liebste zum Tod durch den Strang verurteilt wurde. Ich hatte ihre Schreie gehört und gesehen, wie sie

kämpfte und um sich trat, als die Schließer sie wegtrugen. Ich selbst sollte aus meinem geliebten England fortgeschafft werden, nicht erst im nächsten oder übernächsten Jahr, wie es sonst üblich war, sondern *mit der nächsten Flut*. Ich haderte mit meinem Schicksal.

Da sehe ich diesen kleinen Jungen, der noch ganz am Anfang seines Lebensweges steht, einen sehr freundlichen Jungen, der sich seine gottgegebene Güte noch gänzlich unzerstört bewahrt hat. Und ich dachte: So mußt du auch gewesen sein, Jack, bevor man dich zum Schurken abgerichtet hat. Das berührte mich sehr, Toby. Es machte einen tiefen Eindruck auf mich. Als ich mit dem Essen fertig war, gab ich dem Jungen ein feierliches Versprechen. Ich wußte genau, was ich sagte. Ich sprach es laut aus: Ich versprach ihm, aus der Verbannung zurückzukommen und ihn aus dem Waisenhaus zu holen. Ich wollte ihm einen Kokon aus Gold und Edelsteinen spinnen, ich wollte ihm ein Netz weben, das so stark war, daß niemand seiner Güte etwas anhaben konnte. Ich wollte ihm ein Gelehrtengewand anziehen und dafür sorgen, daß er rechnen und lesen lernte, nicht nur Englisch, sondern auch Latein und Griechisch. Ich fuhr so lange mit meiner Rede fort, daß selbst der arme Verrückte aufhörte, sich zu winden, und still dasaß.

›Das nenne ich verrückt‹, sagte er zu mir. ›So verrückt, das geht auf keine Kuhhaut.‹

Er sollte meine Begnadigung nicht mehr erleben, denn noch in derselben Nacht wurde er an Bord der *Enterprise* mit einem Knochenmesser erstochen und, noch bevor er den letzten Atemzug getan hatte, seiner Kleidung und ledernen Schuhe beraubt.«

Maggs nahm dem Schriftsteller das gerahmte Porträt aus der Hand. »Aber dieser Junge hat mich in den letzten vierundzwanzig Jahren am Leben gehalten, und ich lasse ihn mir nicht wegnehmen. Außerdem werde ich dafür sorgen, daß ihm kein Leid geschieht. Ich bin sein Dad. Er ist mein Sohn. Ich werde ihn nicht aufgeben.«

Tobias Oates lehnte sich zurück und sah nach oben. Erst jetzt bemerkte er, daß sich der Nebel gelichtet hatte. Der Himmel war schwarz, und die Sterne leuchteten. In der Luft lag der säuerlich süße Duft von Weißdornblüten. Der Kahn glitt durch das samtige Wasser in Richtung Newnham. Der Schriftsteller beugte sich vor und starrte ins Dunkel. Er mußte an das gräßliche Geräusch denken, mit dem Wilfred Partridge das Blut aus der Kehle gequollen war, und an die beiden Haarlocken, die wohl noch immer in der Tasche des Mörders steckten.

Jack Maggs hatte eigentlich geplant, auf dem Severn bis zum Bristoler Hafen zu treiben, wo sie sich, wie Toby stillschweigend annahm, ein Schiff suchen würden. Aber unterhalb von Gloucester war der Fluß von Sandbänken übersät. Bis um zehn Uhr hatten sie es noch nicht einmal bis nach Newnham geschafft, und der Nebel lag wie eine dicke Decke auf dem Wasser. Bald hingen sie so heillos im Sand fest, daß Maggs fluchte, er werde verdammt noch mal kein Stück mehr weiterstaken. Da sie keine Lust hatten sich hinzulegen, weil das Boot noch immer gut zwei Zoll tief unter Wasser stand, versuchten sie im Sitzen Schlaf zu finden.

Es war sehr feucht und kalt. Toby hörte ganz in der Nähe das Rascheln von Ratten. Die Vorstellung, daß die grauen, pelzigen Nager womöglich an Bord klettern und an seinem Kopf schnuppern würden, während er schlief, behagte ihm ganz und gar nicht. Irgendwo bimmelte eine Kuhglocke. Er lauschte, wie das Tier näherkam und sich wieder entfernte. Er schlief ein, nur um sogleich wieder geweckt zu werden.

»Toby?«

»Ja.«

»Sind Sie wach, Toby?«

»Ja, Jack.«

Das Boot kippte zur Seite und blieb mit Schlagseite auf dem Sand liegen. Toby spürte eine Berührung am Knie. Im Glauben, es wäre eine Ratte, schlug er danach und stieß mit der Hand an etwas Hartes, Kaltes.

»Vorsicht«, sagte Maggs. »Das ist guter Brandy, Kamerad.«
»Wie freundlich, Jack.«
»Damit das Phantom eindöst.«
Tobias ließ es zu, daß Maggs seine Hand nahm und um eine kühle, silberne Trinkflasche legte.
»Beschreiben Sie mir meinen Peiniger, Toby.«
»Ich habe aufgeschrieben, was Sie mir im Traum erzählt haben, Jack. Eines Tages werden Sie jedes Wort davon lesen können. Ich werde Ihnen alles zurückgeben, jeden Traum und jede Erinnerung, das verspreche ich Ihnen. Sie hatten ein schweres Leben, mein Freund, und mehr als Ihr Teil an Kummer zu tragen. Ich würde mich nie über Ihr Unglück lustig machen.«
»Ja, ja, sehr nobel von Ihnen, Toby. Aber wie sieht er aus?«
»Er ist groß und blond. Er hat lange Koteletten.«
Auf der hinteren Sitzbank blieb es lange still.
»Aber Sie haben das Phantom nie selbst gesehen, Toby?«
»Natürlich nicht. Es haust in Ihnen.«
»Dann will ich Ihnen etwas Merkwürdiges erzählen. Ich habe von diesem Phantom nie gehört, bevor ich Sie kennenlernte. Ich habe es nie gesehen, weder im Wachen noch im Schlafen.«
»Sie haben mit den Schmerzen gelebt, die Ihnen das Phantom bereitet hat.«
»Was würden Sie sagen, wenn ich behaupte, Sie hätten es mir eingepflanzt?«
»Wie könnte ich das?«
»Woher soll ich das wissen? Früher war es jedenfalls nicht da.«
»Das Phantom ist für Ihren achten Sinn genauso wirklich wie Silas und Sophina. Und das Mädchen habe ich Ihnen nicht eingepflanzt.« Toby lächelte. »Das kann ich Ihnen garantieren.«
Im nächsten Augenblick hatte Maggs sich auf ihn gestürzt. Sein Kopf prallte auf das Holz. Er bekam keine Luft mehr. Der Sträfling drückte ihn mit seinem ganzen Gewicht nieder, so daß sich ihm die Bootswand und die Bank schmerzhaft ins Kreuz bohrten.

»Nehmen Sie diesen Namen nie wieder in den Mund!«
Als Jack Maggs sich bewegte, spürte Toby seinen heißen Atem im Gesicht.
»Wenn Sie ihren Namen noch einmal aussprechen, werde ich … Ich verbiete es Ihnen.«
Maggs' Hand ging zum Stiefel. Toby, der glaubte, er solle erstochen werden, verdrehte die Schultern und stemmte die Hüften hoch.
»Hilfe!« schrie er. »Hilfe!«
Da fing Jack Maggs mit heiserer Stimme laut zu lachen an. Er lachte so heftig, daß er seinen Gefangenen loslassen mußte und schwer in den Bug des Bootes sackte.
»*Hilfe*!« rief er mit dünner, affektierter Stimme. Dann rappelte er sich hoch und setzte sich wieder neben Tobias.
»*Hilfe*«, flüsterte er dem Schriftsteller ins Ohr. Es klang nicht besonders bedrohlich, so daß bald auch Tobias zu lachen begann, wenngleich mit einiger Zurückhaltung.
»Sind Sie gekränkt, weil ich mich vor Ihnen gefürchtet habe?«
»Ach was, Tobias. Ich finde es sehr vernünftig.«
Tobias spürte, daß das rauhe, unrasierte Gesicht in der Dunkelheit auf ihn zukam.
»Ich bin auf Ihrer Seite, Jack.«
Der andere antwortete nicht gleich. Nichts war zu hören, nur das leise Bimmeln der Kuhglocke.
»Wir bleiben zusammen, bis ich meinen Jungen gefunden habe.«
Lachend schlang der Hüne dem Schriftsteller den Arm um den Körper und drückte ihn liebevoll an sich.

Drei Wochen zuvor hatte Henry Phipps wohlbehalten in seinem eigenen Haus gesessen und zum Frühstück Lachs gespeist. Als er den in Dover abgestempelten Brief öffnete, hatte er nicht die leiseste Ahnung, daß der eher gewöhnliche kleine Umschlag mit der steifen Schrift ein Vorbote seiner Vernichtung war.
Nun stand das Haus leer, seine Frühlingsblumen wurden nicht versorgt, und seine kostbarsten Wertgegenstände lagerten in einem feuchten Keller in der Blackfriars Road.
Er stand am Fenster seines Zimmers im Club. Er sah zu den nassen Tauben hinaus, die sich auf dem Fensterbrett aneinanderschmiegten, zu dem etwas weiter entfernten schmutzigen grünen Dach von Covent Garden und zu dem Raubvogel – es war wohl ein Habicht –, der am giftgelben Himmel langsam seine Kreise zog.
Er kam sich vor wie ein Kaninchen, das sich in seinem Bau verkrochen hatte.
Eigentlich war er dafür noch durchaus angemessen untergebracht, aber er hätte nie geglaubt, daß er sich in dem Club, wo er sich bis dahin immer so gern aufgehalten und so viele aufregende, vergnügliche Stunden verlebt hatte, eines Tages wie ein Gefangener fühlen würde.
Im Grunde war an den Räumlichkeiten nichts auszusetzen, nur morgens sah man deutlich die abgetretenen Stellen und die Flecken auf dem grünen Teppich, die abgelösten Ränder der burgunderroten Tapete und den gesprungenen Rahmen des ovalen Spiegels. Da er törichterweise wieder einmal nicht auswärts gefrühstückt hatte, mußte er den fürchterlichen Curry-Geruch ertragen, der alles, was in diesem Haus zubereitet wurde, zu durchdringen schien.
In der Great Queen Street hatte er eine ausgezeichnete Köchin beschäftigt, eine strenge, schmucke Frau aus Cornwall, die er, genau wie alle anderen Dienstboten, ausgerechnet am ersten Tag

des Quartals in den Urlaub hatte schicken müssen, so daß er sie noch bis Ende Juni entlohnen mußte. Dies bedeutete, dringende Schulden hintanzustellen und mit seinem Bankier die Tatsache zu erörtern, daß er sein Konto bereits um einhundert Guineen überzogen hatte. Ob er jemals wieder schwarze Zahlen schreiben würde, war keineswegs gewiß. Heute war der Fünfte des Monats, der Tag, an dem die Kontoauffüllung normalerweise erfolgte, doch ihm graute davor, sich an seine Bank zu wenden, weil er Angst hatte, womöglich erfahren zu müssen, daß sein Wohltäter die Überweisungen eingestellt hatte.

So stand er also an dem trüben Fenster, den trostlosen Ausblick auf die Dächer von Covent Garden vor Augen, als es an der Tür klopfte. Es war Magnus, der ihm den Besuch eines Gentleman meldete. Da Henry Phipps sich, wie man es auch drehte und wendete, gewissermaßen auf der Flucht befand, wurde es ihm bei dieser Eröffnung flau im Magen.

»Wer ist der Gentleman, Magnus?«

»Das kann ich wirklich nicht sagen«, antwortete Magnus, dem man es an seinem verschlossen strahlenden Gesicht ansah, daß er soeben mit einem Trinkgeld bedacht worden war.

»Hat er seinen Namen genannt oder gesagt, in welcher Angelegenheit er mich aufsuchen möchte?« fragte Henry Phipps, der des Mannes nach drei Wochen unter einem Dach allmählich überdrüssig geworden war.

»Es geht bestimmt ums Geschäft«, sagte Magnus. Er zog die Augenbrauen hoch und schwieg, als ob er ein amüsanter Mitspieler bei einer Scharade wäre.

»Inwiefern, Magnus?«

»Insofern, als es sich wohl kaum ums Vergnügen handeln dürfte, Sir.«

»Was soll das bedeuten?« fragte Henry Phipps ungeduldig. »Ist er ein ungehobelter Klotz?«

»O nein, Sir.«

»Ist er groß?«

»O nein, Sir.«

Henry Phipps knallte seine Teetasse auf die Kommode.

»Er ist ein kleiner Wicht«, sagte Magnus rasch. »Vor dem brauchen Sie sich nicht zu fürchten, wenn Sie das meinen. Ein mickriges Kerlchen mit dünnen Beinen und kleinen Händen.«

»Nun gut«, sagte Henry. »Danke, Magnus.«

»Wollen Sie nicht wissen, wie er heißt, Sir?«

Henry seufzte. Die Wut stieg ihm in die Stirn, er senkte den Kopf und preßte die Hände an die lange, gerade Nase.

»Also gut. Wie heißt er?« fragte er schließlich.

»Er heißt Buckle, Sir.«

»Danke, Magnus. Ich komme sofort.«

Obwohl Percy Buckle und Henry Phipps seit gut einem Jahr nebeneinander wohnten, hatte sich ihr Kontakt bisher hauptsächlich darauf beschränkt, sich hin und wieder zu grüßen, wenn sie aus der Kutsche stiegen. Deshalb sagte Henry der Name seines Nachbarn nichts. Nachdem er sich noch einmal die Haare gekämmt und den vierten Knopf zugeknöpft hatte, ging er die kleine Treppe zum *Lord Stolzfuß* hinunter. Er hoffte nur, daß die Bände mit den Drucken in der Glasvitrine eingeschlossen waren. Ihnen galt sein erster Blick, als er den Raum betrat. Sie waren sicher verwahrt.

Nun erst wandte er sich seinem Gast zu, einem sonderbaren Männlein mit kurzen Beinen, teuren Halbgamaschen, maßgeschneiderter Jacke und schütterem Haar. Henry Phipps war ein Feind der Häßlichkeit. Sie war ihm in jeder Form, in jeder Hinsicht zuwider. Während er Percy Buckle musterte, ließ sein hübsches Gesicht erkennen, was er empfand.

»Sehr verbunden«, sagte Percy Buckle und gab ihm die Hand.

Als Henry Phipps seine Aussprache hörte, dachte er: *Schuldeneintreiber.*

»Ich glaube fast, Sie erkennen mich nicht«, sagte Percy Buckle.

»Nein.« Henry Phipps ließ die feuchte Hand los. »Hatten wir bereits das Vergnügen?«

»Wir haben eine gemeinsame Ziegelwand«, witzelte Percy Buckle, dann fügte er hinzu: »Und uns verbindet das Interesse an einem gewissen Jack Maggs.«
Henry Phipps stockte der Atem.
»Sie sind sein Freund?« fragte er schließlich. Langsam setzte er sich in einen Ledersessel. »Er schickt Sie zu mir?« Das Herz hämmerte ihm in der Brust, und die alten Ungewißheiten seines gequälten Lebens drängten an die Oberfläche. Sein Pulsschlag raste wie an dem Tag, als er vor der Tür von Mrs. Gummersons Waisenhaus abgeliefert wurde.
»O nein«, sagte Percy Buckle, der ebenfalls Platz nahm. Er rutschte ganz an die Kante seines Sessels, weil seine Beine zu kurz waren, um sich bequem zurückzulehnen. »Nein, ich denke eher, es würde ihm gar nicht gefallen, wenn er mich hier sehen könnte.« Er legte eine Kunstpause ein. Die roten Flecken auf seinen Wangen verrieten seine Aufregung. »Genausowenig, wie es Ihnen gefallen würde, wenn Mr. Maggs an meiner Stelle gekommen wäre.«
Henry Phipps hatte sich so sehr in die Idee verrannt, in Mr. Buckle einen Abgesandten von Jack Maggs vor sich zu haben, daß er seinen Irrtum erst nach geraumer Zeit einsah. Sein Besucher kannte Jack Maggs zwar, hatte aber nicht die Absicht, die Interessen des Sträflings zu vertreten. Bis er zu dieser Einsicht gelangte, klebte Henry Phipps das Hemd am Leib, er hatte sich das blonde Haar zerwühlt und sich mehr als einmal mit dem Taschentuch die Hände getrocknet. Nun versuchte er, seine Gefühle, so gut es ging, zu ordnen.
»Dürfte ich Sie etwas fragen?«
»Nein«, sagte Percy Buckle. »Ich möchte Sie etwas fragen.«
Henry Phipps blinzelte. »Bitte sehr«, sagte er, erstaunt über den scharfen Ton des anderen. »Wie Sie wünschen.«
»Was haben Sie unternommen, um Ihr Eigentum zu schützen?«
»Sir!« Henry Phipps stand auf. »Welch eine Impertinenz.« Er be-

gann, im Zimmer auf und ab zu gehen. Er verstand überhaupt nichts mehr.

»Setzen Sie sich«, sagte Percy Buckle. »Hören Sie auf herumzuwandern.«

Henry Phipps konnte sich nicht überwinden, der Aufforderung eines solchen Menschen bedingungslos Folge zu leisten, aber er blieb stehen.

»Das Haus gehört Ihnen nicht«, sagte Percy Buckle. »Es gehört Jack Maggs. Ich habe mir die Besitzurkunde erst heute morgen noch einmal angesehen, und soweit ich erkennen kann, lautet sie noch immer auf seinen Namen.«

Henry Phipps, der sich noch nie für die Urkunde interessiert hatte, sah seine schlimmsten Befürchtungen bewahrheitet. Nun würde er also auch noch das Haus verlieren.

»Wissen Sie, was mit dem Haus passieren wird, wenn Mr. Maggs verhaftet werden sollte?«

»Nein«, gab Henry Phipps zu und setzte sich wieder.

»Nun, es würde unter *nullus contredis* fallen«, nuschelte Mr. Buckle, um seine mangelhaften Lateinkenntnisse zu kaschieren. »Das heißt, es würde konfisziert und im Namen des Königs versteigert werden – beziehungsweise im Namen der Königin, die wir ja bald bekommen werden. War Ihnen das nicht bekannt?«

»Sind Sie sicher?«

»Es war Ihnen nicht bekannt«, sagte Mr. Buckle. »Aber nun wissen Sie es, und ich nehme an, Sie würden alles in Ihrer Macht Stehende tun, um seine Verhaftung zu verhindern.«

»Ist er verhaftet worden?«

»Nein, und das wäre auch nicht in Ihrem Interesse. In meinem Interesse wäre es ebensowenig, aus Gründen, die Sie nicht zu kümmern brauchen. Aber andererseits erkenne ich, daß Sie nicht die Rolle spielen wollen, die er Ihnen zugedacht hat. Sie haben nicht vor, gemütlich mit ihm vor dem Kamin zu sitzen, Kuchen zu essen und dunkles Bier zu trinken.«

Henry Phipps schauderte.

»Sie wissen, daß er große Stücke auf Sie hält?«
Henry Phipps sank immer weiter in sich zusammen. Ihm wurde klar, daß es mit seinem müßigen Leben bald ein Ende haben würde. Seit er vor sechzehn Jahren von Victor Littlehales, seinem geliebten Lehrer, aus dem Waisenhaus gerettet worden war, wußte er, daß dieser Tag irgendwann kommen würde. Nun war die schöne Zeit vorbei, und er würde alles verlieren, sein Haus, sein Silber, seine Teppiche, seine Gemälde. Es blieb ihm nichts anderes übrig, als unter die Soldaten zu gehen.
»Ich könnte mir denken«, sagte das abscheuliche Männlein, »daß es einen Letzten Willen gibt ...«
»Soweit ich weiß, bin ich sein Erbe, ja.«
»Dann sehe ich einen Silberstreif am Horizont«, sagte Mr. Buckle. Er griff nach Henry Phipps' Tasse, rührte sich reichlich Zucker in den nur noch lauwarmen Tee und trank mit sichtlichem Behagen. »Noch ist nicht alles verloren.«
Als Henry Phipps dem aufgeregten Mann in die Augen sah, beschlich ihn ein ungutes Gefühl.
»Dürfte ich Sie fragen, Mr. Buckle, welcher Art Ihr Interesse an Mr. Maggs ist?«
»Es geht um eine Herzensangelegenheit, Sir.«
»Jack Maggs ist Ihr Rivale?« fragte der andere ungläubig.
»Jawohl.«
»Sie würden nicht um ihn trauern, Mr. Buckle?«
»Er hat mein Vertrauen mißbraucht, was sehr töricht von ihm war.« Der kleine Mann sah ihm in die Augen, und Henry Phipps stellte zu seinem Erstaunen fest, daß er sich diesem Blick nicht entziehen konnte. »Menschen wie dieser Jack Maggs bemitleiden oder verspotten mich. Nun, das stört mich nicht weiter, ich kann es verstehen. Aber von Mitleid zum Mißbrauch ist es nur ein kleiner Schritt, wie ich erfahren mußte. Ich lasse mich nicht mißbrauchen, Sir, von niemandem. Und wenn ich mich in meinem eigenen Haus erniedrigen lassen muß, soll der Verantwortliche dafür bestraft werden.«

»Na, na!« Henry Phipps zog die Augenbrauen hoch.
»Nehmen Sie sich in acht, Sir. Haben Sie mich verstanden?«
An Mr. Buckle erinnerte kaum noch etwas an das unscheinbare Männlein, das dem jungen Mann zuerst unter die Augen getreten war. »Ja«, sagte er. »Ich habe verstanden.«
»Jack Maggs ist nach Gloucester gefahren, ohne mich davon in Kenntnis zu setzen, aber ich habe es herausgefunden. Ja, er ist nach Gloucester gefahren, um Sie zu suchen. Ich habe nicht die leiseste Idee, wo er sich in Gloucester aufhält. Aber ich weiß, Sir, wo er in London sein müdes Haupt bettet. Und da kommen Sie ins Spiel.«
»Aber was soll ich mit dieser Information anfangen?«
»Das überlasse ich Ihnen, Sir«, rief Percy Buckle und sprang rasch auf. »Es geht mich nichts an, aber Sie um so mehr, denke ich, denn das Haus, in dem er schläft, könnte durchaus Ihr eigenes sein.«
Er nahm seinen hohen Biberfellhut und klopfte ihn sorgfältig mit dem Handrücken ab.
Henry Phipps gab ihm noch einmal die Hand. Als Mr. Buckle den Club verlassen hatte, blieb er allein in seinem Sessel zurück. Ihn fröstelte.

73

Seitdem Jack Maggs Sophinas Namen von Tobias Oates' Lippen gehört hatte, seitdem ihm schwante, in welchem Ausmaß er seiner Geheimnisse beraubt worden war, wurde er immer rastloser.
Er konnte nicht einschlafen. Während er zu verstehen versuchte, was man ihm angetan hatte, ergriff allmählich eine wohlvertraute Angst von ihm Besitz. Als sich der Kahn langsam aus dem Sand löste, als seine Angst immer stärker wurde, holte er das ge-

rahmte Porträt seines Sohnes aus der Tasche. Vornübergebeugt kauerte er auf der mittleren Bank und preßte das Bild an sein Herz, wie er es schon so manche Nacht getan hatte. Nun konnte er spüren, wie das Phantom mit seinen Schnüren an seinem Gesicht riß, lange Leinen Kattgutt, die in sein Fleisch geknotet waren. Der Dämon war in ihm und um ihn. Er sah das schauerliche Lächeln auf seinem Patriziergesicht.

Er wußte nicht, was und wie ihm geschah. Er wiegte sich hin und her, verkroch sich in seiner Einsamkeit und wartete auf das Tageslicht.

Als endlich der gelbliche Schein der Morgendämmerung durch den Nebel drang, sah er, daß sie vor einer Höhle auf dem Wasser dümpelten. Sein Begleiter schlief noch, er saß seitlich auf der hinteren Bank, die Stirn auf den angezogenen Knien. Maggs beugte sich über ihn. Zuerst hatte es den Anschein, als ob er ihn wachrütteln wollte, doch statt dessen setzte er den Plan in die Tat um, den er in der Nacht ausgebrütet hatte. Er erhob sich halb von seinem Sitz, streckte sich vor und schob dem Schriftsteller mit einem dünnen, harten Lächeln auf den Lippen die dreifingrige Hand in die Jackentasche. Langsam und vorsichtig zog er die Kladde heraus. Er setzte sich wieder hin und legte sich den durchgeweichten Schatz leise auf die Knie. Dann suchte er das, was ihm gehörte.

Die Seiten waren sehr naß, die Tinte stellenweise verlaufen, aber er ging die Suche systematisch an. Schon auf Seite drei wurde er belohnt: *M– würde nicht den Verstand verlieren.*

Er zog finster die Augenbrauen zusammen.

M– würde nicht den Verstand verlieren, aber nur, weil er in sich die tiefe Überzeugung trug, daß er, ganz gleich, wie das Urteil auch lauten mochte, das Richter Denman über ihn verhängt hatte, eines Tages wieder »in Englands freundlich grünem Land« wandeln würde.

Ihm sträubten sich die Nackenhaare.

Das Gefühl in seinen Eingeweiden kannte er von früher, die kalte

Angst, die mit dem Auspeitschbock einherging. Er wußte, daß er sein Leben und seinen Tod nicht mehr sein eigen nennen konnte. Seine Stirn legte sich in tiefe Falten. Er blätterte die Seite um.
Jack Maggs ist ein Verbrecher, der sich erdreistet, aus der Verbannung zurückzukehren. Nachdem er große Reichtümer angehäuft hat, kauft er das herrschaftliche Haus, in dem er eines Tages bei lebendigem Leib verbrennen wird.
Er blätterte weiter: *Erstes Kapitel.* Vor und hinter der Überschrift ein Kreuz. Die nächsten Seiten waren dick durchgestrichen.

74

Erstes Kapitel

An einem trüben Januarnachmittag des Jahres 1818 hob sich der gelbe Nebel, der seit dem frühen Morgen dicht über dem Boden lag, doch nur, um sich alsbald erneut herniederzusenken, als ob das trostlose alte Gemäuer, das er den Blicken enthüllte, ein unerträglich melancholischer Anblick wäre. Wie ein Leichentuch deckte er das Zuchthaus Newgate wieder zu.
Die dicken Mauern aus walisischem Blaustein, der dem Steinbruch nur unter großen Mühen hatte abgerungen werden können, schienen undurchdringlich, und doch war es dem Nebel gelungen, sich langsam und beharrlich einen Weg in das dunkle, unmenschliche Herz des Steins zu bahnen und die Haut einer jungen Gefangenen zu streicheln, die mit dem Gesicht zur Zellenwand eingeschlafen war.
In jenem Jahr saßen zahlreiche Frauen in Newgate ein. Aus den hintersten Winkeln der Britischen Inseln waren sie nach London gebracht worden. Kleine Diebinnen, Mörderinnen, allerlei lasterhafte Weibsbilder waren in dem finsteren Gemäuer in der Newgate Street

zusammengepfercht. In einer kleinen Zelle im ersten Stock warteten acht Frauen darauf, vor das Auge des Gesetzes zu treten.

In der einen Ecke lag ein dicker Strohsack, der von einer strammbeinigen jungen Weibsperson mit Beschlag belegt worden war, einer Dienerin »ohne Anstellung«, von der es hieß, sie habe auf der Landstraße in Bayswater Reisende ermordet und ausgeraubt. Die übrigen Frauen, von denen eine einen neugeborenen Säugling stillte, mußten sich mit den wenigen Halmen begnügen, die sie bei dem Kampf um den Strohsack ergattert hatten. Sie sprachen nicht miteinander, doch als der Name »Sophina Smith« durch das Guckloch in der Zellentür gerufen wurde, blickten sie von einer zur anderen, weil sie wissen wollten, wer wohl diese Sophina Smith sein mochte.

Als die Gefangene, die sich mit der Wange an die Mauer geschmiegt hatte, aufstand, wurde die blutende Wunde sichtbar, die sie dazu veranlaßt hatte, sich auf diese Weise am kühlen Stein Linderung zu verschaffen: vier tiefe Kratzspuren im Gesicht.

Die Tür ging auf, und sie trat hinaus. Nachdem man ihr Hand- und Fußfesseln angelegt hatte, wurde sie weggeführt.

Sophina Smith war eine sehr hübsche junge Frau. Sie hatte einen außerordentlich hellen Teint und kohlschwarzes Haar, dessen Löckchen ihr Gesicht umspielten. Sie war hochgewachsen und hielt sich kerzengerade. Obwohl sie schlank war, hatte sie eine höchst frauliche Figur. Ihre Schönheit hatte die strammbeinige Dienerin so gegen sich aufgebracht, daß sie ihr das Gesicht zerkratzt hatte.

Die junge Frau wurde durch einen Seitenausgang aus dem Zuchthaus gebracht. Sie blinzelte. Zehn Schritte weiter wurde sie durch eine zweite Tür wieder eingelassen. So gelangte sie von der Arrestzelle in das Gericht, denn sie befand sich nun im Inneren des Old Bailey.

Zuerst wurde sie in einen dunklen, schmuddeligen Raum geführt, der nur von einer rußigen Lampe erhellt wurde. Dort mußte sie in Gesellschaft anderer gefesselter Frauen eine Stunde warten. Danach wurde sie in den Gerichtssaal gerufen, um vor den Richter zu treten.

Das Gericht hatte an diesem Vormittag schon viele Fälle verhandelt, darunter den einer Frau, die versucht hatte, ihr Kind zu ertränken, und den einer anderen, die ihrem Mann mit einem glühenden Schürhaken ins Auge gestochen hatte. Doch als die Anklageschrift gegen diese Gefangene verlesen wurde, senkte sich ein fast feierlicher Ernst über den Saal.

Sophina Smith, so lautete die Anklage, habe in der Frith Street in Soho vermittels eines Hammers und eines Meißels eine Tür aufgebrochen und aus dem Hause des Gilbert Gunn, eines Advokaten, Silber im Wert von einhundertundfünfzig Pfund entwendet.

Die Schadensumme war so hoch, daß sie ausgereicht hätte, die Gefangene dreimal an den Galgen zu bringen.

»Nun denn«, sagte der Richter. »Wie bekennen Sie sich?« Trotz seiner Robe schien er ein gutmütiger Mann zu sein, und obwohl er die Mundwinkel hängen ließ, hätte ihn ein ehrlicher Bürger ebensogut für einen Schiedsrichter bei einem Kricketspiel auf dem Lande halten können. Als er auf seine Frage keine Antwort bekam, wiederholte er sie in so nachsichtigem Ton noch einmal, daß der Gerichtsschreiber leise schmunzeln mußte.

Doch die junge Frau wollte nicht sprechen. Sie starrte zu dem hohen, getäfelten Richtertisch hinauf, einen fast störrischen Ausdruck in dem hübschen Gesicht.

Der Richter befragte sie nach ihrer Verletzung. Sie wandte rasch den Kopf ab, so daß er die Kratzer nicht mehr sehen konnte.

Nach ein, zwei weiteren Fragen verlor der Richter schließlich die Geduld. Er schlug mit der Hand auf den Tisch. Die Gefangene zuckte zusammen.

Jeder im Gerichtssaal sah ihre Angst. In ihren Augen schimmerten Tränen. Sie flüsterte etwas.

»Noch einmal. Ich kann Sie nicht verstehen.«

Die junge Frau erhob die Stimme. Sie sagte, ihre Aussage könne keinen Wert haben, da sie eine Diebin sei.

»Meinen Sie damit, daß Sie eine diebische Natur haben, oder wollen Sie sich im Sinne der Anklage als Diebin bekennen? Eine diebische Natur ist nicht Sache der heutigen Verhandlung. Aber wenn Sie sich

als Diebin im Sinne der Anklage erklären wollen, müssen Sie sich ›schuldig‹ bekennen. Wenn nicht, sagen Sie ›nicht schuldig‹. Wie lautet Ihre Antwort?«

Ein jeder der vierzig oder fünfzig Menschen im Saal begriff, daß diese hübsche junge Frau für das ihr vorgeworfene Verbrechen gehenkt werden konnte. Deshalb blieb ihr fortgesetztes Schweigen nicht ohne Wirkung auf die Zuhörer und vor allem auf einen bestimmten jungen Mann, der die Verhandlung von Anfang an voller Ungeduld verfolgt hatte. Er war ein baumlanger Bursche, sehr modisch gekleidet, mit einem grünen Tuch um den Hals und einer roten Weste, die sich über seiner Brust spannte. Im Verein mit seiner kämpferischen Miene gab seine Kleidung zu der Vermutung Anlaß, er sei ein Taugenichts, der von seinen Missetaten profitiert habe. Sein Haar war kurz geschnitten, das Gesicht glatt rasiert. Seine Gefühle traten offen zutage, auch die Angst in seinen umherhuschenden Augen. Doch selbst mit einer ledernen Kapuze über dem Kopf hätte er sich verraten, da er immerzu unruhig auf seinem Platz hin und her rutschte. Als sich die junge Frau schließlich flüsternd schuldig bekannte, sprang er auf und rief, sie sei unschuldig.

Sogleich stürzten sich die Konstabler auf ihn. In ihrem Eifer, den Zwischenrufer zu stellen, stießen sie einen kleinen Jungen nieder. Der Bursche, der von schwerem Körperbau, aber flink auf den Füßen war, sprang auf die Bank. Einen Stiefel auf der Rückenlehne, den anderen zwischen den Beinen eines Pfarrers, rief er dem Richter zu, er selbst, Jack Maggs, habe das Verbrechen begangen.

Inzwischen hatten ihn die Beamten eingekreist, und er stieg wieder herunter. Er war erhitzt und bebte vor Aufregung wie ein Pferd.

»Schaffen Sie den Schurken vor den Richtertisch«, sagte der Richter.

Die drei Konstabler, die allesamt kleiner waren als ihr Gefangener, führten den jungen Mann vor den Richter, der ihn sogleich der Mißachtung des Gerichts für schuldig befand und ihn ohne rechtliche Grundlage ins Verhör nahm.

»Kennen Sie diese Frau?« fragte der Richter, und obwohl der Bursche

»Bilden Sie sich ein«, sagte der Richter, »dieser Gerichtssaal sei ein Straßenmarkt, wo Sie mit Ihren bösen Taten und Ihrer Lasterhaftigkeit hausieren gehen können? Glauben Sie, Sie können mich anschreien, belügen und sich selbst die Taschen füllen, obwohl es doch klar auf der Hand liegt, daß Sie und diese junge Frau an jenem Tag Komplizen waren? Sie, Sophina Smith, hatten das Pech, gefaßt zu werden. Und Sie, Sir, besaßen die Frechheit, sich einzubilden, den Lauf der Gerechtigkeit ändern zu können. Sie werden abgeführt und wegen Betrugs und Einbruchdiebstahls unter Anklage gestellt.«

»Ich sage die Wahrheit.«

»Dann haben Sie vor Zeugen gestanden, das Silber des Mr. Gunn aus der Firth Street gestohlen zu haben. Aber diese Sache wird ein andermal verhandelt werden. Die Gefangene möge sich erheben«, sagte der Richter.

Und so wurde an diesem nebligen Mittwochnachmittag, während Kinder mit ihren Reifen spielten und Gouvernanten im St. James's Park mit den Soldaten poussierten, die junge Frau, die Sophina Smith hieß, zum Tode durch den Strang verurteilt, und er, der versucht hatte, sie zu retten, schämte sich nicht der Tränen, die er vergoß.

75

Mit der Kladde auf dem Schoß kauerte Jack Maggs auf der mittleren Sitzbank des Schleusenwärterkahns. Seinem gebückten Körper entrangen sich Laute, die man bei einem verwundeten Tier erwartet hätte, einem Igel oder Maulwurf.

Jack Maggs weinte. Er machte sich ganz klein, hielt sich den Leib und schaukelte vor und zurück.

Plötzlich quietschte ganz in der Nähe ein Wagenrad. Sofort hörte der Sträfling auf zu weinen. Er setzte sich aufrecht hin und starrte mit geröteten Augen in den feuchten Dunst. Er konnte nur die Schatten einiger Ulmen erkennen, sonst nichts. Ketten klirrten. Jack Maggs griff nach dem Dolch in seinem Stiefel. Lautlos zog er ihn mit der rechten Hand heraus, während seine Habichtsnase dem vorbeirollenden Geistergefährt folgte.

Auch als Maggs den Karren, wenn es denn einer gewesen war, nicht mehr hören konnte, machte er keinerlei Anstalten, die Waffe wieder wegzustecken. Im Gegenteil, er richtete ihre grausame, gebogene Spitze gegen den Schreiber der Kladde.

Tobias Oates schlief weiter, mit der Stirn auf seinen Knien. Jack Maggs fuhr mit dem Messer vor ihm durch die Luft. Dann hielt er inne, nahm die Waffe zwischen die Zähne und kniete sich auf die Bank. Ohne den Wettermantel auszuziehen, ließ er sich in den Severn hinunter.

Da der Fluß an dieser Stelle gut drei Fuß tief war, war es ein leichtes, den Kahn so herumzudrehen, daß ihm der schlafende Schriftsteller den Rücken zudrehte. Maggs nahm den Dolch in die rechte Hand und schlang Tobias Oates den linken Arm fest um die Brust.

»Sie sind ein Dieb«, sagte er leise. »Ein verdammter kleiner Dieb.«

Tobias Oates wachte auf, wehrte sich sofort. Er strampelte mit den Füßen, daß das Bilgewasser spritzte, aber als er die Klinge an seiner Kehle spürte, gab er nach. Er blieb so reglos liegen wie ein Fuchs in der Falle. Nicht einmal seine gefleckten Augen bewegten sich noch.

»Töten Sie mich nicht, Jack.«

»Schnauze.«

»Sie schneiden mich!«

Der Wettermantel bauschte sich um Maggs wie der Sack eines großen, australischen Tintenfischs. »Das werden Sie schon merken, wenn ich Sie schneide.« Er drehte das Boot herum, damit ihn der ängstliche Insasse sehen konnte.

»Warum sollte ich Sie nicht auf der Stelle umbringen?«
Tobias Oates blickte rasch zum Ufer. Falls er an Flucht gedacht hatte, gab er das Vorhaben erst einmal auf. Er blieb zusammengekauert auf der hinteren Bank sitzen und wartete ab.
»Sie haben mir meine Sophina gestohlen, Sie Schwein.«
Tobias griff in seine Tasche, aber das Heft war fort. »Nein, nein. Man kann sie Ihnen nicht stehlen ...«
»Das war niederträchtiger Diebstahl, Toby.«
»Sie haben meine Kladde gelesen, Jack? Sie haben mein Kapitel gelesen, nicht wahr?«
»Ach, Sie haben also ein Kapitel geschrieben, ja? Und mein Name kommt darin vor?«
»Es soll ein Denkmal werden. Ihre Sophina wird ewig leben.«
»Sprechen Sie ihren Namen nicht aus.«
»Wenn ich den Namen schreibe, Jack, dann ist es, als wäre er in einen Grabstein gemeißelt, damit ihr Andenken für immer fortlebt. Im ganzen Empire hätten Sie keinen besseren Steinmetz finden können.«
Jack Maggs antwortete nicht, aber da er sich ein wenig zu beruhigen schien, fühlte sich der Schriftsteller ermutigt fortzufahren. »Ihr qualvolles Leben ...«
»Sie wollen mich umbringen, das weiß ich jetzt. Meinen Sie das, wenn Sie ›qualvoll‹ sagen? Daß Sie mich bei lebendigem Leib verbrennen wollen?«
»Nicht Sie, Jack, sondern eine Figur, die Ihren Namen trägt. Ich werde den Namen früher oder später ändern.«
»Sie sind für mich auch nichts weiter als eine Figur, Toby.«
»Sehr witzig, Jack.«
»Witzig? Ich habe keinen Grund, Sie nicht ebenfalls zu töten, Toby.«
»Aber ich bin ein Mensch aus Fleisch und Blut.«
»Haben Sie jemals gesehen, wie ein Mann ausgepeitscht wird, Toby? Haben Sie je gesehen, wie die Hautfetzen von seinem Rücken auf die Uniform eines Soldaten spritzen?«

»Es wäre nicht klug, mich zu töten, Jack. Nicht jetzt.«
»Aber ich bin kein kluger Mann, Toby. Ich bin ein Schurke, der mit matschigem Lehm zehntausend Pfund verdient hat. Ich besitze ein großes Haus in Sydney. Bei meiner Abreise trug eine Straße meinen Namen, und vielleicht trägt sie ihn noch heute. Ich habe eine Kutsche und zwei Lakaien. Ich bin Mr. Jack Maggs Esquire. All das habe ich zurückgelassen, und wofür? Sie haben mich betrogen, Toby, wie mich noch nie ein Mensch betrogen hat.«
Damit begann er, das Boot langsam wieder herumzudrehen, wohl um leichter an die Kehle des jungen Mannes heranzukommen. Tobias wartete ab und hielt Jack Maggs' flackerndem Blick stand.
»Verschonen Sie mich«, rief er schließlich.
»Warum sollte ich Sie verschonen?« fragte der andere.
»Verzeihen Sie mir, Jack, aber ich weiß, wo Ihr Sohn ist. Ich wußte es schon, als wir aus London abgefahren sind.«
Es trat eine lange Pause ein. Dann sagte Maggs: »Oho, Sie sind aber wirklich ein tapferes Kerlchen, Toby.«
»Ich bin eine elende Kreatur, Jack.«
»Warum, in drei Teufels Namen, haben Sie mich dann nach Gloucester verschleppt?«
»Des Geldes wegen.«
»Sind wir nicht ein kluger Kopf? Sind wir nicht eine große Leuchte? Ist Ihnen nie die Idee gekommen, daß ich Ihnen das Doppelte gezahlt hätte, wenn Sie mich in London zu meinem Sohn geführt hätten? Wo ist er?«
»Ich werde Sie zu ihm bringen.«
»Er war die ganze Zeit in London?«
»Offenbar ja. Ich habe die Information von dem anderen Lakaien aus dem Hause Buckle. Dieses Geheimnis hat ihn so gequält, daß er nicht wußte, was er damit anfangen sollte.«
»Wieso hat es ihn gequält? Wieso hat er mir nichts gesagt?«
»Es war am Vorabend unserer Abreise. Ich habe Ihnen die Information nur aus schierer Verzweiflung vorenthalten.«

»Wieso, was für eine Verzweiflung? Wie konnten Sie nur so grausam sein?«
»Ich habe Ihnen doch von meinem Problem erzählt.«
»Die Sache mit Ihrer Schwägerin? Ist das Ihr Ernst? Sie setzen sich hin, schreiben die Geschichte vom Tod des Jack Maggs und wissen nicht, wie Sie ihr aus ihrer Not helfen können? Bringen Sie mich zu meinem Jungen, und ich gebe Ihnen die Pillen.«
»Und meine fünfzig Pfund.«
»Zur Hölle mit Ihren fünfzig Pfund. Ich gebe Ihnen das, was Sie am nötigsten brauchen, und das ist mehr, als Sie verdient haben. Wir halten unterwegs in London an und beschaffen Ihnen die Medizin. Aber eines lassen Sie sich gesagt sein. Wenn ich meinen Jungen nicht finde, ist das Ihr Ende. Können Sie eine solche Abmachung einhalten? Sie geben damit Ihr Leben in meine Hand.«
»Das kann ich.«
»Gut. Geben Sir mir die Kladde.«
»Ich glaube, Sie haben sie.«
»Sie liegt neben Ihnen auf der Bank.«
Toby nahm das Heft.
»Her damit.«
Er gab es dem Sträfling.
»Ich verbiete Ihnen ein für allemal, Sophinas Namen zu schreiben. Haben Sie verstanden?«
»Ja.«
»Haben Sie Ihre Magnete bei sich?«
»Nein.«
»Sie werden Ihre Magnete nicht mehr benutzen. Sie werden meinen Namen nicht in Ihr Buch schreiben. Sie werden den Namen des Phantoms nicht schreiben.«
»Nein.«
Jack holte aus und schleuderte die Kladde im hohen Bogen auf den Severn hinaus. Als sie in den Dunst hinaufsegelte, öffneten

sich ihre Seiten wie Flügel. In diesem Augenblick erscholl ein lautes Hornsignal. Das Donnern von Hufen und das Rattern von Rädern war zu hören.

»Kutsche«, sagte Maggs.

»Kutsche?«

»Hiergeblieben!«

Aber Tobias war bereits gesprungen. Er tauchte bis zur Hüfte ins Wasser. Noch bevor Maggs den Kahn losgelassen hatte, krabbelte er eilig die Uferböschung hinauf. Nasser Sand klebte ihm an den Hosenbeinen.

76

Wenn Tobias nicht mit dem Fuß in ein Loch geraten wäre, hätte er sich nicht das Bein verrenkt und es vielleicht bis ins Dorf Newnham geschafft, bevor der Sträfling ihn einholte.

Aber er stolperte und verletzte sich dabei, und so war es für Jack Maggs ein leichtes, ihn zu überwältigen, zu Boden zu stoßen und mit dem Gesicht in die Sternhyazinthen zu drücken, bis er keine Luft mehr bekam. So lag er zerschrammt und zerschlagen unter dem schweren Sträfling, als ein Heuwagen, keine sechs Fuß von ihnen entfernt, die Straße heruntergerollt kam.

Zwei junge Männer in roten Kitteln gingen neben dem Fuhrwerk her. Der eine trug einen langen, dicken Stecken auf der Schulter, der andere war unbewaffnet. Beide schritten so stolz und unbekümmert dahin, daß Toby keine Sekunde an ihrer Bereitschaft zweifelte, sich zur Verteidigung eines ehrbaren Fremden in den Kampf zu stürzen. Aber Jack Maggs' Dolch machte ihn stumm. Wie der Held aus *Michael Adams* sah er zu, wie seine Retter an ihm vorbeigingen, während er sich für die eigene Feigheit tadelte: *Die Angst vor der aufgeschlitzten Kehle lähmte ihn, die Angst vor dem schrecklichen Todesgurgeln und das Wissen darum, daß das Leben wie aus dem Spundloch eines Fasses aus ihm herausströmen würde.*

Nachdem der Wagen vorbeigerollt war, hockte Maggs sich neben ihn, die schwarze Klinge stichbereit in der Hand.

»Umdrehen«, befahl der Sträfling grimmig.

Toby wälzte sich auf den Rücken und beobachtete aus dem Augenwinkel, wie sein Peiniger von seinem Seesack ein Stück Schnur abschnitt.

»Was machen Sie da, Jack?«

»Hände auf den Kopf.«

»Ich wollte doch nur die Kutsche anhalten.«

Maggs hielt ihm die Klinge an den nackten Hals, und Toby preßte den Kopf fest in die Hyazinthen.

»Nehmen Sie gefälligst die Hände auf den Kopf.«

Toby gehorchte.

Aber als er spürte, daß sich der andere an seinem Hosengürtel zu schaffen machte, nahm er die Hände schnell wieder herunter, um seine Männlichkeit zu beschützen.

»Bitte, Jack ... Nicht.«

Statt einer Antwort bekam er einen Stich in den Daumen. Er schrie vor Schmerzen. Tränen stiegen ihm in die Augen. Der Australier öffnete den obersten Knopf.

Nun nestelte der Sträfling an seinem Hosenschlitz herum. Starr vor Grauen starrte Tobias durch seine Tränen zum Himmel und in die über die Straße reichenden Äste. Er spürte, wie die Mordwaffe an seiner Hose herumsäbelte.

»Hände in die Hosentaschen.«

Obwohl Toby mit dem Schlimmsten rechnete, gelang es ihm, mit ruhiger Stimme zu antworten.

»Sie wollen Ihren Sohn«, sagte er. »Es wäre klug, wenn Sie einsehen würden, daß ich Ihre einzige Hoffnung bin.«

»Die Hände in die Taschen, Toby.«

Tobias steckte langsam die Hände hinein und fühlte, daß seine Hosentaschen unten aufgeschnitten waren.

»Nicht bewegen«, sagte Maggs, während er Tobys rechte Hand durch die Tasche zog und rasch mit der Schnur fesselte. Einen Augenblick später war auch die linke festgezurrt.
»Nicht ziehen«, sagte Maggs.
Tobias zog. Er konnte seine Handgelenke nicht mehr bewegen.
»Nicht ziehen, sonst sterben Ihnen die Hände ab.«
Mit dem Messer zwischen den Zähnen knöpfte er dem Schriftsteller die Hose wieder zu und half ihm auf die Beine.
Zuerst grinste der Bandit nur, doch nachdem er das Messer herausgenommen hatte, lachte er Toby laut aus.
»Was für ein Anblick. Sie dachten, ich wollte Ihnen Ihre Glöckchen abschneiden.«
Die Hände tief in den Taschen vergraben, stand Tobias da und war sich bewußt, was für eine jämmerliche Figur er abgab.
»Zählen Sie ruhig Ihr Klimpergeld, Toby«, sagte Maggs. »Prüfen Sie nach, ob Sie Ihren Penny und die zwei Farthings noch haben.« Damit schlang er Tobias fest den Arm um die Schultern und zog ihn mit dem Gesicht an seine Brust, so daß dieser das einatmen mußte, was für ihn von nun an immer der »Sträflingsgeruch« bleiben sollte – der Geruch von saurem, kaltem Schweiß.
»Kommen Sie, Eure Lordschaft«, sagte Jack Maggs. »Sie haben noch genug Zeit, Ihre Schätze zu zählen, bis wir wieder in London sind.«
Die beiden Männer wanderten durch die Wildblumen auf der Landstraße. Der große lachte immer noch, der kleinere hatte einen hochroten Kopf und schaute grimmig drein. Mit den Händen in den Taschen machte er sich hinkend auf den Rückweg zu allem, wovor er hatte fliehen wollen.

77

Während ihr gefesselter Mann in Gloucestershire in eine Kutsche geschoben wurde, kam Mary Oates in den Salon, wo sie, nicht ganz zu ihrer Freude, Lizzie vorfand, die normalerweise bis zum Frühstück im Bett blieb, heute aber wie eine Kapitänsfrau am Fenster saß, die Hände im Schoß gefaltet.

»Der Junge von den Jones wird noch überfahren, wenn er nicht aufpaßt«, sagte Lizzie.

Mary antwortete nicht. Sie machte es sich mit Klein John auf dem niedrigen Stuhl bequem, wo sie das Kind am liebsten säugte.

»Er treibt seine Reifen mitten über die Straße, den Pferden genau unter die Hufe.«

»Lizzie, wartest du auf Toby?«

Ihre Schwester hatte das Licht im Rücken, so daß ihr Gesicht im Schatten lag, aber der falsche Ton in ihrer Stimme war nicht zu überhören. »Ach, kommt er heute wieder?«

Mary würdigte sie keiner Antwort.

»Ist es heute, Mary?«

Ihre gespielte Arglosigkeit war Mary so zuwider, daß sie nicht länger schweigen konnte. »Ich weiß auch nicht mehr als du, Lizzie.«

»Ach, ich denke, du weißt viel mehr, Mary. Deshalb hast du dich sicher heute so schön gemacht.«

Mary war ebenfalls nicht entgangen, wie sich ihre Schwester an diesem Morgen herausgeputzt hatte. Sie trug ein hellblaues Popelinkleid und ihr bestes Spitzentuch um die Schultern.

»Ich glaube, du hast von ihm gehört«, fuhr Lizzie leichtsinnig fort. »Weil du dein Seidenkleid angezogen hast.«

Die Vorstellung, daß sie sich der Wertschätzung ihres eigenen Gatten durch das Tragen ihres besten Kleides versichern mußte, war für Mary so kränkend, daß sie sich erst fassen mußte, bevor sie mit ruhiger Stimme antworten konnte.

»Hast du vielleicht von meinem Mann gehört, Lizzie?«
»Ach, Mary, was für sonderbare Sachen du manchmal sagst.«
»Nicht halb so sonderbare wie du.«
Sie breitete sich eine weiße Serviette über den Schoß, legte den Säugling darauf und klopfte ihm sachte den Rücken, bevor sie ihn an die andere Brust nahm.
»Mary, bist du mir böse?«
»Nein, Liebes.«
»Welche sonderbaren Sachen meinst du? Habe ich wieder einmal geplappert? Ich weiß ja, daß ich viel Unsinn erzähle. Vielleicht sollte ich wirklich keine Romane mehr lesen. Davon bekomme ich merkwürdige Träume.«
»Ich meinte nichts Bestimmtes«, sagte Mary, aber die seltsamen Gespräche über Adoptionen hatten sich fest in ihr Gedächtnis eingebrannt. Wäre Lizzie nicht so oft auf das Thema zu sprechen gekommen, hätte Mary vielleicht nie bemerkt, daß ihre Schwester sich so selbstzufrieden den Leib hielt oder wie sich seit einiger Zeit das Mieder über ihrem Busen spannte. Jeden Tag fand ihr Argwohn in diesen beiden Symptomen neue Nahrung, und er wurde auch noch dadurch geschürt, daß alles im Benehmen ihrer Schwester auf den wahren Grund für ihre Unpäßlichkeit hindeutete.
Es war, als ob jemand gestorben wäre, doch es war niemand tot. Die tiefe Erschütterung, die sie erfüllte, konnte sie mit niemandem teilen. Ihr Zorn äußerte sich lediglich in einem juckenden Ausschlag auf dem Rücken. Ihre Tränen zeigten sich in den wäßrigen Blasen, die an den geröteten Stellen hervorgetreten waren.
Sie war in vieler Hinsicht eine offene, geradlinige Frau, doch sie konnte nicht aussprechen, was sie wußte, und sie verschloß die Augen vor dem, was sie tun mußte.
Sie trug die kleine Zeitungsannonce nun schon seit beinahe einer Woche mit sich herum, obwohl sie, als sie sie mit der Nähschere ausgeschnitten hatte, nicht wahrhaben wollte, wohin dieser Ent-

schluß sie vielleicht führen würde. An diesem Morgen hatte sie ihr bestes Kleid angelegt, um der Person, die sie aufsuchen wollte, zu verstehen zu geben, daß sie trotz der Not, in der sie sich befand, eine ehrbare Frau war.

Als John satt war, knöpfte sie ihr Mieder zu, nahm ihn auf den Arm und ging mit ihm zur Tür.

»Kommst du wieder und setzt dich ein wenig zu mir, Mary?«

»Nein, Liebes. Ich habe etwas zu erledigen.«

»Wenn es dir nichts ausmacht, bleibe ich hier und lese.«

»Ja, Liebes.«

Sie brachte den kleinen John zu Mrs. Jones und verließ das Haus, ohne zu erklären, warum sie sich so fein angezogen oder was genau sie zu erledigen hatte.

Sie hätte mit der Droschke fahren können – ihr Mann hätte nicht gezögert, sich eine heranzuwinken –, aber Mary Oates, die immer an die finanziellen Nöte dachte, unter denen Tobias litt, ging zu Fuß.

Mary Oates stammte aus Amersham in Buckinghamshire und lebte erst seit ihrer Hochzeit vor einem Jahr in London. Am Arm ihres Mannes hatte sie die Stadt von ihren verschiedensten Seiten kennengelernt, aber ohne Begleiter hielt sie sich am liebsten in den eigenen vier Wänden auf. Deshalb war ihre Expedition in die Cecil Street keine Kleinigkeit für sie, und sie wäre noch nicht einmal bis Holborn gekommen, wenn sie sich nicht unterwegs dreimal bei Ladenbesitzern nach dem Weg erkundigt hätte.

Es war ein klarer, schöner Tag, wenn auch vielleicht etwas zu warm für das schwere Samtkleid oder für die Eile, mit der sie vorwärtshastete. Als sie schließlich in den Haymarket einbog, war sie so erhitzt und atemlos, daß sie sich den Luxus erlaubte, an einem Kaffeestand für einen Penny ein Glas Wasser zu trinken.

Obwohl nicht mehr als zweihundert Meter zwischen dem Stand und der Cecil Street lagen, mußte Mary noch zweimal nach dem Weg fragen, bis sie an die Kreuzung kam, wo der Sträfling an seinem ersten Abend in London gestanden hatte. Von dort aus hatte sie denselben Weg. Vermutlich traf sie mit ihren stabilen kleinen Absätzen hin und wieder genau die Stellen auf dem Gehsteig, wo Jack Maggs mit seinen Stiefeln gegangen war. Was das Ziel anging, war sie erfolgreicher als er, denn es gelang ihr nicht nur, durch das Gartentor des Hauses mit der Nummer vier zu kommen, sondern bis zum Messingklopfer an der Tür vorzudringen.

Mary war verwirrt, als ihr prompt von einer durchaus ehrbaren und zuvorkommenden Person geöffnet wurde.

»Bin ich hier richtig bei Mrs. Britten?« fragte Mary.

»Gewiß, Madam«, antwortete das Mädchen höflich. »Treten Sie ein. Treten Sie ein und ruhen Sie sich aus, Madam.«

Die junge Frau führte sie in ein kleines Zimmer, das mit Spitzendeckchen und Volants überladen und fast grell tapeziert war. Vor dem großen, halbrunden Fenster hingen zwei Lagen weißen Musselins. Von draußen drang kaum Helligkeit herein, aber da mehrere Lampen brannten, deren Licht von prunkvollen Spiegeln zurückgeworfen wurde, wirkte der Raum durchaus freundlich. Von den drei Frauen, die darin saßen, blickte keine auf, als Mary Oates hereinkam. Ihr schamhaftes Benehmen stand in scharfem Kontrast zu der gediegenen Einrichtung, die den unehrenhaften Zweck ihres Besuchs nicht kaschieren konnte.

Mary Oates nahm auf dem angebotenen Stuhl Platz und ließ sich eine Tasse Tee geben. Er war ausgezeichnet, und Mary trank ihn in kleinen Schlucken. Als sie den Kopf hob, fiel ihr Blick nicht auf die anderen Frauen, sondern auf einen Druck über dem schönen Marmorkamin, eine fast beängstigende Darstellung von Napoleons Armee in groteskem, blutigem Chaos.

Keine zehn Minuten später wurde sie durch einen Korridor in ein schlichtes kleines Zimmer geführt, dessen Einrichtung aus wenig mehr als einer hohen Ledercouch und einem hölzernen Stuhl bestand. Hier wurde sie von einer großen, alten Frau empfangen, die in ihrem gestärkten, weißen Kleid sehr streng aussah.

Sie hatte eine ausgeprägte Nase, ein kräftiges Kinn und einen stechenden, zornigen Blick. Sie trug eine ausgefallene weiße Kopfbedeckung, die Mary an das Bild einer holländischen Nonne erinnerte, das sie einmal gesehen hatte.
»Und was kann ich für Sie tun, mein Kind?« fragte die Frau mit einer seltsamen Begrüßungsgeste, die man in der Kirche wohl für einen Segen gehalten hätte.
Marys Rücken brannte und juckte. Sie zögerte.
»Was möchten Sie von Mrs. Britten, mein Kind?«
Wortlos hielt Mary ihr die abgegriffene Annonce hin. Als sie sah, auf welche Weise Mrs. Britten das Papier zwischen Daumen und Zeigefinger nahm, fühlte sie sich daran erinnert, wie ihr Großvater früher in seinem Garten Raupen zerdrückt hatte.
»Diese Pillen«, sagte Mrs. Britten und zeigte auf die Illustration in der Anzeige, »werden nach der Rezeptur eines schwedischen Arztes hergestellt. Es sind sehr gute Pillen.« Sie hatte eine weitaus rauhere Stimme, als ihr Aussehen vermuten ließ, und ihre großen Hände mit den geschwollenen Fingerknöcheln ähnelten eher denen eines Fischweibs.
»Sehr gute Pillen«, wiederholte sie ernst. »Sie haben nur eine kleine Nebenwirkung.«
Sie zwinkerte Mary Oates zu, was dieser gar nicht behagte.
»Die Nebenwirkung ist folgende: Sollte man sie aus Versehen einnehmen, wenn man in anderen Umständen ist, dann, ach Gott …« Sie warf die zerknitterte Anzeige in den Papierkorb. »Sie verstehen, was ich meine?«
»Ich glaube schon, ja.«
»Wir sind verheiratete Frauen. Wir können offen reden: Man würde das Kind verlieren. Verstehen Sie die Nebenwirkung jetzt?«
»Ja.«
Eine lange Stille trat ein. Die alte Frau musterte Mary so streng, daß sie den Blick abwenden mußte.
»Wie weit sind Sie?«

»Ich muß doch sehr bitten«, empörte sich Mary.
Bevor sie ein weiteres Wort sagen konnte, hatte die alte Frau schon die Hand ausgestreckt und befühlte ihren Bauch. Es ging sehr schnell. Die Untersuchung war vorbei, noch bevor sie recht begonnen hatte. Mary schwieg. Was hätte eine Dame auch sagen können? Sie stand da wie eine dumme Gans, rot bis unter die Haarwurzeln. Ihr Rücken juckte unerträglich.
»Sie kommen wegen einer anderen Dame?« Mrs. Britten holte einen bedruckten, gelben Zettel hervor. »Das macht nichts. Hier ist alles aufgeschrieben. Hauptsache, sie nimmt meine Pillen niemals, wenn sie schwanger ist.«
Sie drückte Mary ein Porzellantöpfchen in die behandschuhte Hand. »Natürlich müßte sie jeden Morgen und jeden Abend eine nehmen, damit es so käme. Ansonsten besteht keine Gefahr.«
»Jeden Morgen und jeden Abend?«
»Jeden Morgen und jeden Abend.«
Mary verspürte erneut den Drang, sich den Rücken zu kratzen.
»Und was die Bezahlung angeht …«
»Fünf Guineen.«
Mary hob den Kopf. Die alten Augen waren starr auf sie geheftet.
»In der Annonce stand drei.«
Mrs. Britten zuckte die Achseln. »Sie kosten fünf. Sie müssen sie ja nicht kaufen. Mir ist es gleich.«
»Ich habe aber nur vier«, klagte Mary Oates. »In der Anzeige stand drei.«
»Vier Guineen reichen auch.« Als Mary Britten ihr die wettergegerbte Hand hinstreckte, sah sie, daß auf der Unterseite des Handgelenks der Name SILAS eintätowiert war.
Zwei Minuten später stand Mary Oates wieder vor dem Haus. Sie machte sich auf den Rückweg, das Töpfchen mit den Pillen fest in der Hand. Als sie zu Hause ankam, hätte sie nicht zu sagen vermocht, welchen Weg sie gegangen war.

78

Hoch über der St. Paul's Kathedrale türmten sich dunkle Haufenwolken in der verschmutzten Luft, als Tobias Oates die Themse wiedersah. Es war sieben Uhr, ein Abend im Mai. Die beiden Männer, die am Doppelköpfigen Schwan die Grenze zur Londoner Altstadt überquert hatten, rollten in einer Droschke über den Fluß. Nach dreißig Stunden Fahrt steckten Tobys Hände noch immer tief in seinen Hosentaschen, und sie waren nach wie vor gefesselt.

Als die Kutsche in das West End kam, beugte sich Jack Maggs aus dem Fenster, während er mit dem rechten Fuß auf den Boden klopfte.

Tobias war tief beunruhigt. Er fürchtete das Gift, das sie kaufen wollten. Er fürchtete Lizzie und konnte sich nicht vorstellen, wie er sie überreden sollte, es einzunehmen. In das heillose Durcheinander seiner Gefühle waren noch viele andere Ängste hineingeflochten, die durch die ständigen Schmerzen in seinen Handgelenken und einen unheiligen Druck auf die Blase, den er seinem Begleiter aus Stolz verschwiegen hatte, verstärkt wurden.

Das London, das sie verlassen hatten, war ein sonniger Ort gewesen, wo die Narzissen in den Blumenkästen blühten. Das London, in das sie zurückkehrten, war die Hölle – aufgerissene Baumwollballen, knallende Peitschen, ein brennender Omnibus in der St. Martin's Lane – die Straßen waren in gelbliches Schwefellicht getaucht, das bis in seine Gedanken sickerte und schließlich das Bild seiner Familie trübte, die er, wenn es nach ihm gegangen wäre, fast im Stich gelassen hätte.

Sein Bewacher kam ihm mit seinem großen, unrasierten Gesicht so nahe, daß Tobias den billigen Brandy roch, den er getrunken hatte.

»Jetzt haben wir es bald geschafft, Kamerad.«

»Gewiß.« Tobias wandte rasch den Kopf ab.

»Bald haben wir all unsere Mühen hinter uns.«
»Ja, gewiß.«
»Und Miss Lizzies Not hat auch ein Ende.«
Toby schauderte, wenn er daran dachte, in welche Niederungen er sich hinabbegeben hatte: Sein guter Ruf hing davon ab, daß er sich diese unverschämten Vertraulichkeiten gefallen ließ.
»Wir werden Henry Phipps morgen früh aufsuchen«, erklärte er dem Sträfling mit fester Stimme. Wieder wandte er den Blick ab, und betete zu Gott, daß der Lakai die Wahrheit gesagt hatte. Wenn Constable Henry Phipps' Adresse nicht besaß, war Tobias ein toter Mann.
»Ein Traum wird wahr, Kamerad. Der Traum eines alten Schurken.«
Obwohl Jack Maggs geschworen hatte, Toby zu töten, hatte er ihn während der ganzen Reise so ungewohnt freundlich behandelt, daß der Schriftsteller, als sich der Sträfling zu ihm beugte, eine erneute Umarmung befürchtete. Aber Maggs wollte nur zum Himmel hinaufblicken, der von Norden her zunehmend schwärzer und regenschwerer wurde.
»Ist es nicht seltsam, was für Gedanken dem Menschen im Kopf herumspuken?« sagte der Sträfling. »Während ich von den schönen englischen Sommern geträumt habe – und ich habe sehr oft daran gedacht, das können Sie mir glauben –, wurde ich von Moskitos und Hautfäule fast aufgefressen, um nur zwei der kleineren Übel zu nennen, aber ich habe mir oft ausgemalt, wie Henry und ich an den langen Abenden gemütlich unser Pfeifchen schmauchen. Stellen Sie sich so etwas auch manchmal vor, Toby?«
»Gelegentlich.«
»Sophina und ich, wir haben Gewitter immer geliebt. Glauben Sie, daß es am Jüngsten Tag auch so aussehen wird wie bei einem Gewitter, Toby?«
Tobias rückte so weit von Maggs ab, wie es die Kutsche zuließ.
»Meine Sophina hat das geglaubt. Sieh doch, hat sie immer

gesagt, wie klein unsere Sorgen sind in dem mächtigen Unwetter.«
Toby lächelte schwach über diese kindliche Philosophie.
»Sehen Sie die Wolken dort hinten über Holborn?« fuhr sein Begleiter fort. »Wie Greisengesichter am Himmel. Bald werden sie an den Fenstern rütteln, Toby. Diesmal brennen sie ein richtiges Feuerwerk ab. Aber wir werden es überleben, wir zwei. Vielleicht kommen Sie Henry und mich besuchen, wenn Sie die Schmerzen in Ihren Handgelenken vergessen haben. Tut es sehr weh?«
»Ich kann es ertragen.«
»Sehen Sie, auf mein Wort ist Verlaß. Jetzt kommen wir gleich in die Cecil Street, wo Mrs. Britten ihre berühmten Pillen verkauft. Es wundert mich, daß Sie ihre Annoncen nicht kennen. Sicher wird es einen Augenblick dauern, bis ich habe, was wir brauchen, aber Sie werden trotzdem nicht versuchen zu fliehen, weil ich Ihrer Frau Gemahlin sonst eine sehr traurige Kunde überbringen müßte.«
Die Droschke hielt an, Jack sprang hinaus. Gleich darauf hämmerte er mit dem silbernen Griff seines Stocks an eine schwarze Tür.
Nach einem kurzen Wortwechsel mit der Person, die ihm öffnete, wurde Jack ins Haus gelassen. Keine drei Minuten später stieg er wieder ein und setzte sich Toby gegenüber. Der Kutscher ließ kräftig die Peitsche knallen. Als sie rasant in die Cross Street einbogen, machte der Sträfling ein seltsames Gesicht. Seine Wangen schienen so hart wie Streitäxte, und seine Augen glänzten feucht vor angestauten Gefühlen. Toby bekam es mit der Angst, ihm sei das Gift verweigert worden.
»Alles in Ordnung, Jack?«
Maggs griff in die Tasche seines Josephsrocks und holte ein weißes Töpfchen heraus.
Tobias musterte die zitternden Hände seines Gegenübers mit einiger Beklemmung. Welches Drama sich auch immer hinter

der schwarzen Tür abgespielt haben mochte, er sollte es nie erfahren. Jack Maggs steckte das Töpfchen wieder ein.
»Ich kann Ihren Sohn heute abend nicht mehr ausfindig machen, das wissen Sie.«
»Aber Sie werden ihn finden, Toby.«
»Ja.«
»Wann treffen wir uns morgen früh, Toby?«
»Zehn Uhr«, sagte Toby entschlossen.
»Könnten Sie Henry meine Papiere vorher überbringen? Es wäre nützlich, wenn er schon einmal einiges lesen könnte, bevor wir uns aussprechen.«
»Vor zehn Uhr kann ich ihm nichts überbringen.«
Maggs sagte: »Sie wissen es besser, als mich noch einmal anzulügen.«
»Ich kenne das Pfand.«
Schweigend brachten sie den Rest der Fahrt hinter sich. In der Lamb's Conduit Street mußte Tobias feststellen, daß Jack Maggs die Absicht hatte, ebenfalls auszusteigen.
»Jack, die Sache mit der Dame geht nur mich etwas an. Dabei kann ich keine Gesellschaft gebrauchen.«
»Ich habe in Ihrem Haus noch etwas zu erledigen, Toby.«
»Es ist eine private Angelegenheit, Jack. Sie müssen mir vertrauen. Lösen Sie meine Fesseln, ich laufe nicht weg.«
»Erstens verbrennen wir alles, was in der Blechbüchse ist. Zweitens ...« Jack zog den Korken aus dem Porzellantöpfchen und hielt es Toby hin, damit er hineinsehen konnte.
Es waren nicht die sauberen weißen Pillen, die er bis dahin erwartet hatte, sondern einige unappetitliche Klumpen, die die Farbe von Virginiatabak hatten.

79

Henry Phipps hatte schon immer so große Angst vor Blitz und Donner, daß sein Lehrer in den längst vergangenen Zeiten seines Mündeldaseins die ausgefallensten Schutzmaßnahmen dagegen ersonnen hatte.

Dieser Lehrer, ein gewisser V. P. Littlehales (der nämliche, der in dem berühmten Fall Dr. Wollastons genannt wird), hatte auf der Wiese, die an ihr Häuschen in Great Missenden angrenzte, ein geniales System von Türmen und Gräben errichtet. Von einer pädagogischen Warte aus betrachtet, verfehlte die Anlage ihren Zweck, denn Henry lernte dadurch nichts Nützliches über die Elemente, und auch ihre magischen Kräfte ließen zu wünschen übrig, wurde doch die mitten im Labyrinth stehende Eiche gleich zweimal vom Blitz getroffen.

Victor Littlehales war ein sehr sanfter, aber gequälter Mensch gewesen, der selbst eine abergläubische Furcht vor Blitzen hatte. Trotz seiner Vorlesungen über die Naturgesetze lief sein Unterricht im großen und ganzen darauf hinaus, daß der Mensch nur ein Tier sei, nackt vor einem rachsüchtigen, alles sehenden Gott. Die einzige Tröstung, die er seinem Schüler anbieten konnte, war die Wiege seiner sommersprossigen Arme, und selbst diese entzog er ihm schließlich: Am Vorabend von Henry Phipps' einundzwanzigstem Geburtstag verschwand Victor Littlehales plötzlich und unerklärlich aus dessen Leben.

An demselben schwülen Nachmittag, als Jack Maggs nach London zurückkehrte, suchte Mr. Buckle seinen Nachbarn zum zweitenmal auf. Henry Phipps glich weder einem verlassenen Jungen noch einem Mann, der sich vor Blitz und Donner fürchtete. Er empfing den ehemaligen Kaufmann und dessen wispernden Anwalt in der Uniform eines Subalternoffiziers des 57sten Infanterieregiments. Während er stocksteif vor ihnen stand und sie über seine lange, gerade Nase hinweg musterte, strahlte er Ungeduld und Sarkasmus zugleich aus.

Beim ersten fernen Donnerschlag kniff Henry Phipps nur leicht die Augen zusammen, zeigte ansonsten aber keinerlei Gefühlsregung.
Mr. Buckle hörte den Donner nicht, er war zu sehr mit seinen eigenen Gedanken beschäftigt, um überhaupt viel wahrzunehmen. Ihn überraschte nicht einmal der Anblick der Uniform, und es wäre ihm nie eingefallen, daß ihr Träger das Offizierspatent vor noch nicht einmal drei Tagen in großer Panik erworben hatte.
Mr. Buckle und Mr. Makepeace nahmen Seite an Seite auf dem Chesterfieldsofa Platz. Henry Phipps blieb mit dem Rücken zum Fenster stehen und wippte merkwürdig in den Knien.
»Darf ich fragen, in welcher Angelegenheit Sie mich beehren, Mr. Buckle?«
»Ich bin gekommen, um Sie zu fragen, ob Sie bezüglich Ihres Wohltäters bereits zu einer Entscheidung gelangt sind«, sagte Mr. Buckle. Er wollte gerade seinen Begleiter vorstellen, als sich Mr. Phipps umdrehte und abrupt die Vorhänge zuzog. Mr. Buckle, der dies als eine Form der Zurechtweisung auffaßte, zögerte. »Natürlich geht es mich nichts an.«
»Wie wahr.« Henry Phipps riß ein Streicholz an und machte sich eine Zeitlang an einer Lampe zu schaffen. »Es geht Sie ganz und gar nichts an. Aber ich hätte gedacht, es wäre offensichtlich, daß ich inzwischen einen neuen Wohltäter habe.«
»Ich habe niemandem etwas erzählt, das kann ich Ihnen versichern.«
»Sie mißverstehen mich. Seine Majestät der König ist mein neuer Wohltäter. Wie Sie sehen, bin ich unter die Soldaten gegangen.«
Nun erst schenkte Mr. Buckle der Uniform die nötige Aufmerksamkeit. Obwohl er sich nicht sehr für das Militär interessierte, konnte er immerhin erkennen, daß es sich um ein nicht sehr angesehenes Regiment und um einen untergeordneten Rang handelte.

»Nein«, sagte er. »Unmöglich.«
Draußen zuckte ein Blitz auf. Henry Phipps setzte sich schnell hin und stützte das Kinn in die Hand. »Ich werde jedenfalls nicht nach der Pfeife eines Verbrechers tanzen.«
»Nein, Sir. Natürlich nicht. Das lag auch gar nicht in meiner Absicht, Sir. Im Gegenteil. Haben Sie unser Gespräch vergessen?«
»Sie schienen andeuten zu wollen, daß mich das bequeme Leben korrumpiert hat und ich alles tun würde, um mir diese Annehmlichkeiten zu erhalten. Aber dazu würde ich mich nicht herablassen, Sir.«
»Das sollen Sie auch gar nicht, Sir. Das war wirklich nicht mein Plan. Und genau aus diesem Grund habe ich heute Mr. Makepeace mitgebracht. Vielleicht haben Sie seinen Namen schon einmal gehört, Sir. Er ist ein hervorragender Advokat. Mr. Makepeace hat auf meine Bitte hin die in Frage kommenden Präzedenzien studiert.«
»Präzedenzien«, wisperte Mr. Makepeace bekräftigend.
»Präzedenzien, die auf Ihre Situation anwendbar sind. Es ist noch nicht zu spät, Sir. Ein Mann wie Sie darf kein Subalternoffizier werden.«
»Es wäre der Fall Krone *versus* Forsythe«, fuhr Mr. Makepeace in seinem charakteristischen Flüsterton fort.
»Wie bitte?« sagte Henry Phipps.
»Er ist selbst bei schönem Wetter schwer zu verstehen«, gab Mr. Buckle zu. »Aber es lohnt die Anstrengung.«
»Mrs. Forsythe tötete ihren Sohn«, fuhr Mr. Makepeace unerschütterlich fort. »Die Krone *versus* Forsythe. Ein sehr bekannter Fall. Er hat den großen Vorzug, daß Sie ihn jederzeit anführen können, ohne erst lange jemand anderen damit beauftragen zu müssen, ihn ausfindig zu machen.«
»Ich kann Sie nicht verstehen.«
»Mr. Makespeace leidet seit seiner Kindheit an einer Schädigung des Kehlkopfes«, unterbrach ihn Mr. Buckle. »Doch das ist für

Sie nur vorteilhaft, Sir, da seine Dienste Sie deshalb billiger kommen.«

»Ich spreche von dem Fall Krone *versus* Forsythe«, sagte Makepeace.

»Dann sprechen Sie endlich«, raunzte Henry Phipps. Während der Regen prasselnd gegen die Fensterscheibe schlug, beugte er sich auf seinem Stuhl vor und hielt sich die Ellenbogen.

»Die Krone klagte Mrs. Forsythe an, ihren Sohn ermordet zu haben, um den Familiensitz wiederzuerlangen, aus dem sie nach dem Tod ihres Mannes hinausgeworfen worden war. Sie war eine sehr stolze Frau, die gern Gesellschaften gab. Während ihr Sohn, als der Erbe des Besitzes, im Herrenhaus wohnen sollte, verlangte man von ihr, sich mit einem kleinen Cottage auf dem Grundstück zu bescheiden. Nichts dagegen einzuwenden. Alles hatte seine Richtigkeit. Bis der Sohn, laut Anklage, eines Nachts mit einer Axt in das Cottage seiner Mutter eindrang und diese ihm, da sie ihn für einen gewalttätigen Einbrecher hielt, eine Kugel mitten ins Herz schoß.«

»Ich habe keine Zeit für solche Geschichten«, sagte Henry Phipps abrupt. Er stand auf, warf einen Blick durch den Vorhangspalt und setzte sich wieder.

»Fragen Sie mich nach dem Urteil«, forderte Mr. Makepeace ihn auf.

Ohne ihn einer Antwort zu würdigen, drehte Henry Phipps die Lampe heller.

»Wie lautete das Urteil, Mr. Makepeace?« fragte Percy Buckle.

»Das englische Recht hat stets die Ansicht vertreten, daß man aus einem Verbrechen, das man selbst begangen hat, keinen Nutzen ziehen darf. Man kann den Besitz eines Menschen, den man gesetzwidrig getötet hat, nicht erben.«

»Gesetzwidrig. Ich nehme an, das ist der springende Punkt.«

»Fürwahr«, sagte Mr. Makepeace. »Das Gesetz erlaubt es, angemessene Maßnahmen zu ergreifen, um das eigene Heim zu schützen. Mrs. Forsythe wurde für nicht schuldig befunden.«

»Es ist zu spät dafür«, sagte Henry Phipps traurig, und als Mr. Buckle erneut zum Angriff überging, schien er jeden Widerstandswillen verloren zu haben.
»In Kürze wird ein Verbrecher in Ihr Haus eindringen«, verkündete Mr. Buckle und holte aus den Tiefen seiner Tweedjacke eine große Pistole hervor. »Sie werden ihm eine Kugel ins Herz schießen.«
Henry Phipps starrte entsetzt auf die Waffe.
»Um Gottes willen, Mann, sind Sie wahnsinnig?«
Mr. Buckle ließ ihn nicht aus den Augen. Sein Gesicht war totenstarr.
»Sie haben ein sehr schönes Haus«, sagte Mr. Buckle und legte die Waffe auf einen Tisch. »Es ist nur natürlich, daß Sie es sich nicht wegnehmen lassen wollen. Wenn Jack Maggs Ihre Tür mit einer Axt einschlägt, dürfen Sie ihn erschießen.«
»Wie kommen Sie darauf, daß er eine Axt mit sich führen sollte?«
»Ich weiß, was ich weiß«, sagte Percy Buckle.
»Sie sind sicher, daß er kommen wird?«
»Ich habe mit der Frau seines Reisegefährten gesprochen. Sie werden heute oder morgen in London zurückerwartet. Sie sollten ihn gebührend empfangen.«
»Ich kenne den Mann doch gar nicht.«
»Wenn Sie Soldat sind, Sir, werden Sie gegen viele Männer kämpfen müssen, die Sie nicht kennen, und aus weitaus weniger guten Gründen.«
»Aber er hat mir nichts getan. Warum sollte ich ihm schaden wollen?«
Zischend erlosch die Lampe. Keine drei Fuß von Mr. Buckle entfernt, kauerte die Gestalt seines Nachbarn im Dunkeln. Ganz in sich zusammengesunken erinnerte Henry Phipps an einen großen runden Felsblock auf einem Hügel, den man nur loshebeln mußte, um ihn auf den Feind hinunterzurollen.

80

Es regnete schon seit einer halben Stunde, aber als Mercy durch die Küchentür ins Haus schlüpfte, fing es auf einmal wie aus Eimern zu gießen an, das Wasser flutete über die Straße und lief die Treppe hinunter. Als sie den tropfnassen Regenschirm neben die Tür stellte, rann ein kleines Bächlein in die düstere Küche und schlängelte sich genau auf die Köchin zu, die keinen Meter entfernt am Tisch stand.

»Entschuldigen Sie bitte, Miss Mott.«

Die Köchin streute Mehl auf die Tischplatte und rollte Teig aus.

»Ich mußte für den Herrn etwas erledigen.«

Es donnerte laut. Miss Mott reckte den kleinen Kopf mit der fest geflochtenen Zopffrisur wie eine Schildkröte.

»Es war dringend, Miss. Ich konnte nichts dafür.«

Mercy ging im weiten Bogen um die Köchin herum.

»Und wo willst du jetzt hin?«

Mercy zögerte einen Moment. Doch als draußen ein greller Blitz niederfuhr, lief sie rasch die Stiege hinauf.

»Du kommst sofort zurück.«

»Ich bin gleich wieder da.«

Mercy rannte los. Mit ihren schmutzigen Schuhen hinterließ sie in allen sechs Räumen im Erdgeschoß matschige Fußspuren, ohne den zu finden, den sie suchte. Das Haus war ungewöhnlich kalt und dunkel. Sie nahm sich eines von Mr. Constables Wachslichtern aus der Porzellanschüssel in der Diele, aber sie zündete es noch nicht an. Sie ging in den ersten Stock hinauf, der ihr seltsam verlassen vorkam. Die Tür zu Mr. Buckles Stube war geschlossen.

Bitte, lieber Gott, mach, daß Jack Maggs wieder da ist.

Sie öffnete die Tür. Obwohl das Zimmer sehr finster war, hatte sie das Gefühl, nicht allein zu sein. Ein leises Geräusch drang an ihr Ohr, trotz des Unwetters deutlich zu vernehmen: *klopf, klopf, klopf.* Sie zündete das Wachslicht an und hielt es hoch.

Nur ein trauriges Blatt Papier lag auf dem Schreibtisch. Das war die Stelle, von der das gespenstische Klopfen ausging. Sie berührte das Papier und zuckte zurück. Ein Wassertropfen war ihr auf den Handrücken gefallen.
Das Dach war undicht. Das versuchte sie Miss Mott zu erklären, als die wütende Köchin sie zum Arbeiten in die Küche holen wollte. Die Regenrinne war wieder einmal verstopft. Das erklärte sie auch dem völlig durchnäßten Hausherrn, der kurz darauf hereinkam. Sie stand auf seinem Stuhl und hielt einen Finger an die schlaff herunterhängende Vorhangschabracke. Sie zeigte es ihnen. Die Tropfen sammelten sich zu einem Rinnsal, das an ihrem Arm hinunterlief.
Mr. Buckle schickte Miss Mott in die Küche zurück. Er gab Mercy die nasse Hand, um ihr vom Stuhl zu helfen.
»Er ist wieder da, habe ich recht?« fragte er Mercy.
»Tatsächlich?«
Er wischte den Schlamm weg, den sie mit ihren Schuhen auf seinem Stuhl hinterlassen hatte.
»Was hast du hier verloren?«
»Das Dach ist undicht.«
Mr. Buckle nahm eine Altarkerze aus dem Schreibtisch. Die rauchende, gelbe Flamme verlieh seinem regennassen Gesicht einen fremden, fast teuflischen Ausdruck.
»Du sagst mir jetzt, wo sich Jack Maggs versteckt, oder ich sorge dafür, daß es dir leid tut, Fräuleinchen.«
Obwohl der Regen inzwischen in Bächen durch die Decke strömte, schien Mr. Buckle es nicht zu bemerken.
»Ich will ihm nicht schaden«, sagte er.
Mercy stieß ein ungläubiges Lachen aus.
Ohne ein Wort zu sagen, schlug er sie. Sie sah seine Hand nicht kommen, aber sie spürte den Schlag und sie sah Sterne.
Sie taumelte nach hinten, bis an den paisleygemusterten Vorhang. Er kniete sich mit der Kerze neben sie und starrte ihr in die Augen. Geschmolzenes Wachs lief auf ihre Schürze. Die Vor-

hänge in der Stube waren so feucht wie frisch gewaschene Laken auf der Wäscheleine. Sie schmiegte sich mit der Wange dagegen und fing an zu weinen.
Er saß auf der kleinen Ottomane, auf der sie zugesehen hatte, wie Jack Maggs seine Geschichte aufschrieb. Mr. Buckles Schnurrbart war naß, und in seinen braunen Augen schimmerten Tränen. Während das Wasser durch die Decke troff, strich er sich über die Koteletten, als ob er das Böse, das in seinem Herzen erwacht war, wieder besänftigen wollte.
»Es tut mir leid, Kindchen, sehr leid. Aber ich kann es nicht ertragen, was er uns angetan hat. Ich schwöre bei Gott, ich werde nie wieder die Hand gegen dich erheben, doch du mußt es mir sagen: Versteckt er sich nebenan?«
Die Haare klebten ihm in dunklen Strähnen am Kopf, und durch den nassen Popelin seines Ärmels zeichneten sich seine entsetzlich dünnen Gelenke ab. Er wollte Mercy die Hand aufs Knie legen. Sie verkroch sich in den Vorhang. Er war ihr zuwider.
»Du darfst mich nicht verlassen, Mercy.«
»Wie könnte ich das?«
Sie hatte das Gefühl, sehen zu können, wie das schmutzige Wasser hinter den Tapeten an der Wand hinunterrann und ins Speisezimmer lief. Es kam ihr so vor, als hätte sich das ganze Haus mit Wasser vollgesogen, so daß nichts mehr zu reparieren war.
»Wohin sollte ich denn gehen? Sie haben mich entehrt.«
»Du wirst stets meine gute Gefährtin bleiben«, sagte Percy Buckle gefühlvoll. »Habe ich nicht immer gut für dich gesorgt? Habe ich dir nicht verziehen, wenn du ungezogen warst?«
»Ich war nicht ungezogen«, sagte Mercy wütend. »Und ich wäre in der Stube nie mit ihm allein geblieben, wenn Sie mich nicht verlassen hätten. Es war nicht meine Schuld, was passiert ist.«
»Was ist denn passiert?«
»Nichts.«
»Ich bringe ihn um«, sagte Percy Buckle leise.
Mercy stand auf. »Ich weiß, wo Sie gerade herkommen«, sagte

sie. »Ich habe gesehen, was Sie vorhaben. Sie waren heimlich in Covent Garden, um mit Mr. Phipps zu reden.«

Mr. Buckle, der noch immer auf der Ottomane saß, legte seine Hände auf die knochigen Knie. »Sag, daß du mir nicht gefolgt bist. Das ist alles. Sag es.«

»Ich brauchte Ihnen nicht zu folgen. Ich wußte schon von Ihrem bösen Plan, noch bevor Sie einen Schritt vor die Tür gesetzt hatten. Sie haben mit diesem Speckwanst von einem Advokaten Ränke geschmiedet.«

Percy Buckle legte den Kopf auf die Seite. »Tja, tja.« Er spitzte die Lippen und legte die Hand darüber. »Anscheinend hast du jeglichen Respekt verloren.«

»Ich habe gehört, was Sie dem Mann antun wollen.«

»Du kannst gar nicht wissen, was ich vorhabe. Ich habe nie gesagt, was ich vorhabe.«

»Sie haben es doch gerade eben ausgesprochen. Sie wollen ihn umbringen.«

Mr. Buckle leugnete es nicht. »So, dann ist zwischen dir und ihm also doch etwas vorgefallen?«

»Ich habe ihn geküßt«, antwortete sie wütend.

»In meinem Haus?«

»Jawohl, ich habe ihn geküßt, und er hat mich umarmt, hier, in diesem Zimmer. Nachdem Sie mich feige im Stich gelassen hatten, habe ich ihn geküßt. Und es tut mir nicht leid darum.«

»Du bist ein sehr mutiges kleines Frauenzimmer«, sagte Percy Buckle mit einem gefährlichen Lächeln.

»Sie können mich ruhig noch einmal schlagen.«

»Nein, Fräuleinchen. Ich will dich nicht mehr schlagen.«

»Was dann?«

Percy Buckle zog den Stubenschlüssel aus der Jackentasche und hielt ihn ihr hin. »Ich will dir etwas schenken.«

Inzwischen tröpfelte es nur noch leise auf den Schreibtisch. Mercy sah ihren Herrn fragend an.

»Was soll das?« fragte sie. »Was soll ich damit?«

»Ich schenke dir den Stadtschlüssel«, sagte Percy Buckle sarkastisch.
»Was soll das heißen?«
Er steckte den Schlüssel wieder ein. »Du bist entlassen«, sagte er und starrte sie mit einem selbstzufriedenen Grinsen an, bis Mercy sich umdrehte und das Zimmer verließ. Sie wußte nicht, wohin sie gehen sollte. Als sie die dunkle Treppe zu ihrer Dachkammer hinaufstieg, dachte sie daran, daß sie nun noch schlechter dastand als bei ihrer Ankunft in diesem Haus.
Sie verriegelte hinter sich die Tür, öffnete das Fenster und kletterte hinaus auf das glitschige Dach.

81

Als die beiden Reisenden den dunkelgrünen Salon betraten, saß Elizabeth Warriner auf einem Fenster am Stuhl. Die Farbe ihres Kleides hatten die gleiche Strahlkraft wie die Weißtöne der Emailporträts von Henry Bone. Auch ihre Augen leuchteten. Den Kopf hatte sie aufmerksam auf die Seite gelegt, als ob sie wüßte, daß ihr Schicksal von den beiden Männern entschieden werden würde.
Sie stellte vorsichtig die Teetasse auf die Fensterbank, stand auf und ging ihnen entgegen. Mit den gefesselten Händen in den Hosentaschen kam Tobias auf sie zu.
»Hallo.«
»Hallo.«
Sie war außerordentlich erregt, und einen Augenblick lang schien es Jack Maggs, als wollte sie sich ihrem Geliebten in die Arme stürzen, doch dann erlangte sie ihre Fassung wieder. Sie streckte die Hand aus und zog am Ärmel der von der Reise arg mitgenommenen Jacke ihres Schwagers.

»Ist etwas mit deinen Händen, Toby?«

»Nein, nein.« Er verzog die Lippen zu einem schiefen Lächeln. »Ein kleiner Streich von Master Maggs. Wo ist meine Frau, Lizzie?«

»Ich denke, sie bleibt bei Großmutter Warriner, bis das Unwetter vorüber ist.«

»Ja«, sagte Tobias Oates und sah sie bedeutungsvoll an.

»Es wird bestimmt ein schlimmes Gewitter«, sagte sie. »Der Himmel ist pechschwarz. Ich habe ihn beobachtet.«

»Hast du keine Angst?«

»Vor dem Gewitter? Ach, nein.«

»Ich habe etwas Geschäftliches mit Master Maggs zu besprechen.«

Das Mädchen faßte Jack Maggs kurz ins Auge, richtete ihren offenen Blick aber gleich wieder auf Tobias. »Tobias, wir müssen wirklich über meine Reise nach Frankreich sprechen.«

»Ja, ich werde eine Tasse Tee mit dir trinken, sobald wir das Geschäftliche erledigt haben. Ist er noch frisch?«

»Er ist recht bitter. Mary wollte ihn unbedingt selbst kochen. Ich dachte schon, sie wollte mich vergiften, aber sie hat gesagt, es liege daran, daß der Tee aus Radschastan komme.«

»Mr. Maggs, wollen Sie mich in meine Studierstube begleiten, damit wir uns um den Inhalt der Blechdose kümmern können?«

Obwohl Jack es ihm sehr übelnahm, daß er seine Geliebte so herzlos behandelte, folgte er ihm zunächst nach oben. Doch sobald sie in der Stube des Schriftstellers waren, packte er Tobias Oates grob am Arm.

»Gehen Sie wieder nach unten«, befahl er. »Küssen Sie sie.«

Tobias versuchte vergeblich, den Sträfling abzuschütteln.

»Sie ist doch noch ein Mädchen«, sagte Jack. »Sie hat große Angst. Sagen Sie ihr, daß Sie die Pillen besorgt haben und ihr helfen werden.«

»Dann binden Sie mir die Hände los, Sir.«

»Sie haben mir gar nichts zu befehlen, Sie Holzkopf.«
»Wenn Sie mich nicht losbinden, kann ich auch nicht nach unten gehen. Wie soll ich ihr mit gefesselten Händen die Pillen geben?«
Jack Maggs holte den Dolch heraus und säbelte die Schnur durch. Er sah zu, wie Toby seine Hose wieder zuknöpfte.
»Sie geben ihr zwei Pillen, und dann kommen Sie wieder zurück. Wenn Sie fliehen oder das Haus verlassen, muß ich ihr etwas antun.«
Verdrießlich rieb Tobias die roten Streifen an seinen Handgelenken. Jack verachtete ihn, weil er ein solcher Weichling war. »Gehen Sie«, sagte er. »Bringen Sie es hinter sich.«
»Warum verlangen Sie das von mir?«
»Sie wären ein sehr dummer Junge, wenn Sie mit mir streiten wollten.«
»Aber ist das nicht der gleiche Weg, der Ihnen und Sophina so viel Kummer und Leid bereitet hat? Ist das nicht der Weg, der Sie noch heute vor Schmerzen schreien läßt, wenn die Magnete Sie berühren?«
Jack Maggs hob die verstümmelte Hand und krallte sie in seine Nase, sein Kinn, seinen Kiefer, als ob er ein Hund wäre, dem man das Leben aus dem Leib schütteln könnte. Voller Grimm näherte sich der Sträfling mit seinen häßlichen, aufgesprungenen Lippen dem Gesicht des Schriftstellers.
»Was bleibt ihr anderes übrig? Wenn sie Ihr Kind bekommt, ist ihr Leben ruiniert. Es ist für sie der einzige Ausweg.«
»Es kommt für mich nicht in Frage.«
»Es geht hier nicht um Sie, Sie Holzkopf. Es geht um das Mädchen.« Damit schob er Tobias zur Tür hinaus. Als sich der Schriftsteller auf halber Treppe noch einmal umdrehte, sah er Jack Maggs' großen Schatten hinter sich warten.
Der Sträfling stieß einen ungeduldig drohenden Laut aus, den Tobias als ein Zischen in Erinnerung behalten würde.

Es war immer Tobias' Methode gewesen, sich dem Gegenstand seines Interesses über den Körper anzunähern. Als er sich vornahm, über Jack Maggs zu schreiben, hatte er zuerst einen kurzen Essay über seine Hände verfaßt, nicht nur über die verborgenen Sehnen, Knochen und Gelenke, die eines Tages von den Würmern freigelegt werden würden, sondern auch über ihre Geschichte: welche anderen Hände sie liebkost, welches Leben sie im Jähzorn vernichtet hatten. Als erstes stellte er sich die Hände des Neugeborenen vor, die kurz auf der Brust der Mutter lagen, dann beschrieb er auf vier langen Seiten, wie sie zu der *häßlichen, verstümmelten Klaue* wurden. Er wußte, daß dieser Essay ein Juwel war, und er hatte ihn wie ein Uhrmacher gehütet, als kleines Teil eines größeren Werkes. Nun aber, da seine Handgelenke von den Fesseln wund und rot waren, hatte er, gelinde ausgedrückt, jedes Interesse an seinem Gegenstand verloren. Es ekelte ihn davor, sich weiter mit dem verbrecherischen Verstand zu beschäftigen.

Aber der verbrecherische Verstand beherrschte ihn. Seinetwegen mußte er seine Schwägerin in den Arm nehmen. Seinetwegen legte er zwei Pillen in die zarte weiße Hand, so zuversichtlich, nein, so ehrfürchtig, als ob es Hostien wären. Doch noch während er beruhigend auf Lizzie einredete, sah er in den braunen Klumpen nicht die Rettung, die er ihr verhieß, sondern abscheuliche, widerwärtige Exkremente.

Dann klopfte es über ihm dreimal laut auf den Fußboden. Als er in die Studierstube zurückkehrte, verlangte der Mörder, der sich breitbeinig vor ihm aufbaute, seine »Geheimnisse« ausgehändigt zu bekommen. Er nahm keinerlei Rücksicht auf den Schriftsteller, im Gegenteil, er beanspruchte das ganze Zimmer für sich, und der üble Geruch seines Mantels drang in jede Ecke.

Später trauerte Tobias um die Manuskripte, die er nun so bereitwillig zerstörte, denn er hatte schon bald wieder vergessen, wie verzweifelt ihm daran gelegen war, daß Jack Maggs aus seinem Leben verschwand. Es hätte ihm vielleicht gelingen können, die besten Schätze zurückzuhalten, aber nein, er kletterte auf Stühle und Leitern und befreite sich von allem, was mit Jack Maggs zu tun hatte. Hier – abgelegt unter H – der Essay über die Hände. Daneben, doppelt gefaltet, zwei weitere Seiten mit der Überschrift »Haar«. Jack Maggs nahm sie ungläubig in Empfang.

»Das sind meine Haare? So viel, nur über meine Haare?«

»Ja.«

»Sonst nichts?«

»Nur die Haare.«

Insgesamt hatte Tobias den Sträfling achtmal magnetisiert, und die Ergebnisse einer jeden einzelnen Sitzung waren sorgsam zum Paket verschnürt, wie von einem Gerichtsdiener. Toby mußte sich auf den Schreibtisch stellen und recken, um sie vom Regal zu seinem ehemaligen Probanden hinunterwerfen zu können.

»Das bin alles ich?«

»Mehr oder weniger.«

Jack Maggs band jedes einzele Bündel auf, und obwohl er nicht alles las, war es genug, um ihm die Schamesröte ins Gesicht zu treiben.

»Mein Junge darf das nicht lesen«, sagte er.

»Wir verbrennen es«, stimmte Tobias Oates ihm zu. »Wir verbrennen es sofort.«

Laut hallte der Donner in den Straßen wider. Wind und Regen wirbelten durch den kleinen Garten.

83

Lizzie saß auf ihrem Stuhl. Sie hielt den aufgeschlagenen Roman auf dem Schoß und quälte sich mit den entsetzlichsten Gedanken. Manchmal las sie auch ein, zwei Zeilen, aber *Castle Rackrent* erinnerte mit jedem Wort an ihre Situation und an das ungeborene Kind, ein Wesen aus ihrem Herzen und Blut, das wohl zumindest eine Ahnung davon haben mußte, welches Schicksal ihm bevorstand. Wartete es nicht voller Angst, genau wie sie, nun, da ihm auch die letzte leise Hoffnung genommen worden war?

Obwohl sie von dem armen Wesen nicht mehr spürte als von der Gegenwart Gottes oder seiner Engel, wurde jeder Augenblick ihres Lebes von ihm bestimmt. Als das Unwetter losbrach und ein starker Sturm durch die Lamb's Conduit Street blies, der eine leere Tonne vor sich herrollte, saß Lizzie da und hielt sich den Leib.

Als sie Tobys Schritte auf der Treppe hörte, erwartete sie sich nicht viel Trost von seiner Seite. Er hatte gesprochen, sie hatte zugehört. Sie machte ihm keine Vorwürfe. Sie hatte getan, was er wollte.

Aber dann stellte sie fest, daß er den gräßlichen Sträfling mit heruntergebracht hatte. Die beiden trugen Papierrollen und Manuskriptstapel herein, die sie einfach vor den Kamin warfen. Sie sahen Lizzie nicht an und nahmen ihre Anwesenheit auch sonst nicht zur Kenntnis. In ihrer eiligen Geschäftigkeit lag etwas Herzloses.

Toby zog das Kamingitter weg, das sie zusammen mit ihm an einem glücklichen Vorfrühlingsmorgen in Holborn gekauft hatte. Toby hatte sich schon immer vor dem Feuer gefürchtet, als ob es jederzeit hereinstürmen könnte, um ihm alles zu rauben, was er besaß. Wie oft wir uns doch vor der falschen Gefahr schützen, dachte Lizzie.

Obwohl es wegen der fest verschlossenen Fenster recht warm

und stickig im Zimmer war, machten sich die beiden Männer daran, Tobys Manuskripte zu zerreißen, als ob sie ein Feuer damit machen wollten. Als ihr Schwager sich nun vor den Kaminrost kniete, hatte er einen Zug um die Mundpartie, in dem sich für Lizzie eine Ahnung seines grenzenlosen Starrsinns und seiner Entschlossenheit andeutete. Sie begriff nicht, warum er sein eigenes Werk zerstören wollte, aber sie wünschte sich, ebenso willensstark zu sein wie er. Dann würde sie nicht nur hier herumsitzen, sondern wäre vielleicht längst auf einem Schiff nach Frankreich.

Das Fenster klapperte, und sie sah wieder nach draußen, wo gerade eine gebückte kleine Frau versuchte, die belebte Straße zu überqueren. Sie war nicht alt, aber offensichtlich völlig mittellos. Ihre Kleider waren zerlumpt, ihre Beine krumm, und sie bewegte sich so verschreckt wie ein kleines Tier, das sich der vielen großen Tiere bewußt war, die es fressen wollten. Mit dem Schatz, den sie in der Schürze trug, war sie so zielstrebig wie ein Käfer oder eine Ameise, fest entschlossen, auf die andere Straßenseite zu kommen, ganz gleich, welches Hindernis sich ihr in den Weg stellte. Obwohl es in Strömen regnete, fuhren die Kutschen und Wagen nicht vorsichtiger oder langsamer als sonst. Die Frau machte einen Schritt vor, einen zurück und wieder einen vor. Schließlich stürzte sich die arme Seele beherzt in das Getümmel.

Mitten auf der Straße glitt sie aus und schlug hin, genau vor ein Brauereifuhrwerk.

Die Zwiebeln, die sie in der Schürze hatte, kullerten über die kohlschwarze Straße und wurden von den suppentellergroßen Hufen des Kaltblüters in alle Himmelrichtungen geschleudert.

Ein Wagenrad rollte knapp am Kopf der Frau vorbei. Sie raffte sich eilig auf und sammelte ihre Zwiebeln wieder ein.

Lizzie begann leise zu weinen.

Als hinter ihr ein Streichholz angerissen wurde, drehte sie sich

um. Toby hielt die Flamme an die Papiere auf dem Rost. Sie sah zu, wie sie Feuer fingen. Sie sah zu, wie sie verbrannten.
Toby, der die Augen geschlossen hatte, sah so untröstlich aus, daß sie endlich verstand, wie groß das Opfer war, das auch ihm abverlangt wurde. Als die Flammen sein liebes Gesicht erhellten, war aller Starrsinn daraus verschwunden, es war eine Totenmaske, genau wie die, die er in seiner Schreibstube aufbewahrte.
Da begriff sie, daß ihr Leben schon immer auf dieses Ziel zugelaufen war. Das Unwetter war vorherbestimmt. Der Sturz der armen Frau war eine Fügung des Himmels. Seit Toby zum erstenmal in das Haus ihres Vaters in Amersham gekommen war, um um ihre Schwester zu werben, war ihr Weg schicksalhaft vorgezeichnet gewesen.
Der Wind drückte den Rauch im Schornstein nach unten und blies ihn ins Zimmer. Die beiden Männer stritten. Toby wollte, daß der Sträfling nach Hause ging. Der Sträfling sagte, er werde »verdammt noch mal« die ganze Nacht bleiben, wenn es ihm passe. Lizzie achtete nicht besonders auf sie. Sie fand, sie sei ein sehr selbstsüchtiges Mädchen gewesen. Obwohl sie von Anfang an um das Risiko, ihre Schwester tief zu kränken, gewußt hatte, war sie leichtfertig damit umgegangen. Doch daß womöglich auch der strahlende junge Mann darunter zu leiden haben würde, der eines Sonntagmorgens als Matrose verkleidet vor dem Haus ihrer Eltern einen Hornpipe getanzt hatte, hatte sie nicht bedacht. Trotz seines Knabengesichtes und der süßen, ungeküßten Lippen war er schon damals, auch wenn die Welt es noch nicht wußte, ein Gigant unter den Menschen gewesen.
Lizzie konnte den Gedanken nicht ertragen, daß sie beinahe sein Ruin geworden wäre. Sie legte die Hand auf die sanfte Wölbung, die weiche Rundung ihres Leibes.
Die Männer hatten ihren Streit beigelegt. Anscheinend würde der Sträfling doch in seinem eigenen Haus übernachten und erst am nächsten Morgen in die Lamb's Conduit Street zurückkeh-

ren. Eine letzte Drohung wurde ausgestoßen, ein letztes Streichholz angerissen. Blau und gelb loderten die restlichen Blätter, als Toby das Feuer schürte. Inmitten der Flammen stiegen geisterhafte Phantasiegestalten auf.
Als die letzte Glut verglommen war, blieb nichts als kalte Trauer im Kamin zurück.
All die schönen handgeschriebenen Zeilen hatten sich in schwarzen Krepp verwandelt, in dem Toby mit dem Schürhaken herumstocherte. Ob er sich dabei von seiner Wut leiten ließ oder nur von dem Wunsch, die Reste vollständig zu vernichten, vermochte Lizzie nicht zu sagen. Falls aber letzteres der Fall gewesen sein sollte, wurde seine Ansicht sogleich durch den Wind zunichte gemacht, der die schwarzen Papierfetzen aus dem Kamin in das Zimmer trieb. Die Männer sprangen hustend zurück und wedelten mit den Händen. Die verbrannten Flocken segelten wie schwarze Nachtfalter durch die Luft, bis zur Decke hinauf.
Elizabeth Warriner, Tobias Oates und Jack Maggs standen da und sahen zu, wie die schwarze Asche rings um sie zu Boden regnete.

84

»Sie wissen also Bescheid, Kamerad«, sagte Jack Maggs, als er die Tür öffnete und auf die Lamb's Conduit Street hinaustrat. »Morgen früh um zehn stehe ich wieder vor Ihrer Tür.«
»Vertrauen Sie mir jetzt, Jack?«
Der Sträfling zuckte die Achseln. Es konnte nicht mehr lange dauern, bis die Pillen, die Lizzie Warriner eingenommen hatte, zu wirken begannen. Dann würde Tobias Oates soviel zu tun haben, daß er genausogut hätte gefesselt sein können.
»Haben Sie keine Angst, daß ich fliehe?«

Der andere lächelte grimmig. »Das haben Sie schon einmal versucht.«
»Aber ich könnte Sie verraten.«
»Sie stecken selber zu tief mit drin, Freundchen. Es würde Ihnen nichts nützen, gar nichts.«
Trotzdem war Jack Maggs keineswegs zufrieden. Als er sich seinem Haus in der Great Queen Street näherte, erinnerte nichts mehr an den Mann, der vor wenigen Wochen mit der *Rakete* aus Dover gekommen war. Er drückte sich tief in den Schatten und bewegte sich so leise und vorsichtig vorwärts wie eine Ratte, die an der Fußleiste entlanghuscht. Er beobachtete das Haus eine ganze Stunde lang, bevor er die Straße überquerte und mit einem Dietrich die Tür aufsperrte.
Das Gewitter hatte sich schon vor einiger Zeit wieder gelegt. Trotzdem war es, obwohl es erst neun Uhr war, sehr dunkel im Haus, weil die schweren Vorhänge zugezogen waren.
Als Jack Maggs die Tür hinter sich ins Schloß zog, spürte er es. Er hörte kein ungewöhnliches Geräusch, und er roch auch nichts Fremdes. Im Erdgeschoß hing der vertraute Duft nach Bienenwachs in der Luft. Trotzdem war er nicht allein, daran bestand kein Zweifel. Nun erst gestand Jack sich ein, daß ihn genau diese Hoffnung hergeführt hatte, obwohl ihn die Vorsicht gemahnt hatte, lieber in der Lamb's Conduit Street zu übernachten. Seine Nackenhaare sträubten sich.
Vorsichtig bückte er sich nach seinem Messer. Der stabile Griff, den er selbst mit geteerter Schnur umwickelt hatte, lag sicher in der Hand. Das Sträflingsmesser stammte noch aus der Zeit, da er sich keine Klinge aus edlem Stahl und kein Heft aus Elfenbein leisten konnte. Er kauerte sich zusammen, ein mächtiger Schatten in der Tür zum Wohnzimmer, der mit der Waffe im Dunkeln große Kreise beschrieb.
Geräuschlos wie ein Schatten huschte er in das Zimmer. Er hörte ein leises Schniefen.
»Henry?«

Es schniefte noch einmal.

»Henry, bist du das?«

Er riß ein Streichholz an. Zusammengerollt lag eine traurige Gestalt vor ihm auf der Sitzbank. Es war Mercy Larkin, die in einen karierten Kokon gehüllt war.

»Herrgott, was für eine Dummheit.«

In sicherer Entferung von ihr ließ er sich schwerfällig auf einen vergoldeten Stuhl sinken.

»Entschuldigung.«

»Ich habe dir doch gesagt, du sollst deine Nase nicht in Sachen stecken, die dich nichts angehen.«

»Entschuldigung.«

»Ich habe dir doch gesagt, daß es gefährlich ist.«

»Sie dachten, ich wäre Mr. Phipps.« Mercy setzte sich hin und putzte sich die Nase. »Entschuldigung, ich wollte Sie nicht erschrecken.«

»Du kannst mich gar nicht erschrecken, Kind. So leicht kriege ich keine Angst.« Aber ihm war flau vor Enttäuschung, und er gab sich keine Mühe, sein Mißvergnügen zu verbergen.

»Sie haben Ihren Henry erwartet?«

Er schob das Messer wieder in den Stiefel. »Das geht dich nichts an.«

»Sind Sie deshalb so krötig? Wenn Sie wollen, kann ich Sie zu ihm bringen.«

»Du?«

»Was sehen Sie mich so an?« Sie faltete die karierte Decke zusammen, als ob sie im nächsten Augenblick aufbrechen wollte. »Meinen Sie, ich bin zu dumm, den Weg nach Covent Garden zu finden?«

85

In Jack Maggs' dunklem, leerem Haus hatte Mercy Larkin gebetet: *Lieber Gott, vergib mir, daß ich meine Mutter nie besucht habe. Lieber Gott, schenke mir eine neue Anstellung.*

Um sich hatte sie die wenigen Dinge versammelt, die sie besaß: die selbstbestickten Kissen aus ihrer Kammer und das Bild von ihrer armen Mutter, das ihre Großmutter gemalt hatte, wie sie mit einer Lumpenpuppe auf den Knien unter einer holländischen Windmühle saß.

Während sie zusammengerollt unter Jack Maggs' karierter Decke lag, betete und betete sie.

Lieber Gott, laß Mr. Buckle gnädig sein. Mach, daß er mir ein Zeugnis schreibt. Wenn das nicht geht, lieber Gott, laß Jack Maggs zurückkommen. Mach, daß er mir wohl will. Gott, schick ihn zu mir.

Dann war sie eingeschlafen, und als sie wieder aufwachte, spürte sie, wie die dunkle Luft um ihre Wange spielte, und hörte die Worte: »Henry? Henry bist du das?«

Über ihrem Kopf flammte ein Streichholz auf.

Vor ihr stand Jack Maggs.

Er bot einen wilden, abgerissenen Anblick. Seine Augen waren rot, seine strähnigen Haare fettig und mit Ascheflocken übersät. Aus seinem Mantel hing das Futter heraus, und er schien am Saum einen dunkelbraunen Fleck zu haben. Er roch wie ein müder Mann, der von harter Arbeit gezeichnet war.

»Herrgott!« rief er. »Was für eine Dummheit!«

Lieber Gott, vergib ihm seine Worte.

Er ließ sich auf den Stuhl fallen, der an der Wand stand, und rieb sich die Wange, bis hinauf zur Schläfe. Seine rote Weste war mit Schlamm bespritzt. Er war sehr aufgebracht und starrte sie aus seinen rotgeränderten Augen böse an. Sie entschuldigte sich einmal, sie entschuldigte sich zweimal, sie entschuldigte sich ein drittes Mal, bis sie plötzlich erkannte, daß es in ihrer Macht stand, ihm seinen Herzenswunsch zu erfüllen.

Lieber Gott, ich danke Dir.

»Was sehen Sie mich so an?« sagte sie, während sie die karierte Decke zusammenfaltete und auf die bestickten Kissen legte. »Meinen Sie, ich bin zu dumm, den Weg nach Covent Garden zu finden?«

»Henry Phipps ist in Covent Garden?«

»Ja.«

Da fiel seine Angriffslust von ihm ab, und nur eine sanfte Verwirrung blieb zurück. Mercy verspürte das heftige Bedürfnis, ihn beim Kopf zu nehmen und seine struppigen, verfilzten Haare in warmem Wasser zu waschen.

»Woher weißt du das, Mercy?«

Mercy wollte nicht zugeben, wie lange sie das Geheimnis schon mit sich herumtrug, aber belügen wollte sie ihn auch nicht noch einmal.

»Constable hat mir erzählt, daß Mr. Phipps Ihr Sohn ist.«

»Das ist wahr«, seufzte er. »Aber ich habe ihn nicht mehr gesehen, seit er ein Kind war.«

»Dann trägt er gewiß noch Ihr Bild in seinem Herzen.«

»Er war erst vier Jahre alt.«

»Ich weiß auch noch, wie ich meinen Dad verloren habe, Jack Maggs. Ich kann mich genau an den Tag erinnern. Wenn er wieder zurückkäme, würde mir vor Freude das Herz zerspringen. Manchmal träume ich, daß er noch lebt. Bevor ich dann aufwache, bin ich so glücklich, wie Sie es sich kaum vorstellen können. So wird es Ihrem Sohn sicher auch ergehen, wenn Sie plötzlich vor ihm stehen.«

Noch während sie ihm dieses glückliche Bild ausmalte, fühlte sie sich schmutzig, weil sie ihn so täuschte. Obwohl sie wußte, daß die Wahrheit Jack Maggs das Herz zerreißen würde, konnte sie nicht anders, so wohlwollend sah er sie mit einem Mal an. Das war es doch, wonach sie sich sehnte, Gott steh ihr bei.

Jack Maggs zündete die Kerzen an. Als Mercy seinem traurigen Blick folgte, erblickte sie in dem schweren, goldenen Spiegel über dem Kamin das schmutzige, sorgenvolle Gesicht des verlorenen Vaters.

»In diesem Aufzug können Sie nicht zu ihm gehen«, sagte sie. »Kommen Sie, geben Sie mir die Sachen. Sie wollen doch Ihrem Jungen keinen Schrecken einjagen.«

Mit einem tiefen Seufzer entledigte er sich seiner Kleidung. Er legte den langen Mantel, die Jacke mit den vier Knöpfen und die rote Weste ab. Zuletzt trug er nur noch das verschwitzte weiße Hemd auf dem Leib, das eine nasse Stelle auf dem Rücken hatte.

»Ruhen Sie sich ein bißchen aus«, sagte sie.

Jack Maggs legte sich auf die Sitzbank und zog die Beine an. Da liebte sie ihn von ganzem Herzen.

Mercy schloß in der Küche die Fensterläden. Sie heizte den Ofen an und schürte das Feuer. Sie setzte den Kessel auf. Sie stellte zwei Bügeleisen neben das Ofenloch, wo die Platte am heißesten war. Als das Wasser dampfte, hielt sie die fleckige Weste darüber. Der Lehm verteilte sich wie das Rad eines Pfaus über der Brust, aber sie tupfte so lange vorsichtig mit Schmierseife daran herum, bis das erste Kleidungsstück wieder in alter roter Pracht erstrahlte.

Ihre Wangen waren gerötet vom heißen Dampf. Sie bügelte die Weste und hängte sie an den Türknauf. Miss Mott hätte sie nicht wiedererkannt, so fleißig war sie. Ohne sich auch nur einen Teelöffel Zucker zur Stärkung zu gönnen, breitete Mercy den Wettermantel auf dem Küchentisch aus und bearbeitete ihn mit einer kräftigen Scheuerbürste. Mit den drei breiten Capes an der Schulter sah man ihm noch an, was für ein schönes Stück er einmal gewesen war, und Mercy war froh, ihn wieder auffrischen zu können. Eine Tasche war herausgerissen worden, ein Schaden, von dem man von außen nichts bemerkte, aber unter der Klappe hatte sich eine dunkelbraune, klebrige Substanz in den Stoff gesogen, die sie emsig wegrubbelte. Die andere Tasche war unbeschädigt und enthielt die beiden Haarlocken, die sie vor einigen Tagen entdeckt hatte.

Sie setzte sich auf den dreibeinigen Schemel vor dem Kohlenkasten und unterzog die beiden Locken einer gründlichen Untersuchung. Sie schnupperte daran, aber sie rochen nach nichts. Sie zupfte mit dem Fingernagel an dem Wollfaden, der sie zusammenhielt, doch auch der verriet ihr nichts.
»Mercy, was machst du da?«
Sie sprang auf. Er streckte die Hand aus, und sie legte die Locken hinein.
»Ich habe mir nichts dabei gedacht«, sagte sie. »Ich wollte Ihnen bloß helfen.«
»Ist es nicht gefährlich für dich, mir zu helfen?«
»Sie meinen, wegen Mr. Buckle? Er hat keine Verwendung mehr für mich.«
»Keine Verwendung mehr?«
»Er hat mich entlassen.«
Sie staunte selbst, wie leicht es ihr über die Lippen kam, doch als sie sah, wie sorgenvoll er plötzlich die Stirn runzelte, stiegen ihr die Tränen in die Augen.
»Es macht nichts«, versicherte sie ihm. »Es macht gar nichts.«
»Was hast du ihm getan?«
»Gehen Sie heim zu Ihren Kindern«, sagte sie.
Es rutschte ihr einfach heraus.
Er blinzelte.
Mit einem Mal war alles sonnenklar. Plötzlich begriff sie. Vielleicht hatte sie es von Anfang an gewußt. »Sie haben Kinder, da, wo Sie herkommen.«
Er preßte die Lippen zusammen.
»Mein Sohn ist Engländer.«
»Ich meinte, Ihre richtigen Kinder.«
»Zu der Rasse gehöre ich nicht.«
»Zu was für einer Rasse?«
»Zu der australischen Rasse«, sagte er. »Zur Rasse der Australier.«
»Aber was ist mit Ihren Kindern?«

»Verdammt noch mal, sieh mich nicht so an. Ich bin Engländer.«

»Sie sind ihr Dad, Jack. Wohin sie auch gehen, überall suchen sie Ihr Gesicht in den Wolken.«

»Ich habe Henry mein Versprechen gegeben, noch bevor sie geboren waren.«

»Der sieht Ihretwegen nicht in die Wolken.«

»Wie bitte?«

»Der will Ihr Gesicht nicht sehen.«

»Was weißt du?« brüllte er und lief puterrot an. »Was ... weißt ... du?«

Da brach Mercy in Tränen aus und vergrub ihren Kopf an seiner breiten Brust. »Ich weiß, was es heißt, seinen Dad zu verlieren.«

Im ersten Augenblick blieb er stocksteif stehen, doch dann schlang er ihr die Arme um die Taille. Der Kessel fing an zu kochen. Sie wiegten sich hin und her, wie im Tanze.

86

Die Krämpfe waren abgeklungen. Bleich und erschöpft rollte sich Lizzie Warriner in dem Bett zusammen, in dem sie sich seit fünf Stunden quälte.

Mary wollte ihrer Schwester die verschwitzten Haare aus der Stirn streichen, obwohl auch dies der Leidenden keine Linderung verschaffte. Lizzie stieß ihre Hand weg und zerrte an dem verknäulten, fleckigen Laken zwischen ihren Knien.

»Man hat mich vergiftet.«

Schweigend legte Mary ihrer Schwester die Hand unter das Kinn und musterte sie ernst. Dann hob sie das gelbe Schultertuch auf, das zu Boden gefallen war, und faltete es zusammen. Sie legte es auf die Kommode, neben die angeschlagene braune Waschschüssel, die in großer Eile aus dem Kinderzimmer herbeigeschafft worden war. Sie breitete ein perlengesäumtes Tuch über die Schüssel und stellte sie unter das Bett. »Komm.« Sie schob dem Mädchen einen Arm unter den schlanken Rücken. »Wir beziehen noch einmal das Bett.«

»Nein, Mary. Du ruinierst dir nur deine beste Wäsche.«

Schluchzend fiel Mary ihrer Schwester um den Hals.

»Ach, Lizzie, Lizzie. Ich habe dich so lieb.«

»Pst, Mary. Ich habe deine Tränen nicht verdient.«

»Du bist der beste Mensch auf der Welt. Wie konnte ich dir nur so etwas antun.«

»Beruhige dich, Liebes. Du hast dir wirklich nichts vorzuwerfen.«

»Ich habe es nicht aus Bosheit getan, das schwöre ich. Aber ich habe dein Geheimnis schon vor zwei Wochen erraten.«

Diese Eröffnung zog ein langes Schweigen nach sich, das erst unterbrochen wurde, als das Mädchen, vom nächsten Krampf geschüttelt, einen schrillen Schmerzensschrei ausstieß. Nachdem der Krampf vorbei war, zog sie am Ärmel ihrer Schwester.

»Du wußtest von meinem Zustand?« flüsterte sie. »Wie hast du es erfahren? Wer hat es dir erzählt?«

»Bald geht es dir wieder besser. Wenn die Medizin ihr Werk vollbracht hat.«

»Welche Medizin?«

»Tabletten, mein Liebes. Du erinnerst dich bestimmt noch an den Tee, über den du dich beklagt hast. Du meintest, er sei so bitter …«

»Ach Mary, Mary«, rief Lizzie verzweifelt.

»Es ist besser so, du wirst sehen«, sagte Mary, die ihrer Schwester die Stirn abtupfte. »Dann brauchst du dich mit deinem Geheimnis nicht mehr zu quälen, mein Schatz.«

Lizzie schob zornig ihre Hand weg und blickte Mary mit dem

wilden, wütenden Blick eines fremdartigen Tieres an. »Du hättest mir wirklich sagen müssen, was du vorhattest.«
Vor Mary Oates' geistigem Auge stieg das häßliche, mit Rouge geschminkte Gesicht von Mrs. Britten auf, die tiefliegenden Augen und die große, zerklüftete Nase, und sie sah ihre fast männliche Hand, auf die der Name SILAS eintätowiert war.
Sie wurde aus ihren Gedanken gerissen, als ihr Mann aus dem Korridor ängstlich nach dem Stand der Dinge fragte. Sie öffnete die Tür einen Spaltbreit, um ihm zu sagen, daß es nichts Neues zu berichten gab. Obwohl sie sich dessen noch kaum bewußt war, hatte sie begonnen, Tobias zu hassen. Später würden die Wurzeln dieses Gefühls bis in die tiefsten Winkel ihrer Seele vordringen, aber an diesem Abend war der Haß nicht mehr als ein kleines, spitzes Samenkorn, ein Nadelstich in ihrem Herzen, und sie war viel zu besorgt, um sich darum zu kümmern. In der Zwischenzeit lief Tobias vor der Schlafzimmertür auf und ab, der Inbegriff »brüderlicher Anteilnahme« und »Rechtschaffenheit«.
»Leg mir den Arm um die Schulter, damit ich das Laken unter dir wegziehen kann.«
»Nein.«
»Dann hast du es bequemer.«
»Nein, verdammt noch mal!«
»Lizzie!«
Lizzie packte ihre ältere Schwester am Handgelenk. »Hör mir zu, Mary.« Sie starrte sie so ernst und offen an, daß Mary verlegen wurde. »Du mußt mir etwas versprechen«, sagte Lizzie.
»Ja, Liebes. Was soll ich dir versprechen?«
Lizzies schweißnasses Gesicht leuchtete weiß aus ihren dunklen Haaren hervor, die sich über das Kopfkissen ergossen hatten. »Du mußt es mir schwören.«
»Liebe Lizzie, sag mir, was es ist, und ich schwöre es dir.«
»Wenn ich nicht mehr bin ...«
»Nicht! Das darfst du nicht sagen.«

»Wenn ich nicht mehr bin, rollst du meine Bettwäsche zusammen. Du siehst sie dir nicht an. Du verbrennst sie im Kamin.«
Plötzlich bekam Mary es mit der Angst zu tun. Es waren solche Unmengen von Blut, die schon in die Matratze ihrer jüngeren Schwester gesickert waren.
»Ich rufe den Arzt.«
»Nein«, sagte das Mädchen und sank zurück in die Kissen. »Für Ärzte ist es zu spät.«
»Tobias geht sofort los und holt Dr. Grieves«, sagte Mary. Sie würde mit Sicherheit ins Gefängnis kommen, wenn der Arzt entdeckte, was für eine traurige Tat in dieser Nacht geschehen war. Bald würde ganz England wissen, daß sie den Tee ihrer Schwester vergiftet hatte.
»Versprich es mir, Mary.«
Mary rief aufgeregt nach ihrem Mann. »Tobias!«
Er antwortete nicht. Sie riß die Tür auf, der Korridor war leer. Sie lief nach unten, doch auch dort war er nirgendwo zu finden. Als sie wieder ins Krankenzimmer kam, wälzte Lizzie sich in Krämpfen. Mary hielt ihr die Schüssel, während sie eine hellgrüne Flüssigkeit erbrach. Als der Krampf abgeklungen war, legte Mary das mit Perlen beschwerte Tuch über die Schüssel und wischte ihrer Schwester die Stirn.

87

Mercy hätte ihm die Haare lieber in der Küche geschnitten, aber nein, Seine Majestät mußte in seinem Prunkgemach auf dem Thron sitzen. In der Rotkehlchenweste und der abgebürsteten Jacke konnte man ihn sich leicht als Herrn eines großen Hauses vorstellen, ein Rudel Hunde zu seinen Füßen, ein loderndes Feuer im Kamin.

Nachdem sie ihm ein Tuch unter das frisch rasierte Kinn gebunden hatte, begann sie an seinen nassen Haaren herumzuschnipseln, während er in angestrengt aufrechter Haltung vor ihr thronte. Sie hatte nicht die leiseste Absicht, sich irgendwelche Freiheiten herauszunehmen. Sie wollte ihm nur die Haare schneiden, damit er bei seinem Besuch einen guten Eindruck machte. Mehr hatte sie wirklich nicht im Sinn. Aber wenn er ihr eine Stellung in seinem Haushalt angeboten hätte, hätte sie nicht nein gesagt.
»Halten Sie still.«
»Ich denke nach.« Er blies die Backen auf. »Mir gehen ganz phantastische Gedanken im Kopf herum.«
»Was denn zum Beispiel?«
»Könnte ich dich bitten, morgen früh eine Nachricht für mich zu überbringen?«
Sie hielt seinen Kopf fest. »Warum nicht? Ich habe ja sonst keine Arbeit mehr.«
»Möchtest du für mich arbeiten?«
Sie begegnete seinem Blick im Spiegel. So hatte er sie schon einmal angesehen, als sie zusammen im Keller gewesen waren. Damals hatte sie ihn mißverstanden. Das würde ihr so leicht nicht noch einmal passieren. Sie hielt seinem Blick einen Augenblick stand, bevor sie weiterschnitt.
»Ja, Sir. Damit wäre mir sehr geholfen.«
»Ich hätte da einige Papiere für meinen Sohn.« Er lächelte sie scheu im Spiegel an. »Ich möchte, daß mein Sohn sie liest, bevor wir uns persönlich begegnen.«
So glücklich hatte sie ihn noch nie erlebt. Wenn sie daran dachte, was für eine grausame Enttäuschung ihm am nächsten Tag bevorstand, tat er ihr leid. Sie wußte schließlich, wie Constables Besuch bei Mr. Phipps abgelaufen war. Alle großen Hoffnungen und Erwartungen des Sträflings würden auf dem Pflaster von Covent Garden zunichte gemacht werden.
»Ich würde Mr. Phipps gern Ihre Papiere überbringen.«

»Ist er ein Frühaufsteher?«
»Ich weiß nichts über den Mann.«
Sie wich seinem Blick aus und setzte die Schere an. Sein Haar war dicht und kräftig, wie das eines Tieres, fremd, aber doch vertraut. Sie rang mit sich, ob sie ihm von ihrem Augenblick der Indiskretion bei Mr. Buckle erzählen sollte. Schließlich hatte sie ihm Henry Phipps' Versteck nur deshalb verraten, weil sie glaubte, Jack Maggs wäre für immer fort. Er starrte sie wieder an. Ihr war so, als könnte er ahnen, daß sie ihn getäuscht hatte. Sie hielt es nicht länger aus.
»Wie sieht Ihre Gattin aus? Ist sie groß?«
Er wandte den Blick ab. Als sie ihm die Haare glattkämmte, sah sie, daß ihm am oberen Rand des linken Ohres ein Stück fehlte. Es war kein glatter Schnitt wie von einem Messer, sondern ein grober, grausamer Riß.
»Du würdest sie nicht Gattin nennen, wenn du die Wahrheit wüßtest. Du hast ja keine Ahnung, wie das Leben dort unten war. Du würdest mich nicht verurteilen. Wer seinen Hund so behandelt, wie wir behandelt wurden, gehört erschossen. Ohne viel Federlesens zu machen, würde man ihm eine Kugel in den Kopf schießen. Und wenn ich eine Gattin hatte, dann hat auch ein Hund eine Gattin. Ein Mädchen wie du kann sich nicht vorstellen, was es heißt, in solcher Finsternis zu leben.«
»Dann haben Sie also keine Frau mehr?«
»Du bist ja so hartnäckig wie ein Terrier.«
Sie schwieg. Blitzend zuckte die Schere um seinen Kopf.
»Nein, ich habe keine«, sagte er schließlich.
»Wie bitte?«
»Ich habe keine Frau.«
Sie wußte, daß es besser gewesen wäre, nicht mehr an das Thema zu rühren, aber sie konnte nicht anders. Es ging ihr auch gar nicht um seine Frau, sondern um die Kinder.
»Sind Ihre Kinder bei der Mutter?«
»Bist du aber neugierig! Es sind zwei Jungen, und sie haben zwei

verschiedene Mütter. Sie wohnen bei einem Freund von mir, einem Zimmermann, und bei dessen Frau, einer braven, anständigen Person, die Penny Sanders heißt. Das ist ihr Heim, ein anderes kennen sie nicht.«

»Dann sind sie jetzt also ganz allein?«

»Nein, nicht allein.«

»Aber Sie waren ihr Dad«, beharrte sie. »Obwohl Sie ihr Dad waren, wollten Sie sich einen vornehmeren Sohn suchen.«

»Herrschaftszeiten.«

Sie schnipselte und schnitt. Gott, laß mich ruhig bleiben, betete sie. Laß mich nicht wieder die Beherrschung verlieren.

»Ja«, sagte er. »Ich hoffe wirklich, daß ich einen besseren Sohn gefunden habe. Ja, das wünsche ich mir von ganzem Herzen. Immerhin habe ich mir seine Erziehung, die tausendmal soviel Stoff umfaßt, wie man mir je eingetrichtert hat, fünfzig Pfund im Jahr kosten lassen. Mach nicht so ein böses Gesicht, Fräuleinchen. Das wünscht sich schließlich jeder Vater, daß es seinem Sohn einmal besser gehen soll als ihm.«

»Ich bin nicht böse. Wieso sollte ich böse sein?«

Sie nahm sich die kurzen, struppigen Nackenhaare vor. Unter dem gelösten Kragen bemerkte sie auf seiner nackten Haut die langen, grausamen Striemen der Peitsche. Es war ein Schock, die kalten Spuren der Folter im Schein der Lampe glänzen zu sehen.

»Ich bin kein Unmensch, Fräuleinchen.«

»Wer hat Sie gepeitscht, Mr. Maggs?«

»Ein Cockney, der Rudder hieß. Ein Soldat des Königs.«

»Dann war es der König, der Sie gepeitscht hat«, stichelte sie.

»Bis in diesen Höllenpfuhl reicht der Blick des Königs nicht. Genausowenig wie das Auge Gottes.«

Sie schnitt ihm die Haare und starrte in die dunklen Tiefen seines Hemdes.

»Wenn ich dein Dad wäre, würde ich dich nicht verlassen, Mercy.«

»Aber Sie sind nicht mein Dad.«
»Nein.«
»Wie heißen die beiden?«
»Das geht dich nichts an.« Er hielt inne. »Richard.«
»Richard?«
»Ich rufe ihn Dick.«
»Wie alt ist Dick?«
»John ist sechs. Dick ist zehn.«
»Und während die beiden Jungen nur darauf warten, daß Sie endlich wieder nach Hause kommen, treiben Sie sich in ganz England herum, um jemanden zu finden, der überhaupt nichts von Ihnen wissen will.«
»Das darfst du nicht sagen, Mädchen.«
»Doch«, widersprach sie. »Weil ich es nämlich weiß.«

88

Als Henry Phipps den Club verließ, nahm er weder Mantel noch Schirm mit, um seine neue Subalternenuniform vor dem Regen zu schützen. Auf Anregung von Mr. Buckles Advokaten, der sich zum Anführer der kleinen Expedition aufgeschwungen hatte, steuerten sie die Great Queen Street über die Russell Street und die Drury Lane an. Auch wenn es weder eine vernünftige noch die kürzeste Route war, trottete Henry Phipps brav hinterdrein, ohne die Ortskenntnisse des Advokaten zu kritisieren.
Obwohl Edward Constable ihm hätte verraten können, wie eigensinnig und dominierend er war, befürchtete Henry Phipps, wie viele Menschen ähnlicher Disposition, ein willensschwacher Mann zu sein. Während er Mr. Makepeace folgte, dachte er über diesen Charakterfehler nach, der ihn dazu zwang, sich von einem derart schlechten Führer leiten zu lassen.

Die Hände auf dem Rücken ging er die Russell Street hinunter, vor sich die ganze Zeit Mr. Makepeaces Gesäß, das sich bei jedem Schritt unter dem Regenmantel abzeichnete. Der Anblick dieser strammen Schenkel genügte ihm als Beweis dafür, daß er lieber jedem verdammten Volltrottel folgte, als seinem gesunden Menschenverstand zu gehorchen.

Der Menschenverstand gebot ihm nämlich, seinem Haus ein für allemal Lebewohl zu sagen und sich am nächsten Morgen bei seinem Regiment zu melden. Doch leider gehorchte Henry Phipps ihm schon lange nicht mehr. Er ließ sich von einer stärkeren Macht treiben, von dem sehnlichen Wunsch, sich sein komfortables Leben zu erhalten. Nur deshalb sah er sich dazu gezwungen, Umgang mit einem Menschen zu pflegen, der ihn dazu bringen wollte, einen Mord zu begehen.

Als er, solch verwirrenden Gedanken nachhängend, in die Drury Lane einbog, versank er plötzlich mit seinen neuen Stiefeln in gelbem, übelriechendem Schlamm, der ihm bis über den Hosensaum reichte.

»Einen idiotischeren Weg hätten Sie wohl nicht nehmen können«, rief er und starrte auf seine ruinierte Uniform.

»Das sind die Ausschachtungsarbeiten für die Kanalisation«, flüsterte Mr. Makepeace.

»Ich weiß sehr wohl, was es ist.« Er zog die Stiefel aus dem klebrigen Lehm und stellte sich erst einmal auf einen zerbrochenen Ziegelstein. »Wieso führen Sie uns durch die Drury Lane, wenn wir genausogut den Long Acre hätten nehmen können? Was fällt Ihnen bloß ein?«

»In der Drury Lane kenne ich mich besser aus«, wisperte Mr. Makepeace.

»Das bringen wir wieder in Ordnung, Sir«, sagte Mr. Buckle. »Keine Angst. Wir gehen zuerst zu mir. Wenn meine Wirtschafterin ihre Truppen zusammentrommelt, sind Sie bald wieder so gut wie neu.«

»Ruhe.« Im Schein der Gaslaterne sah man Henry Phipps seine

Gereiztheit deutlich an, einen Charakterzug, den schon Edward Constable am eigenen Leibe zu spüren bekommen hatte. »Von nun an gehe ich voraus.«
»Wie Sie wünschen, Sir – bitte sehr.« Mr. Makepeace hockte sich wie ein nasses schwarzes Huhn auf einen halb verrotteten Holzstapel und bedeutete Henry Phipps mit einer Handbewegung, die Führung zu übernehmen.
Henry Phipps aber rührte sich nicht von der Stelle. Statt dessen starrte er in den langen Graben, den die Bauarbeiter in der Straßenmitte ausgehoben hatten und in dem sich neue schwarze Rohre kreuzten. Darunter trat eine Schattenwelt freigelegter Gewölbe zutage, die weiß Gott wohin führten. Ihn überkam ein starkes Schwindelgefühl, das seine ganze Lebensangst widerspiegelte, und obwohl er gut sechs Fuß vom Rand der Grube entfernt stand, fürchtete er hineinzufallen.
Percy Buckle nickte ihm aufmunternd zu.
Henry Phipps blickte zurück in die Drury Lane, doch sie kam ihm so wild und fremd vor, als ob er sie noch nie gesehen hätte. Dicke Holzbohlen ragten kreuz und quer in die Straße, wie Erscheinungen in einem Alptraum. Andere Balken, die miteinander verbunden waren und jeweils wie ein auf dem Kopf stehendes, schiefes A an den Wänden der Geschäfte lehnten, gemahnten an den Galgen. Dunstige Schwaden stiegen auf, und im Schein der Gaslaterne glaubte Henry Phipps, einen Gehenkten über dem Loch baumeln zu sehen.
»Gehen Sie«, sagte er verängstigt. »Gehen Sie zuerst.«
Er ließ dem Kaufmann den Vortritt, und als dieser ihn im Vorbeigehen streifte, fühlte er die scharfe Kante des Pistolenkastens, den Mr. Buckle unter seiner Pelerine verbarg. Dicht an die Hauswände geschmiegt, um den abbröckelnden Rändern der Grube ja nicht zu nahe zu kommen, folgte er ihm.

Der Hof in Morton Bay hatte einen ganz eigentümlichen Geruch nach trockenem Ziegelstaub, fauligem Schlick und einer australischen Pflanze, die nach einer klebrigen Mischung aus Brombeeren und Schweiß stank. Und obwohl es manchmal heißt, daß man sich an eine olfaktorische Erfahrung genausowenig erinnern könne wie an erlittene Schmerzen, hatten sich die Gerüche des Hofs ebenso deutlich in Jack Maggs' Gedächtnis eingeprägt wie die Gesänge der Sträflingskolonnen, die quietschenden Räder des Zimmermannskarrens und die blutroten Bretter des Fuhrwerks, die in nur einem feuchten Sommer von weißen Ameisen aufgefressen wurden.

Er sah noch immer den kleinen roten Knopf am Käppi des Auspeitschers und die zerschlissenen, geschmeidigen Lederriemen, die ihn mit Händen und Füßen an den Bock fesselten.

Der Geruch nach fauligem Fleisch hing in der Luft. Während ihm die bunt schillernden kleinen Schmeißfliegen über das Gesicht und in die Nase krochen und über seine Haut wimmelten, ließ der Geschundene vor seinem geistigen Auge London erstehen. Stein um Stein baute er es auf, während die doppelte Katze durch die Luft zischte und wie ein Höllensturm über ihn hereinbrach.

Unter der sengenden Sonne, die ihm die in Fetzen hängende Haut verbrannte, dachte Jack Maggs an laue englische Sommertage.

Sollten sich die Fliegen ruhig an seinem blutigen Rücken gütlich tun, sollte ihm die doppelte Katze ruhig den dritten und vierten Finger seiner Hand abreißen, sein Verstand arbeitete weiter. Stück um Stück baute er den Ort auf, wo er das Licht der Welt erblickt hatte, die Heimat, in die er eines Tages zurückkehren würde, nicht die Schlammbänke an der Themse, nicht Mary Brittens nach Fleisch riechende Kammer an der Pepper Alley-Treppe, sondern vielmehr ein freundliches, schönes Haus in

Kensington, in das er durch den Kamin hineingepurzelt war, wie ein Neugeborenes, das aus der Dunkelheit ans Licht kam. Als er sich den Ruß aus den Augen rieb, sah er das, was die Schriftsteller wirklich meinten, wenn sie über England und die Engländer schrieben.

Viele Jahre später war Jack Maggs selbst ein solcher Engländer geworden. In seiner roten Weste und der maßgeschneiderten Tweedjacke stand er vor dem Kamin, in dem ein Feuer brannte, das Tobias Oates gewiß als »fröhlich prasselnd« beschrieben hätte.

Das Leben in Neudsüdwales hatte seine Züge hart gemacht, und auch die Schmerzen hatten ihre Spuren hinterlassen. Doch als er nun Mercy Larkin ansah, lag in seinen dunklen Augen ein so strahlendes Leuchten, daß er es, obwohl er doch ein Meister in der Kunst der Heimlichkeit war, nicht verbergen konnte.

Immer wenn er Qualen erlitten hatte, Schmerzen, die so stark waren, daß er den Tod herbeigefleht hatte, hatte er diese Frau mit dem dichten, dunklen Haar vor sich gesehen, die die Hände im Schoß faltete, genau wie sie jetzt vor ihm saß.

Er nahm die Brandyflasche vom Kaminsims und schenkte ihr nach. Es gefiel ihm, wie sie trank, nicht zaghaft, sondern wie jemand, der schon lange durstig war.

»Auf dich, Fräuleinchen.«

»Auf Sie, Sir.« Sie nestelte noch immer an den Kinderlocken herum. Obwohl er weiter darauf beharrte, daß die Locken sie nichts angingen, störte es ihn nicht, daß sie so halsstarrig war. Beharrlichkeit war eine Charaktereigenschaft, die er aus gutem Grund hochschätzte.

»Was sagst du, Mädchen? Willst du mir den Haushalt führen?«

Sie leerte ihr Glas und sah ihm in die Augen.

»Ich will Ihren Kindern den Haushalt führen.«

Sie stand auf. Er dachte, sie wollte ihm die Locken zurückgeben, und streckte die Hand danach aus.

»Sie sind in einem anderen Land«, sagte er.

Aber sie legte ihre Hand in die seine, die Kinderlocken behielt sie in der anderen. Hand in Hand standen sie da, uneins und einig zugleich.
»Sie warten auf Sie«, sagte sie lächelnd.
»Horch.«
Er zog seine Hand weg.
»Das ist die Haustür«, flüsterte sie.
Blitzschnell hatte er die Kerzen ausgeblasen, aber das Feuer konnte er nicht löschen, hell brennend warf es ihre besorgten Schatten an Wände und Decke.
Jack sträubten sich die Nackenhaare. Als die Tür aufschwang, griff er nach dem mit geteerter Schnur umwickelten Griff seines Dolches. Eine geisterhafte Gestalt betrat den Raum und hielt eine Kerze in die Höhe.
Vor ihm im Feuerschein stand sein Alptraum: die lange gerade Nase, das blonde Haar, die verhaßte Uniform des 57sten Infanterieregiments. Das Phantom hatte die Schlösser gesprengt und war in sein Leben eingedrungen.
Die Erscheinung hielt eine schwere Pistole in der Hand. Obwohl Jack Maggs die Waffe deutlich sah, blieb er wie angewachsen stehen, den Blick fest auf die Uniform des Geistes geheftet. Das Licht huschte zuckend über die Knöpfe mit der eingeprägten Zahl 57. Er roch den fauligen Fleischgeruch von Morton Bay, fühlte das weiche, geschmeidige Leder an Hand- und Fußgelenken. Während er in die tiefe, schwarze Pistolenmündung blickte, glitzerte der gespannte Hahn im Feuerschein. *Ich muß sterben, ohne meinen Sohn gesehen zu haben.*
Plötzlich tauchte aus der dunklen Diele niemand anderer als Percy Buckle auf. Er gab dem Phantom einen heftigen Stoß in den Rücken, so daß es noch näher auf Jack Maggs zugewankt kam, der es mit offenem Mund anstarrte. »Erobern Sie Ihr Haus zurück, Sir. Verteidigen Sie Ihr Leben gegen diesen Einbrecher.«
Den Dolch in der Hand war Jack Maggs noch immer wie vom Donner gerührt.

»Feuer!« Mr. Buckle stampfte ein paarmal mit dem Fuß auf. »Feuer! Um Himmels willen, so schießen Sie doch.«
In diesem Augenblick der Verwirrung, da das Phantom die Pistole hob und auf Jack Maggs' Herz richtete, trat Mercy leise aus den Schatten hervor.
Jack Maggs war wie gelähmt, als sie sich dem Phantom auf Strumpfsocken entgegenstellte. In der Rechten hielt sie noch immer die kostbaren Haarlocken, doch es war ihre Linke, die er nicht aus den Augen ließ. Sie hob sie hoch und hielt sie vor die Mündung der Waffe, als ob sie die tödliche Kugel auffangen könnte, als ob sie ein Geist wäre, eine Naturgewalt, dem Bösen ebenbürtig, das Jack Maggs' Leben auszulöschen drohte.

90

Henry Phipps wurde in seine eigene Diele eskortiert, die ihm schmaler und länger vorkam, als er sie in Erinnerung hatte. Er fühlte sich nicht als Mörder, sondern wie ein Tier auf dem Fleischmarkt, von allen Seiten gehetzt und getrieben. Seine Verwirrung steigerte sich noch um das Hundertfache, als ihm Percy Buckle die Spitze seines Regenschirms in den Rücken rammte.
Verschwunden war der sanftmütige, bängliche kleine Kaufmann, der ihn in seinem Club in Covent Garden aufgesucht hatte. Er hatte sich in einen fauchenden, dunkel gepanzerten Inkubus verwandelt, der den überreizten jungen Mann mit seinem ungeahnten Tatendurst an den Rand eines Nervenzusammenbruchs trieb. Ohne daß Percy Buckle etwas davon ahnte, hatte sein Leben bereits zweimal nur noch an einem seidenen Faden gehangen.
Es war Mr. Buckle, der die Tür zum Wohnzimmer aufstieß. »Feuer«, schrie er, während der Advokat hinter ihnen im Dunkeln stehenblieb.

»Feuer!« Er stieß ihn vorwärts, in das Zimmer hinein.
Henry Phipps kam es so vor, als spielte sich alles in diesem Alptraum ungeheuer langsam ab. Er hatte ausreichend Zeit, sich den Mann anzusehen, mit dem er zeit seines jungen Lebens korrespondiert hatte.
Er hatte schon immer gewußt, daß Jack Maggs ein Sträfling war, der eine lebenslängliche Verbannungsstrafe verbüßte, und sein Privatlehrer Victor Littlehales hatte ihn gelehrt, die Sehnsüchte des Mannes, der seine Briefe mit »Vater« unterschrieb, zu stillen. Anfangs hatten sie gemeinsam an den Antworten gefeilt, bis der junge Henry seine eigene Stimme fand und es ihm leichtfiel, die ihm zugedachte Rolle zu spielen. Wenn man die Briefe als »Lüge« bezeichnen wollte, konnte man sie ebensogut »Trost« nennen.
Um sein Auskommen zu sichern, hatte Henry Phipps Jack Maggs das Lied gesungen, das dieser hören wollte, ohne zu wissen, daß es ein Sirenengesang war, und ohne zu ahnen, daß die gequälte Kreatur eines Tages das von ihm einfordern würde, was nur seiner Phantasie entsprungen war.
»Verteidigen Sie Ihr Haus«, rief Percy Buckle.
Henry Phipps hatte keine andere Wahl. Er hob die Pistole.
Aus den Schatten am Kamin trat ihm eine junge Frau in Strumpfsocken entgegen. Sie hielt ihre Hand vor die Mündung.

91

Im gleichen Augenblick, als Henry Phipps die Pistole abfeuerte, starb Lizzie Warriner in ihrem Bett. Obwohl ihre Qualen nun ein Ende hatten, deutete an ihrem geschundenen Körper nichts darauf hin, daß sie auch Ruhe gefunden hatte. Zusammengekrümmt lag sie in den zerwühlten, karminroten Laken, eine

Hand noch im Mund, als ob sie den Biß niemals lockern wollte.
Tobias war noch nicht die bärtige Eminenz, die er eines Tages werden sollte. In der Nacht, als Lizzie starb, war er ein verschreckter, ehrgeiziger junger Mann. Seine Augen waren blutunterlaufen, sein roter Mund gramverzerrt. Weinend warf er sich neben seine tote Geliebte, weinend klammerte er sich an die Röcke seiner Frau, die keinerlei Anstalten machte, ihn zu trösten. Mit ausdrucksloser Miene setzte sie sich auf das Sterbebett und hielt die Hand der Toten, bis sie erkaltet war.
»Geh und mach Feuer«, sagte sie.
»Ich hole den Arzt.«
Mary Oates bedachte ihren Mann mit einem zutiefst feindseligen Blick. »Du machst jetzt Feuer, du Dummkopf.«
»Du täuschst dich«, sagte er, ohne näher zu erklären, worin sie sich täuschte. Daß er nicht das Feuer meinte, lag auf der Hand, da er gleich darauf nach unten ging, Holzscheite und Kohle im Kamin aufschichtete und ein hell loderndes Feuer entfachte. Dann erfüllte er gehorsam den letzten Wunsch der Verstorbenen, den diese an ihre Schwester gerichtet hatte. Er verbrannte ihre Bettwäsche. Da der Kamin nicht groß und die Laken stellenweise noch naß waren, war es keine leichte Aufgabe, aber er gab nicht auf.
Während der ganzen Zeit weinte er, ohne sich seiner Tränen zu schämen. Mary hingegen saß hölzern auf einem Stuhl. Es war derselbe, auf dem Jack Maggs das erste Mal mesmerisiert worden war. Als sie ihren Mann schließlich ansah, lag soviel Kälte in ihrem Blick, daß Tobias Oates zitterte.
»Du tust mir unrecht«, sagte er.
»Wir haben beide unrecht getan«, sagte sie.
Später würde Tobias denken, daß er sich diese Antwort nur eingebildet hatte. Er kauerte vor dem Kamin und sah zu, wie Lizzies Leben in Flammen aufging. Sein Leben lang sollte er die Gestalten und Gesichter nicht mehr vergessen, die vor ihm im

Feuer tanzten. Er sah den Geist ihres toten Kindes entstehen und vergehen. Er sah Lizzie, eben noch lächelnd, im nächsten Augenblick dem Verfall anheimgegeben.

Er konnte es nicht ertragen. Er wollte es nicht wahrhaben.

Als er in der angekohlten Wäsche stocherte, erblickte er darin das widerwärtige Gesicht des Mannes, der ihn zu Mrs. Britten gebracht und ihm die dunkelbraunen Pillen verschafft hatte, mit denen dieses kostbare Leben ausgelöscht worden war.

Es war Jack Maggs, der Mörder, der vor ihm im Feuer erstand. Jack Maggs in Flammen. Jack Maggs, lodernd, drohend, tötend. Er hüpfte auf einem Bein, wie ein Teufel. Er hinkte, als ob er noch immer die schweren Sträflingsketten an seinen feurigen Gliedern trüge. Sein Kopf veränderte sich, wurde kahl und bekam tiefe Furchen, die auseinanderbrachen und glühend ins Zimmer flossen.

Es war Jack Maggs, der diese Tat begangen hatte, und in seiner Trauer begann Tobias, ihm alle Schuld aufzubürden. Am siebten Mai, in der finstersten Nacht seines Lebens, verlieh er Jack Maggs die Gestalt, in der die Welt ihn später kennenlernen sollte. Natürlich war dieser Jack Maggs eine Erfindung, und deshalb spielt es vielleicht keine Rolle, daß Tobias den letzten Akt der Suche des Sträflings nicht miterlebte: daß er nicht sah, wie Henry Phipps mit zitternder Hand die Pistole hob, daß er die ohrenbetäubende Explosion nicht hörte und den dunklen Mordgeruch des Schwarzpulvers nicht roch.

Tobias hätte es zu würdigen gewußt, daß Mercy Larkin der Ringfinger abgerissen wurde, so daß das Paar, als Jack Maggs an ihre Seite eilte, schließlich in der Verstümmelung vereint war. Doch die Mächte, die das widerwärtige Gesicht im Feuer erstehen ließen, waren andere als die, die den wahren Jack Maggs antrieben, der London noch in derselben Nacht verließ und zusammen mit Mercy Larkin in der Postkutsche nach Portsmouth floh. Es gibt keine Figur wie Mercy Larkin in *Der Tod des Jack Maggs*, keine junge Frau, die dem Sträfling zu erkennen hilft, daß Richard und

John ein Recht auf einen Vater haben, der ihnen abends einen Gutenachtkuß gibt.

Dick Maggs war elf Jahre alt, als Jack aus England zurückkehrte, und hatte schon zweimal vor Gericht gestanden. Klein John, der vier Jahre jünger war, hatte das gleiche harte, kampflustige Gesicht, die gleichen dunklen, hungrigen Augen. Ihnen eine Mutter zu sein war keine einfache Aufgabe für Mercy Larkin, aber sie stürzte sich mit Begeisterung hinein. Sie, die sich früher selbst an keine Vorschrift halten konnte, wurde zur strengen Erzieherin. Sie kämmte ihnen die Haare und wusch ihnen das Gesicht. Sie brachte sie zur Schule und paßte auf, daß sie nicht wieder wegliefen. Sie sorgte dafür, daß sich die Familie dem verderblichen Einfluß Sydneys entzog und in die neu gegründete Stadt Wingham übersiedelte, wo sie nicht nur die ersten beiden Kinder zivilisierte, sondern in rascher Folge fünf weiteren Angehörigen der »australischen Rasse« das Leben schenkte.

Jack Maggs verkaufte die Ziegelei in Sydney. In Wingham gründete er eine Sägemühle. Als die Geschäfte florierten, eröffnete er eine Eisenwarenhandlung und später ein Wirtshaus. Er wurde zweimal zum Präsidenten des Landkreises gewählt und war Vorsitzender des Kricketclubs, als Dick eines Tages im Spiel gegen Taree ein meisterlicher Schlag gelang.

Die Familie Maggs war sowohl für ihren engen Zusammenhalt als auch für ihre Gastfreundschaft bekannt. Sie setzte sich vorbildlich für das Allgemeinwohl ein, war aber zuzeiten auch für allerlei Schabernack zu haben. So war es nur natürlich, daß sich noch nach Jahren viele Geschichten um sie rankten. Doch von allen nachwachsenden Generationen der Familie Maggs, die noch heute in den fruchtbaren Flußauen siedeln, ist Mercy diejenige, an die man sich am besten erinnert, nicht nur wegen des Abenteuers, bei dem sie ihren Ringfinger verlor, nicht nur wegen des großen Hauses in der Supper Creek Road, dessen Bau sie streng überwachte und dessen Dienstboten sie so gewissenhaft anleitete, sondern auch wegen ihrer einzigartigen Bibliothek, die sie in späteren Jahren zusammentrug.

Nachdem der gramgebeugte Tobias Oates die Arbeit an *Der Tod des Jack Maggs* im Jahre 1837 eingestellt hatte, nahm er sie erst 1859 wieder auf. Die ersten Kapitel erschienen 1860, drei Jahre nach dem Tod des wahren Jack Maggs, der nicht bei einem lodernden Brand ums Leben kam, wie Tobias es immer für ihn vorgesehen hatte, sondern in seinem eigenen Schlafzimmer starb, oberhalb des schlammig braunen Manning River. Er entschlief als alter Mann, umgeben von seinen weinenden Söhnen und Töchtern, ohne »das Buch« jemals gelesen zu haben.

Dieses Versäumnis machte Mercy mehr als wett. Sie las *Der Tod des Jack Maggs* erst als Fortsetzungsroman, dann als gebundenes Buch und noch einmal in der überarbeiteten Fassung von 1861. Zuletzt besaß sie nicht weniger als sieben Exemplare der letzten Ausgabe, die heute (zusammen mit Jack Maggs' Briefen an Henry Phipps) in der Sammlung der Mitchell Library in Sydney eingesehen werden können. Sechs der sieben Bände sind in Leinen, einer ist in Leder gebunden. Letzterer enthält die Widmung: *Für Mercy von Captain E. Constable, Clapham, 1870.*

Der Bibliothekar der Mitchell Library hat auf jeder Karteikarte das »grobe Herausschneiden« der Seite vermerkt, auf welcher steht:

In Freundschaft zugeeignet
PERCIVAL CLARENCE BUCKLE,
Mann der Wissenschaft und Förderer der Künste.